W0282515

Du même auteur, aux éditions Bragelonne :

1. *Les Mensonges de Locke Lamora*
2. *Des horizons rouge sang*
3. *La République des voleurs*

www.bragelonne.fr

Scott Lynch

Des horizons rouge sang

Les Salauds Gentilshommes – tome 2

Traduit de l'anglais (États-Unis) par Olivier Debernard

Bragelonne

Collection dirigée par Stéphane Marsan et Alain Névant

Titre original : *Red Seas under Red Skies*

Originellement publié par Victor Gollancz,
une maison d'édition d'Orion Books Ltd.

1re édition : février 2008
2e édition : février 2014

Conception de la carte : Scott Lynch

ISBN : 978-2-35294-720-2

Bragelonne
60-62, rue d'Hauteville – 75010 Paris

E-mail : info@bragelonne.fr
Site Internet : www.bragelonne.fr

Ce roman est dédié à Matthew Woodring Stover,
petite voile chaleureuse sur l'horizon.
Non destiti, nunquam desistam.

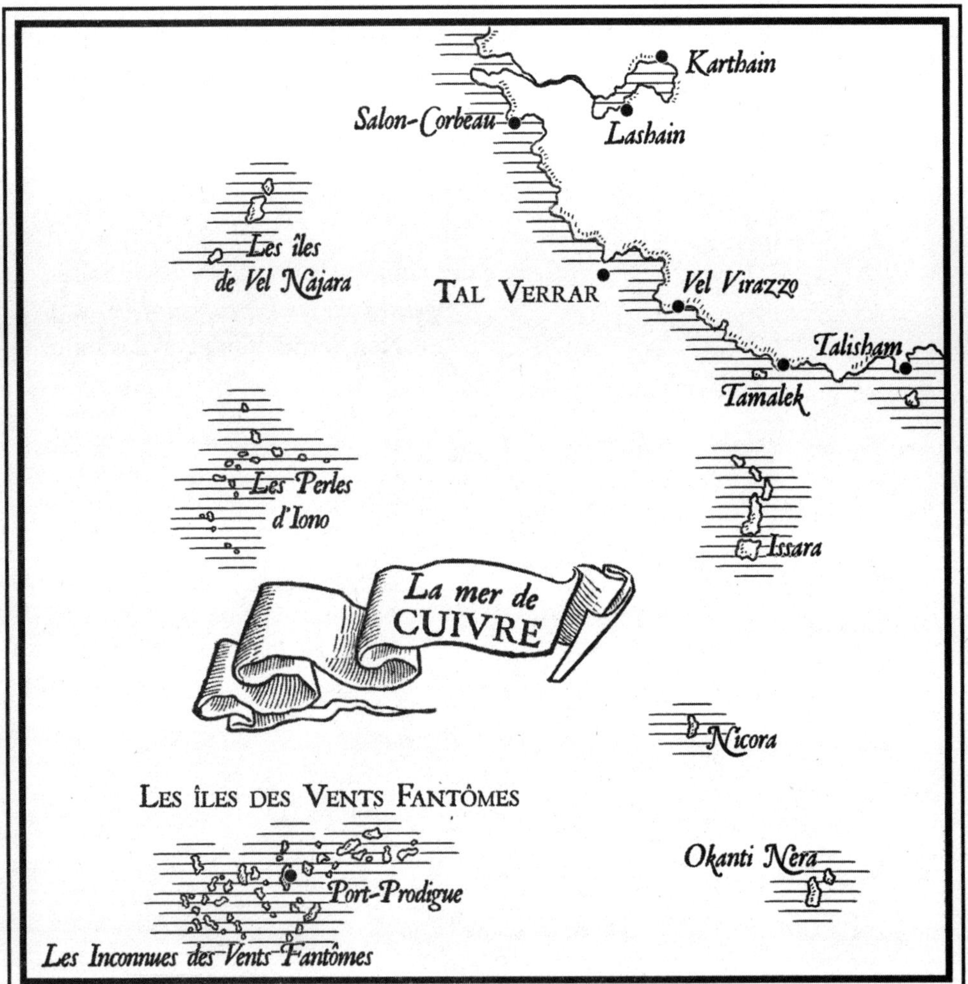
Karthain
Salon-Corbeau
Lashain
Les îles
de Vel Najara
Tal Verrar
Vel Virazzo
Talisham
Tamalek
Les Perles
d'Iono
Issara
La mer de
CUIVRE
Nicora
Les îles des Vents Fantômes
Okanti Nera
Port-Prodigue
Les Inconnues des Vents Fantômes

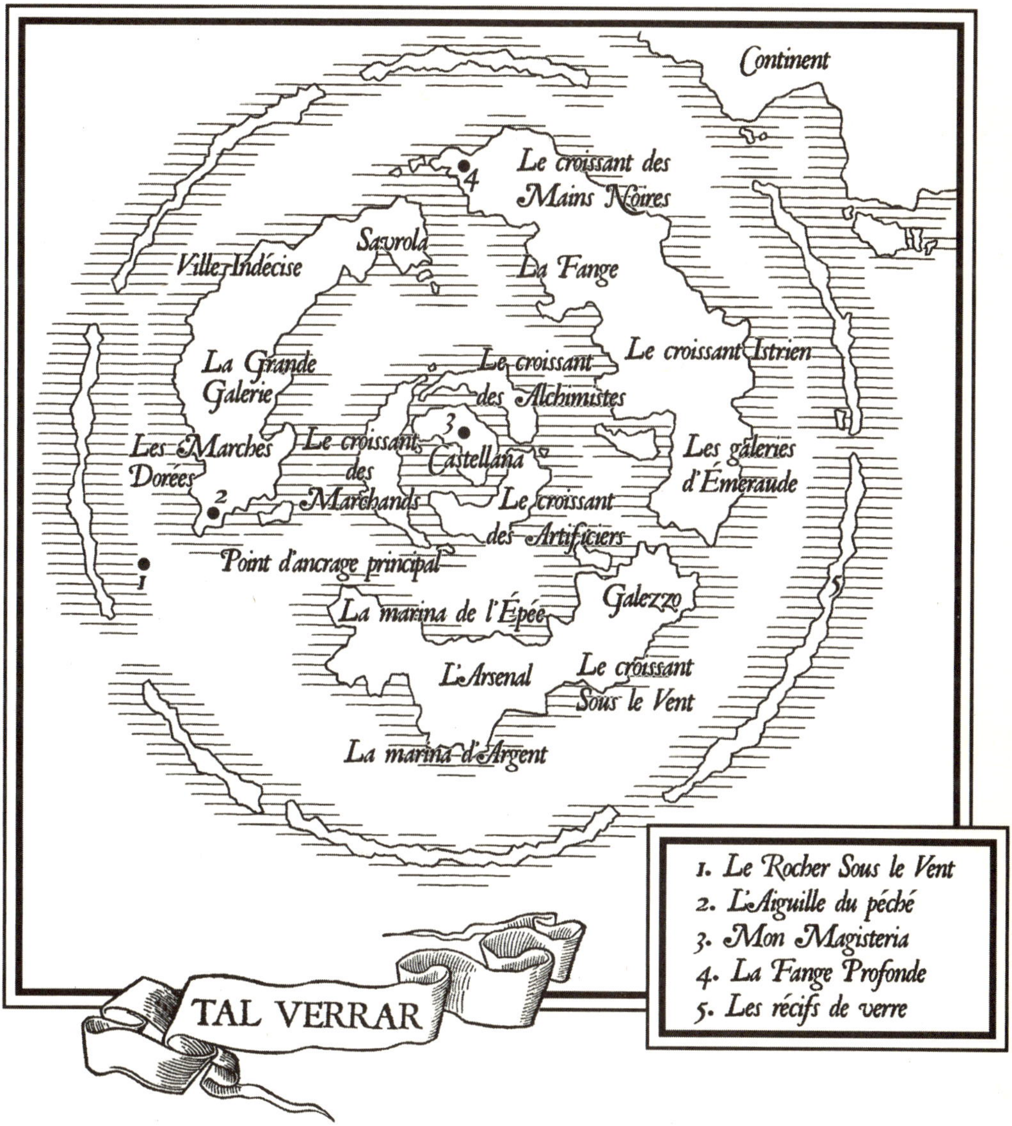
Continent
Le croissant des Mains Noires
Savrola
Ville-Indécise
La Fange
Le croissant Istrien
La Grande Galerie
Le croissant des Alchimistes
Les Marches Dorées
Le croissant des Marchands
Castellana
Les galeries d'Émeraude
Le croissant des Artificiers
Point d'ancrage principal
La marina de l'Épée
Galezzo
L'Arsenal
Le croissant Sous le Vent
La marina d'Argent
1. Le Rocher Sous le Vent
2. L'Aiguille du péché
3. Mon Magisteria
4. La Fange Profonde
5. Les récifs de verre
TAL VERRAR

Remerciements

Une fois de plus, je les adresse à la merveilleuse Jenny qui a été tant de choses pour moi au fil des années : petite amie, meilleure amie, première lectrice, critique constructive et, enfin, épouse.

À Anne Groell, Gillian Redfearn et Simon Spanton, non seulement parce qu'ils sont aussi brillants dans l'ensemble que dans le détail, mais aussi parce qu'ils ont eu la grâce de ne pas m'assassiner.

À Jo Fletcher, toujours pour ne pas m'avoir assassiné.

À tous les membres d'Orion Books qui ont fait de mon premier – j'espère qu'il y en aura d'autres – voyage en Angleterre un véritable bonheur et qui m'ont supporté malgré mon état de santé déplorable. Et plus particulièrement à Jon Weir, guide et despote dévoué.

Mille mercis aux libraires britanniques qui ont fait des pieds et des mains afin d'encenser et de promouvoir *Les Mensonges de Locke Lamora* alors que le roman était encore un bébé incapable de se tenir debout.

À Desiree, Jeff et Cleo.

À Deanna Hoak, Lisa Rogers, Josh Pasternak, John Joseph Adams, Elizabeth Bear, Sarah Monette, Jason McCray, Joe Abercrombie, Tom Lloyd, Jay Lake, GRRM et tant d'autres. À Rose, qui est certes petite, mais néanmoins de bonne compagnie.

À Loki, Walkyrie, Peepit, Artemis et Thor, la meilleure équipe d'animaux familiers jamais rassemblée dans un foyer.

Prologue

Une conversation tendue

Locke Lamora se tenait sur la jetée de Tal Verrar. Le vent chaud provenant d'un navire en flammes lui caressait le dos et le carreau glacé d'une arbalète était appuyé contre son cou.

Il grimaça un sourire et se concentra pour garder son arbalète pointée sur l'œil gauche de son adversaire. À si courte distance, ils ne manqueraient pas de s'asperger mutuellement de sang s'ils pressaient la détente en même temps.

— Sois raisonnable, dit l'homme qui lui faisait face. (Des gouttes de sueur coulaient sur son visage et son front, traçant des sillons dans la crasse qui couvrait sa peau.) Reconnais que tu n'es pas dans une position très avantageuse.

Locke grogna.

— À moins que tu aies de la merde dans les yeux, reconnais que le désavantage est mutuel. Tu n'es pas d'accord, Jean ?

Les deux compagnons étaient côte à côte sur la jetée, face à leurs assaillants. Presque nez à nez, Jean et son adversaire tenaient leurs arbalètes de la même manière. Quatre carreaux de métal froid étaient armés et braqués à quelques centimètres de la tête de quatre hommes assez nerveux – une attitude somme tout assez compréhensible. Il était impossible de rater sa cible à une telle distance, même avec l'aide de tous les dieux du ciel et de la terre.

— On dirait que nous avons tous les quatre les couilles dans la mélasse, déclara Jean.

Derrière eux, le vieux galion gémit et grinça sur les flots alors que les flammes rugissantes le dévoraient de l'intérieur. La nuit avait battu en retraite à plusieurs centaines de mètres autour du brasier ; la coque se zébrait de lignes blanc orangé tandis que les bordages cédaient et tombaient à la mer. Des volutes de fumée jaillissaient de ces brèches infernales en petites éruptions noires – dernières palpitations saccadées d'une gigantesque bête de bois à l'agonie. Les quatre hommes se tenaient sur la jetée, étrangement seuls au milieu de la débauche de lumière et de bruits qui monopolisait l'attention de toute la ville.

— Baisse ton engin, pour l'amour des dieux, dit l'adversaire de Locke. Nous avons reçu l'ordre de ne pas vous tuer à moins d'y être obligés.

— Et je suis sûr que tu me le dirais si ce n'était pas le cas, répondit Locke. (Son sourire s'élargit.) J'ai l'habitude de me méfier des gens qui me pointent une arme sur la gorge. Excuse-moi.

— Ta main commencera à trembler bien avant la mienne.

— Ne t'inquiète pas : je poserai la pointe de mon carreau sur ton nez quand je serai fatigué. Qui vous envoie après nous ? Combien vous paie-t-on ? Nous ne sommes pas démunis : un arrangement à l'amiable est toujours possible.

— Il se trouve que je connais leur commanditaire, dit Jean.

— Tiens donc ? (Locke lança un bref coup d'œil à son compagnon, mais son regard revint aussitôt se river sur les yeux de son adversaire.)

— Et on a déjà trouvé un arrangement, mais je crains qu'il ne soit pas à l'amiable.

— Ah… J'ai peur de ne pas te suivre, Jean.

— Non.

Jean tendit une main vers son adversaire, paume en avant. Puis il détourna lentement son arbalète vers la gauche jusqu'à ce que le carreau soit pointé sur la tête de Locke. L'homme qu'il menaçait au préalable cligna des yeux sous l'effet de la surprise.

— C'est *moi* qui ne te suis pas, Locke.

Le sourire de Locke s'évanouit.

— Jean, je ne trouve pas ça drôle.

— D'accord avec toi. Donne-moi ton arme.

— Jean…

— Maintenant. Et dépêche-toi. Toi là, t'es con ou quoi ? Vire ce truc de mon visage et pointe-le sur lui.

L'ancien adversaire de Jean s'humecta nerveusement les lèvres, mais ne bougea pas. Jean grinça des dents.

— Écoute-moi bien, espèce de babouin des mers au cerveau mité, je suis en train de faire ton boulot à ta place ! Pointe ton arbalète sur mon putain de partenaire qu'on puisse enfin se tirer de cette jetée.

— Jean, je trouve ce rebondissement *plutôt stérile.*

Il parut sur le point d'ajouter quelque chose, mais l'ancien adversaire de Jean choisit ce moment pour pointer son arme sur lui.

Locke avait maintenant l'impression qu'un torrent de sueur cascadait sur son visage, comme si l'eau de son corps l'abandonnait traîtreusement avant que la situation empire.

— Bien ! Nous sommes à trois contre un désormais. (Jean cracha sur la jetée.) Tu ne m'as pas laissé le choix : j'ai été dans l'obligation de conclure un marché avec l'employeur de ces messieurs avant de partir. Par tous les dieux ! *Tu m'y* as obligé ! Je suis désolé. Je pensais qu'ils établiraient un contact avant de nous sauter dessus. Maintenant, donne-moi ton arme.

— Jean ! Mais qu'est-ce que tu es en train de…

— Stop ! Je ne veux pas entendre un putain de mot de plus. N'essaie pas de m'embobiner. Je te connais trop bien pour te laisser parler. Tais-toi, Locke. Enlève ton doigt de la détente et *donne-moi ton arme* !

Locke fixa la pointe gainée d'acier du carreau de Jean et sa bouche s'ouvrit sous le coup de l'incrédulité. Autour de lui, le monde s'était réduit à ce minuscule point brillant qui semblait danser sous les reflets orange du terrible brasier provenant du bassin d'ancrage, derrière lui.

— Je n'arrive pas à y croire. Je n'arrive vraiment pas à…

— Je te le demande pour la dernière fois, Locke. (Jean grinça de nouveau des dents ; il tenait son arbalète d'une main sûre, le carreau pointé entre les deux yeux de son compagnon.) Enlève ton doigt de la détente et donne-moi ta putain d'arme. *Maintenant !*

Livre I

CARTES EN MAINS

« Avant de commencer une partie, mettez-vous d'accord sur trois points : les règles, les enjeux et le moment de s'arrêter. »

Proverbe chinois

Chapitre premier

Petits jeux

1

Ils jouaient au carrousel du hasard et les enjeux représentaient environ la moitié de ce que les deux hommes possédaient à travers le monde. Et, pour ne rien cacher, Locke Lamora et Jean Tannen se faisaient battre comme de vieux tapis poussiéreux.

— Dernière offre pour la cinquième manche, annonça le croupier en manteau en velours, du haut de son podium, au bord de la table circulaire. Ces messieurs désirent-ils de nouvelles cartes ?

— Non, non. Ces messieurs ont décidé de s'abstenir, déclara Locke. (Il se pencha à gauche et murmura à l'oreille de Jean :) Comment est ton jeu ?

Son compagnon ramena ses cartes devant sa bouche dans un geste désinvolte.

— Un désert sous un soleil de plomb, souffla-t-il. Et le tien ?

— Un cimetière d'amère frustration.

— Merde !

— Aurions-nous négligé nos devoirs envers les dieux cette semaine ? Est-ce que l'un de nous a lâché un pet dans un temple ou quelque chose de ce genre ?

— Je croyais que s'attendre à perdre faisait partie intégrante du plan ?

— En effet. Mais j'espérais quand même que nous nous défendrions un peu mieux que *ça*.

Le croupier toussa avec bienséance dans sa main gauche. Pendant une partie, une telle intervention équivalait à une tape sur la nuque des deux compères. Locke se redressa et tapota légèrement ses cartes contre la surface laquée, puis il grimaça un sourire – le meilleur de son arsenal facial – afin de convaincre l'assistance qu'il était parfaitement maître de la situation. Il lâcha un soupir intérieur et lança un regard à l'impressionnant tas de jetons de bois : dans quelques instants, ces derniers ne manqueraient pas de couvrir la courte distance qui séparait le centre de la table de la pile des gains de l'équipe adverse.

— Nous sommes tout à fait prêts à affronter notre destin funeste avec un stoïcisme héroïque, digne d'être cité par les historiens et les poètes.

Le croupier acquiesça.

— Ces messieurs dames ont décliné la dernière offre. La maison annonce la présentation des cartes.

Les rectangles de carton s'agitèrent soudain tandis que leurs propriétaires les rangeaient ou les écartaient pour constituer leur ultime main. Puis ils les placèrent devant eux, face cachée.

— Bien, dit le croupier. Dévoilez votre jeu.

Entre soixante et soixante-dix personnes – parmi les plus riches dilettantes de Tal Verrar – s'étaient rassemblées autour de la table pour savourer la débâcle progressive des deux compères. Elles se penchèrent en avant comme un seul homme, impatientes de mesurer l'ampleur de leur nouvelle humiliation.

2

Tal Verrar, la Rose des dieux, se dresse à l'extrémité ouest de ce que les Thérins appellent le « monde civilisé ».

Si vous pouviez marcher dans les airs mille mètres au-dessus des plus hautes tours de la ville, ou y planer en cercles paresseux comme les innombrables mouettes qui infestent les lézardes et les toits des bâtiments, vous comprendriez pourquoi les grandes îles noires sont à l'origine de l'ancien surnom de ce lieu. Elles dessinent un tourbillon qui s'écarte du cœur de la cité, un ensemble de croissants dont la taille augmente avec régularité, comme les pétales de rose stylisés d'une mosaïque.

Elles sont artificielles, dans la mesure où le continent qui se dresse à quelques kilomètres au nord-est est, lui, naturel. Il se fissure sous les coups du vent et des intempéries, révélant ainsi son âge. Les îles de Tal Verrar sont épargnées par ce fléau et, de plus, il est fort possible qu'elles soient indestructibles : elles sont composées de verre noir d'Eldren – en quantité astronomique – indéfiniment agencé en terrasses et creusé de passages ; le tout est verni de strates rocheuses et terreuses sur lesquelles se dresse une cité d'hommes et de femmes.

Cette Rose des dieux est entourée par un récif artificiel, un cercle brisé large de cinq kilomètres, des ombres tapies sous les flots obscurs. Contre cette muraille cachée, l'impétueuse mer de Bronze fait patte de velours afin de faciliter le passage des navires arborant les bannières de cent royaumes et dominions. Mâts et vergues se dressent telle une forêt que les voiles ferlées tapissent de blanc, mille mètres sous vos pieds.

Si vous tournez votre regard vers l'île à l'ouest de la ville, vous remarquerez que son relief forme de véritables murailles noires du côté du continent. Elles culminent à plus de cent mètres au-dessus du doux clapotis des vagues du port – un réseau de quais en bois qui s'accrochent au pied des falaises. La façade maritime, en revanche, s'échelonne en escalier sur toute sa longueur et six larges plateaux en forment les marches successives. À l'exception du dernier, ils sont reliés les uns aux autres par une contremarche en pente douce haute d'une quinzaine de mètres.

La partie de l'île la plus méridionale s'appelle « les Marches Dorées » ; ses six niveaux regorgent de tavernes, de tripots, de clubs privés, de bordels et d'arènes de combat. On présente cet endroit comme la capitale du jeu des cités-États de Thérin, un endroit où hommes et femmes ont l'occasion de dilapider leur agent dans les vices les plus anodins ou les forfaits les plus répugnants. Dans un geste d'hospitalité magnanime, les autorités de Tal Verrar ont décrété que nul étranger ne peut être réduit en esclavage aux Marches Dorées ; à l'ouest de Camorr, rares sont les lieux offrant une telle sécurité au voyageur qui souhaite se piquer la ruche avant de s'effondrer dans un caniveau ou un jardin public.

L'aménagement des Marches Dorées est très strict : plus la terrasse est élevée, plus ses établissements de jeu sont luxueux, imposants et nombreux. Les gardes qui en protègent l'accès deviennent également de plus en plus véhéments. Sur la sixième et dernière marche, une douzaine de manoirs baroques en pierres anciennes et bois sorcier sont enchâssés dans la végétation humide et opulente de jardins impeccables et de forêts miniatures.

Ces édifices sont les « maisons de chance de qualité », des clubs fermés où les personnes fortunées peuvent jouer des sommes à concurrence du montant de leurs lettres de crédit. Ces établissements sont des centres de pouvoir officieux depuis des siècles : des nobles, des fonctionnaires, des marchands, des capitaines de navire, des légats et des espions s'y retrouvent afin de parier leurs fortunes – personnelles ou politiques.

Les maisons de chance de qualité proposent tous les agréments possibles à leurs visiteurs. Les plus importants de ceux-ci arrivent au pied des falaises du port intérieur où ils accostent les quais réservés à l'élite, puis ils montent à bord de nacelles qui les hissent au sommet grâce à des moteurs à eau en cuivre brillant ; ce système leur évite d'emprunter les rampes qui desservent les cinq premières marches sur le front de mer – des chemins étroits, sinueux et congestionnés. Sur la dernière terrasse, on trouve même une aire de duel public, un rectangle de gazon impeccable, entretenu à grands frais et aménagé au cœur de ce niveau afin que les tempéraments les plus calmes n'aient pas le temps de s'apaiser lorsqu'on les a échauffés.

Les maisons de qualité sont des lieux sacro-saints. Des traditions plus anciennes et plus solides que les lois interdisent aux soldats et aux membres de la police d'y poser le pied, sinon pour mettre fin aux crimes les plus odieux. Elles suscitent la jalousie de tout un continent, car aucun club étranger, aussi luxueux et élitiste soit-il, ne parvient à recréer parfaitement l'atmosphère propre à une maison de chance verrarienne; et aucun, absolument aucun, ne peut rivaliser avec *L'Aiguille du péché.*

Ce bâtiment de cinquante mètres se dresse à l'extrémité sud de la terrasse la plus haute – qui surplombe elle-même le port de quatre-vingt-cinq mètres. *L'Aiguille du péché* est une tour en Verre d'Antan à l'éclat noir et nacré; un large balcon bordé de lanternes alchimiques encercle chacun des huit étages; la nuit, l'édifice ressemble à une constellation d'étoiles écarlates et bleu crépuscule, les couleurs des armoiries de Tal Verrar.

L'Aiguille du péché est la maison de chance la plus fermée, la plus célèbre et la mieux gardée du monde. Du coucher au lever du soleil, elle accueille les personnages assez beaux, riches ou puissants pour émouvoir la bienveillance des portiers. Chaque étage supplante le précédent dans le luxe, le snobisme et les mises maximales autorisées. L'accès au niveau supérieur s'obtient grâce à un dépôt important sur les comptes de la maison, un comportement amusant et une manière de jouer impeccable. Certains postulants consacrent des années et des milliers de solaris à attirer l'attention du maître des lieux; en matière de promotion sociale, l'implacabilité de cet homme – fruit de sa position exceptionnelle – a fait de lui la référence la plus convoitée de toute l'histoire de la ville.

À *L'Aiguille du péché*, l'étiquette est tacite, mais aussi rigide qu'un dogme. Pour simplifier – et éviter toute équivoque –, la mort est la seule punition qui attend les tricheurs surpris dans cet établissement. Si une carte venait à tomber de sa manche, l'Archon de Tal Verrar, lui-même, ne pourrait formuler le moindre recours avant de se présenter devant les dieux, dans l'au-delà. De temps à autre, les employés de la tour découvrent une prétendue exception à la règle, mais quelqu'un meurt discrètement d'une overdose alchimique dans son attelage, ou fait un *malheureux* faux pas au huitième balcon, au-dessus des dalles dures de la cour.

Il a fallu deux ans, un nouveau jeu de fausses identités et bon nombre de machinations pour que Locke Lamora et Jean Tannen parviennent à s'infiltrer jusqu'au quatrième étage.

Leur conduite ne s'est d'ailleurs pas assagie pour autant: en ce moment même, ils s'efforcent de tricher face à des adversaires parfaitement à l'aise.

3

— Ces dames présentent une suite de tours et une suite de sabres, couronnées par le sceau du soleil, annonça le croupier. Ces messieurs présentent une suite de calices et une main vide, couronnées par le cinq de calice. La cinquième manche est remportée par ces dames.

Locke se mordit la joue tandis qu'une vague d'applaudissements faisait vibrer l'air chaud de la pièce. Jusqu'ici, les dames avaient remporté quatre manches sur cinq, et les spectateurs avaient à peine daigné remarquer l'unique victoire des deux compères.

— Sacrebleu ! dit Jean avec une expression de surprise convaincante.

Locke se tourna vers son adversaire de droite. Maracosa Durenna était une femme élancée et au teint mat qui approchait la quarantaine ; ses cheveux épais avaient la couleur de la fumée qui se dégage de l'huile en feu et on distinguait de nombreuses cicatrices sur son cou et ses avant-bras. Elle tenait un cigare fin avec une bague dorée dans sa main droite et arborait un sourire pincé de satisfaction blasée. Il était clair que le jeu ne requérait pas sa plus haute attention.

D'un geste sec, le croupier poussa la pile de jetons perdus par les deux compères vers les dames à l'aide d'un râteau à long manche. Il ramena les cartes vers lui avec le même outil et les ramassa. Il était interdit aux joueurs de les toucher une fois abattues.

— Eh bien, madame Durenna ! dit Locke. Permettez-moi de vous féliciter : l'état de vos finances ne fait que s'améliorer. Il semblerait que votre bourse soit la seule chose qui enfle plus vite que mon imminente migraine éthylique.

Il fit circuler un jeton entre les doigts de sa main droite. Le petit disque de bois valait cinq solaris, environ huit mois de paie pour un ouvrier normal.

— Je vous présente mes condoléances : les cartes vous ont été particulièrement défavorables, maître Kosta.

Dame Durenna tira une longue bouffée sur son cigare, puis expira avec lenteur un trait de fumée de manière à ce qu'il reste en suspension entre Locke et Jean, juste assez loin pour que l'insulte ne soit pas directe. Locke comprit qu'elle utilisait l'exhalation comme son *strat péti*, son « petit jeu » – une manie soi-disant raffinée, mais qui était en fait cultivée afin de déconcentrer ou irriter ses adversaires à une table de jeu et de les pousser à commettre des erreurs. Jean avait prévu d'employer ses propres cigares dans ce but, mais dame Durenna visait bien mieux que lui.

— Les cartes ne peuvent être véritablement défavorables en présence de deux personnes aussi ravissantes.

— Je suis tentée d'admirer un homme capable de mentir avec autant de charme tandis qu'on le déleste de tout son or, déclara la seconde joueuse assise entre Durenna à sa droite et le croupier à sa gauche.

Izmila Corvaleur était presque aussi grande que Jean, large et rougeaude, pourvue de rondeurs prodigieuses partout où une femme peut être ronde. Elle était séduisante – ce point ne souffrait aucune contestation –, mais son regard vif était plein de mépris. Locke décelait en elle une pugnacité refrénée comparable à celle d'un bagarreur des rues – le désir peaufiné de se lancer des défis. Elle piochait sans cesse dans une boîte argentée contenant des cerises enrobées de chocolat en poudre et ne manquait jamais de se lécher bruyamment les doigts entre chaque bouchée. Il s'agissait là de son propre *strat péti*, bien entendu.

Locke songea qu'elle était faite pour jouer au carrousel du hasard : elle avait un don pour les cartes et un corps capable d'endurer l'unique punition sanctionnant la perte d'une manche.

— Pénitence, annonça le croupier.

Sans quitter son estrade, il enclencha le mécanisme qui faisait tournoyer le carrousel. L'appareil, disposé au centre de la table, était un ensemble de châssis circulaires en cuivre qui supportait des rangées et des rangées de minuscules fioles, fermées par des bouchons d'argent. Dans la douce lumière prodiguée par les lanternes du salon de jeu, il se mit à tourner de plus en plus vite et on ne distingua bientôt plus que des bandes argentées ininterrompues sur les rayonnages de cuivre. Puis un cliquettement monta de sous la table et on entendit le tintement de minuscules récipients en verre épais qui s'entrechoquaient. Le carrousel cracha deux fioles qui roulèrent en direction de Locke et Jean avant de heurter le rebord légèrement surélevé de la table.

Le carrousel du hasard était un jeu conçu pour deux équipes de deux, un jeu onéreux, car les rouages du mécanisme coûtaient très cher. À la fin de chaque manche, les perdants recevaient deux fioles tirées aléatoirement de l'immense réserve de petites bouteilles stockée dans la machine. Elles contenaient des spiritueux mélangés à des huiles sucrées et à des jus de fruits pour masquer leur teneur en alcool. Les cartes ne représentaient qu'un aspect du jeu. Les joueurs devaient aussi conserver leur concentration malgré les effets croissants de ces fioles diaboliques. La partie ne pouvait se terminer que d'une seule manière : lorsqu'une personne était trop ivre pour continuer.

En théorie, il était impossible de tricher. *L'Aiguille du péché* entretenait la machine et préparait les flacons dont les petits bouchons d'argent étaient solidement fixés sur des cachets de cire. Les joueurs n'avaient pas le droit de toucher le carrousel ou les fioles d'un autre parieur sous peine de pénitence immédiate. L'établissement fournissait jusqu'aux chocolats et cigares consommés à la table. Locke et Jean auraient pu refuser à Mme Corvaleur le luxe de ses douceurs, mais cela n'aurait pas été une bonne idée – pour plusieurs raisons.

— Ma foi, dit Jean en brisant le sceau de son flacon, à la santé des perdants débordant de charmes, alors.

— Si seulement nous savions où en trouver, ajouta son camarade.

Ils avalèrent leurs boissons d'un trait et en même temps. Locke sentit un chaud goût de prune descendre le long de sa gorge – il avait tiré un alcool fort. Il soupira et posa la petite bouteille vide devant lui. Quatre fioles à une et, s'il se fiait à sa concentration vacillante, il commençait à en ressentir les effets.

Tandis que le croupier triait les cartes et les battait pour la manche suivante, Mme Durenna tira une nouvelle bouffée profonde et satisfaite sur son cigare. D'une chiquenaude, elle fit tomber les cendres dans un cendrier en or massif disposé sur un piédestal, près de sa main droite. Elle laissa échapper deux traînées de fumée paresseuses par les narines et fixa le carrousel derrière le brouillard grisâtre. Locke songea que Durenna était une prédatrice née, une spécialiste des embuscades, toujours plus à l'aise quand elle était dissimulée. D'après les informations qu'il avait recueillies, elle s'était engagée depuis peu dans une carrière de spéculatrice sur les marchandises circulant à l'intérieur de la cité. Au préalable, elle commandait un détachement de corsaires mercenaires ; elle pourchassait et coulait en haute mer les navires esclavagistes de Jérem. Elle n'avait pas hérité ses cicatrices en buvant du thé dans un salon.

Il aurait été très – très – fâcheux qu'une telle femme se rende compte que les deux hommes comptaient gagner en usant de méthodes que Locke qualifiait de « discrètes et peu orthodoxes ». Par l'enfer ! Il aurait été encore préférable de perdre comme le commun des mortels, ou que la ruse soit découverte par les employés de *L'Aiguille du péché* – eux, au moins, auraient sans doute agi en bourreaux rapides et efficaces. Après tout, ils avaient une entreprise prospère à faire tourner.

— Ne distribuez pas, dit Mme Corvaleur au croupier. (Elle interrompit du même coup les rêveries de Locke.) Mara, ces deux gentilshommes n'ont vraiment pas eu de chance avec les cartes jusqu'ici. Ne pourrions-nous pas leur accorder une pause ?

Locke dissimula sa soudaine fébrilité. Les deux partenaires qui menaient au carrousel du hasard étaient en droit de proposer à leurs adversaires une courte interruption du jeu, mais cette amabilité était rarement concédée. Les raisons en étaient évidentes : elle offrait aux perdants un temps précieux qui leur permettrait d'atténuer les effets de l'alcool. Corvaleur usait-elle de cette excuse pour remédier à un problème personnel ?

—Ces gentilshommes ont fait des efforts éreintants pour notre compte : ils ont compté tous ces jetons avant de les pousser vers nous, encore et encore. (Durenna tira sur son cigare et relâcha la fumée.) Messieurs, vous nous feriez honneur en acceptant une courte pause afin de vous rafraîchir et de reprendre un peu de forces.

Ah ! Locke sourit et joignit les mains et les posa devant lui. C'était donc ça : ces dames offraient un petit divertissement aux spectateurs : elles montraient leur piètre estime envers leurs adversaires, elles affichaient leur totale confiance en leur victoire. Du point de vue de l'étiquette, Durenna venait d'engager un duel et avait porté une botte à la gorge. Un refus catégorique relèverait de la dernière grossièreté. Les deux compères devaient parer en finesse.

—Comment imaginer meilleur rafraîchissement que la poursuite de cette partie en si galante compagnie ? demanda Jean.

—Vous êtes trop bon, maître de Ferra, dit Mme Durenna. Mais laisseriez-vous dire que nous sommes sans cœur ? Vous ne nous avez refusé aucun de nos petits conforts. (D'un geste de son cigare, elle désigna la boîte de sucreries de Mme Corvaleur.) Vous opposeriez-vous à ce que nous vous rendions la pareille ?

—Nous ne saurions vous refuser quoi que ce soit, madame, mais nous souhaitons solliciter l'autorisation de combler votre plus grand désir ; celui pour lequel vous avez fait l'effort de vous déplacer jusqu'ici ce soir : le désir de jouer.

—Il nous reste bien des manches avant que la partie s'achève, ajouta Locke. Jérôme et moi serions mortifiés à l'idée de vous causer le moindre désagrément.

Tandis qu'il parlait, son regard croisa celui du croupier.

—Je vous assure que vous ne nous avez pas causé le moindre souci jusqu'ici, dit Mme Corvaleur d'une voix douce.

Avec un certain malaise, Locke s'aperçut que les spectateurs suivaient cet échange avec attention. Jean et lui avaient défié deux femmes que beaucoup considéraient comme les meilleurs joueurs de carrousel du hasard de tout Tal Verrar, et une foule considérable s'était rassemblée autour des autres tables du quatrième étage de *L'Aiguille du péché*. Des tables où personne ne jouait, car, grâce à un accord tacite entre la direction de la maison et ses clients, toutes les parties avaient été suspendues dans ce salon jusqu'à la fin du massacre.

—Très bien, déclara Durenna. Nous ne voyons aucune objection à poursuivre, c'est tout à notre avantage. Il est même possible que la chance finisse par tourner.

L'abandon de cette conversation perfide ne rassura pas Locke pour autant. Après tout, cette femme pouvait raisonnablement espérer qu'elle allait continuer à dépouiller ses deux adversaires comme au coin d'un bois. Elle les tenait pour ainsi dire par les pieds et n'avait plus qu'à secouer pour mettre la main sur leur argent.

— Sixième manche, annonça le croupier. La mise initiale sera de dix solaris.

Tandis que les joueurs poussaient deux jetons de bois sur la table, l'homme lança trois cartes devant chacun d'eux.

Mme Corvaleur avala une nouvelle cerise enrobée de chocolat et suça ses doigts afin de les nettoyer. Avant de prendre son jeu, Jean passa la main gauche sous le revers de son manteau où elle s'agita un bref instant – comme s'il se grattait. Quelques secondes plus tard, Locke l'imita. Il s'aperçut que Mme Durenna les observait et roulait les yeux. Les signes entre joueurs étaient tout à fait réglementaires, mais on les préférait un peu plus subtils.

Durenna, Jean et Locke regardèrent leurs cartes presque simultanément. Corvaleur fit de même quelques instants plus tard, les doigts encore humides. Elle rit doucement. Avait-elle vraiment reçu un bon jeu, ou était-ce un *strat péti* ? Durenna semblait très satisfaite, mais Locke était certain qu'elle conservait cette expression jusque dans son sommeil. Le visage de Jean demeura impénétrable et, de son côté, Locke s'essaya à un petit sourire narquois – bien que sa main de départ ne vaille pas tripette.

De l'autre côté de la pièce, derrière un employé à la carrure impressionnante, un escalier en colimaçon à rambarde de cuivre menait au cinquième étage. Les personnes qui l'empruntaient s'arrêtaient un instant pour observer la partie comme du dernier balcon d'un théâtre. Du coin de l'œil, Locke y distingua un mouvement fugace qui attira son attention : une silhouette mince et bien mise se tenait à demi dissimulée dans l'ombre. La lumière chaude et dorée des lanternes de la salle se réfléchissait sur une paire d'optiques et Locke sentit un frisson d'excitation glacé remonter le long de sa colonne vertébrale.

Était-il possible que ce soit lui ? Il essaya de garder un œil sur la silhouette sombre tout en faisant semblant de contempler ses cartes. Les reflets de la monture ne tremblaient pas, ne bougeaient pas : on observait donc leur table. Parfait !

Jean et Locke avaient enfin réussi à attirer l'attention de l'homme dont les bureaux occupaient le huitième étage – à moins que sa présence ici soit fortuite, mais, par tous les dieux, ils ne laisseraient pas passer une occasion pareille. Le maître de *L'Aiguille du péché*, le souverain secret des voleurs de Tal Verrar, celui qui contrôlait d'une main de fer le monde de la rapine et celui du luxe. À Camorr, on l'aurait appelé « capa », mais ici, il ne portait d'autre titre que son nom.

Requin.

Locke s'éclaircit la gorge, regarda de nouveau la table et se prépara à perdre une nouvelle manche avec élégance. Dehors, on entendait le faible écho des cloches des navires se répercuter sur les eaux noires alors qu'elles annonçaient la dixième heure du soir.

4

— Dix-huitième manche, annonça le croupier. La mise initiale sera de dix solaris.

Locke dut écarter les onze fioles qui s'entassaient devant lui – d'une main agitée de tremblements manifestes – afin de pousser ses jetons sur la table. Mme Durenna, aussi stable qu'un navire en cale sèche, fumait son quatrième cigare de la soirée. Mme Corvaleur paraissait osciller sur son siège – ses joues n'étaient-elles pas un peu plus rouges que d'habitude ? Locke essaya de ne pas la regarder trop intensément tandis qu'elle plaçait sa mise initiale. Ce balancement n'était peut-être qu'une vue de son esprit au bord de l'ébriété. Il était presque minuit. La salle n'était pas assez aérée : l'air parsemé de volutes de fumée lui grattait les yeux et la gorge.

Le croupier était toujours aussi vif et impassible – il ressemblait davantage à une machine que le carrousel. Il lança trois cartes devant Locke. Ce dernier passa la main sous le revers de sa manche avant de les regarder.

— Aaah ! lâcha-t-il d'un ton à la fois heureux et intéressé.

Il avait reçu une impressionnante collection de merdes – la pire de toutes, pour le moment. Il cligna et plissa les yeux, se demandant si l'alcool ne lui jouait pas des tours. Il se concentra de nouveau, mais, hélas, ses cartes ne s'améliorèrent pas pour autant.

Les dames avaient perdu la manche précédente et bu les dernières fioles crachées par le carrousel, mais si Jean, assis à gauche de son compagnon, ne cachait pas un miracle dans son jeu… Eh bien, il était probable qu'une petite bouteille ne tarderait pas à rouler joyeusement à travers la table pour venir buter contre la main tremblante de Locke.

Dix-huit manches, songea-t-il. Et neuf cent quatre-vingts solaris perdus jusqu'ici. Son esprit – bien lubrifié par l'alcool de *L'Aiguille du péché* – s'égara dans des calculs. La somme représentait le budget annuel qu'un homme important consacrait à l'achat de nouveaux vêtements de qualité ; le prix d'un petit navire ; d'une très grande maison ; les revenus de toute une vie d'honnête artisan, comme tailleur de pierre. Lui était-il déjà arrivé de se faire passer pour un tailleur de pierre ?

— Premiers choix, annonça le croupier.

Sa voix ramena soudain Locke à la réalité.

— Carte, demanda Jean.

L'employé en fit glisser une vers lui. Jean la regarda, hocha la tête et poussa un autre disque de bois vers le centre de la table.

— Je monte.

— Je suis, déclara Mme Durenna. (Elle prit deux jetons au sein de sa pile imposante.) Je dévoile à ma partenaire. (Elle montra deux cartes à Mme Corvaleur qui ne put retenir un sourire.)

— Carte, demanda Locke.

Un petit rectangle de carton glissa jusqu'à lui. Il en souleva un coin, juste assez pour voir de quoi il s'agissait. Le deux de calice – ce qui, dans la situation présente, lui était aussi utile qu'une merde de chien qui a la chiasse. Il se força à sourire.

— Je monte. (Il poussa deux jetons en avant.) Je me sens béni des dieux.

Tous les regards se tournèrent avec curiosité vers Mme Corvaleur. Celle-ci tira une cerise enrobée de chocolat de la boîte bien entamée, la fourra dans sa bouche et suça rapidement ses doigts.

— Oh ! oh ! dit-elle. (Elle fixait ses cartes et sa main collante pianota doucement sur la table.) Oh... Ho... Oh... Mara, c'est... très curieux...

Sur ce, elle s'effondra en avant et sa tête se nicha sur son impressionnante pile de jetons. Ses cartes voltigèrent et tombèrent sur le tapis de jeu, face en dessus. Elle essaya de les cacher en abattant ses mains sur la table sans la moindre coordination.

— Izmila, dit Mme Durenna avec une pointe d'insistance. Izmila ! (Elle tendit le bras et secoua les larges épaules de sa partenaire.)

— Zmila, c'est moi, acquiesça Mme Corvaleur d'une voix geignarde et endormie.

Sa bouche s'ouvrit avec mollesse, une traînée de bave imprégnée de chocolat et de morceaux de cerise coula sur ses jetons de cinq solaris. Mmmmmmilllaaaaaaaaa... vraim... ment... très... curieux...

— La parole est à Mme Corvaleur. (La voix du croupier trahissait sa surprise, malgré des efforts méritoires pour rester impassible.) Mme Corvaleur doit annoncer son choix.

— Izmila ! Concentre-toi ! souffla Mme Durenna dans un murmure pressant.

— Il y a... des cartes..., marmonna Mme Corvaleur. Regarde, Mara... pleinnn... de... cartes. Sur table. (Et elle enchaîna :) Blableu... na... fla... gah.

Puis elle tomba dans les pommes.

— Pénitence finale, annonça le croupier après quelques secondes.

À l'aide de son râteau, il récupéra l'ensemble des jetons de Mme Durenna et les compta rapidement. Tout ce qui se trouvait sur la table allait revenir à Jean et Locke. La menace d'une perte imminente de mille solaris s'était transformée en gain d'une somme égale. Locke lâcha un soupir de soulagement.

Le croupier contempla d'un air songeur Mme Corvaleur, qui avait la tête posée sur son oreiller de petites plaques de bois. Puis il toussa dans sa main.

— Messieurs, la maison va, hum, vous fournir des jetons pour le montant nécessaire afin de remplacer... ceux que la dame utilise encore.

— Bien entendu, dit Jean en tapotant avec tendresse ceux de Durenna qui s'étaient soudain rassemblés devant lui en une petite montagne. Derrière lui, Locke entendit des murmures de confusion, de consternation et de surprise monter de la foule des spectateurs. Un timide applaudissement se manifesta enfin sous l'initiative amicale de quelques observateurs plus charitables, mais il fut de courte durée. Les témoins n'étaient pas enthousiasmés – plutôt vaguement gênés – par le spectacle d'une célébrité comme Mme Corvaleur ivre après l'ingestion de six fioles seulement.

— Hummf, lâcha Mme Durenna.

Elle écrasa son cigare dans le cendrier en or massif et se leva. Elle ajusta sa veste avec ostentation – un vêtement en brocart de velours noir orné de boutons en platine et de tissu d'argent valant une bonne partie de ce que sa propriétaire avait perdu ce soir.

— Maître Kosta, maître de Ferra... Il semblerait que nous devions reconnaître votre suprématie.

— Certainement pas en matière de jeu talentueux, dit Locke. (Il rassembla ses pensées éclatées avant d'afficher un sourire charmant et perfide.) Vous étiez à deux doigts de nous... hmm... faire les poches.

— Je vous assure que le monde tangue autour de moi, ajouta Jean dont les mains étaient – depuis le début de la partie – aussi calmes que celles d'un chirurgien.

— Messieurs, j'ai grandement apprécié votre compagnie stimulante, dit Mme Durenna d'un ton qui démentait tout à fait ses propos. Que diriez-vous d'une nouvelle partie, cette semaine peut-être ? Vous ne pouvez pas nous refuser l'occasion de nous refaire, c'est une question d'honneur.

— Rien ne nous ferait davantage plaisir, répondit Jean.

Locke acquiesça avec énergie et l'intérieur de son crâne se transforma en chambre de torture. Mme Durenna tendit la main avec froideur et consentit que les deux hommes approchent leurs lèvres à quelques centimètres. Une fois l'hommage rendu – comme s'ils prêtaient allégeance à une vipère particulièrement irritable –, quatre employés de Requin apparurent pour transporter Mme Corvaleur et ses ronflements dans un endroit plus approprié.

— Par tous les dieux ! dit Jean. Ce doit être fastidieux de regarder nuit après nuit les joueurs essayer de saouler leurs adversaires.

Il lança un jeton de cinq solaris au croupier. La coutume voulait qu'on lui laisse un petit pourboire.

— Je ne partage pas votre point de vue, monsieur. Comment désirez-vous que je vous rende la monnaie ?

— Quelle monnaie ? (Jean sourit.) Gardez tout.

L'employé trahit des émotions humaines pour la deuxième fois de la soirée. Il gagnait confortablement sa vie, mais cette petite plaque de bois représentait tout de même six mois de salaire. Il réprima à grand-peine un hoquet de surprise quand Locke lui lança une dizaine de jetons supplémentaires.

— La bonne fortune est une dame qui aime à voyager, dit Locke. Achetez-vous une maison, s'il y a assez. J'ai un peu de mal à compter en ce moment.

— Dieux miséricordieux ! *Mille* mercis, messieurs ! (L'homme jeta un rapide coup d'œil autour de lui et murmura :) Les deux dames ne perdent pas souvent, vous savez. En fait, il me semble que c'est la première fois que cela leur arrive.

— La victoire a un prix, dit Locke. Je crains que ma tête ne paie la facture lorsque je me réveillerai demain.

Mme Corvaleur fut emmenée en haut de l'escalier tandis que Mme Durenna surveillait attentivement les hommes qui portaient sa partenaire de jeu. La foule se dispersa et les spectateurs restés assis à leur table appelèrent un croupier, commandèrent de la nourriture ou de nouvelles cartes pour jouer à leur tour.

Jean et Locke rassemblèrent leurs jetons dans les habituelles boîtes en bois doublées de velours et se dirigèrent vers l'escalier. Des employés avaient rapidement apporté de nouvelles plaques – sans bave – pour remplacer celles de Mme Corvaleur.

— Permettez-moi de vous féliciter, messieurs, dit l'homme qui gardait le passage vers le cinquième étage.

Le tintement des verres et le murmure des conversations filtraient jusqu'en bas des marches.

— Merci, dit Locke. Je crains que Mme Corvaleur ait faibli une manche ou deux avant que cela m'arrive.

Les deux compères descendirent avec lenteur l'escalier qui s'enroulait contre le mur de la tour jusqu'au septième étage. Ils étaient vêtus comme des personnes honorables et importantes, le *nec plus ultra* de la dernière mode estivale à Tal Verrar. Locke – dont les cheveux avaient été teints en blond clair grâce à un procédé alchimique – portait un manteau caramel cintré aux hanches et pourvu de larges basques qui descendaient jusqu'aux genoux ; les énormes parements à triple épaisseur étaient recouverts de carrés d'étoffe orange et noirs et décorés de boutons en or ; il n'avait pas de gilet, mais une simple tunique de la meilleure soie – trempée de sueur – ainsi qu'un ample foulard noir. Jean était vêtu de manière semblable, sauf que son manteau était gris-bleu comme une mer couverte de nuages ; une large écharpe ceignait son ventre, aussi noire que les courtes boucles de sa barbe.

Ils poursuivirent leur descente, traversant des étages remplis de notables. Ils passèrent devant les reines du commerce verrarien aux bras desquelles étaient accrochés de jeunes compagnons décoratifs des deux sexes, tels des animaux familiers ; des hommes et des femmes qui s'affublaient de titres lashaniens obtenus contre argent ; par-delà les cartes et les carafes de vin, ils aperçurent des dons et des donnas originaires de Camorr ; ils croisèrent des capitaines de vaisseau vadrans portant d'étroits manteaux noirs, leurs traits pâles et acérés recouverts d'un masque de peau hâlée par la mer. Locke identifia au moins deux membres du Priori, la coalition des conseils de marchands qui dirigeait Tal Verrar en théorie. Des poches bien garnies semblaient être la condition primordiale pour obtenir son admission à *L'Aiguille du péché*.

Les dés roulaient et les verres tintaient ; les officiants riaient, toussaient, lançaient des jurons et soupiraient. Des langues de fumée se déplaçaient avec langueur dans l'air chaud, transportant des effluves de parfum ou de vin, de transpiration ou de viande rôtie et, parfois, le relent épais et collant de drogues alchimiques.

Locke avait déjà visité d'authentiques palais et manoirs. *L'Aiguille du péché*, aussi luxueuse fût-elle, n'était guère plus somptueuse que les demeures où de nombreux clients retourneraient lorsqu'ils auraient enfin perdu une trop grande partie de la nuit à jouer. La véritable magie de cet établissement émanait de son élitisme versatile : refusez quelque chose à suffisamment de gens et, tôt ou tard, cette chose se parera d'une aura de mystère aussi épaisse qu'une nappe de brouillard.

Au rez-de-chaussée, presque cachée au fond de la pièce, il y avait une solide guérite de bois encadrée par des employés d'une stature hors du commun. Par chance, personne ne faisait la queue. Locke posa – un peu trop fort – sa boîte sur le comptoir à côté de l'unique guichet.

— Versez l'intégralité sur mon compte.

— Avec plaisir, maître Kosta, répondit le responsable en prenant la caissette.

Léocanto Kosta, spéculateur marchand de Talisham, était bien connu dans ce royaume des paris et des arômes de vin. L'employé transforma avec diligence la pile de jetons de bois en quelques signes sur un livre de comptes. En battant Corvaleur et Durenna, et sans oublier le pourboire du croupier, la part des gains de Locke se montait à près de cinq cents solaris.

Locke se recula pour céder le passage à Jean et sa boîte.

— Je crois comprendre que les félicitations sont de mise pour vous deux, maître de Ferra, dit l'employé.

Jérôme de Ferra, lui aussi originaire de Talisham, était le compagnon de fête de Léocanto. Ils se ressemblaient comme deux gouttes d'eau – jusque dans le caractère fictif de leurs personnages.

Soudain, Locke sentit une main s'abattre sur son épaule gauche. Inquiet, il se tourna et se retrouva face à une femme aux cheveux noirs et bouclés ; elle portait une tenue onéreuse aux couleurs des employés ; la moitié de son visage était d'une beauté à couper le souffle, l'autre semblait couverte d'un masque brun et parcheminé, comme si elle avait été gravement brûlée. Elle sourit, mais les lèvres de la partie abîmée furent incapables de bouger. Locke eut l'impression de se tenir devant une femme s'efforçant d'émerger d'une grossière statue en argile.

Sélendri, la majordome de Requin.

La main posée sur son épaule – la gauche, celle du côté brûlé – n'était pas réelle : il s'agissait d'un simulacre en cuivre massif. Dans la lumière de la lanterne, la prothèse lança un reflet terne lorsque la femme la retira.

— La maison vous présente ses félicitations, dit-elle d'une voix sinistre, en zézayant. Pour vos bonnes manières tout autant que pour votre courage remarquable. Nous désirons vous informer que vous et maître de Ferra serez désormais les bienvenus au cinquième étage, si vous souhaitez profiter de ce privilège.

Locke afficha un sourire non feint.

— Je vous remercie du fond du cœur, en mon nom et celui de mon partenaire, dit-il avec une éloquence éthylique. Cette aimable attention de la maison est extrêmement flatteuse, bien entendu.

La majordome hocha la tête d'un air évasif, puis elle s'éloigna d'un pas souple et disparut dans la foule aussi vite qu'elle était apparue. Ici et là, des sourcils se froncèrent : à la connaissance de Locke, rares étaient les invités de Requin qui se voyaient notifier leur ascension sociale par Sélendri en personne.

— Nous sommes une denrée très demandée, mon cher Jérôme, dit-il tandis qu'ils se frayaient un chemin à travers la foule en direction des portes d'entrée.

— Pour le moment.

— Maître de Ferra ! (Un large sourire se dessina sur les lèvres du portier en chef alors qu'ils approchaient.) Et maître Kosta ! Puis-je vous appeler une voiture ?

— Inutile, je vous remercie, répondit Locke. Le tangage est tel que je vais m'effondrer si je ne prends pas un grand bol d'air nocturne. Nous rentrerons à pied.

— Très bien, messieurs.

Avec une précision toute militaire, quatre employés tinrent les portes ouvertes tandis que Jean et Locke sortaient. Les deux voleurs descendirent avec prudence un large escalier de pierre recouvert d'un tapis rouge. Ainsi que toute la ville le savait, ce tapis était enlevé et jeté à l'aube, chaque jour. Tal Verrar offrait donc un spectacle assez unique en son genre : celui d'une armée de mendiants dormant sur des piles de velours écarlate.

La vue était impressionnante : à la droite des deux hommes, derrière les silhouettes des autres maisons de chance, on apercevait toute la courbe du croissant de l'île. Le Nord était plongé dans une obscurité relative comparée au halo luisant qui émanait des Marches Dorées. Au-delà de la ville, au sud, à l'ouest et au nord, la mer de Cuivre était illuminée par trois lunes dans un ciel sans nuages et brillait d'un éclat phosphorescent argenté. Ici et là, les voiles de lointains navires se dessinaient sur le tableau de mercure d'une pâleur fantomatique.

En bas à gauche, Locke voyait au-delà des toits disséminés sur les cinq marches inférieures de l'île. Malgré le solide escalier de pierre, ce spectacle donnait le vertige. Tout autour, il entendait les murmures du plaisir humain et les bruits sourds des roues des attelages sur les pavés. Une dizaine de véhicules au moins se déplaçaient ou attendaient le long de l'avenue rectiligne, en haut de la sixième terrasse. Au-dessus, dans une obscurité opalescente, *L'Aiguille du péché* se dressait avec ses lanternes alchimiques brillantes, telle une chandelle destinée à attirer l'attention des dieux.

Tandis que les deux hommes s'éloignaient de l'édifice et retrouvaient une certaine intimité, Locke demanda :

— Et maintenant, mon cher pessimiste professionnel, mon marchand inquiet, mon intarissable source de doutes et de dérision… Que penses-tu de tout *ça* ?

— Oh, pas grand-chose, soyez-en assuré, maître Kosta ! Comment pourrais-je penser alors que le sublime génie de votre plan me remplit de crainte et de respect ?

— Ces paroles sentent vaguement le sarcasme.

— Que les dieux me foudroient ! Je suis mortifié ! Vos inexprimables talents de criminel triomphent de nouveau, aussi inéluctablement que la marée monte et descend. Je me jette à vos pieds et vous supplie de m'absoudre ! C'est à n'en point douter votre génie qui nourrit le cœur du monde.

— Bon, maintenant tu commences à…

— Et pas le moindre lépreux à la ronde, le coupa Jean. Alors que vous auriez pu poser vos mains sur lui et le guérir par imposition…

— Oh, monsieur pète de la gueule parce qu'il est jaloux !

— C'est possible, reconnut Jean. À vrai dire, nous nous sommes enrichis de manière significative, nous n'avons pas été pris, nous ne sommes pas morts, nous sommes devenus plus célèbres et nous avons maintenant accès à l'étage supérieur. Je dois reconnaître que j'ai eu tort de qualifier ton plan de stupide.

— C'est vrai ? Sans blague ? (Locke passa la main sous le revers de son manteau.) Parce que moi, je dois l'avouer : *c'était* un plan stupide ! Complètement irresponsable ! Un verre de plus et j'étais cuit. En fait, je suis scié qu'on ait réussi.

Ses doigts s'agitèrent une seconde ou deux sous son revers avant d'en tirer un paquet de laine grand comme le pouce. Un nuage de poussière s'échappa du petit ballot lorsque Locke le glissa dans une de ses poches extérieures. Il s'essuya vigoureusement les mains sur ses manches tandis qu'ils poursuivaient leur chemin.

— « Presque perdu », c'est une autre façon de dire « enfin gagné », remarqua Jean.

— Quoi qu'il en soit, ces maudites fioles ont failli m'avoir. La prochaine fois que je me montre aussi optimiste quant à ma résistance à l'alcool, corrige-moi en me plantant une hachette dans le crâne.

— Je me ferai une joie d'en planter *deux*.

Le plan était devenu réalisable grâce à Mme Izmila Corvaleur. Elle avait été la première à rencontrer « Léocanto Kosta » à une table de jeu, quelques semaines plus tôt. Lors d'une partie, elle ne manquait jamais de manger avec les doigts afin d'irriter ses adversaires.

Il était *impossible* de tricher au carrousel du hasard en usant des techniques habituelles. Aucun employé de Requin ne s'amuserait à truquer les cartes, jamais de la vie et pas même en échange d'un duché. Personne ne pouvait influencer le carrousel et choisir une fiole plutôt qu'une autre – pour soi-même ou son adversaire. On avait paré à toutes les méthodes classiques destinées à droguer un joueur et, par conséquent, il ne restait qu'une seule solution : que la personne visée s'en charge elle-même ; qu'elle absorbe de son plein gré un produit subtil et peu orthodoxe, *via* un vecteur auquel même un paranoïaque au sommet de sa forme ne penserait jamais.

Comme un narcotique saupoudré en quantité infime sur les cartes – des cartes qui circuleraient ensuite avant d'arriver entre les mains d'une femme qui se léchait systématiquement les doigts pendant une partie.

Bela paranella – ou « l'amie de la nuit » – était une poudre alchimique fade et incolore. C'était un produit très populaire parmi les gens aisés et nerveux qui en prenaient afin de plonger dans un sommeil profond et paisible. Mélangée à de l'alcool, la *bela paranella* agissait vite en quantités infimes : les deux substances se complétaient à merveille, comme une flamme et un morceau de parchemin bien sec. Elle aurait connu un franc succès dans les milieux criminels si elle n'avait pas coûté vingt fois son poids en fer-blanc.

— Par tous les dieux ! Cette femme est bâtie comme une galère de combat, dit Locke. Elle a dû entrer en contact avec la drogue autour de la troisième ou quatrième manche... Je suis sûr qu'on pourrait tuer un couple de sangliers en rut avec une dose moins forte.

—Au moins, nous avons eu ce que nous voulions, dit Jean

Il tira à son tour sa réserve de poudre de son manteau. Il la regarda un moment, puis haussa les épaules et la glissa dans une de ses poches.

—Absolument... Et je l'ai vu! dit Locke. Requin. Il était dans l'escalier et il nous a observés pendant la plupart des manches du milieu de partie. Nous avons *sûrement* éveillé sa curiosité. (Cette perspective enthousiasmante aida Locke à clarifier un peu ses pensées.) Sinon, pourquoi aurait-il envoyé Sélendri en personne pour nous féliciter?

—Bon, partons du principe que tu as raison. Que faisons-nous maintenant? Est-ce que tu veux continuer dans cette voie, comme tu en avais l'intention, ou bien prendre ton temps? Nous pourrions jouer aux quatrième et cinquième étages pendant quelques semaines de plus?

—Quelques semaines de plus? Plutôt crever! Ça fait deux ans qu'on traîne dans cette putain de ville! Si on a enfin trouvé une faille dans l'armure de Requin, je dis qu'il faut foncer.

—Et tu vas nous suggérer de faire ça dans la nuit de demain, pas vrai?

—On a piqué sa curiosité. Il faut battre le fer quand il est encore chaud.

—Je crains que l'alcool t'ait rendu impulsif.

—L'alcool me rend malade. Ce sont les dieux qui m'ont fait impulsif.

Une voix monta alors de la rue en face.

—Vous, là-bas! Attendez!

Les muscles de Locke se contractèrent.

—Je vous demande pardon?

Un jeune Verrarien tendit les mains en direction des deux compagnons, paumes vers l'extérieur. Il avait de longs cheveux noirs et semblait soucieux. Une petite foule de gens habillés avec soin était rassemblée à ses côtés, au bord d'une pelouse impeccable que Locke reconnut aussitôt: l'aire de duel.

—Attendez, messieurs. S'il vous plaît. J'ai bien peur qu'il s'agisse de régler un contentieux, et il est possible qu'un carreau d'arbalète passe ici ou là. Puis-je vous prier de patienter un petit moment?

Oh, *oh*!

Jean et Locke se détendirent en même temps. Si quelqu'un se livrait à un duel à l'arbalète, la politesse – et le bon sens – demandait qu'on attende à l'extérieur du terrain que les carreaux aient été tirés. De cette manière, les participants ne risquaient pas d'être distraits par un mouvement fugace – ou de planter accidentellement leur carreau dans un importun.

L'aire de duel mesurait une quarantaine de mètres de long sur la moitié de large. Elle était éclairée par une douce lumière blanche provenant de lanternes suspendues à un châssis en fer noir à chaque coin du terrain. Deux duellistes se tenaient au centre en compagnie de leurs témoins, et chaque homme projetait quatre ombres gris-blanc disposées en croix. Locke n'avait guère envie d'assister au spectacle, mais il se rappela qu'il avait pris l'identité de Léocanto Kosta, une personne qui éprouvait une indifférence blasée vis-à-vis des inconnus qui s'appliquaient à se cribler de trous. Jean et lui se joignirent à la foule en se faisant aussi discrets que possible. Un groupe identique de spectateurs se tenait de l'autre côté de la pelouse.

Un des duellistes était très jeune ; il portait de jolis vêtements de gentilhomme, amples et coupés à la mode ; une paire d'optiques chaussait son nez et ses cheveux tombaient sur ses épaules en anglaises entretenues avec soin.

Son adversaire, en veste rouge, était beaucoup plus âgé, un peu voûté et décharné. Il paraissait cependant assez vif et déterminé pour constituer une menace sérieuse.

Chaque homme portait une arbalète légère – que les voleurs camorriens appelaient un « bout de ruelle ».

— Messieurs, dit le témoin du jeune duelliste. Je vous en prie. Un compromis est-il réellement inenvisageable ?

— Si le gentilhomme lashanien accepte de retirer ses imprécations, commença le garçon aux anglaises d'une voix aiguë et nerveuse. Je serai pleinement satisfait s'il montre le moindre signe…

— Non ! C'est *hors de question* ! dit l'homme qui se tenait à côté de l'autre duelliste. Sa seigneurie n'a guère l'habitude de présenter des excuses pour de simples paroles exprimant des faits indiscutables.

Le garçon poursuivit d'une voix désespérée :

— … Le moindre signe tendant à reconnaître que l'incident n'était qu'un fâcheux malentendu et qu'il n'est nul besoin de…

— Si sa seigneurie daignait encore vous adresser la parole, l'interrompit de nouveau le témoin du vieil homme, elle ne manquerait pas de vous faire remarquer que vous geignez comme une chienne, et elle s'enquerrait de savoir si vous êtes aussi capable de mordre.

Le jeune duelliste resta muet pendant quelques secondes, puis, de sa main libre, il fit un geste obscène en direction de son adversaire.

— Je me vois contraint de reconnaître, dit son témoin, je me vois contraint, euh… de reconnaître qu'un compromis semble improbable. Que ces messieurs se mettent… dos à dos.

Les deux adversaires avancèrent l'un vers l'autre – le plus âgé avec assurance, le plus jeune avec hésitation – avant de se retourner.

— Vous ferez dix pas, annonça le témoin du duelliste aux anglaises d'un ton résigné et amer. Puis, à mon signal, vous pourrez faire face et décocher.

Il commença à compter jusqu'à dix avec lenteur tandis que les adversaires s'éloignaient l'un de l'autre. Le plus jeune tremblait vraiment beaucoup et Locke sentit une tension inhabituelle se propager dans son ventre. Quand était-il devenu aussi sensible qu'une pucelle ? Il n'avait pas envie d'assister à ce duel, certes, mais ce n'était pas une raison pour avoir peur de le faire… Pourtant, la boule dans son estomac ne prêta aucune attention aux arguments de sa logique.

— … Neuf… Dix. Tenez-vous prêts ! Tenez-vous prêts… *Demi-tour et décochez !*

Le plus jeune des deux hommes se retourna le premier, un masque de terreur sur le visage. Il tendit le bras droit et appuya sur la détente. Un « twing » perçant résonna sur l'aire de duel. Le plus âgé ne tressaillit même pas lorsque le carreau passa en sifflant, manquant sa tête d'une bonne largeur de main.

Le vieillard en veste rouge finit de se retourner sans hâte, les yeux brillants et un rictus mauvais aux lèvres. Son adversaire le fixa plusieurs secondes, comme s'il voulait convaincre son carreau de revenir comme un épervier dressé. Puis il frissonna, baissa son arme et la jeta sur la pelouse. Il posa les mains sur ses hanches et attendit, la respiration saccadée, profonde et bruyante.

Le vieillard le regarda un bref instant avant de grogner :

— Va te faire foutre.

Puis il leva son arbalète à deux mains.

Son tir fut parfait : on entendit un craquement spongieux et le garçon chancela, un carreau à empennage planté en plein milieu de la poitrine. Il s'affala sur le dos, griffant son manteau et sa tunique et crachant un sang noir. Une demi-douzaine de spectateurs se précipitèrent vers lui tandis qu'une jeune femme en robe du soir argentée tombait à genoux en hurlant.

— Nous serons rentrés juste à temps pour le dîner, dit le vieux duelliste sans s'adresser à personne en particulier.

D'un geste plein de désinvolture, il jeta son arbalète derrière lui et se dirigea d'un pas lourd vers une maison de chance toute proche, accompagné de son témoin.

— Putain de Perelandro ! pensa Locke à voix haute en oubliant un instant qu'il était Léocanto Kosta. C'est une drôle de manière de régler les choses.

— Elle ne vous plaît pas, monsieur ?

Une charmante jeune femme en robe de soie noire observait Locke avec un regard d'une intensité déconcertante. Elle ne devait pas avoir plus de dix-huit ou dix-neuf ans.

— Je comprends que certaines divergences d'opinions se règlent par l'acier, intervint Jean. (Il s'était rendu compte que son compagnon était un peu trop éméché pour son bien.) Mais se planter devant un carreau d'arbalète me semble un peu idiot. J'estime que les lames offrent un moyen plus sûr d'éprouver son talent.

— Les rapières sont ennuyeuses, dit la jeune femme. Avec tous ces allers-retours. Et il est rare qu'un coup mortel soit porté tout de suite. Les carreaux sont rapides, nets et miséricordieux. Avec une rapière, vous pouvez passer la nuit à taillader votre adversaire sans le tuer.

— Je me vois dans l'obligation de vous donner raison, grommela Locke.

La jeune femme haussa un sourcil, mais demeura silencieuse. Un instant plus tard, elle avait disparu dans la foule qui se dispersait.

Le murmure satisfait de la nuit – les rires et les conversations de petits groupes d'hommes et de femmes flânant sous les étoiles – s'était tu pendant le bref moment du duel, mais il reprenait déjà. La jeune fille en robe argentée martelait la pelouse de ses poings en sanglotant ; autour du duelliste à terre, les épaules des personnes rassemblées semblèrent se voûter à l'unisson. Le carreau avait rempli sa mission à la perfection.

— Rapide, net et miséricordieux, souffla Locke. Bande d'abrutis.

Jean soupira.

— Ni toi ni moi ne sommes en droit de porter ce genre de jugement, car notre épitaphe se résumera sans doute à « C'était un putain d'abruti ».

— J'ai des raisons de faire ce que je fais, et toi aussi.

— Je suis sûr que ces duellistes pensaient de même.

— Tirons-nous d'ici, dit Locke. Marchons un peu pour m'aérer la tête et rentrons à l'auberge. Dieux, je me sens vieux et amer ! Quand je vois des choses pareilles, je me demande si j'étais aussi con quand j'avais l'âge de ce garçon.

— Non, dit Jean. Tu l'étais bien davantage. Tu l'étais encore il y a peu. Et tu l'es sans doute toujours.

5

La mélancolie de Locke s'évanouit peu à peu avec les brumes de l'alcool tandis qu'ils descendaient et traversaient les Marches Dorées, nord quart nord-est en direction de la Grande Galerie. Les artisans eldren – on ne savait pas s'ils avaient été des hommes, des femmes ou tout autre chose – qui avaient bâti Tal Verrar avaient recouvert tout le quartier d'un toit en Verre d'Antan ; ouvert d'un côté, l'ouvrage atteignait son point culminant au sommet de la sixième terrasse et plongeait dans la mer à la base ouest de l'île, formant un plafond qui ne descendait jamais à moins de dix mètres. Des colonnes en verre, étranges et tordues, s'élevaient à intervalles irréguliers, comme des vignes grimpantes dépourvues de feuilles et taillées dans la glace. Elles supportaient le toit translucide de la galerie qui mesurait facilement plus de mille mètres de long.

Au-delà de la Grande Galerie, la Ville Indécise s'étendait sur les terrasses inférieures de l'île, celles qui donnaient sur la mer ; les indigents avaient la permission d'y ériger sans titre de propriété des huttes ou tout autre abri fabriqué à partir de matériaux de récupération. Par malheur, lorsque le vent du nord soufflait un peu trop fort – surtout pendant les hivers pluvieux –, les bourrasques réaménageaient l'endroit de fond en comble.

Le quartier de Savrola était au sud-est, en surplomb de la Ville Indécise. Par un hasard pervers, les terrains y coûtaient fort cher et cette enclave n'abritait que des expatriés, des étrangers qui ne savaient que faire de leur argent. On y trouvait les meilleures auberges, parmi lesquelles celle choisie par Jean et Locke pour accueillir leurs faux personnages de rupins. Savrola était isolée de la Ville Indécise par de hauts murs de pierre ainsi que par de nombreuses patrouilles de policiers verrariens et de mercenaires privés.

Dans la journée, la Grande Galerie abritait le marché de Tal Verrar. Chaque matin, mille commerçants installaient leur étal sous le plafond de verre, et il restait encore assez de place pour en accueillir cinq mille autres au cas où la ville devrait faire face à une croissance subite. Par une étrange coïncidence, les voyageurs qui résidaient à Savrola et ne se déplaçaient pas par bateau étaient obligés de traverser le marché dans toute sa largeur pour aller aux Marches Dorées ou en revenir.

Un vent d'est en provenance du continent s'était levé ; il soufflait à travers les îles de verre et à l'intérieur de la Galerie. Les pas de Jean et Locke résonnaient dans les ténèbres du gigantesque espace désert ; des lanternes accrochées à certains piliers translucides projetaient des taches irrégulières de lumière tamisée. Autour d'eux, de petits détritus et des bouffées de feux de bois invisibles étaient emportés par les coups de vent. La nuit, certains marchands faisaient dormir des membres de leur famille aux endroits les mieux situés afin de les réserver… Et, bien entendu, il y avait toujours les vagabonds de la Ville Indécise qui cherchaient un peu d'intimité dans les ombres du marché vide. Des patrouilles arpentaient d'un pas lourd les marches de la Galerie plusieurs fois par nuit, mais on n'en apercevait aucune à cet instant.

— Ce marché devient un bien étrange désert à la nuit tombée, déclara Jean. Je n'arrive pas à savoir si cela me plaît ou non.

— Il serait sans doute moins enclin à te plaire si tu n'avais pas une paire de hachettes planquée dans le dos sous ton manteau.

— M'ouais.

Ils continuèrent à marcher quelques minutes. Locke se frotta le ventre et murmura tout bas :

— Jean, est-ce que tu n'aurais pas faim, par hasard ?

— J'ai toujours faim, en règle générale. Tu as besoin d'éponger un peu l'alcool que tu as bu ?

— Je crois que ce serait une bonne idée. Saloperie de carrousel ! Une autre manche de perdue et j'aurais peut-être demandé en mariage ce putain de dragon femelle qui fume le cigare. Ou je me serais cassé la gueule de ma chaise.

— Bon, allons piller le marché nocturne.

Sur la plus haute marche de la Grande Galerie, vers l'extrémité nord-est du quartier couvert, Locke aperçut les lumières tremblotantes des braseros et des lanternes ainsi que les silhouettes sombres de plusieurs personnes. À Tal Verrar, le commerce ne s'arrêtait jamais tout à fait. Des milliers de gens se rendaient aux Marches Dorées ou en revenaient et ils exhalaient un parfum d'argent assez fort pour qu'une dizaine de marchands noctambules dressent leur étal à chaque coucher du soleil. Le marché nocturne était parfois très commode, et il était toujours plus original que son homologue diurne.

Jean et Locke se dirigèrent sans hâte vers le bazar. La brise de nuit leur soufflait sur le visage et ils avaient une vue superbe sur le port intérieur et sa sombre forêt de mâts. Au-delà, les autres îles de la cité dormaient sagement, ponctuées ici et là d'un point brillant sans commune mesure avec la débauche de lumière des Marches Dorées. Au cœur de la ville, les trois îles en croissant des grandes guildes (alchimistes, artificiers et marchands) s'enroulaient au pied du grand Castellana rocailleux comme des animaux endormis. Et au sommet du Castellana, comme un éperon menaçant planté au milieu de maisons, on apercevait la vague silhouette de Mon Magisteria, la forteresse de l'Archon.

En théorie, Tal Verrar était dirigé par le Priori, mais, en fait, une quantité de pouvoirs non négligeable demeurait entre les mains de celui qui résidait au palais, le maître d'armes de la cité. L'archonat avait été institué à la suite des premières défaites honteuses contre Camorr pendant la guerre des Mille Jours. L'Archon devait s'emparer du commandement de l'armée et de la marine au détriment des coalitions de marchands qui ne cessaient de se quereller. Pourtant, Locke songea qu'il y a toujours un problème lorsqu'on crée un dictateur militaire : il faut trouver le moyen de s'en débarrasser une fois la crise résolue. Le premier Archon avait « décliné » sa mise à la retraite et son successeur était – si cela était possible – encore plus enclin à se mêler des affaires publiques. À l'extérieur des bastions de frivolité bien gardés, comme les Marches Dorées, et les havres de paix des expatriés, comme Savrola, le sujet avait tendance à irriter les habitants de la ville.

— Messieurs ! (La voix arriva de la gauche et arracha Locke à ses pensées.) Honorables gentilshommes. Une promenade à travers la Grande Galerie ne peut être complète sans quelques rafraîchissements.

Jean et Locke avaient atteint la frontière du marché nocturne. Il n'y avait pas d'autres clients en vue et une dizaine de marchands les fixaient avec intensité, chacun dans son petit cercle de lumière émanant d'une lanterne ou d'un feu.

Un premier Verrarien lança son boniment à l'assaut des portes de leur sens critique. Il s'agissait d'un manchot d'un âge avancé avec de longs cheveux blancs tressés qui lui descendaient jusqu'à la taille. Il agita une pale en bois dans leur direction et désigna quatre petits tonneaux fixés sur un bar mobile qui ressemblait un peu à une brouette à plateau.

— Qu'est-ce que vous vendez ? demanda Locke.

— Des mets provenant de la table d'Iono en personne. La saveur la plus subtile de la mer. Des yeux de requin en saumure – énucléés dans la journée. Une membrane croustillante, une humeur moelleuse, des sécrétions sucrées.

— Des yeux de requin ? Par tous les dieux ! Certainement pas ! (Locke grimaça.) Vous n'auriez pas des morceaux plus communs ? Le foie ? Les ouïes ? Une tarte aux ouïes me conviendrait à ravir.

— Des ouïes ? Monsieur, les ouïes n'ont aucune des vertus des yeux. C'est l'œil qui tonifie le muscle, prévient le choléra et raffermit l'appareil masculin pour, euh… certains devoirs conjugaux.

— Je n'ai aucun besoin de ce genre de raffermissement, dit Locke. Et, pour le moment, je crains que mon estomac soit trop perturbé pour savourer un mets aussi raffiné que des yeux de requin.

— Quel dommage, monsieur ! Je regrette de ne pouvoir vous offrir un morceau d'ouïe, pour vous satisfaire. Mais, moi, je n'ai que des yeux, et pas grand-chose d'autre. Remarquez, j'en ai de différentes espèces : requin faux, requin-loup, veuve-demain bleue…

— Nous devons décliner, mon ami, dit Jean.

Les deux compères s'éloignèrent un peu.

— Des fruits, mes bons maîtres ?

Le marchand suivant était une jeune femme svelte qui surveillait un certain nombre de paniers tressés. Elle était confortablement emmitouflée dans une redingote crème trop grande de plusieurs tailles et portait un chapeau à quatre pointes ; on y avait fixé une chaîne au bout de laquelle un petit globe alchimique se balançait juste au-dessus de l'épaule gauche.

— J'ai des fruits alchimiques, des fruits hybrides. Vous connaissez l'orange Sofia de Camorr ? Elle sécrète sa propre eau-de-vie, très sucrée et très forte.

— Nous avons… déjà eu l'occasion de faire connaissance, dit Locke. J'ai eu mon comptant d'alcool pour la nuit. Vous pouvez me recommander quelque chose pour un estomac dérangé ?

— Des poires, monsieur. Les estomacs embarrassés ne seraient plus qu'un mauvais souvenir si nous avions la sagesse de manger plusieurs poires par jour.

Elle attrapa un panier à moitié plein et le présenta à Locke. Celui-ci examina les fruits qui semblaient assez fermes et frais. Il en sélectionna trois.

— Cinq centiras, annonça la marchande.

— Un volani pour ça ? (Locke prit un air indigné.) Pas même si la pute favorite de l'Archon les tenait entre ses cuisses et tortillait du cul pour moi ! Un centira, c'est déjà trop pour le lot.

— Avec un centira, vous n'auriez même pas de quoi vous payer les queues. Quatre centiras, que je rentre au moins dans mes frais.

— Il faudrait être le plus charitable des hommes pour vous en offrir deux, mais vous avez de la chance, je déborde de générosité ce soir. Vous faites un bénéfice royal.

— Accepter deux centiras serait une insulte à ceux qui ont fait pousser ces fruits dans les jardins de Verre-Chaud du croissant de la Main Noire. Mais nous pourrions peut-être transiger à trois ?

— Trois, dit Locke avec un sourire. C'est la première fois que je me fais détrousser à Tal Verrar, mais j'ai assez faim pour vous accorder cet honneur.

Sans tourner la tête, il passa deux poires à Jean tandis qu'il cherchait de l'argent dans les poches de son manteau. Il lança trois pièces à la marchande de fruits qui acquiesça.

— Je vous souhaite une bonne soirée, maître Lamora.

Locke se figea et fixa la jeune femme dans les yeux.

— Je vous demande pardon ?

— Je n'ai fait que vous souhaiter une agréable soirée, mon bon maître.

— Vous n'avez pas…

— Je n'ai pas quoi ?

— Ah, oubliez ça ! (Il laissa échapper un soupir nerveux.) J'ai un peu trop bu, c'est tout. Je vous souhaite également une bonne soirée.

Les deux hommes s'éloignèrent d'un pas tranquille et Locke mordit dans sa poire avec prudence. Elle était mûre à point : ni trop ferme et sèche, ni blette et collante.

— Jean, dit-il entre deux bouchées. Est-ce que tu as entendu comment cette femme m'a appelé, il y a quelques instants ?

— J'ai bien peur de n'avoir entendu que les cris d'agonie de cet infortuné fruit. Tends un peu l'oreille : « Nooon, ne me mangez pas ! Par pitié ! Nooon… »

Il avait déjà dévoré le premier jusqu'au cœur ; sous le regard de Locke, il enfourna le trognon dans sa bouche et le croqua bruyamment avant de l'avaler – à l'exception de la queue qu'il recracha.

— Par les Treize Dieux ! s'exclama son compagnon. Est-ce que tu es vraiment obligé de faire *ça* ?

— J'aime le trognon, répondit Jean avec un air boudeur. Tous les petits trucs croquants.

— Ce sont les *chèvres* qui bouffent les putains de trucs croquants.

— Lâche-moi un peu ! Tu n'es pas ma mère.

— D'accord avec toi. Ta mère devait être moche comme un pou. Oh, et ne me regarde pas comme ça ! Allez, mange donc ton autre trognon, il est enveloppé dans une belle poire bien juteuse.

— Que t'a dit cette femme ?

— Elle m'a dit… Oh, dieux ! Elle ne m'a rien dit du tout. J'ai un peu trop bu, c'est tout.

— Des lampes alchimiques, messieurs ? (Un barbu leur tendait un bras où s'accrochait au moins une demi-douzaine de petites lanternes à armature ornementale dorée.) Deux seigneurs aussi bien habillés que vous ne devraient pas se déplacer sans lumière. Seuls les trimardeurs et les voyous se précipitent dans l'obscurité à l'aveuglette. Vous ne trouverez pas meilleurs produits que les miens dans toute la Galerie, sur le marché de jour comme sur celui de nuit.

Jean écarta le marchand d'un geste et les deux compères terminèrent leurs poires. Locke se débarrassa de son trognon en le lançant avec désinvolture par-dessus son épaule ; Jean engloutit le sien en s'assurant que son ami ne ratait rien du spectacle.

— Mmm ! lâcha-t-il, la bouche à moitié pleine. Quel divin régal ! Mais tu n'en connaîtras jamais le goût, ni toi ni les autres gastronomes dégonflés dans ton genre.

— Messieurs. Des scorpions ?

La question arrêta net les deux amis. L'homme qui l'avait posée portait un manteau, était chauve et avait le teint couleur café des îliens d'Okanti – s'il venait bien de cet endroit, il était à des milliers de kilomètres de chez lui. Son sourire dévoila des dents blanches et soignées ; il s'inclina légèrement au-dessus de ses marchandises. Devant lui s'alignait une dizaine de petites cages en bois ; à l'intérieur de certaines, on distinguait des formes sombres en mouvement.

— Des scorpions ? De véritables scorpions ? Vivants ? (Locke se pencha pour mieux voir, mais garda une certaine distance.) Mais pourquoi, diable ?

— Ah, vous devez être ici depuis peu. (L'homme parlait thérin avec un petit accent.) En général, les gens de la mer de Cuivre ne connaissent que trop bien les scorpions gris des rochers. Seriez-vous des Karthaniens, des Camorriens ?

— Des Talishamiens, dit Jean. Ce sont donc des scorpions gris des rochers. Ils viennent d'ici ?

— Du continent, précisa le marchand. On les emploie surtout pour, euh… se divertir.

— Pour se divertir ? Ce sont des animaux de compagnie ?

— Oh, non ! Pas exactement. Le dard, voyez-vous, eh bien, le dard de cet animal est très complexe. Vous ressentez d'abord une douleur, vive et brûlante, comme vous vous en doutez. Mais après quelques minutes, vous sombrez dans un engourdissement agréable, une espèce de fièvre onirique, un peu comme celle induite par les poudres que fument les Jérémites. Après quelques piqûres, le corps s'habitue : la douleur diminue et le rêve devient plus intense.

— Incroyable !

— C'est très courant, dit le marchand. À Tal Verrar, bon nombre d'hommes et de femmes en gardent un sous la main, même s'ils n'en parlent pas en société. L'effet est aussi agréable que celui de l'alcool. Mais, en fin de compte, les scorpions reviennent beaucoup moins cher.

— Hmmm… (Locke se gratta le menton.) Certes, mais je n'ai jamais eu à me larder de coups de bouteille. N'y aurait-il pas là quelque attrape-nigaud, quelque plaisanterie pour les touristes ignorants ?

Le sourire du marchand s'élargit. Il tendit le bras droit et retroussa la manche de son manteau. La peau sombre de son mince avant-bras était parsemée de petites cicatrices circulaires.

— Je ne propose jamais un produit dont je ne peux garantir la qualité.

— Votre attitude est admirable, dit Locke. Et tout à fait fascinante… Mais il est peut-être préférable d'éviter certaines coutumes de Tal Verrar.

— Restez fidèle à vos goûts. (Sans se départir de son sourire, l'homme baissa sa manche et joignit les mains devant lui.) Après tout, vous n'avez jamais beaucoup apprécié les faucons-scorpions, maître Lamora.

Un poids glacé s'abattit sur la poitrine de Locke. Il jeta un regard vers Jean et constata que lui aussi s'était soudain raidi. Il s'éclaircit la gorge, faisant de son mieux pour garder l'air calme.

— Je vous demande pardon ?

— Excusez-moi. (L'homme cligna des yeux sans malice.) Je vous souhaitais juste une agréable nuit, messieurs.

— Ah !

Locke l'observa encore une seconde ou deux avant de reculer. Puis il se retourna et reprit la traversée du marché nocturne. Jean le rattrapa aussitôt.

— Tu as entendu ? murmura Locke.

— Parfaitement. Je me demande pour qui travaille ce charmant vendeur de scorpions.

— Il n'y a pas que lui, grommela Locke. La marchande de fruits m'a appelé « Lamora », elle aussi. Tu ne l'as pas entendue, mais moi oui. Putain ! Aussi bien que je t'entends.

— Merde ! Tu veux qu'on fasse demi-tour et qu'on en chope un ?

— Vous allez quelque part, maître Lamora ?

Locke se retourna brusquement vers la marchande d'âge moyen qui approchait par la droite. Il parvint à maîtriser ses réflexes et le stylet de quinze centimètres resta caché dans sa manche. Jean passa une main sous son manteau et la glissa dans son dos.

— Il semblerait que vous fassiez erreur, madame. Je m'appelle Léocanto Kosta.

La femme cessa d'avancer. Elle se contenta de sourire et gloussa :

— Lamora… Locke Lamora.

— Jean Tannen, dit le vendeur de scorpions

Il était sorti de derrière son petit étal couvert de cages.

D'autres commerçants approchèrent d'un pas lent dans le dos des deux compères, les yeux rivés sur eux.

— Je pense qu'il y a… euh… *méprise*, dit Jean.

Sa main droite glissa hors de son manteau. Locke connaissait son ami depuis longtemps : il savait d'expérience que la tête d'une hachette était maintenant blottie dans la paume de Jean tandis que la poignée restait cachée par la manche.

— Aucune méprise, dit le vendeur de scorpions.

— La Ronce de Camorr…, dit une petite fille qui venait de surgir pour bloquer le chemin vers Savrola.

— La Ronce de Camorr…, répéta la femme d'âge moyen.

— Les Salauds Gentilshommes, reprit le vendeur de scorpions. Bien loin de chez eux.

Locke regarda autour de lui, le cœur battant la chamade. Il décida qu'il n'était plus temps pour la discrétion et laissa le stylet glisser entre ses doigts fébriles. Selon toute apparence, tous les commerçants du marché nocturne concentraient maintenant leur attention sur les deux compères. Ils les cernaient et leur cercle se resserrait lentement. Leurs ombres longues et menaçantes se dessinaient sur les dalles de pierre et s'étendaient jusqu'aux pieds des deux hommes. Était-ce une impression ou bien la lumière baissait-elle ? Déjà, la Grande Galerie paraissait plus sombre. Malédiction ! Il ne rêvait pas : certaines lanternes s'éteignaient juste devant ses yeux.

— Ça *suffit* comme ça !

Jean laissa la hachette tomber dans sa main droite, à la vue de tous. Les deux hommes se mirent dos à dos.

— N'avancez pas davantage ! cria Locke. Arrêtez votre putain de cirque ou le sang va couler !

— Le sang a déjà coulé..., dit la petite fille.

— Locke Lamora..., marmonna doucement le chœur qui entourait les deux hommes.

— Le sang a déjà coulé, Locke Lamora, dit la femme d'âge moyen.

À l'intérieur du marché nocturne, la lumière des dernières lanternes alchimiques diminua et les flammes des derniers braseros se recroquevillèrent. Maintenant, Jean et Locke faisaient face au cercle de marchands éclairés seulement par la lueur blafarde qui provenait du port intérieur et par le sinistre éclat de lampes lointaines disposées bien au-delà de l'immense galerie déserte – beaucoup trop loin pour apporter le moindre réconfort.

La petite fille fit un dernier pas vers les deux compères. Ses yeux gris ne cillaient pas.

— Maître Lamora, maître Tannen, annonça-t-elle d'une voix douce et claire. Le Fauconnier de Karthain vous envoie son bon souvenir.

6

Locke fixa la petite fille, la bouche presque béante. L'enfant glissa en avant comme un spectre et s'arrêta à deux pas de lui. Locke se sentit un peu idiot de brandir un stylet devant une fillette qui ne mesurait pas un mètre. Puis elle esquissa un sourire glacé dans la quasi-obscurité, un sourire qui trahissait tant de malice que la prise de Locke se raffermit sur le manche de son arme. Elle leva le bras pour se toucher le menton.

— Bien qu'il ne puisse parler.

— Bien qu'il ne puisse parler lui-même, répéta le cercle de marchands, maintenant immobiles dans les ténèbres.

— Bien qu'il soit fou, poursuivit la fillette.

Elle tendit lentement les mains vers Jean et Locke, paumes en avant.

— Fou de douleur, fou au-delà de toute mesure..., murmura le cercle.

— Ses amis sont toujours présents. Ses amis se souviennent.

Locke sentit Jean bouger contre son dos et la deuxième hachette jaillit. L'acier noirci des têtes apparut dans la nuit.

— Ces gens sont des marionnettes. Il y a des Mages Esclaves quelque part aux alentours, siffla-t-il.

— Montrez-vous, putains de foireux ! cracha Locke en s'adressant à la fillette.

— Nous montrons notre pouvoir, répliqua-t-elle.

— Que vous faut-il d'autre ? demanda le chœur qui formait un cercle irrégulier.

Les yeux des marchands étaient aussi vides que le reflet d'un étang.

— Voulez-vous voir quelque chose de plus, maître Lamora ?

La petite fille exécuta une sinistre caricature de révérence.

— Tout ce que vous voulez, mais laissez ces gens en dehors de ça, dit Locke. Nous n'avons pas envie qu'ils soient blessés. Contentez-vous de votre baratin.

— Bien sûr, maître Lamora…

— Bien sûr…, murmura le cercle.

— Bien sûr, c'est là tout l'intérêt de la chose, déclara la fillette. Vous n'avez ainsi d'autre issue que d'écouter notre message.

— Alors, balancez-le, ce putain de message !

— Vous devez répondre, dit l'enfant.

— Répondre de ce que vous avez fait au Fauconnier, dit le chœur.

— Vous devez répondre. Tous les deux.

— Par tous les… (La voix de Locke monta jusqu'à devenir un cri.) *Allez vous faire foutre !* Nous avons déjà répondu au Fauconnier. Notre réponse, c'était dix doigts et une langue coupés, le prix à payer pour la mort de trois amis. On vous l'a rendu vivant, et c'était plus qu'il méritait.

— Ce n'est pas à vous de juger, cracha la fillette.

— … de juger le Mage de Karthain…, murmura le cercle.

— Ce n'est pas à vous de juger, ni de prétendre comprendre nos lois, dit l'enfant.

— Tout le monde sait que le meurtrier d'un Mage Esclave est promis à une mort certaine, dit Jean. Un point c'est tout. Nous l'avons laissé en vie et avons pris la peine de vous le rendre. Cette affaire est réglée. Si vous souhaitez un traitement personnalisé, envoyez-nous une putain de lettre.

— Cela ne relève pas des affaires, dit la fillette.

— Nos griefs sont personnels, enchaîna le cercle.

— *Personnels*, répéta l'enfant. Le sang d'un frère a été versé. Ce crime ne peut pas rester impuni.

— Espèces de sales fils de pute ! s'écria Locke. Vous vous prenez vraiment pour des putains de dieux, pas vrai ? Je n'ai pas chopé le Fauconnier dans une ruelle pour lui faucher sa bourse. *Il a participé au meurtre de mes amis !* J'en ai rien à foutre qu'il soit devenu fou, et j'en ai rien à foutre de vos états d'âme ! Tuez-nous et continuez vos petites affaires, ou tirez-vous et laissez ces gens tranquilles.

— Non, dit le marchand de scorpions.

Un murmure de « non » lui fit écho tout autour du cercle.

— Bande de foireux ! Tocards ! (Jean pointa sa hache vers la fillette.) Vous n'arriverez pas à nous foutre la trouille avec cette putain de merde de bouffonnerie !

—Si vous nous y obligez, dit Locke, nous vous affronterons les armes à la main, jusqu'à Karthain. Vous saignez tout autant que nous. Je crois qu'il ne vous reste plus qu'une *seule* solution : nous tuer.

—Non, dit l'enfant en gloussant.

—Nous pouvons faire pire, dit la marchande de fruits.

—Nous pouvons vous laisser en vie, dit le vendeur de scorpions.

—En vie, dans l'angoisse, dit la fillette.

—L'angoisse..., répéta le chœur en commençant à reculer.

Le cercle s'élargit.

—Épiés, dit l'enfant.

—Suivis, psalmodia le chœur.

—Maintenant, attendez la suite, dit la fillette. Poursuivez vos petits jeux et courez après vos pitoyables richesses...

—Et attendez..., murmura le chœur. Attendez notre réponse. Attendez notre bon vouloir.

—Vous n'êtes jamais hors d'atteinte, continua l'enfant. Vous n'êtes jamais hors de portée de nos yeux.

—Jamais, murmura le cercle.

Les marchands se dispersèrent sans hâte, se dirigèrent vers leurs étals et regagnèrent la place qu'ils occupaient quelques minutes plus tôt.

—Vous croiserez la route du malheur, ajouta la fillette en s'éloignant sans bruit. Pour le Fauconnier de Karthain.

Jean et Locke restèrent silencieux tandis que les lanternes et les braseros retrouvaient peu à peu un éclat plus vif pour inonder les lieux d'une chaude lumière. Tout était terminé : les commerçants affichaient de nouveau une expression d'intérêt soutenu ou d'ennui vigilant ; le brouhaha des conversations reprit autour des deux compères. Ces derniers cachèrent prestement leurs armes avant que quelqu'un les remarque.

—Par tous les dieux ! dit Jean en tremblant.

—Tout d'un coup, j'ai l'impression que je n'ai pas assez profité de ce putain de carrousel, souffla Locke à voix basse.

Sa vision latérale était encore floue. Il passa une main sur ses joues et fut surpris d'y trouver des larmes.

—Enculés ! grommela-t-il. Utiliser des gamins. Bande d'enfoirés de grandes gueules sans couilles.

—D'accord avec toi, dit Jean.

Les deux hommes reprirent leur marche en jetant des coups d'œil inquiets autour d'eux. La fillette qui avait délivré la majeure partie du message des Mages Esclaves était maintenant assise à côté d'un vieillard et triait des petits paniers de figues sèches sous sa direction. Elle leur adressa un sourire timide lorsqu'ils passèrent devant elle.

— Je les déteste, murmura Locke. Je *déteste* leurs numéros de merde ! Tu crois qu'ils nous réservent vraiment quelque chose, ou que c'est juste une farce ?

— Je suppose qu'on peut interpréter cette bouffonnerie dans les deux sens, répondit Jean en soupirant. Par tous les dieux ! Un *strat péti*. On laisse tomber ou on continue à jouer ? Dans le pire des cas, nous avons quelques milliers de solaris sur nos comptes, à *L'Aiguille du péché*. On pourrait les retirer, prendre un bateau et être partis avant demain midi.

— Pour aller où ?

— N'importe où du moment que ce n'est pas ici.

— On ne peut pas échapper à ces trous du cul, pas s'ils sont sérieux.

— D'accord, mais...

— Je chie sur Karthain ! (Locke serra les poings.) Tu sais, je crois que je comprends. Je crois que je comprends pourquoi le Roi Gris se sentait comme ça. Je n'ai jamais mis les pieds là-bas, mais si j'en avais les moyens, je raserais Karthain. Je brûlerais cette putain de cité, je la ferais engloutir par la mer... Je le ferais ! Que les dieux me viennent en aide ! Je le ferais !

Jean s'arrêta brusquement.

— Il y a... un autre problème, Locke. Que les dieux me pardonnent !

— Quoi ?

— Même si tu décides de rester... Je ne le peux pas. C'est moi qui dois partir, et aussi loin que possible.

— Mais qu'est-ce que c'est que ces conneries ?

— Ils connaissent mon nom !

Jean saisit son compagnon par les épaules et Locke grimaça : sa vieille blessure sous la clavicule gauche n'appréciait guère cette étreinte implacable. Jean réalisa aussitôt son erreur et relâcha la pression de ses doigts, mais sa voix demeura pressante :

— Ils connaissent mon *véritable* nom, et ils peuvent l'utiliser. Ils peuvent me transformer en pantin, comme ces pauvres gens. Je suis un danger pour toi tant que nous sommes ensemble.

— Et qu'est-ce que ça peut bien me foutre qu'ils connaissent ton nom ? Tu es devenu cinglé ?

— Non, mais, toi, tu es toujours bourré et tu n'as pas les idées en place.

— Bien sûr que si ! Est-ce que tu as *envie* de partir seul ?

— Non ! Par tous les dieux, bien sûr que non ! Mais je...

— Alors, tu vas la fermer tout de suite si tu ne veux pas qu'il t'arrive malheur.

— Tu dois comprendre : tu es en danger !

— Évidemment que je suis en danger. Je ne suis *pas* immortel. Jean, je tiens à toi, par tous les dieux ! Je ne vais pas te demander de te tirer et je ne vais pas te laisser te tirer tout seul ! On a déjà perdu Calo, Galdo et Moucheron. Si je te dis de partir, je perds le dernier ami qu'il me reste au monde. Et qui sera gagnant, Jean ? Comment on se protégera ?

Les épaules de Jean s'affaissèrent et Locke sentit soudain que son état évoluait : son ébriété déclinante cédait la place à une terrible migraine éthylique. Il laissa échapper un gémissement.

— Jean, je ne me pardonnerai jamais pour ce que je t'ai fait subir à Vel Virazzo. Et je n'oublierai jamais le temps que tu as passé avec moi alors que tu aurais dû me coller des poids aux pieds et me balancer au fond de la baie. Par tous les dieux, je ne pourrais *jamais* me sentir bien sans toi. Et je me fous du nombre de Mages Esclaves qui connaissent ton putain de nom !

— J'aimerais être sûr que tu as raison sur ce point.

— C'est notre vie. C'est notre jeu. Nous avons passé deux ans à tout préparer. C'est la fortune qui attend que nous la volions à *L'Aiguille du péché*. C'est nos espoirs pour l'avenir. Alors, que Karthain aille se faire foutre ! S'ils veulent nous tuer, on ne peut pas les en empêcher. Que pouvons-nous faire d'autre ? Je ne vais pas sauter au plafond dès que j'aperçois une ombre à cause de ces bâtards. *On continue !* Tous les deux, ensemble.

La plupart des commerçants du marché nocturne avaient remarqué l'intensité de leur conversation privée et ils évitaient maintenant de leur faire de nouvelles offres mirobolantes. Mais, à la périphérie nord, le dernier devait être moins vigilant, ou il tenait absolument à conclure une vente.

— Des jeux sculptés, messieurs ? les interpella-t-il. Un cadeau pour la dame ou l'enfant, prunelles de vos yeux ? Une œuvre d'art en provenance de la cité des artifices ?

L'homme se tenait devant des dizaines de petits jouets posés sur un tonneau renversé. L'intérieur de son long manteau brun effiloché était matelassé de carrés de tissus de couleurs aussi variées que criardes : orange, pourpre, jaune moutarde, et ornés de fils d'argent. Au moyen de quatre cordes, il manipulait un personnage de bois peint représentant un soldat avec une lance ; la figurine se fendait vers un ennemi imaginaire grâce aux mouvements des doigts du marchand.

— Une marionnette ? Un petit pantin en souvenir de Tal Verrar ?

Jean le fixa quelques secondes.

— Je vous demande pardon, mais si je voulais un souvenir de Tal Verrar, un pantin serait sans doute bien mon dernier choix.

Les deux compères poursuivirent leur chemin sans dire un mot. Locke ressentait une douleur à la poitrine qui faisait contrepoint à sa migraine grandissante. Il suivit son imposant compagnon à l'extérieur de la Grande Galerie et vers Savrola, impatient de se retrouver derrière des murs épais et des portes verrouillées – quelle que soit la protection que ces barrières pouvaient lui offrir.

Réminiscence

Le capa de Vel Virazzo

1

Locke Lamora était arrivé à Vel Virazzo presque deux ans auparavant. Il voulait mourir et Jean Tannen était alors enclin à le laisser faire.

Vel Virazzo est un port en eau profonde situé à un peu plus de cent cinquante kilomètres au sud-est de Tal Verrar. Il a été taillé dans les hautes falaises de pierre du continent qui dominent les côtes de la mer de Cuivre. La ville abrite huit ou neuf cents âmes, sous l'autorité d'un gouverneur nommé par l'Archon – des contribuables qui, depuis fort longtemps, paient un impôt aux Verrariens avec un manque d'enthousiasme digne d'éloges.

Une rangée de fines flèches en Verre d'Antan se dresse à près de soixante-dix mètres au-dessus de l'eau, tout près du littoral – un autre mystérieux artefact eldren sur une côte qui regorge de ces merveilles abandonnées. Ces pylônes de verre – pourvus d'une plate-forme de cinq mètres carrés à leur sommet – servent désormais de phares aux bateaux grâce aux efforts de criminels sans envergure. Amenés par navire, ces condamnés doivent grimper en haut d'une corde à nœuds qui se balance le long des aiguilles. Une fois cette tâche accomplie, ils hissent leurs provisions et s'installent pour quelques semaines d'exil au cours desquelles ils entretiendront des lanternes alchimiques écarlates de la taille d'une cabane. Ils ne reviennent pas tous en bonne santé mentale, et certains ne reviennent pas du tout.

Deux ans avant cette fameuse partie de carrousel du hasard, un lourd galion s'était dirigé vers Vel Virazzo en se guidant d'après les lueurs rouges des phares des eaux côtières. Sur les vergues, des mains adressaient des signes aux naufragés solitaires en haut de leurs pylônes, un peu par pitié, un peu par moquerie. Sur la ligne d'horizon, à l'ouest, d'épais nuages avaient déjà avalé le soleil. Sous les premières étoiles du soir, une lumière douce et moribonde se reflétait sur les vagues.

Une brise chaude et humide venait de la côte et de fins lambeaux de brouillard montaient des rochers gris encadrant la vieille ville portuaire. Les voiles jaunies des huniers étaient carguées serré tandis que le galion se préparait à mettre en panne à moins d'un kilomètre du littoral. Une petite yole de la capitainerie fila vent arrière pour venir à la rencontre du navire ; à la proue, des lanternes vertes et blanches se balançaient au rythme des efforts des huit rameurs.

À une trentaine de mètres du galion, le capitaine du port se tenait près des feux de proue.

— Identifiez-vous ! cria-t-il dans un gueulard

— *Le Bénéfice doré*, de Tal Verrar ! répondit quelqu'un au milieu du pont.

— Souhaitez-vous mouiller dans le port ?

— Non ! Nous ne ferons que débarquer des passagers. Ils quitteront notre vaisseau à bord de canots.

Une forte odeur de sueur et de maladie émanait de la cabine de poupe basse du *Bénéfice doré*. Jean Tannen revenait à peine du pont supérieur et il eut quelques difficultés à se réhabituer à la puanteur – qui ne fit qu'aggraver un peu plus sa mauvaise humeur. Il jeta une tunique rapiécée bleue à Locke et croisa les bras.

— Bordel de merde ! Nous sommes arrivés. Nous allons descendre de ce putain de bateau et reposer les pieds sur un bon sol ferme et rocailleux. Enfile cette saloperie, ils mettent une barque à l'eau.

Locke secoua le vêtement de la main droite afin de le déplier et fronça les sourcils. Il était assis au bord d'une couchette et ne portait qu'un haut-de-chausse. Jean ne l'avait jamais vu si maigre et si crasseux. Ses côtes saillaient sous sa peau pâle comme la charpente d'un navire en construction ; ses cheveux en bataille, trop longs et noirs de graisse, encadraient un visage mangé par une fine barbe épineuse.

Le haut de son bras gauche était balafré de lignes rouges et brillantes – des blessures à peine refermées ; plus bas, un trou profond mais cicatrisé s'étalait sur son avant-bras, et, plus bas encore, un tissu sale lui bandait le poignet ; sa main était constellée d'hématomes décolorés. Sur son épaule, un bandage défraîchi cachait en partie une mauvaise plaie, quelques centimètres au-dessus du cœur. Les trois semaines qu'ils venaient de passer en mer avaient permis à ses joues, son nez cassé et ses lèvres tuméfiés de dégonfler en grande partie, mais il ressemblait toujours à un homme qui aurait essayé d'embrasser une mule en train de ruer – et qui aurait insisté.

— Tu peux me filer un coup de main ?

— Non. Tu peux le faire tout seul. Tu aurais dû t'entraîner toute la semaine, te préparer. Je ne peux pas être toujours là à te tourner autour comme une putain de fée pour te servir d'infirmière.

— Ouais, eh bien, je vais te planter une saloperie de rapière en travers de l'épaule et la faire aller et venir. Ensuite, on verra bien si tu as envie de faire des exercices.

— Moi aussi, j'ai eu ma part de blessures, espèce de couille molle de sac à merde ! Et je me suis entraîné pour retrouver ma mobilité !

Jean souleva sa tunique. Au-dessus de la proéminence considérablement amoindrie de son ventre jadis phénoménal, une longue cicatrice récente, toute violette, zébrait les côtes.

— Je me fous de ta douleur. Tu dois bouger ou les plaies vont se refermer en contractant les chairs comme une couturière qui te fait un ourlet. Et là, tu seras vraiment dans la merde.

— Tu n'arrêtes pas de me le seriner. (Locke jeta sa tunique sur le pont, près de ses pieds nus.) Mais, si ce vêtement ne daigne pas bouger de lui-même et si tu me refuses ton assistance, on dirait que je vais devoir débarquer comme ça.

— Le soleil est en train de se coucher. Été ou pas, il fait encore frais dehors. Mais, si tu as envie de passer pour un con, je suppose que c'est une bonne idée.

— T'es vraiment un fils de pute, Jean.

— Si tu étais en forme, je t'aurais repété le nez pour ce que tu viens de dire, espèce de sale petit chialeur de...

— Messieurs ? (La voix étouffée d'une femme traversa la porte, puis on frappa avec vigueur.) Le capitaine vous présente ses respects et vous fait savoir que la barque est prête.

— Merci, cria Jean. (Il passa la main dans ses cheveux et soupira.) Pourquoi est-ce que j'ai pris la peine de te sauver la vie, une fois de plus ? J'aurais dû rapporter la carcasse du Roi Gris au lieu de la tienne. Elle aurait été moins chiante.

— S'il te plaît, dit Locke d'un ton ferme. (Il fit un geste de son bras valide.) Trouvons un compromis. Je tire de ce bras qui fonctionne encore et tu t'occupes du côté qui laisse à désirer. Fais-moi descendre de ce bateau et je ferai des exercices.

— Ce sera pas trop tôt.

Jean hésita quelques secondes, puis se pencha et ramassa la tunique.

2

Jean se montra plus accommodant pendant les quelques jours qui suivirent leur débarquement du galion – ce monde humide, nauséabond et instable. Même pour des passagers acquittant le prix du voyage, les longues traversées en mer s'apparentaient davantage à un séjour en prison qu'à des vacances.

Ils avaient changé leurs solons camorriens à un taux prohibitif auprès du second du *Bénéfice doré* – qui avait affirmé que c'était toujours mieux que le détroussement numismatique que les changeurs de la ville leur réservaient. Avec une poignée de volanis d'argent en poche, les deux hommes louèrent une chambre au deuxième étage de *La Lanterne d'argent*, une vieille auberge délabrée sur le front de mer.

Jean entreprit aussitôt de trouver une source de revenus. Si la pègre de Camorr était un lac profond, celle de Vel Virazzo était un étang aux eaux stagnantes. Il n'eut guère de mal à repérer les principales bandes des quais et à comprendre les relations qui existaient entre elles. Elles n'étaient guère organisées dans cette ville, et il n'y avait pas de grand chef pour foutre le bordel. Après quelques nuits passées à boire dans les rades adéquats, il sut exactement qui approcher.

Ils s'étaient baptisés les « Matafs de Cuivre » et traînaient discrètement dans une tannerie abandonnée sur les quais est de la cité, là où la mer venait clapoter contre les pilotis d'embarcadères pourrissants qui n'avaient pas servi depuis vingt ans. La nuit, ils formaient un groupe dynamique de voleurs silencieux, de coupe-jarrets et de charmeurs de poches. Le jour, ils dormaient, jouaient aux dés et buvaient la plus grande partie de leur butin. Par une belle journée ensoleillée, à la deuxième heure de l'après-midi, Jean fit irruption chez eux en enfonçant la porte d'un bon coup de pied – bien qu'elle ne soit pas verrouillée et ne tienne sur ses gonds que par miracle.

Il y avait là douze jeunes hommes de quinze à vingt ans – des effectifs sans surprise pour ce genre de bande dont le champ d'activité se limitait aux alentours. Ceux qui ne dormaient pas furent réveillés à coups de gifles par leurs compagnons tandis que Jean avançait d'un pas tranquille jusqu'au centre de la pièce.

—Je vous souhaite un bon après-midi ! (Il leur adressa un petit hochement de tête et écarta largement les bras.) Quel est l'enfant de pute le plus balaise et le plus méchant du lot ? Qui est le meilleur cogneur des Matafs de Cuivre ?

Les brigands le dévisagèrent, médusés, pendant quelques secondes silencieuses. Puis un jeune homme sauta d'un escalier sans contremarche et atterrit sur le sol poussiéreux. Il était assez trapu, avec un nez crochu et le crâne rasé. Il se dirigea vers Jean et grimaça un petit sourire suffisant.

— Tu l'as devant toi.

Jean acquiesça et sourit à son tour. Puis il ramena violemment ses bras en avant dans un mouvement circulaire de manière que ses mains en coupe frappent les deux oreilles du garçon. Ce dernier vacilla et Jean assura sa prise en pressant ses doigts écartés sur la bosse du crâne. Puis il tira brusquement la tête vers le bas et lui assena un, deux, trois coups de genou. Tandis que le visage du jeune homme prenait enfin congé de la rotule de Jean, celui-ci lâcha son adversaire qui s'effondra en arrière sur le sol de la tannerie, aussi alerte qu'un quartier de bœuf froid et salé.

— Faux ! dit Jean qui n'était même pas essoufflé. *Je* suis l'enfant de pute le plus méchant de la bande. *Je* suis le meilleur cogneur des Matafs de Cuivre.

— Tu n'en fais même pas partie, espèce de trou du cul ! cria un garçon dont le visage affichait néanmoins une expression de crainte respectueuse.

— Butons ce tas de merde !

Un troisième brigand, avec un chapeau à quatre pointes et un collier artisanal constitué de petits os, se rua sur Jean. Sa main droite était ramenée en arrière et tenait un stylet. Il se fendit. Jean se recula, l'attrapa par le poignet et tira en avant pour le frapper du poing droit. Tandis que le garçon crachait du sang et clignait des yeux pour chasser ses larmes de douleur, il enchaîna avec un coup de pied entre les jambes avant de le faucher. Le stylet apparut comme par magie dans sa main gauche et il le fit tourner avec lenteur.

— Les gars, vous êtes sûrement capables de faire des additions pas trop compliquées. Un plus un égale *ne me cherchez pas des crosses.* (Le jeune homme qui avait chargé avec le poignard laissa échapper un sanglot et vomit.) Bon, parlons un peu des taxes. (Jean fit le tour de la salle en distribuant des coups de pied aux bouteilles de vin vides qui jonchaient le sol par dizaines.) On dirait que vous vous en sortez assez bien pour manger et boire, c'est parfait. Je prendrai quarante pour cent de la menue monnaie. Je ne suis pas intéressé par le recel. Vous paierez votre redevance tous les jours, à compter d'aujourd'hui. Faites cracher vos bourses et retournez vos poches.

— Va te faire enculer !

Jean se tourna vers le garçon qui venait de parler. Celui-ci se tenait à l'autre extrémité de la tannerie, appuyé contre un mur et les bras croisés.

— Le programme ne te plaît pas ? Viens donc me cogner, alors.

— Euh…

Jean s'approcha.

— Tu trouves que c'est injuste ? Vous détroussez bien les gens pour vivre, pas vrai ? Allez, fiston, balance-moi un pain.

—Euh…

Jean l'attrapa, le fit pivoter et le saisit par le cou et la ceinture. Puis il le souleva et s'en servit comme d'un bélier contre l'épais mur de bois de l'édifice. Il lui cogna plusieurs fois la tête avant de le lâcher. Le Mataf s'effondra avec un bruit sourd et fut incapable de réagir quand Jean fouilla sa tunique et le délesta de sa petite bourse de cuir.

—J'ajoute une pénalité. Pour avoir endommagé le mur de ma tannerie avec ton crâne. (Il s'appropria les pièces et jeta l'escarcelle vide à côté de son propriétaire.) Maintenant, ramenez-vous tous par ici et mettez-vous en ligne. En ligne ! Quarante pour cent, ce n'est pas énorme. Et n'essayez pas de me gruger. Songez un peu à ce qui vous attend si je m'aperçois que vous êtes malhonnêtes.

Un premier garçon s'avança avec des pièces dans la main et une question aux lèvres :

—Mais… putain ! T'es qui toi ?

—Vous pouvez m'appeler…

Jean n'eut pas l'occasion de terminer sa phrase : le Mataf fit jaillir une dague dans son autre main, lâcha les pièces et se fendit. Le colosse repoussa le bras tendu vers l'extérieur, le plia presque en deux et lança un coup d'épaule dans la poitrine de son adversaire. Puis il fit passer sans effort le râleur au-dessus de sa tête et le laissa tomber dans son dos. Le visage du malheureux encaissa la plus grande partie du choc et le garçon resta à se tordre de douleur près du premier Mataf qui avait attaqué Jean avec un stylet.

—… Callas. Tavrin Callas, pour être précis. (Jean sourit.) C'était pas con de me sauter dessus pendant que je parlais. Je respecte au moins ça. (Il recula de plusieurs pas en traînant les pieds afin de bloquer la sortie.) Mais j'ai l'impression que le subtil concept philosophique que je m'échine à vous expliquer vous dépasse un peu. Dois-je vraiment vous botter le cul à tous avant que vous pigiez ? (Un chœur de grommellements monta et bon nombre de Matafs secouèrent la tête – à contrecœur.) Parfait.

La suite du prélèvement obligatoire se déroula sans accroc et Jean se retrouva propriétaire d'une somme satisfaisante – assez pour que Locke et lui restent au chaud à l'auberge une semaine de plus.

—Bon, je vous laisse. Dormez sur vos deux oreilles et travaillez bien ce soir. Je reviendrai vous voir demain, à la deuxième heure de l'après-midi. Nous commencerons à parler des changements qui vont intervenir maintenant que je suis le chef des Matafs de Cuivre.

3

Le lendemain, tous les brigands s'étaient bien entendu armés et, à la deuxième heure de l'après-midi, ils attendaient Jean en embuscade.

Sidérés, ils le virent entrer dans la vieille tannerie d'un pas tranquille, en compagnie d'une garde de la ville. La femme était grande et musclée, vêtue d'un manteau violet prune doublé d'une fine cotte de mailles ; elle avait des épaulettes de cuivre, tout comme les boucles qui maintenaient ses longs cheveux châtains ramenés en arrière pour former une queue-de-cheval – une coiffure de guerrière. Quatre de ses collègues prirent position juste devant la porte. Ils portaient des manteaux identiques, mais également de grands bâtons laqués et de lourds boucliers en bois dans le dos.

— Salut les gars ! dit Jean. (Partout dans la pièce, dagues, stylets tessons de bouteille et gourdins disparurent comme par enchantement.) Je suis sûr que vous reconnaissez la préfète Levasto et ses hommes.

— Salut, dit la femme avec désinvolture, les pouces glissés dans le ceinturon de cuir de son épée.

Elle était la seule des représentants de la loi à porter un sabre d'abordage dans un simple fourreau noir.

— La préfète Levasto est une femme responsable, tout comme les hommes sous son commandement. Et il se trouve que tous apprécient l'argent, que je leur procure dorénavant eu égard à leurs tâches difficiles et fastidieuses. Si un malheur devait m'arriver, ils perdraient un nouvel apport régulier de cette chose qu'ils aiment tant.

— Ce serait regrettable, dit la préfète.

— Et cela aurait des répercussions, ajouta Jean.

La préfète posa une botte sur une bouteille de vin vide et exerça une pression jusqu'à ce que le verre se brise sous son talon.

— Regrettable, répéta-t-elle dans un soupir.

— Je suis sûr que vous êtes des garçons intelligents, reprit Jean. Je suis sûr que vous avez tous apprécié la visite de la préfète.

— Une visite que je n'aimerais pas avoir à refaire, dit Levasto avec un sourire.

Elle fit lentement demi-tour et sortit d'un pas tranquille. Les bruits de bottes de son escouade s'éloignèrent avant de s'évanouir.

Les Matafs de Cuivre regardèrent Jean d'un air sombre. Les quatre les plus proches de la porte, les mains dans le dos, étaient ceux qu'il avait rossés lors de sa visite précédente. Ils étaient couverts d'hématomes noirs et verdâtres.

— Putain, mais pourquoi tu nous fais ça ? grommela l'un d'eux.

— Je ne suis pas votre ennemi, les gars. Croyez-le ou pas, mais je pense que vous finirez par apprécier ce que je peux faire pour vous.

Maintenant, fermez vos gueules et écoutez. (Il éleva la voix de manière que tout le monde l'entende.) D'abord, je dois dire que je suis déçu : vous exercez ici depuis des années et vous n'avez jamais songé à arroser la garde. Ils attendaient cette proposition *avec impatience* quand je suis allé les voir, comme de pauvres chiots abandonnés. (Il passa la main droite dans son dos, sous le long gilet noir qu'il portait par-dessus une chemise blanche tachée.) Mais, la première chose à laquelle vous avez pensé, c'est me liquider, et ça démontre un certain courage. Faites-moi donc voir votre quincaillerie. Allez, montrez-moi ça.

Les Matafs resortirent leurs armes, l'air penaud. Jean les examina d'un regard circulaire.

—M'ouais. De l'acier tordu, des tessons de bouteille, des petits bâtons, un marteau... Les gars, il y a quand même un problème : avec ces trucs, vous imaginez que vous êtes des terreurs, mais vous n'êtes que des bouffons.

Il bougea avant même d'avoir terminé sa phrase. Sa main gauche rejoignit la droite sous son gilet, puis les deux réapparurent et se levèrent si vite qu'on ne perçut qu'un mouvement indistinct. Jean laissa échapper un grognement tandis qu'il lançait ses deux hachettes.

Sur le mur le plus éloigné de lui, deux outres étaient suspendues à des patères. Elles éclatèrent dans une explosion de vin rouge verrarien bon marché qui éclaboussa plusieurs garçons à proximité. Les armes de Jean avaient fendu leurs cibles en plein milieu et restaient fermement plantées dans le bois.

—*Ça*, ça fait de vous des terreurs. (Il fit craquer les articulations de ses doigts.) Et c'est pourquoi *vous* travaillez dorénavant pour *moi*. Y a-t-il quelqu'un qui souhaiterait discuter ce point ? (Les Matafs les plus proches des outres reculèrent tandis que Jean avançait et arrachait ses hachettes du mur.) Je l'aurais parié. Mais ne le prenez pas mal. Vous allez aussi en retirer un bénéfice. Un chef doit protéger ce qui lui appartient s'il veut garder sa place. Si quelqu'un d'autre que moi essaie de vous bousculer, faites-le-moi savoir. Je lui rendrai une petite visite. C'est mon boulot.

Le lendemain, les Matafs s'alignèrent avec mauvaise volonté pour payer leur redevance. Le dernier lâcha ses pièces de cuivre dans la main de Jean et grommela :

—Vous avez dit que vous nous aideriez si quelqu'un nous cherchait noise. Ce matin, des gars de la bande se sont fait assaisonner par les Brassards Noirs, des types des quartiers nord.

Jean hocha la tête avec componction et fit glisser l'argent dans la poche de son manteau.

La nuit suivante, après avoir fait son enquête, il se rendit dans un bouge appelé *Le Signe du Gobelet Bien Rempli*, au nord de Vel Virazzo. En fait, le *Gobelet* était surtout rempli de gibier de potence. Il y en avait sept ou huit représentants, chacun portant un bout de tissu noir et sale autour de la manche de sa veste ou de sa tunique. Il n'y avait pas d'autres clients et ils levèrent des yeux suspicieux quand Jean referma la porte derrière lui et tira le verrou avec soin.

— Bonsoir ! (Il sourit et fit craquer les articulations de ses doigts.) Je suis un type curieux. Quel est l'enfant de pute le plus balaise et le plus méchant des Brassards Noirs ?

Le lendemain, il collecta la redevance des Matafs de Cuivre avec un cataplasme sur les articulations écorchées de ses doigts. Pour la première fois, la grande majorité des garçons payèrent avec enthousiasme. Il y en eut même quelques-uns qui l'appelèrent « Tav ».

4

Contrairement à ce qu'il avait promis, Locke ne faisait aucun exercice.

Sa maigre réserve de pièces était investie dans du vin. Son poison favori était une piquette locale particulièrement bon marché ; plus violette que rouge, avec un bouquet d'essence de térébenthine ; son odeur saturait la chambre qu'il partageait avec Jean à *La Lanterne d'argent*. Locke en ingurgitait sans arrêt sous prétexte de « calmer ses élancements ». Son compagnon remarqua un soir que, si c'était la vérité, la douleur devait empirer tous les jours : les outres et bouteilles vides étaient toujours plus nombreuses. Ils se disputèrent ou, pour être plus exact, ranimèrent leur ancienne querelle. Jean quitta la pièce d'un pas lourd et bruyant pour s'enfoncer dans la nuit. Ce n'était pas la première fois, ni la dernière.

Au cours des premiers jours à Vel Virazzo, Locke descendait parfois jusqu'à la salle commune en fin de soirée, pour faire quelques parties de cartes décousues avec les gens du coin. Il les dépouillait sans joie en usant de tous les tours de passe-passe qu'il était capable de réaliser avec sa main valide. Très vite, les autres joueurs évitèrent sa compagnie et son humeur désagréable. Locke se retira au deuxième étage pour boire seul et en silence. Il ne prêtait plus attention à la nourriture ni à l'hygiène. Jean essaya de faire venir une Sangsue canine pour examiner les blessures de Locke, mais celui-ci chassa le praticien d'une volée d'invectives qui fit rougir son camarade – pourtant adepte d'un langage pittoresque capable de faire honte à un charretier.

— De votre ami, je ne trouve nulle trace, déclara la Sangsue canine. Il semble avoir été dévoré par un des minuscules singes sans poils des îles Okanti ; il ne fait que me crier après. Qu'est-il advenu de la dernière Sangsue qui l'a examiné ?

—Nous l'avons laissé à Talisham, répondit Jean. Je crains que l'attitude de mon camarade ne l'ait convaincu d'interrompre la traversée plus tôt que prévu.

—Eh bien, je le comprends. Je renonce à mes honoraires par profonde compassion. Gardez votre or, vous en aurez besoin pour acheter du vin – ou du poison.

Jean passait de plus en plus de temps en compagnie des Matafs de Cuivre à seule fin d'éviter Locke. Une semaine s'écoula, puis une autre. Tavrin Callas devenait un personnage connu et fort respecté au sein de la fraternité des truands de Vel Virazzo, tandis que les disputes entre les deux compères ne faisaient que se répéter ; elles étaient chaque fois plus frustrantes, plus vaines. D'instinct, Jean était capable d'identifier le stade ultime de l'autoapitoiement, mais il n'aurait jamais imaginé qu'il devrait un jour en tirer Locke – pas lui. Il éludait le problème en entraînant les Matafs.

Il commença par leur enseigner des techniques simples : comment faire des signes de main basiques en présence d'étrangers, comment distraire sa cible avant de lui faire les poches, comment distinguer les gemmes véritables des fausses – et éviter ainsi des efforts inutiles. Inévitablement, on en vint à le supplier avec respect de « montrer un ou deux des trucs » qu'il avait employé pour concasser les quatre Matafs lors de leur première rencontre. Les premiers à le faire furent justement ses victimes.

Une semaine plus tard, le processus alchimique était parfaitement lancé : cinq ou six garçons roulaient sur le sol poussiéreux de la tannerie tandis que Jean leur enseignait les bases du corps à corps : les clefs, l'initiative, l'analyse de la situation. Il fit la démonstration de techniques à la fois miséricordieuses et impitoyables – des techniques qui l'avaient maintenu en vie pendant la moitié de son existence passée à prouver la justesse de son point de vue avec ses poings et ses hachettes.

Sous sa direction, les Matafs de Cuivre prêtèrent davantage attention à l'état de leur vieille tannerie. Il les encouragea sans détour à la considérer comme leur quartier général, un lieu qui demandait un certain confort. Des lanternes alchimiques firent leur apparition, suspendues aux chevrons ; du papier huilé fut fixé sur les carreaux brisés ; des planches et de la paille furent montées sur le toit afin de combler les trous ; les jeunes brigands volèrent des coussins, des tapisseries bon marché et des étagères démontables.

—Trouvez-moi un socle de foyer, demanda Jean. Piquez-m'en un grand et je vous apprendrai aussi comment cuisiner, bande de pauvres petits cons ! Il n'y a pas de meilleurs chefs qu'à Camorr. Même les voleurs sont des chefs, là-bas. J'ai étudié la cuisine pendant des années.

D'un coup d'œil circulaire, il observa la tannerie – dont le confort ne cessait de s'améliorer – et la bande de jeunes brigands qui y vivait – dont l'enthousiasme ne cessait de croître.

— On est tous passé par là.

Il essaya d'intéresser Locke à ses projets pour les Matafs de Cuivre, mais essuya une rebuffade. Cette nuit-là, il tenta de nouveau sa chance et parla des bénéfices nocturnes en augmentation croissante, du quartier général, des trucs qu'il apprenait aux garçons et de l'entraînement qu'il leur dispensait. Locke le fixa pendant un long moment, assis sur le lit, un verre ébréché à demi rempli de vin violet entre les mains.

— Eh bien ! dit-il enfin. Je constate que tu as trouvé tes remplaçants, pas vrai ?

Cette remarque sidéra Jean au point qu'il fut incapable de répondre.

Locke vida sa coupe avant de poursuivre d'une voix monocorde et dépourvue de toute trace d'humour :

— Tu n'as pas perdu de temps. Je n'imaginais pas que ça irait si vite. Une nouvelle bande, un nouveau repaire – pas en verre, celui-là, mais tu pourras sans doute y remédier si tu t'en donnes la peine. Et te voilà ! Jouant les pères Chains, prêt à ressusciter toutes ces joyeuses conneries.

Jean bondit à travers la chambre et, d'un revers, arracha la coupe vide des mains de Locke. L'objet se fracassa contre le mur et couvrit la moitié de la pièce d'une pluie de fragments scintillants. Mais Locke ne cilla même pas. Il se contenta de se laisser aller contre ses oreillers tachés de sueur et soupira.

— Tu as déjà trouvé des jumeaux ? Une nouvelle Sabetha ? Un nouveau *moi* ?

— Va te faire foutre ! (Jean serra les poings jusqu'à ce qu'il sente son sang chaud et épais sourdre sous ses ongles.) Va te faire foutre, Locke ! Je n'ai pas sauvé ta putain de vie pour que tu fasses la gueule dans ce clapier de merde ! Et pour que tu t'imagines que c'est toi qui as inventé le chagrin. Tu n'es pas si extraordinaire que ça !

— Alors, pourquoi est-ce que tu m'as sauvé, saint Jean ?

— Ta question est parfaitement conne…

— POURQUOI ?

Locke se tira hors du lit et agita les poings en direction de Jean. Le spectacle aurait pu être comique, s'il n'y avait pas eu cette lueur assassine qui brillait maintenant dans ses yeux.

— Je t'ai dit de me *laisser* ! Je suis censé éprouver de la reconnaissance pour ce que tu as fait ? Pour cette putain de chambre ?

— Ce n'est pas moi qui ai décrété que ton monde se limiterait à cette pièce, Locke. C'est une décision que tu as prise seul.

— C'est pour *ça* que tu m'as sauvé ? Trois semaines en mer passées à gerber, et maintenant, Vel Virazzo, le trou du cul de Tal Verrar ? Les dieux veulent rigoler un peu, et c'est moi qui sers de chute à leur plaisanterie. Il aurait mieux valu que je meure avec le Roi Gris. Bordel de merde, je t'avais dit de me laisser là-bas ! (Il se tut un moment et reprit presque dans un murmure :) Ils me manquent. Par tous les dieux, ils me manquent ! C'est ma faute s'ils sont morts. Je ne peux pas… Je ne peux pas le supporter…

— Ne redis jamais ça, grogna Jean.

Il lui administra une puissante bourrade dans la poitrine et Locke partit en arrière. Il tomba sur le lit et heurta le mur avec assez de force pour faire trembler les volets.

— Ne te sers plus jamais d'eux pour justifier ce que tu te fais à toi-même ! Si jamais t'oses refaire ça… !

Sans ajouter un mot, Jean tourna les talons, sortit de la pièce et claqua la porte derrière lui.

5

Locke s'affaissa sur le lit, se prit la tête entre les mains et écouta les pas de Jean traverser l'entrée avant de s'éloigner dans la nuit.

À sa grande surprise, les bruits de bottes revinrent quelques minutes plus tard et gagnèrent en intensité. Jean ouvrit la porte à toute volée, le visage sombre, et marcha droit vers Locke, un baquet d'eau entre les mains. De but en blanc, il lui en lança le contenu à la tête. Locke manqua de s'étouffer sous le coup de la surprise et tomba de nouveau à la renverse contre le mur. Il s'ébroua comme un chien et écarta ses cheveux dégoulinants de ses yeux.

— Jean ! T'es devenu complètement taré… ?

— Tu avais besoin d'un bain, l'interrompit son compagnon. Tu empestais la pleurnicherie.

Il jeta le seau par terre et fit le tour de la pièce, ramassant au passage les bouteilles ou les outres qui contenaient encore quelque chose. Il eut terminé avant que Locke comprenne ce qu'il faisait. D'un geste circulaire, il attrapa la bourse posée sur la table de la chambre et la remplaça par un petit paquet en cuir.

— Hé ! Jean ! Jean, tu ne peux pas faire ça… C'est à moi !

— Il fut un temps où c'était à *nous*, répliqua Jean d'une voix glaciale. Je préférais quand les choses étaient ainsi.

Locke essaya une nouvelle fois de bondir du lit, mais Jean l'en empêcha sans effort. Puis il ressortit comme un ouragan et ferma derrière lui. On entendit un étrange cliquetis et plus rien – pas même les craquements du plancher. Jean attendait dans le couloir, juste à l'entrée de la chambre.

Locke laissa échapper un grondement furieux et traversa la pièce pour ouvrir la porte, mais celle-ci refusa de bouger. Intrigué, il fronça les sourcils et poursuivit ses efforts pendant quelques instants. Le verrou était de son côté, et il n'était pas tiré.

— C'est une curiosité locale, déclara Jean à travers le panneau de bois. Les chambres de *La Lanterne d'argent* se ferment de l'extérieur avec une clé spéciale que possède seulement l'aubergiste. Tu vois, c'est au cas où il voudrait garder un client turbulent à l'écart le temps d'appeler la garde.

— Jean, ouvre cette putain de porte !

— Rêve ! C'est à toi de le faire.

— Je ne peux pas ! Tu viens de me le dire : il faut une clé spéciale !

— Le Locke Lamora que je connaissais t'aurait craché à la gueule. Je parle du prêtre du Gardien Véreux, du *Garrista* des Salauds Gentilshommes, de l'élève du père Chains, du frère de Calo, Galdo et Moucheron ! Dis-moi un peu, qu'est-ce que Sabetha penserait de toi ?

— Es… espèce d'enculé ! Ouvre cette porte !

— Regarde-toi, Locke. Tu es la honte de la profession. Ouvre-la tout seul.

— Tu… as… la… *putaindemerdedeclé* !

— Tu sais comment faire du gringue à une serrure, non ? J'ai laissé des crochets sur la table. Tu veux revoir ta piquette ? Tu te démerdes pour ouvrir cette putain de lourde comme un grand.

— Fils de pute !

— Ma mère était une sainte. Le plus beau joyau jamais produit par Camorr. La cité ne la méritait pas. Je peux attendre ici toute la nuit, tu sais. Ça ne me pose aucun problème : j'ai ta réserve de vin et tout *ton* argent.

— Aaaaarrrrr !

Locke s'empara du petit portefeuille en cuir posé sur la table. Il fit bouger les doigts de sa main valide – la droite – et regarda celle qui était blessée – la gauche – avec un air dubitatif. Son poignet cassé allait mieux, mais il le faisait souffrir sans discontinuer.

Il se pencha sur le mécanisme de la serrure, se renfrogna et se mit au travail. Les muscles de son dos protestèrent contre cette position inconfortable avec une rapidité qui le surprit. Il s'interrompit le temps de rapprocher la chaise pour opérer assis.

Tandis que ses crochets cliquetaient à l'intérieur de la serrure et qu'il se mordait la langue sous l'effet de la concentration, il entendit un craquement impressionnant de l'autre côté de la porte, puis une série de coups sourds.

— Jean ?

— Je suis toujours là, Locke. (Sa voix était maintenant joyeuse.) Par les dieux, on peut dire que tu prends ton temps ! Oh, excuse-moi, peut-être que tu n'as pas encore commencé ?

— Dès que j'ai ouvert, je te tords le cou, Jean !

— Dès que tu as ouvert ? Dans ce cas, il me reste de longues années à vivre…

Locke redoubla de concentration et retrouva le rythme qu'il avait appris enfant, pendant des heures et des heures d'entraînement minutieux. Il déplaçait ses crochets avec légèreté, à la recherche de sensations. Ces putains de craquements et de bruits sourds avaient repris dans le couloir ! À quoi donc Jean s'amusait-il ? Il ferma les yeux et essaya de faire abstraction du vacarme… Il fit son possible pour réduire son univers aux messages que ses outils communiquaient à ses doigts…

La serrure cliqueta pour annoncer sa capitulation. Locke se releva tant bien que mal, à la fois extatique et furieux. Puis il ouvrit la porte d'un coup sec.

Jean avait disparu, et l'étroit couloir était obstrué par un mur compact de caisses et de tonneaux en bois qui montait jusqu'au plafond – une barrière infranchissable qui se dressait à un mètre de son nez.

— Jean ! Qu'est-ce que c'est que ce bordel ?

— Excuse-moi, Locke. (Il se tenait sans nul doute de l'autre côté de sa barricade de fortune.) J'ai emprunté quelques trucs dans le cellier du taulier, et puis j'ai demandé à certains types que tu as grugés aux cartes de m'aider à monter tout ça.

Locke donna un bon coup d'épaule contre la muraille hétéroclite, mais elle ne bougea pas. Jean devait la maintenir en place en s'y appuyant de tout son poids. Il entendit un vague concert de ricanements monter de l'autre côté, venant sans doute de la salle commune. Il grinça des dents et abattit le plat de la main contre un tonneau.

— Mais qu'est-ce qui te prend, Jean ? Tu me fais une putain de scène de ménage ?

— Pas tout à fait. La semaine dernière, j'ai dit au taulier que tu étais un don camorrien voyageant incognito, que tu essayais de te remettre d'une crise de démence. Il y a quelques instants, j'ai posé un énorme tas de pièces d'argent sur son comptoir. Tu te souviens des pièces d'argent, n'est-ce pas ? Nous avions l'habitude d'en faucher aux gens avant, quand tu étais un compagnon agréable.

— Ton numéro ne m'amuse plus, Jean ! Rends-moi mon putain de vin !

— Que je sois damné si je fais ça ! Et, si tu tiens vraiment à le récupérer, je crains qu'il te faille descendre par la fenêtre.

Locke fit un pas en arrière et observa la barricade de fortune, complètement abasourdi.

— Jean, tu rigoles ?

— Je n'ai jamais été plus sérieux de ma vie.

— Va te faire foutre ! Va te faire foutre ! Je ne peux pas descendre par cette saloperie de fenêtre. Mon poignet est…

— Tu t'es battu contre le Roi Gris avec un bras presque tranché. Au Bief du Corbeau, tu es passé par une fenêtre pour descendre un mur de plus de cent cinquante mètres. Et aujourd'hui, au deuxième étage, tu ressembles à un chaton dans un baril de graisse. Espèce de lopette ! Couille molle !

— Tu fais tout pour me provoquer.

— Sans déconner ? Mais, dis-moi un peu, tu as l'esprit aussi affûté qu'un gourdin.

Locke regagna la chambre d'un pas lourd, écumant de rage. Il regarda la fenêtre obstruée par les volets, se mordit la langue et ressortit dans le couloir comme une furie.

— S'il te plaît. Laisse-moi sortir, demanda-t-il d'une voix aussi égale que possible. Le message est passé.

— Je te l'enfoncerais dans le crâne avec une pique en acier noirci si j'en avais une. Pourquoi est-ce que tu me parles alors que tu devrais être en train de descendre le long du mur ?

— Putain de bordel de merde, va te faire mettre !

Locke retourna une nouvelle fois dans la chambre qu'il arpenta avec colère. Puis il tendit les bras avec prudence : du côté gauche, les plaies étaient douloureuses et sa profonde blessure à l'épaule l'élançait encore cruellement ; son poignet cassé donnait l'impression qu'il était presque capable de servir à quelque chose. Douleur ou non… Il contracta les doigts de la main gauche pour former un poing. Il le fixa un moment, puis regarda la fenêtre, les yeux plissés.

— Et merde ! Je vais te monter un truc ou deux, ô fils d'un putain de marchand de soie…

Il défit la literie et attacha les extrémités des draps à celles des couvertures. Ses blessures le tiraillaient, mais la douleur ne fit que le pousser à accélérer. Il serra le dernier nœud, ouvrit les volets et lança sa corde improvisée par la fenêtre. Puis il attacha l'autre bout au lit – le meuble n'était pas particulièrement massif, mais Locke ne pesait pas très lourd.

Enfin, il enjamba la fenêtre.

Vel Virazzo était une cité ancienne et basse. Tandis qu'il se balançait deux étages au-dessus des rues envahies par un fin brouillard, Locke fut assailli par une succession rapide d'images : des bâtiments affaissés aux toits plats, en pierre et en pisé ; la lumière blafarde des lunes qui se reflétait sur les eaux sombres ; des lueurs rouges qui brillaient au sommet des aiguilles de verre, dessinant une ligne qui s'éloignait vers l'horizon. Il ferma les yeux, se cramponna aux draps et se mordit la langue pour ne pas vomir.

La solution la plus simple était sans doute de glisser jusqu'en bas, et ce fut donc ce qu'il fit. Il laissa ses paumes frotter quelques instants contre le tissu de sa corde improvisée et s'arrêta. Il avait parcouru trois mètres… Puis trois de plus… En équilibre précaire sur le rebord de la fenêtre de la salle commune de l'auberge, il reprit son souffle avant de poursuivre sa descente. Ses vêtements étaient encore trempés de la douche qu'il avait reçue et, malgré la douceur de la nuit, il frissonnait.

L'extrémité de sa corde se balançait deux mètres au-dessus du sol. Locke descendit aussi bas que possible avant de lâcher prise. Ses talons heurtèrent le pavé et, tandis qu'il se redressait, il s'aperçut que Jean l'attendait déjà. Il tenait un manteau gris bon marché qu'il lança sur les épaules de Lamora avant que celui-ci puisse esquisser un geste.

—Fils de pute! cria Locke. (Il s'enveloppa dans le vêtement en s'aidant des deux mains.) Espèce de putain de fumier de vicelard de fils de garce! J'espère qu'un requin aura la bonne idée de te tailler une pipe!

—Mais, mais, mais, maître Lamora, quelles sont donc ces manières? Vous crochetez une serrure, vous passez par les fenêtres. Pour un peu, on croirait que vous êtes un ancien voleur.

—J'en avais fait assez pour mériter la corde quand tu tétais encore le sein de ta mère!

—J'en ai fait assez pour mériter la corde pendant que tu broyais du noir dans ta chambre, pendant que tu noyais ton talent dans l'alcool.

—Je suis le meilleur voleur de tout Vel Virazzo, que je sois sobre ou beurré, éveillé ou endormi, et tu le sais très bien.

—Il fut un temps où j'aurais pu te croire. Mais l'homme que j'ai connu à Camorr, il y a longtemps que je ne l'ai pas vu.

—Que les dieux vérolent ta gueule de singe! hurla Locke.

Il fit un pas en avant et assena à Jean un coup de poing dans le ventre. Plus surpris qu'autre chose, son imposant compagnon le repoussa sans ménagement. Locke partit en arrière, le manteau tourbillonnant autour de lui tandis qu'il cherchait à conserver son équilibre. Il percuta finalement un passant qui descendait la rue.

—Faites un peu attention où vous mettez vos pieds, imbécile!

L'inconnu était un homme d'âge moyen; il portait un pardessus orange et la tenue guindée d'un employé de bureau ou d'un greffier. Il se débattit quelques secondes car Locke cherchait désespérément quelque chose à quoi se raccrocher.

—Mille pardons, dit Locke. Mille pardons, mon bon seigneur. Mon ami et moi étions simplement en train de discuter. Je suis seul coupable.

—C'est évident. (L'homme réussit enfin à libérer le revers de son manteau de l'étreinte de l'importun et repoussa Locke.) Votre haleine empeste le vin! Maudits Camorriens!

Locke l'observa jusqu'à ce qu'il se soit éloigné de vingt ou trente mètres, puis il se tourna soudain vers Jean. Une petite bourse en cuir noir se balançait au bout de ses doigts, juste sous le nez de son camarade. D'après les tintements, elle contenait une quantité appréciable de pièces.

—Ah ! Et qu'est-ce que tu dis de ça ? Hmm ?

—Je dis que c'était un jeu d'enfant. Ça ne veut rien dire du tout.

—Un jeu d'enfant ? Va donc crever en chialant après ta mère, Jean. C'était...

—T'es plus sale qu'un goret. Plus sale qu'un orphelin de la Colline des Ombres. Tu as maigri – même si je suis incapable d'expliquer ce prodige. Tu n'as pas fait d'exercices pour retrouver ta dextérité et tu n'as autorisé personne à soigner tes blessures. Tu te caches dans une chambre en te laissant dépérir. Tu n'as pas dessaoulé depuis deux semaines entières. Tu n'es plus celui que tu étais, et c'est entièrement ta faute.

—Ah, bon ? (Locke lança un regard mauvais à son ami, glissa la bourse dans une poche de sa tunique et ajusta le manteau sur ses épaules.) Tu veux donc une démonstration ? D'accord. Rentre à l'auberge et démolis-moi ton con de mur. Ensuite, attends-moi dans la chambre. Je serai de retour dans quelques heures.

—Je...

Mais Locke avait déjà rabattu la capuche sur son visage et fait demi-tour. Il s'éloignait à grands pas dans la rue, dans la nuit chaude de Vel Virazzo.

6

Jean démolit sa barricade et dégagea le couloir du deuxième étage, donna quelques pièces supplémentaires – tirées de la bourse de Locke – à l'aubergiste perplexe et regagna sa chambre. Il s'occupa comme il le put, laissant la fenêtre ouverte afin que l'odeur d'alcool et de renfermé se dissipe un peu. Après réflexion, il décida de descendre jusqu'au bar et revint avec une carafe en verre remplie d'eau.

Il arpentait la pièce avec nervosité quand son compagnon y fit irruption. Quatre heures s'étaient écoulées depuis son départ et la troisième heure du matin venait à peine de commencer. Locke posa un grand panier en osier sur la table et jeta son manteau. Puis il attrapa le seau que Jean avait utilisé pour le doucher et y vomit bruyamment.

—Je m'excuse, grommela-t-il quand il eut terminé.

Son visage était écarlate et il haletait bruyamment. Ses vêtements étaient aussi trempés qu'à son départ, mais ils étaient maintenant imprégnés d'une chaude transpiration et non plus d'eau.

—Les effets du vin ne sont pas encore tout à fait dissipés... Et il semblerait que mon souffle ne soit plus ce qu'il était.

Jean lui tendit la carafe et son compagnon la vida à grands traits – avec l'élégance et la discrétion d'un cheval à l'abreuvoir. Jean l'aida à s'asseoir sur la chaise. Locke resta silencieux pendant quelques secondes, puis il sembla soudain remarquer la main posée sur son épaule. Il eut un mouvement de recul.

— Et... voilà..., haleta-t-il. Tu vois ce qui arrive quand tu me provoques ? Je crois que nous allons devoir quitter la ville précipitamment.

— Mais qu'est-ce que tu as fou... Qu'est-ce que tu as fait ?

Locke arracha le couvercle du panier – un panier très ordinaire, comme celui que les marchands utilisaient pour transporter quelques marchandises entre leur échoppe et un petit marché de rue. Un bric-à-brac impressionnant était entassé à l'intérieur. Locke entreprit d'en faire l'inventaire au fur et à mesure qu'il sortait les objets et les montrait à Jean.

— Qu'avons-nous là ? Mais oui, c'est bel et bien un lot de bourses. Une, deux, trois, *quatre*, et toutes dérobées à des gentilshommes parfaitement lucides au beau milieu de la rue. Voici un couteau, deux bouteilles de vin, une chope en étain – un peu cabossée, mais le métal est de qualité. Une broche, deux épingles en or, deux boucles d'oreilles – des boucles d'*oreilles*, maître Tannen, subtilisées à l'endroit où elles sont généralement accrochées. Je voudrais vous voir accomplir la même chose. Et voilà un petit ballot de jolie soie, une boîte de sucreries, deux miches de pain – croquantes, avec toutes sortes d'épices, comme tu les aimes. Et maintenant, afin de clore le bec à un certain enfant de pute casse-couilles et de mauvais augure – dont je tairai le nom...

Locke brandit un collier scintillant, une bande en or et en argent auquel était suspendu un gros pendentif – également en or – incrusté de saphirs formant un motif floral stylisé. Les petites phalanges de pierres précieuses lançaient des éclairs bleutés bien que la chambre ne soit éclairée que par une lanterne tamisée.

— Jolie pièce, reconnut Jean en oubliant un instant de prendre l'air contrarié. Tu n'as pas piqué ça dans la rue.

— Non. (Locke porta de nouveau la carafe à ses lèvres et avala une grande gorgée d'eau tiède.) Je l'ai trouvé au cou de la maîtresse du gouverneur.

— Tu te fous de moi ?

— Dans le manoir du gouverneur.

— Putain de...

— Dans le lit du gouverneur.

— Espèce de taré !

— Avec le gouverneur endormi juste à côté.

Le calme de la nuit fut soudain brisé par les trilles lointains et stridents d'un sifflet – l'appel au rassemblement de toutes les gardes du monde. De nouvelles notes suraiguës ne tardèrent pas à faire écho à la première.

Locke esquissa un sourire penaud.

— Il est possible que je me sois montré un peu trop audacieux.

Jean s'assit sur le lit et se passa les deux mains dans les cheveux.

— Locke, je m'échine depuis des semaines à faire de Tavrin Callas un type connu, le plus brillant et le plus fort qui ait rejoint le maigre et triste ramassis de Gens Bien de Vel Virazzo depuis des lustres ! Quand la garde va poser des questions, quelqu'un finira par parler de moi… Et quelqu'un lui apprendra que je passe une bonne partie de mon temps ici, et que je le passe avec toi… Et si nous essayons de fourguer un bibelot pareil dans un bled pareil…

— Comme je te l'ai dit, je pense que nous allons devoir quitter précipitamment la ville…

— Quitter la ville ? (Jean se releva d'un bond et pointa un doigt accusateur sur son compagnon.) Tu as foutu en l'air des semaines de travail ! J'ai entraîné les Matafs. Je leur ai enseigné les codes, les astuces, les moyens d'appâter une proie, les techniques de combat, tout ! J'étais sur le point de… J'étais sur le point de leur apprendre à cuisiner !

— Oooh ! Tu ne rigolais pas. Je suppose que tu étais sur le point de les demander en mariage ?

— Merde, je suis *sérieux* ! J'ai mis quelque chose sur pied ! Je me suis cassé le cul dans toute la ville pendant que tu chialais, que tu faisais la gueule et que tu perdais ton temps dans cette piaule.

— C'est toi qui as allumé un feu sous mes pattes parce que tu voulais me voir danser. Eh bien, j'ai dansé, et je crois que je ne m'en suis pas trop mal tiré. Tu es prêt à me présenter des excuses ?

— Des excuses ? Alors que tu t'es comporté comme une petite merde infâme ? Je te laisse en vie, et je trouve que c'est largement assez en matière d'excuses ! Tous mes efforts…

— … pour devenir le capa de Vel Virazzo ? C'est ce que tu veux devenir, Jean ? Un autre Barsavi ?

— Je veux devenir *quelque chose*, dit Jean. Et il existe des rôles bien pires : capa Lamora, par exemple, seigneur de Toute Une Chambre Puante. Je ne veux pas être un putain de glandeur, Locke. Je suis un honnête voleur dur à la tâche et je ferai ce que j'ai à faire pour avoir à manger sur la table et un toit au-dessus de nos têtes.

— Alors, partons d'ici et revenons à quelque chose de vraiment lucratif. Tu veux un honnête travail de brigand ? Très bien. Allons ferrer un gros poisson comme on le faisait à Camorr. Tu veux me voir voler, alors, allons *voler* !

— Mais Tavrin Callas…

— … est déjà mort. Il voulait découvrir les mystères d'Aza Guilla, pas vrai ? Faisons en sorte qu'il reprenne ses recherches.

— Merde ! (Jean alla jusqu'à la fenêtre et lança un regard à l'extérieur : on entendait encore des coups de sifflet monter de divers endroits.) Il va peut-être falloir quelques jours pour louer une cabine sur un bateau, et on ne sortira pas par la route avec ce que tu as volé. Ils vont fouiller tout le monde aux portes de la ville, pendant une semaine ou deux sans doute.

— Jean, tu *me* déçois beaucoup. Des portes ? Des bateaux ? S'il te plaît. Il s'agit de *nous*. On pourrait faire passer une vache sous le nez de chaque garde de la ville sans qu'il s'en aperçoive. À midi. Et tout nus.

— Locke ? Locke Lamora ? (Jean se frotta les yeux avec exagération.) Nom d'un chien, mais où étais-tu donc passé depuis des semaines ? Je commençais à penser que j'allais devoir faire équipe avec un misérable trou du cul nombriliste qui...

— D'accord, dit Locke. Très bien. Parfait. Ouais, je mérite peut-être qu'on se foute de moi, mais je suis sérieux : sortir d'ici ne sera pas plus difficile que préparer un œuf sur le plat. Descends voir l'aubergiste. Réveille-le et arrose-le de quelques pièces – ces bourses en sont pleines. Je suis un don camorrien frappé de folie, n'est-ce pas ? Dis-lui que je fais une crise. Amène-moi des vêtements sales, des pommes, un socle de foyer et un pot en fer noir rempli d'eau.

— Des pommes ? (Jean se gratta la barbe.) Des pommes ? Tu as l'intention de... d'employer le truc de la compote ?

— Exactement. Amène-moi tout ça, je vais faire bouillir de l'eau. Nous aurons quitté cette ville avant l'aube.

— Hmmm... (Jean ouvrit la porte, sortit dans le couloir et se retourna.) Je retire une partie de ce que j'ai dit. Peut-être que tu es encore un menteur, un tricheur, un gibier de potence, un rat, un magouilleur aux doigts crochus, un vide-gousset et un sacré fils de pute.

— Merci, dit Locke.

7

Une pluie fine et dense crépitait doucement autour d'eux quand ils passèrent la porte nord de Vel Virazzo, quelques heures plus tard. Au lever du soleil, une ligne jaune et humide se dessina sur l'horizon, à l'est, sous d'épais nuages noirs que le vent entraînait à toute allure. Des soldats en veste violette jetèrent un regard dégoûté du haut des murailles hautes de cinq mètres. La lourde porte en bois de la poterne se referma derrière les deux hommes comme si elle était heureuse de s'en débarrasser.

Les deux compères portaient des capes en loques et étaient enveloppés de bandes de tissu – obtenues en déchirant une dizaine de draps et de vêtements. Une fine couche de compote de pommes – encore chaude – suintait de leurs « bandages » à la hauteur des bras et de la poitrine ; leurs visages en étaient – littéralement – recouverts. Il était absolument répugnant de se traîner avec cette mixture sous ses vêtements, mais il n'y avait pas de meilleur déguisement au monde.

La sourdre-peau était une maladie douloureuse et incurable dont les victimes étaient encore moins bien tolérées que les lépreux. Si Locke et Jean avaient approché ainsi des murs de Vel Virazzo, on ne les aurait jamais autorisés à entrer. Mais dans la mesure où ils sortaient, les gardes se fichaient de savoir comment ils avaient pénétré dans la cité – ils avaient failli se bousculer tant ils avaient hâte de voir disparaître les deux hommes.

L'extérieur de la ville n'offrait pas un décor enchanteur : quelques bâtiments – parfois à un étage – à demi effondrés et agrémentés ici et là de moulins à vent faits de bric et de broc – on les employait dans la région pour actionner le soufflet des forges et des fours. Des volutes de fumée grise montaient dans un air chaud et humide ; le tonnerre grondait au loin. Au-delà de la cité, les pavés de la vieille route du Trône Thérin cédaient la place à une piste boueuse. Locke distingua des terres sauvages couvertes de broussailles et parfois ponctuées de sillons rocheux ou d'amoncellements de pierres.

Leur argent – ainsi que les autres menus objets qui valaient la peine d'être emportés – était dissimulé dans un petit sac sous les vêtements de Jean. Aucun garde n'aurait osé fouiller à cet endroit, pas sans l'ordre impérieux d'un supérieur brandissant une épée dans son dos et le menaçant de mort.

— Par tous les dieux ! grommela Locke tandis qu'ils avançaient péniblement sur le bord de la route. Je commence à être trop fatigué pour être lucide. À force de traîner et de boire dans cette chambre, j'ai perdu la forme.

— Ne t'inquiète pas : tu vas faire de l'exercice au cours des prochains jours, que tu le veuilles ou non. Comment vont tes blessures ?

— Elles me démangent. Cette saleté de compote n'arrange rien, à mon avis. Mais il y a quand même un progrès. Quelques heures d'efforts semblent leur avoir fait du bien.

— Et Jean Tannen avait raison, car il était sage. Infiniment plus sage que bien des hommes – surtout ceux qui se nomment Locke Lamora.

— J'apprécierais que l'incommensurable sage à tête de macaque ferme sa gueule. Mmm ! Regarde ces idiots qui détalent à notre approche.

— Ce n'est pas ce que tu ferais si tu voyais arriver deux sourdre-peaux sur le bord de la route ?

— Euh… Je suppose que si. Merde, j'ai aussi un putain de mal de pieds.

— Éloignons-nous de deux ou trois kilomètres et trouvons un endroit où nous reposer. Quand on aura pris un peu de distance, on pourra se débarrasser de cette bouillie et se présenter de nouveau comme de respectables voyageurs. Tu as une idée de l'endroit où tu veux aller ?

— Je pensais que c'était évident. Ces petites villes sont faites pour les tocards. Nous, nous sommes en quête d'or et de fer-blanc, pas de rognures de cuivre. Allons à Tal Verrar. Nous y trouverons certainement une bonne occasion.

— Mmm… Tal Verrar. Eh bien, ce n'est pas loin !

— Les Camorriens aiment dépouiller leurs pauvres cousins verrariens. C'est une tradition prestigieuse qu'ils cultivent depuis longtemps. Je dis donc : allons vers Tal Verrar. Vers la gloire. (La brume du crachin matinal leur picotait le visage.) Et vers un bon bain.

Chapitre 2

Requin

1

Locke remarqua que Jean était tout aussi perturbé que lui par les événements du marché nocturne, mais ils n'abordèrent pas le sujet. Ils avaient une tâche à accomplir.

Le début de leur journée de travail coïncidait avec la fin de celle des gens honnêtes de Tal Verrar. Tout d'abord, ils avaient éprouvé un sentiment étrange en s'habituant au rythme de cette ville où le soleil s'effondrait chaque nuit derrière l'horizon comme la victime passive d'un assassinat, sans même la lueur du faux-jour pour marquer son départ. Mais Tal Verrar et Camorr n'avaient pas été bâties pour les mêmes raisons et selon les mêmes goûts. Ici, le Verre d'Antan ne faisait que refléter le ciel sans générer sa propre lumière.

À la *Villa Candessa*, leur suite était haute de plafond et somptueuse – à cinq volanis d'argent la nuit, on ne pouvait espérer moins. Ils logeaient au troisième étage et la fenêtre donnait sur une cour où des attelages agrémentés de lanternes et escortés par des mercenaires allaient et venaient dans le fracas des roues sur les pavés.

— Des Mages Esclaves, grommela Jean en nouant son écharpe devant un miroir. Je n'engagerais pas un de ces bâtards pour faire chauffer l'eau de mon thé, pas même si je devenais plus riche que le duc de Camorr.

— Une perspective intéressante, dit Locke.

Il était déjà habillé et buvait du café à petites gorgées. Une journée entière de repos avait fait merveille pour sa migraine.

— Si nous étions plus riches que le duc de Camorr, poursuivit-il, nous pourrions en engager toute une bande et leur ordonner de disparaître au fin fond d'une île paumée au bout du monde.

— Hmm… Je ne crois pas que les dieux aient créé une île assez paumée pour ces connards.

Jean finit de nouer son écharpe d'une main et tendit l'autre vers son petit déjeuner. La *Villa Candessa* offrait un service des plus curieux aux hôtes qui séjournaient assez longtemps dans ses murs : les « gâteaux de ressemblance ». Il s'agissait de petits personnages recouverts de sucre et représentant les clients. Ils étaient préparés par le sculpteur-pâtissier de l'auberge, un homme qui avait appris son métier à Camorr. Près du miroir, sur un plateau d'argent, un minuscule Locke comestible – avec des yeux en raisins et des cheveux blonds en beurre d'amande – était assis à côté d'un personnage plus potelé : un Jean avec barbe et chevelure en chocolat noir et désormais cul-de-jatte.

Quelques instants plus tard, Jean brossa les dernières miettes beurrées accrochées à son manteau.

— Quel malheur ! soupira-t-il. Voici une bien triste fin pour Locke et Jean.

— Ils sont morts de faim, renchérit Locke.

— Je regrette de ne pas pouvoir assister à ton entretien avec Requin et Sélendri, tu sais.

— Hmm… Est-ce que tu peux me jurer que tu n'auras pas quitté Tal Verrar quand j'en aurai fini avec eux ?

Locke sourit pour atténuer l'inquiétude que trahissait sa question, mais n'y réussit qu'en partie.

— Tu sais que je n'irai nulle part. Je ne crois pas que ce soit une bonne décision, mais je resterai ici.

— Oui, je le sais. Excuse-moi. (Il termina son café et posa la tasse.) Mais ma petite discussion avec Requin ne va pas être aussi intéressante que tu le penses.

— Tu dis n'importe quoi. J'ai l'impression de voir un sourire satisfait sur ton visage. Les gens normaux se réjouissent quand ils ont terminé leur tâche, mais, toi, tu souris comme un demeuré avant même de commencer.

— Un sourire ? Je suis aussi impassible qu'un cadavre. J'ai hâte que cette entrevue soit finie, c'est tout. C'est une corvée fastidieuse. Je m'attends à un entretien ennuyeux au possible.

— Un entretien ennuyeux au possible ? Mon cul ! Alors que tu vas te diriger droit vers la dame à la putain de main en cuivre et lui sortir : « Excusez-moi, madame, mais… »

2

— J'ai triché, dit Locke. Sans arrêt. À toutes les parties auxquelles mon partenaire et moi avons participé depuis notre arrivée à *L'Aiguille du péché*, il y a deux ans.

C'était une sensation étrange que de recevoir un regard perçant de la part de Sélendri : son œil gauche n'était rien de plus qu'un vide obscur, à moitié recouvert par un voile translucide qui était autrefois une paupière. Son homologue valide se chargeait seul du travail des deux, et, par tous les dieux, c'était troublant au possible.

— Êtes-vous sourde, madame ? J'ai triché. À chaque partie. En montant et en descendant l'escalier de cette chère *Aiguille du péché*. J'ai triché étage après étage. J'ai mené vos clients en bateau et je leur ai fait faire un joli voyage.

— Maître Kosta, dit-elle de son murmure sinistre et lent, êtes-vous sûr de comprendre ce que vous faites en me racontant cela ? Êtes-vous ivre ?

— Pas plus qu'un nourrisson au sein de sa mère.

— Est-ce que quelqu'un vous oblige à faire cela ?

— Je suis très sérieux. Et c'est à votre maître que je souhaite confier les raisons de ma conduite. En privé.

Le cinquième étage de *L'Aiguille* était calme. Locke et Sélendri étaient seuls, à l'exception de quatre gardes en uniforme qui attendaient, sept ou huit mètres plus loin. La soirée avait à peine commencé et les rares personnes tolérées à ce niveau n'avaient pas terminé leur lente ascension luxurieuse à travers les étages plus animés.

Au centre de la salle se dressait une grande sculpture à l'intérieur d'un cylindre transparent en Verre d'Antan. Bien que cette matière ne puisse être travaillée par les hommes, il y avait – littéralement – des millions de fragments inutiles et de pièces modelées éparpillées dans le monde entier, et certaines convenaient à merveille aux besoins humains. Dans de nombreuses cités, il existait des guildes chargées de récupérer le Verre d'Antan et leurs membres étaient capables de répondre à des demandes très précises moyennant des honoraires exorbitants.

On distinguait quelque chose à l'intérieur du cylindre. Pour Locke, cela évoquait une coulée de cuivre. La sculpture représentait une cataracte rocailleuse plus haute qu'un homme et les roches étaient entièrement composées de volanis d'argent ; l'« eau » était un torrent puissant et ininterrompu de centiras de cuivre – des milliers et des milliers. Il devait régner un vacarme infernal dans le cylindre de verre insonorisé, mais, pour les spectateurs extérieurs, le spectacle se déroulait dans un silence absolu. Dans le sol, un mécanisme récupérait le flot de pièces pour le ramener au sommet de la « paroi rocheuse » en argent. C'était à la fois original et hypnotique… Avant de venir ici, Locke ignorait que certaines personnes décoraient leur intérieur avec une montagne de solaris.

— Mon maître ? Vous conjecturez que j'en sers un.

— Vous savez que je parle de Requin.

— Il serait le premier à corriger cette hypothèse. Sans ménagement.

— Une audience privée nous offrirait la chance de clarifier plusieurs malentendus, dans ce cas.

— Oh ! Requin acceptera certainement de vous parler, au cours d'une audience *très* privée.

Sélendri fit claquer deux fois les doigts de sa main droite et les quatre employés se dirigèrent vers Locke. Elle fit un geste et deux hommes le saisirent fermement par les bras avant de le guider vers l'escalier. Elle les suivit à quelques pas de distance.

Le sixième étage était dominé par une autre sculpture dans une enceinte de verre encore plus grande que la précédente. Elle représentait un cercle d'îles volcaniques – toujours en volanis d'argent – qui flottaient sur une mer de solaris en or massif. Au sommet de chaque montagne en argent, un cratère laissait échapper une coulée de pièces d'or qui cascadait le long des flancs jusqu'à l'« océan » bouillonnant et lumineux. Les gardes de Requin avançaient à un pas trop rapide pour que Locke puisse voir davantage de l'œuvre ou de la salle. Ils passèrent devant deux autres employés en uniforme en faction de chaque côté de l'escalier et poursuivirent leur ascension.

Au cœur du septième étage, une troisième œuvre était exposée dans une cage de verre – la plus grande de toutes. Locke cligna plusieurs fois des yeux et retint un gloussement appréciateur.

Il s'agissait d'une représentation stylisée de Tal Verrar, avec ses îles d'argent nichées dans une mer de pièces d'or. Dressé au-dessus du modèle réduit de la ville, un homme de marbre grandeur nature enjambait la cité tel un dieu. Locke le reconnut immédiatement. La sculpture – et la personne qu'elle représentait – avait des pommettes rondes et proéminentes qui conféraient un air hilare au visage étroit ; la tête était pourvue d'un menton protubérant, de grands yeux et d'oreilles impressionnantes qui semblaient plantées à angle droit. Tous ces traits évoquaient un pantin construit à la hâte par un marionnettiste furieux. Requin.

Les mains de la statue étaient légèrement tendues vers l'avant, paumes vers le ciel, à la hauteur de la taille ; deux impétueuses cascades de pièces d'or jaillissaient sans interruption des manches bouffantes pour se déverser sur la ville en contrebas.

Les yeux écarquillés, Locke faillit trébucher. Fort heureusement, les deux gardes qui le maintenaient choisirent ce moment pour renforcer leur prise. Au sommet de l'escalier du septième étage, il y avait une double porte en bois laqué. Sélendri passa devant Locke et les deux employés. À gauche de l'entrée, une petite niche était creusée dans le mur. Sélendri y enfonça sa main de cuivre, la glissa dans une espèce de mécanisme et la fit pivoter à cent quatre-vingts degrés vers la gauche. On entendit des rouages cliqueter dans la paroi et les portes s'ouvrirent.

— Fouillez-le, dit-elle.

Elle passa entre les deux panneaux de bois et disparut sans se retourner.

Locke fut aussitôt délesté de son manteau. Il fut tâté, palpé et ausculté avec une conscience professionnelle qui aurait humilié les pensionnaires du dernier bordel qu'il avait fréquenté. On lui confisqua ses stylets de manche – des objets très courants pour un homme important ; sa bourse fut vidée, ses chaussures lui furent enlevées et un garde alla jusqu'à passer une main dans ses cheveux. Quand la fouille fut terminée, on administra à Locke – maintenant sans manteau, pieds nus et quelque peu décoiffé – une bourrade peu amicale en direction de l'ouverture dans laquelle Sélendri s'était engouffrée.

Derrière les portes, il y avait un espace sombre à peine plus grand qu'un placard à vêtements. Un escalier en fer noir – assez large pour une personne – grimpait en colimaçon vers un carré de lumière jaune et douce. Locke monta les marches à pas feutrés et émergea dans le bureau de Requin.

La pièce occupait l'intégralité du huitième étage de *L'Aiguille du péché*. Contre le mur le plus éloigné de la porte, des tentures de soie isolaient un espace qui servait sans doute de chambre à coucher. À droite des nouveaux venus, une porte drapée de tissu à mailles s'ouvrait sur un balcon ; à travers, on apercevait un panorama large et assombri de Tal Verrar – Locke en déduisit qu'elle donnait certainement vers l'est.

Ainsi qu'il l'avait entendu dire, les autres murs étaient couverts de nombreuses peintures à l'huile – il en dénombra une vingtaine sur les parois visibles, chacune dans un cadre raffiné en bois doré. Il s'agissait de toiles de maître datant de la fin de la période du Trône Thérin, lorsque la plupart des nobles de la cour impériale s'offraient les services d'un peintre ou d'un sculpteur, des artistes dociles sous le joug du mécénat, qu'on exhibait en société comme des animaux familiers. Locke n'était pas assez expert pour identifier les auteurs des tableaux, mais la rumeur affirmait qu'il y avait deux Morestra et un Venthatis accrochés aux murs. Ces deux peintres – ainsi que leurs croquis, recueils de théories et apprentis – avaient disparu des siècles plus tôt pendant le gigantesque incendie qui avait ravagé la cité impériale de Thérim Pel.

Sélendri se tenait près d'un grand bureau en bois couleur d'un savoureux café. Le meuble était couvert de livres, de papiers et de minuscules mécanismes. Derrière, une chaise était tirée et Locke aperçut les restes d'un dîner – du poisson dans une assiette en fer-blanc et une bouteille à moitié vide de vin clair et doré.

La majordome posa sa main valide sur sa main artificielle et un cliquetis se fit entendre. La prothèse de cuivre s'ouvrit comme les pétales d'une fleur rutilante et les doigts se rabattirent le long du poignet pour dévoiler deux lames en acier noirci longues de quinze centimètres et jusque-là dissimulées au cœur du mécanisme. La jeune femme les agita comme des griffes et fit signe à Locke de se placer en face du bureau.

— Maître Kosta. (La voix s'éleva quelque part derrière lui, à l'intérieur de l'espace drapé de soie.) Quelle joie de vous voir ! D'après Sélendri, vous auriez exprimé l'envie de vous faire *tuer*.

— Pas exactement, monsieur. Je me suis contenté de dire à votre adjointe que j'avais triché avec régularité – en compagnie de mon partenaire – aux parties que nous avons disputées dans votre établissement. Depuis presque deux ans.

— À *toutes* les parties, corrigea Sélendri. Vous avez dit : « à toutes les parties ».

— Ah, oui ! (Locke haussa les épaules.) Eh bien, j'ai voulu faire forte impression, mais, en vérité, ce ne fut qu'à *presque* toutes les parties.

— Cet homme est un bouffon, murmura la jeune femme.

— Absolument pas, dit Locke. Oh, certes, cela m'arrive à l'occasion, mais ce n'est pas le cas en ce moment !

Derrière lui, il entendit des pas sur le plancher.

— Vous êtes ici parce que vous avez fait un pari, dit la voix de Requin désormais toute proche.

— Pas dans le sens où vous le comprenez, non.

Le propriétaire de *L'Aiguille du péché* contourna Locke, s'arrêta devant lui les mains croisées dans le dos et le fixa le avec intensité. L'homme était pratiquement le jumeau de la statue de l'étage inférieur – il pesait sans doute quelques kilos de plus, et les boucles rebelles gris acier étaient plus rares au sommet de son crâne. Sa redingote était en velours noir chiffonné et il portait des gants en cuir marron. Une paire d'optiques était posée sur son nez et Locke constata avec surprise que le reflet qu'il avait attribué à la lumière, la nuit précédente, était en fait une propriété du verre qui luisait d'un éclat orange translucide. L'objet conférait une aura démoniaque aux yeux qu'il dissimulait – nul doute qu'il s'agissait là d'une nouvelle manipulation alchimique fort onéreuse dont Locke n'avait jamais entendu parler.

— Avez-vous bu quelque chose d'inhabituel ce soir, maître Kosta ? Un vin auquel vous n'êtes pas habitué, peut-être ?

— À moins que l'eau de Tal Verrar enivre, je suis aussi lucide qu'un marchand qui fait ses comptes.

Requin passa derrière son bureau, ramassa une petite fourchette en argent qu'il planta dans un morceau de poisson blanc avant de la pointer vers Locke.

—Ainsi donc, si je dois vous croire, vous êtes parvenu à tricher ici pendant deux ans. Et nonobstant la totale invraisemblance de vos affirmations, vous venez maintenant m'avouer votre forfait. Le remords vous tenaille ?

—Pas le moins du monde.

—Un profond désir de vous suicider de manière originale ?

—J'ai l'intention de quitter ce bureau en vie.

—Oh ! Vous ne serez pas nécessairement mort avant de heurter les pavés de la cour, huit étages plus bas.

—Je peux peut-être vous convaincre que je vous suis plus utile vivant.

Requin mastiqua son morceau de poisson avant de reprendre la parole.

—Et comment avez-vous triché, maître Kosta ?

—Des tours de passe-passe, en règle générale.

—Vraiment ? Je reconnais un manipulateur de cartes au premier coup d'œil. Montrez-moi donc votre main droite.

Le maître de *L'Aiguille du péché* tendit son gant gauche et le voleur obéit avec réticence. On aurait dit deux amis sur le point de se saluer.

Requin saisit le bras de son interlocuteur au-dessus du poignet et le plaqua sur le bureau. Locke s'attendit à un petit bruit sec, mais sa main déclencha l'ouverture d'une espèce de panneau secret et disparut à l'intérieur du meuble. Il entendit le puissant cliquetis d'un mécanisme qui se met en place et une froide pression s'exerça sur son poignet. Locke esquissa un mouvement de recul, mais le bureau avait avalé sa main comme la mâchoire implacable d'un animal. Les lames jumelles de Sélendri se tournèrent vers lui avec désinvolture. Locke s'immobilisa.

—Parfait. Les mains, les mains, les mains. Elles causent toujours des ennuis à leur propriétaire, maître Kosta. Sélendri et moi-même sommes bien placés pour le savoir.

Requin se tourna vers le mur derrière le bureau et fit glisser un petit panneau de bois laqué. Une longue étagère étroite apparut.

Des dizaines de bocaux en verre scellés étaient posés dessus. Chacun contenait une forme sombre et ratatinée… Des araignées mortes ? *Non*, rectifia Locke. Des mains humaines, tranchées, séchées et conservées comme trophées. Des anneaux brillaient encore autour de nombreux doigts crispés et momifiés.

—Avant de procéder à l'inéluctable, nous avons l'habitude de garder un souvenir, dit Requin d'un ton dégagé, comme s'il s'agissait là d'une conversation banale. On se passe très bien de la main droite. J'ai amélioré l'opération. Jadis, il y avait des tapis dans cette pièce, mais ce maudit sang fait *tellement* de saletés.

— Une sage précaution. (Locke sentit une unique goutte de sueur amorcer une lente descente sur son front.) Ma terreur est à son comble et je suis amplement puni, ainsi que vous l'espériez sans nul doute. Serait-il maintenant possible de récupérer ma main ?

— Dans son état originel ? J'en doute. Mais répondez à quelques questions et nous en débattrons de nouveau. Alors, vous avez parlé de tours de passe-passe. Excusez-moi, mais mes employés sont redoutables lorsqu'il s'agit de repérer un manipulateur.

— Je ne mets pas en doute leurs compétences. (Locke s'agenouilla devant le bureau – la position la plus confortable possible – et sourit.) Mais je peux faire apparaître et disparaître à volonté un chat qui miaule au milieu d'un jeu de cinquante-six cartes. Il est possible que les autres joueurs se plaignent du bruit, mais ils ne verront jamais d'où il est sorti.

— Faites donc apparaître un chat sur mon bureau, dans ce cas.

— Ah ! Ce n'était qu'une... figure de style. Je crains malheureusement que, cette année, les chats qui miaulent ne fassent pas partie des accessoires en vogue chez les gentilshommes de Tal Verrar.

— Quel dommage ! Mais je n'en suis pas vraiment surpris. J'ai vu bon nombre de cadavres agenouillés à votre place. Eux aussi m'ont offert des figures de style, et pas grand-chose d'autre.

Locke soupira.

— Vos hommes ont pris mon manteau et mes chaussures. Ils m'ont ausculté avec tant de soin que, pour un peu, ils m'auraient même palpé le foie. Mais qu'est-ce que c'est que ça ?

Il secoua sa manche et leva la main gauche pour montrer le jeu de cartes qui venait d'y tomber sans que l'on sache comment.

Sélendri pointa ses lames vers la gorge de Locke, mais Requin lui fit signe de reculer avec un sourire aux lèvres.

— Il aura quelques difficultés à me tuer avec des bouts de carton, ma chérie. Impressionnant, maître Kosta.

— Maintenant, dit Locke, voyons un peu.

Il tendit son bras sur le côté, tenant fermement les cartes vers le haut à l'aide de quatre doigts. Il exécuta un mouvement de poignet suivi d'une chiquenaude du pouce et le jeu fut coupé. Il entreprit de plier et d'écarter les doigts, accélérant régulièrement le rythme jusqu'à ce qu'ils ressemblent à une araignée prenant des leçons l'escrime. Il coupa et battit, coupa et battit. Il sépara les cartes en deux tas avant de les réunir une dizaine de fois au moins. Puis, dans un geste mesuré et emphatique, il les abattit sur le bureau et les étala en un grand demi-cercle, poussant au passage plusieurs des babioles de Requin.

— Choisissez-en une. Celle que vous voulez. Regardez-la, mais ne me la montrez pas.

Le maître de *L'Aiguille du péché* obtempéra. Tandis qu'il jetait un coup d'œil à la carte qu'il avait tirée, Locke rassembla le jeu d'un ample mouvement de revers au-dessus du bureau. Il battit et coupa de nouveau, puis fit deux tas et en laissa un sur le meuble.

— Je vous en prie, posez votre carte sur cette pile. Et ne l'oubliez pas.

Requin obéit et Locke abattit la seconde moitié du jeu sur la première. Il saisit le paquet de la main gauche, coupa et battit cinq fois sans s'aider de la droite – une de ses spécialités. Il fit glisser le quatre de calice sur le bureau et sourit.

— Monsieur le maître de *L'Aiguille du péché*, voici la carte que vous avez choisie.

— Non, dit Requin avec un air narquois.

— Merde ! (Locke prit une autre carte – le sceau du soleil – d'un petit mouvement rapide.) Ah, ah ! Je savais qu'il n'était pas loin.

— Toujours pas, dit Requin.

— Malédiction ! (Locke retourna rapidement les six cartes suivantes.) Le huit d'aiguille ? Le trois d'aiguille ? Le trois de calice ? Le sceau des douze dieux ? Le cinq de sabre ? Et merde ! La maîtresse de fleur ? (Requin secoua la tête pour chacune d'entre elles.) Euh... Excusez-moi.

Locke posa le jeu sur le bureau et batailla avec le fermoir de sa manchette droite. Après quelques instants, il remonta sa manche au-dessus du coude et fixa de nouveau la petite pince. Un autre paquet de cartes était apparu dans sa main gauche.

— Alors, voyons un peu... Le sept de sabre ? Le trois d'aiguille ? Non, on a déjà essayé celui-là... Le deux de calice ? Le six de calice ? Le maître des sabres ? Le trois de fleur ? Merde, merde ! Ce jeu n'était pas si bon que ça, en fin de compte.

Locke le posa à côté du premier et fit semblant de se gratter près de la mince écharpe noire qui lui ceignait le ventre. Il en tira un troisième paquet de cartes. Il adressa un sourire à Requin et haussa les sourcils.

— Le tour fonctionnerait peut-être mieux si je pouvais me servir de ma main droite.

— Et pourquoi donc ? Vous vous en tirez à merveille sans son aide.

Locke soupira et retourna la première carte du nouveau jeu sur la pile de plus en plus imposante.

— Le neuf de calice ! Ça vous rappelle des souvenirs ?

Requin éclata de rire et secoua la tête. Locke posa le troisième paquet sur le bureau, se releva et en tira un autre de son haut-de-chausses.

— Vos employés auraient – bien entendu – remarqué quelque chose si j'étais entré ici avec quatre jeux cachés sur moi. Ils sont tellement *redoutables* lorsqu'il s'agit de repérer ce genre de détails sur un homme sans manteau ni chaussures… Attendez, quatre ? Aurais-je mal compté ?

Il glissa la main dans sa tunique de soie et en tira un cinquième jeu. Il le posa sur la pile de cartes qui se dressait au bord du bureau dans un équilibre de plus en plus précaire.

—Je n'aurais jamais pu dissimuler cinq jeux à vos gardes, maître Requin. L'idée même en serait ridicule. Cependant, ils sont là – mais je crains qu'il n'y en ait pas d'autres. Pour en faire apparaître davantage, il faudrait que je les tire d'un endroit déplaisant. Je dois le reconnaître : je n'ai pas découvert la carte que vous aviez choisie. Mais attendez… Je sais où on pourrait la trouver…

Il tendit la main au-dessus du bureau, donna une chiquenaude à une bouteille de vin et tira la carte – face cachée – qui était en dessous.

—La voici, dit-il en la faisant tourner entre les doigts de sa main gauche. Le dix de sabre.

—Eh bien ! dit Requin en riant. (Ses lèvres dévoilèrent une large rangée de dents jaunies sous les cercles de feu orange de ses optiques.) Superbe, superbe. Et d'une seule main. Je reconnais que vous êtes capable d'exécuter et d'enchaîner des tours impressionnants à l'insu de mes employés et de mes invités… Cependant, maître de Ferra et vous-même avez souvent joué à des jeux qui sont contrôlés beaucoup plus rigoureusement que les parties de cartes.

—Je peux également vous expliquer comment les truquer. Il vous suffit de me libérer.

—Pourquoi abandonnerais-je un avantage aussi important ?

—Alors, échangez-le contre un autre. Rendez-moi ma main droite et… (Locke rassembla jusqu'à la dernière bribe de sincérité enflammée avant de poursuivre :) Je vous expliquerai *en détail* pourquoi vous ne devez plus accorder la moindre confiance à la sécurité de *L'Aiguille du péché* dans l'état actuel des choses.

Requin baissa les yeux pour le fixer, entrecroisa ses doigts couverts de cuir et adressa enfin un hochement de tête à Sélendri. La majordome éloigna ses lames – mais les garda pointées sur le prisonnier – et appuya sur un bouton derrière le bureau. Libre, Locke recula en chancelant et massa son poignet droit.

—Vous êtes bien aimable, dit-il avec une désinvolture qu'il était loin de ressentir. C'est exact : nous ne nous sommes pas contentés de jouer aux cartes. Mais quels sont les jeux que nous avons évités avec soin ? Les noirs et rouges. Le compte à vingt. Le vœu de la douce vierge. Tous ceux où on affronte *L'Aiguille du péché*, et non un autre client. D'un point de vue mathématique, les jeux ont tendance à accorder un avantage considérable à l'établissement.

— Il serait difficile de générer du bénéfice si tel n'était pas le cas, maître Kosta.

— Certes. Et cela ne convient pas aux tricheurs tels que moi. Je ne peux duper que de la chair et du sang. Je me fiche du nombre de mécanismes et d'employés que vous utilisez. Au cours d'une partie contre un autre client, il y a *toujours* un moyen de tricher – aussi sûr que l'eau s'infiltre entre les joints d'un bateau.

— Vous fanfaronnez de nouveau, dit Requin. J'admire la verve chez un condamné, maître Kosta. Mais vous et moi savons qu'il est impossible de tricher, disons, au carrousel du hasard – à moins qu'il y ait complicité entre les quatre participants, ce qui rendrait la partie sans intérêt.

— C'est exact. Il est impossible de tricher au carrousel du hasard ou aux cartes – enfin dans votre *Aiguille du péché*. Mais quand on ne peut pas tromper le jeu, il faut tromper les joueurs. Connaissez-vous la *bela paranella* ?

— C'est un somnifère. Un produit alchimique très cher.

— En effet. C'est aussi incolore, fade et deux fois plus efficace lorsque c'est ingurgité avec de l'alcool. La nuit dernière, Jérôme et moi glissions nos mains dans un sac qui en était rempli avant de prendre nos cartes. À chaque manche. Il est de notoriété publique que Mme Corvaleur aime manger et se lécher les doigts lorsqu'elle dispute une partie. Il était certain que, tôt ou tard, elle aurait absorbé assez de drogue pour tourner de l'œil.

— Par tous les dieux ! (Requin parut vraiment décontenancé.) Sélendri, est-ce que tu sais quelque chose à ce sujet ?

— Je peux au moins confirmer l'habitude de Mme Corvaleur, murmura-t-elle. Il semblerait que ce soit sa méthode favorite pour agacer ses adversaires.

— En effet, dit Locke. Ce fut un véritable plaisir de la voir se rétamer toute seule.

— Je vous accorde que cette histoire n'est pas entièrement invraisemblable, dit Requin. J'ai été surpris… par cette étrange faiblesse d'Izmila.

— J'en suis certain. Cette femme est bâtie comme un hangar à bateaux en Verre d'Antan. Jérôme et moi accumulions davantage de fioles vides que son équipe ; sans la poudre, ce qu'elle avait bu n'aurait pas suffi à enivrer son petit orteil.

— C'est possible. Mais parlons un peu des autres jeux. Et les alliances aveugles ?

Une partie d'alliances aveugles se disputait autour d'une table circulaire avec de hauts paravents conçus spécialement à cet effet. Chaque joueur en avait un devant lui afin que la personne assise en face – son partenaire – ne voie rien de sa main et que les autres aperçoivent au moins quelques cartes. Tous les participants silencieux posaient le pied droit sur le pied gauche de leur voisin de droite, afin qu'il soit impossible d'adresser un signal à un partenaire sous la table. Les équipes devaient donc jouer selon leur instinct et une logique sans recours, chaque participant étant incapable de voir, d'entendre et de toucher l'autre.

—Ce fut un jeu d'enfant. Jérôme et moi avons fait faire des bottes spéciales avec des orteils métalliques sous le cuir. Il suffisait de se déchausser discrètement : grâce au poids du fer, notre voisin avait l'impression que nous avions le pied sur le sien. Jérôme et moi pouvions nous envoyer tous les messages que nous voulions avec notre code – de quoi écrire un livre. Avez-vous déjà vu des joueurs gagner avec autant de régularité que nous à ce jeu ?

—Vous plaisantez !

—Je peux vous montrer les bottes.

—Eh bien, il est vrai que cette série de coups de chance m'a paru incroyable. Mais, et le billard ? Vous avez remporté une victoire assez mémorable contre messire Landreval. Comment auriez-vous manigancé cela à l'avance ? Mon établissement fournit toutes les queues, les boules et les craies.

—Oui. C'est pourquoi ces trois éléments ne pouvaient pas être trafiqués. J'ai offert dix solaris au medekiner attitré de messire Landreval pour obtenir quelques informations sur ses petits ennuis de santé. Il se trouve qu'il est allergique aux agrumes. Jérôme et moi avons frotté notre cou, nos joues et nos mains avec des tranches de citron chaque soir où nous devions jouer contre lui. Nous avons utilisé d'autres essences, surtout pour couvrir l'odeur. Au bout d'une demi-heure en notre compagnie, le pauvre homme était si bouffi qu'il arrivait à peine à voir. Je ne suis pas sûr qu'il ait jamais compris d'où venait le problème.

—Vous affirmez avoir remporté mille solaris grâce à quelques tranches de citron ? C'est ridicule !

—Vous avez parfaitement raison, bien entendu. En fait, je lui ai demandé poliment s'il acceptait de me prêter mille solaris. Comme c'est un homme d'une générosité sans bornes, il a gentiment proposé de se faire humilier en public à son jeu favori. Par pure bonté d'âme.

—Mmmf...

—Combien de parties Landreval perdait-il avant de nous rencontrer, Jérôme et moi ? Une sur cinquante ?

—Du citron. Que je sois damné !

—Oui. Quand vous ne pouvez pas influencer le jeu, il est préférable de trouver un moyen d'influencer l'adversaire. Avec quelques informations et quelques préparatifs, Jérôme et moi pouvons abuser n'importe quel joueur de votre établissement et le manipuler comme une marionnette.

En fait, une personne possédant mon talent et connaissant assez bien mes habitudes serait sans doute capable de me rouler dans la farine, elle aussi.

— Voilà une histoire très intéressante, maître Kosta. (Requin tendit la main au-dessus de son bureau, prit un verre et but une gorgée de vin.) Je suppose que je peux charitablement croire au moins une partie de vos déclarations. Je me doutais que votre ami et vous n'étiez pas plus marchands spéculateurs que moi, mais, dans ma tour, vous pouvez bien affirmer être un duc ou un dragon à trois têtes tant que vous disposez d'un solide crédit. C'était sans nul doute votre cas avant que vous entriez dans mon bureau, ce soir. Ce qui nous amène enfin à la question la plus importante de toutes : mais pourquoi diable me racontez-vous tout ça ?

— J'avais besoin d'attirer votre attention.

— C'était déjà chose faite.

— Ce n'était pas assez. Il fallait que vous mesuriez l'étendue de mon talent et que vous compreniez mes motivations.

— C'est, là aussi, chose faite, dans la mesure où je crois votre histoire. Et que pensez-vous retirer de tout cela *exactement* ?

— Une chance que vous écoutiez attentivement ce que je vais vous dire.

— Oh ?

— Je ne suis pas venu à *L'Aiguille du péché* dans le but de soulager vos clients de quelques milliers de solaris par-ci par-là, Requin. Ce fut amusant, certes, mais ce n'est qu'un aspect secondaire de mon véritable objectif. (Locke écarta les mains et sourit d'un air contrit.) On m'a engagé pour que je fracture votre chambre forte, dès que j'aurai découvert le moyen d'en sortir le contenu à votre barbe.

3

Requin cligna des yeux.

— C'est impossible !

— C'est inévitable.

— Il n'est plus question de tours de passe-passe et de tranches de citron, maître Kosta. Expliquez-vous.

— Je commence à avoir mal aux pieds, dit Locke. Et ma gorge est un peu sèche.

Requin le fixa, puis haussa les épaules.

— Sélendri, apporte un siège pour maître Kosta. Et un verre.

Sélendri fronça les sourcils et se retourna. Elle alla jusqu'au mur et attrapa une chaise en bois sombre délicatement ouvragé avec un coussin en cuir. Elle la déposa derrière Locke qui s'y installa avec un sourire. La jeune femme retourna s'affairer quelques instants dans le dos du voleur et revint avec une coupe en cristal – qu'elle tendit à Requin. Celui-ci prit la bouteille et versa une généreuse rasade de liquide rouge dans le verre.

Du liquide rouge ?

Locke cligna des yeux, puis se détendit. Kameléona, bien sûr. Le vin changeant. Ce breuvage faisait partie des centaines de cuvées alchimiques de renom produites à Tal Verrar. Requin lui passa la coupe, s'assit sur son bureau et croisa les bras.

— À votre santé, dit-il. Elle va en avoir besoin.

Locke but une longue gorgée de vin tiède et s'autorisa quelques secondes de méditation. Il fut subjugué par la manière dont la saveur se transformait à mi-gorge, passant de la saveur d'abricot à celle, plus forte, d'une pomme un peu acide. Si sa connaissance du marché des vins était encore exacte, le prix de cette gorgée se montait à vingt volanis. Il adressa un hochement de tête appréciateur et sincère à Requin qui répondit d'un geste nonchalant de la main.

— Il n'a pas échappé à votre sagacité, maître Kosta, que ma chambre forte est la plus sûre de tout Tal Verrar. Elle est si bien protégée que cela en devient ridicule. C'est l'endroit le mieux gardé de la ville – y compris les appartements privés de l'Archon. (Requin tira sur le cuir moulant de son gant droit avec les doigts de sa main gauche.) Vous avez aussi dû remarquer qu'elle est coulée dans une structure de Verre d'Antan en parfait état, et qu'on ne peut y accéder qu'en franchissant plusieurs portes combinant métallurgie et mécanique – des dispositifs qui, pardonnez mon arrogance, sont incomparables. Et dois-je mentionner que la moitié des conseillers du Priori lui accordent une telle confiance qu'ils y entreposent une bonne partie de leur fortune personnelle ?

— Bien sûr, dit Locke. Je vous félicite de cette clientèle des plus flatteuses. Mais les portes de votre chambre forte sont gardées par des mécanismes, qui sont eux-mêmes façonnés par des humains. Et ce qu'un humain peut fermer, un autre finira un jour ou l'autre par l'ouvrir.

— Je le répète : c'est impossible.

— Je vais vous corriger de nouveau : c'est *difficile*. Difficile et impossible sont des cousins que l'on confond souvent, bien qu'ils soient très différents.

— Vous accoucherez d'un hippopotame avant que le meilleur voleur du monde franchisse les protections qui entourent ma chambre forte, dit Requin. Mais cette discussion est sans intérêt. Nous pourrions tout aussi bien passer la nuit à parler de la taille de nos bites. Je dis que la mienne mesure un mètre cinquante et vous affirmez que la vôtre en fait deux et qu'elle décharge à volonté. Dépêchons-nous de revenir à des sujets moins frivoles. Vous reconnaissez qu'il est impossible de trafiquer les mécanismes de mes jeux, et ceux de ma chambre forte sont les plus sûrs de tous. Par conséquent, dois-je supposer que *je* suis la chair et le sang qu'il vous faut duper ?

— Cette conversation indique peut-être que j'ai renoncé à cet espoir.

— Quel rapport y a-t-il entre dépouiller mes clients et envisager de forcer ma chambre forte ?

— Au départ, nous avions juste l'intention de nous mêler aux autres afin d'observer vos faits et gestes avec discrétion. Le temps passait et nous ne faisions aucun progrès. Nous avons triché par pure rigolade, pour rendre les parties plus intéressantes.

— Vous trouvez mon établissement ennuyeux ?

— Jérôme et moi sommes des voleurs. On manipule les cartes et on escamote des marchandises depuis des années, d'est en ouest, de Tal Verrar à Camorr et de Camorr à Tal Verrar. Les parties de carrousel tourbillonnant en compagnie de rupins, ça va un moment. Et comme nous n'avancions pas beaucoup dans notre entreprise, il fallait bien qu'on se distraie d'une autre manière.

— Votre entreprise. Oui, d'après vos dires, vous avez été engagés pour venir ici. Développez.

— Mon partenaire et moi avons été envoyés dans votre établissement en tant qu'avant-garde, dans la réalisation d'un plan très complexe. Il y a *quelqu'un* qui tient à ce que vos coffres soient vidés. Pas juste forcés, mais ratissés de fond en comble. Ratissés de manière qu'ils ne ressemblent plus qu'à un nid d'abeilles abandonné.

— Quelqu'un ?

— Quelqu'un. Je ne sais pas qui. Notre commanditaire ne nous a pas contactés directement et tous nos efforts visant à découvrir son identité sont restés vains. Nous n'en savons pas plus sur lui qu'il y a deux ans.

— Il vous arrive souvent de travailler pour des inconnus, maître Kosta ?

— Seulement quand ils me paient grassement avec du bon métal bien froid. Et je peux vous assurer que celui-ci n'a pas lésiné.

Requin s'assit derrière son bureau, ôta sa paire d'optiques et se frotta les yeux de ses mains gantées.

— Quel est ce nouveau jeu, maître Kosta ? Pourquoi avez-vous la bonté de m'informer de tout cela ?

— Je commence à me lasser de mon employeur. Je commence à me lasser de la compagnie de Jérôme. Tal Verrar me plaît et je souhaite y trouver un nouvel emploi.

— Vous voulez retourner votre veste ?

— Si vous voyez les choses ainsi, oui.

— Et, selon vous, qu'ai-je à y gagner ?

— D'abord, un moyen de contrer mon commanditaire actuel. Jérôme et moi ne sommes pas les seuls agents qu'il a envoyés contre vous. Notre travail se limite à la chambre forte, rien de plus. Toutes les informations que nous récoltons sur vos opérations sont communiquées à quelqu'un d'autre. Ils attendent qu'on trouve le moyen de fracturer votre tirelire, mais leurs plans ne s'arrêtent pas là.

— Continuez.

— Le deuxième avantage serait réciproque. Je veux du boulot. J'en ai assez de courir d'une ville à l'autre à la recherche d'un emploi. J'ai envie de m'installer à Tal Verrar, d'y trouver une maison et peut-être une femme. Une fois que je vous aurai aidé à vous débarrasser de mon commanditaire actuel, je veux travailler pour vous, ici.

— Pour amuser la clientèle, peut-être ?

— Vous avez besoin d'un responsable d'étage, Requin. Soyez honnête, avez-vous autant confiance en la sécurité de votre établissement maintenant que vous m'avez écouté ? Je peux tricher à tous les jeux auxquels on *peut* tricher ici, et, si j'étais aussi futé que vos employés, je serais mort depuis longtemps. Qui mieux que moi peut s'assurer que vos clients respectent les règles ?

— Votre requête est… logique. Votre intention de vous séparer de votre employeur l'est moins. Vous ne craignez pas des représailles de sa part ?

— Pas si je vous aide à nous en débarrasser tous les deux. Le problème, c'est de découvrir qui il est. Une fois que nous connaîtrons son identité, eh bien… Ici bas, on peut se charger de n'importe qui, homme ou femme. Toutes les bandes de Tal Verrar sont à votre botte, et vous avez l'oreille du Priori. Je suis persuadé que vous serez capable de régler le problème si nous parvenons à trouver un nom.

— Et votre partenaire, maître de Ferra ?

— Nous avons bien travaillé ensemble, mais nous nous sommes querellés récemment, à propos d'une affaire très personnelle. Il pense que l'affront est pardonné, mais je peux vous assurer que c'est loin d'être le cas. Je veux lui rendre la monnaie de sa pièce quand nous aurons réglé le problème de mon employeur. Avant qu'il meure, j'ai envie qu'il sache que je l'ai bien baisé. Si possible, je souhaiterais le tuer moi-même. Ça et du travail, ce sont mes seules exigences.

— Mmm… Que penses-tu de tout cela, Sélendri ?

— Il est des mystères auxquels on s'accommode mieux quand ils ont la gorge tranchée, murmura-t-elle.

— Vous craignez peut-être que je prenne votre place ? dit Locke. Je vous assure que quand je dis responsable d'étage, j'entends responsable d'étage. Je ne guigne pas votre poste.

— Vous ne l'aurez *jamais*, maître Kosta, quand bien même vous le voudriez. (Requin fit glisser ses doigts sur l'avant-bras droit de Sélendri et serra sa main valide.) J'admire votre audace, mais jusqu'à un certain point.

— Je vous prie de m'excuser, tous les deux. Je n'avais pas l'intention de me montrer trop présomptueux. Quoi que vous pensiez de ma proposition, je suis d'accord avec vous, Sélendri. De votre point de vue, se débarrasser de moi semble la décision la plus sage. Les mystères *sont* dangereux pour les gens de notre profession. Celui de mon employeur ne me satisfait plus. Je veux une vie plus calme. Ma demande et mon offre sont honnêtes.

— Et en retour, dit Requin, je reçois de possibles indices à propos de cette présumée menace contre une chambre forte que j'ai moi-même améliorée pour la rendre inviolable.

— Il y a encore quelques minutes, vous exprimiez aussi une confiance totale en vos employés et leurs capacités à repérer les tricheurs.

— Vous êtes-vous introduit dans ma chambre forte aussi facilement que, selon vos dires, vous avez leurré mes hommes, maître Kosta ? Y êtes-vous seulement entré ?

— J'ai seulement besoin de temps. Accordez-m'en un peu et je trouverai le moyen de le faire, tôt ou tard. Je n'abandonne pas parce que la tâche est trop difficile, j'abandonne parce que j'en ai envie. Mais vous n'avez pas à me croire sur parole. Intéressez-vous aux activités de Jérôme et aux miennes. Enquêtez sur tout ce que nous avons fait dans votre ville depuis deux ans. Nous avons fait des progrès qui pourraient vous ouvrir les yeux.

— Je n'y manquerai pas, dit Requin. Mais en attendant, que vais-je faire de vous ?

— Rien d'extraordinaire. Faites votre enquête. Gardez un œil sur Jérôme et sur moi. Laissez-nous jouer dans votre établissement – je vous promets de respecter un peu plus les règles, au moins pour les quelques jours à venir. Permettez-moi de réfléchir à mes plans et de rassembler toutes les informations disponibles sur mon mystérieux employeur.

— Je suis censé vous laisser sortir d'ici. Indemne ? Pourquoi est-ce que je ne vous enfermerais pas quelque part le temps que je me renseigne sur votre passé ?

— Si vous accordez le moindre crédit à mon offre, dit Locke, vous devez aussi envisager sérieusement la menace potentielle que représente mon employeur. S'il apprenait que je suis compromis, Jérôme et moi serions écartés des opérations et vous perdriez l'occasion de prendre l'avantage.

— Vous voulez dire que *vous* perdriez toute utilité à mes yeux. Je dois accorder une grande confiance à un homme qui se propose de trahir et d'assassiner son partenaire.

— Vous me tenez par la bourse tout autant que votre bureau me tenait par la main. Tout l'argent que je possède à Tal Verrar, je le garde ici, à *L'Aiguille du péché*. Vous pouvez chercher mon nom dans les registres de toutes les entreprises comptables de la ville, vous ne le trouverez pas. Je vous laisse ce moyen de pression sur moi de mon plein gré.

— Un homme en proie à la rancune – une vraie rancune – est capable de chier sur tout le métal précieux du monde pour frapper sa véritable cible, maître Kosta. J'ai servi de cible trop souvent pour oublier cette leçon.

— Je ne suis pas idiot, dit Locke en reprenant un jeu de cartes sur le bureau. (Il le battit plusieurs fois sans le regarder.) Jérôme m'a insulté sans motif valable. Payez-moi et traitez-moi convenablement, je ne vous donnerai jamais l'occasion de le regretter.

Il fit glisser la première carte du paquet, la retourna et la posa face visible à côté des restes du repas de Requin. C'était le maître d'aiguille.

— J'ai délibérément choisi de vous rallier, si vous acceptez mon offre. Faites vos jeux, maître Requin, la cote est favorable.

Requin tira sa paire d'optiques de la poche de son manteau et la chaussa. Il rumina en fixant la carte. Pendant un moment, tout le monde demeura silencieux. Locke savoura tranquillement son verre de vin – qui était devenu bleu pâle et avait maintenant un goût de genièvre.

— Bon, dit enfin Requin. Toute autre considération mise à part, pourquoi devrais-je vous permettre de violer la règle sacro-sainte de mon établissement de votre propre initiative et sans rien obtenir en échange ?

— Pour une seule raison : selon moi, les tricheurs sont généralement démasqués par vos employés alors que les autres clients regardent, dit Locke en essayant de prendre un ton aussi sincère et repentant que possible. Personne n'est au courant de ma confession en dehors de cette pièce. Sélendri n'a même pas dit aux gardes pourquoi ils me traînaient ici.

Requin soupira, puis il tira un solari en or de sa poche et le posa sur le maître d'aiguille de Locke.

— Je vais m'en tenir à une mise modeste pour le moment. Si vous faites quelque chose d'inhabituel ou d'inquiétant, vous ne vivrez pas assez longtemps pour le regretter. Au moindre indice laissant entendre que vous m'avez menti, je ferai couler du verre en fusion dans votre gorge.

— Euh... Cela me semble honnête.

— De quelle somme êtes-vous crédité dans cet établissement ?

— Un peu plus de trois mille solaris.

— Deux mille ne vous appartiennent plus. Nous ne toucherons pas au compte afin de ne pas éveiller les soupçons de maître de Ferra, mais je vais donner des instructions afin que vous ne puissiez pas les retirer. Considérez que c'est un pense-bête : je suis le seul à avoir le droit de violer mes règles.

— Aïe ! Je suppose que je dois vous en être reconnaissant. D'ailleurs, je le suis. Merci.

—Vous marchez sur des œufs, maître Kosta. Avancez avec prudence.

—Puis-je partir ? Et considérer que je suis désormais à votre service ?

—Vous pouvez partir. Et vous pouvez considérer que vous êtes désormais *toléré*. Nous parlerons de nouveau quand j'en aurai appris un peu plus sur votre passé récent. Sélendri va vous accompagner jusqu'en bas. Disparaissez de ma vue.

Avec une expression légèrement déçue, la majordome de Requin déplia les doigts en cuivre de sa main artificielle jusqu'à ce que les deux lames se replient. Elle fit un geste en direction de l'escalier avec sa prothèse. De son œil valide, elle lança un regard sans équivoque à Locke : si Requin devait changer d'avis, elle s'occuperait de lui sur-le-champ.

4

Jean Tannen était assis et lisait dans une alcôve du *Cloître doré*, un club sur la deuxième terrasse de Savrola, à quelques rues de la *Villa Candessa*. Le *Cloître* était un labyrinthe en bois sombre, capitonné de cuir pour le plaisir des dîneurs aspirant à un degré inhabituel de solitude. Les serveurs, avec leur tablier de cuir et leur calot rouge tombant, avaient interdiction de parler et répondaient aux demandes des clients en hochant ou secouant la tête.

Le repas de Jean se composait d'anguille de roche fumée accomodée avec une sauce au caramel et au cognac. Le poisson avait été émietté et les morceaux étaient éparpillés comme des débris après une bataille. Jean s'acheminait avec lenteur vers le dessert, un essaim de libellules en pâte d'amande avec des ailes en sucre cristallisé qui rutilaient dans la lueur constante des lanternes de la pièce. Il était absorbé dans la lecture d'un ouvrage relié de cuir – *La Tragédie des dix renégats honnêtes* de Lucarno – et il ne remarqua pas l'arrivée de Locke avant que celui-ci s'assoie en face de lui.

—Léocanto ! Tu m'as fait peur !

—Jérôme. (Leurs voix étaient à peine plus qu'un murmure.) Tu étais vraiment inquiet, n'est-ce pas ? Tu as fourré ton nez dans un livre pour ne pas devenir fou. Il y a des choses qui ne changent jamais.

—Je n'étais pas inquiet, j'étais juste raisonnablement préoccupé.

—C'était inutile.

—C'est donc fait ? Ai-je été trahi avec succès ?

—Trahi dans les règles. Vendu comme un tapis en solde. Tu es un cadavre qui s'ignore.

—Merveilleux ! Et comment réagit-il ?

—Il est sur ses gardes. C'est idéal. S'il avait montré un peu trop d'enthousiasme, je me serais inquiété. Et c'est loin d'être le cas, tu vois...

(Locke fit semblant de se planter un couteau dans la poitrine et de l'agiter de droite à gauche.) C'est de l'anguille fumée ?

— Sers-toi. Elle est farcie avec des abricots et des oignons jaunes doux. Je n'aime pas trop.

Locke prit la fourchette de Jean et avala quelques bouchées de poisson. Il en apprécia la farce davantage que son compagnon.

— Nous allons sans doute perdre deux tiers de la somme qui est sur mon compte, dit-il après avoir mangé une partie du plat. Une taxe sur la tricherie pour me rappeler de ne pas trop abuser de la patience de Requin.

— Eh bien, nous n'espérions pas vraiment quitter la ville avec cet argent. Il aurait peut-être été préférable de disposer de quelques semaines supplémentaires, au moins.

— C'est vrai. Mais je pense que, dans ce cas, on m'aurait proposé une séance de chirurgie de bureau, que ma main droite ait besoin d'être amputée ou non. Qu'est-ce que tu lis ?

Jean lui montra la couverture et Locke prit une expression scandalisée.

— Pourquoi toujours du Lucarno ? Tu traînes un de ses bouquins où que nous allions. Putain d'histoires d'amour ! Ton cerveau va se ramollir avec toute cette bouillie. Au bout du compte, tu seras plus qualifié pour entretenir des parterres de fleurs que pour monter des arnaques.

— Eh bien, je ne manquerai pas de critiquer vos goûts littéraires, maître Kosta – s'il vous arrive un jour de développer un penchant pour la lecture.

— J'ai lu plein de livres !

— Des livres d'histoire et des biographies. En règle générale, ceux que Chains te conseillait.

— Et que pourrait-on reprocher à ces genres littéraires ?

— Pour l'Histoire, nous vivons au milieu de ses ruines. Pour les biographies, nous supportons les conséquences de toutes les décisions qu'on y résume. Je lis rarement ce type d'ouvrages pour mon plaisir. C'est un peu comme étudier une carte avec attention alors que tu es déjà arrivé à destination.

— Mais les histoires d'amour ne sont pas réelles, et il est certain qu'elles ne l'ont jamais été. Cela ne rend-il pas la lecture un peu fade ?

— Le choix de tes mots est intéressant. « Pas réelles », « elles ne l'ont jamais été. » Pourrait-il y avoir meilleure littérature pour des hommes de notre profession ? Pourquoi la fiction te répugne-t-elle autant, alors que nous en avons fait notre gagne-pain ?

— Je vis dans la réalité, dit Locke. J'y puise mes méthodes. Des méthodes qui, comme tu l'as dit, constituent une profession, une probabilité, et non je ne sais quelle lubie romantique.

Jean posa le livre devant lui et en tapota la couverture.

— C'est pourtant là que toi et moi nous dirigeons, Ronce, – enfin, surtout toi. Cherche nos noms dans des ouvrages d'histoire et tu les trouveras dans la marge. Cherche-les dans des recueils de légendes et tu les découvriras peut-être dans des récits à notre gloire.

— Des récits à notre gloire ? Tu veux parler d'affabulations, de mensonges, d'inventions ou de calomnies. Le véritable but de nos actes mourra avec nous sans que personne en ait jamais la moindre idée.

— C'est mieux que de rester dans l'anonymat ! Je me rappelle que, jadis, tu aimais beaucoup le théâtre. Les pièces, du moins.

— Oui. (Locke joignit les mains sur la table et baissa un peu plus la voix :) Et tu sais ce qui est arrivé.

— Excuse-moi, dit Jean en soupirant. J'aurais dû réfléchir avant d'aborder une fois de plus *le* fameux sujet à chevelure rousse.

Un serveur était apparu à l'entrée du petit salon et observait Locke avec insistance.

— Oh, non ! s'exclama ce dernier en reposant la fourchette de Jean dans l'assiette d'anguille. Rien pour moi, j'en ai peur. J'attends juste que mon ami termine ses petites guêpes en sucre.

— Ce sont des libellules. (Jean enfourna la dernière, l'avala presque sans la mâcher et rangea le livre dans son manteau.) Donnez-moi la note que je vous règle.

Le serveur acquiesça, ramassa les plats terminés et laissa un petit papier épinglé sur une tablette en bois.

— Bon, dit Locke tandis que son compagnon tirait des pièces de cuivre de sa bourse. Nous n'avons rien de spécial à faire pendant le reste de la soirée. Requin a sans aucun doute les yeux braqués sur nous en ce moment même. Je pense qu'une ou deux nuits de détente seraient judicieuses, pour ne pas l'énerver.

— Magnifique ! dit Jean. Et si nous traînions un peu ? Nous pourrions embarquer sur un bateau et nous rendre aux galeries d'émeraude ? Il y a des cafés là-bas, et de la musique. Léo et Jérôme verraient-ils un inconvénient à prendre un ou deux verres de trop et à poursuivre les danseuses des tavernes de leurs assiduités ?

— Jérôme peut engloutir autant de bière qu'il le souhaite et harceler les danseuses des tavernes jusqu'à ce que le soleil nous ramène dans nos lits. Léo se contentera de rester assis et de regarder les réjouissances.

— Pour jouer à je-t'ai-vu-dans-l'ombre avec les hommes de Requin ?

— Peut-être. Merde, je regrette que Moucheron ne soit pas là pour se planquer sur les toits et faire le guet pour nous. Une paire d'yeux perçants ne serait pas de trop. Et impossible de trouver une personne digne de confiance dans cette putain de ville !

—Je regrette que Moucheron ne soit pas là, un point c'est tout, soupira Jean.

Ils gagnèrent le vestibule du club tandis que maître Kosta et maître de Ferra discutaient tranquillement d'affaires imaginaires, échangeant des répliques improvisées à l'intention d'éventuelles oreilles indiscrètes. Il était à peine plus de minuit lorsqu'ils sortirent pour déambuler dans l'atmosphère typique de Savrola et de ses hauts murs, un mélange d'ordre et de tranquillité. Il régnait dans ce quartier une propreté artificielle : il n'y avait pas d'équarrisseurs, pas de sang dans les ruelles, pas de pisse dans les caniveaux. Les rues de briques grises étaient bien éclairées par de nombreuses lanternes argentées qui se balançaient accrochées à des châssis de fer. Savrola tout entier semblait encadré par la lumière brillante des lunes bien que, ce soir-là, le ciel fût caché par un haut plafond de nuages sombres.

La femme les attendait dans l'ombre, à gauche de Locke.

Elle calqua son pas sur le sien tandis que les deux compagnons descendaient la rue. Un des stylets de manche tomba dans la paume de Locke avant qu'il puisse contrôler ce réflexe, mais la femme demeura un bon mètre derrière lui, les mains croisées dans le dos. Elle était plutôt jeune, petite et élancée ; ses cheveux noirs étaient ramenés en arrière en une longue queue-de-cheval ; elle portait un manteau sombre plus ou moins à la mode, un chapeau à quatre pointes et une interminable écharpe en soie grise qui, quand elle marchait, traînait derrière elle comme la flamme d'un navire.

—Léocanto Kosta, dit-elle d'une voix calme et agréable. Je sais que votre ami et vous êtes armés. Ne faites pas de difficultés.

—Je vous demande pardon, madame ?

—Bougez votre lame et une flèche viendra se loger en travers de votre gorge. Dites à votre ami de garder ses hachettes sous son manteau. Continuons juste à marcher.

La main de Jean commença à glisser sous sa doublure. Locke le saisit par le poignet droit et secoua vivement la tête. Ils n'étaient pas seuls dans la rue : ici et là, des gens se pressaient de rejoindre leur destination, que ce soit pour les affaires ou pour le plaisir ; mais certains surveillaient attentivement les deux hommes. D'autres se tenaient dans des ruelles ou dans l'ombre, immobiles et vêtus de lourds manteaux absolument pas de saison.

—Merde ! jura Jean. Les toits.

Locke jeta un bref coup d'œil en l'air. De chaque côté de la rue, en haut de bâtiments en pierre à deux ou trois étages, il aperçut les silhouettes d'au moins deux hommes qui se déplaçaient lentement en restant à leur hauteur. Ils portaient des objets fins et courbes. De grands arcs.

—Vous nous avez placés dans une situation qui n'est pas à notre avantage, madame. (Locke glissa le stylet dans une poche de son manteau et lui montra sa main vide.) À quoi devons-nous le plaisir de votre attention ?

— Quelqu'un veut s'entretenir avec vous.

— Il savait visiblement où nous trouver. Pourquoi ne s'est-il pas contenté de se joindre à nous pour le dîner ?

— Il est préférable que les conversations se tiennent dans des endroits plus discrets, vous n'êtes pas d'accord ?

— Est-ce que vous êtes envoyée par un homme qui réside dans une tour de bonne taille ?

L'inconnue sourit, mais ne répondit pas. Un moment plus tard, elle fit un geste en direction du bout de la rue.

— À la prochaine intersection, prenez à gauche. Au premier bâtiment sur la droite, vous verrez une porte ouverte. Entrez et suivez les instructions.

La porte annoncée les attendait juste après le carrefour : un rectangle de lumière jaune qui projetait son double pâle sur le sol. La femme entra la première. Locke sentit qu'il y avait au moins quatre ou cinq hommes tapis à proximité en plus des archers sur les toits. Il soupira et adressa un bref signe de main à Jean : « doucement, doucement ».

L'intérieur ressemblait à une boutique, désaffectée mais encore en bon état. Six personnes supplémentaires s'y trouvaient : des hommes et des femmes vêtus de pourpoints de cuir ceints de bandes d'argent attendaient le dos tourné vers les murs. Quatre d'entre eux portaient des arbalètes armées – si Locke envisagea la moindre résistance, ce spectacle calma aussitôt ses ardeurs. Même la présence de Jean ne pouvait équilibrer le rapport de force.

Un arbalétrier ferma calmement la porte et la femme qui avait conduit les deux compères jusque-là se retourna. Son manteau s'entrouvrit et Locke constata qu'elle aussi portait une armure de cuir renforcée. Elle tendit les mains.

— Vos armes, demanda-t-elle d'un ton poli, mais ferme. Vite, maintenant.

Jean et Locke se regardèrent et elle éclata de rire.

— Ne soyez pas idiots, messieurs. Si nous voulions vous tuer, vous seriez déjà épinglés au mur. Je prendrai soin de vos biens.

Avec lenteur et résignation, Locke ôta le premier stylet de sa poche et secoua le bras pour faire tomber le second. Jean l'imita en se débarrassant de ses deux hachettes jumelles et de pas moins de trois dagues.

— J'apprécie les gens qui voyagent couverts, dit la femme.

Elle passa les armes à un homme qui se tenait derrière elle et tira deux cagoules en tissu léger de son manteau. Elle en lança une à chacun des deux compères.

— Enfilez ceci, je vous prie. Nous pourrons ensuite en venir à l'affaire qui nous intéresse.

— Pourquoi ?

Jean renifla sa cagoule avec suspicion, Locke fit de même. Le tissu ne semblait imprégné d'aucun produit.

— Pour votre propre sécurité. Souhaitez-vous vraiment que tout le monde voie vos visages si nous vous traînons dans les rues sous bonne garde ?

— Je suppose que non, dit Locke.

Il fronça les sourcils, enfila la cagoule et se retrouva plongé dans une obscurité totale.

Il entendit des pas et le bruissement de manteaux. Des mains puissantes saisirent ses bras et les ramenèrent brutalement dans son dos. Un moment plus tard, il sentit qu'on serrait quelque chose autour de ses poignets. Un certain tumulte éclata non loin de lui, suivi de plusieurs grognements agacés – ils avaient dû s'y mettre à plusieurs pour s'occuper de Jean.

— Bien. (La voix de la femme était désormais derrière lui.) Maintenant, ne traînez pas. N'ayez pas peur de tomber, nous allons vous aider.

Pour elle, il était clair que cette « aide » se résumait à des mains qui serraient vos bras avec fermeté et vous entraînaient en avant. Locke sentit des doigts se refermer autour de ses biceps. Il s'éclaircit la gorge.

— Où allons-nous ?

— Faire un petit tour en bateau, maître Kosta, déclara la femme. Ne posez plus de questions, je n'y répondrai pas. Allons-y.

La porte grinça quand on l'ouvrit brusquement. Locke éprouva un bref vertige tandis qu'on lui faisait faire demi-tour, puis qu'on le réorientait dans la bonne direction. Ils retournèrent dans la nuit chaude et humide de Tal Verrar et le voleur sentit de grosses gouttes de sueur le chatouiller tandis qu'elles coulaient de son front.

Réminiscence

Les plans les mieux préparés

Les cartes jaillirent de sa main gauche endolorie et s'envolèrent dans tous les sens.

— Merde ! s'écria Locke.

Jean esquissa un mouvement de recul face à la tempête de morceaux de carton qui se déchaîna dans la cabine de la voiture.

— Essaie encore, dit-il. La dix-huitième fois sera peut-être la bonne.

— J'étais pourtant superfortiche pour battre d'une seule main. (Locke entreprit de ramasser les cartes une par une et de les rassembler en une pile impeccable.) Je suis même prêt à parier que j'étais meilleur que Calo et Galdo. Putain, j'ai mal aux pognes !

— Bon, je sais que je te pousse à faire des exercices, mais tu manquais déjà un peu d'entraînement avant ta blessure. Ne sois pas trop pressé.

Une pluie compacte s'abattait tout autour de la luxueuse voiture de maître noire qui descendait en cahotant la vieille route sinueuse du Trône Thérin, à travers les contreforts à l'est de Tal Verrar. Depuis son siège, en haut du véhicule, une femme voûtée d'âge moyen tenait les rênes d'un attelage de six chevaux, la capuche de son imperméable ramenée sur son visage afin de protéger le fourneau fumant de sa pipe. Deux gardes d'escorte étaient blottis, l'air pitoyable, sur le marchepied arrière, accrochés par de larges ceintures de cuir qui passaient autour de leur taille.

Jean examinait un ensemble de notes, feuilletant une pile de parchemins dans un sens et dans l'autre, grommelant dans sa barbe. La pluie s'abattait avec force contre le flanc droit de la cabine fermée, mais on pouvait garder la fenêtre gauche ouverte ; le rideau de mailles et le volet de cuir ouvert permettaient de faire entrer un peu d'air chaud et humide sentant les champs couverts de fumier et les marais salants. À côté de Jean, un petit globe alchimique jaune accroché à la paroi capitonnée fournissait assez de lumière pour lire.

Les deux compères avaient quitté Vel Virazzo deux semaines plus tôt et parcouru près de cent quatre-vingts kilomètres en direction du nord-ouest. Les applications de compote de pommes étaient depuis longtemps devenues inutiles et ils pouvaient désormais se déplacer sans avoir recours à ce stratagème désagréable.

— Voilà ce qu'affirment mes sources, dit Jean lorsque Locke eut récupéré ses cartes. Requin a une quarantaine d'années. Il est né à Tal Verrar, mais il parle un peu vadran et il paraît que c'est un grand connaisseur du Trône Thérin. C'est un collectionneur d'art ; il est fou des peintres et des sculpteurs de la période fin de l'empire. Personne ne sait ce qu'il a fabriqué avant ces vingt dernières années. Apparemment, il a gagné *L'Aiguille du péché* dans un pari avant de balancer l'ancien propriétaire par une fenêtre.

— Il est proche du Priori ?

— De la plupart de ses membres, semble-t-il.

— Tu as une idée de la somme qu'il garde dans sa chambre forte ?

— Une modeste estimation. Au moins de quoi payer les dettes que l'établissement peut contracter. Il ne peut pas se permettre de se laisser embarrasser par une histoire de ce genre. Alors, je dirai, cinquante mille solaris, au bas mot. Plus sa fortune personnelle. Plus la somme des biens et des richesses d'un grand nombre de personnes. Il ne paie pas d'intérêts comme les meilleurs établissements financiers, mais il ne garde aucune trace des transactions pour les percepteurs. Il paraît qu'il n'a qu'un seul livre de comptes, qu'il tient lui-même et caché on ne sait où. Mais il s'agit surtout de rumeurs, bien entendu.

— Ces cinquante mille solaris ne représentent que les fonds d'exploitation de l'établissement, pas vrai ? Alors, à combien estimes-tu le contenu *total* de la chambre forte ?

— C'est un peu comme prédire l'avenir en lisant dans les entrailles – et sans les entrailles. Mais bon... Trois cent mille ? Trois cent cinquante mille ?

— Ça me paraît raisonnable.

— Oui. Les détails à propos de la chambre forte sont plus précis. Apparemment, Requin ne répugne pas à laisser filtrer quelques informations là-dessus. Il estime que ça dissuade les voleurs.

— Ils pensent tous ça, pas vrai ?

— Mais lui, il n'a peut-être pas tort. Écoute ! *L'Aiguille du péché* mesure près de cinquante mètres de haut. C'est un gros cylindre de Verre d'Antan. Tu sais ce que c'est : tu as essayé de sauter d'une tour semblable il y a deux mois. Elle s'enfonce encore d'une trentaine de mètres dans une colline de verre. Elle est dotée d'une porte au niveau de la rue et il n'y en a qu'une qui mène à la chambre forte, en dessous. Une. Pas d'entrée secrète ou de service. Le sol est en Verre d'Antan de première qualité : impossible d'y creuser un tunnel, même si on disposait de mille ans.

— Mmm-hmmm…

— Requin a au moins quatre employés à chaque niveau, à n'importe quelle heure du jour ou de la nuit, plus des dizaines de personnes qui surveillent les tables, distribuent les cartes ou servent les clients. Il y a un salon au deuxième étage où il en garde d'autres hors de vue. Fais le calcul : au minimum, ça représente entre cinquante et soixante serviteurs loyaux qui travaillent, et entre vingt et trente qu'il peut appeler au cas où. Sans oublier un sacré paquet de méchants balaises. Requin aime recruter d'anciens soldats, des mercenaires, des voleurs de la ville et compagnie. Quand ils font du bon boulot, il accorde des postes pépères à ses Gens Bien. Il les paie aussi grassement que s'il dotait sa propre fille. Et puis, il y a des histoires à propos de croupiers qui ont reçu une année de salaire en pourboires de la part de nobles en veine, en une ou deux nuits seulement. Il est peu probable qu'on arrive à soudoyer qui que ce soit.

— Mmm-hmmm…

— Il y a trois séries de portes pour accéder à la chambre forte, toutes en bois-sorcier renforcé de fer, d'une dizaine de centimètres d'épaisseur. On dit que les dernières sont consolidées par de l'acier noirci : même si tu avais une semaine, tu défoncerais peut-être les deux premières à coups de hache, mais tu ne pourrais jamais franchir la troisième. Elles sont équipées de mécanismes à rouages, les meilleurs et les plus chers disponibles à Tal Verrar. Des trucs conçus sur mesure par les maîtres de la guilde des artificiers. Il y a une règle immuable : aucune serrure n'est déverrouillée tant que Requin n'est pas présent pour surveiller la manœuvre. Il contrôle chaque dépôt et chaque retrait. Il accède à la chambre forte deux fois par jour au maximum. Au-delà du premier ensemble de portes, il y a entre quatre et huit gardes. Ils disposent d'appartements avec des lits, de l'eau et de la nourriture. Ils peuvent tenir un siège pendant une semaine.

— Mmm-hmmm…

— L'ensemble de portes intérieur ne s'ouvre qu'avec une clé que Requin garde autour du cou. L'ensemble extérieur ne s'ouvre qu'avec une clé qu'il confie toujours à sa majordome. Tu as donc besoin des deux si tu veux aller quelque part.

— Mmm-hmmm…

— Et il y a les pièges… Ils sont hallucinants – c'est du moins ce que les rumeurs racontent. Des plaques à pression, des contrepoids, des arbalètes dans les murs et les plafonds, du poison de contact, des jets d'acide, des salles pleines d'araignées ou de serpents venimeux… Un gars m'a même affirmé qu'avant les dernières portes, il y a une pièce qui se remplit d'un nuage de poudre de pétales d'orchidée de l'étrangleur. Pendant que tu étouffes en respirant ça, un bout de mèche tombe par terre et enflamme tout ce bordel. Tu es réduit en charbon de bois. Ça évite les blessures douloureuses.

— Mmm-hmmm…

— Pire encore : l'intérieur de la chambre forte est gardé par un dragon épaulé par cinquante femmes nues armées de piques empoisonnées. Toutes ont juré de mourir au service de Requin. Et elles sont toutes rousses.

— Jean, tu es en train de me bourrer le mou !

— Je voulais vérifier que tu m'écoutais. Mais ce que je disais, c'est que je me fiche qu'il garde un million de solaris là-dedans, dans des sacs pour qu'on puisse les sortir plus facilement. Sa chambre forte est peut-être bien inviolable, à moins que tu disposes de trois cents soldats, de six ou sept chariots et d'une équipe de maîtres artificiers spécialistes des mécanismes – et que tu aies omis de m'en parler.

— C'est ça.

— Quoi ? Tu disposes de trois cents soldats, de six ou sept chariots, d'une équipe de maîtres artificiers spécialistes des mécanismes et tu as omis de m'en parler ?

— Non. J'ai toi, moi, le contenu de nos bourses, ce véhicule et un jeu de cartes. (Il tenta une manipulation complexe et les rectangles de carton jaillirent une nouvelle fois de sa main pour se répandre sur le siège en face.) Qu'on me foute une hache d'armes dans le cul !

— Permettez-moi d'insister, seigneur des Tours de Passe-Passe, mais il y a peut-être des opérations plus intéressantes à monter à Tal Verrar…

— Je ne suis pas sûr que ce soit sage. À Tal Verrar, nous ne trouverons pas une aristocratie bourrée de crétins à duper. L'Archon est un dictateur militaire avec une certaine liberté. Il est capable de plier les lois à sa volonté, et je préférerais donc éviter de lui tirer les poils du cul. Les conseils du Priori sont composés de marchands issus de la plèbe et il faudra se lever de bonne heure pour les entuber. Il y a bon nombre de cibles possibles pour des petites arnaques, mais si nous avons l'intention de jouer gros, Requin est le candidat idéal. Il a ce que nous voulons et nous avons juste à le prendre.

— Mais sa chambre forte…

— Laisse-moi t'expliquer avec précision ce que nous allons faire à propos de cette chambre forte.

Locke continua à parler pendant quelques minutes tout en rassemblant ses cartes. Il exposa brièvement les moindres détails de son plan et les sourcils de Jean se haussèrent au point qu'ils semblaient sur le point de s'envoler.

— … Et voilà. Qu'en penses-tu, Jean ?

— Que je sois maudit. Ça pourrait fonctionner. Si…

— Si ?

— Tu es certain de te rappeler comment on se sert d'un baudrier d'escalade ? Je manque moi-même de pratique.

— Nous aurons amplement le temps de nous entraîner, tu ne crois pas ?

— Je l'espère. Hmmm… Nous aurons aussi besoin d'un ébéniste. Un qui ne soit pas de Tal Verrar, bien entendu.

— Nous pourrons aussi nous occuper de ça, dès que nous aurons arrondi un peu nos bourses.

Jean soupira et sa voix perdit toute trace d'ironie comme une outre percée qui laisse échapper son vin.

— Je suppose… que ça ne laisse… Merde.

— Quoi ?

— Je, euh… Eh bien… Putain. Est-ce que tu ne vas pas t'effondrer en me laissant en plan une fois de plus ? Est-ce que je vais pouvoir compter sur toi ?

— *Compter sur moi ?* Jean, tu peux… Bordel, occupe-toi de ton cul ! Tu crois que je n'ai rien branlé depuis tout ce putain de temps ? J'ai fait des exercices, des plans et des excuses ! Merde, je suis désolé, Jean. Vraiment. J'ai traversé une mauvaise passe à Vel Virazzo. Calo, Galdo et Moucheron me manquent.

— À moi aussi, mais…

— Je sais. Je me suis laissé emporter par le chagrin. J'ai été un putain d'égoïste et je *sais* que tu dois avoir aussi mal que moi. J'ai dit des conneries, mais je pensais qu'on m'avait pardonné. Est-ce que je me suis trompé ? (La voix de Locke se durcit.) Dois-je comprendre que le pardon est une chose qui va et qui vient, comme la marée ?

— Tu n'es pas très juste. C'est simplement que…

— Que quoi ? Est-ce que je suis spécial, Jean ? Est-ce que je suis notre seul point faible ? Ai-je déjà mis tes talents en doute ? T'ai-je déjà traité comme un enfant ? Tu n'es pas ma putain de mère et encore moins Chains. On ne peut pas travailler en équipe si tu continues à te méfier de moi.

Les deux hommes se fixèrent, chacun s'efforçant d'afficher une expression de froide indignation, chacun avec le même insuccès. À l'intérieur de la petite cabine, l'atmosphère s'assombrit. Maussade, Jean se tourna soudain pour regarder par la fenêtre pendant quelques instants tandis que Locke battait ses cartes d'un air déprimé. Il essaya une nouvelle fois de couper d'une seule main et ni l'un ni l'autre ne fut surpris quand une tempête de morceaux de carton s'abattit sur le siège à côté de Jean.

— Je suis désolé, dit Locke tandis que ses cartes tombaient en voltigeant. C'était encore une connerie. Dieux, quand a-t-on découvert qu'il était si facile de se montrer cruel l'un envers l'autre ?

— Tu as raison, dit Jean à voix basse. Je ne suis pas Chains et je ne suis certainement pas ta mère. Je devrais te foutre la paix.

— Non. Au contraire. C'est grâce à tes efforts que je suis sorti de ce galion et de Vel Virazzo. C'est *toi* qui avais raison. Je me suis conduit comme un moins que rien et je comprends que tu sois encore… un peu nerveux à mon sujet. J'étais tellement focalisé sur ce que j'avais perdu que j'en ai oublié ce qu'il me restait. Je suis content que tu t'inquiètes encore pour moi, assez pour me botter le cul lorsque j'en ai besoin.

— Je… Euh… Écoute, je m'excuse aussi. J'ai juste…

— Putain ! Ne m'interromps pas quand je me sens presque d'humeur pour l'autocritique. J'ai honte de la manière dont je me suis comporté à Vel Virazzo. C'était une insulte à tout ce que nous avons traversé ensemble. Je te promets de faire des efforts. Est-ce que ça te rassure ?

— Oui. Oui, ça me rassure.

Jean entreprit de ramasser les cartes éparpillées et l'ombre d'un sourire se dessina sur ses lèvres. Locke se réinstalla sur son siège et se frotta les yeux.

— Dieux ! Nous avons besoin d'une cible, Jean. Nous avons besoin de *jouer*. Nous avons besoin de quelqu'un sur qui concentrer nos efforts en tant qu'équipe. Tu ne le vois pas ? Il ne s'agit pas simplement de duper Requin. Je veux qu'on se retrouve avec le monde contre nous, je veux de l'animation et du danger, comme avant. Quand il n'y a pas de place pour une seconde chance, tu comprends ?

— Parce que nous serons toujours à deux doigts d'une mort horriblement douloureuse, c'est ça ?

— C'est ça. Comme au bon vieux temps.

— Ce plan prendra peut-être un an, dit Jean avec lenteur. Ou même deux.

— Pour une partie aussi intéressante, je suis prêt à investir un ou deux ans de ma vie. Tu as des obligations plus urgentes ?

Jean secoua la tête et tendit à Locke les cartes qu'il avait ramassées, puis il s'absorba de nouveau dans sa liasse de notes, avec une expression d'intense réflexion sur le visage. Locke caressa lentement le bord du paquet avec les doigts de sa main gauche – qui lui semblait légèrement moins habile qu'une pince de crabe. Les cicatrices encore récentes le démangeaient toujours sous sa tunique de coton – des plaies si importantes que sa main ressemblait à un amas de bouts de tissu cousus ensemble. Putains de dieux, il était prêt à guérir maintenant ! Il était prêt à retrouver son ancienne dextérité désinvolte. Il avait l'impression d'avoir deux fois son âge.

Il essaya encore de battre d'une seule main et le jeu lui échappa. Cette fois-ci, au moins, les cartes n'avaient pas volé dans toutes les directions. Était-ce un progrès ?

Les deux compagnons demeurèrent silencieux pendant plusieurs minutes.

Finalement, la voiture contourna une dernière petite colline en cahotant et Locke découvrit un panorama quadrillé de vert qui descendait en pente douce vers les falaises, à une dizaine de kilomètres de là. Des taches de gris, de blanc et de noir parsemaient le paysage en devenant plus denses au fur et à mesure qu'elles se rapprochaient de l'horizon où la masse de Tal Verrar se découpait sur les arêtes des escarpements. La partie côtière de la ville semblait écrasée sous la pluie ; elle était survolée par de grands rideaux argentés qui masquaient totalement les autres îles de la cité. Au loin, des éclairs bleus et blancs crépitaient et de doux grondements de tonnerre se répercutaient à travers les champs avant de parvenir jusqu'aux deux hommes.

—Nous sommes arrivés, dit Locke.

—Du côté terre, dit Jean sans lever les yeux. Nous ferions bien de chercher une auberge. Nous aurons du mal à trouver un bateau pour gagner les îles avec un temps pareil.

—Qui allons-nous devenir quand nous serons là-bas ?

Jean leva la tête et se mordilla la lèvre avant de se laisser entraîner dans leur vieux jeu.

—Autre chose que des Camorriens, pour une fois. Camorr ne nous a pas porté chance ces derniers temps.

—Des Talishamiens ?

—Ça me convient. (Jean modula légèrement sa voix et adopta l'accent discret, mais caractéristique, de la cité de Talisham.) Je me présente : Inconnu Anonyme, de Talisham. Et voici mon associé Anonyme Inconnu, de Talisham.

—Quels noms avons-nous laissés sur les registres de Meraggio ?

—Eh bien, Lukas Fehrwight et Evante Eccari sont à écarter. Même si ces comptes n'ont pas été saisis par l'État, ils seront surveillés. Tu crois que l'Araignée restera avec un pot de colle au cul si elle apprend que nous montons une arnaque à Tal Verrar ?

—Non, dit Locke. Il me semble que je me rappelle… Jérôme de Ferra, Léocanto Kosta et Milo Voralin.

—J'ai ouvert le compte de Milo Voralin moi-même. Il est censé être vadran. Je crois que nous pouvons le garder en réserve.

—C'est tout ce qui nous reste ? Trois comptes utilisables ?

—Malheureusement, oui. Mais la plupart des voleurs n'en ont pas autant à leur disposition. Je serai Jérôme.

—Je suppose donc que je serai Léocanto. Que faisons-nous à Tal Verrar, Jérôme ?

—Nous… avons été engagés par une comtesse lashanienne. Elle envisage d'acheter une résidence d'été à Tal Verrar et nous sommes venus prospecter pour elle.

—Hmmm… Ça peut marcher pendant quelques mois, mais que ferons-nous une fois que nous aurons visité toutes les propriétés à vendre ? En plus, ça exige beaucoup de travail si on ne veut pas que tout le monde sache immédiatement qu'on raconte des salades. Et si nous nous faisions passer… pour des marchands spéculateurs ?

— Des marchands spéculateurs. Bonne idée. Ça ne demande aucun effort particulier.

— C'est exact. Si nous consacrons tout notre temps à flâner dans les maisons de chance à jouer aux cartes, eh bien, c'est que nous attendons une amélioration du marché.

— Ou que nous sommes si doués que nous avons à peine besoin de travailler.

— Nos rôles s'écrivent d'eux-mêmes. Quand et comment nous sommes-nous rencontrés ?

— Il y a cinq ans. (Jean se gratta la barbe.) Pendant un voyage en mer. Nous nous sommes associés parce qu'on s'ennuyait à mourir. Depuis, nous sommes inséparables.

— Il y a un problème : dans mon plan, je prévois de t'assassiner.

— Oui, mais je ne le sais pas, pas vrai ? Je suis ton compagnon de virée ! Je ne soupçonne rien.

— Tu es vraiment un crétin ! Je suis impatient de te voir récolter ce que tu mérites.

— Et le butin ? En partant du principe qu'on arrive à gagner la confiance de Requin, qu'on mène le bal comme il faut et qu'on parvienne à quitter la ville entiers… Nous n'avons pas vraiment parlé de ce que nous ferons après.

— Nous serons de vieux voleurs, Jean. (Locke plissa les yeux et essaya de distinguer les détails du paysage balayé par la pluie tandis que la voiture entamait le dernier virage avant la longue ligne droite qui conduisait à Tal Verrar.) Nous serons de vieux voleurs de vingt-sept ou vingt-huit ans une fois cette affaire terminée. Je ne sais pas. Ça te dirait de devenir vicomte ?

— Aller à Lashain, rêvassa Jean. Acheter des titres de noblesse. C'est ce que tu as en tête ? S'installer là-bas pour de bon ?

— Je ne sais pas si j'irai jusque-là. Mais aux dernières nouvelles, les dignités les plus basses tournaient autour de dix mille solaris, et les plus hautes entre quinze et vingt mille. Nous aurions un foyer et un peu d'influence. À partir de là, nous pourrions faire ce que bon nous semble. Préparer d'autres coups. Vieillir dans le confort.

— Tu penses à la retraite ?

— Nous ne pourrons pas jouer éternellement de nouveaux rôles, Jean. Je crois que nous en sommes tous les deux conscients. Tôt ou tard, il faudra nous spécialiser dans un autre style d'arnaque. Tirons un gros tas de pognon de cet endroit et investissons-le utilement. Reconstruisons quelque chose. Ensuite… Eh bien, nous réglerons ce problème en temps voulu.

— Le vicomte Anonyme Inconnu de Talisham – et son voisin, le vicomte Inconnu Anonyme. Je suppose qu'on pourrait imaginer pire destin.

— Sans aucun doute… Jérôme. Alors, tu marches avec moi ?

— Bien sûr, Léocanto. Tu le sais. Après deux autres années d'honnête filouterie, je serai peut-être *prêt* à prendre ma retraite. Je pourrais me remettre à la soie et au transport de biens, comme mon père et ma mère. Je pourrais renouer avec leurs anciens contacts, si j'arrive à m'en souvenir.

— Je pense que Tal Verrar nous sera bénéfique, dit Locke. C'est une cité vierge. Nous n'y avons jamais travaillé et elle n'a jamais reçu des gens tels que nous. Personne ne nous y connaît, personne ne s'attend à nous y trouver. Nous avons une liberté de mouvement totale.

La voiture avançait sous la pluie en produisant des bruits sourds. Elle se frayait un chemin sur les pavés usés de la route du Trône Thérin dont la couche de terre protectrice avait été balayée par les gouttes. Des éclairs illuminaient le ciel au loin, mais le voile gris et épais tourbillonnait entre la mer et le continent. La grande masse de Tal Verrar resta dissimulée aux yeux des deux passagers tandis qu'ils s'apprêtaient à y pénétrer pour la première fois.

— Tu as sans doute raison, Locke. Je crois que nous avons *vraiment* besoin de jouer. (Jean posa ses notes sur ses genoux et fit craquer les articulations de ses doigts.) Dieux, que ce sera agréable d'être de nouveau à l'affût. Ce sera agréable d'être de nouveau des prédateurs.

Chapitre 3

Une chaude hospitalité

1

La chambre était un cube de briques nues d'environ trois mètres de côté plongé dans l'obscurité ; une chaleur aride et étouffante irradiait des murs brûlants au point qu'on ne pouvait pas les toucher plus de quelques secondes. Seuls les dieux savaient depuis combien de temps Jean et Locke y transpiraient – sans doute plusieurs heures.

— Argh.

La voix de Locke était éraillée. Jean et lui étaient assis dos contre dos dans les ténèbres, adossés l'un à l'autre pour ne pas s'effondrer, leurs manteaux pliés sous les fesses. Locke martela les dalles du talon – et ce n'était pas la première fois.

— Bordel de merde ! hurla-t-il. Faites-nous sortir d'ici. On a compris la leçon !

— Mais de quelle leçon parles-tu ? demanda Jean d'une voix râpeuse.

— Je ne sais pas, répondit Locke en toussant. Et je m'en fous. Quelle qu'elle soit, ils nous l'ont bien fait entrer dans le crâne, tu ne trouves pas ?

2

Quand on leur avait ôté leurs cagoules, ils avaient éprouvé une vague de soulagement – pendant deux secondes environ.

D'abord, il y avait eu cet interminable moment passé à avancer tant bien que mal dans une obscurité suffocante, tirés et poussés par des ravisseurs pressés. Puis il y avait bel et bien eu un voyage en bateau. Locke avait senti la brume chaude et salée qui montait du port alors que le pont tanguait avec douceur sous ses pieds et que les rames grinçaient en rythme dans les dames de nage.

La traversée prit fin, elle aussi. Le bateau se balança tandis que quelqu'un se levait et se déplaçait. Les rames furent ramenées à bord et une voix inconnue demanda qu'on sorte les perches. Quelques instants plus tard, l'embarcation heurta un obstacle et des mains puissantes saisirent Locke pour le relever. On l'aida à descendre et il sentit sous ses pieds une surface solide en pierre. On lui arracha soudain sa cagoule et il regarda autour de lui, clignant des yeux pour s'acclimater à la lumière soudaine.

— Oh, merde !

Au cœur de Tal Verrar, entre les trois îles en croissant des grandes guildes, s'étendait le Castellana, l'ancien domaine fortifié des ducs de la cité, construit des siècles plus tôt. Aujourd'hui que la ville se passait de nobles titrés, ce lieu couvert de manoirs servait de résidence à une nouvelle espèce de gentilshommes fort à l'aise : les conseillers du Priori, les riches sans fonction connue et les maîtres de guilde – ceux dont la position sociale exigeait qu'ils affichent avec ostentation leur capacité à dépenser de l'argent.

Au centre du Castellana, protégé par un fossé – une gorge circulaire en Verre d'Antan – se trouvait Mon Magisteria, le palais de l'Archon. Il s'agissait d'une construction d'une hauteur imposante, réalisée de main d'homme, qui se dressait sur une splendeur d'origine inconnue, une élégante mauvaise herbe de pierre au-dessus d'un jardin de verre.

On avait emmené les deux compères en contrebas. Locke songea qu'ils devaient se trouver dans la fosse qui séparait Mon Magisteria du reste de l'île. Autour d'eux s'élevaient des parois en sombre Verre d'Antan, des murailles pourvues de millions de facettes ; ils se tenaient sous un plateau, qui s'étendait dix-huit ou vingt mètres au-dessus de leurs têtes. Le chenal qu'ils venaient de parcourir en bateau s'éloignait en sinuant sur sa gauche et le son du ressac était noyé par un lointain grondement dont l'origine était invisible.

Un large quai en pierre s'étendait à la base de l'île privée de Mon Magisteria ; plusieurs navires y étaient amarrés et on apercevait même une barge de cérémonie à pont couvert avec des taudes de soie et des boiseries dorées. Suspendues à des piquets en fer, des lampes alchimiques d'un bleu reposant éclairaient la jetée ; au-delà des poteaux des lanternes, on distinguait une dizaine de soldats au garde-à-vous. Si un coup d'œil rapide n'avait pas renseigné Locke sur l'identité de leurs ravisseurs, ces militaires se seraient chargés de le faire.

Ils portaient des pourpoints et des hauts-de-chausses bleu sombre, des brassards en cuir noir, des gilets et des bottes ; chacun de leurs vêtements était orné de motifs de cuivre brillant, en relief. Des capuches bleues leur couvraient la tête et leurs visages étaient recouverts de masques ovales, inexpressifs, en bronze poli. Des grilles perforées de trous minuscules leur permettaient de respirer et de voir, mais, à une certaine distance, ces hommes ne dégageaient plus la moindre humanité. Ils n'étaient que des sculptures sans visage auxquelles on avait insufflé vie.

Les Yeux de l'Archon.

— Vous voici arrivés, maître Kosta, maître de Ferra.

La femme qui avait intercepté Jean et Locke s'avança sur le quai entre les deux hommes et les prit par le coude. Elle souriait comme s'ils s'apprêtaient à passer la nuit en ville.

— Est-ce que ce n'est pas un endroit plus discret pour tenir une conversation ?

— Qu'avons-nous fait pour justifier un voyage jusqu'ici ? demanda Jean.

— Ce n'est pas à moi qu'il faut poser cette question, répondit la femme en les entraînant gentiment en avant. Mon travail consiste à trouver et à livrer.

Elle lâcha Jean et Locke juste devant le premier rang des soldats de l'Archon. Les deux hommes virent leur expression troublée se refléter sur une dizaine de masques en bronze brillant.

— Parfois, dit la femme en retournant au bateau, quand les invités ne reviennent jamais, il entre aussi dans mes fonctions d'oublier qu'il m'est arrivé de les rencontrer.

Les Yeux de l'Archon bougèrent sans avoir apparemment reçu d'ordres. Jean et Locke furent encerclés et maintenus par plusieurs soldats chacun. L'un des soldats prit la parole – une femme dont la voix se répercutait de manière sinistre :

— Nous allons monter. Vous ne devez ni résister ni parler.

— Ou alors ? demanda Locke.

L'officier se dirigea sans hésitation vers Jean et lui assena un coup de poing dans le ventre. Le compagnon de Locke laissa échapper un soupir de surprise et grimaça. La femme se retourna vers Locke.

— Si l'un de vous cause des problèmes, j'ai pour instructions de punir *l'autre.* Est-ce que je me suis bien fait comprendre ?

Locke grinça des dents et acquiesça.

Un large et raide escalier montait du quai ; ses marches de verre étaient aussi rêches que de la brique. Volée après volée, les soldats de l'Archon conduisirent les deux hommes au sommet de murs éclatants, jusqu'à ce que la brise nocturne de Tal Verrar – une brise gorgée d'humidité – souffle de nouveau sur leurs visages.

Ils débouchèrent dans le périmètre délimité par l'abîme de verre. Un corps de garde s'élevait au bord de la fosse large de dix mètres. Il jouxtait un pont-levis – pour le moment à la verticale – dans son lourd encadrement de bois. Locke supposa qu'il s'agissait là du passage habituel pour pénétrer dans le domaine de l'Archon.

Mon Magisteria était une forteresse ducale du plus pur style Trône Thérin, haute d'une quinzaine d'étages à son point culminant et trois ou quatre fois plus large que haute. Des rangées et des rangées de remparts crénelés s'empilaient les unes sur les autres, formées de pierres noires et plates qui buvaient les fontaines de lumière déversées par des dizaines de lanternes allumées sur toute la longueur du château. Au sommet de colonnes, des aqueducs encerclaient les murailles et les tours à chaque niveau et, à chaque coin de la forteresse, des cascades ornementales jaillissaient de la gueule de dragons et de monstres marins sculptés.

Les Yeux de l'Archon conduisirent Jean et Locke en direction de la façade du palais en empruntant un large chemin tapissé de gravier blanc. Le sentier était bordé de pelouses vertes et luxuriantes derrière des bordures décoratives en pierre, ce qui les faisait ressembler à des îles. D'autres gardes portant des robes bleues, des armures noires et des casques en bronze se tenaient immobiles le long du passage ; ils étaient armés de hallebardes d'acier noirci avec des lumières alchimiques encastrées dans leur manche de bois.

À la différence de la plupart des châteaux, Mon Magisteria n'avait pas de porte d'accès principale, mais une puissante cascade plus large que le chemin sur lequel avançaient les deux compères. Cette chute d'eau était à l'origine du grondement que Locke avait entendu pendant leur débarquement, en contrebas. De multiples torrents jaillissaient de gigantesques ouvertures noires alignées en haut des murailles. Ils se mêlaient et tombaient dans des douves bouillonnantes au pied de l'édifice – des douves encore plus larges que la gorge en Verre d'Antan qui isolait le domaine ducal du reste du Castellana.

Un pont, légèrement arqué, disparaissait dans une cataracte blanche qui le pilonnait à mi-parcours. Une brume humide enveloppa les prisonniers et leur escorte quand ils en approchèrent. Locke vit qu'une espèce de niche était creusée à l'intérieur de l'ouvrage ; elle en longeait le centre sur toute la partie visible. Près de la rampe d'accès, une chaînette pendait contre un étroit pilier de pierre. L'officier des Yeux tendit la main et tira trois petits coups secs.

Quelques instants plus tard, un cliquetis se fit entendre du côté du pont. Une forme sombre se dessina à l'intérieur de la cascade et se mit à grandir. Elle jaillit soudain vers le petit groupe tandis que l'eau s'écrasait sur son toit en formant un brouillard de gouttelettes. Il s'agissait d'une cabine entourée de barres métalliques, haute de cinq mètres et aussi large que le pont. Elle gronda en glissant le long de la piste creusée sur le tablier de l'ouvrage, puis s'immobilisa dans un grincement aigu de métal contre métal, juste devant les nouveaux venus. Des portes s'ouvrirent vers l'extérieur, poussées par deux serviteurs vêtus de manteaux bleus à galons argentés.

Les Yeux firent entrer Jean et Locke dans ce grand véhicule. De larges fenêtres donnaient côté château, mais Locke ne distingua rien d'autre que la muraille d'eau. Quand les deux compères et les soldats furent à l'intérieur, les serviteurs fermèrent les portes. L'un d'eux tira sur une chaîne qui pendait contre la cloison droite et la cabine fut tractée en arrière dans un grondement traînant pour regagner son point de départ. L'eau de la cascade martela le toit avec violence et Locke eut l'impression de se trouver dans un coche pendant une tempête. Il estima que la cataracte devait mesurer entre cinq et six mètres de large. Un homme ne pouvait se risquer à la franchir à pied sans être précipité dans les douves – ce qui était d'ailleurs tout l'intérêt de la chose.

Sans compter que c'était un sacré moyen d'en mettre plein la vue.

Le véhicule ressortit bientôt de l'autre côté de la cascade et Locke s'aperçut qu'on les avait conduits dans une gigantesque salle en demi-sphère aux murs incurvés et au plafond culminant à dix mètres de haut. Des chandeliers alchimiques projetaient une lumière dorée, argentée ou blanche et, avec l'eau qui brouillait la vue en ruisselant sur les vitres de la cabine, la pièce brillait comme une chambre au trésor. Lorsque l'étrange véhicule s'immobilisa, les serviteurs actionnèrent des loquets invisibles et ses larges fenêtres avant s'ouvrirent comme de grandes portes.

Jean et Locke furent poussés dehors, mais avec moins de brutalité que précédemment. Sous leurs pieds, l'eau avait rendu les pierres glissantes et les deux compères avancèrent avec circonspection, suivant l'exemple des gardes. Dans leur dos, les chutes grondèrent encore quelques instants, puis deux portes immenses se fermèrent derrière eux et le vacarme assourdissant se transforma en faible écho.

À la gauche de Locke, on apercevait une espèce de machine à eau installée dans une niche du mur. Des hommes et des femmes se tenaient devant des cylindres de cuivre étincelants et actionnaient des leviers couplés à des mécanismes dont Locke était incapable de deviner l'utilité. De lourdes chaînes s'enfonçaient dans des trous sombres pratiqués dans le sol, juste à côté de la piste qu'empruntait la grosse cabine en bois. Jean tendit lui aussi le cou pour satisfaire sa curiosité, mais, une fois le périlleux passage des pierres glissantes franchi, le bref élan de bienveillance des soldats disparut aussitôt : ils poussèrent les deux prisonniers sans ménagement pour les faire avancer à bonne allure.

Ils traversèrent le hall d'entrée – majestueux et assez vaste pour accueillir plusieurs bals en même temps – à toute vitesse. Aucune fenêtre ne donnait sur l'extérieur, mais les parois étaient agrémentées de paysages un peu artificiels sur des vitraux éclairés par-derrière. Chacun représentait un panorama stylisé de ce qu'on *aurait vu* si on avait percé un trou dans le mur : des bâtiments et des manoirs blancs, des ciels assombris, les successions d'îles au-delà du port, des dizaines de voiles au mouillage principal.

En compagnie de leur escorte, Jean et Locke entrèrent dans une pièce annexe, grimpèrent un escalier, traversèrent une autre salle et croisèrent des gardes en uniforme bleu au garde-à-vous – aussi immobiles que des statues. L'imagination de Locke lui jouait-elle des tours ? Il eut l'impression que leurs visages exprimaient davantage que du simple respect lorsque les Yeux aux masques de bronze passèrent devant eux. Il n'eut cependant pas le temps d'approfondir ses réflexions, car on les arrêta soudain face à ce qui était sans nul doute leur destination finale. Dans un couloir parsemé de portes en bois, ils se tenaient devant la seule qui était en fer.

L'un des Yeux fit un pas en avant et la déverrouilla avant de l'ouvrir : elle donnait sur une petite pièce sombre. Les soldats défirent rapidement les liens qui entravaient les poignets des deux hommes, puis les poussèrent à l'intérieur.

— Hé ! Attendez une petite…, commença Locke.

Mais la porte se referma sur eux et ils se retrouvèrent plongés dans une obscurité totale.

— Par Perelandro ! dit Jean.

Les deux hommes trébuchèrent et se percutèrent pendant quelques secondes avant de regagner un peu d'équilibre et de dignité.

— Mais qu'est-ce que nous avons bien pu faire pour attirer l'attention de ces sales cons ?

— Aucune idée, Jérôme. (Locke insista légèrement sur le pseudonyme.) Mais les murs ont peut-être des oreilles. Ho ! Bande de trous du cul ! Pas la peine de jouer les pucelles ! Nous savons nous comporter avec décence quand on nous emprisonne poliment.

Locke se dirigea tant bien que mal vers le mur le plus proche – d'après ses souvenirs – et le martela de ses poings. Il s'aperçut qu'il était en briques nues.

— Bordel, grommela-t-il en suçant une articulation égratignée.

— C'est curieux, dit Jean.

— Quoi ?

— Je n'en suis pas sûr.

— *Quoi ?*

— C'est moi ou il fait de plus en plus chaud ici ?

3

Le temps s'écoula aussi vite qu'une nuit d'insomnie.

Locke voyait des taches de couleur filer ou vaciller dans les ténèbres. Une partie de lui savait qu'il ne s'agissait que d'illusions, mais la voix de la raison devenait moins catégorique de minute en minute. La chaleur écrasait le moindre centimètre carré de peau. Locke avait ouvert sa tunique et défait son écharpe – qu'il avait enroulée autour de ses mains afin de pouvoir s'appuyer contre le sol brûlant et rester adossé contre Jean.

La serrure cliqueta et la porte s'ouvrit. Il lui fallut plusieurs secondes avant de comprendre que ce n'était pas une hallucination. La fente de lumière blanche se transforma en rectangle. Il recula brusquement en protégeant ses yeux à deux mains. L'air du couloir l'enveloppa comme une fraîche brise d'automne.

— Messieurs, dit une voix dans la lumière, il s'agit d'une terrible erreur.

— Ungh gah ah.

Locke fut incapable de répondre autre chose tandis qu'il essayait de se rappeler comment ses genoux fonctionnaient. Sa bouche était plus sèche que si elle avait été remplie de farine de maïs.

Des mains froides et puissantes se tendirent afin de l'aider à se relever. La pièce tournoya tandis qu'on ramenait les deux compères dans le couloir où régnait une fraîcheur voluptueuse. Ils furent de nouveau entourés de pourpoints bleus et de masques en bronze. Locke, les yeux plissés pour se protéger de la lumière, se sentit plus honteux qu'effrayé. Il *savait* qu'il n'avait pas les idées en place, un peu comme s'il avait trop bu, et il ne pouvait que s'accrocher à cette vague prise de conscience. On l'entraîna à travers différents couloirs et en haut d'escaliers.

Des escaliers ! Dieux ! Combien y en a-t-il donc dans ce putain de palais ?

Ses jambes ne le supportaient qu'en de rares occasions. Il se sentait comme un pantin, le personnage d'une comédie cruelle jouée sur une scène immense.

— De l'eau, parvint-il à souffler.

— Bientôt, dit un des soldats qui le soutenaient. Très bientôt.

Les deux compères franchirent enfin de grandes portes noires et furent amenés dans un bureau baigné par une lumière tamisée. Ils s'aperçurent que les murs étaient constitués de milliers et de milliers de minuscules alvéoles de verre où s'agitaient de petites ombres. Locke cligna des yeux et maudit son état pitoyable. Il avait entendu des marins parler de « l'ivresse de chaleur », de la stupeur, de la faiblesse et de l'irritabilité qui s'emparent d'un homme qui souffre de déshydratation, mais il n'avait jamais imaginé qu'il en ferait un jour l'expérience. La carence en eau provoquait de curieux troubles oniriques et Locke songea qu'il se tenait sans doute dans une pièce tout à fait banale.

Le bureau était meublé d'une petite table et de trois chaises ordinaires en bois. Débordant de gratitude, Locke manœuvra pour se diriger vers l'une d'elles, mais les soldats le saisirent par les bras pour l'immobiliser et le maintenir debout.

—Vous devez attendre, dit l'un d'eux.

Ce ne fut pas long. Quelques secondes s'écoulèrent avant qu'une autre porte s'ouvre. Un homme entra à grands pas. Il portait une robe d'un bleu profond ornée de fourrure et semblait visiblement inquiet.

—Que les dieux protègent l'Archon de Tal Verra, lancèrent les quatre soldats à l'unisson.

Maxilan Stragos, comprit Locke malgré la confusion de ses idées. *Le putain de suprême seigneur de guerre de Tal Verrar.*

—Par pitié, laissez ces hommes s'asseoir, dit l'Archon. Nous leur avons déjà causé grand tort, préfet des Lames. Nous devons désormais leur témoigner la plus extrême courtoisie. Car enfin... nous ne sommes pas... camorriens.

—Bien entendu, Archon.

On aida aussitôt Jean et Locke à s'asseoir. Quand les soldats estimèrent que les deux hommes ne s'effondreraient probablement pas dans les prochaines secondes, ils reculèrent et se mirent au garde-à-vous derrière eux. L'Archon agita la main avec impatience.

—Rompez, préfet des Lames.

—Mais... Votre Honneur...

—Hors de ma vue! Vous êtes déjà parvenu à mal interpréter mes ordres – pourtant très clairs – et à nous plonger dans une situation fort embarrassante. Et voyez le résultat: ces hommes sont incapables de me causer le moindre mal.

—Mais... Certes, Archon.

Le préfet des Lames s'inclina avec raideur, imitée par ses trois subordonnés. Les quatre soldats se dépêchèrent de sortir et refermèrent la porte derrière eux. Un cliquetis complexe monta de la serrure.

—Messieurs, dit l'Archon, je vous prie d'accepter mes plus humbles excuses. Mes instructions ont été mal comprises. On devait vous traiter avec la plus grande courtoisie. Au lieu de cela, on vous a conduits dans la chambre de sudation – un endroit réservé aux criminels de la pire espèce. En matière de combat, je suis persuadé que chacun de mes Yeux vaut dix hommes, mais ils ont réussi à me couvrir de honte au cours d'une mission parfaitement ordinaire. Je dois assumer la responsabilité de leur faute. Vous devez pardonner ce malentendu et m'accorder l'honneur de vous offrir une hospitalité digne de ce nom.

Locke rassembla toute sa lucidité pour trouver une réponse appropriée et murmura une grâce silencieuse au Gardien Véreux, mais Jean prit la parole en premier.

— C'est nous qui sommes honorés, Protecteur. (Sa voix était rauque, mais il semblait recouvrer ses esprits plus vite que Locke.) Ce séjour en chambre de sudation était peu de chose en comparaison du plaisir que nous apporte cette… rencontre inattendue. Vous n'avez rien à vous faire pardonner.

— Vous êtes un homme des plus affables, dit Stragos. Mais, s'il vous plaît, oublions les mondanités. Appelez-moi simplement « Archon ». (On frappa doucement à la porte par laquelle il était arrivé.) Entrez.

Un petit homme chauve agité pénétra dans la pièce, vêtu d'une livrée alambiquée bleu et argent. Il portait un plateau en argent sur lequel se trouvaient trois coupes en cristal et une grande bouteille contenant un liquide ambre pâle. Jean et Locke fixèrent cette dernière avec l'intensité de chasseurs prêts à lancer leurs derniers javelots sur la bête qui les charge.

Lorsque le nouveau venu posa le plateau et tendit la main pour remplir les verres, l'Archon lui fit signe de se retirer et prit lui-même la bouteille.

— Vous pouvez disposer. Je suis tout à fait capable de servir ces malheureux messieurs moi-même.

L'homme s'inclina et sortit par où il était arrivé. Stragos ôta le bouchon déjà en partie tiré et remplit deux coupes à ras bord. Le clapotement du liquide ambré provoqua une douleur impatiente dans les joues de Locke.

— Dans cette cité, dit l'Archon, l'hôte boit généralement en premier quand il offre une boisson à ses invités… pour établir une confiance mutuelle quant à ce qu'il leur sert. (Il remplit la troisième coupe avec parcimonie, la porta à ses lèvres et la vida d'un trait.) Ahh ! (Il tendit les deux verres pleins à Jean et Locke sans plus d'hésitation.) Voilà. Buvez. Inutile de faire des manières, je suis un vieux militaire.

Jean et Locke ne firent aucune manière : ils avalèrent les boissons qu'on leur offrait avec un empressement reconnaissant. Locke se serait montré tout aussi enthousiaste si on lui avait proposé un jus de vers de terre, mais il s'agissait en fait d'une espèce de cidre à base de poires qui piquait à peine. Une boisson pour enfants, tout juste capable de saouler un moineau. Un choix avisé compte tenu de leur condition physique. Le liquide – agréablement frais et acidulé – coula le long de sa gorge torturée et Locke frissonna de plaisir.

Jean et lui tendirent leurs coupes vides sans réfléchir, mais Stragos les attendait déjà, la bouteille à la main. Il les resservit avec un sourire bienveillant. Locke but la moitié de son verre et s'obligea à faire une pause. Il sentait déjà une nouvelle force irradier de son ventre. Il soupira de soulagement.

— Mille mercis, Archon, dit-il. Puis-je, euh… avoir l'audace de demander en quoi Jérôme et moi vous avons offensé ?

—M'offenser ? Vous n'y êtes pas du tout.

L'Archon posa la bouteille sans se départir de son sourire et s'assit derrière la petite table. Il tendit la main vers le mur et tira une cordelette en soie. Un rayon de lumière pâle et miellée descendit du plafond pour éclairer le centre du meuble.

—Votre seul crime, jeunes gens, c'est d'avoir éveillé mon intérêt.

Stragos était encadré par le trait lumineux et Locke observa le Protecteur pour la première fois. L'homme se préparait à quitter l'âge mûr et approchait sans doute les soixante ans – en admettant qu'il ne soit pas plus vieux ; ses gestes semblaient étrangement méticuleux ; les traits de son visage étaient carrés, sa peau était rose et flétrie ; ses cheveux formaient une sorte de toit gris et plat. Par expérience, Locke savait que la plupart des gens de pouvoir étaient soit des ascètes soit des gloutons, mais Stragos ne semblait appartenir à aucune de ces catégories. C'était un homme équilibré. Ses yeux étaient à l'affût, comme ceux d'un usurier devant un client endetté. Locke but une petite gorgée de son cidre à la poire et pria pour ne pas commettre d'impairs.

La lumière dorée était capturée et réfléchie par les alvéoles de verre formant les murs de la pièce. Locke laissa son regard errer un moment autour de lui et constata avec stupéfaction que le contenu des alvéoles bougeait. Les petites ombres qui virevoltaient étaient en fait des papillons de jour et de nuit, des scarabées… Il y en avait des centaines, des milliers peut-être, chacun dans sa minuscule prison de verre. Le bureau de l'Archon était entouré d'une gigantesque collection d'insectes. Locke n'aurait jamais imaginé qu'il en existait de si grandes – et encore moins qu'il en verrait un jour une de ses propres yeux. À côté de lui, Jean remarqua lui aussi la nature de ces murs étranges et hoqueta de surprise.

L'Archon rit avec indulgence.

—Ma collection. N'est-elle pas extraordinaire ?

Il tendit de nouveau la main pour tirer une autre cordelette de soie. Derrière les parois de verre, une lumière blanche et tamisée gagna en intensité jusqu'à ce que chaque spécimen soit visible dans ses moindres détails. Il y avait là des papillons aux ailes pourpres, bleues, vertes… Certaines étaient ornées de motifs multicolores plus complexes que des tatouages tribaux. On apercevait des phalènes grises, noires et dorées avec des antennes recourbées ; des scarabées aux carapaces polies qui brillaient comme du métal précieux ; des guêpes aux ailes translucides battant au-dessus de leur corps effilé et inquiétant.

—C'est incroyable, dit Locke. Comment cela est-il possible ?

—Oh, ça ne l'est pas ! Toutes ces créatures sont artificielles. Elles sont l'œuvre des meilleurs artistes et artisans que vous puissiez trouver. Plusieurs étages sous celui-ci, un mécanisme actionne un ensemble de soufflets qui envoie des jets d'air jusqu'à ce bureau grâce à des tuyaux installés derrière les murs. Chaque alvéole dispose d'une minuscule ouverture à l'arrière. Le battement des ailes est aléatoire et très réaliste… Dans la pénombre, il est facile de se laisser abuser.

— Cela n'en demeure pas moins incroyable, dit Jean.

— Eh bien, nous sommes dans la cité des artifices ! dit l'Archon. Les créatures vivantes exigent des soins si fastidieux. Vous pouvez voir mon Mon Magisteria comme un musée du simulacre. Allez, videz vos coupes et laissez-moi vous servir le reste de cette boisson.

Jean et Locke obéirent avec reconnaissance et Stragos leur versa quelques doigts de cidre avant que la bouteille soit vide. Il se réappuya contre sa chaise, derrière la table, et prit quelque chose sur le plateau d'argent : une espèce de dossier peu épais glissé dans une enveloppe marron avec des sceaux brisés de trois côtés.

— Des simulacres, reprit l'Archon. Tout comme vous, maître Kosta, maître de Ferra. Ou devrais-je dire maître Lamora et maître Tannen ?

Si Locke avait eu la force de briser du lourd cristal verrarien entre ses doigts, l'Archon aurait fait le deuil d'une coupe.

— Je vous demande pardon, dit Locke avec un sourire obligeant et un peu confus. Mais ces noms me sont totalement étrangers. Jérôme ?

— Il doit s'agir d'une erreur, dit Jean en reprenant à la perfection le ton poli et embarrassé de son camarade.

— Non, messieurs. Il n'y a pas la moindre erreur. (L'Archon ouvrit le dossier et jeta un bref coup d'œil à son contenu – une dizaine de parchemins couverts d'une écriture noire et soignée.) J'ai reçu une lettre fort curieuse il y a quelques jours. Elle m'est parvenue par voie sécurisée de mon service de renseignements. Une lettre riche de nombreuses histoires parmi les plus étonnantes. Envoyée par quelqu'un que je connais personnellement – un informateur au sein de la hiérarchie des Mages Esclaves de Karthain.

Locke songea que Jean était lui aussi incapable de briser une coupe en cristal verrarien entre ses doigts – autrement le bureau de l'Archon se serait soudain paré d'un nuage de tessons et de sang.

Il haussa un sourcil avec témérité, refusant de céder tout de suite.

— Les Mages Esclaves ? Dieux, voilà un nom qui fait froid dans le dos. Mais, euh… qu'est-ce que ces Mages Esclaves ont à voir avec Jérôme et moi ?

Stragos se caressa le menton tout en feuilletant le dossier.

— Il semblerait que vous soyez tous deux d'anciens membres d'une sorte de guilde de voleurs secrète qui s'était installée dans la maison de Perelandro, dans le quartier des Temples, à Camorr. Quelle audace ! Vous agissiez à l'insu du capa Vencarlo Barsavi, aujourd'hui disparu. Vous avez dérobé des dizaines de milliers de couronnes à plusieurs dons de la cité. Vous êtes conjointement responsables de la mort d'un certain Luciano Anatolius, un capitaine pirate qui avait engagé un Mage Esclave afin de servir ses plans. Et, sans doute plus important encore, vous avez contrecarré ces plans et mutilé le Mage Esclave. Vous l'avez vaincu en combat rapproché. C'est incroyable ! Vous l'avez renvoyé à Karthain à demi-mort et, pour ainsi dire, fou. Sans langue ni doigts.

— En fait, il se trouve que Léocanto et moi sommes natifs de Talisham, et…

— Vous êtes tous les deux natifs de Camorr. Jean Estevan Tannen – votre véritable nom – et Locke Lamora – qui n'est *pas* votre véritable nom. Pour une raison étrange, la lettre insiste beaucoup sur ce point. Votre venue dans ma cité fait partie d'un plan qui vise à dépouiller Requin… Il semble que vous vous prépariez à forcer sa chambre forte. Je vous souhaite bonne chance dans cette entreprise. Devons-nous poursuivre cette comédie ? Je dispose encore de nombreux détails. On dirait que les Mages Esclaves ont une dent contre vous.

— Quelle bande d'enculés, grommela Locke.

— Je vois que *vous* avez fait leur connaissance, dit Stragos. J'ai eu l'occasion d'en engager quelques-uns par le passé. Ce sont des gens forts susceptibles. Vous reconnaissez donc que les informations de ce rapport sont exactes ? Soyez raisonnables. Requin n'est pas de mes amis. Il est du côté du Priori – il pourrait tout aussi bien faire partie de leurs maudits conseils.

Jean et Locke échangèrent un regard et le premier haussa les épaules.

— Très bien, dit Locke. Il semblerait que vous ayez l'avantage sur nous, Archon.

— Il se trouve que je l'ai sur trois points. J'ai ce rapport qui relate vos activités avec moult détails. Vous êtes à Mon Magisteria, le cœur de mon pouvoir. Et maintenant, pour éviter les mauvaises surprises, je vous tiens en laisse.

— Ce qui signifie ? demanda Locke.

— Peut-être que mes Yeux ont *parfaitement* interprété mes ordres, messieurs. Peut-être que ces quelques heures en chambre de sudation étaient *intentionnelles*, pour vous aider à développer une soif qu'il faudrait apaiser.

Il désigna d'un geste les deux coupes qui ne contenaient plus qu'un peu de lie.

— Vous avez mis quelque chose dans le cidre, dit Jean.

— Bien entendu, répliqua Stragos. Un petit poison particulièrement efficace.

4

Pendant un moment, la pièce resta plongée dans un profond silence, uniquement troublé par le doux bruissement des ailes d'insectes artificiels. Puis Jean et Locke se levèrent tant bien que mal dans un élan commun. Stragos ne cilla même pas.

— Asseyez-vous. À moins que les détails de la situation ne vous intéressent pas.

— Vous aussi, vous avez bu le contenu de cette bouteille, dit Locke, toujours debout.

— Bien entendu. Mais le poison ne se trouvait pas dans le cidre, il était dans vos coupes, badigeonné au fond. Fade et incolore. Il s'agit d'une substance alchimique de marque déposée, relativement onéreuse. Vous devriez vous sentir flattés. Je viens d'augmenter la valeur nette de chacun de vous, ha ha !

— Je ne suis pas totalement ignare en matière de poison. Qu'est-ce que c'est ?

— Et pourquoi donc vous en dirais-je davantage ? Vous pourriez essayer de trouver une personne capable de préparer un antidote. Alors qu'ainsi, je suis le seul susceptible de vous le fournir.

Il sourit et se débarrassa de son masque de contrition comme un insecte s'échappe de sa mue. Les deux compères se tenaient maintenant devant un tout autre Stragos. Il parla d'une voix cinglante :

— Asseyez-vous ! Il est clair que vous êtes désormais à ma merci. Par les dieux, vous n'êtes sans doute pas ce que je cherchais, mais vous ferez peut-être très bien l'affaire.

Les deux compères se rassirent sur leurs chaises, mal à l'aise. Locke jeta sa coupe sur le tapis où elle rebondit et roula avant de s'immobiliser près de la table.

— Je devrais peut-être vous dire que quelqu'un m'a déjà empoisonné pour m'obliger à faire certaines choses, dit-il.

— Vraiment ? Quelle chance ! Dans ce cas, vous reconnaîtrez que c'est préférable à un empoisonnement visant à vous tuer.

— Que voulez-vous que nous fassions ?

— Quelque chose d'utile. Quelque chose de grand. D'après ce rapport, vous êtes la Ronce de Camorr. Mes agents m'ont rapporté certaines histoires vous concernant... Des rumeurs qui semblaient parfaitement ridicules, mais qui se révèlent maintenant exactes. Je pensais que vous n'étiez qu'un mythe.

— La Ronce de Camorr *est* un mythe, dit Locke. Et cela n'a jamais été seulement moi. Nous avons toujours travaillé en groupe, en équipe.

— Bien sûr. Inutile de souligner l'importance de maître Tannen à mon intention. Tout est là, dans ce dossier. Vous resterez en vie tous les deux pendant que je prépare la mission que je souhaite vous voir accomplir. Je ne suis pas encore prêt à en parler, alors, disons que je vous garde de côté en attendant. Vaquez à vos occupations. Lorsque je vous appellerai, vous viendrez.

— En êtes-vous si sûr ? cracha Locke.

— Oh, vous êtes certainement capable de quitter la ville ! Mais si vous le faites, vous connaîtrez une mort plutôt lente et pénible avant la fin de la prochaine saison – ce qui nous attristerait tous.

— Vous mentez peut-être, dit Jean.

— Oui, en effet. Mais si vous êtes des personnes raisonnables, ce mensonge vous retiendra aussi bien qu'un véritable poison, n'est-ce pas ? Par ailleurs, réfléchissez un peu, Tannen. J'ai les moyens de ne *pas* mentir.

— Et qu'est-ce qui nous empêchera de nous enfuir une fois l'antidote reçu ?

— Le poison est lent, Lamora. Il sommeille dans le corps pendant des mois, voire des années. Je vous distribuerai l'antidote à intervalles réguliers, tant que je n'aurai pas à me plaindre de vous.

— Et qu'est-ce qui nous prouve que vous continuerez à le faire une fois que nous aurons accompli la mission que vous avez l'intention de nous confier ?

— Rien du tout.

— Et nous n'avons pas d'autre issue que d'obéir.

— Bien entendu.

Locke ferma les yeux et les massa doucement avec son index.

— Votre fameux poison, est-ce qu'il va se manifester dans notre vie quotidienne, sous une forme ou une autre ? Est-ce qu'il va altérer notre jugement, notre agilité ou notre santé ?

— Pas le moins du monde. Vous ne ressentirez rien avant que le délai pour prendre l'antidote soit largement dépassé. À partir de ce moment-là, les choses changeront du tout au tout – à votre grand dam. En attendant, il ne vous empêchera en rien de poursuivre vos petites affaires.

— Des petites affaires que vous avez *déjà* mises à mal, dit Jean. Nous sommes à un point très délicat de nos négociations avec Requin.

— Il nous a donné des ordres très stricts, ajouta Locke. Nous ne devions rien faire de suspect pendant qu'il se renseignait sur nos récentes activités. Se faire enlever en pleine rue par les hommes de l'Archon lui apparaîtra *sans doute* comme un événement suspect.

— Cela a déjà été pris en considération. La plupart des gens qui se sont occupés de vous, en ville, font partie d'une des bandes de Requin. Il ignore juste qu'ils travaillent pour moi. Ils lui rapporteront qu'ils vous ont vus traîner dehors, même si personne d'autre ne se souvient de vous avoir aperçus.

—Vous êtes certain que Requin ignore l'identité de leur véritable maître ?

—Que les dieux bénissent votre insolence si amusante, Lamora, mais je ne vais pas justifier mes ordres devant vous. Considérez ces hommes comme mes autres soldats et, si vous devez placer votre confiance quelque part, placez-la dans le discernement qui m'a permis de demeurer Archon pendant quinze ans.

—Si vous vous trompez, nos vies sont entre les mains de Requin, Stragos.

—Elles n'en restent pas moins entre les miennes.

—Requin n'est pas un imbécile.

—Alors, pourquoi cherchez-vous à le voler ?

—Nous nous flattons de...

Jean n'eut pas le temps de terminer sa phrase.

—Je vais vous dire pourquoi, le coupa Stragos. (Il ferma le dossier et croisa les mains dessus.) Vous n'êtes pas simplement cupides. L'excitation vous procure à tous les deux un plaisir malsain. Je suis persuadé que des perspectives de réussite proches de zéro vous enivrent. Si ce n'était pas le cas, pour quelles raisons auriez-vous choisi cette vie ? Vous auriez pu devenir d'excellents voleurs dans la norme, sans trahir les règles imposées par Barsavi.

—Si vous croyez que cette petite pile de papiers vous en apprend assez pour avancer de telles hypothèses...

—Vous êtes deux risque-tout. Des risque-tout exceptionnels et professionnels. Et j'ai justement la mission idéale pour vous. Je pense même que vous prendrez plaisir à l'accomplir.

—Vous ne vous seriez peut-être pas trompé si vous nous en aviez parlé avant de nous dire que le cidre était empoisonné.

—Je sais bien qu'un tel stratagème vous donnera des raisons de ne pas me porter dans votre cœur, mais comprenez ma position. J'ai fait cela parce que je respecte votre talent. Je ne peux *pas* me permettre de vous employer sans vous contrôler. Vous deux êtes comme un levier et un point d'appui, à la recherche d'une ville à mettre sens dessus dessous.

—Putain, mais, dans ce cas, pourquoi vous ne vous êtes pas contenté de nous engager ?

—Est-ce que l'argent aurait eu assez d'influence sur deux hommes qui le font apparaître avec autant de facilité que vous ?

—Si j'ai bien compris, le fait de nous baiser comme une pute jérémite est un hommage de votre part ? éclata Jean. Espèce d'enfoiré de...

—Calmez-vous, Tannen, dit Stragos.

—Et pourquoi il se calmerait ? demanda Locke. (Il ajusta sa tunique froissée par la sueur et entreprit de nouer son écharpe chiffonnée d'un air outré.) Vous nous empoisonnez, vous parlez de nous confier une mystérieuse mission sans proposer la moindre rétribution, vous compliquez la vie de nos personnages Kosta et de Ferra... Et vous envisagez de nous convoquer à votre guise quand vous daignerez enfin révéler en quoi consiste notre tâche. Dieux ! Et les dépenses ? Nous devrons aussi les supporter ?

— On vous fournira tous les fonds et le matériel que vous demanderez pour accomplir ma volonté. Mais ne vous réjouissez pas trop vite : rappelez-vous que vous devrez justifier vos frais jusqu'au dernier centira.

— Oh, magnifique ! Et quels sont les autres avantages liés à l'exécution de votre mission ? Petit déjeuner offert au mess de vos Yeux ? Des lits de convalescence pour nous accueillir une fois que Requin nous aura coupé les couilles pour nous les coudre à la place des yeux ?

— Je n'ai guère l'habitude d'être apostrophé ainsi...

— Eh bien, prenez-la ! aboya Locke. (Il se leva et entreprit d'épousseter son manteau.) J'ai une contre-proposition à vous faire, et je vous conseille de l'étudier avec soin.

— Oh ?

— Laissez tomber cette histoire, Stragos. (Locke enfila son manteau, secoua les épaules pour l'ajuster et en attrapa le revers.) Laissez tomber toute cette histoire ridicule. Donnez-nous l'antidote – à supposer qu'il y en ait un – en quantité suffisante pour que nous n'ayons rien à craindre pour le moment. Ou renseignez-nous sur sa composition et nous irons consulter un alchimiste pour qu'il règle le problème – à nos frais. Laissez-nous nous occuper de Requin – pour qui, selon vos propres dires, vous n'avez aucune amitié – et laissez-nous le dépouiller de son argent. Fichez-nous la paix et nous vous rendrons la pareille.

— Et que gagnerai-je à agir ainsi ?

— Ce n'est pas une question de gain. En ce qui vous concerne, c'est surtout l'occasion de ne pas tout perdre.

Stragos éclata d'un rire doux et sec, comme un écho provenant d'un cercueil.

— Mon cher Lamora, vos fanfaronnades peuvent sûrement convaincre un métèque de don camorrien au cerveau poreux comme une éponge de vous offrir sa bourse. Il est même possible qu'elles puissent vous permettre d'accomplir la mission que je veux vous confier. Mais maintenant vous êtes ma propriété et les Mages Esclaves se sont montrés très clairs sur la manière de vous rendre plus humble.

— Oh ? Et comment fait-on ça ?

— Menacez-moi une fois de plus et j'ordonnerai qu'on ramène Jean dans la chambre de sudation pour qu'il y passe le reste de la nuit. Vous attendrez à l'extérieur, enchaîné dans un confort absolu, à vous demander ce qu'il doit endurer. Cela fonctionne dans les deux sens, Jean, au cas où vous souhaiteriez *vous aussi* vous rebeller.

Locke serra les dents et fixa ses pieds. Jean soupira, tendit la main et lui tapota le bras. Son compagnon eut un hochement de tête presque imperceptible.

— Parfait. (Stragos sourit sans aucune chaleur.) Tout comme je respecte votre talent, je respecte la loyauté qui vous lie. Je la respecte assez pour l'utiliser, pour le meilleur ou pour le pire. Ainsi donc, vous viendrez quand je vous appellerai et vous accepterez la mission que je vous confierai… C'est lorsque je *refuserai* de vous voir que vous serez en droit de vous inquiéter.

— Qu'il en soit ainsi, dit Locke. Mais je veux que vous vous souveniez.

— Que je me souvienne ? Mais de quoi donc ?

— Que je vous ai laissé une porte de sortie. Que je vous ai proposé de nous quitter sans rancune.

— Dieux, mais vous avez vraiment une très haute opinion de vous-même, n'est-ce pas, maître Lamora ?

— Juste assez haute, mais à mon avis, pas plus que celle des Mages Esclaves.

— Laisseriez-vous entendre que Karthain vous craint, maître Lamora ? Par pitié. Si c'était la vérité, ils vous auraient déjà tués. Non, ils n'ont pas peur de vous. Ils veulent simplement assister à votre *punition* – qui, apparemment, consiste à vous livrer à moi afin que j'atteigne mon but. Voilà qui justifie sans doute que vous ne les portiez pas dans votre cœur.

— Vous avez parfaitement raison sur ce point, dit Locke.

— Envisagez un moment l'éventualité que je ne les apprécie pas plus que vous. Bien que je les utilise par nécessité et accepte volontiers les cadeaux qu'ils m'envoient… Le fait que vous soyez à mon service pourrait un jour se retourner contre eux. Ce paradoxe ne vous intrigue pas ?

— On ne peut pas croire la moindre de vos paroles, grommela Locke en adressant un regard noir à l'Archon.

— Ahhh ! C'est là que vous vous trompez, Lamora. Avec le temps, vous vous apercevrez que je n'ai guère besoin de mentir à propos de quoi que ce soit. Bien, cet entretien est terminé. Réfléchissez à votre situation et ne faites rien d'inconséquent. Vous pouvez quitter Mon Magisteria et y revenir lorsque je vous convoquerai.

— Attendez un peu, dit Locke. Une petite…

L'Archon se leva, glissa son dossier sous son bras, se retourna et sortit par la porte par laquelle il était entré. Celle-ci se referma aussitôt dans un cliquetis de mécanismes en acier.

— Merde ! lâcha Jean.

— Je suis désolé, grommela Locke. J'avais tellement envie de venir dans cette putain de ville.

— Ce n'est pas ta faute. Nous avions tous les deux la gaule et nous étions impatients de nous foutre au pieu. Dommage que la gueuse ait eu la chaude-pisse.

Les portes principales du bureau s'ouvrirent en grinçant et les deux hommes aperçurent une dizaine d'Yeux qui attendaient dans le couloir.

Locke les fixa pendant plusieurs secondes, grimaça un sourire et s'éclaircit la gorge.

— Oh, parfait ! Votre maître a donné des ordres très stricts : vous êtes maintenant à notre service. Nous souhaitons un bateau, huit rameurs, un repas chaud, cinq cents solaris, six beautés expertes dans l'art du massage...

Locke fut bien obligé de le reconnaître : quand les Yeux les saisirent, Jean et lui, pour les « escorter » hors de Mon Magisteria, ils le firent avec une fermeté dépourvue de violence inutile. Leurs gourdins restèrent accrochés à leurs ceinturons et les soldats n'administrèrent qu'un minimum de coups pour obtenir la coopération de leurs prisonniers. Dans l'ensemble, ils agirent en véritables experts et ce fut presque un plaisir que d'être malmenés par de tels professionnels.

5

On ramena les deux hommes sur les quais inférieurs de Savrola à bord d'une embarcation à rames, un long canot doté d'un pont couvert. L'aube pointait et une lumière orange pâle enveloppait peu à peu le côté continent de Tal Verrar, glissant au-dessus des îles et, par contraste, rendant le littoral plus sombre qu'il ne l'était vraiment. Entourés de rameurs de l'Archon, surveillés par quatre Yeux armés d'arbalètes, Jean et Locke restèrent silencieux.

Leur débarquement fut rapide : le navire se contenta d'approcher le quai désert et les deux compères bondirent à terre. Un soldat de l'Archon lança un sac de cuir sur les dalles, à leurs pieds, puis le bateau s'éloigna. Locke sentit un étourdissement curieux et se frotta les yeux – il avait l'impression qu'ils étaient desséchés dans leurs orbites.

— Dieux ! dit Jean. À nous voir, on croirait qu'on vient de se faire attaquer par des brigands.

— C'est ce qui s'est passé.

Locke tendit la main, attrapa le sac et examina son contenu : les deux hachettes de Jean et leur assortiment de dagues. Il grogna.

— Les Mages. Ces putains d'enfoirés de Mages Esclaves !

— C'est ce qu'ils devaient avoir en tête.

— J'espère qu'ils n'ont rien d'autre.

— Ils ne savent pas tout, Locke. Ils doivent avoir des points faibles, eux aussi.

— Tu crois ? Et tu les connais ? Tu penses que l'un d'eux est peut-être allergique à la nourriture exotique, ou qu'un autre a des relations conflictuelles avec sa mère ? Ça nous fait une belle jambe tant qu'ils sont hors de portée de nos dagues ! Gardien Véreux ! Pourquoi les sales trous du cul comme Stragos ne se contentent-ils pas de nous engager contre espèces sonnantes et trébuchantes ? Je serais *heureux* de travailler en échange d'un salaire convenable.

— Ce n'est pas vrai.

— Peuh !

— Arrête de ruminer et réfléchis un moment. Tu as entendu le rapport de Stragos. Les Mages Esclaves savent que nous en avons après la chambre forte de Requin, mais ils ne connaissent pas *tous* les détails. Ils ignorent le plus important.

— Tu as raison… Mais à quoi ça les avance que Stragos soit au courant de tout ?

— À rien, bien sûr, mais ce n'est pas tout… Ils savent où était notre base, à Camorr, mais Stragos n'a pas parlé de notre histoire. Il a parlé de Barsavi, mais pas de Chains. Peut-être parce qu'il est mort avant que le Fauconnier mette les pieds à Camorr et commence à nous épier. Je ne crois pas que les Mages Esclaves puissent lire nos pensées, Locke. Je pense que ce sont des espions de premier ordre, mais ils ne sont pas infaillibles. Nous avons encore quelques petits secrets.

— M'ouais ! Excuse-moi si ça ne me rassure que moyennement, Jean. Tu sais qui passe son temps à philosopher sur les infimes faiblesses de ses adversaires ? Les *faibles*.

— Tu sembles t'être résigné à notre situation sans…

— Je ne m'y suis pas résigné, Jean. Je suis en colère. Nous devons cesser d'être des faibles au plus vite.

— D'accord. Et par quoi on commence ?

— Eh bien, je vais rentrer à l'auberge et avaler cinq litres d'eau fraîche. Puis je me mettrai au pieu avec un oreiller sur la tête et je ne bougerai plus avant le coucher du soleil.

— Excellente idée.

— Parfait. Comme ça, nous serons tous les deux d'attaque quand il sera l'heure de se lever pour trouver un alchimiste noir. Je veux entendre un autre son de cloche à propos des poisons latents. Je veux savoir tout ce qu'il y a à savoir sur le sujet et s'il existe des antidotes qu'on peut essayer.

— D'accord.

— Ensuite, nous inscrirons une petite note dans notre agenda : une visite s'imposera au cours de nos vacances à Tal Verrar.

— Pour refaire le râtelier de l'Archon ?

— Par tous les dieux, plutôt deux fois qu'une ! dit Locke en frappant sa paume du poing. Que nos petites affaires avec Requin soient réglées ou non ! Que cette histoire de poison soit vraie ou non ! Je vais m'emparer de ce putain de palais de merde et le lui enfoncer dans le cul si profond qu'il aura des tours de pierre à la place des amygdales.

— Tu as un plan pour ça ?

— Aucun. Pas l'ombre d'un. Je vais y réfléchir, tu peux compter là-dessus. Et sur le chapitre de la prudence, je ne fais aucune promesse.

Jean grogna. Les deux hommes se retournèrent et commencèrent à avancer d'un pas pesant sur le quai, en direction des marches de pierre qui les mèneraient laborieusement vers la terrasse supérieure de l'île. Locke se frotta le ventre et sentit sa peau frissonner. Une substance mortelle et indécelable se glissait peut-être dans les recoins les plus obscurs de son corps, attendant de produire son effet néfaste. Il eut l'impression d'être souillé.

À leur droite, le soleil était un médaillon de bronze incandescent qui se levait à l'horizon au-dessus de la ville. Suspendu dans le ciel, il ressemblait à un soldat sans visage de l'Archon qui ne les quitterait pas des yeux.

Réminiscence

La dame du pylône de verre

1

Il n'était pas facile de rencontrer Azura Gallardine. Son nom était certes connu (Seconde maîtresse de la grande guilde des artificiers, des calculateurs experts et artisans de précision), de même que son adresse (l'intersection de la rue des Souffleurs-de-Verre et de l'avenue des Ferrailleurs-d'Engrenages, dans le quartier de Cantezzo-Ouest, quatrième marche, sur le croissant des Artificiers). Mais celui qui approchait sa maison devait s'éloigner de quinze mètres de la voie piétonne principale.

Quinze mètres qui provoquaient des suées rien que d'y penser.

Jean et Locke étaient à Tal Verrar depuis six mois. Les personnages de Léocanto Kosta et Jérôme de Ferra avaient gagné en consistance et étaient devenus des secondes peaux très confortables. L'été touchait à sa fin quand ils avaient entrepris le voyage vers la cité, mais les vents secs et violents de l'hiver avaient désormais cédé la place aux brises turbulentes des premiers jours du printemps. C'était le mois de Saris, la soixante-dix-huitième année de Nara – la Pourvoyeuse d'Épidémies, la Patronne des Maux Omniprésents.

Jean était assis sur une chaise rembourrée, à la poupe d'un luxueux skiff de location, une embarcation basse aux lignes épurées que manœuvraient six rameurs. Le navire fendait les eaux clapoteuses de la principale zone d'ancrage de Tal Verrar comme un insecte pressé, évitant les bateaux plus massifs entre lesquels il slalomait en suivant les ordres lancés par une adolescente qui se tenait à la proue.

La journée était venteuse et la lumière laiteuse du soleil traversait les hauts voiles de nuages avant de s'abattre sur la ville sans apporter la moindre chaleur. Le port de Tal Verrar était bondé de péniches de transport, de barges, de petits navires et de grands vaisseaux venant d'une dizaine de pays différents. Une escadre de galions d'Emberlain et Parlay manœuvrait, la coque profondément enfoncée dans les eaux ; la bannière bleu vert et or du royaume des Sept Essences flottait à leur proue. À quelques encablures, Jean aperçut un brick avec le drapeau blanc de Lashain et, un peu plus loin, une galère arborant l'étendard des Essences au-dessus de la flamme plus petite du canton de Balinel – situé à quelques centaines de kilomètres de Tal Verrar.

Le skiff de Jean contournait la pointe sud du croissant des Marchands, une des trois îles en forme de faucille qui entouraient le Castellana comme les pétales d'une fleur au centre de la cité. Il se dirigeait vers le croissant des Artificiers, domaine des hommes et des femmes qui avaient élevé la conception de machines au rang d'art, transformant un passe-temps excentrique en une industrie florissante. Les mécanismes verrariens étaient plus délicats, plus subtils, plus solides – et, en fait, plus tout ce que vous vouliez – que ceux produits ailleurs. Seule une poignée de maîtres dans le monde étaient capables de les concurrencer.

Curieusement, plus Jean découvrait la ville et plus il la trouvait étrange. Les cités bâties sur des ruines elderns possédaient toutes leur caractère propre, souvent influencé par la nature de ces ruines. Camorr couvrait des îles qui n'étaient séparées que par des canaux – ou, au pire, le fleuve Angevin – et elle paraissait bien étriquée par rapport aux espaces immenses que Tal Verrar avait à offrir. Les quelque cent mille âmes qui résidaient sur les îles du littoral utilisaient pleinement ce territoire et s'étaient divisées en petites tribus avec une précision surprenante.

À l'ouest, les pauvres s'accrochaient à différents endroits de la Ville Indécise – un lieu où vous pouviez habiter sans payer de loyer, à condition d'accepter que les tempêtes venant de la mer éparpillent régulièrement vos biens. À l'est, ils s'entassaient dans le quartier istrien et fournissaient la main-d'œuvre pour la culture des jardins en terrasse du croissant des Mains-Noires. Ils faisaient pousser des fruits et des légumes – qu'ils ne pouvaient s'offrir – sur des parcelles – dont ils ne seraient jamais propriétaires – enrichies par des procédés alchimiques.

Tal Verrar ne disposait que d'un seul cimetière, l'ancien Cloaque des Âmes qui occupait la plus grande partie de l'île est de la ville, en face du croissant des Mains-Noires. Étalé sur six terrasses, le Cloaque était hérissé de monuments funéraires, de sculptures et de mausolées semblables à de petits manoirs. La ségrégation était tout aussi stricte avant et après la mort et chaque niveau revendiquait des dépouilles issues d'une meilleure classe sociale que celui du dessous. Le cimetière était un reflet morbide des Marches Dorées qui se trouvaient de l'autre côté de la baie.

Le Cloaque lui-même était presque aussi grand que la cité de Vel Virazzo. Il abritait une société à la fois étrange et typique : des prêtres et prêtresses d'Aza Guilla, des groupes de pleureuses professionnelles – qui proclamaient haut et fort leurs spécialités cérémonielles ou théâtrales à toute personne se trouvant à portée de voix –, des sculpteurs funéraires et les Protecteurs du Cloaque – les plus bizarres de tous. Les Protecteurs étaient des criminels reconnus coupables de violation de sépulture ; au lieu de les exécuter, on leur enfermait le visage dans un masque d'acier et le corps dans une armure cliquetante, puis on les obligeait à patrouiller dans le Cloaque des Âmes telle une garde revêche. Un condamné était libéré quand il capturait un autre pilleur de tombe pour prendre sa place. Certains devaient patienter des années avant de réussir.

À Tal Verrar, il n'y avait pas de pendaisons, pas de décapitations et pas le moindre affrontement entre prisonniers et bêtes sauvages – un divertissement pourtant populaire presque partout ailleurs. À Tal Verrar, les personnes reconnues coupables de crimes capitaux se contentaient de disparaître, en compagnie de la plus grande partie des ordures de la ville, dans le Cloaque. Au nord du cimetière, on trouvait une fosse carrée de treize mètres de côté ; ses parois de Verre d'Antan plongeaient dans une obscurité totale qui ne laissait rien deviner de sa profondeur réelle. Les légendes populaires affirmaient que ce gouffre était sans fond, et les criminels se répandaient en larmes et en supplications tandis qu'on les y précipitait depuis la planche d'exécution. La rumeur la plus inquiétante soutenait, bien entendu, que les condamnés ne mouraient *pas*… Mais qu'ils continuaient à tomber. Éternellement.

— Bâbord toute ! cria l'adolescente à la proue du skiff.

À la gauche de Jean, les rameurs sortirent leurs rames de l'eau et leurs collègues de droite redoublèrent d'efforts, propulsant au dernier moment l'embarcation hors du chemin d'une galère de transport chargée de bétail passablement affolé. Contre la rambarde du grand navire, un homme agita le poing en direction du skiff qui passait à peine trois mètres en contrebas.

— Essuie la merde que t'as dans les yeux, espèce de chatte sans poils !

— Retourne enfiler tes bestiaux, connard de bande-mou !

— Salope ! Salope mal embouchée ! Grimpe donc jusqu'ici que je te montre si je suis un bande-mou ! Oh, pardonnez-moi, mon bon monsieur…

Assis sur une chaise qui ressemblait fort à un trône, vêtu d'une redingote en velours rehaussée de colifichets en or assez nombreux pour briller malgré la faible lumière d'une journée nuageuse, Jean avait toutes les apparences d'un homme d'importance. Le marin de la galère devait impérativement s'assurer que ses salves d'invectives arrivaient bel et bien à destination. Ce genre d'amabilités faisait partie intégrante de la vie quotidienne du port de Tal Verrar, mais on traitait les passagers comme s'ils lévitaient au-dessus des flots, comme s'ils n'avaient aucun rapport avec le navire et les marins qui les transportaient. Jean agita la main avec nonchalance.

— J'ai pas besoin d'approcher pour savoir qu'elle est molle, bite-en-beurre ! (L'adolescente lui adressa un geste obscène des deux mains.) Je vois bien d'ici que tes putains de bestiaux montent pas souvent au septième ciel !

Le skiff était désormais trop loin pour entendre la réponse de l'autre marin ; la poupe de la galère s'éloignait alors que l'embarcation de Jean s'approchait de la rive sud-ouest du croissant des Artificiers.

— Bel échange, dit Jean. En récompense, j'offre un volani d'argent supplémentaire à tout le monde.

Tandis que l'adolescente de plus en plus joyeuse et son équipage enthousiaste l'emmenaient avec énergie vers les quais du croissant des Artificiers, l'attention du voleur fut attirée par une certaine agitation à quelques centaines de mètres sur sa gauche. Une péniche de transport battant pavillon d'une vague guilde verrarienne – que Jean n'identifia pas – était entourée par plus d'une dizaine d'embarcations plus petites. Les équipages de ces dernières essayaient d'aborder la barge tandis que ses marins, beaucoup moins nombreux, faisaient leur possible pour les repousser à coups de rame et à l'aide d'une pompe à eau. Un navire rempli de gardes semblait approcher, mais il lui faudrait encore plusieurs minutes avant d'arriver sur place.

— Qu'est-ce que c'est que ce bazar ? cria Jean en direction de l'adolescente.

— Hein ? Où ? Ah, ça ! C'est les rebelles de la Plume d'oie qui font du chambard, comme d'habitude.

— Les rebelles de la Plume d'oie ?

— La guilde des scribes. Cette péniche bat pavillon de la guilde des imprimeurs de caractères. Elle doit ramener une presse du croissant des Artificiers. Vous avez déjà vu une presse ?

— J'en ai entendu parler. Pour la première fois il y a quelques mois à peine, d'ailleurs.

— Les scribes ne les aiment pas. Y croient que ça va entraîner la mort de leur métier. Alors y tendent des embuscades quand les imprimeurs de caractères essaient d'en ramener une de l'autre côté de la baie. Il doit y avoir six ou sept de ces nouveaux engins par le fond à l'heure qu'il est. Sans compter quelques cadavres. Une bien triste affaire. Beaucoup de bruit pour pas grand-chose, si vous voulez mon avis.

— J'aurais tendance à le partager.

— Par chance, on n'inventera jamais rien qui remplace une bonne équipe d'honnêtes rameurs. Voilà votre quai, monsieur. Nous sommes un peu en avance sur l'horaire, si je ne fais pas erreur. Vous voulez qu'on vous attende par ici ?

— Bien entendu. Il est si difficile de trouver des employés à la fois compétents et distrayants. Je devrais être de retour d'ici une heure.

— Dans ce cas, à votre service, maître de Ferra.

2

Le croissant n'était pas l'apanage de la grande guilde des artificiers, mais c'était l'endroit où la plupart d'entre eux choisissaient de s'installer. Leurs salles et leurs clubs privés dominaient presque chaque coin de rue, et on ne se montrait nulle part plus tolérant quant aux machines mystérieuses – et parfois dangereuses – qu'ils avaient l'habitude de laisser traîner un peu partout.

Jean grimpa tant bien que mal l'escalier pentu de l'avenue du Cocatrix-de-Cuivre et traversa le quartier des marchands de bougies, des rémouleurs et des véniparsifeurs – des mystiques qui affirmaient être capables de prédire l'avenir d'une personne en examinant l'agencement des vaisseaux sanguins de ses avant-bras et de ses mains. Au bout de l'avenue, Jean s'écarta d'une jeune femme mince qui portait un chapeau à quatre coins et une voilette afin de se protéger du soleil ; elle promenait un valcona à l'extrémité d'une laisse en cuir renforcé. Les valconas étaient des oiseaux coureurs de combat, plus grands que des molosses. Leurs moignons d'ailes repliés le long de leurs corps robustes, ils sautillaient sur des griffes capables d'arracher une bonne livre de chair humaine. Ils se liaient à une seule personne, comme des bébés affectueux, et se montraient ravis de massacrer le reste de la terre à toute heure.

— Excellent oiseau tueur, grommela Jean. Un véritable danger pour la vie et les membres. Regardez-moi ce joli garçon, ou cette jolie fillette, à moins que ce soit encore autre chose.

La créature gazouilla un petit avertissement et se précipita à la suite de sa maîtresse.

Hors d'haleine et couvert de sueur, Jean grimpa un nouvel escalier en zigzag et songea avec irritation que quelques heures d'entraînement ne feraient pas de mal à son embonpoint envahissant. Pour Jérôme de Ferra, les exercices physiques se limitaient à sortir du lit pour se rendre aux tables de jeu, puis à revenir audit lit. Quinze mètres, vingt mètres, vingt-cinq mètres… Il quitta le front de mer et gravit les deuxième et troisième terrasses de l'île pour accéder à la quatrième et dernière – là où l'influence excentrique des artificiers était à son comble.

Les boutiques et maisons de la quatrième terrasse du croissant étaient alimentées en eau grâce à un réseau fort complexe d'aqueducs. Certains – en pierre et soutenus par des piliers – dataient de l'époque du Trône Thérin ; d'autres n'étaient que de simples glissières en cuir supportées par des étais de bois. Des roues à aubes, des moulins, des engrenages, des contrepoids et des pendules s'agitaient de tous les côtés. La réorganisation de l'approvisionnement en eau était un jeu auquel les artificiers jouaient entre eux, un jeu qui n'avait qu'une seule règle : il était interdit de couper l'eau à son point d'arrivée. Chaque semaine, on installait de nouvelles ramifications de tuyaux ou un autre ensemble de pompes pour détourner l'alimentation d'un réseau plus ancien. Quelques jours plus tard, un autre artificier piraterait à son tour cette installation pour diriger l'eau vers un nouveau réseau, et la bataille se poursuivrait. Les tempêtes tropicales laissaient invariablement les rues du croissant jonchées d'engrenages, de pièces mécaniques et de tronçons de canalisation et les artificiers reconstruisaient inlassablement leur réseau d'alimentation en eau selon une logique encore plus impénétrable que la fois précédente.

La rue des Souffleurs-de-Verre s'étendait tout le long de la terrasse supérieure. Jean tourna à gauche et pressa le pas sur les pavés. Les curieuses odeurs caractéristiques du travail du verre émanaient des boutiques et lui chatouillaient les narines. Par les portes ouvertes, il apercevait des artisans faisant pirouetter des formes brillantes et orangées au bout de longs tuyaux. Quelques aides-alchimistes le frôlèrent tandis qu'ils descendaient la rue en la monopolisant. Portant la calotte rouge typique de leur profession, ils arboraient les brûlures de produits chimiques qui couvraient leurs mains et leur visage comme des médailles témoignant de leur courage.

Jean passa l'avenue des Ferrailleurs-d'Engrenages, où un petit groupe d'ouvriers se tenait assis devant leurs boutiques, nettoyant et polissant des pièces de métal. Certains étaient supervisés par des artificiers impatients qui grommelaient des recommandations inutiles et tapaient du pied avec agacement. Ce carrefour se trouvait à l'extrémité sud-ouest de la quatrième terrasse ; il n'y avait nul autre endroit où poursuivre sa route à moins de se laisser tenter par un chemin vertical, ou de s'engager sur le passage de treize mètres conduisant à la demeure d'Azura Gallardine.

Au bout du cul-de-sac de la rue des Souffleurs-de-Verre, les façades des boutiques formaient un demi-cercle brisé en un point, comme un sourire auquel il aurait manqué une dent. Au-delà de cette brèche, un pylône de verre faisait saillie à l'horizontale, ancré dans la pierre de la quatrième terrasse par quelque mystérieuse technique eldren. Large de cinquante centimètres, long de treize mètres et prolongé par une surface plate, il surplombait le vide, quinze mètres au-dessus des toits qui encadraient une rue tortueuse de la troisième marche.

La maison d'Azura Gallardine était perchée à l'extrémité de ce pylône tel un nid à deux étages au bout d'une branche. La seconde maîtresse de la grande guilde des artificiers avait découvert le moyen idéal d'assurer sa tranquillité : seules les personnes motivées par des affaires sérieuses ou ayant un besoin urgent de ses services étaient assez folles pour trottiner sur la passerelle qui menait à la porte d'entrée.

Jean déglutit, se frotta les mains et adressa une courte prière au Gardien Véreux avant de s'aventurer sur l'étroit passage en Verre d'Antan.

— Ça ne doit pas être aussi difficile que ça, grommela-t-il. J'ai connu pire. Ce n'est qu'une petite promenade. Pas besoin de regarder en bas. Je suis aussi stable qu'un galion surchargé de marchandises.

Bras écartés pour assurer son équilibre, il s'engagea avec précaution sur le pylône. La sensation était étrange : la brise sembla forcir pendant la traversée et le ciel parut soudain plus large au-dessus de sa tête… Jean fixa la porte devant lui et, sans même en avoir conscience, retint son souffle jusqu'à ce que ses mains soient fermement appuyées contre ladite porte. Il inspira alors brusquement et profondément, puis s'essuya le front couvert d'une quantité embarrassante de sueur.

La maison d'Azura Gallardine était une solide bâtisse en pierre blanche, avec un toit haut et pointu couronné d'un moulin grinçant et d'un nombre impressionnant de gourdes en cuir accrochées à une charpente en bois afin de récupérer l'eau de pluie. La porte était ornée de bas-reliefs représentant des engrenages et autres mécanismes. À côté du montant, une plaque de cuivre était enchâssée dans la pierre. Jean appuya dessus et entendit un gong résonner à l'intérieur. Alors qu'il attendait une réponse, des volutes de fumée provenant de fourneaux en contrebas montèrent autour de lui.

Il était sur le point d'appuyer de nouveau sur la plaque lorsque la porte s'ouvrit en gémissant. Une petite femme à l'air peu engageant apparut dans l'encadrement et leva les yeux vers lui. Jean estima qu'elle devait avoir soixante-cinq ans passés ; sa peau rougeâtre était ridée comme un vieux vêtement de cuir ; elle était bâtie en force et arborait une espèce d'excroissance de chair vaguement batracienne à la hauteur de la gorge ; ses joues flasques pendaient comme de l'argile de sculpteur accrochée à ses pommettes hautes ; ses cheveux blancs étaient rassemblés en une natte serrée maintenue par une alternance d'anneaux en cuivre et en fer noir ; la plus grande partie de sa peau était à nu ; les mains, les avant-bras et le cou étaient couverts de tatouages complexes et légèrement décolorés.

Jean ramena le pied droit contre le gauche et s'inclina à quarante-cinq degrés ; simultanément, il leva la main gauche tandis que la droite restait appuyée sous son ventre. Il s'apprêta à se lancer dans des salutations fleuries, mais la maîtresse Gallardine le saisit par le col et le traîna à l'intérieur.

— Aïe ! Madame ! Je vous en prie ! Permettez-moi de me présenter !

— Vous êtes trop gros et trop bien habillé pour être un apprenti en quête d'un maître, répliqua-t-elle. Alors, vous devez venir pour solliciter une faveur et, quand les personnes de votre genre disent bonjour, ça a tendance à s'éterniser. Ainsi donc, la ferme.

Sa maison sentait l'huile, la sueur, la poussière minérale et le métal chaud. Elle était constituée d'une grande pièce sans cloisons et était encombrée par le plus étrange fatras que Jean ait jamais vu. À droite et à gauche, les murs étaient percés de fenêtres cintrées hautes comme un homme, mais chaque centimètre carré d'espace était occupé par une espèce de bibliothèque constituée d'une centaine d'étagères en bois couvertes d'outils, de matériaux et d'objets divers. Tout en haut de cet échafaudage, sur une mezzanine de fortune faite de planches, Jean aperçut une paillasse et un bureau sous deux lampes alchimiques. Diverses échelles étaient appuyées ici et là et des cordes de cuir pendaient un peu partout ; des livres, des rouleaux de parchemin et des bouteilles bouchées à moitié remplies jonchaient la plus grande partie du sol.

—Je dérange peut-être...

—Vous dérangerez quel que soit le moment où vous viendrez, jeune maître importun. La venue d'un client avec une requête intéressante est à peu près la seule chose qui déroge à la règle. Alors, c'est pour quoi ?

—Maîtresse de guilde Gallardine, toutes les personnes dont j'ai sollicité l'avis m'ont juré qu'il n'y avait pas à Tal Verrar d'artificier plus subtil, plus accompli, plus imité que vous-mê...

—Laissez tomber la brosse à reluire, mon garçon, déclara la vieille femme en agitant la main. Regardez un peu autour de vous. Des leviers et des embrayages, des poids et des chaînes. Vous n'avez pas besoin de les enduire de propos mielleux pour qu'ils fonctionnent. C'est pareil avec moi.

—Comme bon vous semblera. (Jean se redressa et glissa la main dans son manteau.) Mais je ne pourrais plus me regarder dans un miroir si je ne faisais pas preuve d'un minimum de courtoisie.

Il sortit un petit paquet enveloppé de tissu d'argent de sa redingote. Les coins soigneusement pliés de l'emballage étaient fixés par un sceau en cire rouge estampillé dans un fin disque d'or aux bords racornis.

Ses informateurs avaient tous mentionné la seule faiblesse humaine de Gallardine : elle appréciait les cadeaux autant qu'elle méprisait la flatterie et les importuns. La vieille femme fronça les sourcils, mais esquissa l'ombre d'un sourire impatient en prenant le paquet dans ses mains tatouées.

—Eh bien ! dit-elle. Il est vrai que nous devons tous vivre avec nos petits défauts...

Elle fit sauter le sceau en forme de disque et arracha le tissu d'argent avec un enthousiasme enfantin. À l'intérieur, il y avait une bouteille rectangulaire fermée par un bouchon de cuivre et contenant un liquide blanc et crémeux. Gallardine inspira un grand coup en lisant l'étiquette.

—De l'austershalim de prune blanche, murmura-t-elle. Par les douze dieux ! Mais qui vous a parlé de mon péché mignon ?

Les mélanges de cognac étaient une particularité de Tal Verrar : les meilleures eaux-de-vie étrangères – de l'incomparable austershalim d'Emberlain dans le cas présent – étaient panachées d'alcools du cru à base de fruits alchimiques rares – et aucun n'était plus rare que les divines prunes blanches. Elles étaient ensuite mises en bouteilles et vieillies afin de produire des spiritueux aux saveurs si riches qu'elles explosaient dans la bouche et laissaient la langue dans un état comateux. La flasque contenait l'équivalent de deux verres et valait quarante-cinq solaris.

— Quelques âmes éclairées m'ont indiqué que vous apprécieriez peut-être ce modeste breuvage.

— Je ne suis pas certaine que « modeste » soit le terme approprié pour décrire cette boisson, maître…

— De Ferra. Jérôme de Ferra, pour vous servir.

— Ce serait plutôt le contraire, maître de Ferra. En quoi puis-je vous être utile ?

— Eh bien, si vous préférez que j'aille à l'essentiel, il se trouve que je n'ai pas de requête particulière pour le moment. J'ai juste des… questions.

— À quel propos ?

— À propos de chambres fortes.

La maîtresse de guilde Gallardine berça son mélange d'eaux-de-vie comme un nouveau-né et demanda :

— De chambres fortes, maître de Ferra ? De simples chambres de dépôt, avec quelques protections mécaniques, ou bien des chambres *sécurisées* dotées de systèmes de défense ?

— Il se trouve, madame, que j'éprouve une attirance plus marquée pour les dernières.

— Et que souhaitez-vous protéger ?

— Rien du tout, répondit Jean. Il s'agirait plutôt de quelque chose que j'aimerais « déprotéger ».

— Vous êtes à l'extérieur d'une chambre forte et vous voudriez un peu d'aide afin qu'elle se montre moins farouche ?

— En effet, madame. C'est juste que…

— C'est juste que… ?

Jean s'humecta les lèvres d'un coup de langue et sourit.

— Eh bien, certaines rumeurs plausibles laissent à penser que vous pourriez être la personne idéale pour le genre de travail que j'envisage.

La vieille femme le fixa d'un regard entendu.

— Insinuez-vous que vous êtes à l'extérieur d'une chambre forte qui n'est pas nécessairement *la vôtre* ?

— Euh… Pas nécessairement, en effet.

Gallardine se mit à arpenter la pièce, piétinant livres, bouteilles et mécanismes divers.

— La loi de la grande guilde nous interdit d'interférer directement avec le travail d'un confrère, dit-elle enfin. Sauf invitation ou raison d'État. (Elle fit une nouvelle pause.) Cependant, il arrive que nous fournissions des conseils, que nous montrions des plans… À seule fin de faire progresser notre art, comme vous l'aurez deviné. C'est une sorte de méthode pour vérifier la qualité de nos réalisations. D'une certaine manière, c'est ainsi que nous évaluons la compétence de nos pairs.

—Je souhaiterais seulement quelques conseils, dit Jean. Je n'ai même pas besoin d'un serrurier, juste d'informations pouvant éclairer un serrurier.

—Rares sont les personnes à même de remplir cette tâche mieux que moi. Mais avant que nous abordions le sujet des compensations, dites-moi donc si vous connaissez le concepteur de la chambre forte qui vous intéresse ?

—Je le connais.

—Et c'est ?

—Azura Gallardine.

La maîtresse de guilde fit un pas pour s'écarter de Jean comme si une langue fourchue venait soudain de se glisser entre les lèvres de son visiteur.

—Vous voulez que je vous aide à prendre mes propres réalisations en défaut ? Vous êtes fou ?

—J'avais espéré que l'identité du propriétaire de la chambre forte ne susciterait pas chez vous un grand élan de compassion.

—Qui et où ?

—Requin. *L'Aiguille du péché.*

—Par les douze dieux ! Vous êtes *bel et bien* fou ! (Avant de continuer, Gallardine jeta un regard autour d'elle comme pour s'assurer qu'il n'y avait pas d'espion dans la pièce.) Contrairement à ce que vous pensez, ce nom suscite chez moi un torrent de compassion ! De la compassion pour *moi* !

—Mes poches sont profondes, maîtresse de guilde. Il doit bien y avoir une somme qui apaiserait vos scrupules ?

—Dans ce monde, dit la vieille femme, il n'existe pas de somme assez importante pour me convaincre de répondre à votre demande. Votre accent, maître de Ferra… Je crois que j'arrive à l'identifier. Vous êtes originaire de Talisham, n'est-ce pas ?

—Oui.

—Et Requin… Vous l'avez observé, je suppose ?

—Avec attention, bien entendu.

—C'est absurde. Si vous l'aviez observé avec attention, vous ne seriez pas ici. Laissez-moi vous raconter une petite histoire à propos de Requin, pauvre nigaud richissime de Talisham. Vous connaissez cette femme qui est avec lui, Sélendri ? Celle qui a une main de cuivre ?

—J'ai entendu dire qu'elle était la seule personne à l'approcher d'aussi près.

—Et c'est tout ce que vous savez ?

— Euh… plus ou moins.

— Il y a encore quelques années, le Jour des Changements, Requin avait l'habitude d'organiser un grand bal masqué à *L'Aiguille du péché*. C'était une fête absolument folle où on apercevait des costumes valant plus de mille solaris – et le sien était toujours le plus magnifique. Une année, une jeune femme et lui décidèrent d'échanger leurs masques et déguisements, comme ça, sur un coup de tête.

» Un assassin avait saupoudré l'intérieur du costume de Requin avec un produit démoniaque. Une alchimie de la pire sorte, un équivalent de l'*eau régale* pour la chair humaine. Ce n'était qu'une poudre… Il fallait de la sueur et de la chaleur pour l'activer. La femme porta le déguisement pendant presque une demi-heure, jusqu'à ce qu'elle commence à s'amuser et à transpirer. Ce fut à ce moment-là qu'elle se mit à *hurler*.

» Je n'étais pas là, mais des artificiers de ma connaissance se trouvaient parmi la foule. Ils me racontèrent qu'elle cria et cria jusqu'à ce que sa voix se brise, jusqu'à ce que plus rien ne sorte de sa gorge à l'exception d'un sifflement. Mais elle essayait quand même de hurler encore. Un seul côté du costume avait été imprégné du produit… Un geste particulièrement vicieux. Sa peau s'est mise à bouillir et à couler comme du goudron chaud. Sa peau a *cuit*, maître de Ferra. Personne n'eut le courage de la toucher, sauf Requin. Il a découpé le déguisement et a demandé de l'eau. Il s'est occupé d'elle avec fébrilité. Il a essuyé la peau qui se consumait avec sa veste, avec des bouts de tissu, avec ses propres mains. Il a été brûlé si gravement qu'il doit encore porter des gants aujourd'hui, pour cacher ses cicatrices.

— Incroyable, dit Jean.

— Il lui a sauvé la vie, poursuivit Gallardine. Ce qu'il restait à sauver, du moins. Vous avez sans doute vu son visage. Un œil évaporé, comme un grain de raisin dans un feu de camp. Il a fallu amputer ses orteils. Ses doigts ressemblaient à des brindilles carbonisées, sa main n'était plus qu'un amas de chair boursouflée. Il fallut la couper aussi. On lui a tranché un *sein*, maître de Ferra. Je vous assure que vous n'imaginez pas ce que cela peut représenter – ce me serait encore insupportable alors qu'il y a bien longtemps qu'on a cessé de me trouver jolie.

» Quand elle fut alitée, Requin fit passer un avis de recherche à toutes ses bandes, tous ses voleurs, tous ses contacts, tous ses amis parmi les riches et les puissants. Il offrit mille solaris – sans poser la moindre question – à celui ou celle qui révélerait l'identité du responsable de la tentative de meurtre. Mais ledit assassin était fort craint et Requin était loin d'être aussi respecté qu'aujourd'hui. Il ne reçut aucune réponse. La nuit suivante, il proposa cinq mille solaris, sans aucune question, et ne reçut pas davantage de réponse. La troisième nuit, il répéta son offre, avec dix mille solaris à la clé. Sans succès. La quatrième nuit, il proposa vingt mille solaris, mais personne ne vint.

» Les meurtres commencèrent la nuit suivante, complètement au hasard. Les victimes étaient des voleurs, des alchimistes, des serviteurs du Priori. Toute personne qui aurait pu avoir accès à des informations intéressantes. Un assassinat par nuit. Du travail discret, très professionnel. Chaque victime était écorchée avec un couteau sur toute la moitié gauche du corps. Comme mémento.

» Les bandes de Requin, ses clients et ses associés le supplièrent de mettre un terme à cette tuerie. « Trouvez-moi l'assassin, leur répondit-il, et je le ferai. » Ils implorèrent, et enquêtèrent, mais ne découvrirent rien. Alors, Requin commença à tuer deux personnes par nuit. Il commença à tuer des femmes, des maris, des enfants, des amis. Une de ses bandes se rebella : on découvrit les cadavres de ses membres le lendemain matin. Il n'en manquait pas un. Pour faire cesser les meurtres, on essaya plusieurs fois de l'assassiner, mais toutes les tentatives échouèrent. Il affirma sa mainmise sur les bandes et les purgea des éléments trop timorés. Il tua, tua et tua encore, jusqu'à ce que tous les habitants de Tal Verrar ne désirent rien d'autre que retourner chaque rocher, regarder derrière chaque porte pour le satisfaire. Jusqu'à ce qu'il n'existe rien de pire que de le décevoir. À ce moment-là, on lui amena l'homme qui répondait à ses attentes.

Gallardine poursuivit dans un long soupir sec.

— Requin le fit enchaîner et enfermer dans un moule, allongé sur le côté gauche. Le moule fut à moitié rempli de ciment alchimique qu'on laissa durcir, puis on le remit à la verticale. Vous imaginez : l'homme avait désormais la moitié de son corps prisonnier d'un bloc de pierre, de la plante du pied jusqu'au sommet du crâne. On le plaça dans la chambre forte et on l'abandonna là pour qu'il y meure. Chaque jour, Requin lui rendait visite et l'obligeait à boire de l'eau. Les membres emprisonnés pourrirent, suppurèrent et le rendirent malade. Miné par la faim et la gangrène, son agonie fut interminable, incarcéré dans l'instrument de torture physique le plus atroce dont j'ai entendu parler au cours de ma longue vie.

Elle attrapa doucement Jean par le bras et le conduisit vers la fenêtre de gauche.

— Ainsi donc, vous me pardonnerez : Requin est un client à qui j'ai l'intention de demeurer fidèle jusqu'à ce que la Dame Très Équitable tire mon âme de ce vieux sac d'os.

— Mais je suis sûr qu'il existe un moyen pour qu'il n'apprenne jamais vos indiscrétions ?

— Et je suis tout aussi sûre que je ne prendrai jamais un tel risque, maître de Ferra. Jamais.

— Une rémunération substantielle pourrait sans doute…

Gallardine le coupa aussitôt :

—Avez-vous entendu ce qui arrive aux personnes surprises en train de tricher à *L'Aiguille du péché*, maître de Ferra ? Il collectionne leurs mains. Il les tranche avant de jeter le reste du corps du huitième étage pour qu'il s'écrase sur une cour pavée, puis il envoie la facture des frais de nettoyage aux familles ou aux associés. Et savez-vous ce qui est arrivé au dernier homme qui a déclenché une bagarre et fait couler le sang dans son établissement ? Requin l'a fait ligoter sur une table. Une Sangsue canine lui a arraché les rotules et on a glissé des fourmis rouges dans les cavités. Puis on a remis les rotules en place en les maintenant avec de la ficelle. La victime a supplié qu'on lui tranche la gorge. On n'a pas accédé à sa requête.

» Requin n'a d'autre maître que lui-même. L'Archon ne peut pas s'attaquer à lui de peur de s'aliéner un peu plus le Priori. Le Priori le juge beaucoup trop utile pour lui chercher querelle. Depuis que Sélendri a failli mourir, c'est devenu un maître en matière de cruauté. Jamais la cité n'avait connu un tel boucher. Je n'imagine pas de récompense qui, ici-bas, me pousserait à défier un tel homme.

—Je comprends parfaitement vos inquiétudes, madame, mais ne serait-il pas possible de réduire votre rôle au strict minimum ? Nous pourrions peut-être nous contenter des plans de base des mécanismes de la chambre forte, une vue d'ensemble très générale ? Le genre d'informations qui ne pourrait pas être relié à vous en particulier ?

—Vous n'avez pas écouté un mot de ce que j'ai dit. (Gallardine secoua la tête et fit un geste en direction de la fenêtre gauche de la pièce.) Laissez-moi vous poser une question, maître de Ferra. Voyez-vous Tal Verrar derrière cette vitre ?

Jean fit un pas en avant pour regarder à travers le panneau de verre. La vue donnait sur le sud et s'étendait au-delà de la pointe ouest du croissant des Artificiers, plus loin que les quais d'amarrage et les eaux blanc-argent de la marina de l'Épée – où mouillait la flotte de l'Archon, protégée par de hautes murailles et des catapultes.

—Le panorama est… tout à fait charmant, dit Jean.

—N'est-ce pas ? Maintenant, considérez qu'il s'agit de la dernière chose que j'ai à dire à propos de cette affaire. Est-ce que vous vous y connaissez en contrepoids ?

—Je ne peux pas vraiment dire…

À ce moment-là, la maîtresse de guilde tira sur une cordelette en cuir qui pendait du plafond.

Lorsque le sol s'ouvrit sous ses pieds, Jean eut d'abord l'impression que Tal Verrar montait soudain vers le ciel. Ses sens échangèrent sur-le-champ leur opinion afin d'expliquer le phénomène ; ils séchèrent lamentablement pendant une fraction de seconde, jusqu'à ce que l'estomac intervienne et confirme – nausée à l'appui – que ce n'était pas *le panorama* qui bougeait.

Jean passa à travers le plancher et, juste en dessous de la maison de Gallardine, tomba sur une solide plate-forme suspendue à des chaînes aux quatre coins. Il songea d'abord qu'il devait s'agir d'une espèce d'ascenseur – qui se précipita aussitôt vers la rue, une quinzaine de mètres en contrebas.

Les chaînes cliquetèrent et une brise inattendue se mit à souffler autour de lui. Il tomba à genoux et, passablement inquiet, se cramponna de toutes ses forces à la plate-forme. Les toits, les charrettes et les pavés se précipitèrent à sa rencontre ; il contracta ses muscles en prévision de l'impact et de la douleur qui ne manqueraient pas de s'ensuivre. Mais le choc ne vint jamais. Le plateau ralentit avec une douceur incroyable... Le pronostic de mort inéluctable se transforma en blessures probables, puis en simple embarras. La descente s'interrompit à quelques dizaines de centimètres au-dessus du sol. Les chaînes de gauche s'immobilisèrent tandis que celles de droites continuaient de se dérouler. La plate-forme s'inclina brusquement et expédia sans délicatesse son occupant sur les pavés.

Jean s'assit et inspira en remerciant les dieux. La rue tanguait un peu autour de lui. Il leva les yeux et constata que le plateau remontait à vive allure pour regagner sa position initiale. Une fraction de seconde avant qu'il s'immobilise sous la demeure de Gallardine, un petit objet brillant tomba en tourbillonnant à travers la trappe qui s'était ouverte dans le plancher. Jean recula et se protégea le visage de ses mains. La seconde suivante, la bouteille percuta le sol et explosa en le couvrant d'éclats de verre et de mélange d'eaux-de-vie.

Il s'essuya les cheveux, imbibés d'une quantité d'austershalim de prune blanche valant une petite fortune, et se releva en jurant, les yeux écarquillés.

—Je vous souhaite un bon après-midi, monsieur. Ne me dites rien. Laissez-moi deviner. La maîtresse de guilde a refusé votre requête ?

Encore étourdi, Jean aperçut un vendeur de bière sur sa droite, à moins de deux mètres de lui. L'homme souriait ; il était appuyé contre le mur d'un bâtiment fermé, haut d'un étage et sans signe distinctif. Il ressemblait à un épouvantail avec sa peau tannée et son chapeau à large bord qui, vaincu par l'âge, tombait presque jusque sur ses épaules décharnées. L'inconnu pianota contre un grand tonneau muni de roues où plusieurs chopes en bois étaient attachées par de longues chaînes.

—Euh... Quelque chose comme ça, dit Jean.

Une hachette glissa de son manteau et tomba sur les pavés avec un bruit métallique. Rouge de honte, Jean se baissa, la ramassa et la fit disparaître.

—Vous pouvez penser que c'est par pur intérêt, monsieur – et ce n'est certainement pas moi qui vous contredirai –, mais on dirait qu'un remontant ne vous ferait pas de mal. Je parle d'un remontant qui n'exploserait pas sur les pavés en menaçant de vous fendre le crâne.

— Vous croyez ? Qu'est-ce que vous me proposez ?

— Du coquillard, monsieur. Je suppose que vous en avez entendu parler. C'est une spécialité verrarienne et, si vous en avez bu à Talisham, vous avez goûté une pâle imitation. Je n'ai rien contre les Talishamiens, bien entendu. D'ailleurs, j'ai même de la famille là-bas, vous savez.

Le coquillard était une bière brune et épaisse, en général parfumée avec quelques gouttes d'huile d'amande. Il vous donnait un coup de fouet comparable à bon nombre de vins. Jean hocha la tête.

— Un verre entier, s'il vous plaît.

Le vendeur de bière ouvrit le robinet, attrapa une chope qui était enchaînée au tonneau et la remplit d'un liquide presque noir. Il la tendit à Jean d'une main et effleura son chapeau de l'autre en guise de salut.

— Elle fait ça deux ou trois fois par semaine, vous savez.

Jean avala la bière tiède et laissa le goût de levure et d'amande descendre le long de sa gorge.

— Deux ou trois fois par semaine ?

— Elle se montre parfois un chouïa impatiente avec certains de ses visiteurs. Elle ne perd pas de temps à conclure la conversation avec les politesses habituelles. Mais ça, vous le savez déjà.

— Mm, mm… C'est pas mauvais, ce truc.

— Merci bien, monsieur. C'est un centira le verre plein… Merci, merci mille fois. J'ai une bonne clientèle parmi les personnes qui tombent de la demeure de la maîtresse de guilde Gallardine. J'essaie toujours de m'installer à cet emplacement, au cas où il pleuvrait un client ou deux. Je suis navré que votre entretien ne vous ait pas donné satisfaction.

— Satisfaction ? Eh bien, elle s'est peut-être débarrassée de moi plus vite que je le pensais, mais je crois que je suis arrivé à mon but. (Jean avala le reste de sa bière, s'essuya la bouche et rendit la chope à son propriétaire.) Je ne faisais que planter une graine en prévision de l'avenir, rien de plus.

Chapitre 4

Alliances aveugles

1

— Maître Kosta, je vous en prie, soyez raisonnable. Pour quelle raison vous cacherais-je quelque chose ? Si je pouvais suggérer un traitement, mes poches s'alourdiraient un peu en or, ne croyez-vous pas ?

Thérèse Pale, l'empoisonneuse-conseil, recevait ses clients dans un petit salon assez confortable afin de parler affaires. Locke et Jean étaient assis en tailleur sur de larges coussins moelleux et avaient à la main une tasse en porcelaine remplie d'épais café jéréshien – qu'ils se gardaient bien de boire. Thérèse Pale était une Vadrane d'une trentaine d'années à la mine sérieuse et aux yeux glacés ; ses cheveux, de la couleur d'une toile de voile neuve, ondulaient contre le col de son manteau de velours noir tandis qu'elle arpentait la pièce devant ses invités. Son garde du corps était une Verrarienne habillée avec goût, une rapière à pas-d'âne et un gourdin en bois laqué suspendus à son ceinturon ; elle était appuyée contre le mur, silencieuse et attentive, près de l'unique porte verrouillée.

— Bien entendu. Veuillez accepter mes excuses, madame, si je me montre un peu incohérent. Je pense que vous êtes à même d'apprécier *notre* situation… Nous avons *peut-être* été empoisonnés, nous n'avons aucun moyen de nous en assurer, et encore moins de trouver un antidote.

— Oui, maître Kosta. Je reconnais que vous êtes dans une position plutôt inconfortable.

— C'est la seconde fois qu'on m'empoisonne dans le but de m'obliger à accomplir quelque chose. La première, j'ai eu assez de chance pour m'en tirer.

— Quel dommage que ce soit un moyen si efficace pour s'assurer les services de quelqu'un, n'est-ce pas ?

— Pourriez-vous dire cela sur un ton moins réjoui, madame ?

— Oh, allons, maître Kosta ! Ne pensez pas que je sois indifférente à vos ennuis.

Thérèse Pale leva sa main gauche, révélant ainsi une collection d'anneaux et de cicatrices alchimiques. Locke constata avec étonnement que l'index manquait.

— Un accident dû au manque d'attention, quand j'étais apprentie, l'informa l'empoisonneuse. Je travaillais sur un produit qui ne pardonne pas. J'avais dix secondes pour faire un choix : mon doigt ou ma vie. Par chance, il y avait un gros couteau tout près. Je sais ce qu'il en coûte de goûter aux fruits de mon art, messieurs. Je connais cette sensation de malaise, d'angoisse et de désespoir lorsqu'on attend de voir ce qui va se passer.

— Bien sûr, dit Jean. Veuillez excuser mon associé. C'est juste que… nous avons été empoisonnés avec une telle efficacité – enfin, peut-être – que nous espérions qu'il existe un remède tout aussi fulgurant.

— En règle générale, il est plus facile d'empoisonner que de guérir. (Thérèse frotta son moignon d'un air distrait, un geste qui semblait désormais être une habitude ancienne.) Les antidotes sont des produits délicats. Dans de nombreux cas, ils sont eux-mêmes des poisons. Il n'existe pas de panacée, pas de potion miracle, pas de breuvage purificateur capable de neutraliser toutes les substances toxiques qui sont l'apanage de ma profession. Dans la mesure où le produit que vous me décrivez semble être une création originale, je préférerais encore vous trancher la gorge plutôt que d'essayer de le contrer grâce à des traitements aléatoires. Cela risquerait de prolonger vos souffrances, voire d'amplifier l'effet de la substance qui est déjà en vous.

Jean referma le poing autour de son menton et observa le salon. Thérèse avait décoré un mur avec un autel dédié à Gandolo, le dieu gras et rusé de l'argent et du négoce, le Saint-Père des transactions commerciales. En face, un second autel était consacré à Aza Guilla, la Voilée, la dame du Long Silence, la déesse de la mort.

— Mais vous affirmez qu'il y a effectivement des produits qui agissent à retardement comme celui dont nous sommes peut-être victimes. Cet indice ne réduit-il pas le champ des traitements possibles ?

— Il existe de tels poisons, en effet. L'essence de la rose du crépuscule sommeille dans le corps pendant plusieurs mois et oblitère les nerfs si on ne prend pas d'antidote à intervalles réguliers. Le flétrissement blanc accapare les éléments nutritifs de ce que vous buvez et mangez ; la victime peut se gorger de nourriture sans cesser pour autant de dépérir. La poussière d'anuella provoque des hémorragies cutanées plusieurs semaines après avoir été inhalée… Mais vous ne comprenez donc pas le problème ? Trois poisons à retardement, trois moyens très différents de faire du mal. Un antidote pour, disons, un empoisonnement sanguin peut très bien vous être fatal si le vôtre s'attaque à une autre partie du corps.

—Malédiction ! lâcha Locke. Eh bien, dans ce cas. Jérôme, je me sens un peu idiot de revenir là-dessus, mais... tu as dit qu'il y avait une autre possibilité...

—Les bézoars. J'ai lu beaucoup de choses sur eux quand j'étais enfant.

—Il se trouve malheureusement que les bézoars sont un mythe, dit Thérèse. (Elle croisa les mains devant elle et soupira.) C'est une fable, comme *Les Dix Renégats honnêtes*, *L'Épée mangeuse de cœurs*, *Le Cor de Thérim Pel* et toutes ces merveilleuses fariboles. Je suis certaine d'avoir lu les mêmes livres que vous, maître de Ferra. Je suis désolée. Pour extraire les pierres magiques de l'estomac d'un dragon, il vous faut d'abord trouver un dragon quelque part, vous n'êtes pas d'accord ?

—Il semblerait en effet qu'ils soient en voie de disparition.

—Si vous voulez du miraculeux et de l'inabordable, je peux vous suggérer une piste.

—Nous sommes prêts à tout..., dit Locke.

—Les Mages Esclaves de Karthain. J'ai des informations fiables qui laissent à penser qu'*eux* ont peut-être la capacité de neutraliser des empoisonnements que nous, alchimistes, sommes incapables de traiter. Encore faut-il avoir les moyens de régler leurs honoraires, bien entendu.

—... À tout sauf à ça, grommela Locke.

—Dans ce cas, lâcha Thérèse sur un ton résigné et sans réplique, bien que ma bourse et ma conscience professionnelle répugnent à vous laisser sortir sans solution, je crains de ne pas pouvoir faire grand-chose de plus pour vous, compte tenu de la maigreur de nos renseignements. Vous êtes absolument certains que l'empoisonnement est très récent ?

—Il remonte à la nuit dernière, madame. Notre... persécuteur n'a pas eu l'occasion d'agir avant.

—Alors, savourez le peu de réconfort que je peux vous apporter. Restez utiles à cet individu et vous disposerez sans doute de plusieurs semaines ou mois de sécurité. Pendant cette période, vous aurez peut-être la chance d'obtenir de nouvelles informations sur le produit en question. Ouvrez les yeux et tendez l'oreille, soyez à l'affût du moindre indice. Revenez avec des renseignements plus concrets. Je demanderai à mes gens de vous laisser entrer à n'importe quelle heure, de jour comme de nuit, afin de voir si je peux faire quelque chose pour vous.

—C'est très aimable de votre part, madame, dit Locke.

—Mes pauvres seigneurs ! Je vous souhaite de tout cœur de réussir. Je sais que vous allez vivre un certain temps avec un fardeau sur les épaules... Et si vous ne trouvez pas de solution dans des délais assez brefs, je peux toujours vous proposer mes *autres* services. On dit que le retour à l'envoyeur est de bonne guerre.

— Vous êtes une femme d'affaires comme nous les aimons, dit Jean en se levant. (Il posa sa petite tasse de café et glissa un solari en or à côté.) Nous vous remercions pour votre hospitalité et pour le temps que vous nous avez accordé.

— C'était la moindre des choses, maître de Ferra. Êtes-vous prêts à sortir ?

Locke se leva à son tour et rajusta son long manteau. Les deux hommes hochèrent la tête de concert.

— Alors, très bien. Valista va vous raccompagner par où vous êtes venus. Je m'excuse une fois de plus pour les bandeaux, mais… certaines précautions sont préférables pour vous aussi bien que pour moi.

L'emplacement du petit salon de Thérèse était secret, dissimulé au milieu de centaines de commerces respectables, de cafés, de tavernes et d'habitations dans le labyrinthe en bois des galeries d'émeraudes. Le quartier tenait son nom de l'étrange lumière qui y régnait : les toits étaient constitués d'innombrables dômes en Verre d'Antan entrecroisés et, en les traversant, les rayons du soleil et des lunes se teintaient d'un vert marin apaisant. Les gardes de Thérèse lui amenaient les éventuels clients, les yeux bandés, en les conduisant à travers une interminable série de ruelles. La jeune femme armée s'écarta de la porte ; elle tenait deux bandeaux dans sa main.

— Nous comprenons parfaitement, dit Locke. N'ayez crainte. Nous avons maintenant l'habitude d'être menés par le bout du nez avec une cagoule sur la tête.

2

Après leur visite à l'empoisonneuse, Jean et Locke rodèrent furtivement dans le quartier de Savrola pendant deux nuits. Ils observèrent la moindre ruelle et le moindre toit, mais ne repérèrent aucun Mage Esclave ou agent de l'Archon comme ils l'avaient espéré. Pourtant, les deux compères étaient suivis et épiés par plusieurs groupes d'hommes et de femmes, il n'y avait aucun doute sur ce point. Locke songea qu'il devait s'agir de personnes à la solde de Requin et ayant reçu ordre de ne pas se montrer *trop* discrètes, afin qu'ils restent sous pression.

La troisième nuit, les deux hommes décidèrent qu'ils feraient mieux de retourner à *L'Aiguille du péché* et de faire comme si de rien n'était. Habillés de vêtements luxueux valant plusieurs centaines de solaris chacun, ils remontèrent le tapis de velours rouge et glissèrent quelques volanis d'argent aux gardes de l'entrée. Autour d'eux, une foule considérable de personnes bien mises était rassemblée : des gens sans importance qui espéraient récolter quelques miettes de reconnaissance sociale.

L'œil averti de Locke y repéra les membres de bandes : des hommes et des femmes aux dents moins soignées, aux visages plus émaciés et aux yeux plus attentifs. Ils portaient des vêtements de soirée qui n'étaient pas faits sur mesure, ou arboraient un accessoire déplacé, ou une couleur malvenue. Les Gens Bien de Requin se préparaient à passer une nuit à *L'Aiguille du péché* en récompense de leurs loyaux services. On leur permettrait rapidement d'entrer, mais pas d'aller au-delà du premier étage, c'était certain. Leur présence ici n'était qu'une autre facette du charme de l'établissement : elle offrait au puissant et au juste l'occasion de côtoyer le méchant et le crasseux.

— Maîtres Kosta et de Ferra, dit un portier. Je suis heureux de vous revoir.

Quand les larges portes s'ouvrirent en grand devant eux, Jean et Locke furent submergés par une vague de bruits, de chaleur et d'odeurs qui partit se perdre dans la nuit – l'exhalaison familière de la décadence.

De nombreux clients occupaient le rez-de-chaussée, mais il était encore possible de s'y frayer un chemin. En revanche, le premier étage était envahi d'un bout à l'autre par une mer compacte de chair et d'habits luxueux. La marée humaine s'étendait jusque dans l'escalier et les deux compères durent jouer des coudes et proférer quelques menaces pour traverser ce pandémonium.

— Par Perelandro ! Mais que se passe-t-il donc ? demanda Locke à un homme écrasé contre lui.

L'inconnu se tourna vers lui et un sourire d'excitation se dessina sur ses lèvres.

— Un spectacle dans la cage !

Au centre du premier étage, une cage de bronze était accrochée au plafond. Il était possible de la descendre et de la fixer dans des trous aménagés dans le sol pour former un solide cube de six mètres de côté. C'était le cas ce soir et elle était aussi couverte d'un filet très fin.

Non, se reprit Locke. *Pas un filet, mais deux. Le premier à l'extérieur, le second à l'intérieur.*

Dans la pièce, une petite minorité de clients chanceux observaient le spectacle assis à des tables surélevées, disposées le long des murs. Plus d'une centaine d'autres devaient se contenter de rester debout.

Jean et Locke traversèrent la foule dans le sens inverse des aiguilles d'une montre, en essayant de s'approcher assez pour voir en quoi consistait l'attraction. Le brouhaha fiévreux des conversations les enveloppa – les deux amis n'en avaient jamais entendu d'aussi fébriles dans cet établissement.

Tandis qu'ils progressaient vers la cage, Locke réalisa soudain que le bruit ne provenait pas de la foule.

Une créature de la taille d'un moineau battait des ailes contre le filet et vrombissait avec colère, un bourdonnement sourd qui envoya un frisson de pure terreur animale le long de la colonne vertébrale de Locke.

— C'est une putain de guêpe-stylet, murmura-t-il à Jean.

Son compagnon acquiesça avec vigueur.

Locke n'avait jamais eu la malchance de rencontrer un de ces insectes. Ils infestaient plusieurs grandes îles tropicales à plusieurs milliers de kilomètres à l'est, bien au-delà de Jérem, de Jéresh et des territoires détaillés sur la plupart des cartes thérines. Des années plus tôt, Jean avait lu une description épouvantable de ces créatures dans un manuel de philosophie de la nature. Il l'avait lue à haute voix pour en faire profiter les autres Salauds Gentilshommes – qui en avaient perdu le sommeil plusieurs nuits d'affilée.

On les appelait « guêpes-stylets » en raison des témoignages des rares personnes qui avaient survécu à leur piqûre. Elles étaient aussi lourdes que des oiseaux chanteurs, rouge vif, et leur abdomen armé d'un dard était aussi grand que le majeur de la main. Dans toutes les cités-États thérines, la possession d'une reine était passible de la peine de mort de crainte de voir ce fléau s'installer sur le sol thérin. On racontait que leurs essaims atteignaient la taille d'une maison.

Un jeune homme se baissa et se glissa à l'intérieur de la cage sans plus de protection qu'une tunique de soie, un haut-de-chausses en coton et des bottes courtes. De gros gants en cuir lui servaient d'armes autant que d'armure ; ils étaient attachés à des brassards bouclés autour des avant-bras. L'homme tenait les mains à la hauteur de son visage, comme un boxeur. Avec ce genre d'équipement, il n'était pas impossible de frapper ou d'écraser une guêpe-stylet, mais il fallait être rapide et très sûr de soi.

De l'autre côté de la cage, une espèce de lourde armoire en bois avait été installée ; devant, des dizaines d'alvéoles étaient couvertes de filets – dont certains étaient déjà écartés. À en juger par le bourdonnement, le meuble regorgeait de guêpes-stylets particulièrement agitées qui attendaient juste qu'on les libère.

— Maître Kosta ! Maître de Ferra !

Le cri fut audible malgré le bruit de la foule, mais il était néanmoins difficile de déterminer d'où il venait. Locke regarda plusieurs fois autour de lui avant d'en découvrir l'origine : à l'autre bout de la pièce, assise à une table proche d'un mur, Maracosa Durenna leur adressait de grands signes.

Ses cheveux noirs étaient ramenés en arrière pour former une espèce de queue en éventail maintenue par un bijou brillant en argent ; elle fumait une pipe incurvée – également en argent – et aussi longue que son bras ; sur son poignet gauche, des bracelets de fer-blanc et de jade glissaient les uns contre les autres tandis qu'elle agitait la main en direction des deux hommes. Ces derniers se regardèrent en haussant les sourcils, mais fendirent la foule pour gagner sa table.

— Où étiez-vous donc passés ces derniers soirs ? Izmila était indisposée, mais je vous ai cherchés partout pour jouer à d'autres jeux que le carrousel du hasard.

— Veuillez accepter nos plus sincères excuses, madame Durenna, dit Jean. Des affaires nous ont empêchés de venir. Nous intervenons parfois à titre exceptionnel pour… des clients très exigeants.

— Nous avons dû faire une petite croisière, précisa Locke.

— Des négociations concernant de futurs investissements dans le cidre de poire, précisa Jean.

— D'anciens associés nous avaient chaudement recommandés, ajouta Locke.

— De futurs investissements dans le cidre de poire ? Vous exercez décidément une profession aussi romantique que dangereuse. Êtes-vous aussi doués pour les placements que pour le carrousel du hasard ?

— Cela tombe sous le sens, répondit Jean. Si ce n'était pas le cas, nous n'aurions pas de quoi y jouer.

— Eh bien, que diriez-vous d'une petite démonstration ? La cage de duel. Selon vous, avec quel participant l'avenir va-t-il se montrer clément ?

À l'intérieur du cube, la guêpe-stylet fonça vers le jeune homme. Celui-ci la frappa en plein vol avant de l'écraser sous sa botte dans un craquement humide parfaitement audible. La plus grande partie des spectateurs applaudirent et lancèrent des acclamations.

— Quelle que soit notre opinion, il semblerait qu'elle arrive un peu tard, remarqua Locke. À moins que le spectacle ne fasse que commencer ?

— En effet, maître Kosta. Cet essaim contient cent vingt alvéoles. Un mécanisme ouvre les portes, au hasard. Cet homme peut affronter un seul insecte aussi bien que six en même temps. C'est assez captivant, vous ne trouvez pas ? Il ne peut pas sortir de la cage avant qu'il y ait cent vingt cadavres de guêpes à ses pieds, ou bien… (Elle conclut sa phrase en tirant une profonde bouffée sur sa pipe et en haussant les sourcils.) Je crois qu'il en a tué huit jusqu'ici.

— Ah ! dit Locke. Eh bien, si j'avais le choix, je serais enclin à choisir ce garçon. Disons que je suis un optimiste forcené.

— En effet. (Madame Durenna laissa échapper deux longs traits de fumée par les narines, comme des cataractes grises presque invisibles, et sourit.) Je choisirais les guêpes. Que diriez-vous d'un pari ? Je mise deux cents solaris. Voulez-vous en risquer cent chacun ?

— J'apprécie les petits paris tout autant que le premier venu, mais demandons quand même au premier venu… Jérôme ?

— Si tel est votre plaisir, madame. Nos escarcelles sont à votre entière disposition.

— Quel joli duo de galants hypocrites vous formez !

Elle fit signe à un employé de Requin et tous trois achetèrent des jetons grâce au compte dont ils disposaient dans l'établissement. On leur remit quatre bâtonnets en bois, chacun gravé de dix anneaux. Le serviteur inscrivit leurs noms sur une tablette et s'éloigna. Dans la pièce, de plus en plus de clients les imitaient.

À l'intérieur de la cage, deux autres insectes en proie à une rage assassine se tortillèrent afin de sortir de leur prison et volèrent vers le jeune homme.

Durenna posa ses deux jetons sur la petite table.

— Vous ai-je précisé que la proximité des cadavres de leurs congénères a tendance à exciter les guêpes au plus haut point ? Plus le combat durera et plus les adversaires de ce garçon seront furieuses.

Les deux insectes présents dans la cage semblaient déjà passablement énervés. Le jeune homme dansait une gigue endiablée pour les tenir à distance de son dos et de ses flancs.

— C'est fascinant, déclara Jean.

Il tendit le cou pour observer le combat. Ce faisant, sa main exécuta une série de codes discrets à l'adresse de son compagnon. Il en employa certains – plutôt limités – avec une certaine créativité, mais Locke comprit l'essentiel du message.

— *Sommes-nous vraiment obligés de regarder ça avec elle ?*

Il était sur le point de répondre quand une main s'abattit sur son épaule gauche – une main dont le poids ne lui était pas inconnu.

— Maître Kosta, dit Sélendri avant qu'il ait fini de se retourner. Un membre du Priori souhaiterait vous parler au cinquième étage. À propos d'une affaire sans importance. Quelque chose ayant trait à... des tours de cartes. Il a dit que vous comprendriez.

— Madame, je, euh... serais enchanté de m'entretenir avec lui. Pouvez-vous l'informer que je le rejoindrai dans les plus brefs délais ?

— Je vais faire mieux, dit Sélendri avec un demi-sourire qui laissa la partie dévastée de son visage parfaitement impassible. Je vais vous escorter moi-même. Vous irez beaucoup plus vite ainsi.

Locke sourit comme s'il avait espéré cette proposition. Il se tourna vers Mme Durenna et écarta les mains.

— Vous évoluez *vraiment* dans un monde des plus intéressants, maître Kosta. Vous feriez mieux de vous dépêcher. Jérôme peut s'occuper de votre pari et prendre un verre en ma compagnie.

— Voilà une proposition aussi agréable qu'inattendue, dit Jean, qui adressait déjà un signe à un serveur afin de commander à boire.

Sélendri ne perdit pas davantage de temps. Elle fit demi-tour et s'enfonça dans la foule, se dirigeant droit vers l'escalier qui se trouvait à l'autre bout de la salle circulaire. Elle se déplaça avec rapidité, sa main de cuivre contre sa poitrine, délicatement enveloppée dans sa main de chair, telle une offrande. Les clients s'écartèrent de son chemin comme par miracle. Locke se précipita dans son sillage et resta assez près d'elle pour ne pas être englouti par la foule qui se refermait derrière la majordome, semblable à une colonie d'insectes industrieux dérangée un bref instant dans leur travail. Les verres tintaient, des langues irrégulières de fumée se tordaient dans l'air et les guêpes vrombissaient.

Ils gravirent l'escalier qui menait au deuxième étage et, une fois de plus, la masse de vêtements luxueux fondit devant la majordome de Requin. Au sud de la salle, une pièce réservée au personnel était remplie d'employés qui s'affairaient autour d'étagères chargées de bouteilles de spiritueux. Au fond, il y avait une étroite porte en bois près d'une petite niche. Sélendri glissa sa prothèse dans le renfoncement et le battant s'ouvrit, découvrant un espace sombre à peine plus grand qu'un cercueil. La jeune femme entra la première, s'appuya contre le mur du fond et fit signe à Locke de la rejoindre.

— Le placard-ascenseur, dit-elle. Ce sera plus facile que de prendre les escaliers et de traverser la foule.

Ils étaient serrés et Jean n'aurait jamais pu tenir dans la cabine en compagnie de la majordome. Locke était appuyé contre le flanc gauche de la jeune femme et sentait le poids imposant de sa main de cuivre contre le haut de son dos. La main valide passa devant lui et ferma la porte. Ils étaient enfermés dans une chaude obscurité et le voleur prit soudain conscience de leurs odeurs respectives avec une acuité inhabituelle : sa sueur récente, le musc féminin de Sélendri, et quelque chose dans ses cheveux qui rappelait la fumée d'une bûche de pin dans l'âtre. Un effluve boisé, piquant et plutôt agréable.

— Bien, dit-il. Je suppose que c'est ici que j'aurais un accident, pas vrai ? Si je devais avoir un accident ?

— Ce ne serait pas un accident, maître Kosta. Et inutile de vous inquiéter, notre ascension va très bien se passer.

Elle bougea et le cliquettement d'un mécanisme monta du mur, à sa droite. Un moment plus tard, les parois de la cabine frémirent et un faible grincement se fit entendre au-dessus d'eux.

— Vous ne m'aimez pas, dit Locke sans savoir pourquoi.

Il y eut un bref silence.

— J'ai rencontré bon nombre de traîtres, déclara-t-elle enfin. Mais jamais aussi désinvolte que vous.

— Pour être un traître, il faut trahir, dit Locke en prenant un ton peiné. Moi, je ne cherche qu'à réparer les torts qu'on m'a faits.

— Chacun voit la situation comme elle l'arrange, murmura-t-elle.

— Je vous ai offensée, d'une manière ou d'une autre.

— Appelez ça comme vous voudrez.

Locke se concentra frénétiquement sur le ton de ses prochains mots. Dans l'obscurité, la tête tournée, sa voix serait détachée des indices que laissaient transparaître ses traits et son attitude. Il n'aurait jamais meilleur théâtre à sa disposition. Tel un alchimiste, il mélangea ses tromperies bien rodées pour obtenir l'amalgame émotionnel souhaité : regret, confusion, envie.

— Si je vous ai offensée, madame, je retirerai mes paroles ou réparerai mes actes.

Infime hésitation, juste assez longue pour exprimer la sincérité voulue. Le trouble était l'instrument le plus sûr de son arsenal verbal.

— Je le ferai dès l'instant où vous m'expliquerez mes torts, si vous daignez m'en faire part.

Sélendri se déplaça de manière presque imperceptible contre lui. Sa main de cuivre s'appuya plus fort pendant une fraction de seconde. Locke ferma les yeux et se concentra uniquement sur son ouïe, sa peau et son instinct animal pour déceler le moindre indice décelable dans les ténèbres. Méprisait-elle la pitié ou la recherchait-elle ? Il sentit les trépidations de son propre cœur, entendit l'infime pulsation des veines de ses tempes.

— Il n'y a rien à retirer ni à réparer, répliqua-t-elle dans un souffle.

— Je souhaiterais presque que ce ne soit pas le cas. Je pourrais ainsi vous apporter davantage de sérénité.

— Vous n'en avez pas le pouvoir. (Elle soupira.) C'est impossible.

— Vous ne voulez même pas me laisser l'occasion d'essayer ?

— Vos paroles ressemblent à vos tours de passe-passe. Elles sont un peu trop habiles. J'ai peur que vous manipuliez les mots avec encore plus talent que les cartes. Si vous voulez vraiment savoir, c'est votre possible utilisation contre votre employeur – et rien de plus – qui m'empêche de vous tuer.

— Je ne souhaite pas être votre ennemi, Sélendri. Je ne cherche même pas d'ennuis.

— Les mots ne coûtent rien. Ils ne coûtent et ne signifient rien.

— Je ne peux…

Locke fit une nouvelle pause habile. Il se montrait aussi prudent qu'un maître sculpteur traçant des pattes-d'oie au coin des yeux d'une statue.

— Écoutez. Je suis peut-être désinvolte, c'est vrai. Je ne sais pas m'exprimer autrement, Sélendri. (Répétition du prénom, une compulsion, presque un sortilège – plus intime et efficace que tous les titres.) Je suis comme je suis.

— Et vous vous étonnez que je me méfie de vous ?

— Je me demande plutôt s'il existe quelque chose dont vous ne vous méfiez pas.

— Méfiez-vous de tout le monde et vous ne connaîtrez jamais la trahison. Le conflit, peut-être, mais jamais la trahison.

— Mm… (Locke se mordit la langue et réfléchit rapidement.) Mais vous ne vous méfiez pas de *lui*, n'est-ce pas, Sélendri ?

— Mêlez-vous donc de vos putains d'affaires, maître Kosta.

Une espèce de raclement mécanique descendit du plafond de l'ascenseur. La cabine trembla une dernière fois et s'immobilisa.

— Je vous prie de m'excuser de nouveau, dit Locke, mais… ce n'est pas le cinquième étage, bien entendu. Le huitième ?

— Le huitième.

Dans une seconde, elle ouvrirait la porte. Il ne leur restait plus qu'un instant, seuls avec elle dans cette obscurité intime. Locke envisagea les différentes options à sa disposition et se prépara à décocher le trait ultime. Une démarche audacieuse, mais potentiellement troublante.

— J'avais tendance à avoir une piètre opinion de lui, vous savez. Avant que je m'aperçoive qu'il était assez malin pour vous aimer vraiment. (Nouvelle pause ; sa voix se transforma en murmure à peine audible.) Je pense que vous êtes sans doute la femme la plus courageuse qu'il m'ait été donné de rencontrer.

Il compta ses propres battements de cœur dans l'obscurité jusqu'à ce qu'elle réponde.

— Voilà une bien jolie spéculation, souffla-t-elle.

Il y avait de l'acide entre chacun de ses mots. On entendit un claquement et un trait de lumière jaune fendit les ténèbres pour venir piquer les yeux de Locke. La main artificielle de Sélendri le poussa en avant avec fermeté. La porte s'ouvrit sur le bureau de Requin, éclairé par des lampes.

Bien. Qu'elle rumine donc ses paroles pendant un moment ! Attendons qu'elle lui envoie le signal qui lui expliquerait comment procéder. Locke n'avait pas d'objectifs particuliers en tête, mais cette dernière remarque suffirait à maintenir la jeune femme dans l'indécision, et elle serait moins encline à lui planter une lame entre les omoplates. Une partie de lui s'en voulait de jouer avec les sentiments de Sélendri – malédiction, la partie en question se montrait pourtant discrète en règle générale ! Mais après tout… Il se rappela qu'il pouvait agir et penser comme bon lui semblait tant qu'il était Léocanto Kosta. Léocanto Kosta n'existait pas.

Il sortit de la cabine en se demandant qui trouvait sa prestation la plus convaincante, Sélendri ou lui-même ?

3

— Maître Kosta ! Mon nouveau et mystérieux associé. Vous n'avez pas chômé ces derniers temps.

Le bureau de Requin était aussi encombré que lors de la précédente visite de Locke. Ce dernier eut la joie de constater que ses cartes étaient toujours éparpillées sur le meuble et autour. La porte de l'ascenseur se trouvait dans une niche – que Locke n'avait absolument pas remarquée la dernière fois –, entre deux tableaux accrochés au mur.

Requin regardait à travers le rideau de mailles qui couvrait la fenêtre ouvrant sur le balcon. Il portait une lourde redingote bordeaux à revers noirs. Il se gratta le menton d'une main gantée et lança un regard de côté en direction de Locke.

— En fait, dit celui-ci, Jérôme et moi avons passé quelques jours paisibles. Comme je vous l'avais promis, me semble-t-il.

— Je ne parle pas seulement des derniers jours. J'ai fait mener des enquêtes sur vos activités depuis deux ans, depuis votre arrivée à Tal Verrar.

— Je m'y attendais. Vous avez appris quelque chose d'intéressant ?

— Ce fut des plus instructifs. Allons droit à l'essentiel. Votre associé a rencontré Azura Gallardine pour essayer de lui soutirer des informations à propos de ma chambre forte. Il y a un peu plus d'un an. Vous connaissez Gallardine ?

Sélendri allait et venait sur la gauche de Locke, d'un pas lent, en le surveillant par-dessus son épaule droite.

— Bien sûr. C'est un gros ponte de la guilde des artificiers. C'est moi qui ai dit à Jérôme où la trouver.

— Et comment avez-vous su qu'elle avait participé à la conception de ma chambre forte ?

— C'est fou ce qu'on peut apprendre en payant à boire dans les bars fréquentés par les artificiers et en faisant semblant de s'extasier en écoutant leurs histoires.

— Je vois.

— Mais cette vieille salope ne lui a rien dit du tout.

— Elle ne l'aurait jamais fait. Et elle aurait été contente d'en rester là. Elle ne m'a même pas informé de la requête de votre camarade. Mais j'ai fait poser des questions il y a quelques soirs. Il se trouve qu'un marchand de bière – un informateur digne de foi qui travaille pour moi – a vu un jour une personne correspondant à la description de votre ami tomber du ciel.

— Oui. Jérôme m'a dit que la maîtresse de guilde avait un moyen assez original pour mettre fin à une conversation.

— Eh bien, Sélendri s'est entretenue avec elle hier soir, et la discussion est allée jusqu'à son terme. On l'a gentiment aidée à se souvenir d'un maximum de détails à propos de la visite de Jérôme.

— Gentiment aidée ?

— Grâce à une stimulation financière, maître Kosta.

— Ah !

— J'ai aussi cru comprendre que vous avez posé des questions à certaines de mes bandes pour obtenir des informations sur la marina d'Argent. À peu près au moment où Jérôme a rendu visite à la maîtresse de guilde Gallardine.

— En effet. J'ai parlé à un vieux type du nom de Drava, et à une femme nommée... Comment s'appelait-elle déjà ?

— Armania Cantazzi.

— Oui, c'est ça. Merci. Une véritable beauté. J'ai essayé de développer nos relations au-delà des rapports professionnels et je me suis montré un peu plus amical avec elle, mais il semblerait que mon charme l'ait laissée de glace.

— Le contraire eut été étonnant : Armania préfère la compagnie des personnes de son sexe.

— Ah, ça me rassure ! J'ai cru que je perdais la main.

— Vous vouliez des renseignements à propos d'expéditions par bateau, le genre de transports dont les douaniers n'entendent jamais parler. Vous avez commencé à négocier avec mes hommes et vous n'avez jamais donné suite. Pourquoi ?

— Après réflexions, Jérôme et moi avons pensé qu'il était plus sage de se procurer des navires en dehors de Tal Verrar. Nous pouvions nous contenter de louer quelques petites barges pour transporter ce que nous vous aurions dérobé. Nous évitions ainsi les tractations délicates et indispensables pour obtenir une grosse péniche.

— Si j'avais l'intention de voler mon propre bien, je suppose que je trouverais votre démarche logique. Passons aux alchimistes. J'ai reçu des informations sérieuses qui mentionnent vos rencontres avec plusieurs d'entre eux au cours de l'année dernière. Des personnes réputées ou non.

— Bien sûr. J'ai mené quelques expériences avec des huiles inflammables, des acides et des mécanismes d'occasion. J'ai pensé que ça pouvait nous éviter des crochetages fastidieux.

— Vos expériences ont-elles porté leurs fruits ?

— C'est une information que je réserve à mon employeur, dit Locke en souriant.

— Mm... Laissons cela de côté pour le moment. Il semblerait en effet que vous prépariez quelque chose. Toutes ces activités diverses donnent un certain crédit à votre histoire. Une dernière chose.

—Laquelle ?

—Je suis de nature curieuse. Comment allait ce vieux Maxilan quand vous l'avez rencontré, il y a trois nuits de cela ?

Locke réalisa soudain que Sélendri avait cessé ses allées et venues. Elle s'était placée dans son dos, à quelques pas, et demeurait immobile.

—*Gardien Véreux, envoie-moi un baratin en or massif et la sagesse de ne pas en abuser.*

—Euh... Eh bien, c'est un sale con.

—L'information est de notoriété publique. Un enfant pris au hasard dans les rues aurait pu me le dire. Vous reconnaissez donc être allé à Mon Magisteria ?

—Oui. J'ai eu un entretien privé avec Stragos. Et soit dit en passant, il pense que les agents qu'il a infiltrés dans vos bandes n'ont pas été repérés.

—C'était mon intention. Mais vous vous égarez, Léocanto. Qu'est-ce que l'Archon de Tal Verrar pouvait bien avoir à vous dire, à Jérôme et à vous ? Et au beau milieu de la nuit, qui plus est. La nuit où nous avons eu cette conversation si *passionnante* tous les deux ?

Locke soupira pour s'accorder quelques secondes de réflexion.

—Je vais vous le dire, dit-il après avoir hésité aussi longtemps que le lui permettait la prudence. Mais je ne crois pas que vous allez apprécier.

—J'en suis intimement persuadé. Mais racontez quand même.

Locke soupira de nouveau. Il avait le choix : soit il se précipitait dans un mensonge, soit on le précipitait par la fenêtre.

—Stragos est celui qui nous paie, Jérôme et moi. Les intermédiaires avec qui nous avons traité sont des hommes à lui. C'est *lui* qui est impatient de voir votre chambre forte ressembler à un garde-manger après un banquet. Il a pensé qu'il était temps de nous secouer un peu.

De fines ridules creusèrent le visage de Requin tandis qu'il grinçait des dents. Il croisa les mains dans son dos.

—Vous l'avez entendu de sa bouche ?

—Oui.

—Il doit vraiment avoir une très haute opinion de vous pour vous entretenir en privé de ses plans. Vous avez une preuve de ce que vous avancez ?

—Eh bien, comment dire ? Je lui ai demandé de me signer une déclaration sous serment attestant qu'il avait bien l'intention de vous mettre sur la paille et il a eu la gentillesse d'accéder à ma requête. Malheureusement, je suis d'une distraction affligeante... et j'ai égaré le document en venant ici ce soir.

Locke se tourna vers la gauche et se renfrogna. Il vit que Sélendri ne le quittait pas des yeux ; sa main valide était glissée sous sa veste et posée sur quelque chose.

— Bordel de merde ! Si vous ne me croyez pas, je peux sauter par cette fenêtre tout de suite. Ça nous fera gagner un temps considérable.

— Non… Inutile de repeindre les pavés avec votre cervelle pour le moment. (Requin leva la main.) Néanmoins, il est assez inhabituel qu'une personne du rang de Stragos traite directement avec des agents qui doivent être, disons, assez bas dans la hiérarchie de son organisation et dans son estime. Sans vouloir vous vexer.

— Je ne le suis pas. Si je devais formuler une hypothèse, je dirais que, pour une raison ou une autre, il est impatient. Je crains qu'il veuille des résultats plus rapides. Et je suis à peu près certain que Jérôme et moi ne sommes pas destinés à survivre à un éventuel succès dans la tâche qu'il nous a confiée. C'est une supposition vraisemblable.

— Cela lui permettrait de réaliser une économie substantielle, je suppose. Les gens comme Stragos sont toujours plus parcimonieux avec l'or qu'avec les vies humaines. (Requin fit craquer ses doigts sous ses minces gants de cuir.) Le plus ennuyeux, c'est que tout cela est très logique. Généralement, je m'en tiens à une règle : si vous êtes confronté à un problème et que la solution paraît aussi simple qu'élégante, c'est que quelqu'un essaie de vous baiser.

— Il me reste une question, intervint Sélendri. Pourquoi Stragos traiterait-il directement avec vous en sachant très bien que vous pourriez le compromettre si… on vous persuadait de le faire ?

— Il y a quelque chose dont je n'ai pas parlé, dit Locke d'un air confus. C'est… un point plutôt embarrassant pour Jérôme et moi. Stragos nous a offert du cidre pendant cet entretien. Nous n'avons pas osé nous montrer impolis et nous en avons bu une bonne dose. Il affirme qu'il était mélangé à un poison latent et discret. Un produit qui exige que Jérôme et moi prenions un antidote à intervalles réguliers – un antidote qu'il est seul à posséder. Dans le cas contraire, nous mourrons de manière assez déplaisante. Maintenant, il nous tient par les couilles. Si nous voulons vivre, nous devons être de bons toutous bien obéissants.

— L'astuce est vieille comme le monde, dit Requin. Mais elle n'en demeure pas moins efficace.

— J'ai dit que nous étions vraiment embarrassés. Vous voyez donc qu'il a déjà le moyen de nous faire disparaître quand nous aurons servi son but. Je suis certain qu'il ne craint aucune traîtrise de notre part en ce moment.

— Et vous souhaitez quand même le trahir ?

— Soyez lucide, Requin. Si vous étiez à la place de Stragos, vous nous donneriez l'antidote et nous laisseriez partir vers un avenir radieux ? À ses yeux, nous sommes déjà morts. Maintenant, j'ai deux vengeances à accomplir avant de passer l'arme à gauche. Même si je ne survis pas au putain de cidre de cet enfoiré, je veux ma dernière petite discussion avec Jérôme. Et je veux que l'Archon souffre. *Vous* êtes mon meilleur atout pour parvenir à ces deux objectifs.

—C'est une hypothèse raisonnable, ronronna Requin dont les manières se firent plus amicales.

—Je suis heureux que vous pensiez ainsi, car il semblerait que mes connaissances en matière de politique verrarienne soient moins approfondies que je ne le croyais. Mais qu'est-ce que c'est que ce bordel, Requin ?

—L'Archon et le Priori se montrent de nouveau les dents. Il se trouve que la moitié des membres du Priori entreposent une bonne partie de leur fortune personnelle dans mes coffres, empêchant ainsi les espions de l'Archon d'avoir une idée précise de leur montant. En vidant ma chambre forte, il ne se contenterait pas de les déposséder de leur argent, il les rendrait hostiles à mon égard. Dans la situation actuelle, Stragos ne pourrait *jamais* me faire fermer boutique sans que cela soit interprété comme une provocation majeure et il a bien trop peur de déclencher une guerre civile. Mais en finançant des personnes étrangères pour piller mes coffres... Oh, oui ! Ce serait une excellente solution. Je remuerais ciel et terre pour vous retrouver, Jérôme et vous ; le Priori remuerait ciel et terre pour me faire pendre et écarteler ; Stragos n'aurait plus qu'à...

Requin illustra ce que l'Archon ferait en plaçant son poing dans sa paume et en faisant semblant de broyer quelque chose.

—J'avais l'impression que l'Archon était subordonné aux ordres des conseils de marchands, dit Locke.

—En théorie, c'est le cas. Le Priori possède un joli parchemin qui l'affirme. Stragos dispose d'une armée et d'une flotte de guerre qui lui permettent d'avoir une opinion différente.

—Magnifique ! Et qu'est-ce qu'on fait maintenant ?

—Bonne question ! Pas d'autre suggestion de votre part, maître Kosta ? Plus de petites intrigues ou de tours de passe-passe ?

Locke jugea le moment opportun pour rendre Léocanto Kosta un peu plus humain.

—Écoutez, dit-il. Quand mon employeur n'était qu'un type anonyme qui m'envoyait une bourse bien remplie chaque mois, je savais très bien où j'allais. Mais la situation a changé : on aiguise les couteaux et, contrairement à moi, vous êtes capable de voir dans tous les recoins. Alors, dites-moi ce que je dois faire et je vous obéirai.

—Mmm... Stragos... Vous a-t-il posé des questions à propos de la conversation que nous avons eue ?

—Il n'en a même pas parlé. Je ne crois pas qu'il soit au courant. Je pense qu'il avait déjà prévu de nous faire enlever et conduire jusqu'à lui cette nuit-là.

— Vous en êtes sûr ?

— Aussi sûr qu'on peut l'être.

— Dites-moi une chose, Léocanto. Si Stragos s'était dévoilé avant que vous ayez eu l'occasion de me faire votre petit numéro de cartes… Si vous aviez su que c'était lui que vous trahissiez, l'auriez-vous quand même fait ?

— Eh bien… (Locke fit semblant de réfléchir à la question.) Je ne sais pas ce que j'aurais fait si je l'avais apprécié ou si je lui avais fait confiance. Peut-être que je me serais contenté de planter une lame entre les omoplates de Jérôme et que j'aurais continué à travailler pour lui. Mais… Nous ne sommes que des merdes à ses yeux, pas vrai ? Nous ne sommes que des putains d'insectes. Stragos est un sale fils de pute prétentiard. Il croit qu'il nous connaît, Jérôme et moi. Je… ne peux vraiment pas l'encadrer. Pas du tout. Même s'il n'y avait pas eu cette histoire de poison.

— Il a dû vous parler longuement pour inspirer une telle aversion, dit Requin en souriant. Bien. Si vous voulez vous faire une place dans mon organisation, il y aura un prix à payer. Ce prix, c'est Stragos.

— Par tous les dieux ! Qu'est-ce que vous voulez dire par *là* ?

— Quand j'aurai la preuve que Stragos est mort, ou quand il sera mon prisonnier, vous aurez ce que vous demandez. Un emploi en rapport avec les jeux à *L'Aiguille du péché*. Un salaire. Toute l'aide que je pourrai vous apporter pour guérir votre empoisonnement. Et Jérôme de Ferra en train de pleurer devant votre couteau. Cela vous convient-il ?

— Comment je suis censé arriver à faire ça ?

— Je ne m'attends pas que vous y parveniez seul. Mais il est clair que Maxilan gouverne depuis trop longtemps. Aidez-moi à précipiter sa retraite par tous les moyens à votre disposition, ou en exécutant tous les ordres que je vous donnerai. Si vous faites cela, je suppose que j'aurai un nouveau responsable d'étage à mon service.

— C'est la meilleure nouvelle que j'ai entendue depuis longtemps. Et… à propos de l'argent sur mon compte, bloqué sur votre demande ?

— Il le restera. Votre conduite vous l'a fait perdre. Je ne verse pas dans la charité, Léocanto. Souvenez-vous-en si vous avez l'intention de travailler pour moi.

— Bien sûr. Bien sûr. Mais, s'il vous plaît, permettez-moi de vous poser une autre question. Vous ne craignez pas que je vous double au profit de Stragos ? Je pourrais me précipiter chez lui pour tout lui raconter.

— Mais c'est peut-être ce que j'attends de vous, déclara Requin avec un grand sourire non feint.

— Toutes ces conjectures me donnent la migraine, dit Locke. Je préfère la maquille aux intrigues. Si vous n'êtes pas réglo, en toute logique, je ferais mieux de rentrer tout de suite chez moi et de me pendre.

— Certes, mais je vais vous fournir une réponse plus claire. Que pourriez-vous raconter à Stragos ? Que je ne l'aime pas ? Que je sers de banquier à ses ennemis ? Que je voudrais le voir mort ? Et il aurait ainsi confirmation de l'hostilité que je lui porte ? La belle affaire ! Il sait déjà que je ne l'apprécie guère. Il sait déjà que la pègre de Tal Verrar sera un obstacle s'il veut affirmer son pouvoir. Mes *felantozzi* préfèrent l'autorité des guildes à celle d'éventuels soldats en armes. On se fait moins d'argent dans une dictature militaire.

« *Felantozzo* » était un terme thérin qui désignait un fantassin. Locke l'avait déjà entendu deux ou trois fois pour désigner un criminel, mais jamais dans la bouche de Gens Bien.

— Bon, il ne reste plus qu'à espérer que votre autre juge estime que vous représentez encore un investissement intéressant, dit Requin.

— Mon autre juge ?

Le maître de *L'Aiguille du péché* fit un geste en direction de Sélendri.

— Tu as tout entendu, ma chère. Devons-nous faire passer Léocanto par la fenêtre ou le renvoyer où tu es allée le chercher ?

Le regard de Locke rencontra celui de la jeune femme. Il croisa les bras et afficha un sourire qu'il espérait aussi innocent et désarmant que possible. Impassible, elle l'examina avec froideur pendant un petit moment et soupira.

— Il faut se méfier de cet homme comme de la peste. Mais s'il y a une chance de placer un agent double aussi près de l'Archon… Je suppose que ça ne coûte pas grand-chose d'essayer. Autant prendre ce risque.

— Eh bien, voilà, maître Kosta ! (Requin s'avança et posa une main sur l'épaule de Locke.) Vous suscitez l'adhésion autour de vous, cela ne vous fait pas plaisir ?

— Je m'en contenterai.

Locke fit de son mieux pour dissimuler une partie de son soulagement.

— Pour le moment, votre tâche sera de garder l'Archon de bonne humeur. Et, je suppose, enclin à vous approvisionner en antidote.

— Je n'y manquerai pas, avec l'aide des dieux ! (Locke se gratta le menton d'un air pensif.) Il faudra que je lui raconte que nous avons fait connaissance. Il dispose peut-être d'autres espions à *L'Aiguille du péché* et ils s'en apercevront tôt ou tard. Il vaut mieux que je prenne les devants.

— Bien sûr. Risque-t-il de vous convoquer bientôt à Mon Magisteria ?

— Je ne sais pas quand il le fera, mais oui, sans doute assez vite. C'est plus que probable.

— Bien. Cela signifie qu'il pérorera peut-être encore à propos de ses plans. Maintenant, nous allons vous ramener à maître de Ferra et à vos petites affaires. Vous avez l'intention de plumer quelqu'un ce soir ?

— Nous venons à peine d'arriver. Nous assistions au spectacle de la cage.

— Oh, les guêpes ! L'acquisition de ces monstres fut une véritable aubaine.

— Il est dangereux de posséder des créatures de ce genre.

— En effet. Un capitaine jérémite avait un essaim et une reine qu'il voulait vendre. Mes gens ont averti les douanes. L'homme a été exécuté, on a brûlé la reine et je suis devenu propriétaire du reste après sa confiscation. Je savais bien que je trouverais à les employer.

— Et le jeune homme qui les affronte ?

— Le huitième fils d'un nobliau sans importance. Du sable en guise de cervelle et des dettes de jeu dans cet établissement. Il m'a affirmé qu'il les rembourserait ou mourrait en essayant. Je l'ai pris au mot.

— Ah ! J'ai parié cent solaris sur lui, alors j'espère qu'il réussira à régler ses créances. (Il se tourna vers Sélendri.) Nous reprenons l'ascenseur ?

— Seulement jusqu'au cinquième étage. Vous ferez le reste à pied. (Elle esquissa un petit sourire narquois.) À pied et tout seul.

4

Locke parvint à regagner le premier étage à grand renfort de coups de coude. En arrivant enfin, il remarqua que, dans la cage, le jeune homme boitait, saignait et vacillait. Six guêpes-stylets vrombissaient dans la cage, voletant et lançant de brèves attaques contre lui. Locke soupira en écartant la foule.

— Maître Kosta ! Vous nous êtes rendu juste à temps pour assister à la conclusion, je pense.

Mme Durenna sourit par-dessus une coupe élancée haute de trente centimètres qui contenait un alcool laiteux et orangé. Jean savourait son verre – une boisson beige clair contenue dans un récipient de taille plus modeste. Il tendit un gobelet identique au sien à Locke qui le prit avec un hochement de tête reconnaissant. Du rhum aromatisé au miel, assez fort pour vous épargner le mépris de Maracosa Durenna, mais trop doux pour menacer votre lucidité au cours de la soirée.

— Il est donc si tard ? Je vous présente mes excuses pour mon absence. De petites affaires sans importance.

— Sans importance ? Alors qu'elles impliquent un membre du Priori ?

— J'ai fait l'erreur de lui montrer une astuce aux cartes, la semaine dernière. Maintenant, il organise une rencontre pour que je refasse ce tour à, euh… un de ses amis.

— Il doit s'agir d'un tour impressionnant dans ce cas. L'est-il plus que vos exploits habituels à une table de jeu ?

— J'en doute, madame. (Locke avala une longue gorgée de rhum.) Si je prends la peine d'exécuter un tour de cartes, c'est que mes adversaires ne m'impressionnent guère. Il n'en va pas de même avec des joueurs aussi redoutables que vous.

— Maître Kosta, quelqu'un a-t-il déjà songé à trancher cette langue suintant la galanterie qui est la vôtre ?

— Je pourrais vous citer bon nombre de villes où c'est devenu un sport national.

Dans la cage, le vrombissement furieux des guêpes devenait plus impétueux au fur et à mesure que de nouveaux insectes jaillissaient de leur cellule... Deux, trois, quatre... Locke frissonna et regarda, impuissant, les formes sombres et floues qui filaient en trombe à l'intérieur de la cage couverte par les filets. Le jeune homme essaya de ne pas céder de terrain, puis il commença à paniquer et se mit à agiter frénétiquement les bras. Son gant frappa un insecte qui fut précipité à terre, mais un autre se posa au bas de son dos et y planta son dard. Le garçon hurla, écrasa la guêpe et se tordit en arrière. La foule sombra dans un silence de mort, à la fois horrifiée et excitée à l'idée de ce qui allait suivre.

Locke estima que la fin fut brève, mais loin d'être clémente. Les guêpes se rassemblèrent autour du jeune homme et lancèrent leurs attaques. Elles plantèrent leur dard et enfoncèrent leurs pattes griffues dans sa chemise trempée de sang. Une sur la poitrine, une autre sur le bras – son abdomen s'agitait de haut en bas comme un piston frénétique ; une troisième tourbillonnait dans les cheveux du jeune homme et une quatrième le piqua à la nuque. Les hurlements sauvages du garçon se transformèrent en une toux grasse et suffocante. Un filet de bave s'échappa de sa bouche et des rigoles de sang sillonnèrent son visage et son torse. Puis il s'effondra enfin, le corps secoué de spasmes impressionnants. Les guêpes bourdonnèrent et commencèrent à se promener sur lui, comme d'horribles fourmis sanguinolentes. Elles ne cessèrent pas un instant de planter leurs crocs et leur dard dans la chair du malheureux.

Locke sentit que son estomac cherchait à expulser le petit déjeuner qu'il avait pris à la *Villa Candessa*. Il mordit cruellement ses doigts pliés et utilisa la douleur pour reprendre le contrôle de son corps. Quand il se tourna vers Mme Durenna, son visage avait retrouvé son calme.

— Bien, dit-elle en agitant les quatre bâtonnets de bois en direction des deux compères. Cette victoire est un baume acceptable sur les blessures encore lancinantes de notre dernière partie, mais quand aurai-je le plaisir d'obtenir pleine et entière réparation ?

— Quel que soit le moment, il ne sera jamais assez tôt à mon goût, répondit Locke. Mais si vous aviez la bonté de nous excuser pour la soirée, nous avons quelques… problèmes d'ordre professionnel à régler. Avant de prendre congé, je vais répandre le contenu de mon verre sur le cadavre de l'homme qui nous a coûté deux cents solaris.

Mme Durenna fit un geste désinvolte. Elle avait entrepris de remplir sa pipe d'argent avec du tabac puisé dans une poche de cuir avant que Jean et Locke se soient éloignés de deux pas.

Le malaise de Locke ressurgit tandis qu'il se dirigeait vers la cage. Derrière lui, la foule se dispersait dans un brouhaha enthousiaste en échangeant les bâtonnets des paris. Il n'y avait déjà plus personne à proximité du cube grillagé. Le bruit et l'agitation de la salle entretenaient l'excitation des guêpes. Tandis que Locke s'approchait, deux d'entre elles s'envolèrent et vrombirent de manière menaçante, heurtant violemment le filet intérieur en suivant l'importun. Leurs yeux noirs semblaient fixer Locke et celui-ci esquissa malgré lui un mouvement de recul.

Il s'agenouilla aussi près du cadavre qu'il le put et, en l'espace d'un instant, la moitié des guêpes de la cage se trouvèrent à moins de cinquante centimètres de son visage, buttant furieusement contre le filet. Locke lança le reste de son verre sur le corps couvert d'insectes. Derrière lui, un rire puissant éclata.

— C'est comme ça qu'il faut faire, mon ami, déclara une voix pâteuse. Ce nullard de fils de pute m'a coûté cinq cents solaris. Profites-en pour lui pisser à la gueule tant que t'es là !

— Gardien Véreux, murmura Locke à toute vitesse. Un verre répandu sur le sol pour un étranger sans amis. Seigneur des Braves et des Idiots, guide cet homme jusqu'à la dame du Long Silence. C'était une putain de façon de mourir. Fais ça pour moi et je ferai des efforts pour ne rien te demander de plus pendant un moment. Et je le pense vraiment, cette fois-ci.

Locke embrassa le dos de sa main gauche et se leva. La bénédiction dite, il ressentit soudain l'envie de s'éloigner au plus vite de la cage.

— Où va-t-on, maintenant ? demanda Jean à voix basse.

— À l'autre bout de la Terre si c'est pour ne plus voir ces putains d'insectes !

5

Le ciel était dégagé au-dessus de la mer, mais, à l'est, on apercevait des nuages – un haut plafond opalescent suspendu dans les airs comme une brume gelée sous les lunes. Tandis qu'ils traversaient d'un pas lourd les quais bordant l'intérieur de la Grande Galerie, la forte brise qui les enveloppait fit tournoyer de vieux papiers et autres détritus à leurs pieds. La cloche d'un navire retentit au-dessus des grosses vagues argentées.

Sur leur gauche, un mur sombre en Verre d'Antan se dressait niveau après niveau, telle une falaise, zébré ici et là par des escaliers branlants éclairés par de faibles lanternes censées guider les malheureux qui s'y aventuraient d'un pas hésitant. Le marché nocturne se tenait au sommet de cette paroi. De l'autre côté, le bord du toit immense qui couvrait les terrasses de l'île descendait jusqu'à la mer.

— Oh, magnifique! dit Jean quand Locke eut terminé de lui raconter son entrevue avec Requin. Maintenant, nous avons donc Requin qui croit que Stragos veut sa peau. C'est la première fois que je participe au déclenchement d'une guerre civile. Ça devrait être marrant.

— Je n'avais pas trop le choix, dit Locke. Tu peux me fournir une autre raison crédible pour laquelle Stragos s'intéresserait à nous? Je devais trouver une bonne explication ou je passais par la fenêtre, il n'y avait aucun doute là-dessus.

— En atterrissant sur la tête, tu n'avais pas le moindre souci à te faire – au pire, tu aurais eu à payer le remplacement des pavés fendus. Tu crois que Stragos a besoin de savoir que Requin a plus d'informations qu'il le pense sur ses agents?

— Putain! Que cet enfant de pute aille se faire foutre!

— Je ne suis pas intéressé.

— Et puis, d'après ce que nous savons, Stragos a bel et bien l'intention de s'en prendre à Requin. Ils ne sont pas vraiment amis et cette ville est une véritable marmite sous pression. Dans la colonne des bénéfices, je crois qu'on peut noter que Sélendri n'est pas insensible aux beaux discours – dans une certaine mesure. Et il semblerait que Requin me considère déjà comme sa *propriété*.

— Mm… c'est une bonne chose. Tu penses qu'il est temps de lui donner les chaises?

— Ouais, les chaises… Les chaises. Oui, faisons-le avant que Stragos décide de nous serrer la bride.

— Je demanderai qu'on les sorte de l'entrepôt et qu'on les apporte par chariot dès que tu le voudras.

— Parfait. Dans ce cas, je les livrerai un peu plus tard dans la semaine. Ça ne te dérange pas d'éviter *L'Aiguille du péché* pendant un soir ou deux?

— Bien sûr que non. Tu as une raison particulière de faire cela?

— Je veux juste décevoir Durenna et Corvaleur pendant quelque temps. En attendant que notre situation s'améliore un peu, je préfère éviter de passer une autre nuit à gaspiller de l'argent et à me saouler. Le truc de la *bela paranella* pourrait éveiller les soupçons si nous l'utilisions de nouveau.

— Si tu présentes les choses ainsi, comment dire non? Et si je fouinais ici et là pour essayer de dénicher des rumeurs sur l'Archon et le Priori?

Je crois que nous avons tout intérêt à approfondir nos connaissances sur l'histoire de cette cité.

— Très bien. Qu'est-ce que c'est que ça ?

Ils n'étaient pas seuls sur le quai : quelques étrangers réglaient leurs affaires avec empressement, des marins dormaient sous des manteaux à côté de leur navire amarré et bon nombre d'ivrognes et d'épaves humaines se recroquevillaient sous tous les abris disponibles. Une pile de caisses se dressait à quelques mètres des deux compères, sur leur gauche ; dans l'ombre qu'elle projetait, une silhouette émaciée était assise, couverte de plusieurs couches de haillons, tout près d'un minuscule globe alchimique rouge pâle. L'inconnu saisit un petit sac en toile et sa main blafarde leur fit signe d'approcher.

— Mes seigneurs. Mes seigneurs, dit une voix féminine, puissante et rauque. Par pitié, mes bons seigneurs. Par pitié et pour l'amour de Perelandro. Une pièce, même petite, en cuivre, serait la bienvenue. Ayez pitié, pour l'amour de Perelandro.

La main de Locke se dirigea vers sa bourse accrochée à l'intérieur de sa redingote. Jean avait retiré son manteau et le portait maintenant plié sur son bras. Ce soir, il parut satisfait de laisser à son compagnon le soin de s'acquitter de la charité.

— Pour l'amour de Perelandro, madame, vous aurez davantage qu'un centira.

Un moment distrait par le rayonnement chaleureux de sa galanterie maniérée, il tendit trois volanis d'argent avant de sentir les prémices du danger. La mendiante était prête à se contenter d'une malheureuse pièce de cuivre ? Et elle parlait d'une voix forte... ? Pourquoi ne l'avaient-ils pas entendue demander la charité aux autres personnes qui étaient passées avant eux ? Et pourquoi tendait-elle ce petit sac de toile plutôt que la main ?

Jean fut plus rapide que lui. N'ayant pas le temps de réfléchir à un moyen plus élégant de protéger Locke, il leva le bras gauche et poussa violemment son ami. Un carreau d'arbalète perça un trou noir et bien net dans le sac de toile et passa en sifflant entre les deux compagnons. Locke partit sur le côté et sentit le trait accrocher une basque de son manteau. Il trébucha sur une petite caisse et atterrit lourdement sur le dos.

Il s'assit juste à temps pour voir Jean administrer un coup de pied au visage de la mendiante. La tête de la femme partit en arrière, mais elle planta ses mains sur les pavés et effectua un balayage. Jean perdit l'équilibre et, tandis qu'il heurtait le sol et jetait son manteau, l'inconnue ramena ses jambes devant elle, donna un coup de reins et se releva d'un bond. Elle fut debout en une seconde et se débarrassa de ses haillons.

Oh, merde, songea Locke. *Elle pratique la savate. C'est une putain de chassonneuse.* (Il se remit debout tant bien que mal.) *Jean va détester ça.*

Il tira sur ses manches d'un coup sec et un stylet tomba dans chacune de ses mains. Se déplaçant avec prudence, il sautilla sur les pavés en direction de leur agresseur. La femme administrait des coups de pied dans les côtes de Jean tandis que ce dernier essayait de rouler sur le sol afin de se mettre à l'abri. Locke n'était plus qu'à trois pas de la chassonneuse quand il entendit le claquement de bottes en cuir sur les pavés : quelqu'un était juste derrière lui. Il leva son stylet droit comme s'il se préparait à poignarder l'adversaire de Jean, puis se retourna soudain en s'accroupissant. Avec son arme gauche, il frappa en aveugle vers l'ennemi invisible.

Il se félicita aussitôt de s'être baissé : quelque chose passa en sifflant près de sa tête, assez près pour frôler ses cheveux de manière inquiétante. Le nouvel assaillant était un autre « mendiant », un homme dont la stature était proche de celle de Locke. Il venait de manquer son attaque avec une lourde chaîne en fer qui, si elle avait touché sa cible, aurait fendu le crâne de Locke comme un œuf. La force du coup précipita l'assaillant sur le stylet de Locke ; la lame s'enfonça jusqu'à la garde sous l'aisselle droite. L'homme laissa échapper un hoquet et Locke profita sans pitié de son avantage. Il leva son autre dague et la planta dans la clavicule gauche de son adversaire.

Il administra un violent mouvement de torsion aux deux lames – aussi brutalement qu'il le put – et l'homme gémit. La chaîne lui échappa des doigts et tomba sur les pavés avec un tintement métallique. La seconde suivante, Locke dégagea ses stylets du corps comme s'il retirait des nerfs sur un morceau de viande. Il laissa l'infortuné assassin s'effondrer et leva ses deux lames ensanglantées. Il se retourna et, en proie à un brusque sentiment de confiance malvenu, il se précipita sur l'adversaire de Jean.

La jeune femme lui adressa à peine un regard. Le coup de pied partit de la hanche et frappa le sternum. Locke eut l'impression d'avoir percuté un mur de brique. Il tituba en arrière et l'assassin en profita pour s'éloigner d'un pas de Jean – qui, selon toute apparence, venait de se faire rouer de coups. Elle se dirigea alors vers Locke.

Elle s'était débarrassée de ses haillons et il constata qu'elle était jeune – sans doute plus jeune que lui. Elle portait un vêtement noir et ample ainsi qu'une fine veste de cuir annelée à la mode ; elle était thérine, avec une peau assez sombre et une tresse noire serrée qui lui ceignait la tête comme une couronne. À sa posture, il était facile de deviner qu'elle avait déjà tué.

Pas de problèmes, pensa Locke en reculant. *Moi aussi.*

Au même instant, il trébucha sur le corps de l'homme qu'il venait de poignarder.

La jeune femme profita aussitôt de sa maladresse. Alors que le voleur reprenait tout juste son équilibre, elle porta un coup de pied qui décrivit un arc de cercle avant de frapper l'avant-bras gauche de sa victime avec la puissance d'un marteau. Locke laissa échapper un juron tandis que son stylet s'envolait de ses doigts soudain engourdis. Furieux, il se fendit de son arme droite.

Avec des mouvements aussi fluides que ceux de Jean au sommet de sa forme, elle saisit le poignet droit de Locke avec sa main gauche, le tira irrésistiblement en avant et le frappa au menton avec la paume. Le second stylet virevolta dans l'obscurité, tel un homme qui tombe d'une falaise. Soudain, le ciel noir qui se dressait au-dessus du voleur fut remplacé par des pavés gris qui se rapprochaient à toute allure. Il les rencontra avec une force qui fit s'entrechoquer ses dents comme des dés dans une timbale.

Elle lui assena un autre coup pour le retourner et planta un pied sur sa poitrine pour le maintenir au sol. Elle avait récupéré une des lames de son adversaire et Locke vit confusément qu'elle se penchait vers lui pour s'en servir. Ses mains étaient désormais tout engourdies, traîtreusement lentes. Il sentit une démangeaison insupportable sur son cou à découvert, vers lequel son propre stylet se précipitait.

Locke n'entendit pas la hachette de Jean se planter dans le dos de la jeune femme, mais il en vit les effets et en devina la cause. La chassonneuse se redressa brusquement, s'arqua en arrière et lâcha le stylet. Celui-ci heurta les pavés avec un bruit métallique tout près du visage de Locke qui tressaillit. L'assassin tomba à genoux à côté de lui, ne respirant plus que par à-coups rapides et sommaires, puis s'effondra dans un mouvement de torsion. Locke aperçut alors une des Sœurs Vicieuses plantées au bas du dos de la jeune fille, au milieu d'une tache brune qui s'élargissait, juste à droite de la colonne vertébrale.

Jean s'approcha, se pencha et arracha sa hachette du dos de la femme. Celle-ci laissa échapper un hoquet et retomba en avant. Jean l'attrapa et la redressa d'un coup méchant et brutal. Puis il se plaça derrière elle et appuya la lame de la hachette contre sa gorge.

— Lo… Léo ! Léocanto. Tu vas bien ?

— Je souffre tant que je ne peux pas être mort, haleta Locke.

— Ça me suffit. (Jean appuya plus fort la hachette, qu'il tenait juste sous la lame, comme un barbier tient son rasoir.) Raconte-moi tout. Je peux t'aider à mourir sans souffrances inutiles, et peut-être même sauver ta peau. Tu n'es pas un simple bandit. Qui t'a envoyée ici ?

— Mon dos, sanglota la femme d'une voix chevrotante et tout à fait inoffensive. S'il vous plaît. J'ai mal. S'il vous plaît.

— Tu vas rire, mais c'était fait pour. Qui t'a envoyée ici ? Qui t'a engagée ?

— De l'or, toussa Locke. Du fer-blanc. Nous pouvons te payer. Le double. Donne-nous simplement un nom.

— Oh, dieux… J'ai mal.

Jean l'attrapa par les cheveux avec sa main libre et tira. Elle cria et se redressa. Locke cligna des yeux en apercevant une forme sombre et empennée qui se fichait dans la poitrine de la jeune femme. Il associa le bruit spongieux et sourd à l'impact d'un carreau d'arbalète seulement une fraction de seconde plus tard. Jean bondit en arrière, stupéfait, et lâcha l'assassin qui s'effondra. L'instant suivant, il regarda derrière Locke et agita sa hache de manière menaçante.

— Vous !

— À votre service, maître de Ferra.

Locke renversa la tête en arrière assez loin pour apercevoir – à l'envers – la femme qui les avait enlevés dans la rue pour les livrer à l'Archon quelques nuits auparavant. Derrière elle, ses cheveux noirs flottaient librement dans la brise ; elle portait une veste noire et serrée par-dessus une chemise et un gilet gris ; elle tenait une arbalète déchargée dans la main gauche. Elle se dirigea vers les deux hommes d'un pas tranquille, empruntant le même chemin qu'eux un peu plus tôt. Locke gémit et roula sur lui-même jusqu'à ce qu'elle soit dans le bon sens.

À côté de lui, la mendiante chassonneuse fut secouée par une dernière quinte de toux grasse et mourut.

— Bordel de dieux ! s'écria Jean. J'étais sur le point de la faire parler !

— Certainement pas, dit l'agent de l'Archon. Regardez dans sa main droite.

Locke – qui s'était relevé sur des jambes tremblantes – et Jean obtempérèrent : un fin couteau à lame incurvée brillait sous les pâles rayons des lunes et la lumière des quelques lampes du quai.

— On m'a chargée de vous surveiller, dit la femme en s'approchant de Locke, un grand sourire satisfait aux lèvres.

— Eh bien, vous avez sacrément merdé, lâcha Jean en se frottant les côtes de la main gauche.

— Vous aviez l'air de bien vous en tirer au début. (Elle baissa les yeux vers le petit couteau et hocha la tête.) Regardez, cette arme a une rainure supplémentaire le long du tranchant. En général, c'est pour faire couler une saloperie sur la lame. Cette fille gagnait du temps pour la sortir et vous poignarder.

— Je sais pourquoi il y a des rainures sur les lames, grommela Jean avec humeur. Est-ce que vous connaissez les commanditaires de ces deux-là ?

— J'ai quelques théories sur la question, en effet.

— Et auriez-vous l'extrême obligeance de bien vouloir nous en faire part ? demanda Locke.

— Si j'en reçois l'ordre, répondit-elle sur un ton charmant.

— Que les dieux maudissent tous les Verrariens ! Qu'ils leur refilent plus de maladies honteuses qu'ils ont de cheveux sur la tête ! gronda Locke.

— Ça ne me dérange pas, je suis née à Vel Virazzo.

— Vous avez un nom ? demanda Jean.

— Ce n'est pas ce qui me manque. Ils sont tous ravissants et il n'y en a pas un seul de vrai. Vous deux, vous pouvez m'appeler Merrain.

— Merrain. Ouille !

Locke grimaça et se massa l'avant-bras gauche. Jean posa une main sur son épaule.

— Tu as quelque chose de cassé, Léo ?

— Pas grand-chose. Je crois que j'ai juste perdu ma dignité et l'idée que je me faisais de la bonté divine. (Locke soupira.) Merrain, nous avons remarqué des gens qui nous suivaient au cours des dernières nuits. Je suppose que vous en faisiez partie ?

— J'en doute. Messieurs, vous feriez bien de ramasser vos affaires et de vous remettre en route. Celle que vous suiviez avant l'attaque. Les gardes de la ville ne vont pas tarder à arriver et nous n'avons pas le même employeur.

Locke récupéra ses stylets trempés de sang, les essuya sur le pantalon de l'homme qu'il avait tué et les glissa de nouveau dans ses manches. Maintenant que l'excitation de l'affrontement était retombée, il sentit son estomac se soulever à la vue du cadavre. Il s'éloigna aussi vite qu'il le put.

Jean ramassa son manteau et y rangea sa hachette. Quelques instants plus tard, il marchait en compagnie de Locke et Merrain. La jeune femme se tenait entre les deux hommes, bras dessus bras dessous.

— Mon employeur, dit-elle au bout de quelques secondes, souhaitait que je garde un œil sur vous ce soir et, le moment venu, que je vous conduise à un bateau.

— Merveilleux, dit Locke. Un autre entretien privé.

— Je ne sais pas. Mais, si je devais avancer une hypothèse, je dirais qu'il vous a trouvé du travail.

Jean jeta un bref regard en direction des deux cadavres qui gisaient dans les ténèbres, loin derrière eux. Il toussa dans son poing.

— Quelle chance ! grogna-t-il. Je commençais à trouver cette ville profondément ennuyeuse.

Réminiscence

La guerre de divertissement

1

À six jours de voyage par la route côtière de Tal Verrar, la demi-cité de Salon-Corbeau est tapie au sein d'une anfractuosité étonnamment verdoyante dans les roches noires du littoral. Un peu plus grande qu'un domaine privé sans être pour autant un village fonctionnel, la demi-cité s'accroche à son étrange mode de vie dans les ombres fumantes du mont Azar.

Au temps du Trône Thérin, l'Azar débordait d'activité et pouvait engloutir trois bourgades et dix mille âmes en l'espace de quelques minutes. De nos jours, il semble se contenter de gronder, de menacer et d'envoyer dans la mer quelques charbons incandescents tourbillonnant au bout d'un panache de fumée. Des volées de corbeaux tournent désormais sans inquiétude autour des fumerolles du vieux volcan. C'est là que commencent les chaudes plaines poussiéreuses appelées « Adra Morcala ». Rares sont les gens qui habitent cette région et plus rares encore sont ceux qui l'apprécient. Ces étendues vallonnées ondulent comme une mer sèche et craquelée jusqu'aux frontières sud de Balinel, le canton le plus à l'ouest et le plus désolé du royaume des Sept Essences.

Le chariot de Locke Lamora entra dans Salon-Corbeau le neuvième jour d'Aurim en l'an soixante-dix-huit de Nara. C'était l'hiver, un hiver occidental et plutôt doux. Une année fructueuse – et même davantage – s'était écoulée depuis l'arrivée des deux compères à Tal Verrar. Mille solaris d'or s'entrechoquaient dans le coffre blindé qu'il transportait à l'arrière de son véhicule de location – une somme considérable soutirée à un certain seigneur Landreval d'Espara, un joueur de billard particulièrement allergique au citron.

Le port minuscule qui desservait la demi-cité était rempli de petits navires – voiliers, péniches de plaisance et galères de cabotage aux voiles carrées en soie. Plus loin, au large, un galion et un sloop étaient ancrés, tous deux battant pavillon de Lashain sous des bannières et des blasons familiaux que Locke n'identifia pas. Une légère brise soufflait et le soleil était pâle, brillant d'une couleur argentée plutôt que dorée au-delà des exhalaisons brumeuses du volcan.

— Bienvenue à Salon-Corbeau, déclara un valet de pied vêtu d'une livrée noire et vert olive et coiffé d'un grand chapeau de feutre pressé, noir également. Quels sont vos titres et comment devez-vous être annoncé ?

Une femme portant une tenue identique plaça un marchepied en bois sous la portière de la voiture de Locke. Ce dernier se leva, appuya les mains aux creux de ses reins, s'étira avec bonheur et sauta à terre. Il arborait une moustache tombante noire sous une paire d'optiques à la monture noire ; ses cheveux noirs étaient lissés ; son lourd manteau noir était cintré à la hauteur de la poitrine et des épaules, mais ample des hanches jusqu'aux bas des cuisses et il flottait dans son dos comme une cape. Il avait évité les chausses et les chaussures plus raffinées au profit d'une culotte grise rentrée dans ses bottes militaires – d'un noir terne sous une fine couche de poussière récoltée sur le chemin – qui lui montaient aux genoux.

— Je suis Mordavi Fehrwight, marchand d'Emberlain, dit-il. Je doute qu'il soit nécessaire de m'annoncer étant donné que je ne possède aucun titre d'importance.

— Très bien, maître Fehrwight, répondit le valet d'une voix douce. Dame Saljesca apprécie votre visite à Salon-Corbeau et vous souhaite de tout cœur bonne chance dans vos affaires.

« *Apprécie votre visite* » remarqua Locke, *et non « serait ravie de vous recevoir.* »

La comtesse Vira Saljesca de Lashain était la souveraine absolue de la demi-cité – qui était érigée sur un de ses domaines. À équidistance de Balinel, Tal Verrar et Lashain, et par pure convenance politique de la part des dirigeants de ces cités, Salon-Corbeau était plus ou moins un lieu de villégiature indépendant pour les nantis de la côte de Cuivre.

En plus de l'arrivée ininterrompue de chariots le long des routes de la côte et de navires de plaisance par la mer, Salon-Corbeau attirait des visiteurs qui ne passaient pas inaperçus. Locke y avait songé avec une certaine mélancolie au cours de son voyage.

Des groupes de miséreux en haillons, citadins démunis aussi bien que ruraux nécessiteux, avançaient en traînant les pieds sur des chemins poussiéreux qui menaient au domaine de dame Saljesca. Ils arrivaient en un flot sporadique, mais permanent, coulant comme une rivière vers l'étrange cité privée tapie sous les sombres hauteurs du volcan.

Locke pensait connaître les raisons qui poussaient ces gens à venir à Salon-Corbeau, mais, au cours des jours suivants, il allait apprendre à quel point il faisait erreur.

2

À l'origine, Locke pensait qu'une traversée jusqu'à Lashain – voire Issara – se révélerait indispensable afin d'obtenir les dernières pièces nécessaires à ses projets concernant *L'Aiguille du péché*. Pourtant, diverses conversations avec des Verrariens aisés l'avaient convaincu qu'il trouverait peut-être son bonheur à Salon-Corbeau.

Imaginez une vallée côtière creusée dans une roche aussi noire que la nuit, longue d'environ trois cents mètres et large de cent. Le petit port est installé dans la partie ouest, à proximité d'une plage en croissant de sable fin et noir. À l'extrémité est, une rivière souterraine jaillit d'une fissure dans le sol pierreux et cascade en bas de rochers agencés en escalier. Au-dessus de ce cours d'eau, les hauteurs sont dominées par la résidence de la comtesse Saljesca, un manoir de pierre au-dessus de deux rangées de remparts crénelés – une petite forteresse.

Les parois de la vallée de Salon-Corbeau font une vingtaine de mètres de haut et, sur presque toute leur longueur, sont agrémentées de jardins en terrasses. D'épaisses fougères, des vignes tordues, des orchidées en fleur, des arbres fruitiers et des oliviers s'y épanouissent – un salutaire rideau vert et brun qui tranche agréablement sur le paysage noir. De petites conduites d'eau serpentent à travers le paradis artificiel de dame Saljesca pour le préserver de la sécheresse.

Un stade circulaire en pierre a été bâti au centre de la vallée. Tout autour, les jardins et plusieurs dizaines de solides bâtiments de pierre polie et de bois laqué se partagent les flancs de la combe rocailleuse. Une cité miniature se dresse sur des pilotis, des plates-formes et des terrasses ; chaque niveau est entouré de ravissants sentiers et escaliers.

Locke s'y promena l'après-midi de son arrivée, cherchant son objectif ultime avec un manque de précipitation empreint de dignité – il prévoyait un séjour de plusieurs jours, voire de plusieurs semaines. Comme les maisons de chance de Tal Verrar, Salon-Corbeau attirait en masse les riches oisifs. Locke croisa des marchands verrariens, des nobles lashaniens, des héritiers des Essences-Occidentales, des familles de l'aristocratie terrienne et leurs dames d'honneur – que l'on confondait aisément avec des porteurs compte tenu de la quantité de tissu d'or qui les couvrait ; Locke n'aurait jamais imaginé qu'on puisse en accumuler autant sur soi. Ici et là, il crut même apercevoir un Camorrien au teint olivâtre et à l'air hautain – mais, par chance, personne d'assez important qu'il aurait pu reconnaître.

La cité était remplie de gardes du corps et de corps à garder ! Des corps et des traits de nantis, de personnes assez riches pour recourir à une alchimie et une medekine de qualité pour guérir leurs maux. Ils n'arboraient pas la moindre plaie suppurante ou tumeur faciale, nulle dent de travers ne s'accrochait à des gencives à vif, aucun visage ne s'émaciait du fait du manque de nourriture. La clientèle de *L'Aiguille du péché* était peut-être plus sélectionnée, mais les touristes de Salon-Corbeau étaient encore plus raffinés, plus choyés. Certains d'entre eux se faisaient suivre par des musiciens afin de ne pas courir le risque de s'ennuyer, même lorsqu'ils se déplaçaient de trente ou quarante mètres. Autour de Locke, les riches dilapidaient leur argent en musique comme un blessé répand son sang. Les frais de bouche mensuels d'un homme tel que Mordavi Fehrwight représentaient une somme non négligeable, mais ces personnes dépensaient sans doute davantage au petit déjeuner dans le seul but de se faire remarquer.

Locke était venu à Salon-Corbeau à cause de ces gens ; pas pour les voler – une fois n'est pas coutume –, mais afin de profiter de leur vie de privilégiés. Quand les nantis se regroupent comme des oiseaux au plumage flamboyant, ils sont suivis par les prestataires de services et de luxe qui leur sont indispensables. Salon-Corbeau disposait d'une communauté permanente de tailleurs, de marchands de vêtements de confection, de fabricants d'instruments de musique, de souffleurs de verre, d'alchimistes, de traiteurs, d'amuseurs et d'ébénistes. Ces artisans n'étaient certes pas très nombreux, mais leur réputation était exceptionnelle. Ils étaient aptes à satisfaire une clientèle d'aristocrates et facturaient leurs services en conséquence.

En arrivant au milieu de la galerie sud de la ville, Locke aperçut la boutique qui avait motivé son interminable voyage. Il s'agissait d'un bâtiment assez long, à un étage, en pierre et dépourvu de fenêtres sur sa façade. Au-dessus de l'unique entrée, un panneau annonçait :

« M. BAUMONDAIN ET FILLES
MÉCANISMES D'INTÉRIEUR
ET AMEUBLEMENT DE QUALITÉ
SUR RENDEZ-VOUS »

Un ouvrage ornemental en forme de spirale agrémentait la porte de la boutique, mais aussi les armoiries de la famille Saljesca – Locke les avait déjà remarquées sur les bannières qui flottaient ici et là, ainsi que sur le baudrier des gardes de Salon-Corbeau. Cela signifiait que dame Vira appréciait personnellement le travail réalisé ici, mais cela n'avançait pas beaucoup le voleur : il ne connaissait pas assez les goûts de la comtesse pour les juger... Cependant, la réputation de Baumondain s'étendait jusqu'à Tal Verrar.

Locke lui enverrait un messager dès le lendemain matin, ainsi qu'il convenait de le faire, afin de prendre rendez-vous pour discuter de la fabrication des chaises un peu particulières dont il avait besoin.

3

Le lendemain, à la deuxième heure de l'après-midi, une pluie douce et chaude tombait, une faible bruine clairsemée qui ressemblait davantage à une vapeur humide qu'à une averse. De vagues volutes de brume passaient au milieu de la végétation et s'étendaient au-dessus de la vallée. Pour une fois, les chemins étaient quasi exempts des riches promeneurs qui les encombraient d'habitude. Des nuages gris entouraient la grande montagne noire, au nord-ouest. Locke s'arrêta devant la porte de la boutique de Baumondain, de l'eau ruisselant sur sa nuque, et frappa trois fois avec force.

La porte s'ouvrit presque aussitôt vers l'intérieur. Un homme grand et maigre d'une cinquantaine d'années observa Locke à travers ses optiques rondes ; il portait une simple tunique de coton aux manches relevées au-dessus des coudes – dévoilant des tatouages de guilde délavés verts et noirs sur ses avant-bras décharnés – et un long tablier de cuir avec au moins six poches sur le devant. La plupart contenaient des outils, mais l'une d'elles abritait un chaton gris dont on n'apercevait que la tête minuscule.

— Maître Fehrwight ? Mordavi Fehrwight ?

— Je suis si heureux que vous trouviez le temps de me recevoir, commença Locke.

Il s'exprimait avec une pointe d'accent vadran, juste assez pour suggérer qu'il avait des origines dans le Nord lointain. Il avait décidé de se montrer fainéant et laissa parler ce Fehrwight dans un thérin aussi fluide que possible. Il tendit la main droite pour serrer celle de Baumondain. Dans la gauche, il tenait une sacoche de cuir noir fermée par une serrure.

— Maître Baumondain, je présume ?

— Lui-même. Entrez donc, monsieur. Ne restez pas sous la pluie. Voulez-vous un café ? Permettez-moi d'échanger votre manteau contre une boisson bien chaude.

— Avec plaisir.

Le vestibule de la boutique était haut de plafond, confortablement lambrissé et éclairé par de petites lanternes dorées fixées sur des appliques murales. Un comptoir muni d'une porte battante longeait le fond de la pièce. Derrière, Locke aperçut des étagères où s'empilaient des échantillons de bois, de tissu, de cires et d'huiles dans des pots en verre. Il régnait là une odeur de sciure fine, une senteur très piquante, mais agréable. Devant le comptoir, un espace avait été aménagé en petit salon : deux superbes chaises ouvragées avec des coussins de velours noir étaient disposées sur un tapis.

Locke posa sa sacoche à ses pieds et se tourna pour permettre à Baumondain de l'aider à ôter son manteau noir trempé. Puis il récupéra son bagage et s'installa sur le siège le plus proche de la porte. L'ébéniste accrocha la redingote de Locke à une patère en cuivre fixée au mur.

— Je vous demande un court instant, s'il vous plaît, déclara-t-il avant de passer derrière le comptoir.

De sa chaise, Locke aperçut un rideau que Baumondain écarta. Derrière, une ouverture menait à une pièce que le voleur supposa être l'atelier.

— Lauris ! cria l'artisan. Du café !

Une réponse étouffée parvint de l'autre pièce et, selon toute apparence, elle sembla satisfaire le maître des lieux. Celui-ci contourna rapidement le comptoir afin de venir s'asseoir en face de Locke. Son visage assez laid se froissa pour afficher un sourire de bienvenue. Quelques instants plus tard, le rideau s'écarta de nouveau et une jeune fille d'une quinzaine d'années sortit de l'atelier. Elle était couverte de taches de rousseur, rousse et aussi maigre que son père – bien que ses bras et ses épaules soient un peu plus musclés. Elle portait un plateau en bois avec des tasses et des pots en argent. Quand elle franchit la porte du comptoir, Locke constata que ledit plateau était doté de pieds, comme une table miniature.

Elle posa le service à café entre les deux hommes, juste sur le côté, et adressa un hochement de tête respectueux à Locke.

— Ma fille aînée, Lauris, dit maître Baumondain. Lauris, voici maître Fehrwight, de la maison du bel Sarethon, à Emberlain.

— Je suis ravi de faire votre connaissance, dit Locke.

La jeune fille était assez près pour qu'il remarque les petits copeaux de bois ondulés qui parsemaient ses cheveux.

— Je suis à votre service, maître Fehrwight. (Elle inclina de nouveau la tête et se préparait à partir lorsqu'elle aperçut le chaton gris qui dépassait de la poche du tablier de son père.) Père, tu as oublié Tout-fou. Je ne pense pas que tu aies l'intention de le faire asseoir sur la table ?

— Ah bon ? Oh, dieux, tu as raison !

Baumondain sortit le chaton de sa poche avec délicatesse. Locke fut sidéré par le manque de réaction du félin qui se laissa emporter mollement, pattes, queue et tête pendantes. Quel chat digne de ce nom poursuivrait sa sieste tandis qu'on le ramasse et le transporte dans les airs ? Il eut la réponse lorsque Lauris saisit Tout-fou et se tourna pour quitter la pièce. Les petits yeux de l'animal étaient grands ouverts et blancs comme neige.

— Cette créature a été Agentillée, dit Locke à voix basse quand Lauris fut retournée à l'atelier.

— J'en ai peur, dit l'ébéniste.

— C'est la première fois que je vois une chose pareille. Quel intérêt de faire subir ce traitement à un chat ?

— Pas le moindre, maître Fehrwight. Pas le moindre. (Le sourire de Baumondain avait disparu, remplacé par une expression prudente et gênée.) Et ce n'est certainement pas mon œuvre. Ma benjamine, Parnella, l'a trouvé abandonné derrière la *Villa Verdante*.

Baumondain faisait référence à une gigantesque auberge de luxe où séjournaient les touristes de classe moyenne – les riches qui n'étaient pas les hôtes de dame Saljesca. Locke logeait lui-même dans cet établissement.

— C'est sacrément étrange.

— Nous l'avons baptisé « Tout-fou », bien qu'il ne fasse pas grand-chose. C'est une sorte de plaisanterie. Il faut le cajoler pour qu'il mange et le stimuler pour qu'il... fasse ses besoins. Parnella pensait qu'il serait plus charitable de lui fendre le crâne, mais Lauris n'a pas voulu en entendre parler, et je n'ai pas eu le cœur de la contrarier. Vous devez me trouver bien faible et gâteux.

— Pas le moins du monde, déclara Locke en secouant la tête. Le monde est assez cruel tel qu'il est, inutile d'en rajouter. Je vous approuve. Je voulais seulement dire que c'était sacrément étrange que quelqu'un fasse une chose pareille.

— Maître Fehrwight... (Le charpentier se passa la langue sur les lèvres avec nervosité.) Vous me semblez être une personne de cœur, et vous devez comprendre... Dans cette cité, notre commerce nous fournit un travail régulier et lucratif. Mes filles feront un héritage substantiel lorsque je leur léguerai la boutique. Il y a... Il se passe à Salon-Corbeau des choses dont nous autres, artisans, ne... ne nous mêlons pas. Des choses dont nous ne devons *surtout pas* nous mêler. Si vous voyez ce que je veux dire.

— Très bien, répondit Locke, prêt à tout pour garder l'homme de bonne humeur. (Il décida cependant qu'il chercherait à savoir ce qui embarrassait tant l'ébéniste.) Je vous assure que je vois très bien. Oublions donc cette histoire et retournons plutôt à nos affaires.

— Vous êtes fort aimable, déclara Baumondain, visiblement soulagé. Comment prenez-vous votre café ? J'ai du miel et de la crème.

— Du miel, je vous prie.

Baumondain attrapa la cafetière en argent et remplit une épaisse tasse en verre de liquide fumant. À l'aide d'une cuillère, il y ajouta du miel jusqu'à ce que Locke hoche la tête. Le voleur dégusta le breuvage tandis que son hôte versait tant de crème dans sa tasse que la boisson prit une teinte brun cuir. Le café était de qualité, riche et très chaud.

— Mes compliments, marmonna Locke malgré une langue légèrement ébouillantée.

— Il vient d'Issara. Les gens de la maison de dame Saljesca en boivent des quantités astronomiques. Nous en achetons quelques grammes à ses fournisseurs quand ils passent. Donc, votre messager a dit que vous souhaitiez discuter d'une commande qui serait, selon lui, très *particulière.*

— Particulière, en effet. À la fois dans sa conception et dans son emploi – que vous jugerez peut-être excentriques, mais je peux vous assurer que je suis aussi sérieux qu'il est possible de l'être.

Locke posa sa tasse et souleva sa sacoche qu'il posa sur ses genoux. Il tira une clé de la poche de son gilet et ouvrit sa serviette. Il plongea la main à l'intérieur et en sortit quelques parchemins pliés.

— Vous devez connaître le style qui prévalait juste avant la chute du Trône Thérin ? Le tout dernier, juste avant la mort de Talathri pendant la bataille contre les Mages Esclaves ?

Il tendit un des documents à Baumondain et ce dernier retira ses optiques pour l'examiner.

— Oh, certes ! répondit le charpentier d'une voix lente. Le Talathri baroque, qu'on appelle aussi « dernière floraison ». Oui, j'ai déjà réalisé des pièces dans ce style… Tout comme Lauris. C'est ce qui vous intéresse ?

— Je voudrais un ensemble de chaises. Quatre, recouvertes de cuir, en croissant-cisaille laqué et garni d'incrustations en or véritable.

— Le croissant-cisaille est un bois des plus délicats qui ne permettrait qu'un emploi occasionnel de ces chaises. Si vous souhaitez les utiliser plus régulièrement, je suis certain que vous préférerez du bois-sorcier.

— Mon maître a des goûts très arrêtés, même s'ils sont un peu étranges. Il a maintes fois répété qu'il les voulait en croissant-cisaille pour s'assurer que ses *desiderata* étaient clairs.

— Eh bien, si vous exigiez de les avoir en pâte d'amande, je suppose que je n'aurais qu'à m'incliner… À condition, évidemment, qu'il n'y ait pas d'équivoque : je vous aurai formellement déconseillé de vous en servir trop souvent.

— Bien entendu. Je vous assure, maître Baumondain, que vous ne serez pas tenu pour responsable de ce qui peut arriver à ces chaises une fois qu'elles auront quitté votre atelier.

— Oh ! Je ne peux pas faire moins que de me porter garant de notre travail, mais je ne peux pas transformer un bois tendre en bois dur, maître Fehrwight. Parfait, dans ce cas, je possède quelques ouvrages avec d'excellentes illustrations de ce style. Votre dessinateur s'en est plutôt bien tiré, mais j'aimerais vous montrer d'autres exemples avant que vous fassiez un choix.

— Je vous en prie, dit Locke.

Il savoura son café tandis que l'ébéniste se levait et retournait vers l'entrée de l'atelier.

— Lauris ! cria-t-il. Mes trois volumes de Velonetta… Oui, ceux-ci.

Il revint quelques instants plus tard, tenant délicatement dans ses bras trois ouvrages épais et reliés en cuir. Il se dégageait d'eux une odeur qui évoquait les temps anciens et un effluve épicé de conservateurs alchimiques.

— Velonetta, dit-il en s'installant sur sa chaise avec les livres sur les genoux. Est-ce que vous la connaissez ? Non ? Elle fut la plus grande érudite de la dernière floraison. Il ne reste que six exemplaires de ses œuvres à travers le monde, pour autant que je sache. La plupart de ses écrits consignés ici traitent de la sculpture, de la peinture, de la musique, de l'alchimie… Mais il y a aussi quelques pages intéressantes à propos de l'ameublement, une mine d'or qui vaut bien la peine de creuser un peu. Je vous en prie…

Les deux hommes passèrent une demi-heure plongés dans la contemplation des croquis que Locke avait apportés et des illustrations que Baumondain souhaitait lui montrer. Ensemble, ils parvinrent à trouver un compromis satisfaisant sur la conception des chaises que « maître Fehrwight » recevrait. Baumondain alla chercher un style et gribouilla quelques notes d'une écriture en pattes de mouche totalement illisible. Locke n'avait jamais imaginé le nombre de détails qui intervenait dans la fabrication d'un objet aussi simple qu'une chaise. Quand ils eurent terminé de parler de pieds, de renforts, de rembourrage de coussins, de cuir, de décoration et de menuiserie, le cerveau de Locke était en ébullition.

— C'est parfait, maître Baumondain, parfait, réussit-il cependant à dire. Le plus important : en croissant-cisaille, laqué de noir, avec une feuille d'or sur les incrustations et les rivets. Bien qu'elles soient neuves et sans la moindre brûlure, on doit avoir l'impression qu'elles étaient hier encore à la cour de l'empereur Talathri.

— Ah ! dit l'ébéniste. Je dois maintenant aborder un sujet délicat. Je ne voudrais pas vous offenser le moins du monde, mais je dois être clair sur un point : elles ne passeront jamais pour des pièces originales. Ce seront des répliques exactes de ce style, des reproductions parfaites d'une qualité telle qu'elles soutiendront la comparaison avec n'importe quel autre meuble. Mais un expert ne se laissera pas abuser. Ils ne sont pas nombreux à travers le monde, mais l'un d'eux ne confondra jamais une superbe copie avec une pièce d'époque – même sans prétention. Les originaux ont acquis la patine des siècles, les vôtres seront visiblement neuves.

— Je comprends ce que vous voulez dire, maître Baumondain. Mais n'ayez crainte : ma commande répond à un désir excentrique, pas à une tentative de tromperie. Personne n'affirmera que ces chaises sont des originaux, je vous le promets. Il se trouve d'ailleurs que la personne à qui elles sont destinées *est* un des experts auxquels vous faites référence.

— Très bien, dans ce cas. Très bien. Y a-t-il autre chose pour votre service ?

— Oui, dit Locke. (Il avait gardé en poche deux parchemins qu'il tendit alors à l'ébéniste.) Maintenant que nous nous sommes mis d'accord sur le genre de l'ensemble, ceci – ou quelque chose qui y ressemble, si c'est impossible tel quel – *doit* être inclus dans les plans.

Tandis que Baumondain comprenait peu à peu les implications des croquis, ses sourcils se haussèrent avec régularité en défiant la souplesse des muscles du front ; quand ils atteignirent leur apogée, ils semblèrent sur le point de se détendre et de se précipiter vers le sol comme des carreaux d'arbalète.

— Voilà une curiosité hors du commun, dit-il enfin. Une chose bien étrange à intégrer… Je ne suis pas sûr du tout que…

— C'est essentiel ! déclara Locke. Cela, ou quelque chose de très similaire – tant que les éléments principaux sont respectés. C'est indispensable. Mon maître refusera de commander ces chaises si ceci n'est pas inclus. Le prix ne pose pas de problème.

— C'est possible, reconnut le charpentier au bout de quelques secondes de réflexion supplémentaires. C'est possible. En modifiant un peu les plans. Je crois comprendre ce que vous souhaitez, mais je peux en améliorer la conception… C'est même indispensable si ces chaises doivent être employées en tant que telles. Puis-je vous demander pourquoi cette modification est essentielle ?

— Mon maître est un charmant vieillard, mais, comme vous avez pu le deviner, il est assez excentrique et a la phobie des incendies. Il a peur de se retrouver prisonnier des flammes dans son bureau ou dans la tour de la bibliothèque. Vous comprendrez sans peine en quoi ces aménagements pourraient l'aider à calmer ses craintes.

— Je suppose que oui, marmonna Baumondain.

Tandis qu'il parlait, sa mauvaise volonté intriguée fit place à l'intérêt suscité par le défi professionnel d'une telle réalisation.

Ensuite, ce ne fut plus qu'une question de chicaneries – toujours courtoises – sur des détails de plus en plus subtils, jusqu'à ce que Locke parvienne enfin à convaincre Baumondain d'avancer un prix.

— Avec quelle devise préférez-vous régler, maître Fehrwight ?

— Je suppose que ce serait plus simple en solaris.

— Alors, disons… Six solaris par chaise ?

Baumondain fit sa proposition d'une voix faussement désinvolte. Il s'agissait de l'offre initiale et elle était astronomique, même de la part d'un artisan du luxe. Selon toute logique, Locke aurait dû marchander, mais il se contenta de sourire et hocha la tête.

— Si vous demandez six solaris par chaise, vous aurez six solaris par chaise.

— Oh ! s'exclama Baumondain, presque trop surpris pour se réjouir. Oh ! Très bien, alors. Je ne serais que trop heureux d'accepter votre billet à ordre.

— Ce type de règlement conviendrait certes dans des circonstances ordinaires, mais je préfère quelque chose de plus pratique et de plus rapide, pour vous comme pour moi.

Locke plongea la main dans sa sacoche et en sortit une bourse. Il en tira vingt-quatre solaris qu'il déposa sur la petite table à café tandis que Baumondain l'observait avec une excitation grandissante.

— Voilà, je paie d'avance. Je préfère transporter des espèces sonnantes et trébuchantes quand je me rends à Salon-Corbeau. Cette petite cité a grand besoin d'un prêteur sur gages.

— Eh bien, je vous remercie, maître Fehrwight. Merci ! Je ne m'attendais pas à… Eh bien, je vais aller chercher un bon de commande et quelques papiers que vous emporterez, et tout sera réglé.

— Laissez-moi vous poser quelques questions : avez-vous tous les matériaux nécessaires pour réaliser la commande de mon maître ?

— Oh, oui ! Inutile d'aller vérifier.

— Ils sont entreposés ici ? Dans votre boutique ?

— En effet, maître Fehrwight.

— Quand puis-je espérer prendre possession des chaises ?

— Eh bien… En tenant compte des autres commandes et de vos exigences… Dans six semaines, peut-être sept. Viendrez-vous les chercher vous-même ou devons-nous organiser la livraison ?

— Sur ce point aussi, j'espérais que nous pourrions faire plus satisfaisant.

— Ah, eh bien… Vous êtes un homme si charmant, je suis certain que je parviendrai à arranger mon emploi du temps. Cinq semaines, peut-être ?

— Maître Baumondain, si vos filles et vous deviez travailler plus ou moins à plein-temps pour mon maître, que vous commenciez cet après-midi et alliez aussi vite que possible… Combien de temps faudrait-il, selon vous ?

— Oh, maître Fehrwight ! Maître Fehrwight, vous devez comprendre. J'ai d'autres commandes en attente. Des commandes de gens d'un certain rang. Des gens *importants*, si vous voyez ce que je veux dire. (Locke déposa quatre pièces d'or supplémentaires sur la table.) Maître Fehrwight, soyez raisonnable ! Il ne s'agit que de chaises ! Je ferai tout ce qui humainement possible afin de les terminer dans les plus brefs délais, mais je ne peux pas négliger mes clients et leurs commandes en cours… (Locke déposa quatre nouvelles pièces à côté de la pile précédente.) Maître Fehrwight, je vous en prie. Nous vous aurions accordé l'exclusivité de nos efforts pour bien moins que cela si *seulement* nous n'avions pas d'autres clients à satisfaire ! Comment diable pourrais-je leur expliquer ?

Locke déposa huit pièces supplémentaires sous la forme d'une petite tour entre les deux tas de quatre.

— Et maintenant, Baumondain ? Quarante solaris, alors que vous étiez si heureux d'en recevoir vingt-quatre ?

— Monsieur, par pitié. Les clients qui ont passé commande avant votre maître doivent, en toute courtoisie, avoir priorité. J'estime que c'est primordial.

Locke soupira et vida sa bourse : les dix derniers solaris de son escarcelle tombèrent sur la table à café, faisant trembler la tour de pièces.

— Il vous manque peut-être des matières premières. Quelques huiles, bois ou cuir indispensables. Il vous faut envoyer quelqu'un en commander. Six jours pour aller à Tal Verrar et six pour en revenir. Je suis certain que c'est déjà arrivé. Vous pouvez sûrement expliquer la situation.

— Certes, mais cela n'ira pas sans mal. Les gens seront contrariés…

Locke sortit une seconde bourse de sa sacoche et la leva comme une dague devant l'ébéniste.

— Remboursez-leur une partie de leur argent. Tenez, en voici un peu plus du mien.

Il secoua son escarcelle et fit tomber d'autres pièces sans même prendre la peine de les compter. Le tintement du métal sur du métal résonna dans le vestibule.

— Maître Fehrwight, mais *qui* êtes-vous donc ?

— Un homme qui ne plaisante pas avec les chaises. (Locke laissa tomber la bourse à moitié pleine sur la pile d'or près de la cafetière.) Cent solaris, tout rond. Annulez vos autres rendez-vous, traitez ma commande en priorité, faites des excuses et dédommagez-moi. Combien de temps pour que j'obtienne ce que je veux ?

— Peut-être une semaine, lâcha Baumondain avec un soupir résigné.

— Vous acceptez enfin ? En attendant que mes chaises soient terminées, cet endroit est donc l'atelier d'ameublement Fehrwight ? J'ai encore de l'or dans le coffre de la *Villa Verdante*. Si vous continuez à dire non, vous devrez me tuer pour m'empêcher de vous le proposer. Alors, sommes-nous d'accord ?

— Que les dieux nous viennent en aide, oui !

— Serrons-nous la main. Commencez à jouer du ciseau à bois pendant que je commence à perdre mon temps à l'auberge. Envoyez un messager si vous avez besoin que je vienne vérifier quoi que ce soit. Je resterai jusqu'à ce que vous ayez fini.

4

— Ainsi que vous pouvez le voir, mes mains sont vides et il est impensable que je cache quelque chose dans les manches d'un vêtement aussi bien coupé.

Locke se tenait devant le miroir en pied de sa suite, à la *Villa Verdante*. Il ne portait qu'un haut-de-chausses et une tunique légère en soie de qualité. Il avait relevé les manches bien au-dessus des poignets et fixait son reflet avec intensité.

— Il serait bien entendu impossible que je fasse apparaître un jeu de cartes comme ça… Mais, qu'est-ce que c'est que cela ?

Il fit un grand geste en direction du miroir et un paquet de cartes glissa maladroitement de sa main droite avant de s'éparpiller en une pluie désordonnée qui s'abattit sur le sol.

— Bordel de merde ! grommela Locke.

Il avait une semaine à tuer et ses tours de passe-passe s'amélioraient avec une lenteur insupportable. Par conséquent, il ne tarda pas à s'intéresser à la curieuse institution qui était au cœur de Salon-Corbeau. C'était elle qui motivait le pèlerinage de tant de riches oisifs jusqu'à cette cité, c'était pour elle que tant de désespérés et d'opprimés avalaient la poussière des chariots en marchant péniblement vers la même destination.

On l'appelait la « guerre de divertissement ».

Le stade de dame Saljesca était une réplique miniature du légendaire *Stadia Ultra* de Thérim Pel ; à l'extérieur, dans des niches de pierre disposées en hauteur, douze idoles de marbre représentant les dieux décoraient le bâtiment. Des corbeaux se perchaient sur leurs divines têtes et épaules, croassant sans enthousiasme vers la foule agitée qui se pressait près des portes. Tandis qu'il se frayait un chemin à travers cette marée humaine, Locke remarqua que chaque corps de métier connu était représenté : il y avait là des medekiners qui gloussaient en examinant des vieillards, des porteurs de litière traînant des infirmes – ou des fainéants convaincus –, des musiciens et des jongleurs, des gardes, des traducteurs… Des dizaines de commerçants agitaient des éventails ou hissaient de larges parasols en soie – ressemblant ainsi à de fragiles champignons géants alors qu'ils pourchassaient d'éventuels clients sous le soleil matinal qui montait dans le ciel.

D'après certains, la véritable Arène impériale était si vaste qu'un archer ne pouvait pas envoyer une flèche d'une extrémité à l'autre, mais la reproduction de dame Saljesca ne mesurait que cinquante mètres de diamètre. Il n'y avait pas de sièges pour les simples spectateurs : les murs de pierre lisse se dressaient à sept mètres au-dessus du sol parfaitement plat et étaient surmontés de luxueuses galeries dont les tentures pare-soleil claquaient doucement au vent.

Trois fois par jour, les gardes en livrée de dame Saljesca laissaient entrer les hôtes les plus distingués de Salon-Corbeau. Il existait une unique galerie ouverte à tous – et offrant même une vue correcte sur l'arène – dont l'accès était gratuit, mais la vaste majorité des spectateurs du stade n'acceptaient de s'asseoir que dans les loges et sièges luxueux qu'il fallait réserver à grands frais. Bien que ce soit plutôt inhabituel, Locke décida qu'il ne débourserait pas un centira pour assister à sa première guerre de divertissement. Une personne aussi insignifiante que Mordavi Fehrwight n'avait aucune réputation à entretenir.

Le sol de l'arène était couvert d'un damier brillant en marbre blanc et noir. Les dalles étaient disposées vingt par vingt, comme un gigantesque plateau de j'attrape-le-duc. En lieu et place des petites pièces de bois ou d'ivoire utilisées pour jouer, Saljesca employait des êtres vivants sur son terrain grandeur nature. Des pauvres et des démunis animaient le jeu, quarante de chaque côté, vêtus de tabards blancs ou noirs pour les différencier. Cette étrange occupation était la raison pour laquelle ils risquaient leur vie au cours d'un long et difficile périple jusqu'à Salon-Corbeau.

Locke avait déjà découvert que, dès leur arrivée en ville, les miséreux étaient conduits dans deux grands bâtiments lourdement gardés derrière le stade de dame Saljesca. Là, on les obligeait à se laver et on leur donnait deux modestes repas quotidiens pendant la durée de leur séjour – qui s'éternisait parfois. Chaque « candidat » – ainsi qu'on les nommait – recevait un numéro. Trois fois par jour, un tirage au sort avait lieu afin de sélectionner les deux équipes de quarante personnes qui participeraient à la prochaine guerre de divertissement. Le jeu ne comportait qu'une seule règle : les pièces humaines devaient être capables de se tenir debout, de se déplacer et d'obéir aux ordres. Les candidats les plus jeunes avaient à peine huit ou neuf ans. Ceux dont le numéro était tiré et qui refusaient – même une fois – de prendre part au jeu étaient chassés de Salon-Corbeau sur-le-champ et interdits de séjour. Sans provisions ni préparation, être jeté sur les routes de ce pays désertique équivalait souvent à une sentence de mort.

Une vingtaine de gardes de Saljesca armés de boucliers incurvés et de bâtons escortaient les candidats jusqu'à l'arène. Ces hommes et ces femmes solidement bâtis dégageaient une impression d'assurance tranquille, fruit d'une longue expérience ; ils n'auraient eu aucun mal à réprimer un soulèvement général de ces miséreux. Une fois dans l'arène, ils plaçaient les candidats sur leur emplacement de départ, quarante blancs et quarante noirs répartis sur deux lignes et séparés par seize rangées de cases.

À chaque extrémité du stade se trouvaient deux loges très particulières tendues de rideaux de soie, noire pour la première, blanche pour la seconde. Il fallait les réserver, un peu comme on retient une table de billard ou un salon particulier pour une certaine heure dans une maison de chance. Et la liste d'attente était longue. Les occupants de ces loges devenaient les commandants absolus de l'armée de leur couleur pendant la durée de la guerre.

Ce matin-là, le général en chef des blancs était une jeune vicomtesse lashanienne débordant d'enthousiasme – contrairement aux membres de sa suite que l'événement rendait visiblement nerveux : ils griffonnaient des notes et consultaient des diagrammes avec empressement. Le maître de guerre des noirs était un Iridanien d'âge moyen un peu empâté et affichant la mine calculatrice d'un marchand prospère.

Par consentement mutuel des deux commandants en chef, certaines pièces étaient parfois suspendues dans les airs grâce à un tabard spécial – leur conférant des pouvoirs particuliers ou une plus grande liberté de mouvement ; mais les règles de cette partie respectaient à la lettre celles du j'attrape-le-duc. Les commandants donnèrent leurs premiers ordres et le jeu commença lentement. Les pièces blanches et noires avançaient les unes vers les autres avec nervosité et sans enthousiasme, réduisant peu à peu la distance qui séparait les deux armées. La réaction des spectateurs intrigua Locke.

Il y avait entre soixante et soixante-dix personnes par loge, et deux fois plus de serviteurs, gardes du corps, assistants et messagers à portée de main – sans parler des traiteurs portant la livrée de la maison Saljesca, qui allaient et venaient sans cesse afin de satisfaire les désirs des spectateurs. Le brouhaha impatient de ces derniers semblait tout à fait déplacé compte tenu de la nature pesante de l'affrontement qui se dessinait sur les cases.

— Merde ! Mais qu'est-ce qu'ils trouvent de si fascinant là-dedans ? grommela-t-il tout bas en vadran.

Puis la première pièce fut prise et les démons jaillirent dans l'arène.

La maîtresse de guerre blanche plaça à dessein un de ses pions – un homme d'âge moyen – en position d'appât et une partie de son armée le suivit pour tendre un piège évident. Cependant, le maître de guerre noir décida que l'échange était intéressant. Répondant à l'ordre lancé par un adjudant noir, une adolescente avança en diagonale à partir d'une case et toucha l'homme en blanc à l'épaule. Celui-ci se prit la tête entre les mains et des applaudissements approbateurs montèrent de la foule, bientôt noyés par un hurlement sauvage qui s'éleva dans le stade, à l'extrême gauche de Locke.

Six hommes jaillirent par une porte latérale et se précipitèrent dans l'arène. Ils étaient vêtus de costumes complexes en cuir avec des cannelures noires et orange ; leurs visages étaient couverts de masques grotesques couleur flamme d'où s'échappaient des crinières hirsutes de chevaux noirs flottant derrière eux. Ils levèrent les bras vers le ciel en poussant des cris dénués de sens. Sous les acclamations des spectateurs, ils traversèrent l'arène en courant vers la pièce blanche qui esquissa un mouvement de recul. Les démons saisirent l'homme par les bras et les cheveux. Le malheureux, en larmes, fut jeté à l'extérieur du plateau de jeu et exhibé devant la foule comme un animal promis au sacrifice. Un démon – à la voix tonnante – pointa un doigt vers le maître de guerre noir et rugit :

—Annoncez le châtiment !

—Je veux le faire, dit un petit garçon dans la loge du marchand iridanien.

—Nous avons dit que ta sœur serait la première. Théodora, annonce le châtiment.

La fillette fixa le sol de l'arène d'un air concentré, puis murmura quelque chose à son père. Celui-ci se racla la gorge et cria :

—Elle demande que les gardes le bastonnent. Sur les jambes.

Il en fut ainsi. Les démons immobilisèrent l'homme qui hurlait et se tortillait, membres écartés, tandis que deux gardes lui tombaient obligeamment dessus à bras raccourcis. L'impact des bâtons résonna à travers l'arène. Avec une conscience professionnelle irréprochable, les deux tortionnaires parsemèrent ses cuisses, ses tibias et ses mollets d'ecchymoses. Puis leur chef leva la main et leur fit signe de partir. Les spectateurs applaudirent poliment – mais sans grand enthousiasme, remarqua Locke. Puis les démons transportèrent l'homme tremblant et ensanglanté hors du stade.

Ils ne tardèrent pas à revenir : une pièce blanche élimina une noire au coup suivant.

—Annoncez le châtiment ! résonna une fois de plus dans l'arène.

—Je vends ce privilège pour cinq solaris, proclama la vicomtesse lashanienne. Au premier qui réagira.

—Je prends ! hurla un vieil homme dans la galerie ouverte à tous.

Il était vêtu de plusieurs toges de velours et de tissu d'or. Le chef des démons pointa le doigt vers lui et le vieillard adressa un geste à un assistant en redingote qui se tenait à ses côtés. Le serviteur lança une bourse à un garde de la Maison Saljesca qui la porta dans le camp de la maîtresse de guerre blanche avant de la jeter dans sa loge. Les démons traînèrent ensuite la jeune femme en noir au bord de l'arène pour que le vieillard puisse l'examiner. Après un moment de réflexion exagéré, il cria :

—Arrachez-lui sa robe.

Le tabard noir et le vêtement de coton sale furent déchirés par les mains avides des démons. En quelques secondes, la jeune femme se retrouva nue. Elle paraissait déterminée à se montrer plus stoïque que la victime précédente : elle lança un regard froid et furieux au vieil homme et celui-ci, petit seigneur ou prince marchand, resta silencieux.

—C'est tout ? demanda le chef des démons.

—Oh, non ! Coupez-lui aussi les cheveux !

La foule éclata en applaudissements et en acclamations. Pour la première fois, une expression trahissant la peur se peignit sur les traits de la jeune femme. Elle arborait une chevelure épaisse, noire et brillante qui descendait jusqu'à la naissance de ses fesses, un sujet de fierté même chez les miséreux. C'était peut-être la seule chose au monde dont elle pouvait être fière. Le chef des démons attisa l'enthousiasme de la foule : il leva une dague étincelante à lame courbe au-dessus de la tête de la malheureuse et lança un hurlement joyeux. La jeune femme essaya de se libérer des cinq paires de mains qui l'immobilisaient, sans succès. Avec des gestes rapides et douloureux, le chef des démons trancha les longues mèches noires qui s'abattirent en voletant. Bientôt, le sol en fut couvert, une couche épaisse tandis que seules quelques touffes anarchiques et irrégulières hérissaient encore le crâne de la femme. Des filets de sangs coulèrent sur son visage et son cou alors qu'on la traînait hors de l'arène, trop hébétée pour lutter davantage.

La partie se poursuivit et Locke regarda, en proie à un malaise grandissant tandis que le soleil implacable traversait sans hâte le ciel en amenuisant les ombres. Les pièces humaines se déplaçaient sur des cases rendues brillantes par la chaleur, sans eau ni pause, jusqu'à ce qu'elles soient retirées du plateau de jeu et soumises au châtiment décidé par le maître de guerre adverse. Il lui parut vite évident que ce châtiment pouvait prendre presque n'importe quelle forme à l'exception de la mort. Les démons exécutaient les ordres avec un enthousiasme frénétique, mettant en scène chaque nouvelle blessure ou humiliation pour satisfaire une foule reconnaissante.

Par tous les dieux ! réalisa Locke. *Il n'y a pratiquement pas un spectateur qui soit venu assister au jeu. Seuls les châtiments les intéressent.*

Les rangées de gardes en armure dissuadaient toute tentative de contestation ou de rébellion. Les « pièces » qui refusaient de prendre sur-le-champ la place qu'on leur assignait, ou qui osaient sortir de leur case de leur propre chef, étaient simplement battues jusqu'à ce qu'elles se décident à obéir. Et elles obéissaient. La cruauté des châtiments ne fit qu'empirer au fur et à mesure du déroulement de la partie.

— Fruits pourris ! lança le petit garçon dans la loge du maître de guerre noir.

On lui obéit : une vieille femme en tabard blanc fut jetée contre les murs du stade et bombardée de pommes, de poires et de tomates par quatre démons. Ils la firent tomber à terre et continuèrent leur tir de barrage jusqu'à ce qu'elle ne soit plus qu'une boule ratatinée et tremblante, ses bras décharnés levés en guise de protection. Dans son dos, de grandes éclaboussures de pulpe et de jus de fruits coulaient le long du mur.

Les représailles du joueur blanc furent presque immédiates. La vicomtesse lashanienne « prit » un jeune homme trapu en tabard noir et, pour une fois, décida elle-même du châtiment.

— Nous devons garder l'arène de notre hôtesse propre, cria-t-elle. Amenez-le jusqu'au mur taché de fruits écrasés et faites-le-lui nettoyer avec la langue.

La foule se déchaîna en applaudissements et la victime fut poussée vers son supplice par le chef des démons.

— Maintenant, lèche, ordure !

L'homme au tabard noir s'exécuta tout d'abord sans enthousiasme. Un autre démon sortit un fouet pourvu de sept lanières à nœuds et cingla le malheureux en travers des épaules, le propulsant contre le mur avec assez de violence pour le faire saigner du nez.

— Mérite ton putain de salaire, minable ! hurla son tortionnaire en frappant de nouveau. C'est la première fois qu'une dame te demande de te mettre à genoux et de te servir de ta langue ?

L'homme s'appliqua désespérément à lécher le mur de haut en bas, s'étouffant presque toutes les deux ou trois secondes – ce qui lui rapportait un autre coup de fouet. Quand on le traîna enfin hors de l'arène, il n'était plus qu'une épave couverte de sang et secouée de haut-le-cœur nerveux.

La partie se poursuivit, pendant toute la matinée.

— Par tous les dieux, mais pourquoi supportent-ils ça ? Pourquoi acceptent-ils ça ?

Locke se tenait dans la galerie publique, à l'écart, les yeux rivés sur les riches et les puissants, sur leurs gardes et leurs serviteurs, sur les rangs de plus en plus clairsemés de pièces humaines en contrebas. Il ruminait en transpirant dans ses lourds vêtements noirs.

On trouvait ici les gens les plus riches et les plus libres du monde thérin, des gens qui possédaient titres et argent, sans aucun pouvoir politique pour les retenir. Ils se rassemblaient à Salon-Corbeau pour se livrer à des actes réprouvés par la loi et les usages au-delà des frontières du fief privé des Saljesca. Ils y humiliaient et brutalisaient les plus humbles comme bon leur semblait, juste pour satisfaire leur plaisir jubilatoire. L'arène et la guerre de divertissement n'étaient sans aucun doute qu'un prétexte, un moyen d'assouvir leur cruauté.

Il n'y avait ni ordre ni justice. Les gladiateurs et les prisonniers qui combattaient en public risquaient leur vie pour la gloire ou pour payer leurs crimes. Des hommes et les femmes se balançaient à des gibets parce que le Gardien Véreux n'accordait qu'une aide limitée aux imbéciles, aux lourdauds et aux malchanceux. Mais le spectacle de l'arène de Salon-Corbeau n'avait pas le moindre sens.

Locke sentit une boule de colère enfler comme un chancre dans ses tripes.

Ces gens ne savaient pas qui il était ni ce dont il était capable. Ils ne connaissaient pas les tourments que la Ronce de Camorr pouvait leur infliger si elle se déchaînait ici avec Jean à ses côtés ! Après quelques mois d'observation et de préparation, les Salauds Gentilshommes pouvaient réduire cette ville *à néant* ; ils étaient sans doute capables de trouver le moyen de tricher à la guerre de divertissement, de dépouiller les participants et dame Saljesca, de bafouer et d'humilier ces fils de pute, de ternir la réputation de la demi-cité au point que plus personne ne voudrait plus jamais s'y rendre.

Mais…

— Gardien Véreux, murmura Locke. Pourquoi maintenant ? Pourquoi me montres-tu cela maintenant ?

Jean attendait son retour à Tal Verrar et ils étaient plongés dans une partie dont la préparation avait demandé toute une année. Son compagnon ne savait rien de ce qui se passait vraiment à Salon-Corbeau. Il escomptait revoir Locke et ses chaises dans les plus brefs délais afin de poursuivre le plan établi – un plan déjà fort délicat.

— Que les dieux les maudissent ! lâcha Locke. Qu'ils les maudissent et les fassent pourrir en enfer !

5

Camorr, des années auparavant.

La brume humide et suintante enveloppait Locke et le père Chains comme un manteau gris crépuscule. Le vieil homme ramenait le garçon après sa rencontre avec le capa Vencarlo Barsavi. Ivre et trempé de sueur, Locke s'accrochait au dos de son bouc Agentillé comme si sa vie en dépendait.

— … Non, Locke, tu n'appartiens pas à Barsavi. C'est un bon allié à avoir de son côté et un homme que l'on doit avoir l'air de servir à chaque instant. Mais une chose est sûre, c'est que tu ne lui appartiens pas. Au bout du compte, moi non plus.

— Alors, je ne suis pas obligé de…

— … de respecter la Paix Secrète ? D'être un bon petit *pezon* ? Seulement pour rire, Locke. Seulement pour te mettre à l'abri du besoin. À moins qu'on t'ait cousu les paupières avec du cuir vert pendant ces deux derniers jours, tu dois maintenant avoir compris que j'ai l'intention de faire de toi, Calo, Galdo et Sabetha rien moins qu'un putain de carreau de baliste fiché au cœur de la précieuse Paix Secrète de Vencarlo, confia Chains avec un sourire carnassier.

— Euh… (Locke rassembla ses esprits pendant quelques secondes.) Pourquoi ?

— Ha ! C'est… assez compliqué. C'est en rapport avec ce que je suis, et ce que tu seras un jour, du moins je l'espère. Un prêtre qui a prêté allégeance au Gardien Véreux.

— Est-ce que le capa fait quelque chose de mal ?

— Eh bien, eh bien, c'est une question intéressante, mon garçon. Est-ce qu'il se conduit comme il faut avec les Gens Bien ? Par tous les dieux, oh que oui ! La paix Secrète tempère les ardeurs de la garde, elle calme tout le monde et limite le nombre de pendus dans nos rangs. Pourtant, chaque sacerdoce a ce que nous appelons des « mandats » – des lois que les dieux donnent en personne à leurs serviteurs. Dans la plupart des Temples, ces mandats sont complexes, brouillons et casse-couilles. Mais pour le clergé du Bienfaiteur, c'est plus simple : nous n'en avons que deux. Le premier est : « que les voleurs prospèrent ». Ce n'est pas plus compliqué. Nous avons pour mission de nous entraider, d'offrir asile à nos frères, de vivre en paix tant que c'est possible et de nous assurer que notre profession s'enrichit, par le crochet ou le boniment. Barsavi respecte cette règle, n'en doute pas.

» Mais le second mandat… (Chains baissa la voix et scruta le brouillard environnant pour vérifier que personne ne les écoutait.) Le second mandat dit ceci : « que les riches n'oublient pas ».

— Qu'ils n'oublient pas quoi ?

— Qu'ils n'oublient pas qu'ils ne sont pas invincibles. Que leurs serrures peuvent être crochetées et leurs trésors volés. Nara, maîtresse des Maladies Omniprésentes – que Sa main ne m'approche jamais –, envoie des maux aux hommes afin qu'ils n'oublient jamais qu'ils ne sont pas des dieux. Nous faisons un peu la même chose, mais pour les riches et les puissants. Nous sommes le caillou dans leur chaussure, l'épine dans leur chair, le fragment de réciprocité avant le jugement divin. C'est là notre second mandat et il est aussi important que le premier.

— Et… la Paix Secrète protège les nobles. C'est ça que vous n'aimez pas ?

— Ce n'est pas que je n'aime pas ça. (Chains réfléchit à ce qu'il allait dire avant de lancer :) Barsavi n'est pas un prêtre du Treizième. Il n'a pas juré de faire appliquer les mandats comme je l'ai fait. Il doit agir avec pragmatisme. Je l'accepte, mais je ne peux pas rester les bras croisés. Mon devoir divin consiste à m'assurer que les sang-bleu et leurs jolis titres ont un aperçu des choses qui échoient quotidiennement au reste d'entre nous – un bon coup de pied au cul de temps en temps.

— Et Barsavi… n'a pas besoin de savoir tout ça ?

— Putain vérolée ! Surtout pas ! Voilà comment je vois la situation : s'il s'occupe de « que les voleurs prospèrent » et moi de « que les riches n'oublient pas », cette cité sera sainte entre toutes aux yeux du Gardien Véreux.

6

— Pourquoi supportent-ils cela ? Je sais bien qu'on les paie, mais quand on voit les châtiments ! Dieux… Euh… par les Saintes Essences, pourquoi est-ce qu'ils viennent jusqu'ici pour endurer ça ? Ils sont humiliés, battus, lapidés, souillés… et pour quoi ?

Locke arpentait avec agitation l'atelier de la famille Baumondain en serrant et desserrant les poings. C'était l'après-midi de son quatrième jour à Salon-Corbeau.

— Comme vous l'avez dit, maître Fehrwight, on les paie.

Lauris Baumondain posa doucement la main sur le dossier de la chaise à moitié terminée que Locke était venu voir. De l'autre, elle caressa le pauvre Tout-fou immobile et enfoncé dans une poche de son tablier.

— Si vous êtes choisi pour participer à une partie, vous touchez un centira de cuivre. Si vous subissez un châtiment, vous recevez un volani d'argent. Et il y a aussi un autre tirage au sort : une personne par guerre – une sur quatre-vingts – obtient un solari d'or.

— Ils doivent être désespérés.

— Leurs fermes font faillite. Leurs entreprises font faillite. Leurs propriétaires terriens reprennent possession de leurs champs. Des épidémies chassent la richesse de leurs cités et y apportent la mort. Ceux qui n'ont nulle part où aller viennent ici. Ils y trouvent un toit, de la nourriture et l'espoir d'obtenir un peu d'or ou d'argent. Tout ce que vous avez à faire, c'est d'être choisi assez souvent et… de les amuser.

— C'est immonde ! C'est obscène !

— Vous avez le cœur bien tendre pour une personne qui dépense autant pour quatre petites chaises, maître Fehrwight. (Lauris baissa les yeux et se tordit les mains.) Je vous prie de m'excuser. J'ai parlé sans réfléchir.

— Parlez tout votre saoul, Lauris. Je ne suis pas riche. Je me contente de servir mon maître. Et même lui… Nous ne jetons pas l'argent par les fenêtres et nous sommes justes. On peut dire que nous sommes excentriques, mais pas cruels.

— J'ai souvent vu des nobles des Essences à la guerre de divertissement, maître Fehrwight.

— Nous ne sommes *pas* des nobles. Nous sommes des marchands… des marchands d'Emberlain. Je ne peux pas parler au nom des nobles – et, en règle générale, je n'en ai pas la moindre envie. Écoutez, j'ai visité de nombreuses cités. Je sais comment vivent les gens. J'ai assisté à des combats de gladiateurs, à des exécutions ; j'ai vu la douleur, la pauvreté et le désespoir, mais je n'avais jamais *rien* vu de tel – le visage de ces spectateurs, la manière dont ils regardaient et applaudissaient. Ils se comportaient comme des hyènes, comme des vautours, comme… comme des créatures *malfaisantes*.

—Il n'existe pas ici d'autres lois que celles de dame Saljesca, dit Lauris. À Salon-Corbeau, ils peuvent se conduire comme bon leur semble. À la guerre de divertissement, ils peuvent faire *tout* ce qu'ils veulent aux pauvres et aux gens du commun, tout ce qui est interdit ailleurs. Ce que vous voyez, c'est juste leur véritable nature lorsqu'ils cessent de faire semblant de s'intéresser à quelque chose. D'où croyez-vous que vient Tout-fou ? Ma sœur a vu un noble faire Agentiller des chatons pour que ses fils puissent les torturer avec des couteaux. Parce qu'ils *s'ennuyaient à l'heure du thé*! Alors, bienvenue à Salon-Corbeau, maître Fehrwight. Je suis désolée si ce n'est pas le paradis auquel la ville ressemble de loin. Est-ce que vous êtes satisfait du travail que nous avons réalisé sur vos chaises ?

—Oui, dit Locke avec lenteur. Oui. Je suppose que oui.

—Si j'avais l'audace de vous donner un conseil, dit Lauris, je vous suggérerais d'éviter la guerre de divertissement jusqu'à la fin de votre séjour. Faites comme le reste d'entre nous : ignorez-la. Peignez une grande nappe de brouillard autour de votre esprit et faites comme si l'arène n'existait pas.

—Soit, mademoiselle Baumondain. (Locke soupira.) C'est peut-être bien ce que je vais faire.

7

Mais Locke fut incapable de rester à l'écart. Matin, midi et soir, il se retrouva dans la galerie publique, isolé, sans manger ni boire quoi que ce soit. Il observa la foule des spectateurs, les guerres et les humiliations se succéder. Les démons commirent des erreurs épouvantables en de nombreuses occasions : certains passages à tabac et étranglements allèrent un peu trop loin. On fracassa sur-le-champ le crâne des candidats qui avaient été malencontreusement rossés au-delà de tout espoir de guérison, sous les applaudissements polis de la foule. Il était de bon ton de faire preuve d'un peu de condescendance.

—Gardien Véreux, marmonna Locke lorsqu'il fut témoin du premier accident. Ils n'ont même pas de prêtres… Pas un seul…

Il comprit – vaguement – ce qu'il s'infligeait. Il sentit un frisson en lui, comme si sa conscience était un lac immobile et profond où une bête se débattait afin de remonter à la surface. Chaque humiliation brutale, chaque châtiment douloureux ordonné par un enfant noble trop gâté et surexcité tandis que ses parents le félicitaient en riant… Chacun de ces moments renforçait la puissance de la bête qui cherchait à vaincre sa lucidité, son détachement, sa volonté *de ne pas s'écarter du plan*.

Il essayait d'accumuler assez de colère pour céder.

La Ronce de Camorr avait été un masque porté par jeu et sans grand enthousiasme. Aujourd'hui, elle était presque devenue une entité séparée, une créature affamée, un fantôme toujours plus insistant qui le tourmentait afin de faire respecter le mandat de sa foi.

Laisse-moi sortir, murmurait-elle. *Laisse-moi sortir. Les riches ne doivent pas oublier. Par tous les dieux, je peux t'assurer qu'ils n'oublieront pas de sitôt.*

— Veuillez me pardonner, mais j'ai l'impression que vous ne vous amusez guère !

Locke fut arraché à ses idées noires par l'arrivée d'un homme dans la galerie publique. L'inconnu avait la peau mate et respirait la santé ; il devait avoir cinq ou six ans de plus que Locke ; des boucles de cheveux marron descendaient jusqu'à son col et il arborait une barbiche taillée avec soin ; il portait un long manteau de velours doublé de tissu d'argent. Il tenait derrière lui une canne à pommeau d'or qu'il serrait à deux mains.

— Mais je vous prie de m'excuser. Je suis Fernand Genrusa, pair du Troisième, de Lashain.

Pair du Troisième Ordre – baron – était un brevet de noblesse lashanienne qu'on obtenait en échange d'une certaine somme. Locke et Jean avaient envisagé d'acquérir un tel titre. Locke s'inclina légèrement et baissa la tête.

— Mordavi Fehrwight, mon bon seigneur. D'Emberlain.

— Un marchand, alors ? Vos affaires doivent être florissantes, maître Fehrwight, pour que vous passiez vos moments de loisir ici. Pourquoi cette triste mine ?

— Qu'est-ce qui vous fait penser que je ne suis pas satisfait ?

— Vous restez ici seul, sans prendre de rafraîchissement et vous regardez chaque nouvelle guerre avec une telle expression sur le visage... Comme si quelqu'un remplissait votre caleçon de charbons ardents. Je vous ai aperçu plusieurs fois de ma loge. Perdez-vous de l'argent ? Je pourrais vous faire partager mon expérience sur la meilleure manière de placer un pari à la guerre de divertissement.

— Je n'ai aucune dette de jeu en suspens, mon bon seigneur. Je suis juste... incapable de m'arracher à ce spectacle.

— C'est étrange. Il ne vous réjouit pourtant pas.

— Non.

Locke se tourna légèrement vers le baron Genrusa et déglutit nerveusement.

L'étiquette exigeait qu'un homme de basse extraction comme Mordavi Fehrwight – vadran de surcroît – réponde aux attentes d'un baron même si, comme Genrusa, il s'était contenté d'acheter son titre. Il se devait de lui offrir une conversation plaisante, mais Genrusa semblait l'encourager à fournir une explication. Locke se demanda comment il allait s'en tirer.

—Avez-vous déjà assisté à un accident de chariots, mon bon seigneur ? Ou vu un homme piétiné par des chevaux ? Avez-vous déjà observé du sang et des véhicules en miettes en étant incapable de détourner le regard ?

—Je dois dire que non.

—Je me permettrai de vous contredire. Vous disposez d'une loge privée pour assister à un tel spectacle trois fois par jour si vous le souhaitez, mon bon seigneur.

—Aah ! Ainsi donc, vous trouvez que la guerre de divertissement est, disons, inconvenante ?

—Cruelle, seigneur Genrusa. Cruelle au-delà des limites de l'acceptable.

—Cruelle ? Comparée à quoi ? Aux véritables batailles ? Aux épidémies ? Êtes-vous déjà allé à Camorr, par hasard ? Voilà une cité qui offre un point de comparaison qui vous amènerait peut-être à raisonner plus sainement, maître Fehrwight.

—Même à Camorr, dit Locke, je ne crois pas qu'on ait le droit de battre une vieille femme en plein jour parce qu'on en a envie. Ni de déchirer ses vêtements, de la lapider, de la violer, de lui couper les cheveux, de l'asperger avec des produits alchimiques corrosifs... On dirait... des enfants qui arrachent les ailes d'un insecte. Par curiosité et amusement.

—Qui a obligé ces pauvres à venir, Fehrwight ? Qui a appuyé une épée dans leur dos et les a forcés à marcher jusqu'à Salon-Corbeau sur ces routes désertes et torrides ? Ce pèlerinage dure des jours quand on part d'une ville digne de ce nom.

—Quel autre choix ont-ils, mon bon seigneur ? Ils viennent ici seulement parce qu'ils sont désespérés. Parce qu'ils ne peuvent plus survivre où ils vivaient. Les fermes font faillite, les entreprises font faillite... C'est le désespoir, rien de plus. Ils ne peuvent pas décider soudain de se passer de manger.

—Les fermes font faillite, les entreprises font faillite, des navires sombrent et des empires tombent. (Genrusa ramena sa canne devant lui et ponctua ses déclarations en agitant le pommeau en or vers Locke.) C'est la vie, dans le monde créé par les dieux, par la volonté des dieux. Peut-être que s'ils avaient prié avec plus de ferveur, économisé davantage ou employé ce qu'ils avaient avec plus de discernement, ils n'auraient pas besoin de ramper jusqu'ici pour obtenir la charité de dame Saljesca. Il me semble équitable qu'elle demande à la plupart d'entre eux de la mériter.

—La *charité* ?

—Ils ont un toit au-dessus de leur tête, de quoi manger et une chance de gagner de l'argent. Ceux qui remportent le prix en or ne semblent pas faire de difficultés pour empocher leur pièce et s'en aller.

— Une personne sur quatre-vingts gagne un solari, mon bon seigneur. Tous ces gens n'ont sans doute jamais vu une telle somme de leur vie. Pour les soixante-dix-neuf autres, cette pièce d'or n'est qu'un espoir qui les soutient jour après jour, semaine après semaine, châtiment après châtiment. Et qu'en est-il de ceux qui meurent parce que les démons dépassent les bornes ? À quoi leur servent l'or ou l'espoir d'en gagner ? Partout ailleurs, on considérerait ce spectacle comme un assassinat pur et simple.

— C'est Aza Guilla qui vient les chercher dans l'arène, pas vous, ni moi, ni aucun autre mortel, Fehrwight. (Genrusa avait froncé les sourcils et ses joues s'empourpraient.) Et vous avez raison, partout ailleurs, on considérerait cela comme un assassinat pur et simple. Mais nous sommes à Salon-Corbeau et ces gens sont ici de leur plein gré. Tout comme vous et moi. Ils auraient très bien pu décider de ne pas venir…

— … et seraient morts de faim ailleurs.

— Je vous en prie. J'ai voyagé de par le monde, maître Fehrwight. Je vous recommande de le faire afin de vous donner un peu de recul. Il est indiscutable que certains d'entre eux connaissent une mauvaise passe, mais je parie que la plupart sont juste attirés par l'or, par l'occasion de gagner une grosse somme sans effort. Regardez ceux qui sont dans l'arène en ce moment… Il y a là quelques jeunes gens qui semblent plutôt gaillards, vous ne trouvez pas ?

— Qui d'autre parviendrait à marcher jusqu'ici sans que cela relève du miracle, mon bon seigneur ?

— Je vois qu'il est vain de vouloir faire entendre raison aux sentiments, maître Fehrwight. Je pensais que vous, les tire-sous d'Emberlain, étiez d'une autre trempe.

— D'une autre trempe, peut-être, mais pas vulgaires.

— Vous dépassez les bornes, maître Fehrwight ! Je voulais vous parler parce que votre attitude m'intriguait. Je crois que je comprends maintenant où elle trouve son origine. Un petit conseil… Salon-Corbeau n'est sûrement pas l'endroit le plus sain pour afficher ce genre de ressentiment.

— Mes affaires ici seront… bientôt terminées.

— Tant mieux. Mais peut-être devriez-vous écourter un peu vos affaires concernant la guerre de divertissement. Je ne suis pas le seul à m'intéresser à vous. Les gardes de dame Saljesca sont… sensibles au mécontentement. Aussi bien dans l'arène que dans les galeries.

Je pourrais vous laisser sans un sou, en larmes, murmura la voix dans la tête de Locke. *Je pourrais vous obliger à gager vos pots de chambre pour empêcher vos créanciers de vous trancher la gorge.*

— Excusez-moi, mon bon seigneur, marmonna Locke. Je vais réfléchir à votre conseil. Je… je crois que personne ne se plaindra plus de ma présence ici.

8

Au matin du neuvième jour passé par Locke à Salon-Corbeau, les Baumondain terminèrent les chaises.

— Elles sont magnifiques, dit Locke en caressant légèrement le bois laqué et le cuir rembourré. Superbes. Aussi belles que je l'espérais – avec raison. Et qu'en est-il des… options ?

— Elles ont été réalisées selon vos consignes, maître Fehrwight. Selon la moindre de vos consignes.

Lauris se tenait près de son père dans l'atelier familial. Parnella – âgée de dix ans – s'efforçait de préparer du thé sur un socle de foyer alchimique posé sur une table d'angle couverte d'outils inconnus et de pots à moitié vides d'huiles de menuisier. Locke songea que, avant de boire le contenu de sa tasse, il prendrait la peine de le renifler avec soin.

— Vous vous êtes surpassés, tous.

— Nous avons été, euh… financièrement inspirés, maître Fehrwight, dit le père.

— J'aime bien fabriquer des trucs bizarres, ajouta Parnella du coin de la pièce.

— Euh. Oui, je suppose que c'est une bonne définition. (Locke observa l'ensemble de chaises identiques et lâcha un soupir où se mêlaient soulagement et contrariété.) Bien. Si vous aviez l'amabilité de les préparer pour le transport, je vais aller louer deux chariots et prendre congé cet après-midi.

— Vous êtes si pressé de partir ?

— Je vous prie de me pardonner, mais chaque instant superflu passé dans cette ville m'est pénible. Salon-Corbeau et moi ne sommes pas faits pour nous entendre. (Locke tira une bourse de cuir de la poche de son manteau et la lança à maître Baumondain.) Voici vingt solaris supplémentaires. Pour votre silence et pour m'assurer que ces chaises n'ont jamais existé. Me fais-je bien comprendre ?

— Je… Eh bien, je suis sûr que nous pouvons accéder à votre requête… Je dois dire que votre générosité est…

— … un sujet dont il est inutile de discuter plus longuement. Maintenant, dépêchez-vous. Je vais bientôt partir.

Alors, c'est tout ? demanda la voix dans la tête de Locke. *Tu t'en tiens au plan ? Tu laisses tout ça derrière toi, sans rien faire, et tu retournes à Tal Verrar la queue entre les jambes ?*

Tandis que Jean et lui s'enrichiraient aux dépens de Requin et graviraient les luxueux étages de *L'Aiguille du péché* à force de tricheries, les châtiments se poursuivraient sur les dalles de pierre de l'arène de dame Saljesca. Les visages des spectateurs resteraient identiques, jour après jour

– des visages d'enfants arrachant les ailes d'un insecte pour éclater de rire en le voyant se tortiller, à l'agonie ; des enfants qui, à l'occasion, en écrasaient un du pied.

— *Que les voleurs prospèrent*, grommela Locke tout bas.

Il resserra son écharpe et se prépara à aller louer des chariots. Il avait le cœur au bord des lèvres.

Chapitre 5

Au fil de la rivière artificielle

1

La cabine à la proue de verre jaillit une fois de plus de la cataracte de Mon Magisteria et glissa à l'intérieur du palais avant de s'immobiliser sèchement à son point d'arrêt. L'eau siffla dans les tuyaux en fer, les grandes portes se refermèrent derrière le véhicule et les serviteurs ouvrirent les battants vitrés pour laisser sortir Merrain, Jean et Locke.

Une dizaine d'Yeux de l'Archon les attendaient dans le hall d'entrée. Ils formèrent les rangs sans un bruit de chaque côté des trois passagers afin de les escorter.

Ils ne les conduisirent pas dans le même bureau que la fois précédente – selon toute apparence, du moins. Locke regardait parfois autour de lui tandis qu'ils traversaient des couloirs mal éclairés et gravissaient des escaliers en colimaçon. Mon Magisteria était davantage une forteresse qu'un palais, nul doute sur ce point. À l'extérieur du grand hall, les parois étaient dépourvues de décorations et l'air sentait avant tout l'humidité, la sueur, le cuir et la graisse d'arme. Derrière ces parois nues, on entendait l'eau gargouiller dans des canalisations invisibles. De temps à autre, ils croisaient des serviteurs qui se collaient aux murs et baissaient la tête pour fixer leurs pieds jusqu'à ce que les Yeux soient passés.

Merrain conduisit les deux amis jusqu'à une porte bardée de fer dans un couloir anonyme, plusieurs étages au-dessus de l'entrée. À l'autre bout du corridor, de faibles rayons de lune argentés ondulaient à travers une fenêtre cintrée. Locke plissa les yeux et comprit que l'eau s'écoulait en cascade des aqueducs entourant le palais et ruisselait sur la vitre.

Merrain frappa trois fois. La porte s'ouvrit avec un petit bruit sec et laissa filtrer un trait de lumière jaune pâle dans le couloir. La jeune femme congédia les Yeux d'un geste et, tandis qu'ils s'éloignaient, poussa doucement le battant. De son autre main, elle désigna l'intérieur.

— Enfin ! Et si j'avais voulu vous voir plus tôt ? Merrain a dû vous trouver bien loin de vos lieux de prédilection.

Stragos leva les yeux sans bouger de sa chaise – une des deux qui meublaient la petite pièce nue – et brassa les papiers qu'il examinait. Son serviteur chauve était assis sur l'autre siège, avec plusieurs dossiers dans les mains, silencieux.

— Ils ont rencontré quelques problèmes sur les quais intérieurs de la Grande Galerie, dit Merrain en refermant derrière Jean et Locke. Sous la forme de deux assassins particulièrement motivés.

— Vraiment ? (Une expression d'irritation non feinte se peignit sur les traits de Stragos.) Pour quelle raison leur enverrait-on deux assassins ?

— Nous aimerions beaucoup le savoir, dit Locke. Nous avions une chance d'obtenir des renseignements à ce propos, mais ladite chance a pris un carreau d'arbalète dans la poitrine quand Merrain est arrivée.

— Cette femme était sur le point de poignarder l'un d'eux avec un couteau empoisonné, Protecteur. J'ai pensé que vous préféreriez les garder en bonne santé pour le moment.

— Mm… Deux assassins. Êtes-vous allés à *L'Aiguille du péché* cette nuit ?

— Oui, répondit Jean.

— Ah ! Dans ce cas, ce ne peut pas être l'œuvre de Requin. Il se serait occupé de vous pendant que vous étiez chez lui. Il s'agit donc d'une autre affaire. Y aurait-il quelque chose dont vous auriez dû me parler plus tôt, Kosta ?

— Oh, j'implore votre pardon, Archon ! Entre vos petits amis les Mages Esclaves et l'armée d'espions que vous nous avez sans doute collée aux fesses, je pensais que vous auriez de meilleures informations que ça.

— Je ne plaisante pas, Kosta. J'ai l'intention de me servir de vous. Ça ne m'arrange pas du tout de me retrouver avec une vengeance sur les bras. Vous ignorez qui aurait pu les envoyer ?

— En vérité, nous n'en avons pas la moindre putain d'idée.

— Vous avez laissé leurs cadavres sur les quais ?

— À cette heure, les gardes les ont sans doute trouvés, dit Merrain.

— Ils les jetteront dans la Fange Profonde, mais, avant, ils les conserveront un jour ou deux à la maison des morts. Je veux que quelqu'un se rende là-bas et les examine. Qu'on note leur description et d'éventuels tatouages ou marques qui pourraient se révéler intéressantes.

— Bien sûr, dit Merrain.

— Dites à l'officier de garde de s'occuper de ça maintenant. Vous savez où me trouver quand ce sera terminé.

— Il en sera fait selon vos désirs, Archon.

Merrain sembla sur le point d'ajouter quelque chose, mais elle se retourna et sortit précipitamment.

— Vous m'avez appelé Kosta, remarqua Locke quand elle fut partie en claquant la porte derrière elle. Elle ne connaît pas nos véritables noms, n'est-ce pas ? C'est curieux. Vous n'avez pas confiance en vos agents, Stragos ? J'ai pourtant l'impression que vous pourriez facilement les tenir par les couilles comme vous l'avez fait avec nous.

— Je parie, ajouta Jean, que tu n'acceptes jamais un verre de l'amitié avec ton maître quand tu n'es pas de service, pas vrai, crâne d'œuf ?

Le serviteur de Stragos se renfrogna, mais ne répondit pas.

— Je vous en prie, dit Stragos d'un ton désinvolte. Raillez donc mon alchimiste personnel, l'homme qui m'a permis de vous « tenir par les couilles » et qui prépare également votre antidote, soit dit en passant.

Le chauve esquissa l'ombre d'un sourire. Jean et Locke se raclèrent la gorge et, simultanément, frottèrent nerveusement leurs pieds contre le sol – une habitude qu'ils avaient synchronisée quand ils étaient enfants.

— Vous me semblez être un type raisonnable, dit Locke. Pour ma part, j'ai toujours trouvé que la calvitie conférait une certaine noblesse, sans compter qu'elle reste seyante sous tous les climats…

— La ferme, Lamora ! Alors, est-ce que nous disposons des effectifs nécessaires ?

Stragos passa ses documents à l'alchimiste.

— Oui, Archon. Ils sont quarante-quatre en tout. Je vais m'assurer qu'ils seront en place avant demain soir.

— Parfait. Laissez les fioles et prenez congé.

Le chauve hocha la tête et rassembla les documents. Il tendit deux petites bouteilles en verre à l'Archon, quitta la pièce sans ajouter un mot et referma respectueusement la porte derrière lui.

— Bien, vous deux. (L'Archon soupira.) Vous semblez attirer beaucoup l'attention, vous ne trouvez pas ? Vous êtes *sûrs* de n'avoir aucune idée de l'identité des gens susceptibles de vouloir votre mort ? Un vieux compte à régler du temps de Camorr ?

— Il y a *beaucoup* de comptes à régler, dit Locke.

— Oui, j'imagine que c'est vrai. Eh bien, mes gens continueront à vous protéger du mieux possible. Mais, vous deux, vous devrez faire preuve d'un peu plus de… circonspection.

— Ce ne sera pas vraiment une nouveauté, dit Locke.

— Limitez vos déplacements aux Marches Dorées et à Savrola jusqu'à nouvel ordre. Je vais poster d'autres agents sur les quais intérieurs ; passez par là quand vous voudrez circuler.

— Par tous les dieux ! Nous ne pouvons pas travailler dans de telles conditions ! Pendant quelques jours, peut-être, mais pas jusqu'à la fin de notre séjour à Tal Verrar, quelle que soit sa durée.

— Sur ce point, vous avez raison – bien plus que vous le croyez, Locke. Mais si quelqu'un est après vous, je ne peux pas le laisser contrarier mes plans. Limitez vos déplacements… ou je le ferai à votre place.

— Vous aviez dit qu'il n'y aurait pas d'autres complications dans nos affaires avec Requin !

— Non ! J'ai dit que le poison ne compliquerait pas vos affaires avec Requin.

— J'ai l'impression que vous avez une sacrée confiance dans notre bonne conduite pour un homme seul avec nous dans une petite pièce aux murs de pierre. (Jean fit un pas en avant.) Votre alchimiste ne va pas revenir, n'est-ce pas ? Pas plus que Merrain ?

— Je devrais être inquiet ? Vous n'avez absolument rien à gagner en m'attaquant.

— Rien qu'une immense satisfaction personnelle, dit Locke. Vous *pensez* que nous sommes raisonnables. Vous *pensez* que votre précieux poison nous fout la trouille. Vous partez du principe que nous n'allons pas vous arracher les membres par crainte de ce qui s'ensuivrait.

— Devons-nous vraiment en passer par là ? (Stragos était resté assis, les jambes croisées, et affichait une expression vaguement ennuyée.) Il ne m'a pas échappé que vous pourriez être assez têtus pour nourrir une certaine rébellion au fond de vos cœurs. Alors, écoutez-moi avec attention : si vous quittez cette pièce sans moi, les Yeux qui sont dans le couloir vous tueront sur-le-champ. Et si vous me faites le moindre mal, je répète la promesse que je vous ai déjà faite : j'appliquerai le même traitement à l'un d'entre vous, en dix fois pire, pendant que l'autre sera forcé de regarder.

— Vous êtes un tas de merde de sourdre-peau avec une gueule de raie, lâcha Locke.

— C'est possible. Mais étant donné que vous êtes complètement à ma merci, dites-moi donc, qu'est-ce que ça fait de *vous* ?

— Des types dans la merde, grommela Locke.

— Sans aucun doute. Pourriez-vous, tous les deux, mettre de côté ce puéril besoin de venger votre amour-propre et accepter la mission que je vous propose ? Êtes-vous capables d'écouter mon plan tout en restant polis ?

— Oui. (Locke ferma les yeux et soupira.) Je suppose que nous n'avons pas vraiment le choix. Jean ?

— À mon corps défendant, je suis dans l'obligation d'approuver.

— Tant que vous le faites, le reste est sans importance. (Stragos se leva, ouvrit la porte du couloir et fit signe aux deux compères de le suivre.)

Mes Yeux vont vous mener à mes jardins. Je veux vous montrer quelque chose… pendant que nous parlerons de votre mission en privé.

— Qu'est-ce que vous avez l'intention de faire de nous, exactement ? demanda Jean.

— En quelques mots, j'ai une flotte à l'ancre dans la marina de l'Épée et elle ne sert pas à grand-chose. Attendu que je dépends encore du Priori pour la financer et l'entretenir, je ne peux pas monter une expédition sans motif valable. (Stragos sourit.) Alors, je vais *vous* envoyer en mer pour me trouver ce motif.

— En *mer* ? dit Locke. Est-ce que vous êtes devenu cin… ?

— Menez-les à mes jardins, dit Stragos en tournant les talons.

2

L'endroit ressemblait moins à des jardins qu'à une forêt. Il s'étendait apparemment sur des centaines de mètres sur la bordure nord de Mon Magisteria. Des haies entrelacées de lierre argenté légèrement phosphorescent balisaient les chemins au milieu de la noirceur des arbres qui se balançaient. Grâce à une alchimie naturelle, les plantes grimpantes fournissaient une lumière lunaire qui permettait aux deux voleurs et à leur escorte d'avancer sans difficulté sur les sentiers couverts de gravier. Les lunes elles-mêmes étaient de sortie, mais elles étaient en ce moment cachées par l'impressionnante masse obscure du palais haut de quatorze étages. Jean et Locke ne pouvaient pas les apercevoir de l'endroit où ils se trouvaient.

L'air parfumé était humide et lourd. La pluie se cachait dans le croissant de nuages rampant qui ceignait le ciel, à l'est. On entendait un vrombissement d'ailes invisibles dans l'obscurité des arbres et, ici et là, des lueurs or pâle ou écarlates rôdaient entre les troncs, comme si des fées se préparaient à quelque mauvais tour.

— Des scarabées-lanternes, dit Jean, hypnotisé malgré lui par le spectacle.

— Songe un peu à la quantité de terre qu'ils ont dû monter jusqu'ici, murmura Locke. Il a fallu recouvrir le Verre d'Antan d'une couche assez épaisse pour permettre à ces arbres de pousser…

— C'est chouette d'être duc, dit Jean. Ou Archon.

Une structure basse en forme de hangar à bateaux était tapie au centre du jardin, éclairée par des lanternes alchimiques suspendues qui produisaient une lumière d'un bleu identique à celui du blason de Tal Verrar. Locke entendit le faible clapotis de l'eau contre la pierre et découvrit bientôt qu'il y avait un sombre canal large de six ou sept mètres creusé juste derrière le petit bâtiment. Il serpentait dans les ténèbres du jardin-forêt comme un fleuve miniature. Locke s'aperçut alors que l'édifice éclairé de lanternes était *bel et bien* un hangar à bateaux.

D'autres gardes surgirent de l'obscurité : quatre soldats accompagnés de deux gros chiens noirs couverts d'une armure – quoiqu'il fût possible de se demander qui accompagnait qui. La tête des molosses arrivait à hauteur d'épaules et leur poitrail était presque aussi large que les hanches d'un homme. Ils montrèrent les crocs et reniflèrent avec mépris en direction des deux voleurs, puis ils s'ébrouèrent et entraînèrent les gardes dans les jardins de l'Archon.

— Très bien, dit Stragos en sortant de l'obscurité quelques pas derrière la patrouille cynophile. Tout est prêt. Vous deux, venez avec moi. Préfet des Lames, vous et vos hommes pouvez disposer.

Les Yeux firent demi-tour de conserve et s'éloignèrent en direction du palais en faisant crisser le gravier sous leurs bottes. Stragos fit un signe à Jean et Locke et les conduisit au bord du canal. Un canot flottait sur l'eau calme, attaché à un piquet près du hangar. Il semblait conçu pour accueillir quatre personnes, avec un petit banc de cuir matelassé à la proue et un autre à la poupe. Stragos fit un nouveau geste pour indiquer aux deux compères de s'installer sur le siège avant.

Locke dut reconnaître qu'il avait connu des moments plus désagréables. Il était appuyé contre des coussins et son bras reposait sur le plat-bord de la solide petite embarcation. Stragos fit légèrement tanguer le navire quand il embarqua derrière eux, puis il défit l'amarre et s'installa sur son banc. Il sortit une rame et la glissa par-dessus bord.

— Tannen, soyez assez aimable pour allumer la lanterne de proue.

Jean lança un regard par-dessus son épaule et aperçut une lampe alchimique grosse comme le poing qui se balançait de son côté. Il s'escrima avec le cadran de cuivre placé sur le dessus jusqu'à ce que les vapeurs se mélangent à l'intérieur et prennent vie, comme un diamant azur projetant les reflets des facettes de la lanterne sur l'eau en contrebas.

— Tout cela existait déjà quand les ducs du Trône Thérin ont construit leur palais, dit Stragos. Un canal creusé dans le Verre d'Antan, profond de deux mètres cinquante. Une sorte de rivière privée. Les jardins ont été aménagés autour. Nous autres, Archons, avons hérité cet endroit en même temps que Mon Magisteria. Le fait que l'eau soit stagnante ne dérangeait pas mon prédécesseur, mais j'ai fait apporter quelques modifications.

Tandis qu'il parlait, le clapotis contre les rives se fit plus fort et plus irrégulier. Locke remarqua que l'agitation de l'eau était provoquée par un courant qui traversait maintenant la rivière. Les reflets de la lanterne de proue se mirent à danser et à glisser sur les flots qui ondulaient comme un tissu de soie noire.

— De la sorcellerie ? demanda Locke.

— De l'astuce, Lamora. (Le navire s'éloigna doucement du bord du canal et Stragos utilisa la rame pour l'amener au centre de la rivière miniature.) Il y a une forte brise qui souffle de l'est ce soir et des moulins sont placés à l'extrémité de mes jardins. On peut s'en servir pour actionner des roues à aubes sous la surface de l'eau. Quand c'est le calme plat, quarante ou cinquante hommes les font tourner à la main. Je peux invoquer le courant quand bon me semble.

— Tout le monde peut péter dans une pièce close et affirmer qu'il commande aux vents, dit Locke. Mais je dois admettre que, vous connaissant, je suis surpris par… la beauté de cet endroit.

— Quelle joie d'apprendre que vous appréciez mon sens de l'esthétique.

Sur ce, Stragos barra en silence pendant quelques minutes. Ils franchirent un large méandre et longèrent des jardins suspendus couverts de lierre argenté et d'arbres dont les feuilles bruissaient sur les branches basses. L'odeur du cours d'eau artificiel monta autour des trois hommes alors que le courant devenait plus fort. Cet effluve était loin d'être désagréable, mais, en un sens, il était aussi plus fade et moins végétal que celui des rivières et des étangs naturels – c'était du moins l'impression de Locke.

— Je suppose que ce cours d'eau est en circuit fermé, dit Jean.

— Il serpente beaucoup, mais vous avez raison.

— Dans ce cas, euh… Excusez-moi, mais, où nous emmenez-nous exactement ?

— Chaque chose en son temps, répondit Stragos.

— En parlant de l'endroit où nous allons, dit Locke, auriez-vous l'obligeance de revenir au sujet que nous avons abordé tout à l'heure ? Un de vos gardes a dû me taper sur la tête, mais j'ai cru vous entendre dire que vous aviez l'intention de nous envoyer en mer.

— Vous avez bien entendu. Et vous allez effectivement embarquer sur un navire.

— Mais *pourquoi* diable ?

— Connaissez-vous l'histoire de la Libre Armada des îles des Vents Fantômes ?

— Plus ou moins, répondit Locke.

— L'insurrection des pirates de la mer de Cuivre, dit Jean d'un air songeur. Ça s'est passé il y a six ou sept ans. Elle a été écrasée.

— *Je* l'ai écrasée, précisa l'Archon. Il y a sept ans, ces maudits imbéciles des Vents Fantômes ont eu la folie des grandeurs. Ils ont affirmé qu'ils étaient en droit de prélever des taxes sur les navires marchands qui traversaient la mer de Cuivre – par taxes, ils entendaient l'abordage et le pillage de tout ce qui flottait. Ils disposaient d'une dizaine de vaisseaux en bon état et d'une dizaine d'équipages plus ou moins compétents.

— Bonaire, dit Jean. C'était le nom du capitaine à qui ils obéissaient tous, n'est-ce pas ? Laurella Bonaire ?

— En effet, dit Stragos. Bonaire et son *Basilic*. Une de mes anciens officiers, et un de mes anciens navires, avant qu'elle me trahisse.

— Comment a-t-elle pu vous faire ça à vous ? Un homme si modeste, un patron si charmant ? dit Locke.

— L'escadre de pirates a attaqué Nicora, Vel Virazzo, et presque tous les petits villages de la côte la plus proche. Ils ont abordé des navires qu'on aurait pu apercevoir de ce palais et, quand mes galères sont allées à leur rencontre, ils ont hissé les voiles et disparu à l'horizon. Ce fut le pire fléau que connut cette ville depuis la guerre contre Camorr, à l'époque de mon prédécesseur.

— Je ne me rappelle pas que ça ait duré si longtemps, dit Jean.

— Environ six mois. Ils ont voulu créer un État et cela a provoqué leur chute. Les pirates savent filer et se déplacer furtivement, mais quand vous commencez à faire des proclamations officielles, vous finissez généralement par en découdre pour les faire respecter. Les forbans ne sont pas de taille à affronter une véritable marine de guerre dans une bataille rangée en pleine mer. Nous les avons écrasés devant Nicora. Nous avons coulé la moitié de leurs navires et renvoyé les survivants pissant de trouille jusqu'aux Vents Fantômes. Bonaire a fini dans une cage à corbeau suspendue au-dessus de la Fange Profonde. Quand elle eut terminé de regarder tous les membres de son équipage y tomber, j'avais moi-même coupé la corde pour qu'elle les rejoigne.

Jean et Locke restèrent silencieux. On entendit un faible grincement tandis que Stragos corrigeait la course de leur embarcation. Un autre méandre se dessinait devant eux.

— Maintenant, dit l'Archon, cette petite insurrection a rendu les pirates plutôt impopulaires sur la mer de Cuivre et les honnêtes marchands connaissent une période bénie depuis ces événements. Bien sûr, il y a encore des forbans dans les Vents Fantômes, mais ils n'approchent jamais à moins de trois cents milles de Tal Verrar, pas plus que de Nicora ou de la côte. Depuis trois ou quatre ans, ma flotte n'a rien de plus sérieux à régler que des problèmes douaniers et des affaires de vaisseaux à placer en quarantaine. Les temps sont calmes… et prospères.

— Votre travail ne consiste-t-il pas en cela ? demanda Jean.

— Vous me semblez être un homme cultivé, Tannen. Vos lectures vous ont sûrement appris que, lorsque les gens d'armes ont versé leur sang pour faire naître une période de paix, les personnes qui en profitent le plus sont aussi les plus susceptibles d'oublier ce sang versé.

— Le Priori, dit Locke. La défaite des pirates les a inquiétés, n'est-ce pas ? Le peuple aime les victoires. C'est ce qui rend les généraux populaires… et les transforme en dictateurs.

— Finement réfléchi, Lamora. Les conseils de marchands avaient tout intérêt à m'envoyer les débarrasser des pirates, et ils avaient aussi tout intérêt à brider ma flotte une fois la tâche accomplie. Les dividendes de paix... Les dividendes de paix... Régler la note avec la moitié des navires et les démobiliser, tout en libérant quelques centaines de marins bien entraînés pour que les marchands puissent mettre la main dessus... Les impôts de Tal Verrar ont payé leur entraînement, mais le Priori et ses partenaires se les sont appropriés avec joie. Voilà ce qui s'est passé et rien n'a changé. La mer de Cuivre est paisible, les Essences se chamaillent entre elles, Lashain n'a pas de flotte et Karthain n'en a pas le moindre besoin. Cette partie du monde est tranquille.

— Si vous et le Priori vous entendez si mal, pourquoi est-ce qu'il ne vous coupe pas tous les fonds ?

Locke s'installa confortablement dans son coin et passa la main gauche par-dessus le plat-bord pour la laisser traîner dans l'eau tiède.

— Je suis certain qu'il le ferait s'il en avait la possibilité, dit Stragos. Mais les chartes de la cité me garantissent un budget minimum sur les revenus généraux. Bien que les *finankers* et les contrôleurs comptables soient tous des leurs et qu'ils inventent les mensonges les plus tordus pour rogner le peu que je touche. Ma propre équipe de comptables passe son temps à contrecarrer leurs manœuvres. Mais le Priori ne veut pas desserrer les cordons de la bourse des fonds discrétionnaires. Si le besoin s'en faisait sentir, il pourrait en un instant augmenter mes effectifs militaires avec de l'or et du matériel. En temps de paix, ils me contestent jusqu'au moindre centira. Ils ont oublié pourquoi l'archonat a été fondé.

— Je crois me souvenir que votre prédécesseur était censé, euh... dissoudre sa charge une fois que Camorr aurait cessé de vous botter le cul, remarqua Locke.

— Une armée de métier est la seule armée efficace, Lamora. Il faut une continuité dans l'expérience et dans l'entraînement des troupes. On ne peut pas rassembler des soldats ou des marins compétents en claquant des doigts. Tal Verrar n'aura peut-être pas le luxe de disposer de trois ou quatre ans pour préparer sa défense quand surviendra la prochaine crise. Les membres du Priori caquettent bien fort à propos des « garanties civiques » et des « nécessités de s'opposer à la dictature », mais ils fuiront comme des rats à la première menace, leur fortune entassée sur leur dos. Ils embarqueront sur le premier navire partant pour un endroit prêt à leur accorder asile. Ils ne se battront jamais pour la cité et ne mourront jamais avec elle. C'est pourquoi je considère que notre inimitié va au-delà de simples griefs personnels.

— J'ai rencontré trop de marchands éminents pour critiquer le tableau que vous brossez d'eux, dit Locke. Mais, tout d'un coup, je comprends où cette conversation nous amène.

—C'est aussi mon cas, dit Jean en se raclant la gorge. On dirait qu'avec votre pouvoir déclinant, de nouveaux troubles sur la mer de Cuivre seraient une véritable *aubaine.*

—Excellent, dit Stragos. Il y a sept ans, les pirates des Vents Fantômes se sont soulevés et ont permis aux Verrariens de se féliciter de la flotte que je commande. Ce serait parfait si quelqu'un pouvait convaincre ces forbans de s'en prendre à nous une fois de plus... Afin que nous les écrasions de nouveau.

—Alors, comme ça, vous voulez nous envoyer en mer afin de trouver un bon prétexte, dit Locke. Vous voulez *nous* envoyer en *mer.* Est-ce que votre cervelle a enflé au point de se sentir à l'étroit dans votre crâne ? Par quel putain de bordel de merde de miracle pensez-vous qu'on va soulever une putain d'armada pirate à deux ? Dans un endroit où on n'a jamais foutu les pieds ? Et pour convaincre ces braves gens de venir gentiment se faire massacrer par la flotte qui, lors de leur dernière rencontre, les a penchés sur la table pour les enculer profond ?

—Vous avez convaincu les nobles de Camorr d'investir leurs fortunes dans vos manigances, dit Stragos d'une voix exempte de colère. Ils tiennent à leur argent comme à la prunelle de leurs yeux et il vous a suffi de secouer un peu pour qu'il vous tombe dans les mains comme un fruit mûr. Vous avez réussi à vous montrer plus malins qu'un Mage Esclave. Vous avez réussi à vous montrer plus malins que le capa Barsavi en agissant sous son nez. Vous avez échappé au piège dans lequel sont tombés le même capa Barsavi et toute sa cour.

—Mais on ne s'en est pas tous tirés, murmura Locke. Certains d'entre nous y sont restés, pauvre connard.

—J'ai besoin de plus d'agents. J'ai besoin d'agitateurs. Vous êtes tombés entre mes mains au moment idéal. Votre tâche, votre mission, sera de déclencher une pagaille de tous les diables sur la mer de Cuivre. Je veux des navires mis à sac de Tal Verrar à Nicora. Je veux que le Priori frappe à ma porte et me supplie d'accepter davantage d'or, davantage de vaisseaux et davantage de pouvoirs. Je veux qu'au sud de la cité, tous les bateaux de commerce hissent haut leurs voiles pour aller se réfugier dans les ports. Je veux que les assureurs souillent leurs hauts-de-chausses. Je sais que je n'aurais peut-être pas tout ça, mais je prendrai tout ce que vous pourrez m'offrir. Provoquez une crainte des pirates comme on n'en a pas vu depuis des années.

—Vous êtes cinglé, dit Jean.

—Nous sommes capables de dévaliser les nobles. Nous sommes capables d'escalader un mur pour pénétrer dans un manoir. Nous sommes capables de nous glisser dans des cheminées, de passer outre les serrures, de voler des chariots, de pénétrer dans des chambres fortes et de réaliser un nombre impressionnant de tours de passe-passe avec des cartes, dit Locke. Si vous aviez des couilles, je pourrais vous les couper, les remplacer par des billes et vous ne vous en apercevriez pas avant une semaine. Mais j'ai le pénible devoir de vous informer que la seule espèce de criminels avec qui nous ne nous sommes *jamais* associés, ce sont ces putains de pirates !

— Nous sommes un peu perplexes quant aux moyens de faire leur connaissance, ajouta Jean.

— Sur ce point – comme sur bien d'autres –, je possède une nette avance sur vous, dit Stragos. Vous ne devriez avoir aucune difficulté à rencontrer les pirates des Vents Fantômes parce que vous allez vous-mêmes *devenir* des pirates fort respectables. Le capitaine et le second d'un sloop pirate, pour être précis.

3

— Vous êtes pire que cinglé. (Plusieurs secondes de silence s'étaient écoulées depuis les derniers mots de Stragos, mais Locke était encore blême de colère.) La folie furieuse est un état de béatitude éclairée comparée à votre cas. Les types qui vivent dans les caniveaux et boivent leur pisse vous fuiraient comme la peste. *Vous* êtes complètement malade.

— Ce n'est pas le genre de choses que je m'attendais à entendre de la bouche d'un homme avide de recevoir son antidote.

— Sûr, quel choix somptueux vous nous laissez... mourir empoisonnés à petit feu ou mourir dans une aventure démentielle !

— Allons, dit Stragos. Voilà encore une réflexion qui me surprend dans la bouche d'un homme qui, comme vous, a démontré qu'il sait se tirer des situations les plus périlleuses.

— Les gens qui louent nos exploits pour nous forcer à en accomplir de plus risqués ont tendance à m'échauffer les oreilles. Écoutez, si vous voulez nous confier un travail, faites en sorte qu'il entre dans nos compétences. Est-ce que vous arrivez à comprendre ça ? Tout ce que nous disons, c'est que nous ne connaissons rien de rien à propos des vents, de la météo, des navires, des pirates, de la mer de Cuivre, des îles des Vents Fantômes, des voiles, des cordes, euh... de la météo, des navires...

— Notre seule expérience en matière de navires, intervint Jean, se limite à monter dessus, à avoir le mal de mer et à en descendre.

— J'ai également pensé à cela, dit Stragos. Le capitaine d'un équipage pirate doit, avant tout, être charismatique. Il doit posséder des talents de meneur d'hommes et de femmes, le sens de la décision. Les forbans ont besoin d'un chef et je crois que vous êtes capable de jouer ce rôle, Lamora. Ou de faire semblant, si nécessaire. Ceci fait de vous la personne idéale à certains égards. Vous pouvez feindre l'assurance alors qu'un autre homme serait enclin à céder à la panique. Votre ami Jean peut renforcer votre autorité ; un bon bagarreur est respecté à bord d'un navire.

— Ouais, parfait, dit Locke. Je suis irrésistible et Jean est un balaise. C'est vrai que ça suffit à écarter toutes les remarques que je viens de faire...

— Pour les problèmes de navigation, je vous adjoindrai un capitaine expérimenté. Il vous enseignera les bases et prendra les bonnes décisions pour vous lorsque vous serez en mer – en prétendant que les ordres sont les vôtres. Vous comprenez ? Tout ce que je vous demande, c'est de jouer un rôle... Cet homme fournira le savoir qui vous rendra crédibles.

— Venaportha miséricordieux, dit Locke. Vous avez *vraiment* l'intention de nous envoyer là-bas. Et vous espérez *vraiment* que nous allons réussir.

— Absolument.

— Et le poison ? demanda Jean. Vous allez nous donner assez d'antidote pour nous permettre d'écumer la mer de Cuivre à volonté ?

— Pas exactement. Vous devrez faire relâche à Tal Verrar tous les deux mois. Mon alchimiste m'a affirmé que le délai de sécurité oscille entre soixante-deux et soixante-cinq jours.

— Hé, attendez une petite minute ! s'exclama Locke. Si j'ai bien compris, nous devons jouer les pirates endurcis alors que nous sommes des marins d'eau douce, faire confiance à un inconnu pour avoir l'air compétents et affronter je ne sais quels dangers sur la mer – tandis que nos plans concernant la chambre forte de Requin prennent du retard. Et vous voulez en plus qu'on rentre se pendre à vos basques une fois tous les deux mois ?

— Il faut deux ou trois semaines pour gagner les Vents Fantômes et autant pour en revenir. Vous aurez amplement le temps de travailler entre chaque voyage, quel que soit le nombre de mois qui seront nécessaires. La manière dont vous organisez votre emploi du temps, c'est votre problème, bien entendu. Je suis sûr que vous comprenez mes impératifs.

— Non. (Locke éclata de rire.) Franchement, non.

— Il me faudra des rapports sur l'avancement de la mission. Il se peut que j'aie de nouveaux ordres ou des informations à vous communiquer. Vous aurez peut-être des demandes ou des suggestions à me faire parvenir. Il est donc logique que nous restions en contact à intervalles réguliers.

— Et que se passera-t-il si nous tombons par hasard dans une de ces régions de... Merde, Jean, comment ça s'appelle ? Quand il n'y a plus un souffle de vent ?

— Des zones de calme équatorial.

— C'est ça. Nous sommes peut-être ignorants en matière de navigation, mais nous savons quand même qu'on ne peut pas prévoir la vitesse moyenne d'un voilier. Vous prenez ce que les dieux vous donnent.

On pourrait se retrouver coincés sur une mer aussi plate que la main à moins de cent kilomètres de Tal Verrar au soixante-troisième jour, et mourir pour rien.

— C'est vaguement envisageable, mais peu probable. Je suis conscient qu'il y a une part de risque importante dans la mission que je vous confie. La perspective de bénéfices gigantesques me pousse à prendre ce risque. Maintenant, taisez-vous un moment. Voilà ce que je vous ai emmenés voir.

Devant eux, une ride dorée se dessinait sur l'eau noire et de faibles lignes lumineuses semblaient onduler dans les airs, juste au-dessus. Tandis qu'ils approchaient, Locke distingua une large forme sombre qui couvrait le canal d'une rive à l'autre – une sorte de bâtiment... Les traits de lumière filtraient à travers les interstices de rideaux qui descendaient jusqu'à la surface de l'eau. Le bateau atteignit cette barrière qu'il franchit sans grande difficulté. Locke écarta un pan de toile lourde et humide de son visage et, tandis que le tissu glissait sur le côté, l'embarcation entra en pleine lumière.

Ils se trouvaient à l'intérieur d'un jardin entouré de murailles hautes de douze mètres au moins et couvert d'un toit. Il était rempli de saules, de bois-sorciers, d'oliviers, de citrus et d'épines-d'ambre. Des troncs noirs, bruns et gris se dressaient en rangs serrés, leurs branches envahies de plantes grimpantes se tendaient vers le plafond en de vastes constellations de feuilles luisantes qui se mêlaient au-dessus du canal en formant une canopée.

Le véritable toit, lui, était d'un azur scintillant et aussi brillant qu'un ciel de midi, avec des traînées de nuages blancs à la dérive, presque cachés par les branches. À droite de Locke, le soleil brillait avec intensité et aveugla le voleur quand celui-ci se tourna pour regarder devant lui ; il envoyait des traits de lumière dorée qui découpaient les silhouettes des feuilles... Pourtant, il faisait bel et bien nuit à l'extérieur.

— C'est de l'alchimie, ou de la sorcellerie, ou les deux, dit Jean.

— Un peu d'alchimie, dit Stragos d'une voix basse et enthousiaste. Le plafond est en verre, les nuages sont en fumée, le soleil est un récipient enflammé où se mêlent huiles alchimiques et miroirs.

— Assez brillant pour maintenir cette forêt en vie sous un toit ? Putain ! s'exclama Locke.

— Il est peut-être assez brillant, en effet, Lamora. Mais si vous vous approchez, vous vous apercevrez qu'en dehors de nous, il n'y a rien de *vivant* sous ce plafond.

Incrédules, Jean et Locke regardèrent autour d'eux tandis que Stragos dirigeait l'embarcation vers une des berges du jardin. À cet endroit, le cours d'eau se rétrécissait ; il ne mesurait plus que deux mètres cinquante de large pour laisser de la place aux arbres, aux plantes grimpantes et aux buissons sur chaque rive. L'Archon tendit la main pour attraper un tronc et immobiliser le bateau, puis il pointa un doigt en l'air.

—Un jardin artificiel pour ma rivière artificielle. Il n'y a pas de vraies plantes ici. Juste du bois, de l'argile, des câbles et de la soie ; un peu de peinture, de teinture et d'alchimie. C'est moi qui ai conçu tout ceci. Les artificiers et leurs assistants ont mis six ans pour construire cet endroit. Ma petite vallée artificielle.

Locke prit conscience avec incrédulité que l'Archon ne mentait pas. En dehors du mouvement des nuages blancs au-dessus de leurs têtes, la forêt était d'un calme inhabituel, presque inquiétant. Dans ce lieu fermé, l'air était immobile et sentait l'eau stagnante ainsi que la toile. Il aurait dû fourmiller des senteurs de bois, de terre, de riches effluves de fleurs et de compost.

—Est-ce que vous trouvez encore que je ressemble à un homme qui pète dans une pièce close, Lamora ? Ici, je commande *vraiment* aux vents.

Stragos leva le bras droit au-dessus de sa tête et un bruissement envahit le jardin artificiel. Un courant d'air souleva les cheveux de Locke et gagna en puissance jusqu'à devenir une brise qui lui caressait le visage. Tout autour, les branches et les feuilles se balancèrent avec lenteur.

—Et à la pluie, cria Stragos.

Sa voix se répercuta sur l'eau avant de se perdre dans les profondeurs de la forêt soudain ramenée à la vie. Un instant plus tard, un mince brouillard tiède commença à descendre, une brume qui tourbillonnait en volutes fantomatiques à travers le jardin fictif et enveloppait l'embarcation en chatouillant la peau de ses passagers. Puis des gouttes se mirent à tomber dans un doux crépitement, provoquant des ondulations à la surface de la rivière artificielle. Jean et Locke se blottirent sous leurs manteaux alors que Stragos éclatait de rire.

—Je peux faire mieux. Je suis peut-être capable d'invoquer une tempête.

Un vent plus fort rabattit la brume et la pluie sur les trois hommes. La petite rivière frissonna, soudain traversée par un contre-courant qui venait de l'amont. Des vaguelettes coiffées d'écume surgirent sous l'embarcation comme si l'eau s'était mise à bouillir. Stragos s'agrippa à son arbre tandis que le bateau tanguait à vous donner la nausée. Les gouttes se firent plus grosses, plus violentes, et Locke dut porter la main à son front afin de continuer à regarder. D'épais bancs de brouillard sombre tourbillonnaient au-dessus de lui en assombrissant le soleil artificiel. La forêt s'était réveillée : ses branches et ses feuilles cinglaient l'air embrumé, comme si le faux jardin se battait contre des spectres invisibles.

—Mais seulement avec difficulté, dit Stragos.

Sans signal perceptible de sa part, la pluie s'affaiblit et cessa. Peu à peu, les coups de fouet des branches se réduisirent à un simple bruissement avant de retrouver leur immobilité. Le bouillonnement de l'eau décrut et, en quelques minutes, le jardin artificiel fut de nouveau tranquille. Des langues de brouillard évanescent s'enroulèrent autour des arbres et le soleil pointa à travers les « nuages » qui se dissipaient. Le bruit – assez agréable – des gouttes tombant de milliers de branches, feuilles et troncs se répercuta dans l'espace clos.

Locke s'ébroua et écarta ses cheveux mouillés de ses yeux.

— C'est… C'est sacrément étonnant, Archon. Je dois vous accorder ça. Je n'aurais jamais imaginé un truc pareil.

— Un jardin et un climat en bouteille, dit Jean d'un ton rêveur.

— Pourquoi ?

Locke avait posé la question pour son compagnon et lui.

— Pour ne pas oublier. (Stragos lâcha le tronc et laissa l'embarcation regagner le centre du canal en dérivant lentement.) Pour ne pas oublier ce que les mains et l'esprit de l'homme peuvent accomplir. Pour ne pas oublier ce que *cette cité* est seule au monde capable de produire. Je vous ai dit que mon Mon Magisteria est un musée des artifices. Considérez-les comme les fruits de l'ordre… Un ordre que je dois garantir et préserver.

— Et en quoi interférer avec le commerce maritime de Tal Verrar garantira et préservera votre putain d'ordre ?

— C'est un sacrifice à court terme en vue d'un bénéfice à long terme. Dans cette ville, Lamora, il existe un potentiel qui va se développer. Un potentiel qui va *s'épanouir*. Pouvez-vous imaginer les merveilles qu'aurait produites le Trône Thérin s'il avait connu plusieurs siècles de paix ? S'il n'avait pas été détruit par toutes nos guerres, par toutes ces disputes entre cités ? Quelque chose est enfin sur le point de surgir de tous nos malheurs, et ce sera *ici*. Les alchimistes et les artificiers de Tal Verrar sont sans pareils, les Érudits du Collegium de Thérin ne sont qu'à quelques jours de la ville… Il *faut* que cela se passe ici !

— Maxilan, mon chéri. (Locke haussa un sourcil et sourit.) Je sentais bien que tu étais plein d'énergie, mais j'ignorais que tu étais à ce point en manque. Allez viens, prends-moi ! Jean n'y verra pas d'inconvénients. Il détournera les yeux comme un vrai gentilhomme sait le faire.

— Raillez autant que vous voulez, Lamora, mais écoutez mes paroles. Écoutez et *comprenez*, espèce de petit imbécile. Le spectacle auquel vous venez d'assister a exigé le travail de soixante hommes et femmes. Des guetteurs à l'affût de mes signaux ; des alchimistes pour s'occuper des pots à fumée ; des équipes dissimulées pour actionner les soufflets et les ventilateurs qui génèrent le vent ; des dizaines d'autres personnes se contentaient de tirer les ficelles, pour ainsi dire – des fils métalliques sont attachés aux branches de mes arbres artificiels – comme pour des marionnettes – pour les agiter de manière plus réaliste. Une petite armée d'ouvriers qualifiés s'acharnant à produire un spectacle de cinq minutes au profit de trois hommes dans un bateau. Il était impossible de réaliser cela avec les artifices et les arts des siècles derniers.

» Mais quels progrès accomplirons-nous encore avec le temps ? Nous ferons peut-être la même chose avec trente personnes. Voire dix. Ou une seule. Pourquoi ne concevrions-nous pas des machines capables de générer des vents, des pluies et des courants plus forts ? Des mécanismes de contrôle si discrets et efficaces que nous les emploierons pour tout autre chose que ce spectacle ? Et si nous pouvions les utiliser afin de tout changer, de tout maîtriser, y compris nous-mêmes ? Nos corps ? Nos *âmes* ? Nous croupissons, terrifiés, dans les ruines de la civilisation eldren, dans l'ombre des Mages de Karthain, mais si n'importe qui pouvait devenir aussi puissant qu'eux ? Dans quelques siècles, si les dieux nous accordent leur aide, les gens du commun pourraient même *supplanter* leur pouvoir.

— Et la réalisation de ces projets grandioses exige que nous allions nous faire passer pour des pirates parce que ça vous arrange ? demanda Jean.

— Tal Verra ne sera jamais forte tant que son destin est entre les mains des membres du Priori – des personnes prêtes à la traire de son or et à s'enfuir aussi loin que possible au premier signe de danger. J'ai *besoin* de pouvoirs plus étendus et, pour parler franchement, je dois les arracher à mes ennemis par la force ou la ruse avec le soutien du peuple. Votre mission, si c'est un succès, déverrouillera la porte qui ferme le chemin à un avenir glorieux. (Stragos gloussa et écarta les mains.) Vous êtes des voleurs. Je vous offre l'occasion de participer au vol de l'Histoire elle-même.

— Ce qui est plutôt négligeable comparé à de l'argent dans une banque ou à un toit au-dessus de sa tête, remarqua Locke.

— Vous haïssez les Mages de Karthain, lâcha Stragos d'un ton impassible.

— Je suppose que c'est exact, dit Locke.

— Le dernier empereur du Trône Thérin a essayé de les combattre avec la magie, en opposant des sorciers à des sorciers. Son échec lui a coûté la vie. Karthain ne sera jamais conquise par les arts qu'elle commande. Les Mages se sont assurés que nul État au monde ne disposera jamais de sorciers assez nombreux et puissants pour les vaincre. Il faut les combattre avec ceci. (Il posa sa rame et écarta les bras.) Des machines. Des artifices. L'alchimie et l'ingénierie. Les fruits de l'esprit.

— Tout ça, dit Locke, tout ce plan grotesque... Une cité de Tal Verrar plus forte pour conquérir cette partie du monde... Tout ça pour nuire à Karthain ? Je dois reconnaître que l'idée est plaisante, mais pourquoi feriez-vous une telle chose ? Qu'est-ce que les Mages Esclaves vous ont fait pour que vous imaginiez un plan pareil ?

— Est-ce que l'un de vous deux a déjà entendu parler d'un art ancien appelé « illusionnisme » ? Avez-vous lu des livres d'histoire qui l'évoquent ?

— Quelques-uns, répondit Locke. Pas beaucoup.

— Il fut un temps où les illusions – de la magie fictive, de la fausse sorcellerie, de simples tours habiles – étaient très répandues, populaires et lucratives. Les gens du peuple payaient pour en voir aux coins de la rue, les nobles du Trône Thérin pour en voir à leur cour. Mais cette culture est morte. Cet art n'existe plus, sinon sous la forme de tours de carte sans intérêt. Les Mages Esclaves hantent nos cités tels des loups, prêts à écraser la moindre concurrence dans l'œuf. Aucune personne sensée ne se présenterait en public en affirmant qu'elle pratique la magie. La peur a tué toute une tradition il y a des centaines d'années de cela.

» Les Mages Esclaves dénaturent notre monde par leur simple présence. Ils nous gouvernent sous de nombreux aspects sans rapport avec la politique. Nous pouvons certes les engager pour qu'ils accomplissent notre volonté, mais c'est un leurre. L'ombre de cette petite guilde se dessine sur tous nos projets, sur tous nos rêves. La peur des Mages a empoisonné notre peuple jusqu'au cœur de ses ambitions. Elle l'empêche d'aspirer à un destin plus glorieux… d'espérer la renaissance de notre ancien empire. Vous estimez que j'ai commis à votre encontre un acte impardonnable, je le sais. Mais, croyez-le ou non, je vous admire pour avoir tenu tête aux Mages Esclaves. Ils vous ont livrés à moi en guise de punition, mais au lieu de vous châtier, je vous demande votre aide pour les frapper.

— Quels délires grandioses, dit Jean. À vous écouter, on croirait que vous nous accordez je ne sais quel privilège royal en nous obligeant à travailler pour vous contre notre gré.

— Je n'ai besoin d'aucune excuse pour détester les Mages Esclaves, dit Locke. Ni pour les détester ni pour les combattre. Je les ai raillés sous leur nez – ou presque. Jean et moi l'avons fait. Mais il doit vous manquer quelques cases pour croire qu'ils vous laisseront bâtir un État qui soit assez puissant pour les détruire.

— Je ne m'attends pas que cela arrive de mon vivant, dit Stragos. Je ne vise qu'à en planter les graines. Regardez le monde qui nous entoure, Lamora. Étudiez les indices qu'ils nous ont donnés. L'alchimie est vénérée aux quatre coins de la planète, n'est-ce pas ? Elle fournit la lumière pour nos maisons, apaise nos blessures, conserve notre nourriture… améliore le goût de notre cidre. (Il gratifia Jean et Locke d'un sourire narquois.) L'alchimie est une forme de magie mineure, mais les Mages Esclaves n'ont jamais essayé de la mettre sous leur coupe ou d'en restreindre l'usage.

— Parce qu'ils n'en ont rien à battre, dit Locke.

— Faux, dit Stragos. Parce qu'elle est indispensable à trop de choses. Ce serait comme nous empêcher d'employer l'eau ou le feu. Ce serait aller trop loin. Quel qu'en soit le coût, quel que soit le nombre de morts que cela occasionnerait, une telle décision nous obligerait à nous opposer à eux pour préserver notre existence même. Ils le savent. Leur pouvoir a des limites. Un jour, nous dépasserons ces limites, à condition que nous en ayons l'occasion.

— Voilà une bien belle histoire, dit Locke. Si vous écrivez un livre sur le sujet, je suis prêt à en commander dix exemplaires manuscrits. Mais pour le moment, vous contrariez nos plans. Vous nous empêchez de poursuivre un projet sur lequel nous avons travaillé avec acharnement pendant des mois et des mois.

— Je suis prêt à revoir les termes de ma proposition précédente et à vous offrir une récompense financière en cas de réussite.

— Combien ? s'exclamèrent Jean et Locke d'une même voix.

— Je ne fais pas de promesses. Votre gratification sera proportionnelle à vos résultats. Je vous donnerai satisfaction à hauteur de la satisfaction que vous m'aurez apportée. Est-ce que c'est compris ?

Locke fixa Stragos pendant plusieurs secondes en se grattant le cou. L'Archon essayait de jouer sur la confiance : il sollicitait de grands idéaux avant d'éveiller la cupidité. C'est un coup classique pour entuber les gens que vous voulez utiliser : Stragos n'était en rien tenu par ses promesses, il n'avait rien à perdre à un manquement de parole et pas la moindre raison de laisser les deux compères en vie une fois leur mission accomplie. Le regard de Locke croisa celui de Jean et il se frotta le menton à plusieurs reprises. Un code tout simple :

« Mensonge. »

Jean soupira et pianota un moment sur le plat-bord. Il semblait partager la prudence de Locke : il fallait éviter les messages codés complexes quand Stragos n'était qu'à quelques mètres. Sa réponse fut tout aussi simple :

« D'accord. »

— Voilà une excellente nouvelle, dit Locke en glissant une pointe d'enthousiasme modéré dans sa voix. (Chaque fois que Jean et lui partageaient le même avis, il était prêt à jouer la comédie avec une énergie renouvelée.) Une pile de solaris une fois l'affaire terminée, voilà qui contribuerait grandement à atténuer nos récriminations quant aux conditions de recrutement.

— Parfait. Je ne veux qu'une chose : que cette mission bénéficie d'un peu plus d'enthousiasme de votre part.

— Pour ne rien vous cacher, cette mission va avoir besoin de toute l'aide disponible.

— Ne pensez plus à cela, Lamora. Et regardez derrière vous : nous arrivons à l'extrémité de ma petite vallée.

Le bateau glissait vers un autre rideau-barrière de toile suspendue. Locke calcula sommairement que le jardin artificiel clos devait mesurer près de quatre-vingts mètres de long.

— Dites adieu au soleil, déclara l'Archon.

Ils traversèrent le pan de tissu et retournèrent dans les ténèbres tropicales et la nuit argentée avec ses scarabées-lanternes fugaces et son authentique parfum de forêt. Un chien de garde aboya non loin de là, puis grogna et se tut en réponse à un ordre soufflé à voix basse. Locke se frotta les yeux tandis qu'ils s'acclimataient une fois de plus à l'obscurité.

— Vous commencerez votre entraînement cette semaine, dit Stragos.

— Qu'est-ce que vous voulez dire par « entraînement » ? Il y a encore un tas de questions auquel vous n'avez pas répondu, dit Locke. Où se trouve notre navire ? Notre équipage ? Comment va-t-on se faire connaître comme pirates ? Il y a un millier de putains de détails à régler...

— Chaque chose en son temps, répondit Stragos. (Sa voix était teintée d'une satisfaction évidente maintenant que Locke s'investissait de manière constructive dans son plan.) J'ai entendu dire que vous étiez des clients réguliers du *Cloître doré*. Pendant quelque temps, reprenez l'habitude de vous lever avec le soleil. Le Jour du Trône, vous irez déjeuner au *Cloître*. Attendez que Merrain vous y rejoigne. Elle vous mènera à votre destination avec sa discrétion habituelle. À l'endroit où vous commencerez vos leçons – qui occuperont la plus grande partie de vos journées, alors inutile de prévoir autre chose.

— Merde, dit Jean. Pourquoi ne pas nous laisser finir notre affaire avec Requin ? Ça ne prendra que quelques semaines. Ensuite, nous ferons tout ce que vous voudrez et nous pourrons nous concentrer sur notre tâche.

— J'ai envisagé cette option, dit Stragos. Mais non. Repoussez vos projets. Je veux que vous soyez impatients de terminer ma mission. Et je n'ai pas quelques semaines à perdre. J'ai besoin que vous preniez la mer le mois prochain. Dans six semaines au plus tard.

— Nous avons un mois pour passer du rang de marins d'eau douce à celui de vieux loups de mer ? demanda Jean. Par tous les dieux !

— Ce sera un mois sans temps mort, dit Stragos.

Locke grogna.

— Est-ce que vous vous sentez à la hauteur ? Ou dois-je garder les fioles d'antidote et vous enfermer dans une cellule pour observer les effets du poison ?

— Assurez-vous simplement que ce putain d'antidote soit prêt à chacun de nos retours, dit Locke. Et commencez à réfléchir *sérieusement* à la somme qui nous permettrait de repartir comblés une fois cette affaire terminée. J'ai l'impression que vous êtes le genre de type prompt aux sous-estimations dans ce domaine, alors, à votre place, je réfléchirais *beaucoup*.

— La récompense sera proportionnelle aux résultats, Lamora. Plus la vie sauve. Quand des pavillons rouges flotteront de nouveau dans les eaux territoriales de la cité et que les membres du Priori me supplieront de les protéger, il sera temps de songer à votre prime. À ce moment-là et pas avant. Compris ?

Mensonge.

Locke était certain qu'il était inutile de communiquer cela à Jean, mais tout aussi sûr que son compagnon apprécierait un peu d'impudence.

—Je suppose que c'est vous qui décidez. Si les dieux sont avec nous, nous allons balancer un grand coup de pied dans le nid de frelons – ou ce qu'il en reste – des îles des Vents Fantômes. Après tout, nous n'avons pas vraiment le choix, hein ?

—C'est bien cela, dit Stragos.

—Tu sais, Locke, intervint Jean sur un ton désinvolte, j'aime à croire qu'il existe en ce monde des voleurs qui ne se laissent entraîner que dans des histoires tout à fait ordinaires. Un de ces jours, il faudrait que nous envisagions d'en trouver un pour lui demander son secret.

—C'est sans doute aussi facile que d'éviter les trous du cul dans son genre, dit Locke en désignant l'Archon.

4

Une escouade d'Yeux attendait près du hangar à bateaux quand la petite embarcation termina le tour du canal artificiel.

—Voilà, dit Stragos après qu'un de ses soldats l'eut débarrassé de la rame. (Il sortit deux fioles de ses poches et les tendit aux deux voleurs camorriens.) Votre premier sursis à exécution. Le poison a eu le temps de s'insinuer en vous, je ne veux pas avoir d'inquiétudes à votre sujet pendant les prochaines semaines.

Jean et Locke burent leur fiole en s'étouffant presque.

—Ça a un goût de craie, remarqua Locke en s'essuyant la bouche.

—Si seulement c'en valait le prix, dit l'Archon. Maintenant, rendez-moi les fioles. Et les bouchons.

Locke soupira.

—Je suppose qu'il ne fallait pas trop compter sur un oubli de votre part.

Les deux voleurs furent entraînés vers Mon Magisteria tandis que Stragos amarrait le bateau à son poteau.

L'Archon se releva, s'étira et sentit les vieux craquements familiers, les tiraillements dans ses hanches, ses genoux et ses poignets. Maudits rhumatismes… En toute honnêteté, il était encore en forme pour son âge, encore plus alerte que la plupart des gens qui approchaient la soixantaine. Mais, tout au fond de son cœur, il savait que la course était perdue d'avance.

Tôt ou tard, la dame du Long Silence entamerait un pas de danse avec Maxilan Stragos, qu'il ait terminé ou non son travail ici-bas.

Merrain était tapie dans l'ombre, du côté non éclairé du hangar à bateaux, aussi immobile et silencieuse qu'une araignée à l'affût de sa proie. Quand elle apparut près de lui, une longue expérience permit à l'Archon de réprimer un mouvement de recul.

— Je vous remercie d'avoir sauvé ces deux-là, Merrain. Vous m'avez été fort utile ces dernières semaines.

— Comme j'en avais reçu l'ordre, dit-elle. Mais êtes-vous vraiment sûr qu'ils conviennent aux besoins de votre plan ?

— Dans cette cité, ils sont dans une position très difficile, ma chère. (Stragos plissa les yeux et regarda les silhouettes floues de Jean, de Locke et des hommes de leur escorte tandis qu'ils disparaissaient dans le jardin.) Les Mages Esclaves les ont matés pour nous et ils anticipent pour notre bénéfice leurs moindres gestes. Je ne crois pas que ces deux hommes aient l'habitude d'obéir aux ordres. Libres de leurs mouvements, je sais qu'ils agiront comme prévu.

— Vos informations vous rassurent à ce point ?

— Il n'y a pas que mes informations. Requin ne les a pas encore tués, n'est-ce pas ?

— Manifestement.

— Ils seront utiles. Je sais comment fonctionne ce genre d'hommes. Au fur et à mesure que les jours passeront, leur ressentiment s'évanouira et ils seront grisés par l'inédit de la situation. Bientôt, ils y prendront du plaisir. Une fois cette étape franchie... je pense honnêtement qu'ils peuvent réussir. S'ils survivent. Et puis, il est clair que je n'ai pas d'autres hommes capables de remplir cette tâche.

— Dans ce cas, puis-je rapporter à mes maîtres que l'opération est en cours ?

— Oui. Je suppose que cela nous engage. Vous pouvez le faire. (Stragos observa la sombre silhouette de la svelte jeune femme à côté de lui et soupira.) Dites-leur que tout commencera d'ici un mois environ. J'espère pour eux qu'ils sont prêts à en supporter les conséquences.

— *Personne* n'est prêt à en supporter les conséquences, dit Merrain. Cela va faire couler plus de sang qu'on en a vu ces deux derniers siècles. Nous espérons seulement qu'en donnant le coup d'envoi, ce sont les *autres* qui récolteront la plus grosse part des ennuis. Avec votre permission, Archon, j'aimerais me retirer pour préparer les messages que je vais leur envoyer.

— Bien sûr, dit Stragos. Transmettez-leur mes meilleurs souvenirs avec votre rapport. Et le vœu que nous puissions continuer à prospérer... ensemble.

Dernière réminiscence

Pendu au bout d'une corde

1

— Oh, quel endroit *merveilleux* pour se suicider ! dit Locke.

Six mois s'étaient écoulés depuis son retour de Salon-Corbeau. Les quatre chaises fabriquées avec art étaient entreposées en sécurité dans un débarras privé de la *Villa Candessa*. À Tal Verrar, la fin de l'hiver maintenait la région sous le joug d'une température si fraîche que les gens entreprenaient des travaux de force rien que pour transpirer un peu.

À une heure de cheval sur une piste difficile, au nord de la cité, il y avait une forêt touffue juste après le village de Vo Sarmara et les champs l'avoisinant. Ses bois-sorciers et épines-d'ambre tordus se dressaient tout près d'un large val rocailleux aux parois grisâtres ; leur couleur évoquait la chair d'un cadavre et faisait ressembler l'endroit à une plaie géante dans le sol. La fine couche d'herbe olivâtre cessait toute velléité d'expansion à environ deux mètres cinquante du bord des à-pics qui surplombaient ce val. Jean et Locke se tenaient là, contemplant les trente mètres de vide qui les séparaient du sol graveleux, très loin en contrebas.

— Je crois qu'on aurait dû s'entraîner plus souvent à ce genre d'exercice, dit Jean en se débarrassant de la demi-douzaine de cordes qu'il portait en travers de la poitrine. Mais bon, si mes souvenirs sont exacts, nous avons rarement eu l'occasion de le pratiquer au cours de ces dernières années.

— À Camorr, on pouvait attaquer la plupart des obstacles sans équipement, dans un sens comme dans l'autre, dit Locke. Je crois que tu n'étais même pas avec nous la nuit où nous avons utilisé des cordes pour grimper au sommet de la tour de dame Marre, dans sa vieille propriété horrible… Calo, Galdo et moi avons failli nous faire picorer à mort par les putains de pigeons qui créchaient là. Ça doit faire cinq ou six ans.

— Oh, mais *j'étais* avec vous, tu ne te rappelles pas ? Je suis resté en bas pour faire le guet. J'ai assisté à la scène avec les pigeons. C'est pas facile de surveiller les alentours quand tu te pisses dessus à force de rigoler.

— C'était beaucoup moins drôle là-haut. Ces sales petits enculés étaient mauvais comme la gale ! grogna Locke.

— La Mort aux Mille Becs. Tu aurais donné naissance à un sacré paquet de légendes avec une mort aussi dégueulasse. J'aurais écrit un livre sur les pigeons mangeurs d'hommes de Camorr et on m'aurait offert une chaire au Collegium de Thérin. Je serais devenu une personne respectable. Moucheron et moi aurions fait ériger une statue à la mémoire des Sanza, avec une belle plaque.

— Et moi alors ?

— Tu aurais eu droit à une note en bas de la plaque. À condition qu'il soit resté assez de place.

— Passe-moi ce filin ou je vais te faire visiter le bord de la paroi – *à condition qu'il reste assez de place.*

Jean lança une corde à Locke qui l'attrapa au vol avant de retourner vers la lisière de la forêt à une dizaine de mètres du vide. Le filin était en demi-soie finement tressée et pesait beaucoup moins lourd que du chanvre – il était aussi beaucoup plus cher. En atteignant les premiers arbres, Locke choisit un grand et vénérable bois-sorcier aussi large que les épaules de Jean. Il déroula une bonne longueur de corde, la passa autour du tronc et contempla l'extrémité un peu effilochée pendant quelques secondes, essayant de rassembler ses connaissances en matière de nœuds.

Tandis que ses doigts manœuvraient avec hésitation, il lança un bref coup d'œil aux environs afin d'observer la nature mélancolique du monde. Un vent puissant soufflait du nord-ouest et le ciel ressemblait à une vaste cataracte de brume moite. Le chariot de location était garé à l'extrémité du bois, à environ trois cents mètres. Les deux voleurs y avaient installé le conducteur en compagnie d'une carafe en argile remplie de cidre et d'un superbe panier-repas fourni par la *Villa Candessa*. Ils lui avaient assuré qu'ils seraient absents quelques heures au plus.

— Jean, marmonna Locke alors que son volumineux camarade arrivait près de lui. C'est bien le nœud d'ancrage qui convient ?

— En tout cas, ça y ressemble fort.

Jean souleva la boucle complexe qui attachait la corde autour de l'arbre et hocha la tête. Il attrapa l'extrémité libre et ajouta un nœud par mesure de sécurité.

— Voilà, dit-il. Comme ça, c'est parfait.

Les deux compères s'affairèrent de conserve pendant quelques minutes : ils firent passer trois nouvelles cordes autour du tronc avant de les attacher comme la première. Une fois leur tâche achevée, le vieux bois-sorcier ressemblait à un sapin de Noël décoré de guirlandes de demi-soie tendues. Les filins supplémentaires furent mis de côté et les deux hommes se débarrassèrent de leurs longues redingotes et de leurs gilets. À la hauteur des hanches, ils portaient de lourdes bandes de cuir parsemées d'anneaux en fer.

Ces ceintures ne ressemblaient pas tout à fait aux baudriers d'escalade vénérés par les voleurs les plus consciencieux de Camorr qui les fabriquaient eux-mêmes. À l'origine, elles étaient utilisées par les marins – enfin, ceux qui avaient la chance de travailler pour un armateur assez altruiste pour dépenser un peu d'argent afin de garantir leur sécurité. Les deux hommes les avaient obtenues pour une bouchée de pain et s'étaient ainsi évité la peine de dégotter un contact dans la pègre verrarienne – une personne susceptible de leur en trouver deux…, mais aussi de se souvenir de la transaction. Il était préférable que Requin ignore certaines choses avant qu'il soit trop tard.

— Bon. Voilà ton descendeur.

Jean passa une pièce en fer relativement lourde à son camarade, un huit avec une boucle plus grande que l'autre et traversée en son milieu par une barre épaisse. Il garda la seconde pour lui. Il les avait fait fabriquer par un forgeron du croissant Istrien de Tal Verrar, quelques semaines auparavant.

— On va te harnacher en premier. Prends la ligne principale et assure-toi.

Locke fixa son descendeur à un des anneaux de son baudrier et y glissa une des cordes en demi-soie nouées autour de l'arbre avant de la lancer vers le bord de l'escarpement. Puis il attacha solidement un deuxième filin à un anneau au-dessus de son autre hanche. Quand ils partaient en expédition, la plupart des voleurs camorriens « dansaient nus », sans la sécurité d'une ligne d'assurage au cas où la première céderait ; mais, pour cette journée d'entraînement, les deux compères avaient fermement décidé de privilégier la prudence au détriment de l'exaltation.

Il fallut quelques minutes supplémentaires pour harnacher Jean de manière identique. Bientôt, les deux hommes furent attachés à l'arbre par deux cordes, comme des marionnettes. Ils portaient un minimum de vêtements : une tunique, un haut-de-chausses, des bottes militaires et des gants de cuir. Jean fit cependant une pause pour enfiler ses optiques de lecture.

— Bien, dit-il. On dirait que c'est une belle journée pour s'offrir une descente en rappel. Tu te charges des formalités avant que nous quittions le plancher des vaches ?

— Gardien Véreux, dit Locke. Les hommes sont des imbéciles. Protège-nous de nous-mêmes. Si tu ne peux pas, fais en sorte que ce soit rapide et sans douleur.

— Excellente oraison. (Jean inspira un grand coup.) On commence les folies à trois ?

— À trois.

Ils ramassèrent les cordes principales enroulées et en lancèrent les extrémités dans le vide. Elles se déroulèrent à toute allure en sifflant doucement.

— Un, dit Locke.

— Deux, dit Jean.

— Trois, crièrent-ils à l'unisson.

Ils coururent vers le bord et se jetèrent dans le vide avec des hurlements de joie.

Pendant un bref instant, l'estomac de Locke et le ciel gris brumeux semblèrent faire la culbute en même temps. Puis la corde se tendit et la paroi de l'escarpement se précipita vers lui – avec un peu trop d'enthousiasme à son goût. Il se balança comme un pendule humain et tendit les jambes avant de heurter le mur rocheux deux mètres cinquante sous le bord, genoux pliés pour absorber le choc de l'impact. Ça, au moins, il s'en souvenait très bien. Jean toucha la paroi soixante centimètres en contrebas avec un bruit sourd retentissant.

— Hé ! dit Locke. (Les martèlements de son cœur lui résonnaient dans les oreilles, si forts qu'ils couvraient presque le murmure du vent.) Il doit exister un moyen plus simple de vérifier la compétence de notre cordier, Jean.

— Ouf !

Jean déplaça les pieds de quelques centimètres en gardant les deux mains serrées autour du filin. Les descendeurs leur permettaient facilement d'appliquer assez de pression sur la corde pour ralentir ou s'arrêter à volonté. Ces petits appareils représentaient un net progrès par rapport aux techniques qu'ils avaient apprises enfants. Ils savaient encore glisser en se servant du poids de leurs corps pour contrôler leur descente, comme ils le faisaient jadis, mais ce système présentait quelques fâcheux inconvénients : il était prompt à irriter certaines protubérances de l'anatomie masculine si on ne faisait pas attention – ou si on était malchanceux.

Pendant quelques instants, ils restèrent simplement suspendus, les pieds contre la paroi, savourant le panorama tandis que les nuages vaporeux roulaient au-dessus de leurs têtes. Les cordes se balançaient sous leurs fesses, leurs extrémités dansant à mi-hauteur du mur rocheux – mais ils n'avaient pas l'intention d'aller jusque-là aujourd'hui. Ils auraient amplement le temps d'effectuer des descentes plus importantes au cours de leurs prochains entraînements.

— Tu sais, dit Locke. Je dois le reconnaître : c'est la seule partie du plan dont je n'étais pas franchement sûr. Imaginer une descente en rappel d'une telle hauteur, c'est une chose, se jeter dans le vide avec deux petites longueurs de corde entre toi et Aza Guilla, c'en est une autre.

— Le problème, ce ne sont pas les cordes et les parois, dit Jean. Le plus grand danger qui nous guette, ce sont tes fameux pigeons carnivores.

— Abruti ! Roule-toi donc en boule et mords-toi le cul.

— Je ne plaisante pas. Je suis terrifié. Je te jure que je vais ouvrir l'œil. Je ne veux pas quitter ce monde en emportant comme ultime souvenir ces *horribles coups de bec frénétiques...*

— Jean, je crois que ta corde t'alourdit. Attends, laisse-moi la couper pour t'aider...

Ils échangèrent coups de pied et bourrades amicales pendant quelques minutes. Locke se démena et essaya de mettre son agilité à profit pour contrebalancer son désavantage en poids et en force. Mais le poids et la force semblaient invincibles ce jour-là et, poussé par son instinct de conservation, Locke suggéra de cesser leurs amusements pour commencer leur entraînement.

— Sûr, dit Jean. Laissons-nous glisser d'un ou deux mètres, tout en douceur, et arrêtons-nous à ma marque, d'accord ?

Ils s'accrochèrent tous deux à leur corde principale tendue et relâchèrent un peu de tension dans le descendeur. Ils descendirent deux mètres sans hâte ni à-coups, puis Jean cria :

— Ça suffit.

— Pas mal, dit Locke. On dirait que les gestes reviennent vite, non ?

— Je suppose. Je n'ai jamais été fou de ce genre d'exercice depuis que je suis rentré de mes petites vacances à la Maison des Révélations. C'était ton truc et celui des Sanza plutôt que le mien. Et, euh... celui de Sabetha, bien sûr.

— Ouais, dit Locke avec un air mélancolique. Ouais, elle était vraiment dingue... dingue et mignonne à croquer. J'adorais la voir faire de l'escalade. Elle ne prenait pas de cordes. Elle... enlevait ses bottes, et détachait ses cheveux. Parfois, elle ne voulait même pas mettre de gants. Elle y allait avec seulement son haut-de-chausses et son corsage... Et je restais...

— ... assis, hypnotisé, dit Jean. Subjugué. Hé, je n'étais pas aveugle, tu sais !

— Ouais. Je suppose que ça crevait les yeux. Par tous les dieux ! (Locke fixa Jean et éclata d'un rire nerveux.) Par tous les dieux, voilà que c'est moi qui la ramène sur le tapis. Je n'y crois pas. (Il prit un air pénétré.) Est-ce que ça va bien entre nous, Jean ? Je veux dire, est-ce que tu trouves qu'on est redevenus comme avant ? Que nous sommes de nouveau à l'aise ensemble ?

— Putain, on est tous les deux suspendus trente mètres au-dessus d'une mort plutôt désagréable, non ? Je ne fais pas ce genre de chose avec les gens que je n'aime pas.

— Je suis heureux de l'entendre.

— Et ouais, je dirais qu'on est…

— Mes seigneurs ! Hé ho, en bas !

La voix était celle d'un Verrarien, avec de rudes intonations paysannes. Jean et Locke levèrent les yeux sous le coup de la surprise et aperçurent la silhouette d'un homme qui se découpait sur le ciel où roulaient les nuages. Il se tenait au bord de l'à-pic, les poings sur les hanches, vêtu d'un manteau râpé dont le capuchon était rabattu sur son visage.

— Euh… bonjour là-haut, dit Locke.

— Belle journée pour faire un peu d'exercice, pas vrai ?

— C'est exactement ce que nous pensions, cria Jean.

— Une bien belle journée, sauf votre respect, mes seigneurs. Et un bel ensemble de manteaux et de gilets que vous avez laissé là-haut. Je les aime beaucoup, mais quel dommage qu'y ait pas de bourses dans les poches.

— Bien sûr que non, nous ne sommes pas id… Hé, ça suffit ! Ayez la gentillesse de laisser nos affaires tranquilles, dit Jean.

Comme s'ils avaient échangé un message silencieux, les deux compères tendirent les bras pour se plaquer contre la paroi et trouver des prises de main et de pied aussi vite que possible.

— Et pourquoi pas ? Ce sont de très jolies affaires, mes seigneurs. Je peux pas m'empêcher de ressentir une sorte d'attirance pour elles.

— Si vous voulez bien attendre là, dit Locke en se préparant à grimper, un de nous devrait vous rejoindre d'ici quelques instants et je suis certain que nous pourrons débattre du problème entre gentilshommes.

— Je suis aussi attiré par l'idée de vous garder tous les deux en bas, si ça vous dérange pas, mes seigneurs. (L'homme fit un geste rapide et une hachette se matérialisa dans sa main droite.) C'est aussi une sacrée belle paire de hachoirs que vous avez laissée avec vos manteaux. De vrais bijoux. 'En avais jamais vu de pareils.

— Vous êtes fort aimable, cria Locke.

— Oh, putain ! Mais qu'il se jette dans le vide, ce con, grommela Jean.

— Je me dois néanmoins de vous faire remarquer, poursuivit Locke, que le conducteur de notre chariot doit bientôt arriver pour voir si tout se passe bien. Et il aura emporté son arbalète.

— Oh, vous parlez de ce type dans les vapes à qui j'ai, genre, flanqué un coup de rocher sur le crâne, mon seigneur ? J'ai le regret de vous informer qu'il était rond comme une queue de pelle.

— Je ne vous crois pas. Nous ne lui avions pas laissé assez de bière pour cela.

— 'Vous demande pardon, mes seigneurs mais c'est pas vraiment ce que j'appelle « un homme ». Trop maigrichon, si vous voyez le topo ? Enfin bon, y roupille maintenant. En plus, il avait pas d'arbalète. J'ai vérifié.

— J'espère que vous ne nous tiendrez pas rigueur d'avoir essayé, dit Locke.

— Pas le moins du monde. C'était une bonne idée. Très intelligente, genre. Mais je m'intéresse beaucoup – si ça vous gêne pas – au sort de vos bourses.

— Elles sont en sécurité ici, avec nous, lança Locke. Nous pourrions nous laisser convaincre de vous les céder, mais vous devrez nous hisser jusqu'en haut si vous les voulez.

— Ouais, dit l'inconnu. Vous et moi avons comme un point de vue différent à ce sujet, genre. Maintenant que je sais que c'est vous qui les avez, je crois je les aurai plus facilement en tranchant les cordes et en allant les récolter tranquillement en bas.

— À condition que vous soyez meilleur grimpeur que vous en avez l'air, dit Jean. C'est une sacrée descente et une sacrée remontée pour deux petites bourses.

— Elles sont en effet petites, enchaîna Locke. Ce sont nos bourses d'escalade. Spécialement conçues pour ne pas nous alourdir. C'est à peine si on peut y glisser quoi que ce soit !

— Je crois qu'on n'entend pas la même chose par « quoi que ce soit ». Et j'ai aucune intention de faire de l'escalade. Il y a des chemins plus simples pour descendre au fond de la vallée quand on sait par où passer.

— Ah !... Ne soyez pas idiot, dit Jean. Ces cordes sont en demi-soie et il vous faudra un bon moment pour les trancher. Vous ne parviendrez sûrement pas à le faire avant que nous soyons remontés.

— Sans doute, dit l'inconnu au manteau, mais je serai toujours là-haut si vous essayez, pas vrai ? Je pourrai vous balancer un coup de hache depuis le bord et transformer vos crânes en bols à soupe, genre. Je vais me gêner !

— Mais si nous restons ici, dit Locke, nous mourrons de toute façon. Alors, autant tenter notre chance et nous battre.

— Ben, faites comme bon vous semblera, mon seigneur. La conversation commence à tourner en rond, sauf votre respect. Je vais donc trancher les cordes maintenant. Moi, à votre place, je me tiendrais tranquille et je tomberais sans faire de ramdam.

— C'est ça, cria Locke. Espèce de pauvre cul-terreux ! Un enfant de trois ans serait capable d'assassiner des hommes sans défense accrochés au bout d'une corde contre une paroi rocheuse. Il fut un temps où un bandit aurait eu les couilles de nous affronter en face pour mériter son salaire !

— Mon seigneur, est-ce que j'ai vraiment l'air d'être un honnête commerçant ? Vous voyez des tatouages de guilde sur mes bras ? (Il s'agenouilla et, avec la hachette de Jean, commença à donner des coups réguliers.) Vous réduire en purée contre les rochers d'en bas me paraît un bon moyen de mériter mon salaire. Encore meilleur si vous continuez à me balancer des paroles désobligeantes.

— Espèce de salaud ! cria Locke. Tu n'es qu'un chien sans couilles, un bâtard ! Tu seras maudit pour ta cupidité, mais aussi pour ta couardise ! Les dieux crachent sur les types sans honneur dans ton genre, tu sais ! Ils te réservent un enfer glacé et sombre !

— De l'honneur, j'en ai à revendre, mon seigneur. J'en ai à plus savoir qu'en faire. Je le garde ici, entre mon ventre vide et le trou de mon cul tout pâle – qui vous chie dessus, d'ailleurs.

— D'accord ! D'accord ! dit Locke. Je voulais juste voir si je pouvais vous pousser à commettre une erreur. Permettez-moi de vous féliciter pour votre retenue ! Mais vous gagneriez sans doute bien davantage à nous remonter pour nous échanger contre une rançon !

— Nous sommes des gens importants, ajouta Jean.

— Avec des amis riches et importants. Pourquoi ne pas nous faire prisonniers et envoyer une lettre exigeant une certaine somme en échange de notre libération ?

— Ben…, dit l'homme. D'abord parce que je sais ni lire ni écrire.

— Nous nous ferions un plaisir de la rédiger pour vous.

— Je vois pas vraiment comment. Vous pourriez écrire tout ce que vous voulez, pas vrai ? Demander l'envoi de gardes et de soldats au lieu de la rançon, si vous voyez ce que je veux dire. J'ai dit que je savais pas lire, pas que j'avais de la merde à la place de la cervelle.

— Ho là ! Une seconde ! Arrêtez de taper avec cette hachette ! (Jean remonta d'une trentaine de centimètres supplémentaires et bloqua la corde dans le descendeur pour rester à cette hauteur.) Arrêtez de taper avec cette hachette ! J'ai une question très sérieuse à vous poser !

— Je vous écoute.

— D'où sortez-vous ?

— Je viens d'un peu partout, d'ici et là, en passant par l'utérus de ma mère, genre, répondit l'inconnu sans interrompre ses coups.

— Non, ce n'est pas ce que je voulais dire. Est-ce que vous surveillez toujours les parois à l'affût de grimpeurs ? Ça me surprendrait qu'ils soient assez nombreux pour que ça vaille la peine de les attendre en embuscade.

— Z'avez raison, mon bon seigneur. Avant vous, j'en avais même jamais vu de ma vie. Ça m'a intrigué, alors je suis venu jeter un coup d'œil, et je m'en félicite. (« Tchac ! Tchac ! Tchac ! ») Non, en général, je me cache dans les bois, parfois dans les collines. Je surveille les routes.

— Tout seul ?

— Je vous enverrais valdinguer en bas plus vite si j'étais accompagné, vous croyez pas ?

— Alors, comme ça, vous surveillez les routes. Et qu'est-ce que vous attaquez ? Les chariots ?

— Principalement.

— Vous avez un arc ou une arbalète ?

— Malheureusement non. Mais j'envisage d'en acheter une si j'arrive à tirer assez de vos affaires.

— Vous vous cachez dans les bois, tout seul, pour tendre des embuscades aux chariots sans une arme digne de ce nom ?

— Ben…, dit l'homme d'un ton hésitant. Ça fait un moment que j'en ai pas attaqué un. Mais aujourd'hui, c'est mon jour de chance, vous croyez pas ?

— Il semblerait que oui, lâcha Jean. Gardien Véreux ! Vous devez être le pire bandit de grand chemin que la terre ait jamais porté.

— Qu'est-ce que vous avez dit ?

— Il a dit, commença Locke, qu'à son avis – hautement éclairé –, vous étiez le…

— Non, le reste.

— Il a fait référence au Gardien Véreux. Est-ce que ce nom vous dit quelque chose ? Nous sommes membres du même ordre, mon frère ! Le Bienfaiteur, le Protecteur des voleurs, le Treizième Innommé, notre saint patron, à toi, à moi et à tous ceux qui empruntent le chemin tortueux pour traverser la vie. Il se trouve que nous sommes des serviteurs ordonnés du Gardien Véreux ! Il est inutile de se fâcher et de couper les cordes !

— Oh que si ! s'écria l'homme avec véhémence. Maintenant, c'est sûr que je vais vous balancer en bas !

— Hein ? Mais pourquoi ?

— Parce que vous êtes des putains d'hérétiques ! Y a pas de Treizième ! Y a que douze dieux et c'est la vérité ! Ouais, j'ai été à Verrar deux ou trois fois. J'ai rencontré des mecs et des filles, des coupe-jarrets. Y-z-ont voulu me parler de ce Treizième, mais j'y crois pas ! C'est pas comme ça qu'on m'a élevé. Alors, vous, les mecs, vous allez faire le plongeon !

L'homme commença à frapper avec colère sur les filins en demi-soie.

Jean se balança vers Locke et murmura d'une voix basse, mais pressante :

— Merde ! Tu veux qu'on essaie de lui entortiller les pattes ?

Locke acquiesça. Les deux voleurs saisirent leur corde d'assurage respective et levèrent la tête. Au signal de Jean, ils les tirèrent brusquement vers le bas.

Le piège était tout sauf efficace. Les filins n'étaient pas tendus et il en restait plusieurs mètres enroulés sur le bord de la paroi. Leur agresseur baissa les yeux vers ses pieds, fit un petit bond et s'écarta tandis que deux ou trois mètres de corde d'assurage glissaient dans le vide.

—Ah ! Il faudra vous lever plus tôt que ça, mes beaux messieurs, sauf votre respect !

Il s'éloigna en sifflant faux, disparut à la vue des deux compères et reprit son travail. Un moment plus tard, il laissa échapper un cri de triomphe et la corde d'assurage de Locke fila par-dessus le bord avant de retomber dans le vide. Locke baissa la tête au moment où elle passa à sa hauteur. Bientôt, elle se balança dans les airs, seulement retenue à l'anneau de sa ceinture. Son extrémité effilochée pendillait encore trop haut au-dessus du sol rocailleux : il était impossible de s'en servir pour regagner la terre ferme.

—Merde, dit Locke. Bon, Jean, voilà ce que nous allons faire. Il va sans doute s'attaquer à mon autre corde maintenant. Crochetons-nous les bras. Je vais me laisser glisser le long de ton filin principal et attacher au bout ce qu'il reste du mien. Ça devrait nous amener à environ sept mètres du sol. Si je remonte ma corde d'assurage et que je la noue à l'extrémité des deux autres, nous pourrons descendre jusqu'en bas.

—Ça va dépendre de la vitesse à laquelle ce trou du cul joue de la hachette. Tu crois que tu peux faire tous ces nœuds avant qu'il ait terminé ?

—Je crois que nous n'avons pas le choix. J'ai l'impression que mes mains en sont capables, au moins. Même si j'arrive à en attacher une seule, ce sera déjà ça de gagné. Je préfère une chute de sept mètres à une chute de vingt-cinq.

À cet instant, un faible grondement de tonnerre roula dans le ciel. Les deux compères levèrent la tête et reçurent les premières gouttes de pluie sur le visage.

—Pour un peu, ce serait à pisser de rire, dit Locke. Si ce n'était pas nous qui étions pendus au bout de ces cordes.

—En ce moment, je crois que je tenterais ma chance avec tes pigeons si j'avais le choix. Putain, je suis vraiment désolé d'avoir laissé les Sœurs Vicieuses là-haut, Locke.

—Par Venaportha, je me demande bien pourquoi tu les aurais emportées avec toi. Tu n'as aucune raison de t'excuser.

—Il y a peut-être un autre truc que je pourrais essayer. Tu as une de tes dagues de manche ?

—Ouais, mais dans ma botte.

La pluie s'abattait maintenant avec une violence considérable, trempant leurs tuniques et mouillant leurs cordes. Avec leurs tenues légères, la forte brise leur paraissait plus froide qu'elle l'était vraiment.

—Et toi ? demanda Locke.

— J'ai la mienne ici. (Locke aperçut un éclat de métal brillant dans la main droite de son compagnon.) La tienne est équilibrée pour le lancer, Locke ?

— Merde, non. Désolé.

— Pas la peine de s'inquiéter. Tiens-la en réserve, dans ce cas. Et fais une bonne prière silencieuse. (Jean s'interrompit pour enlever ses optiques et les accrocher dans le col de sa tunique.) Hé, le séducteur de brebis, un mot, je te prie !

— Je croyais pourtant qu'on n'avait plus rien à se dire.

La voix de l'homme provenait du bord de l'à-pic.

— Parfaitement d'accord ! Je suis prêt à parier qu'après avoir éructé tant de mots en si peu de temps, ta cervelle ressemble à un citron pressé, pas vrai ? Tu ne serais même pas foutu de trouver le sol si je te balançais par une putain de fenêtre ! Tu m'écoutes ? Il faudrait que tu enlèves tes chaussures et ton haut-de-chausses pour compter jusqu'à vingt et un ! Un minable comme toi, il doit lever la tête pour contempler le cul d'un cafard en train de chier !

— Ça vous fait du bien de me gueuler dessus comme ça ? À votre place, je prierais votre incapable de Treizième ou je ne sais qui. Mais qu'est-ce que j'en sais ? Je suis pas un de vos grands *felantozzi* verrariens ou un truc dans ce genre, hein ?

— Tu veux savoir pourquoi tu devrais éviter de nous tuer ? Tu veux savoir pourquoi tu devrais éviter qu'on s'écrase au fond de la vallée ? hurla Jean aussi fort qu'il le put. (Les pieds solidement appuyés contre la paroi, il ramena le bras droit en arrière tandis que le tonnerre résonnait dans le ciel.) Tu vois ça, pauvre crétin ? Tu vois ce que je tiens dans la main ? C'est un truc que tu ne verras qu'une fois dans ta vie. Et que tu n'oublieras jamais.

Quelques secondes plus tard, la tête et la poitrine de l'inconnu apparurent par-dessus le bord de l'à-pic. Jean poussa un cri et lança la dague de toutes ses forces. Son hurlement se fit victorieux lorsqu'il vit la forme indistincte de son arme filer vers le visage du bandit… et se transforma en grognement frustré quand il la vit rebondir et tomber dans le vide. Il avait touché la cible avec le manche.

— Putain de pluie ! rugit-il.

Il eut au moins la satisfaction de constater que l'impact avait été très douloureux : le bandit gémit, les mains plaquées sur le visage, puis tituba en avant. Avait-il pris le manche en plein dans l'œil ? Jean espéra de tout cœur que c'était le cas. Il lui restait peut-être quelques instants pour un nouveau lancer.

— Locke, ta dague. Vite !

Locke glissait la main dans sa botte droite quand le bandit écarta les bras pour garder l'équilibre – qu'il perdit – et bascula en hurlant dans le vide. L'instant d'après, le voleur parvint à saisir la corde principale de Locke et tomba droit sur le point de jonction entre ladite corde et son propriétaire : le descendeur métallique accroché au baudrier à hauteur de la taille. L'impact arracha les jambes de Locke à la paroi et vida ses poumons. Pendant une seconde, le bandit et lui tombèrent. Ils ne formaient plus qu'un chaos hurlant de membres frénétiques qui n'exerçait pas la pression nécessaire sur le descendeur.

Grâce à des efforts surhumains, Locke enroula sa main gauche autour de la partie libre de la corde et tira aussi fort que possible, générant ainsi assez de tension pour interrompre brutalement la chute. Les deux hommes se balancèrent et heurtèrent la paroi ensemble, mais le bandit encaissa le plus gros du choc. Ils oscillèrent en se débattant dans tous les sens tandis que Locke essayait désespérément de respirer et de distinguer le haut du bas. L'inconnu se mit à donner des coups de pied et à hurler.

—*Arrête*, pauvre con !

Ils avaient fait une chute de cinq mètres. Jean se laissa rapidement glisser à leur hauteur, prit appui contre la paroi et tendit une main pour saisir le bandit par les cheveux – qu'il avait longs, graisseux et grisonnants comme les poils d'un chien famélique. Le capuchon était maintenant rabattu en arrière et Locke vit que l'homme devait avoir une quarantaine d'années ; il arborait une barbe poivre et sel aussi ténue que l'herbe au sommet de l'à-pic ; son œil gauche était si gonflé qu'il ne parvenait plus à l'ouvrir.

—Arrête de donner des coups de pied, connard ! Et arrête de gesticuler !

—Oh, dieux tout puissants ! Ne me laissez pas tomber ! Je vous en prie, monsieur, ne me tuez pas !

—Je ne vois pas pourquoi je me gênerais, grogna Locke.

Il cala les talons contre la paroi et réussit à poser une main sur le bord de sa botte droite. L'instant d'après, il avait sorti sa dague et le pointait sur la gorge du bandit. Les coups de pied désespérés de l'homme se transformèrent en tremblements terrifiés.

—Tu vois ça ? siffla Locke. (L'autre acquiesça.) C'est un couteau. Ça existe, dans le putain de trou d'où tu viens ? (Nouveau hochement de tête.) Alors, tu sais que je pourrais te planter tout de suite et te laisser tomber, pas vrai ?

—Je vous en prie, ne…

—Ta gueule et écoute ! Tu vois cette unique corde à laquelle nous nous balançons en ce moment ? Unique, solitaire, seule. Ce ne serait pas celle que tu t'efforçais de trancher quand tu étais là-haut, par hasard ? (L'homme acquiesça avec force, son œil valide écarquillé.) Mais c'est pas merveilleux, ça ? Eh bien, si le choc de ta chute ne l'a pas rompue, nous sommes probablement en sécurité pour un petit moment. (Une lumière blanche déchira le ciel et un grondement de tonnerre se répercuta, plus fort que les précédents.) Quoique j'aie déjà connu des endroits *nettement plus agréables*, je dois le reconnaître. Alors, arrête de battre des pieds, des mains et de t'agiter. Et ne t'avise pas de faire une connerie. T'as pigé ?

— Oh, oui, monsieur ! Oh, je vous en prie…

— Et je t'ai dit de fermer ta gueule.

— Lo… Euh… Léocanto, dit Jean. Je pense que cet individu mérite une leçon de vol plané.

— Je suis de ton avis, mais *que les voleurs prospèrent*, n'est-ce pas, Jérôme ? Aide-moi à hisser ce pauvre minable jusque là-haut, d'une manière ou d'une autre.

— Oh, merci ! Mer…

— Tu sais pourquoi je fais ça, espèce de connard des bois ?

— Non, mais…

— Ta gueule. Comment tu t'appelles ?

— Trav !

— Trav quoi ?

— J'ai jamais eu de nom de famille, monsieur. Trav de Vo Sarmara, c'est tout.

— Et tu es un voleur ? Un bandit de grand chemin ?

— Oui, c'est ça…

— Tu ne fais rien d'autre ? Tu n'as pas de travail honnête ?

— Euh… non, pas depuis un certain temps maintenant…

— Bien. Dans ce cas, nous sommes des sortes de frères. Écoute, mon puant ami, le truc que tu dois comprendre, c'est que le Treizième *existe*. Il *existe* un clergé qui le vénère et je suis un de ses prêtres. Pigé ?

— Si vous le dites…

— Non, ta gueule ! Je ne veux pas que tu acquiesces, je veux que tu utilises la noisette que tu as trouvée par hasard et qui te sert de cervelle, avant que l'écureuil qui en est propriétaire vienne la récupérer. J'ai une lame contre ta gorge, nous sommes à vingt-cinq mètres au-dessus du sol, il pleut comme vache qui pisse et tu viens juste d'essayer de me tuer. En toute logique, je devrais t'égorger d'une oreille à l'autre et te laisser tomber. Est-ce que tu es d'accord là-dessus ?

— Oh, sans doute, monsieur ! Par tous les dieux, je suis désolé…

— Ferme ton claque-merde, pauvre connard. Alors, tu dois reconnaître que je dois avoir une sacrée bonne raison pour ne pas te tuer avec plaisir.

— Je, euh… suppose que oui !

— Je suis un prêtre du Gardien Véreux, comme je te l'ai dit. Je sers le dieu de notre profession et je respecte ses mandats. Je trouve que c'est dommage de cracher à la gueule de la divinité qui te protège, toi et tes semblables. Tu n'es pas d'accord ? Surtout que je ne suis pas très sûr d'avoir respecté sa volonté ces derniers temps.

— Euh…

— Je *devrais* te tuer. Mais je vais essayer de sauver ta peau. En échange, je veux juste que tu y réfléchisses un peu. J'ai toujours l'air d'un hérétique, selon toi ?

— Euh… Oh, dieux tout puissants ! Monsieur, j'ai les idées un peu embrouillées…

— Eh bien, je parie que ça n'a rien d'inhabituel chez toi. Rappelle-toi ce que je t'ai dit : reste tranquille et ne crie pas. Si tu résistes – ou fais mine de résister –, notre arrangement est nul et non avenu. Passe tes bras autour de ma poitrine et ferme ta gueule. On est encore loin d'être tirés d'affaire.

2

Sous la pression insistante de Locke, Jean passa le premier et remonta la paroi lisse, se hissant à un rythme deux fois plus lent que la normale. Une fois en haut, il détacha rapidement la corde d'assurage de sa ceinture avant de la faire glisser jusqu'à Locke et son fardeau tremblant. Après avoir ôté son baudrier, il fit de même avec le filin principal. En contrebas, les deux hommes se balançaient et ne semblaient pas très à l'aise, mais avec trois cordes solides pour les supporter, ils étaient un peu plus en sécurité.

Jean aperçut sa redingote par terre et l'enfila, heureux de trouver cette protection supplémentaire – même si elle était aussi trempée que lui. Il réfléchit rapidement : Trav était aussi épais qu'un cadavre et Locke ne pesait pas grand-chose non plus… Leur poids conjugué ne devait pas excéder cent cinquante kilos. Jean était presque certain de pouvoir soulever une telle charge jusqu'à sa poitrine, et peut-être même au-dessus de sa tête. Mais sous la pluie ? Alors que l'enjeu était aussi considérable ?

Il songea alors au chariot stationné à quatre cents mètres de là, de l'autre côté du bois. Un cheval serait d'une aide appréciable, même pour un homme aussi fort que lui. Mais il faudrait du temps pour aller le chercher, sans compter qu'il devrait déharnacher, calmer et conduire un animal dont le maître avait été assommé…

— Bordel de merde ! lâcha-t-il avant de s'approcher du bord. Léocanto ?

— Je suis toujours là, comme tu l'auras deviné.

— Est-ce que vous pouvez attacher solidement une de mes cordes autour de votre taille ?

Il entendit une brève conversation étouffée entre les deux hommes.

— On va y arriver, cria Locke. Qu'est-ce que tu envisages ?

— Demande au crétin de se cramponner à toi. Cale bien tes pieds et tes mains contre la paroi une fois que vous serez arrimés. Je vais vous hisser de toutes mes forces, mais je suis sûr que ton aide sera la bienvenue.

— D'accord. Tu l'as entendu, Trav chéri ? Unissons-nous pour le meilleur et pour le pire. Et ne t'avise pas de me tripoter.

Quand Locke leva la tête et adressa à Jean le signal codé : « vas-y », son ami acquiesça. Il ramassa son ancienne corde d'assurage – que les deux hommes avaient nouée autour de leur taille – juste en avant du cercle qu'elle formait sur le sol détrempé et fronça les sourcils. La boue allait rendre les choses encore plus intéressantes, mais il n'y avait pas d'autre possibilité. Il fit une boucle avec la corde, l'enjamba pour se placer à l'intérieur, la remonta et la laissa se serrer autour de ses hanches. Il se pencha en arrière, à l'opposé de l'à-pic, les deux mains agrippées au filin, une devant lui et l'autre dans son dos. Puis il s'éclaircit la gorge.

— Vous avez eu votre content de balançoire ou est-ce que vous voulez jouer encore un peu ?

— Jérôme, si je dois serrer Trav contre moi un seul instant de plus que nécessaire, je vais…

— Eh bien, dans ce cas, c'est parti pour la remontée.

Jean enfonça ses talons dans la boue pour se pencher encore plus en arrière et tira sur la corde. Par tous les dieux, il était fort, d'une puissance hors du commun, mais pourquoi chaque mouvement lui rappelait-il qu'il aurait pu l'être davantage ? Il se l'était coulée douce, il n'y avait pas d'autres mots. Il faudrait qu'il trouve quelques caisses, qu'il les remplisse de cailloux et qu'il les soulève une dizaine de fois par jour, comme dans sa jeunesse. Malédiction, cette maudite corde allait-elle se décider à bouger ?

Ha ! Après un long moment d'efforts inutiles et exténuants sous la pluie, Jean fit enfin un lent pas en arrière. Puis un deuxième. Et un troisième… Et ainsi de suite. Tandis qu'une démangeaison brûlante se propageait dans les muscles de ses cuisses, il imita au mieux – et tant bien que mal – le cheval de trait, traçant de profonds sillons dans la boue grise et grumeleuse. Une paire de mains apparut enfin sur le bord de l'à-pic, accompagnée par un flot de cris et de jurons. Trav se hissa sur le sol où il roula sur le dos, haletant. Aussitôt, le poids se fit plus léger au bout de la corde, mais Jean continua à tirer avec la même énergie et, un instant plus tard, Locke émergea. Il se releva tant bien que mal, se dirigea vers Trav et lui administra un grand coup de pied dans le ventre.

— Espèce d'enfoiré ! De tous les francs connards que… C'était si difficile que ça de dire : « Je vais faire descendre une corde, attachez-y vos bourses et laissez-les remonter. Sinon, je vous laisse où vous êtes. » Ne dis pas tout de suite à tes putains de victimes que tu vas les tuer ! Tu leur proposes d'abord un marché raisonnable et, une fois que tu as l'argent, tu t'esbignes en courant !

— Oh... Aïe ! Dieux miséricordieux, par pitié. Aïe ! Vous avez dit... que vous me tueriez pas !

— Et je ne t'ai pas menti. Je ne vais pas te tuer, espèce de manche à cervelle d'huître. Je vais juste te savater jusqu'à ce que j'en aie assez.

— Ouille ! Argh ! Pitié ! Aaïïïeeee !

— Pour le moment, je dois dire que je ne m'en lasse pas.

— Ahhh ! Ouille !

— Ça m'amuse *encore* beaucoup.

— Ohh ! Argh !

Locke se décida enfin à interrompre le châtiment du malheureux Verrarien. Il déboucla la ceinture de son baudrier et le laissa tomber dans la boue. Jean, qui respirait bruyamment, le rejoignit et lui tendit son manteau trempé.

— Merci, Jérôme. (Poser sur ses épaules sa redingote – même mouillée – permit à Locke de retrouver un peu de sa dignité blessée.) Quant à toi, Trav... Trav de Vo Sarmara, tu as dit ?

— Oui ! Par pitié, me frappez plus...

— Écoute-moi bien, Trav. Voici ce que tu vas faire. D'abord, tu ne raconteras cette histoire à personne. Ensuite, ne t'avise pas de traîner dans les parages de Tal Verrar. Tu as compris ?

— J'en avais pas l'intention, monsieur.

— Parfait. Tiens.

Locke plongea la main dans sa botte gauche et en tira une maigre bourse qu'il lança vers le bandit. Elle atterrit à côté de lui avec un « floc » et un tintement métallique.

— Elle doit contenir une dizaine de volanis. Une somme appréciable en argent. Tu peux... Attends une seconde, est-ce que tu es sûr que notre conducteur est toujours vivant ?

— Par tous les dieux, oui ! C'est la vérité vraie, maître Léocanto. Il respirait et gémissait encore après que je l'ai estourbi. Ma main à couper.

— C'est heureux pour toi. Tu peux prendre le contenu de cette bourse. Quand Jérôme et moi serons partis, tu pourras revenir et récupérer tout ce que nous aurons laissé. Sans doute ma veste et quelques cordes. Écoute bien ce que je vais te dire : aujourd'hui, je t'ai sauvé la vie alors que j'aurais pu te tuer en une fraction de seconde. Tu es d'accord sur ce point ?

— Oui, oui, c'est vrai ! Je suis vraiment déso...

— Ouais, la ferme ! Un jour, Trav de Vo Sarmara, je reviendrai peut-être par ici et j'aurai peut-être besoin de quelque chose. Des informations. Un guide. Un garde du corps. Que le Treizième me vienne en aide si je n'ai d'autre solution que de faire appel à toi, mais si quelqu'un vient un jour te murmurer le nom de Léocanto Kosta à l'oreille, tu obéiras *au moindre de ses ordres*. Tu as compris ?

— Oui !

— Tu le jures devant les dieux ?

— Sur mes lèvres et sur mon cœur, devant les dieux, monsieur. Ou qu'ils me foudroient et me jugent indigne sur la balance de la dame du Long Silence !

— Ça me suffit. N'oublie pas tes promesses. Maintenant, fous-moi le camp dans la direction de ton choix – tant que ce n'est pas celle qui mène à notre chariot.

Jean et Locke le regardèrent galoper pendant une minute ou deux, jusqu'à ce que sa silhouette enveloppée d'un manteau disparaisse dans les rideaux grisâtres de la pluie torrentielle.

— Bon, dit Jean, je crois que nous nous sommes assez entraînés pour aujourd'hui, non ?

— Absolument. Comparé à ce que nous venons de vivre, ce sera une vraie partie de plaisir à *L'Aiguille du péché*. Que dirais-tu de ramasser les deux cordes de rechange et de regagner le chariot ? Laissons à Trav le soin de passer le reste de l'après-midi à défaire les nœuds des autres.

— Un plan sans faille. (Jean examina les Sœurs Vicieuses qu'il avait récupérées au bord de l'à-pic ; il tapota les lames avec un amour paternel avant de glisser les deux armes dans les poches de son manteau.) Là, mes petites chéries. Ce trou du cul a peut-être un peu émoussé votre tranchant, mais je vais vous faire affûter dès que possible.

— J'ai du mal à y croire, dit Locke. Nous avons failli être assassinés par une espèce de bouseux arriéré. Tu sais, je pense que c'est la première fois que quelqu'un essaie vraiment de nous tuer depuis Vel Virazzo.

— Tu dois avoir raison. Ça fait dix-huit mois ? (Jean suspendit un rouleau de corde mouillée à son épaule et tendit l'autre à Locke ; ils firent demi-tour et s'enfoncèrent d'un pas lourd dans la forêt.) C'est agréable de constater que certaines choses ne changent jamais, non ?

Chapitre 6

L'ÉQUILIBRE DU COMMERCE

1

— Quelle que soit la personne qui a demandé aux assassins de nous tendre une embuscade à cet endroit, il savait que nous avons l'habitude d'emprunter ce chemin pour retourner à Savrola, dit Locke.

— Ce qui ne nous avance pas à grand-chose. Nous passons souvent par les quais. N'importe qui aurait pu nous y voir et ordonner à ces coupe-jarrets de nous y attendre. (Jean dégusta son café et caressa négligemment la couverture de cuir abîmée du petit livre qu'il avait apporté au petit déjeuner.) Peut-être pendant plusieurs nuits. Ça ne demande pas d'informations particulières ni beaucoup de moyens.

En ce jour du Trône Thérin, le *Cloître doré* était encore plus calme qu'à l'habitude à la septième heure du matin. Sa clientèle se composait en grande partie de fêtards, d'hommes et de femmes d'affaires ; la plupart d'entre eux étaient sans doute rentrés tard des Marches Dorées et ne se lèveraient pas avant plusieurs heures. Par un accord tacite, ce matin-là, le petit déjeuner des deux compères se prêtait à un grignotage nerveux et distrait : des filets froids de requin marinés dans du vinaigre et du citron, une espèce de poisson brunâtre rôti dans du jus d'orange, du pain noir, du beurre et du café – dans le plus grand pot en céramique que la serveuse ait trouvé. Les deux voleurs avaient encore quelques difficultés à s'adapter au bouleversement soudain de leurs horaires de veille et de sommeil.

— À moins que les Mages Esclaves aient informé *quelqu'un d'autre* de notre présence à Tal Verrar, remarqua Locke. Ils ont peut-être même décidé de lui filer un coup de main.

— Si les Mages Esclaves avaient aidé les deux assassins des quais, tu crois vraiment que nous serions encore de ce monde ? Allons ! Nous savions tous les deux qu'ils nous chercheraient sans doute des poux dans la tête après ce que nous avons fait au Fauconnier. S'ils voulaient se contenter de nous tuer, nous mangerions déjà les pissenlits par la racine. Stragos a raison sur un point : ils ont envie de s'amuser un peu à nos dépens. Par conséquent, je pense toujours qu'il s'agit de quelqu'un que Kosta et de Ferra ont offensé d'une manière ou d'une autre. Ce qui fait de Durenna, de Corvaleur et du seigneur Landreval les principaux suspects.

— Landreval est parti depuis des mois.

— Ça ne l'innocente pas complètement. Les charmantes dames, alors ?

— J'ai juste... Je crois franchement qu'elles se vengeraient en personne. Durenna a la réputation d'être une excellente épéiste et j'ai entendu dire que Corvaleur a déjà livré quelques duels. Elles engageraient peut-être de la main-d'œuvre, mais elles ne sont pas du genre à déléguer l'accomplissement d'une vengeance.

— Est-ce qu'on a arnaqué une personne importante aux alliances aveugles ? Ou à un autre jeu quand nous cherchions à gravir les étages de *L'Aiguille du péché* ? Est-ce que nous avons marché sur les pieds de quelqu'un ? Lâché un pet trop bruyant ?

— Je pense que nous aurions remarqué un adversaire assez mécontent pour engager des tueurs. Personne n'aime perdre aux cartes, c'est certain, mais tu te souviens d'un perdant qui n'aurait pas digéré sa défaite ?

Jean se renfrogna et but son café à petites gorgées.

— En attendant d'en apprendre davantage, il est vain de se lancer dans des hypothèses. Chaque habitant de cette cité est suspect. Merde, chaque habitant de cette planète est suspect.

— En fait, nous savons seulement que cette personne – quelle qu'elle soit – voulait notre mort. Elle n'avait pas l'intention de nous effrayer ou de nous convoquer pour une petite discussion. Non, elle voulait juste notre peau. Si nous réfléchissons là-dessus, nous pouvons peut-être...

Locke s'interrompit dès qu'il aperçut leur serveuse s'approcher de l'alcôve... Puis il l'examina avec davantage d'attention et constata que ce n'était pas leur serveuse du tout. La femme vêtue d'un tablier en cuir et d'un chapeau rouge n'était autre que Merrain.

— Ah ! dit Jean. C'est le moment de régler la note.

Merrain hocha la tête et tendit à Locke une tablette de bois où deux bouts de papier étaient épinglés. Le premier était en effet l'addition, le second comportait deux lignes d'une écriture fluide :

« Vous vous souvenez de l'endroit où je vous ai emmenés lors de notre première rencontre ? Ne traînez pas. »

— Eh bien, dit Locke en passant la note à Jean. Nous serions restés avec plaisir, mais la qualité du service n'est vraiment plus ce qu'elle était.

J'espère que vous ne vous attendez pas à recevoir un pourboire. (Il compta des pièces de cuivre en les déposant au fur et à mesure sur la tablette de bois, puis se leva.) Allons donc à l'adresse habituelle, Jérôme.

Merrain ramassa la tablette et l'argent, s'inclina et disparut en direction des cuisines.

— J'espère qu'elle ne nous en voudra pas pour le pourboire, dit Jean une fois qu'ils furent dans la rue.

Locke lança des regards tout autour de lui et s'aperçut que Jean faisait de même. Ses stylets alourdissaient agréablement les manches de son manteau et il était certain que son compagnon était prêt à faire apparaître les Sœurs Vicieuses d'une rotation de poignet.

— Par tous les dieux, grommela Locke, nous devrions être dans nos lits et dormir jusqu'au soir. Avons-nous déjà été réduits à une telle servitude ? Nous ne pouvons pas échapper à l'Archon ni à son poison, ce qui signifie que nous ne pouvons pas interrompre nos projets concernant *L'Aiguille du péché*. Par tous les dieux, nous n'arrivons même pas à voir les Mages Esclaves cachés autour de nous et voilà maintenant que des assassins nous reniflent le cul. Tu sais quoi ? Avec tous les types qui nous espionnent et nous pourchassent, je suis sûr que nous sommes devenus la première source d'emploi de cette ville. Toute l'économie de Tal Verrar est maintenant fondée sur *comment nous casser les couilles.*

Le trajet jusqu'au carrefour situé au nord du *Cloître doré* fut court, mais empreint de nervosité. Les chariots de transport roulaient sur les pavés avec fracas et les commerçants se rendaient à leur travail d'un pas serein. Locke songea que, d'après ce qu'il savait, Savrola était le quartier le plus calme et le mieux gardé de la cité, un endroit où le pire se limitait aux éclats d'un étranger ivre.

Au carrefour, les deux compères tournèrent à gauche et se dirigèrent vers la porte de la première boutique désaffectée sur leur droite. Tandis que Jean surveillait la rue derrière eux, Locke s'approcha du battant et frappa trois coups secs. La porte s'ouvrit aussitôt et un jeune homme trapu en pardessus de cuir brun leur fit signe d'entrer.

— Restez à l'écart de la fenêtre, dit-il après avoir fermé et tiré le verrou derrière les deux compères.

Ladite fenêtre était totalement obstruée par des rideaux en toile à voile, mais Locke jugea prudent de ne pas tenter le diable. La pièce n'était éclairée que par les premiers rayons de soleil qui, en traversant le tissu des tentures, acquéraient une teinte rose pâle. Cette lumière permit à Locke de distinguer deux groupes de deux hommes qui attendaient dans le fond de la boutique. Chaque couple se composait d'un individu massif aux épaules impressionnantes et d'un autre plus petit. Les quatre inconnus portaient tous des manteaux gris identiques et des chapeaux à bord large de même couleur.

— Habillez-vous ! dit l'homme au pardessus de cuir.

Il pointa le doigt vers une pile de vêtements posés sur une petite table. Jean et Locke enfilèrent sans tarder des tenues en tout point semblables à celle des quatre hommes.

— Le dernier cri en matière de mode estivale à Tal Verrar ? s'enquit Locke.

— Un petit jeu pour tous ceux qui voudraient vous suivre, répliqua celui qui les avait fait entrer. (Il claqua des doigts et deux inconnus en gris allèrent se placer juste devant la porte.) Je vais sortir en premier. Mettez-vous derrière ces deux hommes, suivez-les de près et montez dans le troisième chariot. C'est compris ?

— Quel cha...

Locke s'interrompit en entendant un fracas de sabots et de roues sur les pavés de la rue, juste devant la boutique. Des ombres passèrent derrière les rideaux et, quelques instants plus tard, l'homme en pardessus de cuir brun tira le verrou.

— Troisième chariot. Ne traînez pas, dit-il sans se retourner.

Il ouvrit soudain la porte en grand et sortit.

Le long du trottoir, devant la boutique désaffectée, trois véhicules identiques étaient alignés. Ils étaient en bois noir laqué, sans les moindres armoiries ou bannière ; leurs fenêtres étaient toutes couvertes d'épaisses tentures et tous étaient attelés à deux chevaux noirs. Même leurs conducteurs se ressemblaient plus ou moins, vêtus d'un même uniforme rouge sous un pardessus en cuir.

Le premier groupe d'inconnus en gris franchit la porte et se dépêcha de monter dans le premier chariot. Les deux compères sortirent une seconde plus tard et se précipitèrent vers le véhicule de queue. Derrière lui, Locke aperçut un bref instant les deux derniers hommes, qui couraient presque vers la voiture du milieu. Jean souleva le loquet avant de tirer la portière du troisième véhicule. Il la tint ouverte pour son compagnon, puis s'engouffra à sa suite.

— Bienvenue à bord, messieurs.

Merrain était installée dans le coin avant droit de la cabine, sans son uniforme de serveuse. Elle était maintenant habillée comme pour une promenade à cheval, avec une paire de bottes militaires, un haut-de-chausses noir, une chemise en soie rouge et un gilet de cuir. Les deux compères s'assirent l'un à côté de l'autre sur la banquette opposée. Jean referma la portière d'un coup sec et l'intérieur plongea dans une semi-obscurité tandis que le chariot s'ébranlait.

— Mais où diable allons-nous ? demanda Locke en commençant à retirer son manteau gris.

— Gardez-le, maître Kosta. Vous en aurez de nouveau besoin en descendant. Les trois véhicules vont entamer une petite visite de Savrola, puis ils se sépareront. Le premier se rendra aux Marches Dorées, le deuxième à la pointe nord de la Grande Galerie et nous irons sur les quais afin de prendre un bateau.

— Un bateau pour aller où ?

— Ne soyez donc pas aussi impatient. Détendez-vous et savourez la promenade.

Ce conseil était, dans le meilleur des cas, assez difficile à mettre en pratique, car la cabine était étroite et étouffante. Locke sentit la sueur couler sur son front. Il enleva son chapeau d'un air maussade et le posa sur ses genoux. Jean et lui bombardèrent Merrain de questions, en vain. Les réponses de la jeune femme se limitèrent à de vagues « Mmm... » et ils finirent par abandonner. De longues minutes s'écoulèrent. Locke sentit le véhicule vibrer dans plusieurs virages, puis descendre une série de pentes qui devaient être celles de la rampe menant des hauteurs de Savrola aux quais.

— Nous sommes presque arrivés, déclara Merrain après quelques minutes supplémentaires de silence inconfortable et de soubresauts. Remettez vos chapeaux. Quand le chariot va s'arrêter, allez droit au bateau. Asseyez-vous à la poupe et, pour l'amour des dieux, si vous apercevez le moindre signe de danger, baissez-vous.

Comme elle l'avait dit, le véhicule s'arrêta en cahotant quelques instants plus tard. Locke enfonça de nouveau son chapeau sur son crâne, s'escrima sur le loquet de la porte et plissa les yeux quand cette dernière s'ouvrit, laissant entrer la lumière vive du matin.

— Sortez, dit Merrain. Ne perdez pas de temps.

Ils étaient sur les quais intérieurs à la pointe nord-est de Savrola. Un mur de Verre d'Antan à pic se dressait dans leur dos et, devant eux, des dizaines de navires étaient ancrés sur la mer brillante et agitée. Une embarcation était amarrée à l'embarcadère le plus proche, une yole aux lignes épurées, longue de treize mètres environ et disposant d'un pont couvert à la poupe. Deux rangées de rameurs – cinq de chaque côté – occupaient la plus grande partie de la place restante.

Locke bondit du chariot et se dirigea le premier en direction du navire. Il passa devant deux hommes aux aguets vêtus de manteaux aussi lourds que le sien – tout à fait inopportuns en cette saison. Loin de fainéanter, ils se tenaient presque au garde-à-vous et Locke entraperçut l'éclat de la poignée d'une épée dissimulée sous le pardessus de l'un d'eux.

Il franchit précipitamment la fragile passerelle menant au navire, sauta à bord et se jeta sur le banc à l'arrière de la galerie passagers. Par bonheur, celle-ci était fermée de trois côtés – au cours de la petite traversée qu'il allait entreprendre, une jolie vue avant serait de loin préférable à un autre voyage dans l'obscurité. Jean le suivit de près, mais Merrain tourna à droite, traversa la masse des rameurs et s'installa à la proue à la place du barreur.

Sur le quai, les soldats retirèrent la passerelle sans perdre de temps, défirent les amarres et poussèrent vigoureusement des jambes le bateau pour l'écarter de l'embarcadère.

—Souquez! cria Merrain.

Les rameurs se mirent aussitôt à l'œuvre. Le navire se remplit bientôt des grincements de leurs efforts réguliers et il entreprit de fendre les petites vagues du port de Tal Verrar.

Locke en profita pour observer les hommes et les femmes qui propulsaient l'embarcation: leur musculature était allongée et la plupart arboraient des cicatrices assez impressionnantes; leurs cheveux étaient coupés court et avec soin; aucun d'eux ne semblait avoir moins de vingt-cinq ans – il devait donc s'agir de soldats vétérans, peut-être même d'Yeux sans masque ni manteau.

—Je dois reconnaître une chose à Stragos, dit Jean, il emploie du personnel efficace. (Il haussa la voix.) Hé, Merrain! Est-ce qu'on peut enlever ces vêtements ridicules maintenant?

Elle se tourna vers lui le temps de hocher la tête et reporta son attention sur les eaux du port. Jean et Locke s'empressèrent d'ôter leurs manteaux et leurs chapeaux avant de les empiler à leurs pieds.

La traversée dura une vingtaine de minutes, d'après l'estimation de Locke. Celui-ci regrettait de ne pouvoir observer le port tout autour de lui, mais ce qu'il voyait devant lui était néanmoins assez révélateur. Le navire se dirigea d'abord vers le sud-ouest en suivant la courbe des quais intérieurs, puis il dépassa la Grande Galerie et les Marches Dorées avant de mettre cap au sud, laissant la haute mer sur sa droite. Il accéléra alors en direction d'une grande île en croissant aussi grande que celle sur laquelle se dressait *L'Aiguille du péché*.

Le croissant au sud-ouest de Tal Verrar n'était pas agencé en terrasses, il ressemblait davantage à une colline irrégulière et naturelle parsemée de tours et de remparts. Au nord-ouest, les gigantesques quais en pierre et les longs appontements en bois englobaient la marina d'Argent où les navires commerciaux pouvaient faire halte pour être réparés ou se ravitailler. Mais plus loin, au-delà des silhouettes des vieux galions qui dansaient sur l'eau en attendant un nouveau mât ou de nouvelles voiles, on apercevait un ensemble de hauts murs gris qui encadraient des baies protégées. Les sommets de ces murailles supportaient des tours cylindriques où se dessinaient les sombres formes de catapultes et de soldats en patrouille. La proue du navire de Locke s'orienta bientôt vers la plus proche de ces hautes criques fortifiées.

—Que je sois maudit! s'exclama Jean. Je crois qu'ils nous emmènent à la marina de l'Épée.

2

Des portes en bois protégeaient l'accès à la baie artificielle encadrée de gigantesques murailles de pierre. Tandis que le bateau approchait, des cris éclatèrent en haut des remparts et le cliquetis de lourdes chaînes se répercuta contre les parois et sur les flots. Les deux battants s'écartèrent et s'ouvrirent lentement vers l'intérieur de la crique en créant une petite vague devant le navire. Alors que celui-ci pénétrait dans la marina, Locke essaya d'estimer la taille de tout ce qu'il voyait. L'ouverture devait mesurer près de vingt-cinq mètres de large et le bois des portes semblait aussi épais que la poitrine d'une personne de corpulence moyenne.

Merrain lança des ordres aux rameurs. Ces derniers manœuvrèrent le bateau avec prudence pour l'amener en douceur contre un petit quai en bois où un homme les attendait. Le navire ne suivit pas une trajectoire parallèle à l'appontement, si bien que l'extrémité de celui-ci effleura à peine la coque entre les rameurs et la galerie passagers.

— C'est votre arrêt, messieurs, cria Merrain. Je crains que nous n'ayons pas le temps de nous amarrer. Faites preuve d'agilité ou préparez-vous à nager.

— Vous êtes vraiment la plus charitable des âmes, madame, ironisa Locke. S'il me restait quelques regrets de ne pas vous avoir laissé de pourboire, soyez assurée qu'ils ont désormais disparu.

Il émergea du pont couvert et se dirigea vers le plat-bord droit. L'inconnu l'attendait avec le bras tendu pour lui prêter assistance. Avec son aide, Locke sauta sans difficulté sur le quai, puis les deux hommes aidèrent Jean à faire de même.

Les rameurs de Merrain commencèrent aussitôt à faire reculer le navire. Locke le regarda faire marche arrière, s'aligner avec la porte, puis accélérer pour quitter la petite crique à toute vitesse. On entendit de nouveau le cliquetis des chaînes et les flots déferlèrent tandis que les deux battants se refermaient. Locke leva la tête et vit des groupes d'hommes tourner d'immenses cabestans de chaque côté de l'ouverture.

— Bienvenue, dit l'inconnu qui leur avait prêté main-forte pour débarquer. Bienvenue dans cette aventure ! Pour autant que je sache, c'est le projet le plus barge qu'on ait jamais imaginé – et auquel on m'ait obligé à prendre part. Mes seigneurs, vous avez dû cocufier de sacrés pontes pour participer à cette mission suicide.

L'inconnu avait entre cinquante et soixante ans, sans qu'il soit possible de se faire une idée plus précise ; il avait le torse large comme une barrique et un ventre qui pendait par-dessus son ceinturon comme s'il essayait de dissimuler un sac de grain sous sa tunique ; pourtant, ses bras et son cou étaient filiformes, presque chétifs, parcourus de veines saillantes et de cicatrices témoignant d'une vie difficile ; son visage était rond, avec une barbe pâle et laineuse ; une queue-de-cheval grasse et crayeuse lui tombait droit dans le dos comme une chute d'eau ; ses yeux sombres se nichaient sous un amas de rides et son front était barré de plis permanents.

— Si nous avions su que nous finirions ici, dit Jean, nous n'aurions pas manqué de le faire. Et qui êtes-vous donc ?

— Je m'appelle Caldris, répondit le vieil homme. Capitaine sans navire. Vous êtes sans doute maîtres de Ferra et Kosta.

— Sans doute, dit Locke.

— Laissez-moi vous faire visiter les lieux. Y a pas grand-chose d'intéressant, mais vous n'avez pas fini d'en profiter.

Au bout du quai, il les conduisit en haut d'un escalier branlant qui menait à une place dallée à un peu plus d'un mètre au-dessus du niveau de la mer. Locke constata que toute la baie artificielle formait à peu près un carré de cent mètres de côté. Des murailles fermaient trois flancs et, derrière, se dressait la paroi de la colline de l'île, en verre, à pic. De nombreuses structures étaient bâties sur des plate-formes en saillie : des entrepôts, des armureries et tout ce qui s'ensuivait, estima Locke. À côté de la place, l'étendue brillante de la baie, isolée du port maintenant que les portes s'étaient refermées, était assez vaste pour accueillir plusieurs bâtiments de guerre. Locke fut surpris de n'y voir qu'un bateau amarré : une embarcation avec un seul mât, longue d'à peine quatre mètres, qui se balançait doucement au gré des flots au bord de l'esplanade.

— Voilà une sacrée baie pour un si petit navire, dit Locke.

— Hein ? Ah ! Les novices ont besoin de place pour risquer leur vie sans déranger les autres, le temps qu'ils acquièrent un minimum d'expérience, dit Caldris. Ça, c'est nos petites chiottes privées. Vous occupez pas des soldats sur les remparts, ils nous prêteront pas la moindre attention. À moins qu'on se noie, ce qui les fera sans doute rigoler.

— À votre avis, dit Locke, qu'est-ce que vous faites ici ?

— En gros, j'ai un mois pour transformer une paire de marins d'eau douce avec des pieds plats et deux mains gauches en officiers de marine bidon. Les dieux m'en soient témoins, mes bons messieurs, j'ai peur que tout ça finisse par des cris et des noyades.

— J'aurais sans doute très mal pris les noms dont vous nous avez affublés si je ne savais pas que vous avez raison, dit Locke. Nous avons fait remarquer à Stragos que nous ne connaissons rien de rien à la navigation.

— On dirait que malgré tout le Protecteur souhaite ardemment vous envoyer en mer.

— Depuis combien de temps faites-vous partie de sa flotte ? demanda Jean

— Je navigue depuis quarante-cinq ans, je crois. J'étais dans la marine verrarienne avant même qu'il y ait des Archons. J'ai participé à la guerre des Mille Jours, aux anciennes guerres contre Jérem, à la guerre contre l'armada des Vents Fantômes… Vous imaginez pas tout le bordel que j'ai pu voir, mes bons messieurs. Mais je pensais m'être rangé : je commandais des navires de l'Archon depuis vingt ans. La paie était satisfaisante. J'étais même sur le point de m'acheter une maison – enfin, c'est ce que je croyais. Et puis y a eu cette mission de merde – sans vouloir vous offenser, mes bons messieurs.

— Nous ne le sommes pas, dit Locke. C'est donc une sorte de punition ?

— Oh que oui, Kosta ! C'est bel et bien une punition. C'est juste que j'ai rien fait pour la mériter. D'une certaine manière, l'Archon m'a porté volontaire. Putain de merde, voilà tout ce que ma loyauté m'a rapporté. Ça et une gorgée de son vin, pour que je puisse pas refuser et vous planter là. Du vin empoisonné. Je vous emmène en mer, je survis à toutes ces conneries, je reçois l'antidote – et j'aurai peut-être enfin ma maison, avec un peu de chance.

— L'Archon vous a fait boire du vin empoisonné ? demanda Locke.

— Je savais pas qu'il l'était, évidemment. Qu'est-ce que j'étais censé faire ? (Caldris cracha par terre.) Refuser de boire son putain de pinard ?

— Bien sûr que non, acquiesça Locke. Nous sommes dans la même galère, mon ami. Sinon que nous, il nous a fait boire du cidre. Nous avions une sacrée soif.

— Oh, sans blague ? (Caldris resta bouche bée.) Ah, ça me troue le cul ! Et dire que j'croyais que j'étais le plus grand couillon de toute la mer de Cuivre. Le pire abruti jamais engendré par… une vieille… euh…

Caldris remarqua alors le regard furieux que Jean et Locke lui jetèrent de concert. Il toussa bruyamment.

— Tout ça pour dire, mes bons messieurs, que les malchanceux se retrouvent. Je vois qu'on va se lancer dans cette mission suicide avec un enthousiasme du feu des dieux.

— Sûr, approuva Jean. Bon, euh… Dites-nous un peu : pouvez-vous nous expliquer en détail comment nous allons procéder ?

— Eh bien, je dirais qu'on va causer et ensuite prendre la mer. J'ai juste quelques trucs à mettre au point avant de tenter les dieux, alors ouvrez grandes vos oreilles. D'abord, il faut environ cinq ans pour former un marin pas trop empoté et entre dix et quinze pour faire un officier potable. Retenez bien ceci : je vais pas faire de vous des officiers pas trop incompétents, je vais seulement vous en donner l'air. Je vais faire en sorte que vous soyez pas trop mal à l'aise quand on parlera cordages et voiles entre vrais marins, pas davantage. Peut-être – je dis bien « peut-être » – que j'arriverai à vous apprendre ça en un mois. Alors, vous ferez semblant de donner les ordres, mais ils viendront de moi. Et vous avez pas intérêt à faire les marioles.

—Ça me semble correct, dit Locke. Plus vous assumerez de responsabilités et mieux nous nous porterons, je vous assure.

—Je veux juste que vous vous preniez pas pour des héros qui connaissent tout ce qu'il y a à savoir sur la navigation, que vous commenciez pas à vouloir changer les voiles, l'assiette ou le cap sans ma permission. Faites ça et on mourra tous en un clin d'œil. Aussi vite qu'une putain satisfait un marin qui vient de passer six mois en mer. J'espère que c'est clair.

—Nous ne voudrions pas mettre la charrue avant les bœufs, dit Jean, mais où diable est le navire sur lequel nous n'oserons jamais – au grand jamais – prendre de telles initiatives ?

—Il n'est pas loin, répondit Caldris. On finit de le réparer dans une autre baie, juste pour qu'il tombe pas en morceaux. Pour le moment, voilà le seul navire sur lequel vous êtes dignes de mettre les pieds. (Il pointa la petite embarcation du doigt.) C'est là-dessus que je vais vous apprendre ce que vous devez savoir.

—Quel est le rapport entre cette coquille de noix et un véritable navire ? demanda Locke.

—C'est sur cette coquille de noix que *j'ai* appris mon métier, Kosta. C'est sur cette coquille de noix que commence un vrai officier de marine. C'est là-dessus qu'on se farcit les bases : la coque, le vent, l'eau. Apprenez-les sur un canot et vous pourrez envisager de monter sur un navire. Et maintenant, virez-moi ces manteaux, ces gilets et toutes ces fanfreluches de merde. Débarrassez-vous de tout ce qui craint l'eau, car je vous promets rien. Vos bottes aussi. Vous serez pieds nus.

Quand Jean et Locke ne portèrent plus que leur tunique et leur haut-de-chausses, Caldris les conduisit à un grand panier couvert posé sur les dalles près du canot. Il ôta le couvercle, y plongea la main et en tira un chaton.

—Salut, petit monstre indispensable.

—Rrr Rrr Rrr, répondit le petit monstre indispensable.

—Kosta. (Caldris fourra l'animal qui se débattait dans les bras de Locke.) Occupez-vous de lui quelques minutes.

—Euh… Pourquoi gardez-vous un chaton dans un panier ?

Ledit chaton, trouvant les bras de Locke peu à son goût, décida d'enrouler ses pattes autour de son cou et d'y planter ses griffes par pure curiosité.

—Quand vous êtes en mer, il y a deux choses indispensables pour attirer la chance. D'abord, vous courez au-devant d'un destin funeste si vous embarquez pas au moins une femme officier. C'est la loi du seigneur des Eaux Avides, son mandat. Il fait une fixation sur les filles de la terre et il broiera tout navire qui en a pas une à bord. De toute façon, ça tombe sous le sens. Elles font de bons officiers. Elles n'ont rien d'exceptionnel en tant que simples marins, mais en tant qu'officiers, elles sont meilleures que vous et moi. C'est ainsi que les dieux les ont faites.

» Ensuite, ça attire une poisse de tous les diables si vous n'emportez pas des chats avec vous. Non seulement ils tuent les rats, mais ce sont aussi les créatures les plus fières du monde – marin ou terrien. Iono admire ces petits enfants de salaud. Trouvez un navire avec des femmes et des chats à bord et vous aurez toute la chance que vous pouvez espérer. Bon, notre embarcation est si petite que je pense pas qu'il soit nécessaire d'y embarquer une femme. Les bateaux de pêche et ceux du port sillonnent le coin sans interruption, pas d'inquiétudes à avoir. Mais avec deux types comme vous à bord, que je sois damné si j'emporte pas un chat. Un chaton suffira pour un canot de ce genre.

—Alors... nous devrons nous occuper de cet animal alors que nous risquerons nos vies ?

—Je vous balance par-dessus bord s'il vous échappe, Kosta. (Caldris gloussa.) Si vous croyez que j'exagère, essayez un peu. Mais pas la peine de commencer à ôter votre haut-de-chausses pour nager plus confortablement : il restera dans le panier couvert.

Il sembla se souvenir de quelque chose en mentionnant le panier. Il y plongea de nouveau la main et en tira un couteau à manche d'argent et une petite miche de pain. Locke s'aperçut que cette dernière était criblée de trous de la taille du museau du chaton qui s'efforçait de s'échapper de ses bras. Caldris ne sembla pas y prêter attention.

—Maître de Ferra, tendez la main droite et ne pleurnichez pas.

Jean obéit. Sans hésitation, le capitaine donna un coup de couteau en travers de la paume. Sa victime ne broncha pas et Caldris grogna comme s'il était agréablement surpris. Il retourna la main de Jean et imprégna le pain du sang qui coulait de la coupure.

—À votre tour, maître Kosta. Empêchez le chaton de bouger : ce serait un très mauvais présage de le blesser par accident. Et puis, il est armé devant et derrière.

L'instant d'après, Caldris ouvrit une plaie peu profonde en travers de la paume de Locke avant d'y presser la miche de pain, comme pour éponger le sang. Quand il décida que l'hémorragie avait suffisamment duré, il sourit et gagna le bord de la place dallée avec l'eau en contrebas.

—Je sais que vous avez tous les deux voyagé à bord de navires en tant que passagers, dit-il. Mais les passagers n'apprennent rien. Ils ne participent à rien. Maintenant, vous allez participer, dans les règles, alors je dois faire les choses comme il faut, pour vous et pour moi.

Il s'éclaircit la gorge, s'agenouilla au bord de l'eau et leva les bras. Il tenait la miche de pain d'une main, le couteau à manche d'argent de l'autre.

— Iono ! Iono, père des Tempêtes ! Seigneur des Eaux Avides ! Ton serviteur Caldris bal Comar t'invoque. Longtemps tu as eu la bonté de lui témoigner ta pitié et il se prosterne pour te montrer sa dévotion. Tu sais sans doute qu'un sacré bordel l'attend au-delà de l'horizon.

Il lança le couteau imprégné de sang dans la baie et poursuivit.

— Voici le sang des hommes qui viennent de la terre. Le sang est eau. Le sang de tous t'appartient. Voici un couteau d'argent, le métal des cieux, les cieux qui s'unissent à l'eau. Ton serviteur t'offre du sang et de l'argent pour te montrer sa dévotion.

Il prit la miche à deux mains, la coupa en deux et lança les moitiés dans les flots.

— Voici le pain des hommes qui viennent de la terre et qui ont besoin de vivre ! En mer, toute vie t'appartient. En mer, toi seul peux accorder la compassion. Accorde à ton serviteur des vents forts et des eaux dégagées, Seigneur. Accorde-lui ta miséricorde au cours de sa traversée. Montre-lui la puissance de ta volonté à travers les vagues et permets-lui de rentrer sain et sauf chez lui. Gloire à Iono ! Seigneur des Eaux Avides !

Caldris se releva, laissa échapper un grognement et essuya quelques taches de sang sur sa tunique.

— Bien. Si ça, ça ne nous aide pas, c'est qu'on était foutus d'avance.

— Excusez-moi, demanda Jean, mais vous auriez quand même pu mentionner nos noms avec le vôtre…

— N'y pensez plus, de Ferra. Si je m'en tire, vous vous en tirez. Si je me plante, vous êtes foutus. Si les prières sont bonnes pour moi, elles sont bonnes pour vous. Et maintenant, rangez-moi ce chat dans le panier, Kosta, et mettons-nous au travail.

Quelques minutes plus tard, Caldris fit asseoir les deux compères côte à côte à l'arrière du canot – toujours solidement amarré à plusieurs anneaux en fer scellés dans les dalles de l'esplanade. Le panier couvert était posé sur le pont minuscule, aux pieds de Locke, et on entendait parfois quelque chose se cogner à l'intérieur ou griffer l'osier.

— Bon, dit Caldris, pour les bases, un canot n'est qu'un petit navire et un navire n'est qu'un grand canot. La coque va dans l'eau, les mâts pointent vers le ciel.

— Bien entendu, dit Locke tandis que Jean hochait la tête avec ardeur.

— L'avant du bateau s'appelle « la proue », son cul, « la poupe ». En mer, y a ni gauche ni droite. La gauche, c'est bâbord, la droite, c'est tribord. Prononcer les mots « gauche » ou « droite » peut vous valoir le fouet. Et n'oubliez pas : un commandant donne des ordres en fonction du bâbord et du tribord du bateau, pas des siens.

— Écoutez, Caldris, nous reconnaissons que nous sommes ignares en matière de navigation, mais nous savons quand même ça, dit Locke.

— Ah ! Loin de moi la pensée de reprendre le jeune maître, mais cette mission relève pour ainsi dire de la folie furieuse et comme nos vies semblent valoir tripette, je vais commencer en partant du principe que vous faites pas la différence entre de l'eau et de la pisse de belette. Est-ce que cela vous convient, mes bons seigneurs ?

Locke ouvrit la bouche pour lancer une remarque peu judicieuse, mais Caldris poursuivit :

— Maintenant, sortez les rames. Glissez-les dans les dames de nage. Kosta, vous ramez à tribord. De Ferra à bâbord.

Caldris défit les amarres qui retenaient le canot aux anneaux de fer, lança les cordes au fond de l'embarcation et sauta dessus pour atterrir juste devant le mât. Il s'assit et sourit tandis que le bateau était ballotté par les flots.

— Pour l'instant, j'ai relevé le gouvernail. C'est vous qui allez diriger le canot. Que les dieux nous viennent en aide !

» De Ferra, poussez pour nous éloigner du quai. Comme ça. Tout en douceur. On peut pas hisser les voiles tout de suite, faut d'abord qu'on ait un peu de place autour de nous. En plus, derrière ces murailles, il y a pas le moindre pet de vent pour nous faire avancer. Ramez sans vous exciter. Faites attention quand je bouge… Regardez : je fais tanguer le canot. Vous aimez pas ça, hein ? Je vous trouve le teint bien vert, maître Kosta.

— Vous rêvez, grommela Locke.

— C'est important. Ce que j'essaie de vous faire comprendre, c'est ce qu'on appelle l'« assiette ». Il faut répartir le poids avec logique sur un canot ou un navire. Je vais à tribord, on va pencher du côté de Kosta. Je vais à bâbord, on va pencher encore plus du côté de de Ferra. On ne peut pas se le permettre. C'est pourquoi il est primordial de bien répartir la cargaison à bord. Il faut équilibrer les charges entre proue et poupe, bâbord et tribord. Vous voulez pas que la proue se retrouve en l'air, ou que la poupe soit plus haute que le mât. Ça a l'air idiot, mais si vous y prenez pas garde, vous coulez et vous vous noyez. En gros, c'est ce que je veux dire quand je parle d'« assiette ». Bon, il est temps d'apprendre à ramer.

— Nous savons déjà ra…

— Je me fous de ce que vous *croyez* savoir, Kosta. Jusqu'à nouvel ordre, on va imaginer que vous êtes trop cons pour compter jusqu'à un.

Plus tard, Locke jurerait qu'ils avaient ramé pendant deux ou trois heures en cercle dans la baie artificielle tandis que Caldris hurlait au hasard – en apparence, du moins – : « À bâbord toute ! », « Marche arrière ! », « À tribord toute ! » et une dizaine d'autres ordres. Il déplaçait sans cesse le poids de son corps, à gauche et à droite, à l'avant ou au centre, obligeant ainsi les deux compères à se démener pour garder le canot stable. Pour rendre l'exercice encore plus intéressant, il existait une différence de puissance très nette entre les coups de rame de Jean et ceux de Locke. Ils devaient donc se concentrer pour ne pas virer constamment à tribord. Ils s'entraînèrent si longtemps que Locke sursauta quand Caldris leur demanda enfin de cesser leurs efforts.

— Arrêtez de ramer, bande de rigolos !

Caldris s'étira et bâilla. Le soleil approchait du zénith. Locke avait l'impression que ses bras avaient été essorés, sa tunique était trempée de sueur et il regrettait amèrement d'avoir bu autant de café et mangé si peu au petit déjeuner.

— C'est mieux qu'il y a deux heures, je vous accorde ça – ça, et pas grand-chose d'autre. Bâbord et tribord, la proue et la poupe, les bateaux et les rames doivent vous être aussi familiers que la taille de votre bite. En mer, on n'a pas le temps d'hésiter quand il y a urgence.

Le capitaine sortit le déjeuner d'un sac en cuir posé à la proue du canot. Tout au long du repas, l'embarcation flotta paisiblement au milieu de la baie carrée et entourée de remparts. Les trois hommes se partagèrent du pain noir et du fromage dur tandis que le chaton libéré achevait en quelques coups de langue une motte de beurre que contenait un pot en pierre. Caldris fit passer une outre remplie d'« eau rosée » – de l'eau de pluie tiède mélangée à un peu de vin rouge bon marché, juste assez pour dissimuler le goût de cuir et de moisi. Le capitaine n'en but que quelques gorgées, mais les deux voleurs la terminèrent sans tarder.

— Ainsi donc, notre navire nous attend quelque part dans les environs, dit Locke lorsqu'il eut étanché sa soif pour un moment. Mais où allons-nous trouver un équipage ?

— Excellente question, Kosta. J'aimerais bien connaître la réponse. L'Archon a dit que quelqu'un s'occupait de cette affaire, c'est tout.

— Je me doutais que vous répondriez quelque chose dans ce genre.

— Pour le moment, c'est pas la peine de ruminer sur des problèmes qui nous dépassent. (Caldris souleva le chaton, qui léchait encore ses pattes et son museau graisseux, et le reposa dans son panier avec une tendresse étonnante.) Aujourd'hui, vous avez donc ramé un peu. Je vais demander aux types qui sont là-haut d'ouvrir les portes, prenez la barre, on va sortir pour voir si on peut attraper assez de vent pour hisser les voiles. Vous avez de l'argent dans les vêtements que vous avez laissés sur le quai ?

— Un peu, répondit Locke. À peu près vingt volanis. Pourquoi ?

— Je parie vingt volanis que les deux andouilles que vous êtes vont nous faire chavirer au moins une fois avant le coucher du soleil.

— Je croyais que vous étiez ici pour nous apprendre à bien faire les choses ?

— C'est le cas. Et je vous jure que je vais le faire. Mais les types qui naviguent pour la première fois, je les connais comme le dos de ma main. Si vous relevez mon défi, considérez que votre argent est déjà dans ma poche. Putain, je suis prêt à vous donner un solari d'or contre vos vingt volanis d'argent si je me trompe.

— Je suis partant, dit Locke. Jérôme ?

— Nous avons un chaton et une bénédiction de notre côté, répondit Jean. Vous nous sous-estimez à vos risques et périls, capitaine.

3

Tout d'abord, ce fut rafraîchissant de travailler un moment avec des tuniques et des hauts-de-chausses trempés – enfin, une fois qu'ils eurent redressé l'embarcation et repêché le chaton, bien entendu.

Mais maintenant, le soleil descendait vers l'ouest en projetant un halo doré autour des sombres silhouettes des remparts et des tours dominant la marina de l'Épée. Malgré la chaleur qui subsistait dans l'air estival, Locke commença à frissonner sous le souffle de la douce brise du port.

Jean et lui ramaient pour diriger le canot vers les portes ouvertes de leur baie privée. Caldris était heureux d'avoir gagné vingt volanis, mais pas au point de les laisser de nouveau toucher aux voiles.

— Arrêtez de ramer, dit-il quand l'embarcation glissa enfin vers le bord de l'esplanade dallée.

Il se chargea d'amarrer le bateau tandis que Locke rangeait sa rame avec un profond soupir de soulagement. Chaque muscle de son dos frottait douloureusement contre ses voisins, comme s'il y avait du sable entre eux. La réflexion du soleil sur l'eau lui avait donné la migraine et sa vieille blessure à l'épaule gauche exigeait des égards sans commune mesure avec les autres tiraillements.

Jean et lui débarquèrent avec raideur et s'étirèrent pendant que Caldris, visiblement amusé, ouvrait le panier pour en tirer le chaton trempé et hirsute.

— Là, là, dit-il en lui permettant de se nicher au creux de ses bras croisés. Les jeunes maîtres n'avaient rien contre toi quand ils t'ont envoyé au bain. Ils ont connu le même sort.

— Miaouu, répondit l'animal.

— J'ai l'impression que ça veut dire : « Allez tous vous faire foutre », dit Caldris. Enfin, on a survécu. Alors, qu'en pensez-vous, mes bons messieurs ? La journée fut-elle instructive ?

—J'espère au moins que nous avons fait preuve de quelques dispositions, grogna Locke en pétrissant un muscle noué au bas de son dos.

—Vous avancez à pas de bébé, Kosta. Pour un vrai marin, vous n'avez même pas encore appris à téter un sein. Mais vous connaissez la différence entre bâbord et tribord, et j'ai gagné vingt volanis.

—En effet.

Locke soupira en allant ramasser son manteau, son gilet, son écharpe et ses chaussures qui gisaient par terre. Il jeta une petite bourse de cuir au capitaine qui l'agita devant le chaton et gazouilla comme s'il avait affaire à un nourrisson.

Locke lança un regard vers les portes tandis qu'il enfilait rapidement son manteau par-dessus sa tunique mouillée. Il aperçut le navire de Merrain qui pénétrait dans la baie artificielle. La jeune femme était de nouveau assise à la proue et on aurait pu croire qu'elle ne s'était pas absentée plus de dix minutes alors que dix heures s'étaient écoulées depuis son départ.

—Voici votre carrosse pour le monde civilisé, messieurs. (Caldris souleva la bourse de Locke en guise de salut.) À demain, de bon matin. Votre entraînement ne va faire qu'empirer maintenant, alors prenez soin de vous. Savourez vos lits douillets tant que vous en avez encore l'occasion.

Merrain refusa de répondre à la moindre question pendant que les dix soldats ramaient pour ramener l'embarcation à quai, derrière Savrola. Son attitude ne dérangea pas Locke le moins du monde : Jean et lui mirent à profit tout l'espace disponible dans la galerie de poupe pour s'installer confortablement et s'apitoyer sur leurs douleurs respectives.

—Je crois que je pourrais dormir trois jours de suite, dit Locke.

—Une fois rentrés, commandons un dîner copieux et prenons un bain pour détendre nos muscles. Ensuite, je parie que je vais m'endormir avant toi.

—Je ne peux pas, soupira Locke. Je ne peux pas. Il faut que j'aille voir Requin ce soir. À l'heure qu'il est, il a sans doute appris que Stragos nous a convoqués il y a peu. Il est impératif que je lui parle avant qu'il s'énerve. Et je dois lui donner les chaises. *Et* je dois trouver le moyen de lui expliquer ce qu'il se passe, de le convaincre de ne pas nous étrangler avec nos propres intestins si nous partons quelques mois.

—Par tous les dieux, dit Jean. J'ai fait mon possible pour ne pas y penser. Tu as déjà eu du mal à le persuader qu'on nous avait envoyés à *L'Aiguille du péché* pour qu'on s'attaque à sa chambre forte. Qu'est-ce que tu vas pouvoir raconter pour rendre cette histoire de voyage en mer crédible ?

—Je n'en ai pas la moindre idée. (Locke massa le pourtour douloureux de sa vieille blessure à l'épaule.) Par chance, les chaises le mettront d'humeur plus clémente. Si ce n'est pas le cas, tu recevras la note pour le nettoyage des dalles de la cour, quand ma cervelle se sera éparpillée dessus.

Les rameurs amenèrent enfin le navire le long d'un quai de Savrola où un chariot et plusieurs soldats attendaient. Merrain quitta la proue et rejoignit les deux compères assis à l'arrière.

— Demain, sept heures du matin, dit-elle. J'enverrai un véhicule à la *Villa Candessa*. Nous allons varier vos trajets pendant quelques jours par mesure de sécurité. Ce soir, restez à votre auberge.

— C'est hors de question, dit Locke. Ce soir, j'ai des affaires à régler aux Marches Dorées.

— Annulez-les.

— Allez vous faire foutre. Comment envisagez-vous de m'empêcher de bouger ?

— Vous seriez peut-être surpris. (Merrain se massa les tempes comme si elle sentait poindre une migraine, puis elle soupira.) Vous êtes sûr de ne pas pouvoir annuler ?

— Si je manque mon rendez-vous de ce soir, il y a, à *L'Aiguille du péché*, une certaine personne qui ne va pas nous manquer, Jérôme et moi. Je ne crois pas qu'il soit nécessaire de préciser de qui il s'agit.

— Si vous avez des inquiétudes à propos de Requin, je peux m'arranger pour vous loger à la marina de l'Épée. Il ne pourra jamais vous atteindre là-bas. Vous y serez en sécurité jusqu'à la fin de votre entraînement.

— Jérôme et moi avons passé deux ans dans cette putain de cité pour préparer notre plan contre Requin. Nous n'avons pas l'intention d'abandonner maintenant. Cette nuit est de la plus haute importance.

— Dans ce cas, c'est à vos risques et périls. Je peux envoyer un chariot avec des hommes à moi. Vous pouvez attendre deux heures ?

— Si c'est le temps qu'il vous faut, très bien. (Locke sourit.) D'ailleurs, envoyez en deux. Un pour moi, un pour mes bagages.

— N'abusez pas de…

— Excusez-moi, mais est-ce que c'est *vous* qui réglez les frais ? Vous voulez me protéger ? M'entourer de vos agents ? Parfait ! Je l'accepte. Contentez-vous d'envoyer deux chariots. Je serai sage comme une image.

— D'accord. Dans deux heures. Pas avant.

4

À l'ouest, l'horizon avait englouti le soleil ; dans le ciel sans nuages, les deux lunes visibles étaient d'un rouge apaisant et ressemblaient à des pièces d'argent au fond d'un verre de vin. Le conducteur du chariot cogna trois fois sur le toit du véhicule pour annoncer leur arrivée à *L'Aiguille du péché*. Locke laissa retomber le rideau sur le petit coin par lequel il regardait furtivement à l'extérieur.

Il avait fallu un long moment pour que les deux voitures se faufilent hors de Savrola, traversent la Grande Galerie et se fraient un chemin dans les embouteillages pour atteindre les Marches Dorées. Locke avait passé son temps à alterner bâillements et malédictions contre les cahots. Il était accompagné par une jeune épéiste svelte armée d'une rapière posée en travers de ses cuisses – une épée qui n'avait rien à voir avec un accessoire de mode, aucun doute là-dessus. Assise en face de lui, elle ne lui avait pas accordé un regard depuis le début du trajet.

Quand le chariot s'arrêta dans une grande secousse, elle sortit la première et glissa son arme sous un long manteau bleu qui lui arrivait aux mollets. Elle fouilla la nuit chaude des yeux à la recherche d'un éventuel danger et, sans un mot, fit signe à Locke de la suivre.

Ainsi que le voleur l'avait demandé, le conducteur avait tourné pour s'engager sur un chemin pavé menant à une cour derrière *L'Aiguille du péché*. Là, deux maisons de pierre abritaient les cuisines et le garde-manger principaux de l'établissement. À la lumière des lanternes rouges et or qui se balançaient au bout de fils invisibles, des employés allaient et venaient en groupes, emportant des repas élaborés et revenant avec des plats vides. Une odeur de viande richement assaisonnée emplissait l'air.

La garde du corps de Locke continua de surveiller les environs, tout comme les deux soldats vêtus comme de banals cochers, postés sur le toit du chariot. Le second véhicule, celui qui transportait les chaises de Locke, s'arrêta dans un bruit de ferraille derrière le premier. Les chevaux gris de l'attelage frappèrent le sol de leurs sabots et s'ébrouèrent comme si l'odeur des cuisines n'était pas à leur goût. Un employé de *L'Aiguille du péché*, massif et au crâne dégarni, se dépêcha de venir à la rencontre de Locke et s'inclina.

—Maître Kosta, dit-il. Je vous prie de m'excuser, monsieur, mais cette cour est réservée aux fournisseurs. Nous sommes incapables de vous accueillir ici comme il se doit. L'entrée principale conviendra beaucoup mieux à…

—Je suis au bon endroit.

Locke posa une main sur l'épaule de l'employé et glissa cinq volanis d'argent dans la poche de son gilet. Il laissa les pièces cliqueter tandis qu'il les lâchait.

—Allez chercher Sélendri, aussi vite que possible.

—Trouver, euh… Eh bien…

—Sélendri. Elle ne passe pas inaperçue, même au milieu de la foule. Allez la chercher maintenant.

—Euh… Bien, monsieur. Certainement.

Pendant les cinq minutes qui suivirent, Locke fit les cent pas devant sa voiture. L'épéiste essaya de prendre un air détaché sans pour autant s'éloigner de lui. *Personne ne serait assez idiot pour tenter quoi que ce soit ici*, songea Locke. Pas avec cinq personnes qui veillaient sur lui, pas au cœur du royaume de Requin. Il fut néanmoins soulagé en voyant Sélendri sortir par la porte de service. Elle portait une robe du soir couleur flamme et le cuivre de sa prothèse semblait se liquéfier sous les reflets orange.

— Kosta, dit-elle. Qu'est-ce qui me vaut ce dérangement ?

— J'ai besoin de voir Requin.

— Ah, mais est-ce que Requin a besoin de *vous* voir ?

— Au plus tôt, répondit Locke. S'il vous plaît. Je dois le voir en personne. Et je vais avoir besoin de quelques employés parmi les plus forts : j'ai apporté des cadeaux qui nécessitent d'être manipulés avec soin.

— Des cadeaux ?

Locke la conduisit au second chariot et ouvrit la portière. Sélendri lança un bref coup d'œil en direction de la garde du corps de Locke, puis caressa sa main de cuivre avec sa main de chair en songeant au contenu de la cabine.

— Êtes-vous bien sûr que cette tentative de corruption flagrante est la solution à vos problèmes, maître Kosta ?

— Vous n'y êtes pas du tout, Sélendri. C'est une histoire assez longue. En fait, Requin me rendrait un grand service en acceptant ces chaises. Il a une tour à meubler. Moi, je n'ai qu'une suite et un débarras que je loue à l'auberge.

— Intéressant. (Elle referma la portière, se détourna de Locke et entreprit de retourner vers le bâtiment.) Je suis impatiente d'entendre cette histoire. Venez avec moi. Vos serviteurs restent ici, bien entendu.

La garde du corps sembla sur le point de protester, mais le voleur secoua la tête avec fermeté et pointa un doigt implacable vers le premier chariot. La jeune épéiste le foudroya du regard et Locke se réjouit qu'elle ait pour instructions de le protéger.

Une fois à l'intérieur de *L'Aiguille du péché*, Sélendri murmura des ordres à l'employé massif, puis conduisit Locke à travers la foule habituelle pour le mener aux quartiers réservés au personnel au deuxième étage. Ils se retrouvèrent bientôt enfermés dans l'obscurité de la cabine d'ascenseur qui montait sans hâte vers le bureau de Requin.

— Vous vous êtes trouvé un garde du corps intéressant, maître Kosta. Je ne savais pas que vous méritiez les services d'un Œil de l'Archon.

— Euh… moi non plus. Je m'en doutais un peu, mais j'ignorais qu'elle travaillait pour lui. Qu'est-ce qui vous permet d'affirmer que c'est le cas ?

— Le tatouage sur le dos de sa main gauche. Un œil sans paupières au centre d'une rose. Elle n'a sans doute pas l'habitude de se promener en civil, elle aurait dû porter des gants.

—Vous avez des yeux d'aigle. Enfin, un œil. Euh… désolé. Vous voyez ce que je veux dire. J'ai remarqué le tatouage, mais je n'y ai pas prêté beaucoup d'attention.

—La plupart des gens ne connaissent pas le sens de ce motif. (Elle se détourna une nouvelle fois de lui.) Je portais le même sur la main gauche.

—Je… Euh… C'est… Je l'ignorais.

—Il y a bien des choses que vous ignorez, maître Kosta. *Bien des choses…*

Malédiction! songea Locke. Elle essayait de le décontenancer et usait de son *strat péti* en représailles des efforts qu'il avait faits pour gagner sa sympathie, la dernière fois qu'ils avaient partagé cette cabine. Y avait-il dans cette putain de ville une seule personne qui n'ait pas un petit jeu personnel?

—Sélendri, dit-il en s'efforçant de prendre un ton sincère et légèrement blessé. Je n'ai jamais rien demandé de plus que votre amitié.

—Une amitié semblable à celle que vous portez à Jérôme de Ferra?

—Si vous saviez ce qu'il m'a fait, vous comprendriez. Mais puisque vous voulez faire étalage de vos secrets, je crois que je vais garder certains des miens.

—Faites comme bon vous semble. Mais souvenez-vous que, au bout du compte, l'opinion que j'ai de vous risque de *survivre* à celle que vous avez de moi.

La cabine interrompit son ascension dans un grincement, la porte s'ouvrit et laissa entrer la lumière des appartements de Requin. Le maître de *L'Aiguille du péché* leva les yeux de son bureau alors que Sélendri conduisait Locke à travers la pièce. Il avait glissé ses optiques dans l'encolure de sa tunique noire et était plongé dans l'étude d'une immense pile de parchemins.

—Kosta, dit-il. Vous arrivez à point nommé. J'ai certains éclaircissements à vous demander.

—Soyez assuré que je vais vous les fournir, dit Locke. (*Merde!* pensa-t-il. *J'espère qu'il n'est pas au courant de cette histoire d'assassins sur les quais. J'ai déjà suffisamment d'explications à donner comme ça.*) Puis-je m'asseoir?

—Allez vous chercher une chaise.

Locke en choisit une posée contre le mur, l'apporta devant le bureau et s'y installa en essuyant discrètement ses paumes moites sur son haut-de-chausses. Sélendri se pencha à côté de Requin et murmura un long moment à son oreille. Il hocha la tête et fixa Locke.

—Vous avez pris le soleil.

—Aujourd'hui même. Jérôme et moi avons fait un peu de bateau dans le port.

—L'exercice vous a plu?

—Je ne peux pas dire ça.

— Quel dommage ! Mais il semblerait que vous vous trouviez déjà au port il y a plusieurs nuits de cela. On vous a vu rentrant de Mon Magisteria. Pourquoi avez-vous tant tardé avant de m'informer de cette visite ?

— Ah !

Locke fut submergé par une vague de soulagement : Requin ignorait peut-être qu'il existait un lien significatif entre Jérôme, lui et les cadavres des deux assassins. Cela lui rappela que le maître de *L'Aiguille du péché* ne savait pas tout – un réconfort appréciable dans une telle situation. Il sourit.

— J'ai pensé que, si vous vouliez l'apprendre plus tôt, une de vos bandes m'aurait traîné jusqu'ici pour un entretien.

— Vous devriez faire une petite liste, Kosta, intitulée : « Les gens que je peux contrarier sans risque ». Mon nom n'y apparaîtrait pas.

— Excusez-moi. Ce n'était pas à dessein : ces derniers jours, il était impératif que Jérôme et moi prenions l'habitude de dormir avec les lunes plutôt que le soleil. *Ça*, c'est en rapport avec les plans de Stragos.

À cet instant, une employée de *L'Aiguille du péché* fit son apparition sur la marche palière de l'escalier menant au huitième étage. Elle salua bas et s'éclaircit la gorge.

— Je vous demande pardon, maître et maîtresse. La maîtresse a ordonné que les chaises de maître Kosta soient remontées de la cour.

— Apportez-les, dit Requin. Sélendri m'en a parlé. Alors, de quoi s'agit-il ?

— Cela va vous paraître plus idiot que ça l'est en réalité, dit Locke, mais vous me rendriez un grand service – je vous assure – en acceptant de m'en débarrasser.

— Si j'acceptais de vous en dé... Par exemple !

Un employé de forte carrure monta l'escalier. Il portait une des chaises devant lui et s'acquittait de sa tâche avec des précautions notables. Requin se leva et regarda.

— Talathri baroque, dit-il. Pas le moindre doute, c'est du Talathri baroque... Vous, posez-les au centre de la pièce. Oui, parfait. Vous pouvez disposer.

Quatre employés suivirent les instructions de Requin, reculèrent vers l'escalier et saluèrent avant de disparaître. Le maître de *L'Aiguille du péché* ne leur prêta pas attention. Il contourna son bureau et s'approcha des chaises. Il en examina une de près en passant un doigt ganté sur la surface laquée.

— Une copie..., dit-il lentement. C'est certain... Mais elle est absolument magnifique. (Il reporta son attention sur Locke.) J'ignorais que vous connaissiez mes goûts de collectionneur.

— Je ne les connais pas, dit Locke. C'est la première fois que j'entends parler de ce machin-truc baroque. Il y a quelques mois, j'ai fait une partie de cartes contre un Lashanien qui était ivre. Son compte à *L'Aiguille du péché* était… essoré, alors j'ai accepté qu'il paie ses dettes en nature. J'ai donc hérité de quatre chaises de prix. Je les entrepose depuis dans un débarras parce que, honnêtement, qu'est-ce que je pourrais en faire ? J'ai vu les objets qui décorent votre bureau, ici, et j'ai pensé qu'elles vous intéresseraient peut-être. Je suis content qu'elles se marient avec le reste de la décoration. Comme je vous l'ai dit, c'est vous qui me rendriez service en les acceptant.

— Je suis sidéré, lâcha Requin. J'ai toujours songé à faire fabriquer des meubles dans ce style. J'adore la dernière floraison. Vous voulez vraiment vous séparer de telles merveilles ?

— Je ne suis pas capable de les apprécier à leur juste valeur, Requin. Pour moi, une chaise de luxe est une chaise de luxe, point final. Faites juste attention avec celles-ci. Pour une raison que j'ignore, elles sont en croissant-cisaille. C'est assez solide pour supporter le poids d'une personne, mais il ne faut pas trop les malmener.

— C'est… très inattendu, maître Kosta. J'accepte votre cadeau. Merci. (Requin retourna – visiblement à contrecœur – s'asseoir à son bureau.) Mais il ne vous dégage pas de l'obligation de vous acquitter de votre part du contrat. Ni de poursuivre vos explications.

Son sourire s'atténua. Ses yeux avaient retrouvé leur froideur habituelle.

— Bien sûr que non. À ce propos… Écoutez, Stragos veut quelque chose et je vous garantis qu'il a le feu au cul. Il a décidé de nous envoyer, Jérôme et moi, hors de la cité pendant un moment. Pour affaires.

— Hors de la cité ?

La courtoisie retenue dont Requin avait fait preuve un peu plus tôt avait maintenant disparu. Il avait prononcé ces quatre mots dans un murmure monocorde et inquiétant.

C'est parti ! Gardien Véreux, sois assez bon pour jeter un os en pâture à ton pauvre chien.

— En mer, dit Locke. Aux Vents Fantômes. À Port-Prodigue. En mission.

— C'est curieux. Je ne me rappelle pas avoir déménagé ma chambre forte à Port-Prodigue.

— Il y a pourtant un lien. *(Mais dans quoi je m'embarque, là ?)* Il veut que nous… trouvions quelque chose. *(Putain ! Et tu crois qu'il va se contenter de ça ?)* Quelqu'un, en fait. Est-ce que vous avez déjà… Euh… déjà…

— Est-ce que j'ai déjà quoi ?

— Est-ce que vous avez déjà entendu parler… d'un certain… Calo… Callas ?

— Non. Pourquoi ?

— C'est, euh… Eh bien, en vérité, je me sens un peu idiot. Je pensais que vous en auriez peut-être entendu parler. Je ne sais même pas si ce type existe. Il n'est pas impossible que ce ne soit qu'une histoire à dormir debout. Vous êtes certain de n'avoir jamais entendu ce nom auparavant ?

— Certain. Sélendri ?

— Il ne me dit rien, répondit-elle.

— Alors, qui cet homme est-il censé être ? demanda Requin.

Il joignit ses mains gantées et les serra très fort l'une contre l'autre.

— C'est...

Qu'est-ce qui ferait l'affaire ? Quel genre d'homme pourrait nous amener à quitter cette ville alors que nous avons l'intention de pénétrer dans la chambre forte ? Oh... Gardien Véreux, évidemment !

— C'est un crocheteur. Les espions de Stragos ont un dossier sur lui. Il paraît que c'est le meilleur. Enfin, dans le temps du moins. Un véritable magicien avec un crochet entre les mains, une sorte de prodige des serrures. Jérôme et moi devons le convaincre d'interrompre sa retraite pour se consacrer au problème de la chambre forte.

— Que fait un tel homme à Port-Prodigue ?

— J'imagine qu'il s'y cache.

Locke sentit les coins de ses lèvres se relever et réprima un vieux sentiment de jubilation familière. Une fois qu'on lançait un Gros Mensonge dans le monde, il grandissait de lui-même et n'exigeait qu'un minimum d'attention et d'efforts pour s'adapter à la situation.

— Stragos dit que les artificiers ont essayé de tuer cet homme à de nombreuses reprises. Il est leur antithèse. S'il existe, il est un putain d'antiartificier par excellence.

— Il est curieux que je n'aie jamais entendu parler de lui, dit Requin, et qu'on ne m'ait jamais demandé de le trouver et de l'éliminer.

— Si vous étiez à la place des artificiers, est-ce que vous parleriez de ses talents à la personne susceptible de les employer au mieux ?

— Hmm...

— Merde. (Locke se gratta le menton et fit semblant de se plonger dans ses réflexions.) Peut-être que quelqu'un vous a *bel et bien* demandé de le trouver et de l'éliminer, mais qu'il l'a appelé par un autre nom et qu'il n'a pas mentionné ses compétences. Vous voyez ce que je veux dire ?

— Mais pourquoi ? L'Archon dispose de nombreux agents, pourquoi choisirait-il Jérôme et vous pour... ?

— Y a-t-il d'autres personnes dont il peut être sûr qu'elles reviendront ou qu'elles mourront pour accomplir cette mission ?

— Le présumé poison. Ah !

— Nous avons deux mois pour trouver cet homme, peut-être moins. (Locke soupira.) Stragos nous a avertis que nous n'avions pas intérêt à traîner. Si nous ne sommes pas rentrés à temps, nous découvrirons l'étendue des compétences de son alchimiste personnel.

— On dirait qu'il n'est pas facile d'être au service de l'Archon, Léocanto.

— Non ? Sans déconner ? Je le préférais nettement quand il n'était qu'un trésorier-payeur inconnu. (Locke fit rouler ses épaules et sentit la protestation des muscles de son dos endolori.) Nous partons d'ici un mois. C'est pour cette raison que nous avons passé la journée sur un bateau. Nous nous infiltrerons parmi l'équipage d'un navire marchand indépendant lorsque nous nous serons suffisamment entraînés – quand on ne pourra plus nous identifier comme les fervents adeptes du plancher des vaches que nous sommes. Jusqu'à notre retour, c'en est terminé des nuits blanches passées à jouer.

— Vous espérez réussir ?

— Non, mais d'une manière ou d'une autre, je vous jure que je reviendrai ici. Il est même possible que Jérôme ait un « accident » au cours du voyage. Enfin bref, on va remiser notre garde-robe à la *Villa Candessa* et nous laisserons jusqu'à notre dernier centira sur les comptes que nous avons ouverts dans votre établissement. Tout mon argent et celui de Jérôme. Une garantie de mon retour, en quelque sorte.

— Et si vous revenez, dit Sélendri, vous ramènerez peut-être une personne qui est vraiment capable d'aider l'Archon dans ses projets.

— S'il est bien aux Vents Fantômes, je le ramènerai tout droit ici. Je pense que vous aurez envie d'avoir une petite conversation avec lui, pour lui apprendre que les hommes ouverts aux contre-propositions ont tendance à vivre plus vieux que les autres.

— C'est certain, dit Requin.

— Ce Callas, poursuivit Locke en laissant l'excitation gagner sa voix, il pourrait être notre carte maîtresse pour coller Stragos sur des charbons ardents. Il pourrait devenir un renégat encore plus utile que moi.

— Eh bien, maître Kosta, je doute qu'il existe un renégat plus enthousiaste que vous, dit Sélendri.

— Vous savez très bien pourquoi je suis enthousiaste. Mais ça suffit comme ça. Stragos ne nous a rien révélé d'autre pour le moment. Je voulais me débarrasser de ces putains de chaises et vous informer que nous serons absents pendant un certain temps. Je vous garantis que je reviendrai. Si c'est en mon pouvoir, je reviendrai.

— De bien belles promesses, dit Requin d'un ton songeur. De bien belles garanties.

— Si j'avais voulu mettre les bouts, dit Locke, je l'aurais déjà fait. Pour quelle raison serais-je venu vous raconter tout ça, d'abord ?

— C'est évident, répondit Requin avec un sourire affable. Si c'est un stratagème, il vous procurerait deux mois de préparation. Deux mois pendant lesquels je ne penserais pas à vous surveiller.

— Ah ! Vous marquez un point. Il reste néanmoins un problème : dans deux mois, je commencerai à mourir de manière plutôt désagréable, préparation ou pas.

— C'est vous qui le dites.

— Écoutez, je trahis l'Archon de Tal Verrar à votre profit. Je trahis cet enfoiré de Jérôme de Ferra. J'ai besoin d'alliés si je veux me sortir de cette merde. Je me *fous* de savoir si vous me faites confiance, mais, moi, je *dois* avoir confiance en vous. Je vous montre mes cartes. Je ne bluffe pas. Maintenant, une fois de plus, dites-moi comment nous allons procéder.

Requin parcourut avec désinvolture la pile de parchemins posée sur son bureau, puis son regard croisa celui de Locke.

— Je veux savoir ce que l'Archon vous réserve dès que vous en aurez connaissance. Je ne tolérerai aucun retard. Si je dois encore me demander où vous êtes, je vous enverrai chercher… et vous n'aurez pas besoin de billet de retour.

— Compris. (Locke déglutit et se tordit les mains en s'assurant que Requin le remarquait.) Je suis certain que nous reverrons Stragos avant de partir. Je viendrai ici la nuit suivant chaque rencontre, au plus tard.

— Bien. (Requin pointa un doigt vers la cabine d'ascenseur.) Partez. Trouvez ce Calo Callas – s'il existe – et ramenez-le-moi. Mais je ne *veux pas* que ce cher Jérôme glisse malencontreusement par-dessus le bastingage pendant que vous êtes en mer. C'est compris ? Jusqu'à ce que Stragos soit à ma merci, cette gâterie est soumise à mon approbation.

— Je…

— Pas d'« accident » pour maître de Ferra. Vous vous vengerez quand je vous en donnerai la permission. Cela fait partie de notre marché.

— Si vous le voyez ainsi, c'est d'accord, bien entendu.

— Stragos vous mène par le bout du nez avec son antidote. (Requin prit une plume et reporta son attention sur les parchemins.) Je veux, moi aussi, mon assurance quant à votre retour enthousiaste dans ma bonne ville. Avant d'abattre un veau, il faut d'abord en prendre soin pendant plusieurs mois. Occupez-vous de votre camarade *comme une mère.*

— Euh… Bien sûr.

— Sélendri va vous raccompagner.

5

— Pour être honnête, les choses auraient pu être pires, dit Jean tandis que Locke et lui tiraient sur leurs rames le lendemain matin.

Ils naviguaient dans le port principal, franchissant les vagues paisibles près du croissant des Marchands. Le soleil n'était pas encore au zénith, mais la journée était déjà plus chaude que la veille. Les deux voleurs étaient trempés de sueur.

—En effet, une mort soudaine et douloureuse aurait sans doute été pire. (Locke étouffa un grognement : aujourd'hui, les efforts ne se contentaient pas de mettre à mal son dos et ses épaules, ils martyrisaient aussi la vieille blessure qui couvrait une bonne partie de son bras gauche.) Mais je crois que j'ai bénéficié des derniers vestiges de la patience de Requin. À la prochaine complication ou bizarrerie… Par chance, je ne vois pas comment les plans de Stragos pourraient devenir plus surprenants.

—On fait pas avancer un bateau en agitant sa langue, cria Caldris.

—À moins que vous vouliez nous enchaîner aux rames et taper sur un tambour, nous parlerons comme bon nous semble, déclara Locke. Et à moins de souhaiter notre mort, vous feriez bien d'envisager un déjeuner de bonne heure.

—Voyez-vous ça ! Le beau jeune homme trouverait-il la vie active peu à son goût ?

Caldris était assis à la proue, les jambes étendues vers le mât. Sur son ventre, le chaton était pelotonné en une sombre boule de sommeil satisfait.

—Le second, ici présent, tient à vous rappeler notre but. La mer n'attend pas votre bon plaisir. S'il le faut, vous resterez debout vingt heures de suite, ou *quarante*. Sur le pont, ou en train d'actionner une pompe. Quand ce sera le moment de faire quelque chose, vous aurez intérêt à vous magner le cul, et à ne pas arrêter avant épuisement total. Alors, vous allez ramer, tous les jours, jusqu'à ce que vous ayez exactement le niveau requis. Et aujourd'hui, nous allons déjeuner plus tard, pas plus tôt. À bâbord toute !

6

—Excellent, maître Kosta ! Un travail fascinant et sacrément original. Selon vos calculs, nous sommes quelque part près des latitudes du royaume des Sept Essences. Il fait un peu chaud pour la région de Vintila, vous ne trouvez pas ?

Locke fit glisser le cadran – un bâton d'un mètre vingt de long pourvu à son extrémité d'un curieux assemblage d'ailettes et de compas – de son épaule et soupira.

—Vous ne voyez donc pas l'ombre du soleil sur la pinnule de l'horizon ?

—Oui, mais…

—Je reconnais que cet engin n'est pas aussi précis qu'un carreau d'arbalète, mais même un marin d'eau douce devrait s'en tirer mieux que ça. Recommencez en faisant comme je vous ai montré. L'horizon et l'ombre du soleil. Et soyez heureux d'avoir un cadran verrarien, les vieux bâtons à marteaux vous obligeaient à regarder le soleil en face au lieu de l'avoir dans le dos.

— Excusez-moi, dit Jean, mais je n'ai jamais entendu cet objet appelé autrement que « cadran camorrien ».

— Conneries ! s'exclama Caldris. Ça, c'est un cadran verrarien. C'est les Verrariens qui l'ont inventé il y a vingt ans.

— Cette revendication doit mettre un peu de baume sur votre amour-propre après la volée que vous avez prise pendant la guerre des Mille Jours, non ?

— Vous avez le béguin pour les Camorriens, Kosta ? (Caldris posa une main sur le bâton et Locke réalisa que sa colère n'était pas feinte.) Je croyais que vous étiez talishamiens. Pour quelle raison avez-vous une si haute opinion de ces enculés de Camorriens ?

— Aucune, je faisais juste…

— Juste quoi ?

— Excusez-moi. (Locke comprit qu'il avait fait une erreur.) Je n'ai pas réfléchi. Pour vous, ce n'est pas seulement de l'Histoire, n'est-ce pas ?

— Mille et quelques jours, dit Caldris. Putain de merde, j'en ai pas raté un seul !

— Je suis désolé. Je suppose que vous avez perdu des camarades au cours de cette guerre.

— Vous supposez dans le mille, cracha Caldris avec mépris. Mon bateau a coulé et j'étais à bord. J'ai eu de la chance de pas servir de repas aux raies-démons. Une sale époque. (Il ôta la main du bâton de Locke et se calma.) Je sais que vous pensiez pas à mal, Kosta. Je suis… désolé, moi aussi. Ceux d'entre nous qui ont participé à cette bataille n'avaient pas l'impression d'être en train de la perdre quand le Priori a baissé les bras. C'est en partie pour ça qu'on avait placé tant d'espoirs dans le premier Archon.

— Léocanto et moi n'avons aucune raison d'aimer Camorr, dit Jean.

— Tant mieux. (Caldris administra une claque dans le dos de Locke et sembla se détendre.) Tant mieux. Ne changez pas d'avis, d'accord ? Bon ! Nous sommes perdus en mer, maître Kosta ! Trouvez notre latitude !

Locke et Jean en étaient au quatrième jour de leur entraînement avec le capitaine verrarien. Après la matinée habituelle de torture sur les bancs de rame, Caldris les avait laissés sortir sur le littoral de la marina d'Argent. Ils s'étaient éloignés de l'île de verre, mais restaient encore à bonne distance de la barrière de récifs qui garantissait une mer calme autour de Tal Verrar. À environ cinq cents mètres de la marina, une plate-forme de pierre émergeait dans une eau bleu-vert profonde de dix ou quinze mètres. Caldris l'avait appelée le « Château des Marins d'Eau Douce ». Il s'agissait d'un endroit où s'entraînaient les Verrariens qui souhaitaient devenir marins dans la marine marchande ou la flotte de guerre.

Les trois hommes avaient amarré leur embarcation au bord de la plate-forme qui mesurait une dizaine de mètres de côté. Un large assortiment d'instruments de navigation était éparpillé sur le sol pierreux : des cadrans, des arbalestrilles, des sabliers, des cartes et des compas, une boîte de déterminant et un ensemble d'étranges chevilles en bois qui, selon Caldris, étaient utilisées pour marquer les changements de cap. Le chaton dormait sur un astrolabe, cachant les symboles gravés sur la surface de cuivre.

— Notre ami Jérôme s'en est pas trop mal tiré, dit Caldris. Mais c'est pas lui qui sera le capitaine, c'est vous.

— Je croyais que c'était vous qui prendriez toutes les décisions importantes sous peine d'une mort affreuse, ainsi que vous nous l'avez répété des dizaines de fois.

— C'est exact. Vous êtes malade si vous pensez que j'ai changé d'avis sur ce point. Mais j'ai besoin que vous en sachiez assez pour pas rester un doigt dans le cul quand je vous dirai de faire ci ou ça. Apprendre par quel côté ça se tient et être capable de lire une latitude va pas nous retarder pendant des putains de siècles.

— L'ombre du soleil et l'horizon, grommela Locke.

— C'est ça. Ce soir, nous utiliserons l'ancien bâton pour la seule chose à laquelle il sert encore : faire les calculs par rapport aux étoiles.

— Mais il est à peine midi !

— Exact, dit Caldris. Nous allons avoir une longue journée, aujourd'hui. On va s'attaquer aux livres, aux cartes et aux maths, ensuite on refera un peu de voile et d'aviron, et puis on retournera aux livres et aux cartes. Vous êtes pas près de vous coucher, alors vous feriez mieux de vous installer confortablement sur le Château des Marins d'Eau Douce. (Caldris cracha sur le sol rocailleux.) Et maintenant, calculez-moi cette putain de latitude !

7

— Que signifie « faire chapelle » ? demanda Jean.

Tard dans la soirée, à la fin du neuvième jour passé en compagnie de Caldris, Jean était plongé dans une grande baignoire en cuivre. Malgré la température élevée qui régnait dans les chambres closes de la *Villa Candessa*, il avait demandé de l'eau si chaude qu'elle laissait encore échapper des volutes de vapeur au bout de trois quarts d'heure. Une bouteille de cognac débouchée – de l'austershalim cuvée 554, la moins chère qu'on puisse trouver rapidement – et les deux Sœurs Vicieuses étaient posées sur la petite table toute proche.

Dans la suite, les volets avaient été fermés et les rideaux tirés, la porte était verrouillée et Locke avait calé une chaise sous la poignée – cela permettrait peut-être de gagner quelques précieuses secondes si quelqu'un voulait entrer en force. Locke était allongé sur son lit, laissant le contenu de deux verres de cognac lui dénouer les muscles. Ses couteaux étaient disposés sur la table de nuit, à moins d'un mètre de ses mains.

—Ah, dieux tout puissants! dit-il. Je le sais. C'est… plutôt… mauvais?

—Encaisser des vents violents et des vagues par le travers, dit Jean, les prendre par le côté plutôt que de leur présenter la proue.

—Et c'est mauvais.

—Extrêmement mauvais. (Jean feuilletait un exemplaire en piteux état du *Lexique pratique du marin avisé, illustré de nombreux exemples instructifs et véridiques* d'Indrovo Lencalli.) Allez, tu es le capitaine du navire. Je ne suis que le gros bras qui brise les crânes à ta demande.

—Je sais. Pose-moi une autre question.

L'exemplaire de Locke gisait sous ses couteaux et son verre de cognac.

—Hmm… (Jean tourna quelques pages.) Caldris te demande de faire route au largue. Explique-moi ce charabia.

—Le vent vient à angle droit par rapport à la quille, grommela Locke. Il nous frappe en plein de côté.

—Et s'il veut que le navire fasse route au grand largue?

—Ouais. (Locke fit une pause pour boire un peu de cognac.) On n'a le vent ni dans le cul ni en plein de côté. Il arrive trois quarts arrière – en gros – par rapport à la quille.

—C'est à peu près ça. (Jean feuilleta de nouveau son livre.) Sur un compas, quel est le sixième point?

—Plein est. Par tous les dieux, j'ai l'impression de me retrouver à la maison, pendant un dîner avec Chains.

—D'accord sur les deux réponses. Donne-moi un autre point au sud.

—Euh… Sud-est.

—Bien. Un autre?

—Est-sud-est?

—Un troisième?

—Ah, dieux! (Locke vida le reste de cognac d'une gorgée.) Sud-sud-ça-commence-à-me-casser-les-couilles. Ça suffit pour ce soir.

—Mais…

—Je suis le capitaine de ce putain de navire, oui ou non? (Locke roula sur le ventre.) Alors, je t'ordonne de boire ton cognac et d'aller te coucher.

Il tendit la main, se posa un oreiller sur la figure et s'endormit en quelques secondes. Mais, dans ses rêves, il continua à faire des nœuds, à carguer des voiles et à calculer sa position.

8

— Je n'avais pas remarqué que nous étions désormais membres de votre flotte, dit Locke le lendemain matin. Je croyais même que le but était de nous en éloigner.

— C'est un moyen d'arriver à ses fins, maître Kosta.

À leur arrivée, l'Archon les attendait dans la baie privée de la marina de l'Épée. Un de ses navires personnels – Locke se rappelait l'avoir vu dans les cavernes de verre sous Mon Magisteria – était amarré derrière leur canot. Stragos était escorté par Merrain et une demi-douzaine d'Yeux. La jeune femme aidait maintenant Locke à enfiler son uniforme d'officier de la marine de guerre verrarienne.

La tunique, le haut-de-chausses et l'écharpe étaient d'un même bleu foncé que les pourpoints des Yeux, mais le manteau était rouge brun avec des bandes de cuir rigide cousues sur les manches afin de protéger les bras ; des insignes en cuivre représentant des roses sur des épées entrecroisées étaient accrochés juste en dessous de l'épaule.

— Je n'ai pas beaucoup d'officiers aux cheveux blonds à mon service, dit Stragos, mais l'uniforme vous va. Je vous en ferai couper deux autres d'ici la fin de la semaine. (L'Archon tendit la main et rectifia quelques détails sur la tenue de Locke – il serra l'écharpe et modifia l'inclinaison du fourreau vide suspendu à la ceinture.) Après tout, vous allez le porter plusieurs heures par jour. Vous devez vous y habituer. Un de mes Yeux vous apprendra comment vous tenir, ainsi que les formules de politesse et les saluts en fonction des circonstances.

— Je ne comprends toujours pas pourquoi…

— Je sais. (Stragos se tourna vers Caldris qui, en présence de son maître, avait perdu son habituelle malice teintée de vulgarité.) Comment se passe leur entraînement, capitaine ?

— Le Protecteur sait déjà très bien ce que je pense de cette mission, répondit Caldris d'une voix lente.

— Ce n'est pas la question que je vous ai posée.

— Ils sont… moins consternants qu'ils l'étaient au départ, Protecteur. Un petit peu moins.

— Ce sera suffisant. Vous disposez encore de presque trois semaines pour les préparer. Ils ont même l'air de s'être habitués au dur labeur sous le soleil.

— Où est notre navire, Stragos ? demanda Locke.

— Il attend.

— Et où est notre équipage ?

— Il est prêt.

— Et pourquoi est-ce que je porte ce putain d'uniforme ?

— Parce qu'il me plaît de faire de vous un capitaine de ma flotte. C'est ce que signifient les deux roses sur les épées croisées. Vous serez capitaine pour une nuit seulement. Apprenez à vous sentir à l'aise dans cette tenue. Puis apprenez à attendre patiemment vos ordres.

Locke se renfrogna, posa sa main droite sur le fourreau et croisa le bras gauche sur la poitrine, le poing serré. Il inclina le haut de son corps selon un angle précis, comme il avait vu les Yeux de Stragos le faire en de multiples occasions.

— Que les dieux protègent l'Archon de Tal Verrar.

— Très bien, dit Stragos. Mais vous êtes un officier, pas un simple soldat ou marin. Vous devez saluer moins bas.

Il se retourna et se dirigea vers son navire. Les Yeux formèrent les rangs et le suivirent. Merrain commença à dépouiller précipitamment Locke de son uniforme.

— Messieurs, je vous rends aux bons soins de Caldris, dit l'Archon en embarquant. Profitez bien de votre journée.

— Quand allez-vous enfin nous expliquer pourquoi nous faisons tout cela ?

— Tout vient à point à qui sait attendre, maître Kosta.

9

Deux jours plus tard, au matin, les portes de la baie privée s'ouvrirent en grand pour laisser entrer le bateau de Merrain dans la marina de l'Épée. Jean et Locke découvrirent alors avec surprise que, au cours de la nuit, leur canot avait été rejoint par un véritable navire.

Une pluie douce et tiède tombait ; elle n'était pas vraiment portée par les bourrasques de la mer de Cuivre, mais par un vent agaçant qui venait de l'intérieur des terres. Caldris attendait sur la place dallée, vêtu d'un fin imperméable ; des filets d'eau coulaient de ses cheveux et de sa barbe qui n'étaient pas protégés. Il grimaça un sourire en voyant Jean et Locke débarquer habillés léger et pieds nus.

— Regardez-vous un peu ! cria-t-il. Le voilà enfin ! Le navire sur lequel nous avons toutes les chances de crever ! (Il assena une grande claque dans le dos de Locke et éclata de rire.) Il s'appelle le *Messager rouge*.

— Vraiment ?

Le bateau était immobile et silencieux, voiles ferlées, lanternes éteintes. Locke trouva qu'il dégageait ainsi une vague et étrange sensation de mélancolie.

— Il appartient à l'Archon, je suppose ?

— Non. On dirait que les dieux ont accordé au Protecteur une chance de faire des putains d'économies sur cette mission. Vous connaissez les guêpes-stylets ?

— Trop bien.

— Une espèce de crétin a essayé de s'introduire dans le port avec un essaim planqué dans les cales il y a pas très longtemps. Seuls les dieux savent ce qu'il avait l'intention d'en faire. Il a été exécuté et on a estimé que son navire revenait de droit à l'Archon. Les petits monstres, eux, ont terminé dans le feu.

— Oh ! dit Locke en ricanant. Je n'ai pas le moindre doute sur leur sort. Je connais la probité et l'incorruptibilité des vaillants officiers des douanes de Tal Verrar.

— L'Archon l'a fait caréner, poursuivit Caldris. Il fallait consolider la coque et il avait besoin de nouvelles voiles, de nouveaux bouts et d'un calfatage. Tout l'intérieur a été passé au soufre et il a été rebaptisé. Mais tous ces travaux ne représentent pas grand-chose par rapport à ce qu'il aurait fallu débourser pour acheter un navire comme ça.

— Il a quel âge ?

— Vingt ans, à vue de nez. Vingt ans où il a pas rigolé tous les jours, j'ai l'impression. Mais il tiendra encore quelques années de plus. À condition qu'on le ramène. Maintenant, montrez-moi ce que vous avez appris. Qu'est-ce que vous en pensez ?

Locke examina le navire. Celui-ci avait deux mâts et un pont arrière très légèrement surélevé. Au centre, un unique canot était posé à l'envers.

— Est-ce que c'est un *caulotte* ?

— Non, répondit Caldris. C'est plus près d'un *vestrel*, qu'on appelle aussi « brick ». Un minuscule *vestrel*. Je vois pourquoi vous avez pensé à un *caulotte*, mais laissez-moi vous montrer les points sur lesquels vous faites erreur…

Caldris se lança dans un torrent d'explications très techniques, soulignant certains détails des grands bras sous le vent et des vergues sèches – des explications que Locke ne comprit qu'à moitié, comme un visiteur étranger qui écoute un autochtone lui indiquer sa route en parlant à toute vitesse.

— … Il mesure vingt-neuf mètres de la proue à la poupe – sans compter le beaupré, bien entendu, termina Caldris.

— Je n'avais pas encore vraiment réalisé, dit Locke. Dieux tout puissants, je suis le capitaine de ce navire.

— Ah ! Certainement pas ! Vous faites semblant d'être le capitaine de ce navire. Commencez pas à me faire le numéro du regard perdu dans le vague. Votre seul rôle, c'est de transmettre *mes* ordres à l'équipage. Et maintenant, magnez-vous de monter à bord !

Caldris les conduisit jusqu'à une passerelle qui les mena sur le pont du *Messager Rouge*. Tandis que Locke observait chaque détail visible du navire, un malaise croissant se mit à lui ronger l'estomac. Au cours de son unique traversée – passée au fond d'un lit –, il n'avait guère prêté attention à l'ensemble des tâches quotidiennes en mer. Désormais, les moindres nœuds, organeaux, poulies, palans, haubans, cordes, goupilles et mécanismes divers pouvaient lui sauver la vie… ou révéler sa totale incompétence.

— Malédiction, grommela-t-il à l'adresse de Jean. Il y a une dizaine d'années, j'aurais peut-être été assez idiot pour croire que ce serait du gâteau.

— Et ça ne va pas s'arranger, ajouta Jean en serrant l'épaule indemne de son compagnon. Mais il nous reste encore un peu de temps pour apprendre.

Les trois hommes arpentèrent le navire sur toute sa longueur tandis qu'un crachin tiède tombait du ciel. Caldris pointait son doigt ici et là et posait des questions difficiles auxquelles les deux compères devaient répondre. Ils terminèrent leur visite du bateau en s'arrêtant sur l'embelle. Caldris s'appuya contre le canot renversé pour se reposer.

— Bien, dit-il. Vous apprenez plutôt vite pour des marins d'eau douce, je vous accorde ça. Malgré tout, j'ai déjà vu des étrons qui en connaissaient davantage sur la navigation que vous deux réunis.

— Un de ces jours, descendons à terre et voyons un peu comment vous vous en tirez dans notre spécialité, gueule de raie.

— Ha ! Maître de Ferra, avec de telles reparties, vous serez parfait dans votre rôle. Vous ne serez peut-être jamais capable de faire la différence entre un tas de merde et des voiles d'étai, mais vous avez les manières d'un sacré second. Maintenant, grimpez dans la mâture. Ce matin, nous allons visiter le nid-de-pie tant qu'il fait encore beau.

— Le nid-de-pie ? (Locke fixa le grand mât dont l'extrémité disparaissait dans la grisaille et plissa les yeux afin de se protéger des gouttes qui s'abattaient sur son visage.) Avec cette putain de pluie ?

— J'ai entendu dire qu'il pleut parfois en mer, vous savez ? Vous étiez pas au courant ?

Caldris se dirigea vers les grands haubans tribord. Ils disparaissaient de l'autre côté de la rambarde et étaient solidement attachés sur les flancs de la coque par des caps de mouton. Le capitaine se hissa sur le bastingage avec un grognement et fit signe aux deux compères de le rejoindre.

— Les pauvres diables de votre équipage seront là-haut par tous les temps. Je ne vous emmène pas en mer si vous êtes ignares en matière de bouts alors, bougez-vous le cul et suivez-moi.

Jean et Locke grimpèrent sous la pluie à la suite de Caldris, glissant prudemment leurs pieds dans les enfléchures qui parcouraient les haubans pour monter dans les mâts. Locke dut reconnaître qu'après deux semaines d'entraînement intensif et régulier, il avait maintenant assez de souffle pour accomplir une telle tâche, sans compter qu'elles avaient aussi commencé à atténuer les douleurs dues à ses vieilles blessures. Pourtant, la sensation étrange et assez grisante que procurait l'échelle de corde lui était tout à fait étrangère, et il ne fut que trop heureux lorsqu'une vergue sombre se dessina dans la pluie juste au-dessus de lui. Quelques instants plus tard, il accéléra le rythme pour rejoindre Jean et Caldris au sommet d'une plate-forme circulaire et divinement stable.

— Nous sommes aux deux tiers du mât, environ, dit Caldris. Cette vergue soutient la grande carrée. (Locke en savait maintenant assez pour comprendre que le capitaine parlait de la voile principale, pas de la chambrée du navire.) Plus haut, il y a les perroquets et les mâts de perroquet. Mais ça suffit pour le moment. Dieux, et dire que vous croyez en avoir bavé aujourd'hui ! Vous imaginez grimper ici quand le navire roule d'un bord à l'autre comme une vache en train de vêler ? Ah !

— Ce sera toujours mieux que si un pauvre connard perd l'équilibre et nous tombe sur le coin de la gueule, murmura Jean à l'adresse de son compagnon.

— Mon devoir m'imposera-t-il de monter ici souvent ? s'inquiéta Locke.

— Vous avez des yeux plus perçants que la moyenne ?

— Je ne crois pas.

— Alors, vous n'en avez rien à foutre. Personne ne s'attendra que vous grimpiez dans la mâture. La place du capitaine, c'est sur le pont. Si vous voulez voir loin, vous prendrez une lunette. Là-haut, il y aura des types avec des yeux d'aigle qui surveilleront la mer pour vous.

Ils observèrent le panorama pendant quelques minutes de plus, puis le tonnerre se mit à gronder, tout proche, et la pluie s'intensifia.

— Je crois qu'il nous reste plus qu'à descendre. (Caldris se leva et se prépara à quitter le nid-de-pie.) Il y a tenter les dieux et tenter les dieux.

Jean et Locke regagnèrent le pont sans difficulté, mais lorsque Caldris sauta des haubans, il respirait par à-coups. Il gémit et se massa le haut du bras gauche.

— Putain ! Je suis trop vieux pour faire le singe. Grâce aux dieux, la place du navigateur est aussi sur le pont. (Un coup de tonnerre ponctua sa déclaration.) Suivez-moi. On va aller dans la cabine principale. Pas de navigation aujourd'hui, juste des livres et des cartes. Je sais à quel point vous adorez ça.

10

À la fin de la troisième semaine d'entraînement avec Caldris, Jean et Locke commencèrent à espérer que l'incident des deux assassins des quais ne se répéterait pas. Merrain continua à les escorter chaque matin, mais on leur accorda un peu de liberté la nuit – à condition qu'ils se déplacent armés et ne s'aventurent pas au-delà du front de mer intérieur de l'Arsenal. Les tavernes de ce quartier étaient bondées de soldats et de marins de l'Archon. Elles étaient donc peu propices à une embuscade.

À la dixième heure du soir, le Jour du Duc – que les Verrariens appelaient bien entendu le Jour du conseil –, Jean trouva Locke assis à une table au fond de la salle du *Signe des Mille Jours*, les yeux rivés sur une bouteille de vin amélioré. L'établissement était spacieux et gaiement éclairé, plein du brouhaha propre à un commerce prospère. Il s'agissait d'un bar à marins : sous des reproductions d'anciens fanions de guerre verrariens, les meilleures places étaient occupées par des officiers – en uniforme ou non, leur grade ne faisait aucun doute. Les simples matelots buvaient et jouaient aux tables environnantes plongées dans la pénombre. Quelques rares étrangers s'agglutinaient autour des plus petites, près de Locke.

— Je pensais bien te trouver ici, dit Jean en s'asseyant en face de son ami. Mais qu'est-ce que tu es en train de faire ?

— Je travaille. Ça ne se voit pas ? (Locke attrapa la bouteille de vin par le goulot et adressa un geste à Jean.) Voici mon marteau. (Il fit cogner son poing contre la table.) Et voici mon enclume. Je forge ma cervelle pour lui donner une forme plus agréable.

— À quelle occasion ?

— Pendant la moitié d'une nuit, je voulais juste être autre chose que le capitaine d'une putain d'expédition délirante en mer de Cuivre. (Il parlait dans un murmure maîtrisé et Jean se rendit compte que son compagnon n'était pas encore ivre, mais qu'il désirait ardemment le devenir.) J'ai le crâne farci de petits bateaux qui tournent en rond et s'amusent à inventer de nouveaux noms pour tous les trucs qu'on trouve sur leurs ponts ! (Il s'interrompit pour boire une gorgée, puis proposa la bouteille à Jean qui secoua la tête.) Je suppose que tu étudiais ton *Lexique* avec application.

— En partie. (Jean tourna légèrement sa chaise vers le mur de manière à pouvoir observer la plus grande partie de la taverne en toute discrétion.) J'ai aussi écrit quelques petits mensonges courtois à l'intention de Durenna et Corvaleur. Elles ont envoyé plusieurs messages à la *Villa Candessa* pour savoir quand nous retournerions aux tables de jeu ; elles ont l'intention de retenter leur chance et de nous massacrer.

— La simple idée de décevoir une dame me fait horreur, dit Locke, mais ce soir, c'est relâche et je n'y suis pour personne. Pas d'*Aiguille*, pas d'Archon, pas de Durenna, pas de *Lexique*, pas de tables de navigation. Juste un peu d'arithmétique de base : une pinte plus une pinte égalent pinté. Joins-toi à moi. Juste pour une heure ou deux. Tu sais que ça ne te ferait pas de mal.

— C'est vrai, mais Caldris devient chaque jour plus exigeant. À mon avis, il vaut mieux avoir les idées claires demain que l'esprit embrumé ce soir.

— Les leçons de Caldris ne clarifient rien du tout. C'est même le contraire. Nous devons apprendre en un mois ce qu'un apprenti marin apprend en cinq ans. Tout s'embrouille dans ma tête. Tu sais, avant d'entrer ici, ce soir, j'ai acheté une moitié de melon poivré. La marchande m'a demandé lequel je voulais qu'elle coupe en deux, celui de gauche ou celui de droite, et j'ai répondu : « celui de tribord ! » Ma propre langue me cocufie avec la marine.

— Ça ressemble au discours d'un fou, tu ne trouves pas ? (Jean tira ses optiques de la poche de son manteau et les posa sur le bout de son nez pour examiner la gravure à peine visible sur la bouteille de Locke – un anscalani d'une cuvée sans prétention, une arme plutôt contondante dans le domaine des vins.) Un délire au raisonnement tortueux et insaisissable. Imagine qu'il y ait une corde étendue sur le pont. Le Jour du Châtiment, c'est une simple corde étendue sur le pont. Après la troisième heure de l'après-midi, le Jour des Paresseux, elle se transforme en vergue de cacatois sur le beaupré de la vigie. Et puis à minuit, le Jour du Trône, elle redevient une corde – sauf s'il pleut.

— Sauf s'il pleut, oui, auquel cas tu enlèves tes vêtements et tu danses nu autour des mâts d'artimon. Par tous les dieux, oui. Je te jure... Jérôme, le prochain qui me dit quelque chose du genre « Enroule cette saloperie de merde de corde autour du putain de foc tribord », je lui plante mon couteau dans la gorge. Même si c'est Caldris. Je ne veux plus entendre parler de navigation ce soir.

— On dirait que tu es au creux de la vague et que tu as perdu le cap.

— D'accord ! Tu viens de signer ton arrêt de mort, binoclard ! (Locke plongea les yeux dans les profondeurs de sa bouteille, comme un aigle surveillant une souris dans un champ tandis qu'il plane haut dans le ciel.) Je n'ai vraiment pas assez bu de ce truc. Va chercher un verre et joins-toi à moi. Je veux devenir insupportable et faire chier tout le monde le plus vite possible.

Une certaine agitation éclata près de la porte, suivie par l'interruption générale des conversations et une vague croissante de murmures. Grâce à sa longue expérience, Jean comprit aussitôt que ce brouhaha était de très, très mauvais augure. Il leva la tête et lança un regard méfiant en direction de l'entrée : un groupe de six hommes venait de pénétrer dans la taverne.

Deux d'entre eux portaient l'uniforme de la milice sous leurs manteaux, mais pas leurs armes et armures habituelles. Leurs compagnons étaient en civil, mais leurs manières et leur carrure indiquèrent à Jean qu'il s'agissait de spécimens types de l'espèce connue sous le nom de « garde de la cité ».

L'un d'eux, intrépide ou aussi malin qu'un galet affecté d'un retard mental, fit quelques pas en avant et appela un serveur. Ses compagnons, plus sages et, par conséquent, plus inquiets, échangèrent quelques murmures. Le regard de tous les clients était rivé sur eux.

On entendit un raclement : à une table d'officiers, une femme à l'allure peu engageante repoussa sa chaise en arrière et se leva sans hâte. En quelques secondes, tous ses camarades – en uniforme ou non – firent de même et se rangèrent derrière elle. Le phénomène se propagea à travers la salle comme une vague : d'abord les officiers, puis les marins, une fois qu'ils comprirent que le rapport de force serait de huit contre un en leur faveur. Bientôt, une cinquantaine d'hommes et de femmes furent debout, silencieux, le regard simplement fixé sur les six gardes près de la porte. Le petit groupe installé autour de Jean et Locke resta assis ; dans le pire des cas, ils éviteraient les ennuis en restant où ils étaient.

Le serveur le plus âgé prit la parole tandis que ses deux collègues, assez jeunes, tendaient subrepticement la main pour attraper quelque chose – sans doute des armes – derrière le comptoir.

— Messieurs, vous n'êtes pas du coin, n'est-ce pas ?

— Qu'est-ce que vous voulez dire ? demanda le garde qui s'était avancé jusqu'au bar. (Jean songea que si cet homme ne feignait pas l'étonnement, il était plus bouché qu'une bouteille d'austershalim.) On vient des Marches Dorées, c'est tout. On vient juste de terminer notre service. On a la dalle en pente et des bourses plutôt bien remplies.

— Une autre taverne serait sans doute plus à votre convenance pour passer la soirée, dit le serveur.

— Hein ?

L'homme sembla soudain se rendre compte qu'il était le centre d'attention de la foule immobile. Jean songea qu'il existait, comme toujours, deux sortes de gardes : ceux qui avaient des yeux derrière la tête pour prévenir les ennuis et ceux qui se servaient de leur crâne pour entreposer de la sciure.

— J'ai dit…, commença le serveur, visiblement à bout de patience.

— Attendez ! s'écria le soldat. (Il tendit les deux mains vers les clients de la taverne.) Je vois ce qui se passe. J'ai déjà éclusé quelques verres ce soir. Il faut m'excuser, je n'ai pas l'intention de faire des histoires. Nous sommes tous verrariens ici, pas vrai ? Nous voulons juste boire un coup, c'est tout.

— Il y a de nombreux établissements qui servent à boire, dit le serveur. Des établissements plus appropriés.

—Nous n'avons pas l'intention de causer des problèmes à qui que ce soit.

—Ça ne nous poserait *aucun problème* à *nous*, dit un grand gaillard portant une tunique et un haut-de-chausses de marin. (Ses compagnons de table laissèrent échapper un ricanement mauvais.) Tirez-vous d'ici !

—Bande de lèche-culs du Priori, grommela un autre officier. Rapiats sans honneur.

—Une minute, dit le garde intrépide. (Il se dégagea de la prise d'un camarade qui essayait de l'entraîner vers la sortie.) Une minute. J'ai dit qu'on ne cherchait pas les ennuis. Bordel, c'est la vérité ! Du calme. Nous allons partir. Je paie une tournée à tout le monde. À tout le monde ! (Il secoua sa bourse avec des mains tremblantes ; des pièces de cuivre et d'argent tombèrent sur le comptoir en s'entrechoquant.) Serveur, une tournée de bon rouge verrarien pour tous ceux qui en veulent, et gardez la monnaie.

Le regard de l'employé passa du malheureux garde au solide officier de marine qui avait parlé en dernier. Jean devina que celui-ci était une des personnes les plus gradées présentes dans la salle et que le serveur lui demandait son avis.

—Vous êtes à votre aise quand il s'agit de ramper comme des larves, dit le marin avec un sourire mauvais au coin des lèvres. Nous ne voulons pas prendre un verre avec vous, mais nous dépenserons votre argent avec joie une fois que vous aurez foutu le camp.

—Bien sûr. Du calme, les amis. Nous ne cherchons pas les ennuis.

L'homme semblait sur le point de poursuivre son babillage, mais deux de ses camarades le saisirent par les bras et l'entraînèrent dehors. Un éclat de rire général et un tonnerre d'applaudissements secouèrent la taverne lorsque le dernier garde eut disparu dans la nuit.

—Voilà comment la marine augmente son budget, cria l'officier à la carrure impressionnante.

Ses compagnons de table s'esclaffèrent. Il attrapa son verre et le leva en direction des autres clients.

—À l'Archon ! Que ses ennemis – ici et à l'étranger – sombrent dans le chaos !

—À l'Archon ! répondirent en chœur tous les marins et officiers.

Bientôt, tout le monde se rassit, d'excellente humeur ; le serveur le plus âgé compta l'argent du garde tandis que ses collègues alignaient des rangées de coupes en bois près d'un tonneau de brune en perce. Jean fronça les sourcils et fit un peu de calcul mental : une tournée pour une cinquantaine de personnes, même avec de la bière de qualité courante, représentait au moins un quart de la solde mensuelle du garde. Bien des hommes auraient pris le risque d'être pourchassés et battus avant de lâcher une somme si importante et durement gagnée.

— Pauvre andouille d'ivrogne, soupira-t-il en jetant un coup d'œil en direction de Locke. Tu as toujours envie de devenir insupportable et de faire chier tout le monde ? On dirait qu'il y a déjà quelqu'un pour jouer ce rôle dans le coin.

— Je vais peut-être me contenter de serrer ma bouteille au plus près…

— Serrer au plus près est un terme de naviga…

— Je sais. Je me suiciderai plus tard.

Les deux serveurs les plus jeunes circulèrent entre les tables avec de grands plateaux en distribuant des coupes de bière brune. Ils commencèrent par les officiers, qui semblèrent à peine les remarquer, avant de s'occuper des simples marins, qui les reçurent avec enthousiasme. Puis, comme s'il venait de se rappeler leur existence, l'un d'eux se dirigea enfin vers le coin de la salle où Jean, Locke et les autres civils étaient assis.

— Un peu de bière brune, messieurs ? (Il posa des coupes devant les deux compères et, avec une adresse de jongleur, secoua un petit récipient de verre pour les saupoudrer de sel.) C'est offert par cet homme qui avait l'escarcelle mieux remplie que le crâne.

Par souci des convenances, Jean glissa une pièce de cuivre sur le plateau. Le serveur le remercia d'un hochement de tête et s'approcha de la table voisine.

— Un verre de bière brune, madame ?

— Il est clair que nous devons venir ici plus souvent, dit Locke.

Pourtant, ni lui ni son compagnon ne touchèrent à leur coupe. Selon toute apparence, Locke se satisfaisait de son vin et Jean, obnubilé par les épreuves que Caldris leur imposerait sans doute le lendemain, n'était pas du tout pressé de boire. Ils discutèrent tranquillement pendant quelques minutes, puis Locke posa enfin les yeux sur sa coupe et soupira.

— La bière brune salée n'est vraiment pas la boisson idéale après un vin revigorant, songea-t-il à voix haute.

Un instant plus tard, Jean vit la femme assise derrière son ami se tourner et lui taper sur l'épaule.

— Est-ce que je vous ai bien entendu, monsieur ?

Elle devait avoir quelques années de moins que Locke et était vaguement jolie. Des tatouages écarlates s'étalaient sur ses avant-bras et son teint particulièrement hâlé indiquait qu'elle travaillait sans doute sur les quais.

— La bière brune salée ne vous convient pas ? Je ne voudrais pas me montrer sans gêne, mais il se trouve que je suis en cale sèche…

— Oh ! Oh ! (Locke se tourna, sourit et lui tendit sa coupe par-dessus son épaule.) Je vous en prie. Servez-vous. Avec mes compliments.

— Ainsi que les miens, ajouta Jean en lui offrant son verre. Cette boisson mérite le palais d'un connaisseur.

—Je vous promets que ce sera le cas. Merci du fond du cœur, messieurs.

Jean et Locke reprirent leur conversation à voix basse.

—Stragos voudra que nous partions dans une semaine, peut-être deux, dit Locke. C'en sera fini du délire théorique. Il faudra alors le mettre en application, au beau milieu de ce putain d'océan.

—Tu me vois donc ravi par la modération de tes ardeurs éthyliques ce soir.

—Un peu d'autoapitoiement fait partie de notre quotidien, lâcha Locke, et me rappelle des souvenirs que je préférerais oublier.

—Tu devrais arrêter de t'excuser pour... ça. De t'excuser auprès de toi et, surtout, auprès de moi.

—Tu crois ? (Locke fit glisser un doigt sur la bouteille à demi vide.) J'ai l'impression que tes yeux racontent une tout autre histoire chaque fois que je m'attable devant un verre ou deux – sauf à la table du carrousel du hasard, bien sûr.

—Eh, attends une seconde...

—Je n'ai pas dit ça par méchanceté, se dépêcha d'ajouter Locke. C'est juste la vérité. Je ne dis pas que tu as tort de réagir ainsi. Tu... Qu'est-ce qu'il y a ?

Jean avait levé les yeux, distrait par un sifflement qui montait dans le dos de son ami. La femme qui avait pris leur bière s'était à moitié levée de sa chaise et se tenait la gorge à deux mains en s'efforçant de respirer. Jean bondit aussitôt sur ses pieds, contourna Locke et la saisit par les épaules.

—Calmez-vous, madame. Calmez-vous. Un peu trop de sel dans la bière, hein ?

Il la fit pivoter et lui administra quelques claques appuyées dans le dos avec la paume de la main droite. Il constata avec inquiétude qu'elle continuait à s'étouffer. De fait, ses vaines tentatives pour respirer n'apportaient plus la moindre bouffée d'air à ses poumons. Elle se tourna vers Jean et s'accrocha à lui avec l'énergie du désespoir. Ses yeux étaient écarquillés de terreur et l'érubescence de son visage ne devait rien au bronzage.

Jean posa les yeux sur les trois coupes de bière vides posées sur la table de la malheureuse. Il comprit soudain et une boule d'angoisse glacée lui noua l'estomac. Il attrapa Locke de la main gauche et le tira sans ménagement de sa chaise.

—Dos au mur, siffla-t-il. Reste sur tes gardes ! (Il haussa le ton de sa voix et cria à travers la salle :) À l'aide ! Cette femme se sent mal !

Une grande agitation s'empara aussitôt de la taverne : des officiers et des marins se levèrent de conserve et tendirent le cou pour voir ce qui se passait. Une femme plus âgée que la moyenne joua des coudes et se fraya un chemin parmi la masse des clients et des chaises maintenant abandonnées.

Elle portait un manteau noir et ses cheveux – gris comme les nuages précédant la tempête – étaient ramenés en une longue queue-de-cheval maintenue par des anneaux d'argent.

— Laissez-moi passer. Je suis Sangsue dans la marine.

Elle arracha la femme docker des bras de Jean et lui donna trois petits coups secs dans le dos en frappant du plat du poing, comme si elle tenait une dague.

— J'ai déjà essayé, cria Jean.

Les bras de la malheureuse s'abattaient sans discernement sur la praticienne et le voleur, cherchant à les écarter comme s'ils étaient responsables de son état. Ses joues avaient pris la couleur d'un vin pourpre. La Sangsue réussit à passer un bras autour de sa gorge et comprima la trachée-artère.

— Par tous les dieux ! Sa gorge est enflée et dure comme de la pierre. Maintenez-la sur la table. Immobilisez-la de toutes vos forces !

Jean poussa la femme pour l'allonger, éparpillant du même coup les coupes de bière vides. Les clients de la taverne se rassemblèrent pour assister à la scène. Locke l'observa avec malaise, le dos contre le mur, comme Jean l'avait exigé. Celui-ci regarda autour de lui avec fièvre. Il aperçut le serveur le plus âgé et un de ses collègues… Mais le troisième manquait à l'appel. Où diable était passé l'homme qui leur avait servi ces verres de bière ?

— Un couteau ! cria la Sangsue à l'adresse de la foule. Un couteau bien aiguisé ! Tout de suite !

Locke fit apparaître le stylet de sa manche gauche et le lui tendit. La praticienne jeta un coup d'œil à l'arme et hocha la tête. Un côté de la lame était sans nul doute émoussé, mais l'autre – Jean le savait – était aussi affûté qu'un scalpel. La Sangsue saisit le manche comme un escrimeur attrape son épée et, de l'autre main, plaqua d'un coup sec la tête de la malheureuse contre le plateau de la table.

— Empêchez-la de bouger par tous les moyens, dit-elle à Jean.

Malgré sa position avantageuse et son poids, le voleur eut beaucoup de mal à empêcher les mouvements de bras frénétiques de la jeune femme. La Sangsue s'appuya brusquement sur une de ses jambes pour l'immobiliser et un marin perspicace s'approcha pour s'occuper de l'autre.

Avec une fascination mêlée d'horreur, Jean regarda la praticienne appuyer le stylet contre la gorge de la malheureuse. Les muscles noués du pharynx saillaient comme une statue de pierre et le cou semblait aussi épais qu'un tronc. Avec une tendresse que le voleur jugea terrifiante compte tenu de la situation, la Sangsue pratiqua une fine incision en travers de la gorge, juste au-dessus de l'endroit où elle disparaissait entre les clavicules. Un sang rouge vif et brillant ruissela de la plaie en bouillonnant avant de couler en larges filets de chaque côté du cou. Les yeux de la pauvre femme se révulsèrent. Elle se débattait maintenant avec une mollesse inquiétante.

— Du parchemin ! cria la Sangsue. Trouvez-moi du parchemin !

À la grande consternation du serveur le plus âgé, plusieurs marins entreprirent aussitôt de ravager le comptoir en quête de quelque chose ressemblant à du parchemin. Un autre officier se fraya un chemin à travers la foule et tira une lettre de son manteau. La Sangsue la lui arracha des mains et la roula pour former un cylindre étroit. Elle l'inséra dans la plaie et l'enfonça dans les bulles de sang pour le glisser dans la gorge de la femme. Jean eut vaguement conscience d'avoir la bouche béante.

La Sangsue se mit alors à marteler la poitrine de la jeune femme en grommelant une série de jurons à faire rougir un charretier. Mais le corps de sa patiente était devenu flasque et son visage avait pris une couleur prune repoussante. Le seul mouvement perceptible était maintenant celui du sang qui ruisselait autour du tube en parchemin. Haletante, la Sangsue abandonna ses efforts au bout d'un moment et s'assit sur le bord de la table des deux voleurs. Elle essuya ses mains ensanglantées sur le devant de son manteau.

— C'est inutile, lâcha-t-elle à l'adresse de la foule. (La taverne était plongée dans un silence de mort.) Ses humeurs chaudes sont complètement figées. Je ne peux rien faire de plus.

— Par tous les dieux ! Vous l'avez tuée ! cria le serveur le plus âgé. Vous avez tranché sa putain de gorge devant tout le monde !

— Sa mâchoire et sa gorge sont contractées et dures comme de l'acier, répliqua la Sangsue avec une colère croissante. J'ai fait la seule chose qui était en mon pouvoir pour l'aider !

— Mais vous lui avez tranché…

L'officier de rang le plus élevé – l'homme trapu que Jean avait remarqué un peu plus tôt – s'avança vers le bar, suivi par un petit groupe de collègues. Bien qu'il soit à l'autre bout de la salle, le voleur aperçut le même insigne sur les manches de chaque manteau et tunique : deux roses sur des épées entrecroisées.

— Jevaun, dit le marin, est-ce que tu mettrais en doute les compétences de l'Érudite Almaldi ?

— Non, mais vous avez bien vu que…

— Est-ce que tu mettrais en doute ses *bonnes intentions* ?

— Ah, monsieur, je vous en prie…

L'officier poursuivit d'une voix implacable :

— Est-ce que tu traiterais un medekiner de la flotte de l'Archon – notre sœur officier – d'assassin ? Devant témoins ?

Les couleurs abandonnèrent le visage du serveur si vite que Jean fut tenté de regarder derrière le comptoir pour voir si elles n'avaient pas coulé là.

— Jamais de la vie, monsieur, dit l'employé à toute vitesse. Je n'ai rien dit de tel. Je vous présente mes excuses.

— Ce n'est pas auprès de moi qu'il faut le faire.

Le serveur se tourna vers Almaldi et se racla la gorge.

— J'implore votre pardon, Érudite. (Il baissa la tête et fixa ses pieds.) Je… Je n'ai pas vraiment l'habitude de voir du sang. Mes paroles étaient seulement motivées par une complète ignorance. Je vous prie de m'excuser.

— Bien sûr, dit la Sangsue avec froideur. (Elle se débarrassa de son manteau, peut-être après avoir réalisé à quel point il était maculé de sang.) Que buvait cette femme ?

— Juste de la bière brune, répondit Jean. De la brune verrarienne salée.

Qui nous était destinée, songea-t-il.

Il sentit son estomac se vriller.

Ses mots provoquèrent une nouvelle éruption de colère parmi les clients : la plupart d'entre eux avaient, bien entendu, ingurgité le même breuvage au cours des minutes précédentes. Jevaun leva les bras et les agita pour réclamer le silence.

— La bière que j'ai servie était irréprochable. Elle venait tout droit du tonneau ! On l'a goûtée avant de la tirer et de la servir ! Je serais prêt à en faire boire à mes petits-enfants ! (Il attrapa une coupe en bois vide, la présenta à la foule et la remplit à ras bord de bière brune provenant du fût.) *Ça*, je l'affirme devant témoins ! Le *Signe des Mille Jours* est un établissement honnête ! S'il y a eu manigance, j'y suis totalement étranger !

Il vida son verre en plusieurs gorgées et le leva devant les clients regroupés. Ces derniers continuèrent à murmurer, mais leur colère n'était plus dirigée contre la taverne.

— Il est possible qu'elle ait fait une réaction, déclara Almaldi. Une sorte d'allergie. Si c'est le cas, c'est la première fois que j'en vois une de ce type. (Elle éleva la voix.) Est-ce qu'il y a quelqu'un qui ne se sent pas bien ? Qui a des douleurs au cou ? Des difficultés à respirer ?

Marins et officiers s'entre-regardèrent en secouant la tête. Jean adressa une prière de remerciements silencieuse aux dieux : apparemment, personne ne l'avait vu – ni lui ni Locke – offrir les verres de bière funestes à cette pauvre femme.

— Mais où est passé votre autre employé ? cria-t-il à Jevaun. J'en ai vu deux avant qu'on commence à distribuer la bière. Maintenant, il n'y en a plus qu'un !

Le vieux tavernier tourna la tête dans tous les sens pour scruter la foule. Puis il se tourna vers l'unique serveur restant avec un air horrifié.

— Je suis sûr que Freyald a juste eu une frousse de tous les diables à cause de l'agitation, hein ? Trouve-le. Trouve-le !

Les paroles de Jean avaient provoqué la réaction voulue : les marins et les officiers se dispersèrent avec colère à la recherche du serveur manquant. Jean entendit les trilles étouffés des sifflets de la garde, quelque part dans la nuit. Ses représentants ne tarderaient pas à arriver en force, taverne à marins ou pas. Il donna un petit coup de coude à Locke et lui désigna la porte de derrière – que de nombreux clients, pressentant des complications imminentes, avaient déjà empruntée.

— Messieurs, dit l'Érudite Almaldi au moment où Jean et Locke passaient à côté d'elle.

Elle essuya le stylet sur la manche de son manteau maculé et le rendit à Locke. Celui-ci hocha la tête en récupérant son bien.

— Érudite, dit-il, vous avez été fantastique.

— Et parfaitement inutile, dit-elle en glissant d'un geste désinvolte ses doigts poissés de sang dans ses cheveux. Quelqu'un paiera la mort de cette femme de sa vie, j'y veillerai.

Ce sera nous si on s'attarde un peu trop ici, songea Jean.

Il avait la désagréable impression que les membres de la garde ne leur garantiraient aucune protection si jamais ils venaient à les arrêter.

Quand sa carrure lui permit enfin de se frayer un passage et d'atteindre la porte de derrière, avec Locke sur les talons, de nouvelles manifestations de colère montaient un peu partout à travers la salle. Les deux compères débouchèrent dans une ruelle obscure. Des nuages s'étaient accumulés dans le ciel noir et cachaient les deux lunes. Instinctivement, Jean fit glisser une hachette dans sa main droite avant de faire trois pas dans la nuit. Son ouïe affûtée lui indiqua que les sifflets de la garde étaient désormais à un pâté de maisons vers l'ouest et qu'ils se rapprochaient à toute allure.

— Freyald, dit Locke tandis qu'ils avançaient dans les ténèbres. Cet enfant de pute de serveur. Cette bière nous était destinée, c'est aussi indiscutable qu'un carreau d'arbalète.

— J'en étais arrivé à la même conclusion, dit Jean.

Il conduisit Locke dans une ruelle et passa par-dessus un mur de pierres brutes. En arrivant dans une cour silencieuse bordée d'entrepôts, il s'accroupit derrière une caisse à moitié défoncée. Ses yeux s'habituèrent à l'obscurité et il distingua la silhouette sombre de son compagnon qui s'aplatissait contre un tonneau tout proche.

— La situation devient dangereuse, dit Locke. Plus dangereuse que prévu. Quelles sont les chances pour que six gardes de la cité ne sachent pas quelles sont les tavernes qu'ils ont intérêt à éviter une fois leur service terminé ? Quelles sont les chances pour qu'ils s'égarent dans le putain de quartier où tout le monde est prêt à leur faire la peau ?

— Quelles sont les chances qu'ils offrent une telle somme pour payer une tournée à des types qui sont presque tous au service de l'Archon ? Ce n'était qu'une couverture. Et ils ne connaissaient sans doute même pas le véritable objectif de leur mission.

— Cela démontre une chose : celui qui nous en veut peut manipuler la garde de la cité, murmura Locke.

— Cela démontre que les membres du Priori sont impliqués.

— Eux ou quelqu'un qui en est proche. Mais pourquoi ?

Un bruit se fit soudain entendre derrière eux – le frottement du cuir contre la pierre. Les deux compagnons se turent aussitôt. Jean se tourna à temps pour apercevoir une grande forme noire au sommet du mur qu'ils venaient de franchir. Un claquement de talons sur les pavés lui indiqua qu'un homme d'un certain poids venait d'atterrir dans la cour.

Dans un même mouvement fluide, Jean se débarrassa de son manteau, lui fit décrire une grande arabesque dans les airs et l'abattit sur la tête de l'inconnu. Tandis que la silhouette sombre cherchait à se dégager, il bondit en avant et écrasa l'extrémité contondante de sa hachette sur le crâne de son adversaire. Il enchaîna avec un coup de poing au plexus solaire qui plia l'homme en deux. Ensuite, ce fut un jeu d'enfant : il lui administra une bourrade dans le dos pour l'allonger face contre terre.

Locke secoua une minuscule lanterne alchimique – une fiole à peine plus grosse que le pouce – pour l'activer. Il abrita la faible lueur contre son corps et concentra la lumière dans une seule direction, vers le visage de l'homme immobilisé. Jean retira obligeamment le manteau de sa victime. L'inconnu était grand et musclé et avait le crâne rasé ; il était vêtu d'un banal uniforme de conducteur de chariot ou de serviteur. Il porta aussitôt une main gantée à son visage en gémissant de douleur.

— M… Maître de Ferra, non, je vous en prie, murmura-t-il. Dieux miséricordieux. Je travaille pour Merrain. J'ai ordre de… vous protéger.

Locke lui saisit le poignet gauche et retira son gant. À la pâle lueur de la lampe, Jean distingua un tatouage au dos de la main, un œil ouvert au centre d'une rose. Locke soupira et murmura :

— C'est un Œil.

— C'est un putain d'imbécile, dit Jean.

Il regarda autour de lui avant de baisser sa hachette avec lenteur. Puis il retourna l'homme sur le dos.

— Du calme, mon ami. J'y suis allé doucement avec ta tête, mais de bon cœur avec ton estomac. Reste allongé et respire quelques minutes.

— Ce n'est pas la première fois que je prends un coup, souffla l'inconnu. (Jean aperçut des larmes de douleur qui brillaient sur ses joues.) Par tous les dieux, je me demande bien pourquoi vous auriez besoin de protection.

— C'est pourtant le cas, dit Locke. Tu étais au *Signe des Mille Jours*, n'est-ce pas ?

—Oui. Et je vous ai vus donner vos verres de bière à cette pauvre femme. Putain, j'ai l'impression que mon estomac va éclater.

—Ça va passer, dit Jean. Tu sais où est allé le serveur qui a disparu ?

—Je l'ai vu entrer dans la cuisine, mais je n'ai pas surveillé la porte jusqu'à ce qu'il ressorte. Je n'avais aucune raison de le faire à ce moment-là.

—Merde, lâcha Locke en se renfrognant. Connaissant Merrain, je suppose qu'elle a posté des soldats à proximité, en cas de besoin ?

—Quatre dans un vieil entrepôt, à un pâté de maisons au sud. (L'Œil inspira plusieurs fois avec difficulté avant de poursuivre :) Je devais vous y conduire s'il y avait un problème.

—Je crois qu'il y en a un, dit Locke. Tu vas nous y emmener dès que tu seras capable de marcher. Il faut que nous gagnions la marina de l'Épée en un seul morceau. Ensuite, je te demanderai de porter un message à Merrain. Tu peux la joindre ce soir ?

—Dans l'heure, répondit l'homme en se massant le ventre, les yeux fixés sur le ciel sans étoiles.

—Dis-lui que nous souhaitons accepter une offre qu'elle nous a faite... à propos d'une chambre en pension complète. (Jean se caressa la barbe d'un air songeur, puis acquiesça.) J'enverrai un message à Requin. Je lui dirai que nous partons dans un jour ou deux. D'ailleurs, nous ne resterons guère plus longtemps dans les parages. Je crois qu'il est devenu trop dangereux de nous promener dans les rues. Nous pouvons demander une escorte pour aller chercher nos affaires à la *Villa Candessa*, demain. Nous rendrons notre suite et nous y laisserons l'essentiel de nos vêtements. Ensuite, nous irons nous cacher à la marina de l'Épée.

—Nous avons reçu l'ordre de protéger vos vies, dit l'Œil.

—Je sais, dit Locke. Ton maître a l'intention de nous utiliser, pas de nous tuer, c'est à peu près la seule chose dont nous sommes certains en ce moment. Nous allons donc lui faire confiance et accepter son hospitalité. (Locke rendit son gant à l'Œil.) Pour le moment.

11

Le lendemain, deux chariots remplis d'Yeux en civil accompagnèrent Jean et Locke jusqu'à la *Villa Candessa* afin que les deux compères rassemblent leurs effets personnels.

—Nous sommes réellement désolés de vous voir nous quitter, déclara le responsable du personnel lorsque Locke griffonna la signature de Léocanto Kosta sur les derniers parchemins. Vous avez été des hôtes de choix. Nous espérons que vous envisagerez de revenir nous voir lors de votre prochain séjour à Tal Verrar.

Locke était persuadé que l'établissement avait en effet apprécié leur clientèle. À cinq pièces d'argent par jour pendant un an et demi, plus les frais annexes, la somme que Jean et lui laissaient ici aurait suffi à acheter une maison de taille respectable et à louer les services de domestiques convenables.

— Des affaires pressantes exigent notre présence ailleurs, marmonna Locke avec froideur.

Il se réprimanda intérieurement quelques instants plus tard. Ce n'était pas la faute de cet homme si Stragos, les Mages Esclaves et de mystérieux assassins les obligeaient à quitter ce temple du confort.

— Tenez, dit-il en tirant trois solaris de son manteau. (Il les posa sur le comptoir.) Veillez à ce que cette somme soit partagée à égalité de parts entre chaque employé de l'auberge. (Il tourna la paume vers le ciel et, à l'aide d'un petit tour de passe-passe, fit apparaître une autre pièce d'or.) Et voici pour vous, pour exprimer notre satisfaction quant à votre hospitalité.

— Revenez *quand vous le souhaitez*, déclara le responsable en se pliant en deux.

— Nous n'y manquerons pas. Avant de prendre congé, je voudrais qu'une partie de notre garde-robe soit entreposée ici pour une durée indéfinie. Soyez assuré que nous reviendrons la chercher.

Tandis que l'homme griffonnait joyeusement les instructions nécessaires sur un parchemin, Locke emprunta une feuille bleu pâle – le papier à lettres officiel de la *Villa Candessa* – et y écrivit :

« Je quitte dès maintenant la ville par les moyens que nous avons déjà évoqués. Ne doutez pas de mon retour. Je vous reste profondément reconnaissant pour la patience dont vous avez fait preuve à mon égard. »

Locke regarda l'employé cacheter le message avec la cire noire de l'établissement et dit :

— Veillez à ce que cette missive soit remise sans faute au maître de *L'Aiguille du péché*. S'il est impossible de la lui donner en main propre, remettez-la seulement à sa majordome, Sélendri. Ils l'attendent dans les plus brefs délais.

Il réprima un sourire en remarquant que les yeux de l'employé s'agrandissaient légèrement. En suggérant que Requin portait un intérêt tout particulier au contenu de la lettre, Locke s'assurait qu'elle serait acheminée au plus vite et avec les meilleures garanties de sécurité. Il projetait néanmoins d'en envoyer un double en le confiant à un agent de Stragos. Pourquoi prendre des risques ?

— Adieu, lits si douillets, dit Jean en transportant les deux malles contenant le reste de leurs affaires jusqu'aux chariots.

Ils n'avaient gardé que leur équipement de voleur : crochets, armes, teintures alchimiques, nécessaire à déguisements, plus quelques centaines de solaris en métal froid et plusieurs ensembles de tuniques et hauts-de-chausses qu'ils emporteraient en mer.

— Adieu, bel argent de Jérôme de Ferra, ajouta Jean.

— Adieu, Durenna et Corvaleur, dit Locke avec un petit sourire pincé. Adieu, coups d'œil inquiets et systématiques par-dessus l'épaule. Car en vérité, nous allons bel et bien entrer dans une cage. Mais nous n'y resterons que quelques jours.

— Non, dit Jean, l'air songeur. (Il monta dans un chariot tandis qu'un garde du corps tenait la porte ouverte.) Non, la cage est beaucoup plus grande que tu le crois. Ses barreaux s'étendent partout où nous allons.

12

Leur entraînement sous la direction de Caldris, qui reprit l'après-midi même, devint encore plus difficile. Le capitaine parcourut le bateau d'un bout à l'autre, apprenant aux deux hommes le maniement de chaque objet, du cabestan à la cuisinière. Avec l'aide de deux Yeux, ils détachèrent le canot du navire et le hissèrent par-dessus le bastingage avant de le récupérer. Sur le pont principal, ils soulevèrent les grilles des écoutilles menant aux cales, puis s'exercèrent à descendre et remonter des tonneaux à l'aide de divers ensembles de palans. Ils ne pouvaient pas faire un pas sans que Caldris leur demande de faire un nœud ou de nommer un étrange appareil.

La cabine de poupe du *Messager Rouge* fut affectée aux deux compères en tant que logement. Une fois en mer, les quartiers de Jean seraient séparés de ceux de Locke par une fine cloison de toile raidie, mais, pour le moment, les deux amis transformèrent l'espace disponible en logement de célibataires à peu près confortable. La cabine de Caldris – tout aussi minuscule – se trouvait juste de l'autre côté de la coursive. La nécessité de cette promiscuité sembla leur faire comprendre la gravité de la situation et ils redoublèrent d'efforts, apprenant de nouvelles notions déroutantes à un rythme qu'ils n'avaient pas connu depuis leur apprentissage sous la houlette du père Chains. Locke s'aperçut qu'il s'endormait presque chaque nuit avec son *Lexique* comme oreiller.

Le matin, ils naviguaient en canot à l'ouest de la cité, entre les récifs de verre, avec une confiance grandissante qui ne compensait qu'en partie l'état de leurs compétences. L'après-midi, Caldris se plantait sur le pont et énumérait divers endroits ou équipements du navire. Les deux hommes devaient alors se précipiter vers ce qu'il venait de nommer.

— Habitacle, cria le capitaine.

Jean et Locke firent la course afin d'arriver le premier à la petite boîte en bois qui contenait un compas et d'autres instruments de navigation près de la barre. Ils l'avaient à peine touchée que Caldris beugla : « Lisse de couronnement». Celui-là n'était pas difficile: il s'agissait de la rambarde à l'extrémité de la poupe. « Gréements d'aisance! » Les deux hommes passèrent en courant devant le chaton amusé qui paressait sur le gaillard d'arrière inondé de soleil en se léchant les pattes. Ils grimacèrent en approchant de leur but – car les gréements d'aisance étaient les cordes auxquelles on s'accrochait pour grimper sur le beaupré et se soulager dans la mer. Il existait certes des méthodes plus confortables pour chier, mais uniquement sur les navires de plus grande taille, et à l'usage exclusif des riches passagers.

— Mât d'artimon, brailla Caldris.

Les deux compères s'arrêtèrent net, haletants.

— Ce putain de navire n'a pas de mât d'artimon, souffla Locke. Juste un mât de misaine et un grand mât.

— Oh! qu'il est futé! Vous avez percé à jour mon piège subtil, maître Kosta. Ramenez votre putain d'uniforme: on va vous laisser faire le paon pendant quelques heures.

Au fil des jours, les trois hommes développèrent de conserve un ensemble de codes verbaux et gestuels. Les deux compères en profitèrent pour apporter quelques améliorations notables à leur propre système.

— À bord d'un navire en mer, l'intimité c'est aussi facile à obtenir que de la pisse de fée, grommela Caldris un après-midi. Je pourrai peut-être pas vous donner des instructions claires et nettes avec untel ou untel en train de regarder ou d'écouter. Il faudra qu'on se serve de petits coups discrets et qu'on murmure. Si vous savez qu'il va y avoir un gros problème, la meilleure chose à dire c'est...

— Voyons un peu si vous connaissez votre affaire, Caldris!

Locke constata que l'uniforme de la marine verrarienne était d'une grande aide pour parler avec autorité.

— Ouais. Ça ou un truc dans ce genre. Si un marin emploie un terme technique et vous demande votre avis sur quelque chose que vous connaissez pas...

— Mais qui m'a foutu un manche pareil? Tu ne veux pas que je te l'épelle, en plus?

— Oui, parfait. Qu'est-ce que vous pouvez sortir d'autre?

— Par tous les dieux, je connais les cordages de ce navire comme ma poche! (Locke regarda Caldris de haut, un exploit rendu possible grâce aux bottes de cuir qui le grandissaient de quatre centimètres.) Et je sais aussi de quoi il est capable. Si tu ne me fais pas confiance, tu n'as qu'à rentrer à la nage!

— Oui. Bon travail, maître Kosta. (Le capitaine regarda Locke en plissant les yeux et se gratta la barbe.) Dites-moi un peu, où *est* le vrai maître Kosta quand vous faites ce genre de numéro? Qu'est-ce que vous faites *exactement* dans la vie, Léocanto?

— À peu près ce que je fais maintenant. Je suis un imposteur professionnel. Un… acteur.

— Sur une scène ?

— Cela nous est arrivé une fois, à Jérôme et moi. Aujourd'hui, je suppose que c'est ce navire qui va nous servir de théâtre.

— En effet.

Caldris se dirigea vers la barre – composée en fait de deux roues reliées par un mécanisme sous le pont, afin de permettre à plusieurs marins de la manœuvrer par gros temps – et évita une attaque du chaton contre ses pieds nus.

— À vos places ! cria-t-il.

Jean et Locke se dépêchèrent de rejoindre le gaillard d'arrière et s'arrêtèrent à proximité. Ils prirent alors un air distant et firent semblant de se concentrer sur leur tâche, en restant assez près de Caldris pour entendre un murmure ou remarquer un signe leur enjoignant de faire quelque chose.

— Bon, on louvoie au plus près avec le vent qui souffle sur bâbord arrière, dit Caldris. (Cela nécessitait une certaine imagination, car, dans la baie ceinte de murailles, il n'y avait pas le moindre souffle d'air.) Il est temps pour nous de tirer un bord. Contentez-vous d'énumérer les différentes étapes. J'ai besoin de savoir si vous les avez retenues.

Locke visualisa l'opération dans sa tête. Un navire à voiles carrées ne peut pas avancer vent debout. Pour manœuvrer contre celui-ci et aller dans la direction souhaitée, il faut orienter le bateau à plus ou moins quarante-cinq degrés par rapport au vent, puis lui présenter chaque travers à intervalles réguliers afin de le remonter. De fait, il s'agit de zigzags, d'une succession de virements de bord, d'un pénible enchaînement de tractions pour progresser dans la direction voulue. Le changement d'amure – pour alterner le côté du navire exposé au vent – est une opération difficile qui présente de nombreux risques susceptibles de dégénérer en catastrophe.

— Maître Caldris, beugla Locke, nous allons virer de bord. Prenez la barre !

— À vos ordres, monsieur.

— Maître de Ferra !

Jean souffla trois fois dans le sifflet qu'il portait autour du cou – comme Locke.

— Que tout le monde se tienne prêt ! Que tout le monde se tienne prêt à virer de bord !

— Maître Caldris, dit Locke. Je veux une manœuvre impeccable. Tenez bon la barre. Préparez-vous à mettre le gouvernail sous le vent. (Locke attendit quelques secondes pour l'effet dramatique, puis hurla :) Gouvernail sous le vent !

Caldris tourna une barre imaginaire vers le côté sous le vent – en l'occurrence, à tribord –, ce qui orientait le gouvernail dans la direction opposée. Locke visualisa avec précision la brusque pression de l'eau s'exerçant contre la pièce de bois mobile et obligeant le navire à virer tribord. Celui-ci allait se retrouver vent debout et le recevoir de plein fouet. À ce moment précis, une erreur pouvait les laisser immobiles face au vent. L'ensemble des forces s'exerçant sur les voiles et le gouvernail serait réduit à néant et le bateau resterait alors sur place, impuissant, pendant plusieurs minutes – voire plus longtemps. Par mauvais temps, ce genre de faute peut provoquer un fort roulis, et les navires ne sont pas des acrobates.

— Marins imaginaires ! Aux écouets et écoutes ! (Jean agita les bras et hurla ses ordres aux hommes invisibles qui s'affairaient sur le pont :) Secouez-vous, bande de larves !

— Maître de Ferra, appela Locke. Ce marin imaginaire ne s'acquitte pas de sa tâche !

— Je vais t'éclater la gueule quand nous aurons fini de manœuvrer, espèce de niqueur de cochons, tête de con ! Prends ce bout et attends mon ordre !

— Maître Caldris ! (Locke se tourna vers le capitaine – qui avait attrapé une outre en cuir remplie d'eau rosée et buvait avec désinvolture.) Virez !

— Bien, monsieur. (Caldris éructa et laissa tomber la gourde à ses pieds.) À vos ordres. Nous virons.

— Hissez la grand-voile ! cria Locke.

— Boulines et bras de vergue tendus ! (Jean souffla une nouvelle fois dans son sifflet.) Les bras sont orientés pour virer à tribord.

Locke imaginait maintenant la proue du navire s'écartant du vent de face. Le travers bâbord allait passer sous le vent et le navire serait bientôt tribord amures. Les vergues seraient rapidement réorientées afin que les voiles profitent du nouvel angle du vent et Caldris tournerait frénétiquement sa barre dans l'autre sens. Le *Messager Rouge* aurait besoin de stabiliser sa course : si on le poussait un peu trop à bâbord, il pouvait se retrouver filant à l'opposé de la direction voulue avec une voilure inappropriée. Dans l'hypothèse d'un tel désastre, Locke et son équipage auraient alors de la chance de s'en tirer avec un simple embarras.

— Virez ! hurla-t-il de nouveau.

— Bien, monsieur, cria Caldris. J'avais entendu.

— Tendez les cordes ! Orientez les bras ! (Jean souffla une cinquième fois dans son sifflet.) Tirez, bande de misérables vers !

— Nous sommes tribord amures, capitaine, dit Caldris. Contre toute attente, nous avons pas été pris vent devant et nous avons repoussé notre mort d'une heure.

— Oui, et ce n'est pas grâce à cet incapable de marin imaginaire ! (Locke fit semblant de saisir un homme et de le jeter sur le pont.) Quel est ton putain de problème, espèce de tire-au-flanc, ver de fond de cale ?

— Le second de Ferra me bat comme plâtre, pleurnicha Jean d'une voix aiguë. C'est un véritable monstre. Il me fait regretter d'avoir choisi la marine plutôt que les ordres.

— J'espère bien ! C'est pour ça que je le paie ! (Locke leva le bras comme s'il tenait une dague.) Pour tes crimes, je jure que tu mourras ici même si tu ne peux pas répondre à deux putains de questions. Un : où est mon enfoiré d'équipage *réel* ? Deux : pourquoi diable dois-je m'entraîner en portant ce maudit uniforme ?

Une volée d'applaudissement éclata dans son dos et interrompit son numéro. Locke se retourna pour voir Merrain qui se tenait à côté de la coupée bâbord. Elle était montée à bord sans un bruit.

— Oh, magnifique ! (Elle sourit aux trois hommes présents sur le pont, se pencha et ramassa le chaton qui s'était précipité à l'assaut de ses luxueuses bottes en cuir.) Très convaincant. Mais votre pauvre marin invisible n'a pas les réponses aux questions que vous posez.

— Vous êtes venue pour me dire qui les a ?

— Demain, annonça-t-elle. L'Archon vous ordonnera d'embarquer sur un de ses navires personnels. Il souhaite une démonstration de vos talents avant de vous envoyer enfin en mer. Lui et moi serons vos passagers. Si vous parvenez à maintenir nos têtes hors de l'eau, il vous montrera où se trouve votre équipage. Et il vous expliquera pourquoi vous avez dû vous entraîner avec cet uniforme.

Chapitre 7

Larguez les amarres

1

Un garde arpentait les quais sur l'île isolée. Sa lampe projeta des sillons jaune pâle sur les eaux noires quand Locke lui lança une corde depuis sa petite chaloupe. Au lieu de l'attacher, le soldat pointa sa lanterne vers Jean, Locke et Caldris.

— Ce quai est strictement… Oh, par tous les dieux. Veuillez m'excuser, monsieur.

Locke grimaça un sourire. Il ressentit toute l'autorité qui émanait de l'uniforme de capitaine verrarien ; elle l'enveloppait comme une couverture chaude. Il attrapa un pilot et se hissa sur le quai tandis que le garde le saluait avec maladresse, sa lanterne en travers de la poitrine.

— Que les dieux protègent l'Archon de Tal Verrar ! dit Locke. Continuez. C'est votre devoir d'interpeller les navires suspects la nuit, soldat.

L'homme attacha la corde à un pilot et Locke en profita pour aider Jean à débarquer. Il se déplaça avec grâce dans l'uniforme désormais familier et passa derrière le garde. Il tira une capuche en cuir de sa veste et l'abattit sur la tête du soldat avant de serrer le cordon autour de son cou.

— Et les dieux savent bien que tu rencontreras rarement des individus plus suspects que nous.

Jean immobilisa les bras de l'homme en attendant que les drogues contenues dans la cagoule fassent leur effet. Le garde n'avait pas la constitution de la dernière victime que Locke avait essayé de piéger ainsi et il s'affaissa au bout de quelques secondes de lutte étouffée. Les deux compères le ligotèrent contre un pilot à l'autre extrémité du quai et lui enfoncèrent un morceau de tissu dans la bouche. Mais, à ce moment-là, il dormait déjà profondément.

Caldris débarqua, ramassa la lampe du garde et entreprit de patrouiller à sa place.

Locke regarda la tour de pierre qui constituait leur objectif : six étages, des créneaux illuminés par des balises de navigation orange pour avertir les navires de ne pas approcher. D'ordinaire, il y aurait eu d'autres gardes là-haut, pour surveiller les eaux et les quais, mais Stragos avait donné des ordres. Locke ne distingua pas le moindre mouvement au sommet des remparts.

— Allons-y, murmura-t-il à Jean. Allons recruter un peu de main-d'œuvre.

2

— On l'appelle « le Rocher Sous le Vent », dit Stragos.

Il pointa le doigt en direction de la tour de pierre qui se dressait sur la petite île, à une portée de flèche à peine de la ligne de ressac blanche et sifflante qui marquait la barrière extérieure des récifs de verre de Tal Verrar. Ils avaient jeté l'ancre par vingt-trois mètres de fond à un mille de la marina d'Argent. Derrière eux, le chaud soleil du matin se levait au-dessus de la cité et dessinait des marches de lumière sur les couches de brume qui la recouvrait.

Comme l'avait annoncé Merrain, Stragos était arrivé à l'aube dans une chaloupe de dix mètres ; l'embarcation était en bois noir poli, pourvue de confortables sièges en cuir à la poupe ; ses surfaces étaient recouvertes de décorations dorées en forme de spirale. Le commandement en fut confié à Jean et Locke, sous la supervision la plus effacée possible de Caldris. Merrain resta assise à la proue et Locke se demanda s'il existait un autre endroit où elle se sentait à l'aise.

Ils firent voile au nord, contournèrent la marina d'Argent et virèrent à l'ouest, pourchassant les dernières ombres bleutées du ciel nocturne sur l'horizon lointain.

Ils naviguèrent quelques minutes, puis Merrain souffla dans son sifflet pour attirer leur attention et pointa un doigt à gauche, au-delà de la rambarde tribord. Au loin, on apercevait une haute structure sombre qui se dressait au-dessus des flots. Des lumières orange luisaient au sommet.

Ils ne tardèrent pas à jeter l'ancre pour observer l'édifice solitaire. Stragos ne félicita pas les deux compères pour leur pilotage, mais il ne fit pas de critiques non plus.

— Le Rocher Sous le Vent, dit Jean. J'en ai déjà entendu parler. C'est une espèce de forteresse.

— Une prison, maître de Ferra.

— Nous allons la visiter ce matin ?

— Non, répondit Stragos. Vous reviendrez y débarquer bien assez tôt. Pour le moment, je voulais juste que vous la voyiez... Et je voulais aussi vous raconter une petite histoire. J'ai à mon service un capitaine sur lequel on ne peut pas compter. Jusqu'à présent, il a fait un travail remarquable pour dissimuler ses défauts.

— Il n'y a pas de mots pour exprimer les affres dans lesquelles me plonge cette terrible nouvelle, dit Locke.

— Il me trahira, continua Stragos. Depuis des mois, il prépare sa trahison ultime et grandiose. Il me volera quelque chose qui a beaucoup de valeur et s'en servira contre moi aux yeux de tous.

— Vous auriez dû le surveiller de plus près, grommela Locke.

— Je l'ai fait. Je le fais en ce moment même. Le capitaine dont je parle, c'est vous.

3

Le Rocher Sous le Vent ne disposait que d'une seule entrée gardée de l'intérieur et protégée par des portes verrouillées et bardées de fer, hautes de quatre mètres. Alors que Jean et Locke approchaient, un petit battant s'ouvrit dans le mur et la lumière d'une lanterne dessina la silhouette d'une tête dans l'ouverture.

— Qui va là ? demanda une voix de femme sur un ton sévère.

— Un officier de l'Archon et du conseil, répondit Locke en respectant l'étiquette. Cet homme est mon maître d'équipage. Voici mes ordres et mes papiers d'identité.

Il tendit un ensemble de documents roulés en un tube serré à la personne qui se tenait de l'autre côté des portes. Elle referma le petit battant et les deux compères attendirent plusieurs minutes en silence, écoutant les déferlantes franchir les récifs tout proches. Deux lunes venaient juste de se lever et baignaient l'horizon sud d'une lueur argentée, les étoiles constellaient le ciel sans nuages comme des grains de sucre sur un tissu noir.

Un cliquettement s'éleva enfin et les lourdes portes s'ouvrirent vers l'extérieur dans le gémissement des gonds. La femme soldat vint à leur rencontre, les salua, mais conserva les documents de Locke.

— Je m'excuse pour cette attente, capitaine Ravelle. Bienvenue au Rocher Sous le Vent.

Jean et Locke la suivirent dans le hall d'entrée de la tour. Une grille de fer noir se dressait entre le sol et le plafond et séparait la pièce en deux.

De l'autre côté, un homme était assis derrière un bureau en bois d'où il commandait les mécanismes d'ouverture des portes. Celles-ci se refermèrent dans un claquement métallique quelques secondes après le passage des deux compères.

Le soldat, comme sa collègue, portait l'uniforme bleu des gardes de l'Archon sous une armure côtelée en cuir noir composée de brassards, d'une veste et d'un gorgerin. Il était rasé de près et plutôt bel homme. Il attendit derrière la grille que la femme s'approche pour lui tendre les documents de Locke.

— Le capitaine Orrin Ravelle et son maître d'équipage, dit-elle. Ils sont ici sur ordre de l'Archon.

Le garde examina les papiers avec soin avant de hocher la tête et de les rendre à travers les barreaux.

— Bien sûr. Bonsoir, capitaine Ravelle. Cet homme est votre maître d'équipage, Jérôme Valora ?

— En effet, lieutenant.

— Vous venez voir les prisonniers de la deuxième cave ? L'un d'eux en particulier ?

— Juste une inspection générale, lieutenant.

— Comme vous voudrez.

Il sortit une clé suspendue à son cou et ouvrit l'unique porte permettant de franchir les grilles. Puis il avança vers les deux compères, un sourire aux lèvres.

— Nous sommes heureux de fournir l'aide que le Protecteur demande, monsieur.

— Ça, j'en doute fort, dit Locke en laissant un stylet glisser dans sa main gauche.

Il tendit le bras et frappa de taille la femme pour l'érafler sous l'oreille droite, un endroit exposé entre le gorgerin et ses cheveux coiffés serrés. Sa victime cria, se retourna d'un coup et tira son sabre d'acier noir en un instant.

Jean avait saisi l'homme à bras-le-corps avant que sa collègue ait le temps de sortir son arme. Le garde laissa échapper un hoquet de surprise quand son adversaire le projeta contre les barreaux avant de lui assener au cou un puissant coup du tranchant de la main. L'armure de cuir empêcha l'attaque d'être mortelle sans réduire pour autant la violence de l'impact qui coupa le souffle du soldat. Jean l'écrasa sans difficulté face contre la grille et le maintint d'une poigne de fer en lui immobilisant les bras.

Locke bondit en arrière pour se mettre hors d'atteinte quand la femme fendit l'air avec son sabre. Sa première attaque fut rapide et presque précise. La deuxième fut un peu plus lente et Locke l'évita sans problème. Au moment où elle se préparait à frapper une troisième fois, elle fit un faux pas et trébucha. Elle ouvrit la bouche sous le coup de la confusion.

— Espèce… d'enculé, grommela-t-elle. Du… poi… poi… son.

Locke grimaça tandis qu'elle s'effondrait la tête la première sur le sol en pierre. Il avait eu l'intention de la retenir, mais le produit qui enduisait sa lame avait agi plus vite que prévu.

— Enfoiré, toussa le lieutenant en essayant vainement de se libérer de la prise de Jean. Vous l'avez tuée.

— Bien sûr que non, pauvre demeuré. Vous alors… Dans cette ville, il suffit qu'on tire sa lame pour que tout le monde pense aussitôt qu'on a trucidé quelqu'un. (Locke s'approcha du garde et lui montra son stylet.) Le truc sur le tranchant, c'est du gèlesprit. Avec ça, tu vas dormir comme une masse et tu te réveilleras vers midi. À ce moment-là, tu auras l'impression d'avoir débarqué en enfer. Je suis désolé. Tu préfères que je te pique dans le cou ou dans la paume de la main ?

— Sale… sale putain de traître !

— Dans le cou, alors.

Locke pratiqua une courte incision sous l'oreille gauche et eut à peine le temps de compter jusqu'à huit : le garde cessa toute résistance et devint aussi mou qu'un vêtement de soie humide entre les bras de Jean. Celui-ci l'allongea en douceur et récupéra un petit trousseau de clés en fer accroché à la ceinture du garde.

— Bien, dit Locke. Allons visiter la deuxième cave.

4

— Ravelle n'existait pas il y a un mois, dit Stragos. Pas avant que je mette la main sur vous pour créer ce mensonge. Une dizaine de mes agents les plus sûrs seront prêts à jurer qu'il est bel et bien réel, qu'ils ont participé à des missions avec lui, qu'ils ont mangé avec lui, qu'ils ont parlé avec lui – des discussions professionnelles, de la pluie et du beau temps.

» Mes *finankers* ont établi des ordres, des tableaux de service, des récépissés de solde et autres documents avant d'en parsemer mes archives. Des hommes ont emprunté le nom de Ravelle pour louer des chambres dans des auberges, acheter des objets, faire livrer des uniformes sur mesure à la marina de L'Épée. Lorsque j'en serai au point de gérer les conséquences de votre trahison, on ne trouvera pas seulement des traces matérielles de son existence, il sera aussi présent dans les souvenirs des gens.

— Les conséquences ? demanda Locke.

— Ravelle va me trahir tout comme la capitaine Bonaire m'a trahi il y a sept ans, quand elle s'est échappée du port avec mon *Basilic* et a hissé le pavillon rouge. Le même événement va se répéter… Le même malheur va de nouveau frapper le même Archon. Pendant un temps, on me tournera en ridicule dans certains quartiers, mais c'est un préjudice provisoire en vue d'obtenir un bénéfice à long terme. (Il grimaça.) Vous n'avez donc pas pris en compte la réaction des gens face à mon plan, maître Kosta ? Moi, je n'ai pas oublié de le faire.

— Par tous les dieux, Maxilan, dit Locke en manipulant distraitement le nœud d'une corde qui tendait la grand-voile – assez modeste – du navire. Je vais me retrouver pris au piège au beau milieu de la mer ; je vais jouer les capitaines alors que je ne connais presque rien à la navigation ; je vais devoir me battre pour sauver ma vie alors que votre putain de poison coule dans mes veines... Je m'appliquerai à ne pas vous oublier dans mes prières, pour bénir votre cœur de pierre.

— Ravelle est aussi un idiot, dit L'Archon. J'ai fait attention que ce point apparaisse clairement dans l'histoire de sa vie. Bon, il y a quelque chose que vous devez savoir à propos de Tal Verrar : la milice du Priori garde la prison-citadelle Gaol de Hautpoint, sur le Castellana. C'est là que sont envoyés la plupart des prisonniers de la cité. Le Rocher Sous le Vent est un établissement beaucoup plus modeste, mais il est à moi. Ce sont mes hommes qui l'entretiennent et qui forment sa garnison. (L'Archon sourit.) C'est à cet endroit que la trahison de Ravelle atteindra le point de non-retour. C'est à cet endroit, maître Kosta, que vous allez vous procurer votre équipage.

5

Conformément aux mises en garde de Stragos, il y avait une autre sentinelle à désarmer au premier étage des cellules, sous le hall d'entrée, au bas d'un large escalier de fer noir en colimaçon. La tour était réservée aux gardes et aux lampes alchimiques ; la véritable fonction du Rocher Sous le Vent était assurée par trois anciens caveaux de pierre qui s'enfonçaient bien en dessous du niveau de la mer, dans les entrailles de l'île.

L'homme les vit arriver et réagit aussitôt : le fait que Jean et Locke descendent sans être accompagnés était sans nul doute un manquement aux procédures. Jean le soulagea de son épée quand le garde le chargea dans l'escalier, puis il lui assena un coup de pied au visage et le maintint face contre terre malgré ses gesticulations. Un mois d'entraînement sous la férule capricieuse de Caldris n'avait fait qu'accroître sa force déjà considérable et Locke eut presque pitié du pauvre malheureux qui se débattait sous son compagnon. Il s'approcha, lui administra une dose de gèlesprit et siffla avec enthousiasme.

C'en était terminé pour l'équipe de nuit, une unité squelettique sans cuisinier ni autres serviteurs. Un garde sur les quais, deux dans le hall d'entrée et un dernier au premier niveau des cellules. Sur un ordre direct de Stragos, les deux hommes en faction au sommet de la tour avaient bu du thé drogué et dormaient désormais de part et d'autre de la théière. Quand la relève du matin les découvrirait, ils auraient une excuse plausible pour justifier leur inaction – et cela ne ferait qu'embrouiller un peu plus cette affaire.

Aucun bateau n'était amarré au Rocher Sous le Vent. Ainsi, si les prisonniers venaient à s'échapper de leurs cellules fermées par des barres enchâssées dans les murs suintants des anciens caveaux, puis à franchir les grilles du hall et la porte renforcée, il leur faudrait encore nager au moins un kilomètre et demi en mer – sous la surveillance intéressée de nombreuses créatures tapies dans les profondeurs et avides de faire un bon repas.

Jean et Locke ignorèrent l'entrée bardée de fer qui menait aux geôles de la première cave et continuèrent à descendre l'escalier en spirale. L'air était froid, humide et imprégné d'une odeur de sel et de corps crasseux. Ils franchirent la porte métallique du deuxième niveau et se retrouvèrent dans une crypte divisée en quatre grandes cellules, longues et basses de plafond. Il y en avait deux de chaque côté d'un couloir de cinq mètres.

Une seule geôle était occupée: plusieurs dizaines d'hommes y dormaient allongés dans la lumière vert pâle de globes alchimiques protégés par des grilles et disposés à bonne hauteur sur les murs. L'air qui régnait ici était absolument immonde, mêlant humidité, lourds relents de litières sales, odeurs d'urine et de nourriture avariée. De fins tourbillons de brume serpentaient entre les prisonniers. Quelques yeux prudents suivirent Jean et Locke tandis que les deux hommes s'approchaient de la porte de la cellule.

Locke adressa un hochement de tête à son compagnon et celui-ci entreprit de marteler les barreaux de ses poings. Un concert de vociférations éclata, les cris résonnant de manière insupportable contre les murs humides du caveau. Les prisonniers dérangés dans leur sommeil abandonnèrent leur paillasse sordide pour se lever en jurant et en vociférant.

— Hé, les gars, le logement vous convient? cria Locke pour se faire entendre malgré le vacarme.

Jean cessa de donner des coups contre la grille.

— On serait plus à notre aise en compagnie d'un mignon petit capitaine verrarien qu'on pourrait fourrer à loisir, dit un prisonnier près de la grille.

— Je n'ai pour ainsi dire aucune patience, dit Locke en pointant un doigt vers la porte par laquelle Jean et lui étaient entrés. Si je m'en vais, je ne reviendrai pas.

— Alors, tire-toi et laisse-nous dormir, lâcha un homme qui ressemblait à un épouvantail à l'autre bout de la cellule.

— Et si je ne reviens pas, bande de pauvres cons, aucun de vous ne saura jamais pourquoi les geôles du niveau un et trois sont toutes remplies... Alors qu'ici, elles sont toutes vides, à l'exception de la vôtre.

Ces paroles intriguèrent les détenus. Locke sourit.

—C'est mieux. Je m'appelle Orrin Ravelle. Il y a encore quelques minutes, j'étais capitaine de la flotte de Tal Verrar. Si vous êtes ici, c'est parce que je vous ai *choisis*. Jusqu'au dernier. *Je* vous ai choisis et puis j'ai fabriqué de faux documents pour que vous soyez regroupés à un niveau désert.

6

—À l'origine, j'ai choisi quarante-quatre prisonniers, dit Stragos.

Ils fixaient le Rocher Sous le Vent à la lumière du soleil matinal. Un navire rempli de soldats en uniforme bleu approchait au loin, sans doute pour relever les gardes de faction.

—J'ai fait vider le deuxième niveau des cellules pour les y rassembler. Tous les ordres signés du nom de « Ravelle » sont convaincants, mais si on les examine avec attention, il ne sera pas difficile d'établir qu'il s'agit de faux. Plus tard, cela me fournira une excuse commode pour faire arrêter plusieurs clercs dont la loyauté est… un peu trop molle à mon goût.

—Efficace, reconnut Locke.

—En effet, poursuivit Stragos. Ces prisonniers sont des marins remarquables. Ils viennent de navires saisis pour diverses raisons. Certains sont détenus depuis quelques années. Beaucoup faisaient d'ailleurs partie de l'équipage de votre *Messager Rouge* et ont eu la chance de ne pas être exécutés avec leurs officiers. Il est même possible que certains aient une expérience en matière de piraterie.

—Pourquoi les garder au Rocher ? demanda Jean. Les marins en général, je veux dire.

—Pour servir de rameurs, répondit Caldris. Il est utile de disposer de ce genre de main-d'œuvre. En cas de guerre, on leur offrira une amnistie totale s'ils acceptent de ramer à bord d'une galère pendant la durée du conflit. En règle générale, le Rocher abrite assez de prisonniers pour former l'équipage de deux navires.

—Caldris a tout à fait raison, acquiesça Stragos. Maintenant, ainsi que je vous l'ai dit, la plupart de ces hommes sont là-bas depuis des années, mais aucun n'a eu à endurer des conditions aussi dures que celles des derniers mois. J'ai demandé qu'on les prive de tout, des paillasses propres jusqu'aux repas réguliers. Les gardes se sont montrés cruels, ils ont interrompu leurs heures de sommeil avec des cris et des seaux d'eau froide. Parmi ce groupe de détenus, je doute qu'il y en ait un qui ne déteste pas le Rocher Sous le Vent, qui ne déteste pas Tal Verrar, qui ne *me* déteste pas moi. Personnellement.

Locke hocha la tête avec lenteur.

—Voilà pourquoi vous pensez qu'ils vont accueillir Ravelle comme le Messie.

— C'est à cause de toi qu'on nous a balancés dans cet enfer, espèce de sale lèche-cul verrarien ?

Un des prisonniers s'approcha des grilles et les empoigna. Les ravages occasionnés par son séjour dans ce caveau n'avaient pas encore altéré une carrure qui évoquait une ancienne statue de héros. Locke songea que l'homme était sans doute ici depuis peu : ses muscles semblaient taillés dans du bois-sorcier ; ses cheveux et sa peau étaient assez noirs pour éconduire la lumière vert pâle comme s'ils la méprisaient.

— C'est à cause de moi qu'on vous a mis dans cette cellule, dit Locke. Mais ce n'est pas ma faute si vous vous êtes retrouvés dans cette forteresse. Je n'ai pas demandé non plus qu'on vous inflige le traitement que vous avez subi.

— Le traitement ? Voilà un putain de joli mot pour décrire ce qu'on a enduré.

— Comment tu t'appelles ?

— Jabril.

— C'est toi le chef ?

— Le chef de quoi ? (Sa colère sembla s'apaiser et se transformer en résignation morose.) Il n'y a pas de putain de chef derrière ces barreaux, *capitaine Ravelle*. On pisse là où on dort. Il n'y a pas d'appel ni de tableau de service.

— Vous êtes tous marins, dit Locke.

— On *était* marins, corrigea Jabril.

— Je sais ce que vous êtes. Vous ne seriez pas là si ce n'était pas le cas. Réfléchissez à ça. On fait sortir les voleurs. On les enferme à la citadelle ouest et ils y triment jusqu'à ce qu'ils s'effondrent ou soient graciés, mais même eux ont le droit de voir le ciel. Leurs cellules disposent de fenêtres. Les débiteurs sont libérés quand leur dette est remboursée. Les prisonniers de guerre rentrent chez eux une fois le conflit terminé. Mais vous, pauvres malheureux… On vous enferme ici pour rien. Vous êtes du bétail. Si une guerre éclate, vous serez enchaînés à des rames ; si la paix perdure… Enfin.

— Il y a toujours une guerre, dit Jabril.

— La dernière s'est terminée il y a sept ans, dit Locke. (Il s'approcha des barreaux pour faire face à Jabril et le regarda droit dans les yeux.) Il faudra peut-être attendre la prochaine sept ans de plus. Et encore. Tu as vraiment l'intention de vieillir dans ce caveau, Jabril ?

— Parce que j'ai un putain de choix…, capitaine ?

— Certains d'entre vous faisaient partie de l'équipage d'un navire saisi il y a peu. Votre capitaine essayait de faire entrer un nid de guêpes-stylets en fraude.

—*La Bonne Aventure*, ouais, dit Jabril. On nous avait promis une montagne d'or pour ce boulot.

—Ces saloperies ont tué huit hommes pendant la traversée, lâcha un autre prisonnier. On pensait qu'on hériterait de leur part.

—En fait, c'est eux qui ont eu du bol, reprit Jabril. Parce qu'en guise de récompense, on nous a offert un séjour illimité dans cette putain de forteresse.

—*La Bonne Aventure* est ancrée dans la marina de l'Épée, dit Locke. Le navire a été rebaptisé « Messager Rouge ». Il a aussi été rénové, réapprovisionné, caréné et désinfecté. Il est comme neuf. L'Archon a l'intention de l'intégrer à sa flotte.

—Je suis content pour cet enfoiré.

—Je dois en prendre le commandement. Il est à ma disposition. J'ai le titre de propriété en poche, si je puis dire.

—Alors, pourquoi vous venez nous casser les couilles ?

—Il est minuit et demi. (Comme un acteur faisant un aparté, Locke baissa la voix jusqu'à ce qu'elle ne soit plus qu'un murmure qui résonne théâtralement jusqu'au fond de la cellule.) La relève du matin n'arrivera pas avant six heures et tous les gardes du Rocher Sous le Vent sont en ce moment... inconscients.

Les détenus qui s'étaient rassemblés écarquillèrent les yeux. Des hommes se levèrent de leur paillasse et se rapprochèrent des barreaux en formant un attroupement agité, mais attentif.

—Je quitte Tal Verrar ce soir, poursuivit Locke. C'est la dernière fois que je porte cet uniforme. J'en ai plus qu'assez de l'Archon et de tout ce qu'il représente. J'ai l'intention de m'emparer du *Messager Rouge*, mais pour cela, il me faut un équipage.

L'attroupement de détenus se transforma en masse chaotique où s'échangeaient bousculades et commentaires. Des mains jaillirent à travers les barreaux et Locke recula.

—Je suis vigie, cria un homme. La meilleure qui soit ! Prenez-moi avec vous !

—Neuf ans en mer, hurla un autre. Suis capable de faire n'importe quoi !

Jean fit un pas en avant et martela de nouveau la porte de la cellule.

—La ferrmmme ! beugla-t-il.

Locke leva le trousseau de clés que son ami avait pris au lieutenant de l'entrée.

—Je fais voile au sud de la mer de Cuivre. Je fais voile vers Port-Prodigue. Ce n'est pas une décision sujette à un vote ou à des négociations. Si vous embarquez avec moi, vous naviguerez sous le pavillon rouge. Si vous voulez laisser tomber en arrivant aux Vents Fantômes, vous serez libres de le faire. En attendant, nous écumerons la mer à la recherche d'or et de pillages. Il n'y a pas de place pour les tire-au-flanc. Tout le monde aura part égale.

Voilà qui va leur donner à réfléchir, songea Locke. En règle générale, le capitaine d'un navire pirate s'octroyait entre vingt et quarante pour cent du butin amassé en mer. La perspective d'un partage équitable apaiserait la plupart des velleités de mutinerie.

— *Part égale*, répéta-t-il assez fort pour couvrir le brouhaha qui venait d'éclater. Mais vous devez prendre une décision ici et maintenant. Jurez de m'obéir en tant que capitaine et je vous libérerai sur-le-champ. J'ai les moyens de vous faire quitter ce rocher et de vous faire embarquer sur le *Messager Rouge*. Nous disposons de plusieurs heures d'obscurité pour sortir du port et nous mettre à l'abri des poursuites. Si vous ne voulez pas venir, très bien. Mais ne comptez pas sur ma générosité dans ce cas. Vous resterez ici pendant que j'emmènerai les autres. La relève du matin sera peut-être impressionnée par votre loyauté… Mais j'en doute. Qui n'est pas intéressé par mon offre ? (Personne ne broncha.) Qui parmi vous désire sortir de cette cage et faire partie de mon équipage ? (L'éruption de cris et d'acclamations fit grimacer Locke, puis il s'autorisa un grand sourire sincère.) Que les dieux en soient témoins ! Sur vos lèvres et sur vos cœurs !

— Nous avons prêté serment, dit Jabril.

Autour de lui, les prisonniers hochèrent la tête.

— Alors, respectez-le ou appelez la mort dans vos prières. Respectez-le ou soyez maudits et que la dame du Long Silence vous juge indignes en vous pesant sur son plateau.

— Nous le respecterons, répondit un concert de cris.

Locke tendit le trousseau à Jean. Les prisonniers regardèrent ce dernier avec délectation et incrédulité tandis qu'il cherchait la bonne clé, la glissait dans la serrure et la tournait d'un coup sec sur la droite.

8

— Il y a un problème, dit Stragos.

— Un seul ?

Locke leva les yeux au ciel.

— Il ne reste que quarante hommes sur les quarante-quatre que j'avais choisis.

— Ça pose un problème du point de vue de la navigation ?

— Nous avons embarqué assez d'eau et de nourriture pour tenir cent jours avec un équipage de soixante, répondit Caldris. Et on peut manœuvrer le navire avec la moitié de cet effectif. Une fois qu'on aura trié les marins, nous ne manquerons pas de mains pour hisser les voiles.

— En effet, dit Stragos. Les quatre manquants sont des femmes. Je les ai fait placer dans une cellule à part. L'une d'elles a attrapé la fièvre des prisons et elles n'ont pas tardé à être toutes contaminées. Je n'ai eu d'autre issue que de les faire ramener à terre : elles ne sont même plus capables de lever les bras et encore moins de se joindre à l'expédition.

— Nous allons donc prendre la mer sans femmes à bord, dit Caldris. Merrain ne nous accompagnera pas ?

— Je crains que mes talents ne soient requis ailleurs, répondit l'intéressée d'une voix suave.

— C'est de la folie ! s'écria Caldris. C'est se moquer du père des Tempêtes !

— Vous pourrez recruter des femmes à Port-Prodigue, peut-être même de bons officiers. (Stragos écarta les mains.) Je suis certain que vous parviendrez sans incident jusque-là.

— J'aimerais bien partager votre optimiste, dit Caldris avec une lueur égarée dans les yeux. Maître Kosta, cette expédition commence sous de mauvais augures. Il nous faut des chats. Un plein panier de chats, pour le *Messager Rouge*. Nous avons besoin de toute la chance qu'on peut rassembler. Que les dieux vous assistent : vous devez *absolument* trouver des chats à embarquer avant de lever l'ancre.

— Je ne faillirai pas à ma tâche, dit Locke.

— Le problème est donc réglé, dit Stragos. N'oubliez pas une chose, Kosta. À propos des… détails de votre personnage. Au cas où vous ayez quelques doutes : aucun des hommes que vous libérerez du Rocher Sous le Vent n'a servi au sein de ma flotte et, par conséquent, ils ne savent pas trop à quoi s'attendre de la part d'un de mes officiers. Vous cesserez bientôt d'être le capitaine Ravelle pour devenir le pirate Ravelle alors, vous êtes libre de jouer le personnage comme bon vous semble, sans vous inquiéter des petits détails.

— Tant mieux, dit Locke. Les petits détails, j'en ai déjà suffisamment dans le crâne.

— J'ai une dernière chose à préciser, poursuivit Stragos. Les hommes et les femmes en poste au Rocher Sous le Vent font partie des soldats les plus efficaces et les plus loyaux de mon armée – y compris ceux qui ignorent tout de l'opération. Je vais vous procurer de quoi les neutraliser sans leur causer de blessure irréversible. Il est hors de question que vous les attaquiez en employant un autre moyen. Ceci vaut aussi bien pour vous que pour votre équipage. Que les dieux aient pitié de vous si on trouve un cadavre après votre départ.

— Voilà de curieux sentiments de la part d'un homme qui affirme aimer le risque.

— Je suis prêt à les envoyer se battre sur-le-champ, Kosta, et à les perdre sans regret. Mais je refuse qu'une personne portant mes couleurs avec loyauté meure au cours de cette opération. Mon honneur m'oblige à leur accorder cela. Vous êtes censés être des professionnels. Considérez ceci comme un test d'évaluation de vos compétences.

— Nous ne sommes pas des putains d'assassins, dit Locke. Nous tuons quand nous avons une bonne raison de le faire, et ça ne nous arrive pas souvent.

— Tant mieux, dit Stragos. Je n'ai donc rien à ajouter. Vous êtes libres d'employer cette journée à votre guise. Demain soir, juste avant minuit, vous débarquerez sur le Rocher Sous le Vent et commencerez l'opération.

— Nous avons besoin de notre antidote, dit Locke.

Jean et Caldris acquiescèrent.

— Bien sûr. Vous recevrez tous les trois une dernière fiole avant votre départ. Ensuite… j'attends votre retour avant deux mois. Avec un rapport sur les progrès de la mission.

9

Les deux compères rassemblèrent leur nouvel équipage, qui était en haillons, dans le hall d'entrée. Jean dut faire étalage de sa force physique afin de dissuader certains des marins d'assouvir leurs frustrations sur les gardes endormis.

— Je vous ai avertis : si vous les touchez, c'est à vos risques et périls, grogna Locke pour la troisième fois. Foutez-leur la paix ! Si nous laissons des cadavres derrière nous, nous perdrons la sympathie de tout le monde. Laissez-les en vie et les Verrariens se paieront de la gueule des gardes pendant des mois.

» Maintenant, sortez et gagnez les quais sans vous presser. Prenez vos aises, étirez-vous les jambes, profitez de l'occasion pour bien regarder le ciel et la mer. Je dois aller chercher une embarcation pour vous évacuer. Dans l'intérêt de tous, taisez-vous !

La plupart des marins obéirent à ses avertissements et se séparèrent en petits groupes, murmurant entre eux tandis qu'ils sortaient de la tour. Locke remarqua que certains s'attardaient près de la porte, les mains appuyées contre le mur de pierre, comme s'ils avaient peur de marcher sous le ciel. Après des mois ou des années passés dans le caveau, il ne pouvait pas leur en vouloir.

— C'est charmant, dit Jabril. (Il emboîta le pas à Locke alors qu'ils approchaient des quais où Caldris patrouillait encore avec sa lanterne.) C'est carrément jouissif. Presque autant que de ne plus sentir tous les autres en même temps.

— Tu ne vas pas tarder à te retrouver de nouveau entassé avec eux.

—Ouais, mais ce ne sera pas la même chose.

—Jabril. (Locke parla plus fort.) Quand ce sera le moment, quand nous aurons évalué nos niveaux de compétences respectifs, nous voterons dans les règles pour élire les officiers dont nous aurons besoin. En attendant, je te nomme maître.

—Maître de quoi ?

—Maître de ce que tu veux. (Locke sourit et lui administra une claque dans le dos.) Je ne fais plus partie de la flotte, tu te souviens ? Tu prendras tes ordres de Jérôme. Veille à ce que les hommes restent tranquilles. Prends les armes du garde ligoté sur le quai, juste au cas où nous aurions à croiser un peu le fer ce soir. Je ne pense pas que nous ayons à nous battre, mais il vaut mieux se préparer à toutes les éventualités.

—Bonsoir, capitaine Ravelle, dit Caldris. Je vois que vous les ramenez comme prévu.

—Oui, dit Locke. Jabril, voici Caldris, mon navigateur. Caldris, Jabril servira comme officier sous les ordres de Jérôme. (Locke éleva la voix sans crier, de crainte que ses paroles résonnent sur l'eau et ne parviennent à des oreilles invisibles.) Écoutez-moi ! Je suis venu sur un canot assez grand pour embarquer six personnes. J'ai un navire pouvant en accueillir quarante tout près d'ici. J'ai besoin de deux volontaires pour m'aider à ramer. Ça ne prendra qu'une demi-heure et, ensuite, nous partirons.

Deux prisonniers parmi les plus jeunes s'avancèrent, impatients de faire quelque chose pour oublier la langueur de leur séjour dans le caveau de la tour.

—Parfait, dit Locke en montant dans la petite embarcation à la suite de Caldris et des deux marins. Jérôme, Jabril, maintenez l'ordre et le calme. Faites le tri entre ceux qui peuvent se mettre à la tâche tout de suite et ceux qui auront besoin de quelques jours de repos pour retrouver leur force.

Ancrée à un demi-mille du Rocher Sous le Vent, une longue chaloupe attendait. Malgré la lumière des étoiles, elle resta invisible jusqu'à ce que la lanterne de Caldris la fasse apparaître à une cinquantaine de mètres de distance. Locke et Caldris se dépêchèrent de gréer la petite voile puis, lentement, mais sûrement, ils retournèrent au Rocher tandis que les deux volontaires les suivaient en ramant à bord du canot. Locke lança des regards nerveux et inquiets autour de lui. Il remarqua la lueur pâle d'une voile ou deux sur l'horizon, mais rien de plus proche.

—Écoutez-moi attentivement, dit-il quand la chaloupe fut amarrée au quai et entourée par son futur équipage.

Il fut agréablement surpris par la rapidité avec laquelle les anciens prisonniers s'étaient attelés aux premières tâches. C'était logique, bien entendu : il s'agissait de marins qui avaient été arrêtés lors de la saisie de leur navire, pas de criminels endurcis expiant leurs crimes. Cela ne faisait pas d'eux des saints pour autant, mais Locke songea que – une fois n'est pas coutume – l'imprévu lui était favorable et il en retira une certaine satisfaction.

— Ceux qui en sont capables prennent les rames. Ne soyez pas gênés si vous n'êtes pas en état de le faire pour le moment. Je sais que certains d'entre vous ont croupi ici pendant un sacré bout de temps. Contentez-vous de vous asseoir au milieu du pont et reposez-vous. Vous pourrez récupérer pendant le voyage. Nous avons des provisions en quantité.

Ses paroles suscitèrent des acclamations. Une fois en mer, Locke savait que leurs rations se réduiraient peut-être à une bouillie identique à celle de la prison, mais, pendant quelques jours, ils pourraient compter sur de la viande et des légumes frais.

Les anciens prisonniers embarquèrent en bon ordre. Bientôt, les hommes qui affirmaient être valides s'alignèrent le long des plats-bords et les rames glissèrent dans les dames de nage. Jabril gagna la proue et agita le bras en direction de Locke et Caldris pour leur indiquer que tout était prêt.

— Bien, dit Locke. Le *Messager* est ancré au sud de la marina de l'Épée, près du littoral. Il n'attend que son nouvel équipage. Un garde le surveille pendant la nuit, mais je m'occuperai de lui. Contentez-vous de nous suivre et de monter à bord dès que j'aurai réglé le problème. Les filets sont baissés sur les travers et les défenses ne sont pas en place.

Locke s'installa à la proue du canot et prit un air majestueux qu'il espérait de circonstance. Caldris et Jean saisirent les rames et les deux autres marins s'assirent à la poupe, l'un d'entre eux veillant à la lanterne du navigateur.

— Les gars, dites adieu au Rocher Sous le Vent, déclara Locke. Et invitez l'Archon de Tal Verrar à aller se faire foutre. Nous hissons les voiles.

10

Une ombre parmi les ombres observa le départ des deux bateaux.

Merrain quitta sa position près de la tour et adressa un petit geste d'adieu en direction des formes basses et grises qui s'éloignaient vers le sud. Elle défit le foulard de soie noire qui lui couvrait le bas du visage et tira en arrière la capuche de sa veste noire. Elle était restée tapie dans les ténèbres à côté de la forteresse pendant près de deux heures, attendant avec patience que Kosta et de Ferra achèvent leur opération. Sa propre embarcation – une frêle charpente de bois tendue de cuir imperméabilisé – était cachée sous un éperon rocheux qui se dressait à l'est de l'île. Même sous la lumière des étoiles, elle était parfaitement invisible sur l'eau.

Merrain pénétra dans le hall d'entrée de la prison à pas tranquilles et feutrés. Elle y découvrit les deux gardes allongés en travers – ainsi qu'elle s'y attendait – et toujours sous l'emprise du gèlesprit. Kosta et de Ferra avaient respecté les consignes de l'Archon et empêché qu'on leur fasse du mal.

— Hélas, murmura-t-elle en s'agenouillant près du lieutenant. (Elle fit glisser un doigt ganté sur les joues de l'homme.) Tu es plutôt joli garçon.

Elle soupira, tira un couteau du fourreau accroché à l'intérieur de sa veste et trancha la gorge du garde d'un geste rapide. Elle recula pour éviter la flaque de sang qui s'agrandissait et essuya sa lame sur le haut-de-chausses de sa victime. Puis elle observa la femme allongée dans le hall.

Les deux hommes au sommet de la tour pouvaient rester en vie : il était peu probable que quelqu'un se soit donné la peine de grimper là-haut pour les neutraliser. Mais elle devait s'occuper du garde sur les quais, des deux de l'entrée et de celui qui était censé se trouver en bas de l'escalier.

Elle estimait que c'était suffisant. Elle ne souhaitait pas vraiment l'échec de Kosta et de de Ferra, mais s'ils remplissaient leur mission et *revenaient* à Tal Verrar, qu'est-ce qui empêcherait l'Archon de leur en confier une autre ? Tant que le poison de Stragos courait dans leurs veines, ils demeureraient des outils dociles. Et s'ils *parvenaient* à rentrer une fois leur devoir accompli, eh bien… Si on ne pouvait pas mettre de tels individus au service des intérêts qu'elle servait, il était préférable qu'ils disparaissent.

Elle poursuivit sa tâche avec un air résolu. Elle songea que, pour une fois, elle avait l'occasion de le faire sans infliger de douleurs. Cette pensée la réconforta.

11

— Capitaine Ravelle !

Le soldat faisait partie de ceux que l'Archon avait choisis pour participer à cette mascarade. Il feignit la surprise quand Locke apparut sur le pont du *Messager Rouge* suivi de Jean, Caldris et des deux anciens prisonniers. La chaloupe où se trouvait le futur équipage butait contre le flanc tribord.

— Je ne m'attendais pas à votre retour ce soir, monsieur… Monsieur, que se passe-t-il ?

— J'ai pris une décision, répondit Locke en s'approchant. Ce navire est trop bon pour l'Archon. Alors, je vais l'en débarrasser et partir avec.

— Attendez un peu… Attendez, monsieur, je ne trouve pas ça drôle.

— Ça dépend du camp que tu choisis. (Locke arriva à la hauteur de l'homme et fit semblant de lui envoyer son poing dans l'estomac.) Mais encore faut-il être en état de choisir un camp.

Comme prévu, le soldat s'effondra en arrière comme s'il venait de recevoir un coup dévastateur. Après une chute très réaliste, il se tortilla sur le pont. Locke grimaça un sourire : que les membres de son nouvel équipage murmurent un peu et échangent leurs impressions *là-dessus*.

Lesdits membres d'équipage commençaient juste à grimper aux filets d'abordage suspendus le long du flanc tribord. Locke récupéra l'épée, le bouclier et les dagues du soldat, puis rejoignit Jean et Caldris près du bastingage pour aider les anciens prisonniers à se hisser à bord.

— Qu'est-ce qu'on fait de la chaloupe, capitaine ? demanda Jabril en posant les pieds sur le pont.

— Cette saloperie est beaucoup trop grosse pour qu'on l'emporte. (Il leva le pouce au-dessus de son épaule en direction du garde « neutralisé ».) Collez-moi celui-ci à bord et offrez-lui une petite croisière au gré des flots. Jérôme !

— À vos ordres, monsieur.

— Fais monter tout le monde et rassemble tous les valides sur l'embelle. Maître Caldris ! Pour le moment, c'est vous qui connaissez le mieux le navire. Trouvez-nous de quoi nous éclairer.

Caldris ramena des lanternes alchimiques d'un coffre posé près du gouvernail et, avec l'aide de Locke, en accrocha plus qu'il était nécessaire le long du pont. Une lumière douce et dorée se répandit et permit bientôt de se mettre à l'œuvre. Jean sortit son petit sifflet et y souffla brièvement trois fois. En quelques instants, il rassembla l'équipage sur l'embelle, juste devant le grand mât. Face aux marins, Locke ôta son manteau d'officier verrarien et le lança par-dessus bord. Une salve d'applaudissements ponctua son geste.

— Maintenant, il faut agir vite et bien, dit-il. Que ceux qui ne s'estiment pas en état de travailler lèvent la main. Allons ! Pas la peine d'avoir honte, les gars.

Locke compta neuf personnes. La plupart étaient visiblement âgées ou beaucoup trop maigres pour être en bonne santé. Il hocha la tête.

— Nous ne vous tiendrons pas rigueur de votre franchise. Vous ferez votre part quand vous aurez récupéré. Pour l'instant, trouvez-vous un coin sur le pont, ou sous le gaillard d'avant. Il y a des paillasses et de la toile dans la soute principale. Vous pouvez dormir ou regarder le spectacle, au choix. Bon, est-ce que l'un d'entre vous peut raisonnablement affirmer avoir quelques talents de cuistot ?

Derrière Jabril, un homme leva la main.

— Parfait. Quand nous aurons appareillé, descends et jette un œil aux provisions. Nous disposons d'un fourneau en briques dans le gaillard d'avant, et aussi d'une pierre alchimique et d'un chaudron. Il nous faudra un putain de repas une fois qu'on aura franchi les récifs de verre, alors fais preuve d'un peu d'initiative. Et mets un tonneau de bière en perce.

Le dernier ordre provoqua un tonnerre d'applaudissement et de cris de joie. Jean souffla dans son sifflet pour réclamer le calme.

—Maintenant, allons ! (Locke pointa un doigt en direction de la forme sombre de l'île en Verre d'Antan qui se dessinait derrière eux.) La marina de l'Épée se trouve juste derrière nous et nous ne sommes pas encore tirés d'affaire. Jérôme ! Prépare les cabestans et tiens-toi prêt à lever l'ancre. Jabril ! Demande de la corde à Caldris et aide-moi à ligoter ce type.

Les deux hommes soulevèrent le soldat « neutralisé » pour le remettre sur ses pieds. Locke entoura ses poignets avec les liens fournis par Caldris et fit un nœud assez lâche, mais néanmoins convaincant. Quand ils seraient partis, le prisonnier se libérerait en quelques minutes.

—Capitaine, ne me tuez pas. S'il vous plaît, marmonna le soldat.

—Je ne ferais jamais ça, répondit Locke. J'ai besoin que tu portes un message à l'Archon de ma part. Dis-lui qu'Orrin Ravelle l'envoie chier, que le présent avis a valeur de démission et que le seul drapeau qui flottera sur ce joli navire, ce sera désormais le pavillon rouge.

Locke et Jabril soulevèrent le soldat au-dessus de la coupée et le lâchèrent trois mètres au-dessus de la chaloupe. L'homme poussa un cri de douleur – sans doute authentique – en heurtant le fond de l'embarcation et roula sur le côté. Il semblait néanmoins en bonne santé.

—Répète-lui sans faute ce que je t'ai dit, cria Locke. (Jabril éclata de rire.) Bon ! Maître Caldris, nous mettons cap au large !

—Très bien, capitaine Ravelle.

Caldris choisit les quatre hommes les plus près de lui et s'éloigna à leur tête. Sous sa direction, ils feraient glisser le câble de l'ancre sans accroche vers sa niche du faux-pont.

—Jérôme, dit Locke. Préparez-vous à remonter l'ancre !

Locke et Jabril se joignirent au reste des marins valides autour du cabestan. On y glissa les dernières longues tiges de fer qui permettraient de le faire tourner. Jean siffla et les hommes se rassemblèrent épaule contre épaule devant les lourdes barres.

—Levez l'ancre ! Une, deux ! Une, deux ! Poussez, ça sera bientôt fini !

Jean criait de toutes ses forces, leur donnant la cadence pour pousser et faire un pas en avant. Les marins peinaient autour du cabestan. Bon nombre regrettaient leur faiblesse, mais auraient préféré mourir plutôt que de la reconnaître. Pourtant, le treuil commença à tourner et une odeur de câble humide se répandit dans l'air.

—Oh hisse ! Oh hisse ! Laissez-la tomber et nous sommes tous foutus !

Bientôt, ils parvinrent à tirer le lourd instrument d'acier de l'eau et Jean ordonna à un groupe de se rendre à tribord de la proue afin de l'arrimer contre la coque. Locke sourit en regardant la plupart des hommes s'éloigner du cabestan en gémissant et s'étirant. Même ses vieilles blessures se rappelaient à son bon souvenir après un tel effort.

— Maintenant, cria-t-il, qui a servi sur ce navire quand il s'appelait encore *La Bonne Aventure* ? Faites un pas de côté !

Quatorze hommes, dont Jabril, se détachèrent de leurs camarades.

— Et lesquels d'entre vous étaient de bonnes vigies ?

Sept mains se levèrent. C'était assez pour le moment.

— Et parmi les autres, qui se sent assez à l'aise pour grimper là-haut ?

Quatre marins s'avancèrent et Locke hocha la tête.

— C'est bien, les gars. Vous savez donc où vous devez aller. (Il saisit un homme sans affectation par l'épaule et le conduisit vers l'avant du navire.) Tu feras office de vigie de proue. Appelle-moi si quelque chose de fâcheux apparaît sur notre route. (Il attrapa un autre marin et lui montra le grand mât.) Demande un verre à Caldris. Tu feras la vigie dans le nid-de-pie. Ne me regarde pas comme ça. Tu ne te feras pas chier à gréer les voiles. Contente-toi de poser gentiment ton cul là-haut et d'ouvrir l'œil.

» Maître Caldris ! cria-t-il en remarquant que son navigateur était revenu sur le pont. Cap est-sud-est, vers le passage à travers les récifs, celui qu'on appelle le Tunnel de Verre !

— À vos ordres, monsieur. Le Tunnel de Verre. Je connais.

Bien entendu, Caldris avait étudié à l'avance la route qu'ils emprunteraient pour franchir la barrière de verre. Il avait soigneusement fait répéter à Locke les ordres qu'il aurait à donner en attendant que Tal Verrar ait disparu à l'horizon.

— Cap est-sud-est, confirma-t-il.

Jean fit un geste à l'attention des marins qui s'étaient portés volontaires pour grimper dans les vergues où les voiles ferlées les attendaient, suspendues dans la lumière lunaire comme de gigantesques cocons.

— Les hommes dans la mâture pour larguer le grand hunier et le grand perroquet. À mon commandement, tenez-vous prêts !

» Maître Caldris, cria Locke, incapable de cacher son hilarité, nous allons maintenant voir si vous connaissez votre métier.

Le *Messager Rouge* fit route au sud avec les voiles de perroquet hissées, profitant au mieux de la brise qui soufflait du continent en direction de l'ouest. Sa proue fendait tranquillement les eaux calmes et sombres, le pont gîtait à peine sur bâbord. C'était un bon début, songea Locke – un bon début pour une aventure complètement folle. Quand il eut affecté la plupart des marins à un poste provisoire, il s'accorda quelques minutes de repos sur le couronnement et observa le reflet des deux lunes dans les ondulations du sillage du navire.

— Vous prenez un sacré bon temps, capitaine Ravelle.

Jean grimpa sur le couronnement à côté de son compagnon. Les deux voleurs se serrèrent la main et grimacèrent un sourire.

—Je suppose que oui, murmura Locke. Je pense que nous n'avons jamais fait un truc aussi insensé alors, nous avons le *droit* de prendre un peu de sacré bon temps.

—L'équipage semble croire à notre numéro pour le moment.

—Oui, mais ces hommes sortent tout juste d'un cachot. Ils sont fatigués et excités. On jugera de leur intelligence après quelques jours d'exercice et de nourriture convenable. Par tous les dieux, au moins, je ne me suis pas gouré dans le vocabulaire de la marine.

—J'ai du mal à réaliser que nous sommes en train de faire un truc pareil.

—Je sais. J'ai encore l'impression de rêver. Le capitaine Ravelle. Le second Valora. Putain, tu as le beau rôle: il faut que je m'habitue à être appelé « Orrin » alors que toi, tu restes un « Jérôme ».

—Je n'ai pas jugé utile de me compliquer la vie, tu t'en charges très bien.

—Fais attention à ce que tu dis. Je pourrais ordonner de te faire attacher au bastingage et fouetter.

—Peuh! Un capitaine de la flotte militaire, peut-être. Mais le second d'un navire pirate n'accepterait jamais une chose pareille. Tu crois qu'on reverra un jour la terre ferme?

—J'en ai bien l'intention! Nous avons une meute de forbans à exciter, un joyeux retour à préparer, quelques leçons d'humilité à donner à Stragos, un antidote à trouver et Requin à dépouiller. Après deux mois en mer, je ne désespère pas d'avoir découvert le *début* d'une solution pour accomplir *tout ça*.

Ils observèrent un moment Tal Verrar qui s'éloignait, l'auréole des Marches Dorées et la silhouette flamboyante de *L'Aiguille du péché* qui disparurent lentement derrière la masse plus sombre du croissant sud-ouest de la ville. Puis ils franchirent le passage à travers les récifs de verre et mirent le cap vers la mer de Cuivre, vers le danger et la vie de pirates. Ils partaient en quête d'une guerre qu'ils rapporteraient à l'Archon pour satisfaire ses projets.

12

—Voile à l'horizon! Voile deux degrés à bâbord de la proue!

Le cri fusa de la mâture le troisième matin de leur voyage vers le Sud. Locke était assis dans sa cabine et regardait son reflet incertain dans le petit miroir cabossé qu'il avait emporté dans son coffre. Avant le départ, il avait employé certains produits alchimiques de son nécessaire à déguisements pour rendre à ses cheveux leur couleur naturelle. Maintenant, un fin duvet d'une teinte à peu près identique apparaissait sur ses joues. Il ne savait pas encore s'il le raserait, mais le cri venant de la mâture le détourna de ses méditations capillaires. Il sortit aussitôt de sa cabine, grimpa les marches peu commodes de la sombre coursive et jaillit sur le gaillard d'arrière dans la lumière matinale.

De hauts nuages blancs formaient une brume légère dans le ciel azur, comme des volutes de tabac s'éloignant en dérivant des pipes de leur créateur. Le *Messager Rouge* était tribord amures depuis qu'il avait gagné le large et il gîtait légèrement sur tribord. Locke était totalement étranger au balancement, aux craquements et aux changements d'inclinaison permanents. Lors de son précédent et unique voyage en mer, il était resté confiné dans sa cabine par son infirmité. Il se félicita de posséder une agilité de voleur bien entraîné : c'était en grande partie grâce à elle s'il pouvait prétendre avoir le pied marin. Il évitait néanmoins de se promener sans raison valable – un accident est si vite arrivé. Au moins, il semblait maintenant immunisé contre le mal de mer – enfin, pour le moment. Il en remercia le Gardien Véreux avec ferveur – à bord, nombreux étaient ceux qui n'avaient pas eu sa chance.

— Que se passe-t-il, maître Caldris ?

— Bien le bonjour, capitaine. C'est une belle matinée. La vigie du grand mât signale une voile blanche par bâbord à deux degrés de la proue.

Caldris était seul à la barre ce matin-là. Il tirait de petites bouffées sur un affreux cigare bon marché qui empestait le soufre. Locke fronça le nez.

Il poussa un soupir intérieur et avança avec la plus grande prudence. Il sortit sa lunette, accéléra le pas pour remonter vers le gaillard d'avant et s'approcha du bastingage de proue, à bâbord. Oui, elle était bien là : une coque enfoncée, un minuscule point blanc à peine visible au-dessus de la ligne bleu sombre du lointain horizon. Quand il retourna au gaillard d'arrière, Jabril et plusieurs hommes tournaient en rond en attendant son verdict.

— Est-ce qu'on lui donne la chasse, capitaine ?

Jabril ne semblait pas particulièrement excité, mais, derrière lui, les autres marins ne tenaient plus en place.

— Vous avez envie d'avoir un petit avant-goût de ses fameuses parts égales, pas vrai ?

Locke fit semblant de réfléchir intensément. Il se tourna vers Caldris le temps d'apercevoir le signal codé du navigateur : un « non ! » catégorique. Le voleur n'en fut pas surpris et il pouvait justifier cette décision sans délai ni hésitation.

— C'est impossible, les gars. Vous le savez bien. Nous n'avons même pas commencé à mettre un peu d'ordre sur notre propre navire. Ce serait idiot de se lancer dans une bataille. Un quart d'entre nous est encore incapable de travailler et encore moins de se battre. Nous avons de la nourriture fraîche, un navire en bon état et tout le temps du monde. De meilleures occasions se présenteront. Maintenez le cap, maître Caldris.

— À vos ordres ! Cap maintenu.

Jabril accepta cette décision sans rechigner et Locke s'aperçut que cet homme possédait un solide bon sens ainsi qu'une connaissance assez approfondie de la plupart des aspects de la vie à bord. D'une certaine manière, cela faisait de lui son supérieur. Il faisait un excellent lieutenant et sa présence était un autre coup de chance dont il fallait se féliciter. En revanche, les hommes qui se tenaient derrière lui... Locke sut d'instinct qu'il devait les occuper afin de compenser leur déception.

— Stréva, dit-il au plus jeune. Hisse le signal de brume à la poupe. Mal, surveille le sablier. Rendez compte à maître Caldris. Jabril, tu sais te servir d'un arc classique ?

— Oui, capitaine. Arc court, classique ou grand arc. Je suis un archer compétent avec les trois.

— Il y en a dix dans un coffre, dans la soute arrière. Tu ne devrais pas avoir de difficultés à les trouver. Il doit aussi y avoir deux cents flèches environ. Fabrique quelques cibles avec de la toile et de la paille. Installe-les à la proue de manière que personne ne reçoive une mauvaise surprise dans le cul. Commence à entraîner les gars par groupes, chaque jour si le temps le permet. Quand viendra enfin le moment de s'inviter sur un autre navire, je veux de bons archers dans les mâts.

— Excellente idée, capitaine.

Cet ordre parut raviver l'enthousiasme des marins qui ruminaient encore à proximité du gaillard d'arrière. La plupart d'entre eux suivirent Jabril quand il descendit par une écoutille du pont principal. Cet intérêt donna une autre idée à Locke.

— Maître Valora !

Jean était en compagnie de Mirlon, leur cuisinier. Ils examinaient tous deux quelque chose sur la petite chaudière en briques adossée au gaillard d'avant. L'imposant voleur se retourna et adressa un signe à Locke pour lui signifier qu'il l'avait entendu.

— Au coucher du soleil, je veux que tout le monde sache où se trouvent les coffres contenant les armes. Assurez-vous-en personnellement.

Jean hocha la tête et retourna à son occupation – au demeurant inconnue. D'après Locke, il était logique que le capitaine Ravelle tienne à ce que ses hommes aient accès aux armes de bord – en dehors des arcs, il y avait des hachettes, des sabres, des massues et quelques armes d'hast. Cela améliorerait le moral bien plus que s'il les gardait sous clé ou cachées quelque part.

— Bonne décision, lui souffla Caldris.

Mal regarda s'écouler les derniers grains du sablier fixé au grand mât, puis se retourna vers l'avant et cria :

— Tenez le bout !

— Sept nœuds et demi ! lança Stréva quelques instants plus tard.

— Sept et demi, répéta Caldris. Très bien. Nous avons plus ou moins conservé la même allure depuis que nous avons quitté Tal Verrar. C'est une bonne vitesse.

Locke lança un regard furtif aux chevilles plantées dans les trous de la table de navigation de Caldris, puis au compas dans l'habitacle. Celui-ci indiquait que le navire se dirigeait un cheveu à l'ouest de plein sud.

— C'est une bonne allure si on peut la maintenir, grommela Caldris en mâchonnant son cigare. Elle nous permettrait d'atteindre les Vents Fantômes en deux semaines. Je sais pas ce qu'en pense le capitaine, mais ça me ferait *rudement* plaisir d'arriver avec quelques jours d'avance.

— On parviendra à la maintenir, cette vitesse ?

Locke avait parlé aussi bas que possible sans pour autant murmurer à l'oreille du navigateur.

— Bonne question. À la fin de l'été, la météo est plutôt curieuse sur la mer de Cuivre. Il y a des tempêtes quelque part, je le sens dans mes os. Elles sont encore loin, mais elles nous attendent.

— Oh, me voilà rassuré !

— On fera avec, capitaine. (Caldris ôta un instant le cigare de sa bouche et le mordit de nouveau après avoir craché quelque chose de brun sur le pont.) D'ailleurs, on s'en tire à merveille – que le dieu des Eaux Avides en soit remercié !

13

— Tue-le, Jabril ! Plante-le au cœur !

Jabril se tenait au centre du navire, à une dizaine de mètres d'une redingote – un cadeau venant du coffre de Locke – clouée sur une large planche appuyée contre le grand mât. Les pieds de l'homme touchaient une ligne grossièrement tracée à la craie sur les planches du pont. Ainsi que les règles du jeu l'exigeaient, il tenait un couteau de lancer dans la main droite et une bouteille pleine de vin dans la gauche.

Le marin qui venait de lancer des encouragements lâcha un rot peu discret et commença à marteler le pont du pied. Autour de Jabril, les hommes reprirent le rythme et se mirent à battre des mains en psalmodiant, d'abord lentement, puis de plus en plus vite :

—N'en renverse pas une goutte! N'en renverse pas une goutte! N'en renverse pas une *goutte*! N'en renverse pas une *goutte*! *N'en renverse pas une goutte!*

Jabril fit jouer ses muscles à l'intention de la foule, ramena son bras en arrière et lança le couteau. La lame se planta au beau milieu du manteau et une ovation éclata, avant de se transformer très vite en cris moqueurs : Jabril avait renversé un peu du vin contenu dans la bouteille.

—Merde! s'écria-t-il.

—Gaspille-pinard, cria un des marins rassemblés autour de lui – avec toute la ferveur d'un prêtre fustigeant le plus innommable blasphème. Paie le prix de ta maladresse et range-le à sa place!

—Hé! s'écria Jabril avec un sourire. J'ai quand même touché la cible. Toi, t'as failli tuer quelqu'un quand t'as lancé ton couteau sur le gaillard d'arrière.

—Paie le prix! Paie le prix! Paie le prix! chanta la foule.

Jabril porta la bouteille à ses lèvres, la leva à la verticale et commença à en boire le contenu d'une traite. Le refrain des marins gagna en puissance et en rythme au fur et à mesure que la quantité de vin diminuait. Les muscles du cou et de la mâchoire de Jabril se contractèrent puissamment, puis il leva sa main libre haut en l'air tandis qu'il avalait les dernières gouttes de la boisson rouge sombre.

La foule applaudit et Jabril décolla ses lèvres de la bouteille. Il baissa la tête et cracha une gorgée de vin sur l'homme le plus proche de lui.

—Oh, non! s'écria-t-il. J'en ai *renversé* une goutte! Ah, ah, ah, ah!

—À mon tour, dit le marin aspergé. Je vais perdre exprès pour te rendre la monnaie de ta pièce, mon pote!

Locke et Caldris les observaient du bastingage tribord du gaillard d'arrière. Le navigateur avait pris une de ses rares pauses tandis que Jean le remplaçait provisoirement à la barre. Le crépuscule était calme, chaud et humide – une soirée juste assez agréable pour que Caldris s'éloigne d'une dizaine de pas de son précieux gouvernail.

—C'était une bonne idée, dit Locke.

—Ces pauvres types sont restés enfermés si longtemps, ils méritaient bien une petite bringue.

Il fumait une pipe en céramique bleu pâle, l'objet le plus fin et le plus fragile que Locke ait vu entre ses mains ; son visage était éclairé par la douce lueur des braises.

Locke avait écouté la suggestion de Caldris : il avait fait monter sur le pont de grandes quantités de vin et de bière – le *Messager Rouge* en transportait une cargaison impressionnante susceptible de satisfaire un équipage deux fois plus important – et avait offert quelques gâteries aux marins. Une double ration de porc rôti – gracieusement fourni par le petit cochon bien gras qu'ils avaient embarqué – avait été servie aux hommes de quart qui devaient rester sobres. Les autres avaient le droit de boire jusqu'à plus soif. Caldris, Jean et Locke n'avaient pas touché à l'alcool, ainsi que deux marins qui avaient préféré le porc à l'alcool.

— C'est des trucs comme ça qui transforment un navire en chez-soi, dit Caldris. Ça vous aide à oublier la vie merdique et chiante qu'on peut avoir ici-bas.

— C'est pas si mal que ça, remarqua Locke avec une pointe de nostalgie.

— Ouais, si c'est le capitaine de ce putain de bateau qui le dit, par une nuit bénie des dieux. (Il tira sur sa pipe et recracha la fumée par-dessus le bastingage.) Si on peut organiser quelques soirées de ce genre, ce sera vraiment idéal. Les moments de tranquillité sont plus efficaces que les chaînes et le fouet pour maintenir la discipline, croyez-moi sur parole.

Le regard de Locke se perdit au-dessus des flots noirs et il sursauta en apercevant une forme pâle. D'une couleur blanc vert, elle luisait comme une lanterne alchimique et bondissait sur les vagues avant de retomber dans l'eau quelques instants plus tard. La trajectoire de ses sauts laissait une image résiduelle iridescente sur les rétines de Locke lorsqu'il clignait des yeux.

— Dieux, qu'est-ce que c'est que ça ? demanda-t-il.

Il y avait maintenant toute une bande de ces créatures à une centaine de mètres du navire. Elles volaient en silence les unes derrière les autres, apparaissant et disparaissant au-dessus des vagues, projetant leur lumière spectrale sur des flots noirs qui la réfléchissaient comme un miroir.

— Vous n'avez vraiment pas l'habitude de naviguer dans ces eaux, dit Caldris. Ce sont des spectres volants, Kosta. Le sud de Tal Verrar en est truffé. Ils se rassemblent parfois en grands bancs ou dessinent des arches au-dessus des flots. Et par-dessus les navires. Il arrive qu'ils les suivent, mais uniquement après le coucher du soleil, remarquez.

— C'est une sorte de poissons ?

— Personne ne sait vraiment. On ne peut pas les attraper. On ne peut même pas les *toucher* d'après ce que j'ai entendu dire. Il paraît qu'ils traversent les filets comme des fantômes. C'est peut-être vrai.

— Votre histoire n'est pas très rassurante, dit Locke.

— On s'habitue à ces bestioles au bout de quelques années, dit Caldris. (Il tira sur sa pipe et, à l'extrémité de celle-ci, la lueur orangée s'intensifia.) La mer de Cuivre est un endroit sacrément bizarre, Kosta. Certains affirment qu'elle est hantée par les Eldren. La plupart se contentent de dire qu'elle est juste hantée. J'y ai vu de ces choses… Comme des feux de Saint-Corelle aux flammes bleu et rouge qui dansaient sur les vergues en faisant pisser de trouille la vigie du grand mât. J'ai navigué sur des mers qui semblaient faites de verre et vu… Une fois, j'ai même vu une cité. Dans les profondeurs. Sans rire. Des murs et des tours de pierre blanche. Je l'ai vue aussi clairement qu'en plein jour. Juste sous la coque. Dans des eaux que nos cartes affirmaient profondes de mille brasses. Aussi réelle que le bout de mon nez, qu'elle était. Et puis elle a disparu d'un coup.

— Hé ! dit Locke en souriant. Vous êtes plutôt bon dans ce numéro, mais vous n'avez pas à jouer à ce petit jeu avec moi, Caldris.

— Je joue à aucun jeu avec vous, Kosta. (Caldris fronça les sourcils et son visage prit un air sinistre à la lueur de sa pipe.) Je vous dis juste à quoi il faut vous attendre. Les spectres volants ne sont qu'un hors-d'œuvre. Ha, ils sont presque amicaux ! Il y a dans ces eaux des choses que moi-même j'ai du mal à croire, et il y a des endroits où un capitaine sensé mènera jamais son navire. Des endroits… mauvais, d'une certaine manière. Des endroits qui *guettent* votre venue.

Locke se souvint de ses jeunes et terribles années dans les coins pourris du vieux Camorr, de mille bâtiments menaçants et délabrés, qui semblaient tapis dans les ténèbres, prêts à dévorer les petits enfants.

— Ah ! dit-il. Là, je vois très bien ce que vous voulez dire.

— Les îles des Vents Fantômes, dit Caldris. Eh bien, on peut pas imaginer pire. En fait, il y en a que huit ou neuf où des gens ont débarqué et dont ils sont revenus pour en parler. Mais seuls les dieux savent combien d'autres se cachent là-bas, derrière le brouillard – ou quelle que soit la saloperie qui les recouvre. (Il fit une pause.) Vous avez déjà entendu parler des trois comptoirs des Vents Fantômes ?

— Je ne crois pas, répondit Locke.

— Eh bien… (Caldris tira une longue bouffée sur sa pipe.) À l'origine, il y en avait trois. Des colons de Tal Verrar ont débarqué là-bas il y a une centaine d'années. Ils ont fondé Port-Prodigue, Montierre et Espoir-d'Argent. Port-Prodigue est toujours là, bien sûr, mais pas les deux autres. Montierre était plutôt prospère jusqu'à la guerre contre la Libre Armada. Port-Prodigue est bien enfoncé dans les terres, particulièrement bien protégé par la géographie de l'île. Ce n'était pas le cas de Montierre. Quand on en a eu terminé avec leur flotte, on leur a rendu une petite visite. On a brûlé leurs bateaux de pêche, empoisonné leurs puits et coulé leurs embarcadères. On a foutu le feu à tout ce qui tenait debout, puis on a foutu le feu aux cendres. On aurait tout aussi bien pu effacer le nom « Montierre » de la carte. L'endroit vaut même plus la peine d'être rebâti.

— Et Espoir-d'Argent ?

— Espoir-d'Argent, répéta Caldris. (Sa voix se réduisit à un murmure.) Il y a cinquante ans, Espoir-d'Argent était plus grand que Port-Prodigue. La ville était bâtie sur une autre île, plus loin vers l'ouest. Très prospère. L'argent n'était pas qu'un espoir là-bas. Environ trois cents familles y vivaient. On ne sait pas ce qui s'est passé, mais c'est arrivé en une nuit. Les trois cents familles se sont juste... évanouies.

— Évanouies ?

— Évanouies. Volatilisées. On n'a pas retrouvé un corps. Pas même un os pour servir de repas aux oiseaux. Quelque chose est descendu des collines. Quelque chose est sorti du brouillard qui surplombe la jungle. Seuls les dieux savent ce que c'était, mais ça les a tous emportés.

— Par tous les démons des enfers !

— Il aurait sans doute mieux valu que ce soient eux, dit Caldris. Un ou deux navires sont venus fouiner dans les parages après cette histoire. Ils ont trouvé un bateau d'Espoir-d'Argent qui dérivait au large, comme s'il avait levé l'ancre en catastrophe. À bord, on a découvert les seuls corps rescapés de cette catastrophe. Quelques marins. Tout en haut des mâts, vraiment tout en haut. (Caldris soupira.) Les malheureux s'étaient attachés là pour échapper à ce qu'ils avaient vu... Et pourtant, on s'est aperçu qu'ils avaient été tués par leurs propres armes. La protection des mâts ne leur avait pas suffi, ils s'étaient suicidés plutôt que d'affronter ce qui venait les chercher.

» Alors, prenez soin d'eux, maître Kosta. (Caldris pointa un doigt vers le cercle de marins bruyants et décontractés qui buvaient et lançaient des couteaux dans la lumière de globes alchimiques.) Vous naviguez sur une mer où de sacrées saloperies arrivent. Vous devez comprendre une chose : il est important que vos hommes se sentent bien et chez eux sur votre navire.

14

— Je peux vous parler, capitaine Ravelle ?

Un jour s'était écoulé. L'air était toujours chaud et le soleil vous écrasait encore avec une force palpable lorsqu'il n'était pas caché derrière les nuages. Pourtant, les flots étaient plus impétueux et le vent plus puissant. Le *Messager Rouge* n'avait pas la masse requise pour fendre les vagues turbulentes sans trembler et, par conséquent, le pont était moins amical sous les pieds de Locke.

Jabril avait eu le temps de se reposer après son combat au corps à corps contre la bouteille de vin. Il s'approcha de Locke avec deux marins plus âgés alors que le voleur se tenait contre le bastingage tribord à la fin de l'après-midi. Le Salaud Gentilhomme se cramponnait à la rambarde en faisant de son mieux pour afficher un air désinvolte. Il identifia les deux compagnons de Jabril comme faisant partie de ceux qui s'étaient déclarés inaptes au début du voyage. Plusieurs jours de repos et une nourriture abondante leur avaient fait du bien. En constatant que l'équipage était en sous-effectif, Locke avait récemment autorisé la distribution d'une ration supplémentaire à chaque repas – une décision qui se révéla très populaire.

— Tu as besoin de quelque chose, Jabril ?

— De chats, capitaine.

Un poids énorme s'abattit soudain sur l'estomac de Locke. Il se maîtrisa grâce à un effort héroïque et parvint à prendre l'air juste intrigué.

— Eh bien, qu'est-ce qui se passe avec les chats ?

— On est descendus sous le pont principal, dit un des marins plus âgés. Surtout pour dormir. On y a pas vu l'ombre d'un chat jusqu'à maintenant. En général, ces petits voyous se baladent un peu partout, ils jouent des tours, ils viennent se frotter contre nous.

— J'ai posé la question à plusieurs gars, dit Jabril. Personne n'en a vu un seul. Ni sur le pont principal, ni ici, ni sur le faux-pont. Pas même au fond des cales. Vous les gardez dans votre cabine ?

— Non, dit Locke.

Une image parfaitement nette se matérialisa dans sa tête : huit chats – dont le chaton de Caldris – qui paressaient avec bonheur dans une cabane d'armurerie déserte au-dessus de leur baie privée de la marina de l'Épée. Huit chats jouant à se battre et miaulant devant des bols de crème et des assiettes de poulet froid.

Huit chats qui – il était prêt à en mettre sa main à couper – paressaient *encore* dans cette cabane où il les avait oubliés, la nuit du fatidique assaut contre le Rocher Sous le Vent, cinq jours plus tôt et sept cents milles en arrière.

— Les chats, dit-il à la hâte. Pour ce voyage, j'en ai emmené une véritable meute, Jabril. J'estime que ce n'est pas du luxe avec un navire qui vient d'être rebaptisé. Je vais vous dire une chose, ce sont de sacrés timides. Moi-même, je n'en ai pas vu la queue d'un depuis que je les ai lâchés sur le faux-pont. Je pense qu'ils prennent le temps de s'habituer à nous. Nous ne tarderons pas à les apercevoir.

— Bien, monsieur. (Le brusque soulagement qui se lut sur les traits des trois marins surprit Locke.) Nous sommes heureux de l'apprendre. C'est déjà très ennuyeux de ne pas pouvoir embarquer de femmes avant d'arriver aux Vents Fantômes. Sans chats, ce serait vraiment une catastrophe.

— On supporterait pas une telle offense, murmura un marin âgé.

— On mettra un peu de viande pour eux tous les soirs, dit Jabril. On va continuer à fouiller autour des ponts. Je vous avertirai dès qu'on en aura trouvé un.

— J'y compte bien, déclara Locke.

À l'instant où les trois marins se retournèrent pour s'éloigner, il dut faire un gros effort pour ne pas vomir par-dessus le bastingage. Et le mal de mer n'y était pour rien.

15

Le soir du cinquième jour suivant leur départ de Tal Verrar, Caldris s'assit dans la cabine de Locke, derrière une porte verrouillée à double tour, afin d'avoir une petite conversation privée.

— Tout se passe plutôt bien, déclara-t-il.

Pourtant, Locke voyait sous ses yeux des cernes sombres semblables à des hématomes. Le vieil homme dormait à peine quatre heures par jour depuis qu'ils avaient gagné la haute mer, car il ne pouvait pas confier le gouvernail à Locke ou à Jean sans les surveiller. Il avait enfin réussi à former un second assez compétent, un certain Bald Mazucca, mais celui-ci était lui aussi un novice et il ne pouvait recevoir qu'un bref entraînement quotidien. Caldris était donc obligé de surveiller plusieurs personnes à la fois.

Les trois agents de l'Archon continuèrent à se féliciter du comportement de l'équipage. Après leur évasion, les hommes étaient encore enthousiastes et énergiques, prêts à accomplir n'importe quelle tâche. On avait déniché un charpentier plus ou moins compétent et un voilier convenable, un camarade de Jabril avait été élu maître de manœuvre – un choix très optimiste : son rôle consisterait à compter et diviser les butins à venir. Les invalides reprenaient rapidement des forces et plusieurs participaient déjà aux quarts. Depuis peu, les marins ne se rassemblaient plus avec inquiétude pour scruter nerveusement le sillage du navire à la recherche d'un éventuel poursuivant. Ils paraissaient maintenant croire qu'ils avaient échappé au châtiment de Stragos… On ne pouvait pas leur dire que ce châtiment ne viendrait jamais, bien sûr.

— C'est grâce à vous, dit Locke en tapotant l'épaule de Caldris.

Il se morigéna : il aurait dû songer dès le départ que le voyage épuiserait cet homme d'un certain âge. Il faudrait former Mazucca au plus vite, et les deux voleurs devraient réprimer le moindre signe de relâche malgré leur incompétence.

— Même avec une mer d'huile et un vent idéal, nous ne serions jamais parvenus aussi loin sans vous.

— Le temps ne va pas tarder à se gâter, dit Caldris. Il va nous mettre à l'épreuve. C'est la fin de l'été, je vous l'ai dit. Il y a des putains de tempêtes qui donnent l'impression qu'elles vont vous faire valdinguer jusque de l'autre côté de la planète. On peut passer des jours à se faire entraîner sans la moindre voile sur les vergues, à gerber jusqu'à ce qu'il y ait plus un coin de propre dans les cales. (Le navigateur soupira et regarda Locke d'un air étrange.) En parlant de cales, j'entends des trucs plutôt curieux depuis un jour ou deux.

— Ah ? dit Locke avec toute la désinvolture dont il était capable.

— Personne n'a vu le moindre chat, sur aucun pont. On dirait que pas un n'a voulu sortir de sa cachette malgré tout ce qu'on leur a proposé :

de la bière, du lait, des œufs ou de la viande. (Un brusque soupçon lui fit froncer les sourcils.) Il y a bien des chats sur ce navire… n'est-ce pas ?

—Ah ! dit Locke.

La compassion qu'il avait éprouvée pour Caldris quelques instants plus tôt se mit à peser lourdement sur son cœur. Pour une fois, il n'avait pas la moindre envie de mentir. Il se massa les yeux du bout des doigts tandis qu'il expliquait :

—Eh bien, en fait, non. Les chats sont sains et saufs dans leur cabane de la marina de l'Épée. Exactement là où je les ai laissés. Je suis désolé.

—Espèce de bouffon ! lâcha Caldris d'une voix plate et morne. Ça suffit ! Ne me racontez pas de conneries !

—Ce ne sont pas des conneries. (Locke tendit les paumes devant lui et haussa les épaules.) Je sais, vous m'aviez dit que c'était important. C'est juste que… j'avais cent choses à faire cette nuit-là. J'avais l'intention d'aller les chercher, je vous jure.

—*Important ?* Je vous ai dit que c'était *important* ? Je vous ai dit que c'était indispensable, pauvre con ! Voilà ce que je vous ai dit !

Le ton de sa voix n'allait pas au-delà du murmure, mais il évoquait le bruit de l'eau jetée sur des charbons ardents. Locke tressaillit.

—Vous avez mis nos âmes en péril, maître Kosta, nos putains d'âmes. On a pas de femmes, pas de chats et pas de capitaine digne de ce nom, je vous le rappelle. Sans parler du gros temps qui va nous tomber dessus.

—Je suis vraiment désolé.

—Vraiment, en effet. J'ai été stupide d'envoyer un marin d'eau douce comme vous chercher des chats. J'aurais mieux fait d'envoyer des chats chercher un marin d'eau douce ! Eux, ils ne m'auraient pas déçu.

—Écoutez, je suis sûr qu'une fois que nous aurons atteint Port-Prodigue…

—*Une fois que ?* Voilà une hypothèse fort audacieuse, Léocanto. Bien avant que cela arrive, l'équipage aura compris que nos chats ne sont pas simplement timides, mais aussi imaginaires. Si les hommes estiment qu'ils sont morts, ils penseront juste qu'on est maudits et ils abandonneront le navire dès qu'on touchera terre. Mais si l'absence de petits corps puants les amène à deviner que leur abruti de capitaine n'en a embarqué aucun, ils vous pendront à une vergue.

—Aïe !

—Vous croyez que je plaisante ? Ils vont se *mutiner*. Si on aperçoit une autre voile à l'horizon, dans quelque direction que ce soit, il faudra la prendre en chasse. Il faudra absolument l'attaquer. Vous savez pourquoi ? *Parce qu'on pourra récupérer une partie de leurs putains de chats*. Avant qu'il soit trop tard.

Caldris lâcha un soupir avant de continuer. Il semblait avoir vieilli de dix ans.

— Si c'est une tempête de fin d'été qui se dirige vers nous, elle avancera vers le nord et l'ouest, et plus vite que nous. Il faudra la traverser, car on peut pas la semer en louvoyant vers l'est. Elle nous rattraperait quand même et elle nous rattraperait épuisés. Je vais faire tout mon possible, mais, ce soir, vous feriez mieux de prier dans votre cabine pour que ça arrive.

— Pour que quoi arrive ?

— Pour que des chats se mettent à pleuvoir de ce putain de ciel.

16

Comme il fallait s'y attendre, nulle pluie providentielle de félidés aux miaulements aigus ne s'abattit cette nuit-là. Ainsi donc, quand Locke fit sa première apparition sur le gaillard d'arrière, le lendemain, une méchante brume grisâtre et fantomatique s'étendait sur l'horizon au sud comme l'ombre d'un dieu en colère. Le disque brillant du soleil se levait dans un ciel limpide, mais il ne le rendait que plus sinistre. Le navire donnait une bande plus marquée sur bâbord et, sur la proue tribord, le moindre déplacement équivalait à grimper une petite colline. Les vagues giflaient la coque avant de se désintégrer en minuscules gouttelettes qui remplissaient l'air d'une odeur et d'un goût de sel.

Jean entraînait un petit groupe de marins au maniement de l'épée et des armes d'hast sur l'embelle. Locke hocha la tête d'un air entendu, comme s'il comprenait les moindres subtilités de l'exercice et y souscrivait. Il arpenta le pont du *Messager Rouge* en saluant les marins par leur nom et fit son possible pour ignorer le regard de Caldris qui lui vrillait le dos comme une lame chauffée au rouge.

— Bien le bonjour, capitaine, grommela le navigateur quand Locke s'approcha du gouvernail.

Dans la lumière du soleil, il ressemblait à une goule : ses cheveux et sa barbe étaient plus blancs, comme délavés ; ses yeux étaient profondément enfoncés dans leurs orbites et en partie cachés dans l'ombre des arcades sourcilières. Le dieu qui revendiquait son âme semblait avoir creusé l'ensemble des rides de son visage.

— Avez-vous bien dormi cette nuit, maître Caldris ?

— Pour une raison qui m'échappe, il se trouve que non, capitaine.

— Il est indispensable que vous preniez un peu de repos.

— Oui et, en règle générale, il est indispensable que le navire reste au-dessus des vagues – enfin, j'ai entendu dire que c'était conseillé.

Locke soupira, se tourna vers la proue et examina le ciel qui s'assombrissait au sud.

— J'ai l'impression qu'il s'agit d'une tempête de fin d'été, dit-il d'une voix forte et désinvolte. J'en ai essuyé un bon paquet dans le temps.

— Vous n'allez pas tarder à en essuyer une autre, capitaine.

Locke passa l'après-midi à faire l'inventaire des provisions dans la cale principale. Il était accompagné de Mal qui faisait office de scribe et tirait de petites lignes sur une tablette de cire. Ils se baissèrent et serpentèrent à travers une forêt de sacs en tissu traité contenant de la viande salée, suspendus à des poutres et se balançant avec régularité tandis que le navire tanguait et roulait de plus en plus. La présence continue des membres de l'équipage avait déjà rendu la cale fraîche et humide. Les marins qui avaient tout d'abord choisi de dormir dans un endroit plus dégagé, sous le gaillard d'avant, avaient changé d'avis au fur et à mesure que la perspective de mauvais temps se faisait plus réelle. Locke était certain de sentir une odeur d'urine : quelqu'un était trop paresseux ou trop effrayé pour grimper sur le pont et gagner les gréements d'aisance afin de se soulager. Ce genre d'attitude pouvait s'avérer dangereux.

À la quatrième heure de l'après-midi, le ciel tout entier s'était transformé en cataracte brumeuse et grisâtre. Caldris savourait un bref moment de repos affalé contre le mât tandis que Bald Mazucca et un autre marin tenaient le gouvernail. Il ordonna qu'on grée les voiles et qu'on distribue les lampes-tempêtes. Jean et Jabril conduisirent deux groupes de marins sous le pont afin de s'assurer que la cargaison et l'équipement étaient bien arrimés. Si un coffre rempli d'armes se renversait et s'ouvrait, si un tonneau se mettait à rouler sur le navire ballotté par les flots, de malheureux marins iraient se présenter devant leur créateur.

Après le dîner, sous les murmures insistants de Caldris, Locke ordonna aux hommes qui avaient pioché dans les réserves de tabac d'en profiter une dernière fois jusqu'à nouvel ordre : il était désormais interdit de faire du feu où que ce soit à bord. Les lanternes alchimiques fourniraient toute la lumière et, pour la cuisine, ils se serviraient de la plaque de l'âtre ou, plus probablement, mangeraient froid. Locke promit une demi-ration de vin supplémentaire chaque nuit si cela devenait nécessaire.

Des ténèbres précoces s'étaient propagées à travers le ciel avant que Jean et Locke puissent enfin s'asseoir dans la cabine arrière pour savourer un verre. Locke ferma les volets des fenêtres de poupe et ses quartiers parurent plus étroits que jamais. Il regarda le luxe discutable de la pièce, symbole de l'autorité de Ravelle : un hamac matelassé contre la cloison bâbord, deux tabourets, son épée et ses dagues suspendues et retenues par des fermoirs antiroulis ; la « table » était une planche de bois posée sur son coffre de voyage. Aussi triste que ce soit, ce logement était princier comparé aux placards améliorés qui servaient de quartiers à Jean et à Caldris, aux terriers que les marins se ménageaient au milieu des marchandises de la cale ou aux nattes de toile tressée étendues sur le pont principal.

— Je suis vraiment désolé à propos des chats, dit Locke.

— J'aurais pu y penser, moi aussi, dit Jean.

Ce qui laissait clairement sous-entendre qu'il avait fait confiance à Locke et estimé qu'il n'avait pas besoin de s'en mêler. Jean s'évertuait peut-être à rester poli, mais cela ne faisait qu'aviver le sentiment de culpabilité qui vrillait l'estomac de son ami.

— Tu n'as pas à partager cette faute, dit celui-ci en savourant sa bière tiède. Je suis le capitaine de ce putain de navire.

— Ne sois pas si présomptueux. (Jean se gratta le ventre qui, à la suite de ces récentes activités, avait perdu son impressionnant profil d'antan.) Nous trouverons bien un truc. Merde, si nous passons quelques jours à naviguer en pleine tempête, les hommes n'auront pas le temps de songer à cette histoire de chats, ils seront trop occupés à rester maîtres de leur vessie.

— Hmm… La tempête. C'est une occasion en or pour faire une erreur et nous ridiculiser devant tout l'équipage. Enfin, surtout pour moi.

— Arrête de ruminer. (Jean grimaça un sourire.) Caldris sait ce qu'il fait. Il arrivera à nous tirer de là.

Au même instant, quelque chose percuta soudain la porte de la cabine avec violence. Les deux compères se relevèrent d'un bond et Locke se précipita vers ses armes.

— Que se passe-t-il ? cria Jean.

— Kosta, dit une voix faible.

On entendit un léger grattement, comme si quelqu'un essayait de soulever le loquet sans y parvenir.

Jean ouvrit la porte alors que Locke finissait de boucler la ceinture à laquelle son épée était accrochée. Caldris se tenait dans la coursive, les mains agrippées au chambranle pour ne pas tomber, chancelant. La lumière ambrée venant de la cabine révéla des détails inquiétants : ses yeux étaient injectés de sang et révulsés, sa bouche béait et sa peau cireuse était lustrée par un voile de sueur.

— Kosta, à l'aide, murmura-t-il dans un sifflement pénible à entendre.

Jean l'attrapa et l'empêcha de tomber.

— Bordel ! grommela-t-il. Ce n'est pas juste de la fatigue, Léo… Capitaine. Il a besoin d'un putain de medekiner !

— Aidez-moi… Kosta, geignit le premier maître.

Sa main droite agrippa le haut de son bras gauche, puis ses doigts se crispèrent sur sa poitrine. Il ferma les yeux, contracta les paupières et grimaça.

— Vous aider ? (Locke prit le pouls de Caldris sous son menton : le cœur battait fort et à un rythme chaotique.) Comment voulez-vous que je vous aide ?

— Non. (Caldris grimaça sous l'effet de la concentration, inspirant dans un bruit rauque entre chaque mot.) Aidez. *Moi.* Kosta !

— Allongeons-le sur la table, dit Jean.

Les deux compères couchèrent le vieil homme sur le dos.

— Bonté divine ! dit Locke. Est-ce que c'est à cause du poison ? Je ne me sens pas malade

— Moi non plus, dit Jean. Je crois... je crois que son cœur est en train de lâcher. Ce n'est pas la première fois que je vois ça. Merde. Il faut qu'on arrive à le calmer, qu'on lui fasse boire quelque chose, peut-être...

Mais Caldris gémit de nouveau. Il plaqua faiblement les mains contre sa poitrine, à gauche, et frissonna. Les muscles de ses membres se relâchèrent et une longue expiration étranglée s'échappa de sa gorge. En proie à une terreur croissante, Locke palpa frénétiquement le cou du vieil homme avec tous ses doigts.

— Il n'y a plus de pouls, murmura-t-il.

Un léger crépitement se fit entendre au-dessus de la cabine, d'abord discret, puis de plus en plus rapide. Les deux hommes comprirent que les premières gouttes de pluie s'abattaient sur le navire. Les yeux de Caldris fixaient le plafond, aussi morts que du verre.

— Oh, *putain de merde* ! lâcha Jean.

Livre II

LES CARTES DANS LA MANCHE

« Les joueurs jouent comme les amoureux aiment,
comme les ivrognes boivent, nécessairement, aveuglément,
sous l'empire d'une force irrésistible. »

Jacques Anatole Thibault

Chapitre 8

La fin de l'été

1

L'eau était sombre sur la proue, l'eau s'étendait tout autour, l'eau emplissait l'air et s'abattait sur le ciré de Locke comme des grains de plomb. La pluie semblait arriver d'un côté, puis d'un autre, refusant de tomber droit tandis que le *Messager Rouge* tanguait entre les mains grises de la bourrasque.

— Maître Valora ! (Locke se cramponna aux cordes de sécurité qui avaient été accrochées au grand mât et tout le long du pont ; il hurla par l'écoutille de la cale principale :) Quelle quantité d'eau a-t-on embarquée ?

La réponse de Jean lui parvint quelques secondes plus tard :

— Soixante centimètres !

— Très bien, maître Valora !

Locke aperçut Bald Mazucca qui l'observait et réprima un sentiment de malaise. Il savait que la mort soudaine de Caldris, la veille, avait été interprétée par l'équipage comme un augure de la pire espèce. Les marins marmonnaient désormais ouvertement à propos de l'absence de femmes et de chats à bord. Orrin Ravelle était devenu le centre de leur attention revêche et son prestige de capitaine et de libérateur déclinait à toute allure. Locke se tourna vers le timonier et constata derechef qu'il semblait absorbé par sa tâche, les yeux plissés pour essayer de distinguer sa route malgré la pluie cinglante.

Deux marins en manteau se tenaient à la seconde barre derrière Mazucca. Lorsque la mer est aussi forte, le gouvernail peut facilement échapper aux mains d'un seul homme. Sous leurs capuchons, leurs visages n'étaient plus qu'une ombre obscure, mais, de toute façon, ils n'avaient pas l'intention d'adresser une parole aimable à Locke.

Au-dessus du pont, le vent hurlait à travers les cordages et les vergues où la plupart des voiles étaient ferlées. Le navire gardait plus ou moins le cap au sud-ouest sous l'action des seuls huniers arisés. Il gîtait tant sur tribord que Mazucca et ses aides avaient du mal à rester debout devant leurs barres. La mer déchaînée exigeait de leur part une concentration constante et épuisante pour maintenir le bâtiment stable. Et les vagues devenaient de plus en plus hautes.

Une vague vert-gris recouvrit les orteils nus de Locke et celui-ci inspira une grande goulée d'air. Il avait abandonné ses bottes pour ne pas glisser. Il observa le paquet de mer se répandre sur le pont tel un invité indésirable, mais insistant, avant de s'écouler par les dalots et de s'infiltrer aux coins des bâches tendues sur les grilles des écoutilles. En fait, l'eau était chaude, mais ici, au cœur de la tempête, sans soleil, avec le vent sifflant dans les airs comme des couteaux, il eut l'impression qu'elle était glacée.

—Capitaine Ravelle! (Jabril approchait le long du bastingage bâbord, une lampe-tempête dans une main aussi noire que la nuit.) Il aurait fallu abattre ces putains de perroquets depuis des heures, cria-t-il.

Depuis que Locke avait quitté son lit ce matin-là, Jabril lui avait adressé une bonne demi-douzaine de reproches et de conseils sans y être invité. Locke leva les yeux et fixa les extrémités du grand mât et du mât de misaine qui disparaissaient presque dans les tourbillons de brume.

—J'ai envisagé la manœuvre, Jabril, mais elle ne m'a pas semblé nécessaire.

D'après une partie de ses lectures, même sans voiles déployées sur les vergues, le mât de perroquet pouvait fournir une prise indésirable aux vents mortels d'une tempête, voire être arrachés tandis que le navire était secoué dans tous les sens. Il avait été trop occupé pour penser à les abattre.

—Ça le deviendra sûrement s'ils se cassent la gueule en entraînant quelques gréements supplémentaires avec eux!

—Je l'ordonnerai peut-être dans un moment, Jabril. Si je trouve la manœuvre judicieuse.

—Si vous trouvez la manœuvre judicieuse? (Jabril le fixa, bouche bée.) Est-ce que vous avez perdu votre putain de raison, Ravelle? Ces saloperies auraient dû être abattues depuis des heures. Maintenant, les hommes sont occupés ailleurs à des tâches cruciales et cette maudite tempête s'est levée! Il faudra le faire seulement si le navire est en danger… Et que je sois damné, ça va peut-être pas tarder! Est-ce que c'est la première fois que vous naviguez aussi loin sur la mer de Cuivre, capitaine?

—Ah, bien sûr que non!

Locke se mit à transpirer sous son ciré. S'il avait su jusqu'où allaient les connaissances de Jabril en matière de navigation, il l'aurait peut-être chargé de régler ce genre de détails. Maintenant, il était trop tard et une partie de son incompétence avait été dévoilée au grand jour.

— Excuse-moi, Jabril. Caldris était un ami. Sa perte m'a un peu perturbée.

— Vous m'étonnez ! Mais la perte de ce putain de navire ne va pas se contenter de nous *perturber*, monsieur.

Jabril lui tourna le dos et entreprit de remonter le pont en longeant le bastingage bâbord. Au bout de quelques secondes, il se retourna soudain et s'adressa à Locke :

— Vous et moi savons pertinemment qu'il n'y a pas le moindre putain de chat à bord, Ravelle !

Locke baissa la tête et s'agrippa au grand mât. Il ne fallait pas espérer que Mazucca et les deux marins derrière lui n'aient pas entendu la dernière remarque de Jabril. Il les regarda, mais, bien entendu, les trois hommes restèrent silencieux et leurs traits demeurèrent impassibles. Ils gardèrent les yeux rivés vers l'avant, sur la tempête, comme s'ils s'efforçaient d'oublier la présence de Ravelle à leurs côtés.

2

Dans les cales, c'était un véritable cauchemar. Sur le pont, les mâts et les paquets de mer offraient au moins une certaine perspective sur la place de chacun. En bas, dans la puanteur omniprésente de sueur, d'urine et de vomi, les parois tremblantes semblaient s'incliner et vaciller sous le coup de quelque fantaisie perverse. Des cascades d'eau s'abattaient par les écoutilles et les grilles malgré les précautions prises par l'équipage pour contrer le gros temps. Sur le pont, le hurlement étouffé du vent résonnait en compagnie du cliquetis métallique des pompes qui montaient du faux-pont.

Ces pompes étaient de superbes machines verrariennes capables de refouler l'eau vers le haut pour l'évacuer par-dessus bord à une certaine vitesse, mais dans une mer si démontée, il fallait une équipe de huit hommes pour les actionner et le travail vous sciait le dos. Même des membres d'équipage en bonne santé auraient trouvé la tâche éreintante. Par malchance, les marins du *Messager Rouge* sortaient à peine de prison et rares étaient ceux qui avaient recouvré une grande partie de leurs forces.

— L'eau continue à monter, capitaine, annonça un homme que Locke ne reconnut pas dans l'obscurité presque totale. (Sa tête avait surgi d'une écoutille donnant sur le faux-pont.) Il y a un mètre. Aspel dit qu'on a une voie d'eau quelque part. Il dit qu'il a besoin de main-d'œuvre pour colmater.

Aspel était plus ou moins le charpentier du bord.

— Il les aura, dit Locke en se demandant où il allait les trouver.

Dix marins s'occupaient de tâches importantes sur le pont, huit autres actionnaient les pompes… Et, en plus, il faudrait bientôt les relever.

Six ou sept étaient encore trop faibles pour faire quoi que ce soit, sinon servir de lest. Dans le faux-pont, une équipe sous le commandement de Jean sécurisait les tonneaux de vivres et d'eau potable après que trois d'entre eux se furent détachés et fracassés. Huit dormaient par à-coups sur le pont principal, à quelques mètres de là, après avoir besogné toute la nuit. Deux avaient des côtes cassées et s'efforçaient de calmer la douleur à l'aide d'une ration de vin prohibée. L'organisation rudimentaire des quarts partait à vau-l'eau face aux exigences de la tempête. Locke fit son possible pour surmonter une pointe aiguë de panique.

—Allez chercher maître Valora dans le faux-pont, lâcha-t-il enfin. Dites-lui que lui et son équipe pourront retourner s'occuper de la cargaison quand ils auront aidé Aspel.

—À vos ordres, monsieur.

—Capitaine Ravelle !

Le cri monta de la cale tandis que le premier marin disparaissait. Locke se pencha au-dessus de l'écoutille pour répondre.

—Que se passe-t-il ?

—On a fini notre quart à ces putains de pompes, monsieur ! On peut pas continuer à ce putain de rythme jusqu'à la fin des temps. On a besoin de repos. On a besoin de nourriture !

—Vous aurez les deux, mais dans dix minutes.

Une fois de plus, où allait-il trouver des hommes disponibles ? Tout le monde était malade, blessé, épuisé ou occupé ailleurs. Il se tourna pour regagner le tillac tant bien que mal. Il pouvait permuter l'équipe du pont avec celle des pompes. Cette solution ne satisferait personne, mais elle permettrait peut-être de retarder la catastrophe de quelques précieuses heures.

3

—Qu'est-ce que vous voulez dire par « on n'a pas retourné les sabliers » ?

—Capitaine Ravelle, monsieur, on vous demande votre putain de pardon, mais on n'a pas eu le temps de le faire, ni de tenir à jour le journal de bord depuis... Bordel, j'sais pas trop. Un bon moment maintenant.

Bald Mazucca et son camarade semblaient désormais s'agripper à la barre afin de ne pas être emportés par les vagues plutôt que pour manœuvrer le navire. Deux équipes de deux hommes étaient chargées de tenir le gouvernail. Les hurlements du vent et la pluie cinglante saturaient l'air. Des vagues de plus de sept mètres s'abattaient sans relâche contre la proue, recouvrant le pont d'écume et glissant entre les chevilles de Locke.

Au bout du compte, ils n'avaient pas pu maintenir le cap au sud et ils avançaient désormais plein ouest poussés par le vent, entraînés par une unique voile de misaine, mise au ris contre la tempête. Ils filaient sans répit à travers des vagues aussi hautes que des maisons.

Du coin de l'œil, Locke aperçut une vague boule jaune voltigeant dans les airs : une lampe-tempête arrachée à son support qui disparut par-dessus bord. Elle attirerait bientôt la curiosité d'un poisson dans les profondeurs de la mer.

Locke se hissa jusqu'à l'habitacle et parcourut les pages humides du journal de bord. Les dernières notes avaient été griffonnées à la hâte :

« 3e hr après-midi. 7 Festal 78 Morgante s/so 8 nds.
Qu'Iono ait pitié de nos âmes. »

Locke n'avait pas la moindre idée du dernier moment qui aurait pu ressembler à la troisième heure de l'après-midi. En plein midi, la tempête les avait plongés dans les ténèbres et il faisait maintenant aussi noir que dans l'estomac d'un requin. Les crépitements des éclairs nimbaient d'une lumière étrange ce qui aurait pu être la fin de soirée. Personne n'avait la moindre idée de l'heure qu'il était ni de l'endroit où ils se trouvaient.

— Au moins, on sait qu'on est quelque part sur la mer de Cuivre, cria-t-il pour couvrir le vacarme. Nous serons bientôt tirés d'affaire et nous pourrons alors prendre des repères pour calculer notre latitude.

Si seulement c'était aussi facile à faire qu'à dire. La peur et l'épuisement avaient ébranlé les sens de Locke : le monde était gris et tourbillonnait sans cesse ; il avait vomi son dernier repas froid contre le bastingage… Seuls les dieux savaient quand. Des heures plus tôt, sans doute. Si un Mage Esclave de Karthain était apparu sur le pont à cet instant et lui avait proposé d'employer la magie pour mener le navire à l'abri, Locke lui aurait sûrement baisé les bottes.

Un terrible bruit éclata soudain au-dessus de sa tête : une détonation suivie du sifflement d'une corde cinglant l'air. Quelques secondes plus tard, on entendit un craquement plus fort et un « tchac-tchac-tchac » évoquant la morsure d'un fouet sur la chair.

— Attention au-dessus, cria Jabril quelque part à l'avant.

Locke et le navire tremblèrent sous le violent impact d'une nouvelle vague. Le voleur perdit l'équilibre et ce fut ce qui lui sauva la vie. Une ombre passa à toute allure près de son épaule gauche alors qu'il glissait sur le pont humide en toussant. Quelque chose explosa et vola en éclats. Des cris montèrent et il fut soudain plongé dans les ténèbres tandis qu'une substance lisse et molle l'enveloppait.

De la toile à voile !

Locke la repoussa et lutta pour se dégager. Des mains puissantes saisirent ses avant-bras et le relevèrent. Les mains de Jean qui était arc-bouté contre le bastingage tribord du gaillard d'arrière. En tombant, Locke avait glissé d'un mètre ou deux vers tribord. Il grommela des remerciements et se retourna afin de constater que ses craintes étaient fondées.

Le mât de perroquet principal avait été arraché. Ses haubans avaient dû se briser sous l'action d'un coup de vent retors ou à cause des secousses du navire. Il était tombé vers la proue, déroulant sa voile derrière lui au fur et à mesure de sa dégringolade. Un enchevêtrement de gréements avait arrêté sa chute. Il se balançait désormais comme un pendule juste au-dessus des roues de gouvernail et les quatre hommes de barre avaient disparu sous un amas de toile et de bois. Jean et Locke se précipitèrent dans un même élan, se frayant un chemin à travers les pans de voile humides et des bouts de corde alors que de petits débris continuaient à pleuvoir autour d'eux. Locke sentait déjà le navire se déplacer de manière inquiétante. Il fallait dégager les roues de gouvernail pour redresser la course du *Messager Rouge*.

— Tout le monde sur le pont, cria-t-il avec toute la conviction dont il était capable. Tout le monde sur le pont ! Que tout le monde se prépare à sauver le navire !

Appuyé contre le grand mât, Jean tira sur l'espar du mât de perroquet qui était tombé et lâcha un hurlement d'effort intense. Le bois et la toile bougèrent, puis s'effondrèrent sur le pont. Une partie des poignées des gouvernails avaient été réduites en morceaux, mais les roues elles-mêmes ne semblaient pas avoir trop souffert. Derrière elles, Locke aperçut Bald Mazucca qui se relevait lentement. Un autre marin était allongé, le crâne fracassé.

— Attrapez les roues ! cria Locke en regardant autour de lui pour chercher de l'aide supplémentaire. Attrapez-moi ces putains de roues !

Il se retrouva collé contre Jabril.

— Capitaine, lui hurla ce dernier en plein visage, on risque de faire chapelle.

Par tous les dieux, songea Locke. *Bah, au moins, je sais ce que cela signifie.*

Il poussa Jabril vers les gouvernails et saisit l'un d'eux avec Jean à ses côtés.

— Barre à bâbord, toussa-t-il.

Il était au moins sûr de cela.

Gémissant sous l'effort, les deux compères luttèrent pour tourner la roue dans la bonne direction. Le *Messager Rouge* glissait sous le vent selon un certain angle, droit dans le creux des vagues. Dans quelques instants, il se retrouverait de travers et tout serait perdu. Une déferlante noire d'une taille incroyable s'abattit par-dessus le bastingage tribord et doucha tout le monde – et ce n'était qu'un petit avant-goût de la catastrophe à venir.

Pourtant, la résistance des roues faiblit quand Jabril prit place derrière les deux voleurs et se mit à tirer. Quelques instants plus tard, il fut rejoint par Mazucca. Grâce à des efforts exténuants, centimètre par centimètre, Locke sentit la poupe du navire glisser vers bâbord jusqu'à ce que la proue fende de nouveau les vagues. Ils avaient obtenu un sursis pour contempler le désastre que la chute du mât avait entraîné dans les gréements.

Des marins jaillirent des écoutilles du pont – formes inhumaines dans la lumière dansante des lampes-tempêtes. Des éclairs déchirèrent les ténèbres au-dessus de leurs têtes. Des ordres furent lancés, par Locke, Jean et Jabril, sans que personne se soucie de la hiérarchie. Les minutes se transformèrent en heures, les heures semblèrent durer des jours. Ils luttèrent ensemble au sein d'un chaos grisâtre et infini, transis de froid, épuisés et terrifiés, prisonniers entre les vents hurlants et les vagues déchaînées.

4

— Un mètre d'eau dans les cales et le niveau est stable, capitaine.

Aspel fit son rapport avec un bandage improvisé autour de la tête – une manche de veste arrachée à la hâte de son vêtement d'origine.

— Très bien, dit Locke en se cramponnant au grand mât ainsi que l'avait fait Caldris quelques jours plus tôt. Chaque muscle et chaque articulation lui firent part de leur misère ; il avait l'impression d'être une poupée de chiffon remplie de tessons de verre. Et en plus, il était trempé comme une soupe. Mais son état ne différait guère de celui des autres survivants de l'équipage. Chains l'avait dit un jour : « Lorsqu'on n'attend plus que la mort, on peut être certain d'être encore en vie. »

La tempête de fin d'été n'était plus qu'une ligne noire qui s'amenuisait sur l'horizon nord-ouest. Elle les avait recrachés quelques heures plus tôt. Les creux atteignaient encore un à deux mètres et le ciel était toujours couleur de cendre, mais après ce qu'ils venaient de vivre, c'était un véritable plaisir de naviguer dans de telles conditions. Une lumière lugubre filtrait à travers les nuages en quantité suffisante pour que Locke en déduise qu'il faisait jour, d'une certaine manière.

Il observa le pont dévasté : des cordes de sécurité et des débris de gréements pendaient un peu partout ; des lambeaux de toile battaient au vent ; les hommes trébuchaient sur des poulies en jurant. Les marins du *Messager Rouge* ne formaient plus qu'un équipage fantôme, hagard et abruti de fatigue. Jean s'activait sur le gaillard d'avant afin de préparer leur premier repas chaud depuis… depuis si longtemps qu'ils avaient oublié.

— Malédiction, grommela Locke.

Ils étaient parvenus à s'en tirer, mais pas indemnes : trois hommes étaient passés par-dessus bord, quatre étaient sérieusement blessés, deux – dont Caldris – étaient morts. Mirlon, le cuistot, manœuvrait le gouvernail lorsque le mât de perroquet principal avait fondu sur lui telle une lance divine et lui avait fracassé le crâne.

— Non, capitaine, dit Jabril dans son dos. Ils y échapperont si nous faisons ce qu'il faut pour eux.

— Hein ? (Locke se retourna, déconcerté... Puis il se souvint tout d'un coup.) Ah, oui ! Bien sûr.

— Les morts, capitaine, poursuivit Jabril en articulant distinctement, comme s'il s'adressait à un enfant. Les morts hanteront le pont et ne pourront pas reposer en paix tant que nous n'aurons pas accompli les rituels de circonstance.

— Oui, dit Locke. Nous n'avons qu'à faire ça.

Caldris et Mirlon étaient allongés près de la coupée bâbord, enveloppés dans de la toile à voile. Les paquets blanchâtres ficelés avec de la corde goudronnée attendaient de commencer leur dernier voyage. Jabril et Locke s'agenouillèrent à côté.

— Récitez la prière, Ravelle, grommela Jabril. Vous pouvez bien faire ça pour eux. Envoyez leurs âmes jusqu'au Père des Tempêtes et accordez-leur le repos.

Locke fixa les deux corps dans leurs linceuls de fortune et une douleur aiguë lui traversa le cœur. Submergé par la fatigue et la culpabilité, il porta les mains à son visage et réfléchit aussi vite que possible.

Selon la tradition, les capitaines de navire pouvaient être nommés prêtres d'Iono après un minimum d'études dans un temple convenable du seigneur des Eaux Avides. En mer, ils étaient alors habilités à prononcer des prières, à célébrer des mariages et même à donner les derniers sacrements. Locke connaissait certains rituels internes des temples d'Iono, mais il n'avait pas été ordonné au service de cette divinité. Il était prêtre du Gardien Véreux ; il était en pleine mer, au cœur du domaine du Père des Tempêtes ; il était à bord d'un navire que ce dieu avait déjà maudit parce que le capitaine Ravelle avait méprisé ses mandats divins... Il était parfaitement incapable d'accorder à ces hommes le repos d'Iono. Pour le salut de leurs âmes, il lui faudrait invoquer la seule puissance sur laquelle il avait un peu d'influence.

— Gardien Véreux, Treizième, Innomé, ton serviteur t'invoque. Pose les yeux sur cet homme qui quitte le monde des vivants, Caldris bal Comar, serviteur d'Iono, qui avait juré de voler sous le pavillon rouge et qui partage donc un bout de ton royaume...

— Mais qu'est-ce que vous *foutez* ? siffla Jabril en saisissant le bras de son capitaine.

Locke le repoussa.

— La seule chose que je puisse faire. La seule bénédiction efficace que je peux accorder à ces hommes, compris ? Ne t'avise pas de m'interrompre encore une fois ! (Il tendit la main pour toucher le corps enveloppé de Caldris.) Nous confions cet homme – corps et âme – au royaume de ton frère Iono, le puissant seigneur des Mers. (Locke estima qu'un peu de flatterie ne pouvait pas nuire dans de telles circonstances.) Accorde-lui ton aide. Conduis son âme jusqu'à Celle qui nous reçoit tous sur Sa balance. C'est pour cela que nous prions le cœur gonflé d'espoir.

Il fit un geste pour demander l'aide de Jabril. Le colosse conserva un silence mortel tandis qu'ils soulevaient Caldris et le faisaient glisser par la coupée. Avant même d'entendre le corps plonger dans les flots, Locke avait tendu la main vers le second paquet de toile.

— Gardien Véreux, Protecteur des Voleurs, ton serviteur t'invoque. Pose les yeux sur cet homme qui quitte le monde des vivants, Mirlon, serviteur d'Iono, qui avait juré de voler sous le pavillon rouge et partage donc un bout de ton royaume…

5

La mutinerie éclata le matin suivant alors que Locke dormait comme une masse dans son hamac, toujours vêtu des habits mouillés qu'il avait portés pendant la tempête.

Il fut réveillé par un violent claquement de porte et le bruit d'un verrou brusquement tiré. Hagard, les yeux troubles et la bouche béante, il faillit tomber de son hamac. Il dut s'appuyer sur son coffre de voyage pour se lever tant bien que mal.

— Prends une arme, dit Jean en reculant face à la porte, ses hachettes dans les mains. Nous avons un problème.

L'information permit à Locke de reprendre ses esprits assez vite. Il boucla aussitôt la ceinture à laquelle était accrochée son épée et remarqua avec satisfaction que les lourds volets des fenêtres de poupe étaient toujours fermés. Quelques traits de lumière filtraient sur les côtés. Il faisait déjà jour ? Par tous les dieux, il avait dormi toute la nuit d'une traite et sans faire le moindre rêve.

— J'ai, euh… mécontenté certains hommes, n'est-ce pas ?

— En matière de mécontentement, nous faisons l'unanimité.

— Je pense qu'ils sont plus en colère contre moi que contre toi. Je crois que tu peux encore te joindre à eux. C'est ma peau qu'ils veulent. Toi, tu peux prétendre t'être fait avoir au même titre qu'eux. Livre-moi à l'équipage. Tu peux encore remplir la mission et obtenir l'antidote de Stragos.

— Tu es devenu *dingue* ?

Jean lança un regard furieux à son compagnon, mais ne s'éloigna pas de la porte.

— Tu es vraiment un type étrange, mon frère. (Locke examina son sabre d'officier verrarien avec un certain malaise : il ne savait pas manier cette arme et, entre ces mains, elle ne serait pas plus efficace qu'elle l'était maintenant, dans son fourreau.) D'abord, tu veux te punir pour quelque chose dont tu n'es pas responsable et, ensuite, tu ne veux pas que je t'épargne les conséquences d'une erreur que j'ai commise tout seul.

— Dis donc, Locke, tu te prends pour qui pour me donner des cours de morale ? *D'abord*, tu insistes pour que je ne parte pas malgré le réel danger que je représente pour toi et, ensuite, tu me supplies de te trahir afin que je puisse sauver ma peau ? Va te faire foutre ! C'est dommage que le délire ne détermine pas la taille, tu serais un vrai géant.

— C'est valable pour nous deux, Jean. (Locke sourit malgré lui : après la violence aveugle de la tempête, il était agréable d'affronter un danger dont on était responsable.) Quoiqu'en matière de géant, tu te poses déjà un peu là. Je savais que tu ne serais pas d'accord.

— Tu m'étonnes !

— Je regrette de ne pas avoir eu le temps d'imaginer tous les supplices que nous aurions infligés à Stragos le moment venu. Et voir la tête qu'il aurait tirée pendant notre petit entretien.

— Eh bien, dit Jean, tant que nous en sommes à faire des vœux, j'aurais voulu un million de solaris et un perroquet qui parle le thérin. Mais je crains que ces souhaits n'aient pas le temps de se réaliser, si tu vois ce que je veux dire.

— Ce retournement de situation va foutre en l'air les jolis plans de Stragos. Consolons-nous en songeant que ça l'emmerdera déjà beaucoup.

— Écoute, Locke. (Jean soupira et poursuivit d'une voix plus basse.) Peut-être qu'ils voudront d'abord parler. Et s'ils veulent te parler *à toi*, ton bagou nous permettra peut-être de nous en tirer.

— Je suis sûr que tu es le seul homme à bord qui a toujours confiance en mes compétences.

Locke soupira à son tour.

— RAVELLE !

Le cri venait de l'escalier menant aux cabines.

— Tu n'as encore tué aucun d'entre eux, n'est-ce pas, Jean ?

— Pas encore, non.

— RAVELLE ! JE SAIS QUE TU ES LÀ-DEDANS, ET JE SAIS QUE TU M'ENTENDS !

Locke s'approcha de la porte et cria à son tour.

— Ton intelligence me sidère, Jabril ! Tu as réussi à remonter implacablement ma piste jusqu'à la cabine où je dormais depuis la veille comme un loir en pleine hibernation – et sans bouger davantage. Quel est l'enfoiré qui m'a balancé ?

— On a récupéré tous les arcs, Ravelle !

— Par tous les dieux, vous avez dû vider les coffres contenant les armes, alors. Tant pis. Moi qui espérais qu'on allait s'offrir une de ces charmantes mutineries qui se règlent par un concours de danse, ou bien par une soirée de chansons et de parties de cartes, tu vois ce que je veux dire ?

— Nous sommes trente-deux hommes valides, Ravelle ! Vous, vous n'êtes que deux, enfermés là-dedans sans eau ni nourriture… Nous sommes maîtres du navire. Combien de temps croyez-vous tenir dans cette cabine ?

— Je trouve l'endroit agréable, cria Locke. Il est pourvu d'un hamac, d'une table et on a une belle vue par les fenêtres de poupe… Sans oublier la grosse porte qui nous sépare…

— Une porte qu'on peut défoncer quand on en aura envie et tu le sais.

Jabril baissa la voix. Dans l'escalier, quelqu'un se déplaça et fit grincer le plancher. Locke comprit que le mutin s'était approché tout près du battant.

— T'as la langue bien pendue, Ravelle, mais ta langue ne pèse pas lourd face à dix arcs et vingt épées.

— Je ne suis pas tout seul, Jabril.

— Oui, et crois-moi, aucun de nous n'a envie de se retrouver en face de maître Valora, pas même à quatre contre un. Mais le rapport de force est meilleur que ça. Comme je l'ai dit, nous avons les arcs. Si tu veux que nous réglions ça à la dure, nous le ferons.

Locke se mordit l'intérieur de la joue en réfléchissant.

— Tu m'as prêté serment, Jabril. Tu as juré de m'obéir ! Après que je vous ai rendu *la liberté* !

— On l'a tous fait, et on était sincères. Mais tu n'es pas celui que tu as prétendu être. Tu n'es pas un officier de marine. Caldris en était un, lui, que les dieux l'aient en leur sainte garde. Mais toi, je n'ai pas la moindre idée de ce que tu peux bien être. Tu nous as trompés, alors notre serment n'est plus valable.

— Je vois. (Locke réfléchit, claqua des doigts et poursuivit :) Ainsi donc, vous auriez respecté votre serment si je… Euh… si j'avais été celui que je prétendais être ?

— Oui, Ravelle. Un peu qu'on l'aurait respecté.

— Je te crois. Je ne pense pas que tu sois un parjure, Jabril. Alors, je vais te faire une proposition. Jérôme et moi sommes prêts à sortir calmement de cette cabine. Nous allons monter sur le pont et discuter. Nous serons heureux d'écouter vos doléances, jusqu'à la dernière. Nous garderons les mains vides tant que vous nous promettez deux choses : un sauf-conduit jusque là-haut et une discussion. Pour tout le monde.

— Tu n'auras pas à « écouter nos doléances », Ravelle. C'est nous qui allons te dire ce que tu dois faire.

— C'est toi qui vois. Appelle ça comme tu veux. Si tu promets que nous pourrons gagner le pont sans risque, ça se passera ainsi. Nous sortirons sur-le-champ.

Pendant plusieurs secondes, Locke tendit l'oreille pour essayer d'entendre les murmures échangés dans l'escalier.

Puis Jabril reprit enfin la parole :

— Sortez les mains vides, et ne faites pas de gestes malheureux – surtout pas Valora. Si vous respectez ces règles, je jure devant les dieux que vous arriverez au pont indemnes. Ensuite, nous parlerons.

— Eh bien, souffla Jean, tu nous as au moins obtenu ça.

— Ouais. Mais ce ne sera peut-être que l'occasion de mourir à la lumière du soleil plutôt que dans l'ombre. (Il envisagea de se débarrasser de ses vêtements mouillés avant de sortir, puis secoua la tête.) Oublions ça. Jabril !

— Oui ?

— Nous allons ouvrir la porte.

6

Au-dessus du pont, le monde se résumait à un ciel bleu profond éclairé par des rayons de soleil éclatants, un monde que Locke avait presque oublié au cours des derniers jours. Il s'émerveilla devant ce spectacle, bien que Jabril les conduisît sur l'embelle sous la surveillance de trente hommes qui avaient tiré leur épée ou encoché leur flèche. Des bandes d'écume se dessinaient sur l'horizon, mais, autour du *Messager Rouge*, les vagues mouraient doucement et le vent caressait la peau de Locke comme un baiser chaud.

— Que je sois maudit, murmura-t-il. On a remis le cap sur l'été.

— Il est logique de penser qu'on a été poussés bien au sud malgré la tempête, dit Jean. Nous avons dû franchir le diviseur premier. Latitude zéro.

Un important désordre régnait encore sur le pont du navire. Locke aperçut des réparations de fortune un peu partout. Mazucca, très calme, se tenait à la barre ; c'était le seul homme qui n'était pas blessé. Le bateau progressait uniquement grâce au hunier. Les gréements du grand mât allaient avoir besoin d'un sacré démêlage avant qu'ils puissent reprendre du service. Il n'y avait nulle trace du mât de perroquet qui était tombé.

Jean et Locke s'arrêtèrent devant le grand mât et attendirent la suite des événements. Sur le gaillard d'avant, des hommes les observaient derrière leur arc. Par chance, aucun d'eux ne bandait son arme: ils paraissaient nerveux et Locke ne faisait confiance ni à leur jugement ni aux muscles de leurs bras. Jabril s'adossa au canot de sauvetage et pointa un doigt vers Locke.

— Tu nous as raconté des putains de bobards, Ravelle!

L'équipage se mit à crier et à huer les deux voleurs. Les marins agitaient leurs armes et hurlaient des insultes. Locke leva la main et se prépara à parler, mais Jabril ne lui en laissa pas l'occasion.

— Tu l'as dit toi-même, en bas. J'ai réussi à te le faire cracher, alors répète-le donc pour que tout le monde en profite. *Tu n'es pas officier de marine!*

— C'est vrai, reconnut Locke. Je ne suis pas officier de marine. Tout le monde a dû s'en rendre compte à l'heure qu'il est.

— Alors, qui diable es-tu? (Jabril et ses hommes semblaient vraiment déconcertés.) Tu portais un uniforme de la flotte verrarienne. Tu es entré et sorti du Rocher Sous le Vent. L'Archon avait saisi ce navire et tu t'en es emparé. Qu'est-ce que c'est que cette putain d'histoire?

Locke comprit qu'une réponse inadaptée risquait d'avoir des conséquences fâcheuses. Les derniers événements représentaient un mystère trop important pour qu'on l'ignore. Il se gratta le menton et leva les mains.

— D'accord, écoutez. Seule *une partie* de ce que je vous ai raconté est fausse. Je, euh... j'étais vraiment un officier de l'armée de l'Archon, mais pas dans la flotte. J'étais capitaine dans son service de renseignements.

— Le service de renseignements? s'écria Aspel qui tenait un arc en haut du gaillard d'avant. Vous voulez parler des espions et des trucs de ce genre?

— C'est ça, dit Locke. Des espions. Et des trucs dans ce genre. Je déteste l'Archon. J'en avais assez de travailler pour lui. J'ai pensé... qu'un navire et un équipage me permettraient de mettre les bouts en emmerdant ce connard par la même occasion. Caldris nous a accompagnés pour assurer le vrai commandement. Moi, je ne faisais qu'apprendre.

— Oui, dit Jabril. Mais ce n'est pas ce qui s'est passé. Tu ne t'es pas contenté de nous mentir sur ta véritable identité. (Il se retourna pour s'adresser à l'équipage.) Il nous a conduits en mer sans embarquer une seule femme!

Ces paroles déclenchèrent des regards noirs, des huées, des gestes obscènes et quelques signes de main pour écarter le mauvais œil. Les marins n'appréciaient guère qu'on leur rappelle cet état de fait.

— Une petite minute, cria Locke. J'avais l'intention d'embarquer des femmes. J'en avais quatre sur ma liste. Vous ne les avez pas vues au Rocher Sous le vent? Des prisonnières? Elles ont attrapé la fièvre. Il a fallu les ramener sur le continent, vous ne le saviez pas?

— D'accord, riposta Jabril, tu y as peut-être pensé, mais qu'est-ce que tu as fait pour régler le problème quand elles sont tombées malades ?

— C'est l'Archon qui s'est occupé de ces putains de prisonnières, pas moi. Il a fallu que je me débrouille avec ce qui me restait. Et il ne me restait que *vous* !

— En effet, dit Jabril. Et tu nous as entraînés jusqu'ici sans embarquer *un seul putain de chat* non plus !

— Caldris m'a dit d'en embarquer. Je suis désolé, c'est juste… C'est juste que je ne suis pas marin, d'accord ? J'étais occupé à vous faire sortir de Tal Verrar et je les ai oubliés. Je n'avais pas compris à quel point c'était important !

— Ça, c'est sûr. Tu n'avais rien à foutre sur un navire si tu ne connaissais pas tes putains de mandats ! À cause de toi, ce navire est maudit ! On a de la chance d'être encore en vie – enfin, certains. Cinq hommes ont payé le prix de ce qui est, sans conteste, ton péché ! Ton ignorance du tribut dû à Iono, Père des Tempêtes, par ceux qui naviguent sur ses eaux !

— Que le seigneur des Eaux Avides nous protège ! lâcha un autre marin.

— Tu es l'artisan de notre malheur, continua Jabril. Tu reconnais tes mensonges et ton ignorance. Je dis que ce navire restera souillé tant que tu seras à bord ! Quel est votre avis, vous tous ?

La question provoqua aussitôt un rugissement approbateur, puissant et unanime. Les marins agitèrent leurs armes en direction de Jean et Locke en poussant des acclamations.

— C'est ainsi, dit Jabril. Jetez vos sabres et vos haches.

— Une seconde, dit Locke. Tu as dit qu'on allait parler et je n'ai pas fini.

— Je vous ai conduits sur le pont sans que vous ayez été attaqués, puis nous avons parlé. La discussion est terminée. Le serment est arrivé à son terme. (Jabril croisa les bras.) Jetez vos armes !

— Attends…

— Archers ! cria Jabril.

En haut du gaillard d'avant, les marins visèrent les deux compères.

— Quel choix avons-nous ? cracha Locke avec colère. *Quel intérêt* aurions-nous à jeter nos armes ?

— Gardez-les et mourez dans le sang sur ce pont. Jetez-les et nagez aussi loin que vous le pourrez. Qu'Iono soit votre juge !

— Une mort rapide et douloureuse ou une mort lente et douloureuse. D'accord. (Locke défit sa ceinture et la laissa tomber sur le pont.) Maître Valora n'a rien à voir avec mes conneries. Je l'ai entraîné dans cette histoire tout comme vous.

— Oh, attends une petite minute…, commença Jean en déposant respectueusement les Sœurs Vicieuses à ses pieds.

— Qu'est-ce que tu as à dire, Valora ? (Jabril regarda autour de lui en quête d'une éventuelle objection de la part de l'équipage – il n'en vit aucune.) C'est Ravelle le menteur. Il a reconnu que ce crime était le sien. Qu'on se débarrasse de lui et la malédiction sera levée. Tu es le bienvenu si tu veux te joindre à nous.

— S'il nage, je nage aussi, grogna Jean.

— Tu trouves qu'il en vaut la peine ?

— Je n'ai pas à te fournir des putains d'explications.

— Qu'il en soit ainsi. Je respecte ta décision. Il est l'heure de quitter le navire.

— Non ! cria Locke alors que plusieurs marins s'avançaient, l'épée tirée. Non ! Il faut d'abord que je vous dise une dernière chose.

— Tu as eu l'occasion de parler. Que le Père des Tempêtes juge le reste.

— Quand je vous ai trouvés, vous étiez dans un caveau. Sous un putain de *rocher*. Vous étiez enfermés sous une couche de roche et d'acier ! Vous étiez prêts à mourir ou à prêter n'importe quel serment pour faire plaisir à l'Archon. Vous étiez déjà morts et en train de pourrir, bande de minables, jusqu'au dernier.

— On a déjà entendu ce passage, dit Jabril.

— Je ne suis peut-être pas officier de marine. Peut-être que je mérite mon sort. Peut-être que vous avez raison de punir l'homme qui vous a entraînés dans cette catastrophe. Mais je suis aussi celui qui vous a libérés. Je suis celui qui vous a rendu le souffle de vie qui vous anime en ce moment même. En me traitant ainsi, vous crachez sur le cadeau que je vous ai fait alors que les dieux vous regardent !

— Tu es en train de nous expliquer que tu préfères les flèches, c'est ça ? demanda Aspel.

Autour de lui, les hommes ricanèrent.

— Non, déclara Jabril en levant les mains. Non, il n'a pas tort. Les dieux ne voient pas ce navire avec bienveillance, il n'y a aucun doute là-dessus. Notre bonne fortune est une vraie peau de chagrin et elle ne s'améliorera guère une fois que nous nous serons débarrassés de lui. Il doit mourir pour les crimes qu'il a commis. Pour ses mensonges, pour son ignorance et pour les hommes qui ne reverront pas la terre à cause de lui. Mais il est vrai qu'il nous a libérés. (Jabril regarda autour de lui et se mordit les lèvres avant de poursuivre :) Nous lui sommes *redevables* pour ça. Je propose qu'on leur laisse le canot.

— On en a besoin, de ce canot, brailla Mazucca.

— Ce ne sont pas les canots qui manquent à Port-Prodigue, intervint Stréva. Peut-être qu'on pourra en récupérer un pendant un abordage en y allant.

— Ouais. Un canot et des chats, cria un autre marin.

— Je propose qu'on le leur laisse, lança Jabril. Sans eau ni nourriture. Qu'ils partent comme ils sont maintenant. Qu'Iono les prenne et en fasse ce qu'Il veut. Quel est votre avis, vous tous ?

La réponse arriva sous la forme d'un nouveau déchaînement d'acclamations enthousiastes. Même Mazucca accepta la décision et hocha la tête.

— En fin de compte, nous flotterons juste un peu plus longtemps.

— Ouais, murmura Jean. Mais au moins, tu les as convaincus de nous accorder ça.

7

On défit les cordages qui maintenaient le canot en place avant de le faire passer par-dessus le bastingage tribord et de le lâcher sur les flots bleu sombre de la mer de Cuivre.

— On leur laisse de quoi se déplacer, Jabril ? demanda un marin qui devait récupérer le tonnelet d'eau douce et les rations de la petite embarcation.

Il en avait profité pour sortir les rames.

— Je ne crois pas. Qu'Iono se charge de les faire avancer s'Il le juge nécessaire. Nous les laissons flotter, il en a été décidé ainsi.

Des groupes de marins en arme s'alignèrent en avant et en arrière des deux voleurs pour les pousser de la pointe de l'épée vers la coupée tribord. Jabril les suivit de près. Quand les deux hommes arrivèrent au bord, Locke s'aperçut que le canot était amarré au *Messager Rouge* par une corde à nœuds qui allait leur permettre de descendre.

— Ravelle, dit Jabril à voix basse. Tu crois vraiment dans le Treizième ? Tu es vraiment un de ses prêtres ?

— Ouais, répondit Locke. C'était la seule bénédiction sincère que je pouvais donner pour le salut de leurs âmes.

— Je suppose que c'est logique. Si tu es un espion – ou un truc dans ce genre.

Jabril passa un objet froid sous la tunique du voleur et le glissa à l'intérieur de son haut-de-chausses, dans le creux des reins. Locke identifia aussitôt le poids d'un de ses stylets. L'arme provenait de la ceinture qu'il avait jetée sur le pont.

— Le Père des Tempêtes vous emportera peut-être rapidement, murmura Jabril. Ou peut-être choisira-t-Il de vous laisser flotter. Pendant une putain d'éternité. Jusqu'à ce que vous décidiez que ça *suffit*… Tu vois ce que je veux dire ?

— Jabril… Merci. Je, euh… regrette d'avoir été un aussi mauvais capitaine.

— Je regrette que tu n'aies pas été capitaine du tout. Maintenant, franchis cette putain de coupée et disparais.

À bord du canot qui dansait doucement sur les vagues, Jean et Locke regardèrent le *Messager Rouge* mettre le cap ouest-sud-ouest et s'éloigner tant bien que mal, poussé par sa voile en lambeaux. Les deux compères furent abandonnés en pleine mer sous le soleil du milieu d'après-midi. Locke aurait donné mille solaris pour revenir un jour ou deux en arrière.

Cent mètres, deux cents mètres, trois cents… Leur ancien navire avançait péniblement sur les flots. Tout d'abord, une bonne moitié de l'équipage demeura à la poupe pour observer les deux voleurs, mais les marins ne tardèrent pas à se désintéresser des deux cadavres en sursis qui flottaient dans leur sillage. Ils retournèrent rapidement à leurs tâches pour empêcher leur précieux petit monde en bois de succomber à cause de ses blessures.

Locke se demanda qui hériterait de la cabine de poupe, des hachettes de Jean, de leurs curieux outils et des cinq cents solaris cachés au fond de son coffre personnel – une somme représentant leurs derniers fonds et les subventions de Stragos.

Que les voleurs prospèrent, songea-t-il.

— Bon, on ne pouvait pas rêver mieux, dit-il.

Il étendit ses jambes aussi loin que possible. Jean et lui étaient face-à-face, chacun assis sur un banc de rameurs à chaque extrémité d'une embarcation conçue pour six personnes.

— Une fois de plus, nous échappons avec panache à une mort imminente en nous emparant d'un objet de prix. Ce canot doit bien valoir deux solaris.

— J'espère juste que celui qui va récupérer les Sœurs Vicieuses s'étouffera jusqu'à ce que mort s'ensuive, dit Jean.

— Hein ? En bouffant les hachettes ?

— Je me fiche de ce qu'il peut bouffer, tant qu'il s'étouffe avec. Tout ce qui peut faire l'affaire. J'aurais dû les balancer par la fenêtre de la cabine plutôt que de laisser quelqu'un mettre la main dessus. Dieux !

— Tu sais, Jabril a glissé un stylet dans mon haut-de-chausses quand on nous a fait descendre.

Jean réfléchit aux implications de cette déclaration pendant un moment, puis haussa les épaules.

— Si nous croisons la route d'un bateau plus petit que le nôtre, nous aurons au moins une arme pour le prendre à l'abordage.

— Tu, euh… La cabine arrière te convient ?

— Très bien. (Jean quitta le banc, se glissa sur le côté et se nicha à la poupe de l'embarcation, le dos appuyé contre le plat-bord tribord.) C'est un peu petit, mais quel luxe dans la décoration !

— Tant mieux. (Locke pointa le doigt vers le milieu du canot.) J'espère que nous ne serons pas trop à l'étroit quand j'aurais fini d'installer le jardin suspendu et la bibliothèque par ici.

— J'ai déjà pris cela en compte. (Jean ramena la tête en arrière et ferma les yeux.) Nous pouvons installer le jardin suspendu sur le toit des thermes.

— Qui peut aussi faire office de temple.

— Tu crois que c'est nécessaire ?

— Bien sûr. J'ai l'impression que nous n'avons pas intérêt à lésiner sur les prières, tous les deux.

Ils flottèrent en silence pendant quelques minutes. Locke ferma à son tour les yeux. Il respira profondément l'air piquant et écouta le doux murmure des vagues. Le soleil appliquait une pression chaude et agréable au sommet de son crâne, et ce fut avant tout cette sensation qui l'entraîna traîtreusement dans la somnolence tandis qu'il était assis dans le canot. Il chercha en lui des traces d'angoisse et ne trouva qu'une torpeur vide. L'effondrement final de tous ses plans semblait l'avoir détendu et soulagé. Jean et lui n'avaient plus personne à tromper, plus de secrets à garder, plus de tâches à accomplir. Ils se contentaient de dériver en attendant que les dieux fassent connaître leur prochain caprice.

La voix de Jean le rappela à la réalité au bout d'un laps de temps indéterminé. Le reflet brillant des rayons du soleil sur l'eau le fit cligner des yeux quand il les ouvrit.

— Locke, dit Jean. (Selon toute apparence, ce n'était pas la première fois qu'il l'appelait.) Voile à l'horizon. Trois degrés à tribord de la proue.

— Ha, ha, ha, Jean ! C'est sans doute le *Messager Rouge* qui s'éloigne de nous à jamais. Tu ne vas pas me dire que tu l'as déjà oublié ?

— Non, dit Jean sur un ton plus insistant. Une *autre* voile à l'horizon, trois degrés à tribord de la proue !

Locke regarda par-dessus son épaule droite, les yeux plissés. Le *Messager Rouge* était encore bien visible à environ trois quarts de mille. Et là, à gauche de leur ancien navire, il y avait quelque chose… Quelque chose de difficile à distinguer sur la ligne étincelante où fusionnaient le ciel et la mer… Oui, un carré blanc mat se découpait sur l'horizon.

— Que je sois maudit, dit Locke. On dirait que nos hommes vont avoir l'occasion d'étrenner leur nouvelle vie de pirates.

— Si seulement ce navire avait eu la délicatesse de se montrer hier !

— Je parie que j'aurais quand même tout fait foirer. Mais… tu imagines nos pauvres marins lançant les grappins contre ce bateau, bondissant par-dessus le bastingage, épée au poing, et hurlant : « Vos chats ! Filez-nous vos putains de chats ! »

Jean éclata de rire.

— Nous avons déclenché une sacrée pagaille. Au moins, le spectacle va nous fournir un peu de distraction. L'abordage ne va pas être facile avec le *Messager Rouge* dans cet état. Ils vont peut-être revenir nous chercher et nous supplier de leur prêter main-forte.

— Toi, ils te supplieront peut-être, dit Locke.

Tandis qu'il regardait, la voile de misaine du *Messager* – un carré de toile blanche – se déploya et frissonna au vent. Locke concentra toute son attention sur le navire et distingua de minuscules silhouettes qui couraient de long en large sur le pont et filaient dans les gréements. La proue glissa très légèrement sur la gauche pour passer bâbord amures.

— Il avance comme un cheval boiteux, dit Jean. Regarde, ils n'ont pas confiance dans le grand mât : il ne supporte aucune voilure. Je dois reconnaître que j'aurais fait la même chose. (Il scruta la scène quelques instants de plus.) Leur nouvel ami se rapproche par nord-nord-ouest, je crois. Si nos gars se faufilent vers l'ouest et se montrent assez inoffensifs, peut-être que… Dans le cas contraire, cet autre navire a largement la place de s'enfuir vers l'ouest ou le sud. S'il est dans un état convenable, le *Messager* ne le rattrapera jamais.

— Jean… (Locke parla très lentement, un peu hésitant à l'idée de se fier à ses compétences en matière de navigation.) Je ne… Je ne crois pas qu'il ait l'intention de s'échapper. J'ai l'impression qu'il se dirige droit sur le *Messager*.

Les minutes suivantes confirmèrent cette impression. Le nouveau navire ne tarda pas à doubler sa voilure et Locke aperçut la mince ligne de la coque en dessous. Quelles que soient ses intentions, il était bien au sud-est, suivant une trajectoire idéale pour intercepter le *Messager Rouge*.

— Il est rapide, remarqua Jean, visiblement fasciné. Regarde comme il avance ! Ma main à couper que le *Messager* ne file même pas quatre nœuds. L'autre va au moins deux fois plus vite.

— Peut-être que ces nouveaux venus se fichent éperdument du *Messager*, dit Locke. Ses marins ont peut-être remarqué qu'il est endommagé et ils veulent juste le croiser.

— Un « Regarde bien mon cul et à la prochaine » ? dit Jean. Ce serait dommage.

Le navire inconnu se dessina de plus en plus nettement : les formes indistinctes devinrent plus pures : on distinguait maintenant la sombre coque élancée, les voiles gonflées et les fines lignes des mâts.

— Un deux-mâts, dit Jean. Un brick, et il a hissé un sacré paquet de voiles.

Locke éprouva un étrange sentiment d'urgence. Il essaya de maîtriser son excitation alors que le *Messager* avançait péniblement vers le sud-ouest et que l'autre navire gagnait un peu plus sur lui à chaque minute. Le bateau inconnu présentait maintenant son flanc tribord aux deux voleurs. Comme Jean l'avait dit, c'était un deux-mâts à la ligne basse et rapide ; sa coque était si noire qu'elle brillait.

Un point sombre apparut dans les airs, juste au-dessus de la poupe. Il prit de la hauteur, grandit et se déploya soudain en un immense drapeau flottant au vent : une bannière entièrement pourpre et aussi brillante que du sang jaillissant d'une blessure.

— Par tous les dieux ! s'écria Locke. Ce n'est pas possible ! C'est une putain de plaisanterie !

Le navire inconnu poursuivit sa course, sa proue fendant les eaux couvertes d'écume, réduisant de seconde en seconde la distance qui le séparait du *Messager*. De petites formes blanches apparurent derrière lui : des canots remplis de points noirs qui étaient en fait des marins. Il vira pour se mettre sous le vent par rapport au *Messager*, comme un prédateur affamé qui coupe la retraite à sa proie. Pendant ce temps, les embarcations légères fendirent les eaux brillantes pour lancer leur attaque dans le sens du vent. Quelles que soient les manœuvres que Jabril et son équipage tentèrent pour échapper à leur poursuivant, elles restèrent vaines. Des salves d'acclamations guerrières montèrent des canots et résonnèrent faiblement sur les flots. Bientôt, les petits points noirs fourmillèrent sur les flancs du *Messager*.

— Non !

Locke ne se rendit même pas compte qu'il avait bondi sur ses pieds. Il s'en aperçut seulement quand Jean le força aussitôt à se rasseoir.

— Oh ! Bande d'enculés ! Sales requins ! Enfants de pute ! Vous n'avez pas le droit de vous emparer de mon putain de navire… !

— Qu'on a déjà perdu, remarqua Jean.

— J'ai parcouru mille milles pour faire votre putain de rencontre, hurla Locke, et vous vous ramenez *deux heures* après qu'on nous a balancés par-dessus bord !

— Ça fait à peine une heure, remarqua Jean.

— Bande d'enculés de pirates ! Bites molles ! Même pas foutus d'arriver à l'heure !

— Que les voleurs prospèrent, dit Jean en se mordant les poings et en s'étouffant de rire.

La bataille – à supposer qu'on puisse l'appeler ainsi – ne dura pas cinq minutes. Sur le gaillard d'arrière, quelqu'un fit virer de bord le *Messager* et le fit venir droit au vent, ce qui le priva du peu de vitesse qu'il avait gagnée. Toutes ses voiles furent ramenées et il se mit à flotter tranquillement au gré des flots, un canot des assaillants amarré contre son flanc. Une autre embarcation retourna précipitamment au bateau pirate. Ce dernier arborait désormais une voilure beaucoup moins importante que celle qu'il avait hissée pour rattraper sa proie ; il vira pour faire route tribord amures et mit plus ou moins le cap en direction de Jean et Locke, comme un monstre effrayant s'apprêtant à jouer un peu avec son prochain en-cas.

— Il est possible que ce soit une de ces situations « bonne nouvelle, mauvaise nouvelle », dit Jean en faisant craquer les articulations de ses doigts. Nous devrions peut-être nous préparer à repousser un abordage.

— Et avec quoi ? Un stylet et des insinuations blessantes sur la vertu de leurs mères ? (Locke serra les poings ; sa colère s'était transformée en excitation.) Jean, si nous parvenons à embarquer sur ce navire et à convaincre l'équipage de nous accepter, nous serons de nouveau en selle, par tous les dieux !

— Peut-être qu'ils ont juste l'intention de nous tuer et de récupérer le canot.

— Nous allons bien voir. Nous allons bien voir. Commençons par échanger des formules de politesse, puis quelques gestes diplomatiques.

Le vaisseau pirate approchait avec lenteur tandis que le soleil déclinait vers l'ouest. Les couleurs du ciel et de la mer s'assombrissaient petit à petit. La coque du navire était en effet noire – en bois-sorcier – et, au premier coup d'œil, on s'apercevait qu'elle était plus grande que celle du *Messager Rouge*. De nombreux marins se pressaient sur les vergues et contre les bastingages. Locke ressentit une pointe de jalousie en voyant un équipage aussi important et actif. Le vaisseau glissa sur l'eau avec majesté, puis il lofa tandis que des ordres montaient du gaillard d'arrière. On prit les ris avec des mouvements vifs et précis. Le navire ralentit et cacha le *Messager Rouge* aux deux voleurs en leur présentant son flanc bâbord, à vingt mètres à peine de leur minuscule embarcation.

— Ohé, du canot ! cria une femme contre le bastingage.

Locke vit qu'elle était plutôt petite, avec des cheveux noirs. Elle portait une armure incomplète et était encadrée par au moins une dizaine de marins en arme. Tous semblaient fort intéressés par le spectacle des deux hommes dans leur canot et Locke sentit sa peau se hérisser sous leurs regards. Il afficha néanmoins une expression enjouée.

— Ohé, du brick ! Belle journée, vous ne trouvez pas ?

— Vous avez quelque chose d'intéressant à nous raconter ?

Locke réfléchit à toute vitesse et envisagea les avantages potentiels et respectifs d'une réponse suppliante, prudente ou bravache. Il décida que la dernière leur offrait la meilleure occasion de faire grosse impression.

— Mettez en panne ! cria-t-il en se levant et en brandissant son stylet au-dessus de sa tête. Vous voyez bien que le vent est en notre faveur tandis que vous lofez sans la moindre chance de nous échapper ! Nous prenons possession de votre vaisseau et vous êtes nos prisonniers ! Nous sommes prêts à faire preuve de magnanimité, mais n'abusez pas de notre patience !

Un gigantesque éclat de rire monta du pont du navire et Locke se sentit plus optimiste. Le rire était de bon aloi. Ce genre de bonne humeur conduit rarement à un bain de sang – d'après son expérience, tout au moins.

— C'est toi le capitaine Ravelle, pas vrai ? cria la femme.

— Je, euh… vois que ma réputation me précède !

— Il me semble que les anciens marins de ton ancien navire ont vaguement parlé de toi.

— Merde ! grommela Locke.

— Est-ce que vous avez envie qu'on vous tire de là, tous les deux ?

— Eh bien, en fait, oui ! Ce serait sacrément aimable de votre part.

— D'accord, dans ce cas. Dis à ton copain de se lever. Déshabillez-vous tous les deux.

— *Pardon ?*

Une flèche siffla dans les airs, un mètre ou deux au-dessus de leurs têtes. Locke tressaillit.

— À poil ! Si vous voulez la charité, il faut d'abord nous divertir un peu ! Dis à ton gros ami de se lever et déshabillez-vous, tous les deux !

— Je n'y crois pas, dit Jean en se mettant debout.

— Écoutez, cria Locke en commençant à enlever sa tunique, est-ce qu'on peut poser nos vêtements au fond du bateau ? Vous ne voulez quand même pas qu'on les balance par-dessus bord, n'est-ce pas ?

— Non, répondit la femme. On va les garder, avec le canot, même si on ne vous garde pas vous. Ôtez votre haut-de-chausses, messieurs ! Voilà, c'est bien !

Quelques instants plus tard, Jean et Locke se tenaient en équilibre précaire sur l'embarcation instable, nus comme des vers tandis que le vent du soir forçait et soufflait avec insistance sur leurs parties charnues.

— Qu'est-ce que c'est que ça, messieurs ? cria la femme. Je m'attendais à découvrir des sabres et voilà que vous me présentez de modestes dagues !

Derrière elle, les marins éclatèrent de rire. *Gardien Véreux !* Locke constata que d'autres matelots s'étaient rassemblés contre le bastingage bâbord. Les pirates qui se tenaient là, pointant le doigt et braillant dans leur direction, étaient plus nombreux que l'équipage du *Messager Rouge* au grand complet.

— Qu'est-ce qui se passe, les gars ? La perspective d'être sauvés ne vous stimule pas assez ? Que faut-il donc faire pour que vous présentiez les armes ?

Locke répondit en lui adressant un geste à deux mains qu'il avait appris quand il était enfant, un geste qui garantissait le déclenchement d'une rixe dans toutes les cités-États du monde thérin. La foule des pirates le lui retourna en l'accommodant de nombreuses variations originales.

— Bien, cria la femme. Tenez-vous sur une jambe. Tous les deux ! En équilibre !

— *Quoi ?* (Locke posa les mains sur les hanches.) Sur laquelle ?

— Choisis une des deux, comme fait ton ami.

Locke leva le pied gauche juste au-dessus du banc de rameurs et écarta les bras pour garder son équilibre – une tâche qui devenait de plus en plus difficile. À côté de lui, Jean fit de même. De près comme de loin, Locke en fut certain, ils étaient parfaitement ridicules.

— Plus haut, dit la femme. C'est pitoyable. Je suis sûre que vous pouvez faire mieux que ça !

Locke leva son genou une quinzaine de centimètres plus haut et fixa l'inconnue avec un air de défi. Il sentait des tressaillements de fatigue gagner les muscles de sa jambe droite – sans parler de ceux provoqués par le tangage du canot. Jean et lui étaient sur le point de sombrer un peu plus profond dans le ridicule – tâche qui semblait pourtant difficile.

— Bravo, cria la femme. Faites-les danser un peu, les gars !

De sombres silhouettes de flèches traversèrent le champ de vision de Locke avant même qu'il entende le claquement grave des cordes des arcs. Il plongea sur sa droite tandis que les traits se fichaient au centre du canot avec un bruit sourd. Il réalisa une demi-seconde trop tard que les projectiles ne le visaient pas, puis la mer l'engloutit en un instant. Il avait touché les flots sans y être préparé, sur le dos ; il donna un coup de reins pour regagner la surface, puis suffoqua et cracha l'eau salée qui lui remontait dans le nez de manière assez déplaisante.

Il entendit plus qu'il vit Jean expectorer l'eau de ses poumons en émergeant de l'autre côté du canot. Les pirates riaient maintenant à gorge déployée, s'appuyant les uns sur les autres, se tenant les côtes. La petite femme donna un coup de pied dans quelque chose et une corde à nœuds tomba par une coupée.

— Nagez jusqu'ici, cria-t-elle. Et rapportez le canot avec vous.

Jean et Locke agrippèrent le plat-bord de l'embarcation et, grâce à des mouvements de jambes et de bras désordonnés, réussirent à la pousser jusqu'au brick. Dans l'ombre de la coque, sur le flanc, l'extrémité de la corde à nœuds flottait à la surface de la mer. Jean poussa énergiquement son compagnon vers elle comme s'il craignait que les marins la remontent tout d'un coup.

Locke se hissa contre le bois noir et lisse, trempé, nu et hors de lui. Quand il fut à la hauteur du bastingage, des mains rugueuses l'attrapèrent et le tirèrent à bord. Il s'effondra sur le pont et se retrouva nez à nez avec une paire de bottes en cuir usées. Il la contempla un moment avant de s'asseoir.

— J'espère que le spectacle vous a plu, dit-il, parce que je vais…

Une desdites bottes le frappa à la poitrine et l'envoya s'affaler en arrière. Il grimaça et, après réflexion, décida de rester par terre et d'examiner celle qui venait de lui administrer un coup de pied. La femme n'était pas seulement petite, elle était minuscule – même du point de vue d'un homme qui, au sens propre et au sens figuré, était à sa botte. Elle portait une tunique élimée bleu ciel et par-dessus une veste ample en cuir noir – et ornée de déchirures qui devaient plus à des coups d'épée un peu trop caressants qu'à des concepts de haute couture ; ses cheveux noirs étaient attachés serrés sur sa nuque, mais d'innombrables boucles cascadaient sur le reste de son crâne ; un petit arsenal composé de sabres et de poignards était suspendu à sa ceinture. Il ne faisait aucun doute que ses épaules et ses bras étaient tout en muscles et elle dégageait une telle impression de force que Locke jugea préférable de réprimer sa colère sur-le-champ.

— Tu vas *quoi* ? demanda la propriétaire des bottes.

— Je vais rester allongé sur le pont et profiter du soleil de ce bel après-midi.

La femme éclata de rire. Une seconde plus tard, Jean fut hissé à bord et jeté à côté de Locke. Ses cheveux noirs étaient collés sur son crâne et l'eau coulait des poils de sa barbe.

— Oh, oh ! dit la femme. Un géant et un nain. On dirait que le géant est à peu près capable de se débrouiller. Tu dois être maître Valora.

— Si vous le dites, madame, je suppose que c'est vrai.

— Madame ? C'est un mot qu'on utilise à terre. Ici, pour les types comme toi, c'est : « lieutenant ».

— Vous n'êtes donc pas le capitaine de ce navire ?

La femme souleva sa botte de la poitrine de Locke, ce qui permit à ce dernier de s'asseoir.

— Loin de là, dit-elle.

— Ezri est ma seconde, déclara une voix dans le dos de Locke.

Le voleur se retourna avec lenteur et prudence pour regarder la personne qui venait de parler.

Cette femme-là était plus grande que la dénommée Ezri et plus large d'épaules ; elle avait la peau sombre, à peine quelques tons plus clairs que la coque ; elle était superbe, même si elle n'était plus toute jeune – une quarantaine d'années si on se fiait aux rides qui encadraient ses yeux froids et sa bouche sévère. Il était clair qu'elle ne partageait pas l'humeur malicieuse d'Ezri quant aux deux prisonniers qui dégoulinaient sur le pont de son navire.

Des nattes couleur de nuit, décorées de rubans rouges et argentés, émergeaient de son bonnet à quatre coins comme une crinière ; malgré la chaleur, elle était vêtue d'une redingote brune délavée par les intempéries et matelassée de soie dorée et brillante. Plus étonnant encore, elle portait sous son manteau une veste non boutonnée en mosaïque de Verre d'Antan ; il était rare de voir ce genre d'armure sur une personne qui n'était pas de sang royal. Chaque petite parcelle de Verre d'Antan devait être reliée aux autres par un treillis métallique puisque les hommes ne connaissaient pas l'art de fondre le verre lui-même. La veste luisait en réfléchissant les rayons du soleil, plus complexe qu'un vitrail – mille fragments de la taille d'un ongle, mille éclats de gloire éclatante enchâssés dans un cadre d'argent.

— Orrin Ravelle, dit-elle. Je n'ai jamais entendu parler de toi.

— Ce n'est guère étonnant, dit Locke. Et à qui ai-je donc l'honneur ?

— Del. (Elle se détourna des deux compères pour regarder Ezri.) Hisse le canot à bord. Inspecte leurs vêtements, récupère tout ce qu'il y a d'intéressant et fais-les se rhabiller.

— À vos ordres, capitaine.

La seconde se tourna pour donner des ordres aux marins qui étaient autour d'elle.

— Quant à vous deux... (Les yeux de la capitaine se posèrent de nouveau sur les deux voleurs trempés.) Je m'appelle Zamira Drakasha. Mon navire est l'*Orchidée-Poison*. Une fois que vous serez rhabillés, quelqu'un viendra pour vous balancer à fond de cale.

Chapitre 9

L'Orchidée-Poison

1

Leur prison se trouvait tout au fond de l'*Orchidée-Poison*, sur ce qui était ironiquement le pont le plus haut de plafond du navire. Les murs faisaient au moins trois mètres de haut, mais les tonneaux et les sacs en toile cirée s'entassaient sur la plus grande partie de la cale. Au sommet inégal de cet amoncellement de marchandises, il ne restait qu'un espace à peine suffisant pour ramper et il y faisait aussi noir qu'à l'intérieur d'un cercueil. Jean et Locke étaient assis sur cet empilement inconfortable, la tête contre le plafond. La cale obscure empestait la corde crasseuse du pont bas, la toile moisie, la nourriture avariée et les conservateurs alchimiques inefficaces.

D'un point de vue technique, il s'agissait de la cale avant ; les petits fonds du vaisseau étaient scellés derrière une cloison, environ trois mètres sur la gauche des deux hommes. À moins de sept mètres dans la direction opposée, la proue noire et incurvée du navire affrontait l'eau et le vent. Les deux compères entendaient de douces vagues clapoter contre les flancs du bateau un mètre au-dessus de leur tête.

— Des marins fort amicaux et la cabine la plus somptueuse de la mer de Cuivre, remarqua Locke.

— Au moins, je ne me sens pas trop désavantagé par l'obscurité, dit Jean. J'ai perdu mes putains d'optiques quand j'ai plongé.

— Nous avons perdu depuis ce matin : un navire, une petite fortune, tes hachettes et, maintenant, tes optiques. Et la journée n'est pas finie.

— Au moins, nos pertes vont en s'amenuisant. (Jean fit craquer les articulations de ses doigts et le bruit sec résonna de manière étrange dans les ténèbres.) À ton avis, nous sommes ici depuis combien de temps ?

— Une heure, environ ?

Locke soupira, puis poussa sur ses mains et ses pieds pour s'écarter de la cloison tribord. Il se mit à la recherche d'un creux à peu près confortable où se nicher, entre le dessus des tonneaux et des sacs remplis d'objets durs et bosselés. Une véritable gageure, mais, s'il devait s'ennuyer, autant qu'il s'ennuie allongé.

—Je serais quand même étonné qu'ils nous gardent ici jusqu'à la fin des temps. Je pense qu'ils ont juste l'intention de… nous faire mariner. En vue de ce qui va suivre.

—Tu prends tes aises ?

—Je me bats pour une juste cause. (Locke poussa un sac hors de son chemin et eut enfin assez de place pour s'étendre.) Voilà qui est mieux.

Quelques secondes plus tard, les deux compères entendirent le plancher grincer sous les pas de plusieurs personnes, juste au-dessus de leurs têtes, puis un raclement. La grille obstruant l'écoutille menant au pont supérieur – qu'on avait recouverte de toile cirée pour que les deux hommes soient dans l'obscurité – se souleva. Une lumière pâle s'insinua dans les ténèbres et Locke plissa les yeux.

—Qu'est-ce que je disais ? marmonna-t-il.

—Inspection du chargement, annonça une voix familière au-dessus de lui. On cherche tout ce qui est mal rangé. Vous êtes concernés tous les deux.

Jean rampa jusqu'au carré de lumière blafarde et leva la tête.

—Lieutenant Ezri ?

—Delmastro, dit la voix. Ezri Delmastro, ce qui nous donne, par conséquent, lieutenant Delmastro.

—Veuillez accepter mes excuses, lieutenant *Delmastro.*

—Voilà une attitude qui me plaît. Comment trouvez-vous votre cabine ?

—Question odeur, il y a pire, dit Locke. Mais, à mon avis, il faudrait que je passe plusieurs jours à pisser un peu partout pour arriver à un tel exploit.

—Si vous restez en vie jusqu'à ce que les provisions viennent à manquer, dit Delmastro, vous boirez des choses qui vous feront penser à cette puanteur avec nostalgie. Bon, en règle générale, je descends une échelle, mais il y a moins d'un mètre. Je crois que vous pouvez vous en passer. Remontez doucement. Le capitaine Drakasha a une soudaine envie de discuter avec vous.

—L'offre inclut le dîner ?

—Tu auras de la chance si elle inclut des vêtements, Ravelle. Grimpez jusqu'ici. Le nain d'abord.

Locke dépassa Jean en rampant et se hissa à travers l'écoutille. Il émergea dans l'air à peine moins étouffant du faux-pont. Le lieutenant Delmastro attendait en compagnie de huit membres d'équipage, tous armés et revêtus d'une armure. Une femme de forte carrure le saisit par-derrière tandis qu'il se relevait dans la coursive. Un instant plus tard, on aida Jean à grimper et trois marins l'immobilisèrent.

— Bon.

Delmastro attrapa les poignets de Jean ; d'un geste vif, elle y passa une paire de menottes en acier noirci. Puis ce fut au tour de Locke. Elle ajusta les entraves froides et les referma sans douceur. Locke jeta un coup d'œil appréciateur aux bracelets : ils étaient huilés, dépourvus de la moindre trace de rouille et trop serrés pour qu'il puisse s'en libérer en tortillant le poignet, même s'il avait pu faire quelques contorsions douloureuses avec ses pouces.

— Le capitaine a enfin eu le temps de discuter longuement avec quelques membres de votre ancien équipage. J'ai l'impression qu'elle est dévorée par la curiosité.

— Ah, c'est merveilleux ! dit Locke. Encore une magnifique occasion de m'expliquer devant quelqu'un. C'est une activité dont je suis *incapable* de me passer.

L'escorte prudente les accompagna et ils se retrouvèrent bientôt sur le pont baigné par les dernières lueurs du crépuscule. À l'ouest, le soleil disparaissait à l'horizon comme un œil rouge sang qui se ferme sans hâte derrière une paupière de nuages pourpres. Locke respira l'air frais avec avidité et gratitude. Il fut une nouvelle fois frappé par l'impression de foule qui se dégageait de l'*Orchidée-Poison*. Le navire était bondé de marins, hommes ou femmes, qui s'affairaient dans les cales ou travaillaient sur le pont à la lumière de lanternes alchimiques de plus en plus nombreuses.

Les deux compères et leur escorte avaient débouché au milieu du bateau. Devant le grand mât, quelque chose gloussait et battait des ailes dans une boîte noire – un poulailler. Un volatile excité – au moins – donnait des coups de bec contre le treillis de sa prison.

— Je compatis, murmura Locke.

Les matelots de l'*Orchidée* les conduisirent jusqu'à la poupe, précédant Jean de quelques pas. Sur le gaillard d'arrière, juste devant l'escalier menant aux cabines, un groupe de marins immobilisa de nouveau Jean sur un geste invisible de Delmastro.

— L'invitation ne concerne que Ravelle, expliqua-t-elle. Maître Valora peut attendre ici jusqu'à ce que nous voyions comment l'entretien se passe.

— Ah ! dit Locke. Cet endroit te convient, Jérôme ?

— Des murs froids ne font pas une prison, récita Jean avec un sourire. Pas plus que le fer ne retient un esclave.

Le lieutenant Delmastro le regarda d'un air étrange. Elle reprit la parole après quelques secondes de silence :

— Et voleront les mots audacieux prononcés par ceux qu'on vient d'enchaîner – comme les étincelles d'une pierre à briquet, chaudes et longues comme une vie.

— Vous connaissez les *Dix Renégats honnêtes*, dit Jean.

— Tout comme toi. Voilà qui est *très* intéressant et… tout à fait hors sujet. (Elle donna une poussée presque amicale à Locke en direction de l'escalier.) Reste ici, Valora. Un geste menaçant du doigt et tu mourras sur place.

— Mes doigts sauront se tenir.

Locke descendit les marches en trébuchant et arriva dans une coursive obscure qui ressemblait beaucoup à celle du *Messager Rouge* – bien qu'elle fût plus grande. Si ses rapides estimations étaient correctes, l'*Orchidée-Poison* était une fois et demie plus long que son ex-navire. Il y avait deux petites cabines de part et d'autre de la coursive et celle de poupe au fond ; les premières étaient fermées par un rideau de toile, la troisième par une solide porte en bois-sorcier – close, pour le moment. Ezri poussa Locke sur le côté d'un geste ferme et frappa trois fois sur le battant.

— C'est Ezri, avec le point d'interrogation, cria-t-elle.

Un moment plus tard, on déverrouilla la porte de l'intérieur et Delmastro fit signe à Locke de passer en premier.

Contrairement à celle de Ravelle, il était clair que la cabine était occupée depuis longtemps, car sa propriétaire en avait fait un lieu de vie confortable. Elle était richement éclairée par des lampes alchimiques – des lampes-joyaux à facettes dans des armatures en or ; la pièce croulait sous des couches de tapisseries et de coussins en soie ; plusieurs coffres soutenaient un dessus de table laqué où s'entassaient des plats vides, des cartes pliées et des instruments de navigation dont la qualité ne faisait aucun doute. Locke sentit un pincement au cœur en voyant sa propre malle par terre, grande ouverte, près de la chaise de Drakasha.

Les volets avaient été ouverts. Drakasha était assise devant les fenêtres de poupe, ne portant ni son manteau ni son armure ; elle tenait une fillette de trois ou quatre ans sur ses genoux. À l'extérieur, Locke aperçut le *Messager Rouge*, de plus en plus difficile à distinguer dans l'obscurité grandissante. Il grouillait cependant de lumières qui s'agitaient de-ci de-là – sans doute les lanternes des équipes chargées des réparations.

Locke jeta un coup d'œil sur sa gauche pour voir qui avait ouvert la porte, puis il baissa les yeux et croisa le regard d'un petit garçon ; il avait une chevelure bouclée et, selon toute apparence, était à peine plus âgé que la fillette qui était dans les bras de Zamira. Les deux enfants ressemblaient à la femme capitaine et avaient les mêmes cheveux noir d'encre, mais leur peau était un peu plus claire, comme le sable du désert dans l'ombre. Ezri passa la main dans la chevelure du garçon d'un geste affectueux tandis qu'elle poussait Locke à l'intérieur de la cabine. L'enfant s'écarta timidement.

— Là, dit Zamira en ignorant l'arrivée de Locke et Ezri. (Elle pointa un doigt vers une fenêtre arrière.) Tu vois, Cosetta ? Tu sais ce que c'est ?

— Bateau, répondit la fillette.

— C'est ça.

Zamira sourit.

Non, corrigea Locke, *cela ressemblait plus à un rictus satisfait qu'à un sourire.*

— C'est le *nouveau* bateau de maman. Et maman y a trouvé une jolie pile de pièces *d'or.*

— D'or, répéta la petite fille en battant des mains.

— Eh oui ! Mais regarde ce bateau, ma chérie. Regarde ce bateau. Est-ce que tu peux dire à maman comment on appelle ces grandes choses ? Ces grandes choses qui montent vers le ciel ?

— C'est... Euh... Ah ! Non.

— Non, tu ne sais pas ou non, tu ne veux pas, petite mutine ?

— Ma tine !

— Pas sur le bateau de maman, Cosetta. Regarde encore une fois. Maman t'a déjà dit comment ça s'appelle, n'est-ce pas ? Ils montent vers le ciel, ils portent les voiles et ils...

— Un mât ! dit la fillette.

— *Les* mâts, mais tu y étais presque. Et combien y en a-t-il ? Combien de *mâts* a le nouveau petit bateau de maman ? Compte-les pour moi.

— Deux.

— Comme tu es intelligente ! Le nouveau bateau de maman a deux mâts, tu as raison. (Zamira approcha son visage de celui de sa fille et leurs nez se touchèrent ; Cosetta gloussa.) Maintenant, trouve-moi des choses qui vont par *deux.*

— Euh...

— Ici, dans cette cabine, Cosetta. Trouve deux quelque chose pour maman.

— Euh...

La fillette regarda autour d'elle en se fourrant la plus grande partie de la main gauche dans la bouche. Puis ses yeux s'arrêtèrent sur une paire de sabres dans leurs fourreaux, posés contre la cloison juste sous une fenêtre de poupe.

— Épées !

— C'est bien ! (Zamira l'embrassa sur la joue.) Maman a *deux* épées. Enfin, tu en vois deux, mon amour. Maintenant, tu veux bien être une gentille petite fille et monter sur le pont avec Ezri ? Maman doit parler à cet homme en tête à tête pendant un moment. Paolo ira avec toi, lui aussi.

La lieutenant traversa la cabine pour prendre Cosetta dans ses bras et la fillette s'accrocha à elle avec un plaisir évident. Paolo suivit Ezri comme une ombre en prenant soin de la garder entre Locke et lui. Caché derrière les jambes de la seconde, il lançait parfois un bref coup d'œil au voleur quand il parvenait à rassembler assez de courage pour cela.

— Vous êtes sûre que vous voulez rester seule avec lui, capitaine ?

— Tout se passera bien, Del. À ta place, c'est plutôt de Valora que je me méfierais.

— Il est menotté et surveillé par quatre hommes.

— Je pense que ça devrait suffire. Et les marins du *Messager Rouge* ?

— Ils sont tous sous le gaillard d'avant. Tréganne est en train de les examiner.

— Parfait. Je ne vais pas tarder à vous rejoindre. Prends Paolo et Cosetta, amène-les à Gwillem et laisse-les s'asseoir sur le gaillard d'arrière – pas trop près du bastingage, bien sûr.

— À vos ordres.

— Et dit à Gwillem que s'il lui reprend l'envie de leur faire boire de la bière non coupée, je lui arrache le cœur avant de pisser dans le trou.

— Je le lui répéterai mot pour mot, capitaine.

— Allez vous deux, ouste ! Si vous n'êtes pas gentils avec Ezri et Gwillem, mes chéris, maman ne sera pas contente *du tout*.

La lieutenant Delmastro sortit de la cabine en emmenant les deux enfants et referma la porte derrière elle. Locke se demanda comment aborder cette discussion. Il ne savait presque rien à propos de Drakasha, il n'avait aucun point faible ou préjugé à exploiter. Dévoiler les différentes identités sous lesquelles il opérait serait sans doute une erreur. Pour le moment, il était préférable de jouer le rôle de Ravelle le mieux possible.

La capitaine Drakasha ramassa les sabres dans leurs fourreaux et concentra son attention sur Locke pour la première fois. Il décida de parler le premier, de manière amicale :

— Ce sont vos enfants ?

— Mais *qu'est*-ce qui pourrait bien échapper à l'impitoyable sagacité d'un ancien officier des services de renseignements ? (Elle fit glisser une arme hors de son fourreau avec un doux sifflement métallique et l'agita en direction de Locke.) Assis !

Locke obtempéra. La seule chaise inoccupée se trouvait près de la table. Il s'y installa donc et croisa ses mains menottées sur ses genoux. Zamira se mit à l'aise sur son siège et se tourna vers son prisonnier avant de poser le sabre en travers de ses cuisses.

— D'où je viens, dit-elle, nous avons une coutume à propos des questions posées au-dessus d'une lame nue. (Elle parlait avec un accent marqué et harmonieux, un accent que Locke ne parvint pas à identifier.) Tu la connais ?

— Non, mais je crois qu'il est facile de deviner en quoi elle consiste.

— Bien. Il y a quelque chose qui ne tient pas debout dans ton histoire.

— Il n'y a pratiquement *rien* qui tienne debout dans mon histoire, capitaine Drakasha. J'avais un navire, un équipage et une petite fortune. Maintenant, j'enlace un sac de patates au fond d'une cale qui empeste autant qu'une chope de bière qu'on n'a pas rincée.

— N'escompte pas une relation durable avec le sac de patates. Je voulais juste te mettre de côté le temps de parler un peu avec quelques marins du *Messager*.

— Ah ! Et comment se porte mon équipage ?

— Nous savons tous les deux que ce n'est pas ton équipage, Ravelle.

— Comment se porte l'équipage, alors ?

— Son état est satisfaisant, mais ce n'est certainement pas grâce à toi. Ils ont perdu la volonté de se battre dès qu'ils se sont rendu compte de notre nombre. La plupart semblaient impatients de se rendre. Nous nous sommes donc emparés du *Messager* sans plus de dommages que quelques bleus et un peu de fierté blessée.

— Je vous en remercie.

— Nous ne l'avons pas fait pour tes beaux yeux, Ravelle. En fait, tu as eu une sacrée chance que nous ayons été dans les environs. J'aime naviguer dans le sillage des tempêtes de fin d'été. Elles ont tendance à recracher des proies juteuses dans un état qui leur interdit de refuser notre hospitalité.

Drakasha plongea une main dans le coffre de Locke, fouilla à l'intérieur et en tira une petite liasse de papiers.

— Maintenant, je veux savoir qui sont Léocanto Kosta et Jérôme de Ferra.

— De fausses identités. De faux visages que nous avons portés pour des raisons professionnelles à Tal Verrar.

— Au service de l'Archon ?

— Oui.

— Presque tous ces documents sont signés « Kosta ». De petites lettres de crédit ou de référence… Une commande pour un ensemble de chaises… Un reçu pour des vêtements en dépôt. Le seul où apparaît le nom de Ravelle est ce brevet militaire d'officier de la flotte verrarienne. Dois-je t'appeler Orrin ou Léocanto ? Qui est le personnage fictif ?

— Autant que vous continuiez à m'appeler Ravelle, répondit Locke. Voilà des années que je suis mentionné sous ce nom dans le registre des officiers. C'est sous ce nom que j'ai touché ma solde.

— Tu es natif de Tal Verrar ?

— Du continent. Je suis né dans un village qui s'appelle Vo Sarmara.

— Que faisais-tu avant de passer au service de l'Archon ?

— J'étais comme qui dirait un homme de poids.

— C'est une nouvelle profession ?

— J'entends par là que j'étais un maître des poids et balances, pour un syndicat de marchands. J'étais un « homme de poids » parce que je m'occupais des pesées, vous comprenez ?

— C'est amusant. Pour un syndicat de Tal Verrar ?

— Oui.

— Dans ce cas, tu as sûrement travaillé pour le Priori.

— Cela faisait partie du, euh... des raisons pour lesquelles les gens de Stragos tenaient tant à m'engager. Quand je n'ai plus servi à rien en tant qu'agent infiltré dans le syndicat, on m'a confié d'autres tâches.

— Hm... J'ai longuement parlé avec Jabril. Assez longuement pour croire sans difficulté que ton brevet de capitaine est un faux. Est-ce que tu as vraiment une expérience de soldat ?

— Je n'ai pas reçu de véritable formation militaire, si c'est ce que vous voulez savoir.

— C'est étrange que tu aies eu assez d'autorité pour faire main basse sur un navire de guerre, même un petit.

— Quand ils avancent leurs pions assez lentement pour ne contrarier personne, les capitaines des services secrets ont un pouvoir de réquisition énorme. Enfin, ils l'avaient. Je crains que mes collègues soient bientôt soumis à une surveillance inopportune, après mes exploits.

— Quel malheur ! Pourtant... je trouve de nouveau étrange que, lorsque tu étais à mes pieds, tu aies demandé mon nom. Je pensais que mon identité était connue de tous ceux qui travaillent pour l'Archon. Combien de temps es-tu resté à son service ?

— Cinq ans.

— Tu as donc commencé après la défaite de la Libre Armada. Cependant, en tant que Verrari...

— On m'a fait une vague description de vous, dit Locke. Guère plus que votre nom et celui de votre navire. Je peux vous assurer que, si l'Archon s'était donné la peine de faire peindre votre portrait pour nous le montrer, aucun de ses agents n'aurait oublié une femme aussi ravissante.

— C'est fort galant, mais tu gagnerais du temps en considérant que je suis imperméable à la flatterie.

— Quel dommage ! C'est pourtant un domaine dans lequel *j'excelle.*

— Une troisième anomalie m'a frappée : tu as semblé vraiment surpris de voir mes enfants à bord.

— C'est que, euh… j'ai juste trouvé curieux que vous les ayez avec vous. En mer. Au milieu de tous ces dangers dus à… cet état de fait.

— Où pourrais-je les laisser si je veux garder un œil sur eux ? (Zamira tripota la garde du sabre posé sur ses genoux.) Paolo a quatre ans, Cosetta trois. Est-ce que vos renseignements sont à ce point obsolètes que tu ne connaissais pas leur existence ?

— Écoutez, mon travail consistait à mener des opérations *intramuros* contre le Priori et d'autres dissidents. Je n'ai pas vraiment prêté attention aux affaires maritimes qui n'influaient pas sur le montant de ma solde.

— Il y a une récompense de cinq mille solaris pour ma tête. La mienne et celle de tous les autres capitaines qui ont survécu à la guerre de Reconnaissance. Je sais que des descriptions précises de ma famille et de moi ont circulé à Tal Verrar l'année dernière. J'ai même eu quelques-unes de ses affiches entre les mains. Tu espères que je vais croire qu'un homme occupant ton poste pouvait l'ignorer ?

— Je ne voudrais pas blesser votre fierté, capitaine Drakasha, mais comme je vous l'ai dit, je n'étais pas marin…

— Ça n'a guère changé.

— Je ne l'étais pas et je ne le suis toujours pas. Mon attention était tournée vers la cité. J'ai eu peu de temps pour apprendre les règles essentielles de survie quand je me suis retrouvé en position de m'emparer du *Messager*.

— Et pourquoi as-tu fait ça ? Pourquoi s'emparer d'un navire et prendre la mer ? Un acte qui sort complètement des compétences que tu affirmes être les tiennes ? Si tu t'occupais des affaires de la cité et du continent, pourquoi tu ne t'es pas cantonné aux milieux qui t'étaient familiers ?

Locke s'humecta les lèvres devenues un peu trop sèches à son goût. Il avait ingurgité tout un dossier contenant des informations sur l'histoire d'Orrin Ravelle, mais le personnage n'avait pas été conçu en vue de résister à un interrogatoire sur son passé.

— Ça peut sembler étrange, dit-il, mais c'était la *meilleure* solution. Ainsi qu'on a pu le voir, mon faux brevet d'officier de marine me permettait de nuire au maximum à l'Archon. Le vol d'un navire avait un peu plus de panache que, disons, le vol d'un chariot.

— Et qu'a donc fait l'Archon pour mériter ce geste plein de *panache* ?

— J'ai juré de ne jamais plus aborder ce sujet.

— C'est bien pratique.

— Au contraire. Je regrette de ne pouvoir vous rassurer sur ce point.

— Me rassurer ? Comment tes paroles pourraient-elles me rassurer ? Tu mens, accommodes de vieux mensonges et refuses de me dire pourquoi tu t'es embarqué dans une aventure aussi folle. Si tu ne veux pas me fournir de réponses, je devrais considérer que tu représentes une menace pour ce navire et que je risque de déplaire à Maxilan Stragos en t'accueillant à bord. Je ne peux pas me permettre ce luxe. Je crois qu'il est temps que je te remette où je t'ai trouvé.

— Dans la cale ?

— À la mer.

— Ah ! (Locke fronça les sourcils, puis se mordit l'intérieur de la joue droite pour ne pas rire.) Ah, capitaine Drakasha. Vous avez manœuvré avec *beaucoup* de finesse. C'est encore du travail d'amateur, mais c'est plein de fraîcheur. Une personne n'ayant pas mon expérience aurait pu se laisser avoir.

— Malédiction. (Un sourire pincé se dessina sur les lèvres de Drakasha.) J'aurais dû tirer les rideaux des fenêtres de poupe.

— Oui. Je vois vos hommes grouiller sur le *Messager* au moment même où je vous parle. Je suppose que vos marins sont en train de démêler le bordel qu'il y a dans les gréements pour qu'il puisse aller un peu plus vite qu'un bébé à quatre pattes, pas vrai ? Si vous aviez vraiment la trouille de déplaire à l'Archon, vous couleriez ce navire au lieu de le réparer pour le vendre.

— C'est exact.

— Ce qui signifie...

— Ce qui signifie que je n'ai pas fini de poser des questions, Ravelle. Parle-moi de ton complice, maître Valora. Un ami ?

— Un vieil associé. À Tal Verrar, il m'a aidé pour un travail... répréhensible.

— Un simple associé ?

— Je le paie grassement et je lui fais confiance en affaires, oui.

— Il semble avoir reçu une curieuse éducation. (Zamira pointa le doigt vers le plafond de sa cabine : une petite lucarne était légèrement entrouverte pour laisser entrer l'air venant du gaillard d'arrière.) Je l'ai entendu citer Lucarno en compagnie d'Ezri il y a quelques minutes.

— *La Tragédie des dix renégats honnêtes*, dit Locke. C'est une œuvre que Jérôme... apprécie beaucoup.

— Il sait lire. D'après Jabril, ce n'est pas un marin, mais il est capable de faire des calculs complexes. Il parle vadran. Il emploie des termes de marchands et sait se déplacer au milieu des marchandises. Je dirais donc qu'il vient d'une famille de négociants prospères. (Locke resta silencieux.) Il était avec toi avant que tu commences à travailler pour l'Archon, n'est-ce pas ?

— Il servait le Priori, en effet. (Selon toute probabilité, il n'allait pas être facile de trouver à Jean un rôle crédible dans les hypothèses de Drakasha, mais Locke s'y attendait.) Je l'ai emmené avec moi quand j'ai accepté de servir l'Archon.

— Mais pas en tant qu'ami.

— Juste en tant qu'excellent agent.

— Un espion amoral, comme il fallait s'y attendre dans de telles circonstances. (Drakasha se leva, se plaça sous la lucarne et haussa la voix.) Ohé, du pont !

— Oui, capitaine ? répondit Ezri.

— Del, fais descendre Valora jusqu'ici.

Quelques instants plus tard, la porte de la cabine s'ouvrit et Jean entra, suivi de la lieutenant Delmastro. Le capitaine Drakasha tira soudain son second sabre. Les fourreaux vides s'entrechoquèrent sur le plancher tandis qu'elle pointait une arme sur Locke.

— À la seconde où tu te lèves de cette chaise, tu es mort.

— Qu'est-ce qui se...

— Silence, Ezri. Je veux qu'on *s'occupe* de Valora.

— À vos ordres, capitaine.

Avant que Jean ait le temps d'ouvrir la bouche, Ezri lui administra un puissant coup de pied derrière le genou – si rapide et bien placé que Locke ne put retenir une grimace. Elle enchaîna avec une bourrade qui fit tomber Jean à quatre pattes.

— Il est encore possible que tu me serves à quelque chose, Ravelle, mais je ne peux pas te laisser ton agent.

Drakasha fit un pas vers Jean et leva le sabre qu'elle tenait dans la main droite.

Locke bondit de sa chaise avant de pouvoir s'en empêcher. Il se rua vers la capitaine en essayant de lui attraper les mains avec les chaînes des menottes.

— NON ! hurla-t-il.

La cabine tournoya violemment autour de lui et il se retrouva par terre, une douleur sourde irradiant sa mâchoire. Avec une ou deux fractions de seconde de retard, son esprit arriva à la conclusion que Drakasha l'avait frappé au menton avec la garde d'un sabre. Il était maintenant allongé sur le dos. La pointe d'une lame se balançait quelques centimètres au-dessus de son cou. Il eut l'impression que Drakasha mesurait trois mètres.

— S'il vous plaît, bafouilla-t-il. Pas Jérôme. C'est inutile.

— Je sais, répondit Drakasha. Ezri ?

— On dirait que je vous dois dix solaris, capitaine.

— Tu aurais dû t'en douter, dit Drakasha avec un sourire. Tu as entendu ce que Jabril a dit à propos de ces deux-là.

— J'ai entendu, j'ai entendu. (Ezri s'agenouilla près de Jean ; elle semblait vraiment inquiète.) Je pensais juste que Ravelle n'aurait pas le courage de faire ça.

— En règle générale, ce genre d'attitude fonctionne dans les deux sens.

— De ça aussi, j'aurais dû m'en douter.

Locke leva les mains et écarta la lame de Drakasha. La capitaine le laissa faire. Il ignora la douleur lancinante à la mâchoire – il savait au moins que celle-ci n'était pas cassée –, roula sur le ventre, s'agenouilla tant bien que mal et saisit Jean par un bras.

— Ça va, Jérôme ?

— Très bien. J'ai juste les mains un peu écorchées.

— Je suis désolée, dit Ezri.

— Ne vous inquiétez pas. C'était un coup splendide. Vous ne pouviez pas faire grand-chose d'autre pour faire tomber un type de ma corpulence. (Il se releva avec difficulté, aidé par Locke et Ezri.) Un coup de poing dans les reins, peut-être.

Ezri montra le jeu de bagues métalliques qui ornaient les doigts de sa main droite.

— C'était la solution de rechange.

— La vache, je suis content que vous vous en soyez passée. Mais vous auriez pu… J'aurais pu tomber en arrière si vous ne m'aviez pas poussé assez vite. En étant dans mon dos et en crochetant mon tibia avec votre jambe…

— J'y ai pensé. Ça ou un bon direct dans le point sensible de l'aisselle…

— Et une clé de bras, oui. Ç'aurait fait l'affaire…

— Mais je n'ai pas confiance en ce genre de prise quand j'ai affaire à quelqu'un d'aussi lourd que toi. On a un mauvais point d'appui à moins de…

Drakasha se racla la gorge avec ostentation. Jean et Ezri se turent aussitôt, presque comme des écoliers pris en faute.

— Tu m'as menti à propos de Jérôme, Ravelle.

Elle récupéra sa ceinture et glissa les sabres dans leurs fourreaux. Les gardes heurtèrent le bout des étuis avec un claquement sec.

— Ce n'est pas un agent que tu as engagé. C'est un ami. Le genre d'ami prêt à refuser de t'abandonner seul dans un canot. Le genre d'ami que *tu* es prêt à protéger, même si je t'ai prévenu que ça te coûterait la vie.

— Bien joué, dit Locke en sentant une vague chaleur envahir ses joues. C'était donc le but de cette petite mise en scène.

— Plus ou moins. J'avais besoin de savoir quel genre d'homme tu es avant de décider ce que je vais faire de toi.

— Et qu'avez-vous décidé ?

— Tu es impulsif, prétentieux et un peu trop malin. Tu es persuadé que tes faux-fuyants te rendent irrésistible et, comme Jérôme, tu es prêt à mourir bêtement pour porter secours à ton ami.

— Ouais. Eh bien… J'ai peut-être fini par m'attacher à ce gros lard au fil des années. Ça signifie que nous retournons dans la cale ou à la mer ?

— Ni l'un ni l'autre. Vous allez au gaillard d'avant où vous mangerez et dormirez avec les marins du *Messager Rouge*. Je décortiquerai tes autres mensonges à loisir. Pour le moment, je suis satisfaite : si tu dois t'occuper de Jérôme, tu ne feras pas l'idiot.

— Qu'est-ce que ça fait de nous ? Des esclaves ?

— Personne n'a d'esclaves sur ce navire, lâcha Drakasha d'une voix où perçait la menace. Ce qui ne nous empêche pas d'exécuter notre lot de gens qui se croient trop malins.

— Je pensais pourtant que je maniais le faux-fuyant avec un certain charme.

— Retiens ceci : ton univers se résume aux quelques centimètres carrés inoccupés que je t'accorde sur le pont, et tu as une chance de tous les diables d'en bénéficier. Ezri et moi expliquerons la situation à tout le monde sur le gaillard d'avant.

— Et nos affaires ? Les documents, je veux dire ? Les papiers personnels ? Gardez l'or, mais…

— Le garder ? Tu penses vraiment ce que tu dis ? Ezri, quel homme adorable ! (Drakasha referma le coffre de Locke du bout du pied droit.) Disons que tes documents sont retenus en otages, pour s'assurer que tu restes sage. Je manque de parchemin vierge et j'ai deux enfants qui viennent de découvrir les joies du dessin à l'encre.

— Je vois où vous voulez en venir.

— Ezri, amène-les là-haut et enlève-leur les menottes. Reprenons notre rôle et faisons semblant d'être occupées.

2

Sur le gaillard d'arrière, ils rencontrèrent une femme d'environ quarante ans à la mine soucieuse ; elle était petite et large d'épaules ; un halo de cheveux blancs longs comme un doigt surplombait un visage marqué qui, sans le moindre doute, avait passé de nombreuses années à contempler le monde d'un œil renfrogné ; ses grands yeux de prédateur étaient sans cesse à l'affût, comme ceux d'un hibou incapable de décider s'il a faim ou s'il s'ennuie.

— Vous auriez eu du mal à trouver un lot plus affligeant, même en cherchant bien, déclara-t-elle sans préambule.

— Tu as peut-être remarqué que le marché des navires à attaquer n'est pas vraiment à la hausse ces derniers temps.

Zamira accepta les manières de son interlocutrice avec un naturel sans doute né d'une longue fréquentation.

— Eh bien, si vous voulez de la corde tissée à partir de chanvre effiloché, ne venez pas vous plaindre au cordier quand elle vous claquera entre les doigts.

— Je me garderai bien de te faire la moindre remontrance, Érudite : le reste de l'équipage passerait encore des semaines invivables. Combien ?

— Vingt-huit sur le gaillard d'avant. On a dû en laisser huit à bord du navire dont nous nous sommes emparés. Tous ont des os cassés et il ne serait pas prudent de les déplacer.

— Est-ce qu'ils tiendront le coup jusqu'à Port-Prodigue ?

— Si leur rafiot ne tombe pas en pièces avant. À condition qu'ils fassent ce que je leur ai dit de faire, ce qui n'est pas gagné…

— Je suis certaine que nous ne pouvons pas faire davantage pour eux. Comment se portent les vingt-huit autres ?

— Je pense que vous m'avez entendue prononcer le mot « affligeant », qui sous-entend que je suis affligée du fait de leur affliction. Je pourrais employer quantité d'autres termes techniques et bien peu seraient imaginaires…

— Tréganne, ma patience s'est envolée en même temps que ta beauté : il y a belle lurette.

— La plupart souffrent toujours des effets d'une longue détention. Nourriture insuffisante, peu d'exercice, malaises nerveux. Leurs repas se sont améliorés depuis qu'ils ont quitté Tal Verrar, mais ils sont épuisés et mal en point. Je dirais qu'une poignée d'entre eux est dans un état de santé correct. Un nombre équivalent est tout à fait inapte au travail tant que je n'aurai pas décidé du contraire. Je serai intransigeante sur ce point…, capitaine.

— Je respecterai ton avis. Des maladies ?

— Par miracle, pas la moindre – si vous parlez de contagions et de fièvres. Quant aux infections d'origine sexuelle, elles sont presque inexistantes. Ces hommes ont été enfermés et tenus à l'écart des femmes pendant des mois, et la plupart sont des Est-Thérins – ils ne sont guère tentés par leurs petits camarades, vous voyez.

— Ils ne savent pas ce qu'ils perdent. Si j'ai encore besoin de toi…

— Je serai dans ma cabine, bien entendu. Et surveillez vos enfants : il semblerait que ce soient eux qui tiennent le gouvernail.

Locke observa la femme tandis qu'elle s'éloignait d'un pas lourd. Un de ses pieds frappait le pont avec un bruit sourd et creux, comme s'il était en bois, et elle marchait en s'aidant d'une canne faite de cylindres blancs empilés les uns sur les autres. De l'ivoire ? Non, plutôt la colonne vertébrale d'une malheureuse créature, maintenue et consolidée par des joints métalliques brillants.

Drakasha et Delmastro se tournèrent vers la barre du navire – une double roue, comme celle du *Messager*. À cet instant, elle était tenue par un jeune homme d'une taille hors du commun, tout en os et dégingandé. Il était encadré par Paolo et Cosetta qui ne touchaient pas vraiment la barre, mais imitaient les gestes du marin en gloussant.

— Mumchance, dit Drakasha en s'approchant à grands pas. (Elle écarta Cosetta de la roue.) Où est Gwillem ?

— Gréements d'aisance.

— Je lui ai *dit* qu'il était de garderie, dit Ezri.

— Je vais lui arracher les yeux, grommela Drakasha.

Mumchance resta imperturbable.

— Un homme doit pisser, capitaine.

— Pisser, marmonna Cosetta.

— Tais-toi. (Zamira contourna Mumchance et éloigna Paolo de la roue comme elle l'avait fait pour sa fille.) Mum, tu sais très bien qu'ils ne doivent pas toucher la roue ou le bastingage.

— Ils ne la touchaient pas, capitaine.

— Pas plus qu'ils ne doivent danser à côté de toi, s'accrocher à tes jambes ou t'aider à manœuvrer le navire de toute autre manière que ce soit. C'est clair ?

— Pigé.

— Paolo, dit Drakasha, tu ramènes ta sœur dans la cabine et tu m'y attends.

— Oui, dit le garçon d'une voix aussi ténue que le frottement de deux feuilles de papier.

Il attrapa la main de Cosetta et l'entraîna vers la poupe.

Drakasha se dirigea vers la proue à vive allure, croisant au passage de petits groupes de marins qui travaillaient ou mangeaient. Tous la saluèrent d'un hochement de tête ou d'un geste de la main respectueux. Ezri poussa Jean et Locke dans le sillage de la capitaine.

Près des poulaillers, Drakasha croisa un Vadran replet, mais alerte, un peu plus âgé qu'elle. Il portait une veste noire élégante, quoiqu'un peu prétentieuse, couverte de boucles de cuivre terni ; ses cheveux gris-blond étaient rassemblés en une queue-de-cheval épaisse qui lui descendait jusqu'à la taille. Drakasha tendit le bras gauche et saisit l'homme par le devant de sa tunique.

— Gwillem, quand Ezri t'a demandé de « surveiller les enfants pendant quelques minutes », quels sont les mots que tu n'as pas compris ?

— Je les ai laissés avec Mum, capitaine…

— C'était à toi de t'en occuper, pas à lui.

— Mais, vous lui faites confiance pour manœuvrer le navire, alors pourquoi vous ne lui confieriez pas vos…

—Je suis tout à fait prête à lui confier mes deux trésors, Gwillem, mais il se trouve que je suis un peu maniaque et que je tiens à ce qu'on obéisse à mes ordres.

—Capitaine, dit Gwillem à voix basse. Il fallait que je balance un colombin dans la grande bleue, d'accord ? J'aurais pu les emmener aux gréements d'aisance, mais je ne suis pas sûr que vous auriez apprécié cette leçon de choses…

—Par Iono, il fallait te retenir. Tu devais seulement les garder quelques minutes. Maintenant, va rassembler tes affaires.

—Mes affaires ?

—Tu prends le dernier canot pour rejoindre le *Messager* et l'équipage chargé de le ramener à Port-Prodigue.

—L'équipage chargé de le ramener ? Capitaine, vous savez bien que je ne suis pas très doué pour…

—Je veux qu'on passe ce bateau au peigne fin et qu'on fasse l'inventaire de tout ce qu'il contient, du beaupré au couronnement. Fais-moi la liste de tout. Quand je marchanderai avec le Fourgueur de navires, je veux savoir avec précision jusqu'où cet enfoiré essaiera de m'entuber.

—Mais…

—J'attends ton rapport écrit pour notre arrivée à Port-Prodigue. Nous savons tous les deux qu'il n'y avait pas vraiment de butin digne d'intérêt aujourd'hui, alors va à bord du *Messager* et mérite ta part.

—À vos ordres, capitaine.

—Mon maître de manœuvre, dit Zamira alors que Gwillem s'éloignait en traînant les pieds et en jurant. Il n'est pas mauvais, je vous assure. C'est juste qu'il préfère que le travail… l'*évite* aussi souvent que possible.

À la proue, le pont du gaillard d'avant surplombait le pont extérieur d'environ un mètre trente et était pourvu d'un large escalier de chaque côté. Entre ces derniers, une ouverture sans porte menait à un endroit sombre qui tenait à la fois de la cale et de l'espace de rampement sous le gaillard d'avant. D'après les estimations de Locke, il devait mesurer sept à huit mètres de long.

La plupart des hommes du *Messager Rouge* s'entassaient sur le pont du gaillard d'avant et les escaliers, sous la surveillance relâchée d'une demi-douzaine de marins en armes. Jabril était assis près d'Aspel, devant ses camarades. Le fait de revoir Jean et Locke sembla l'amuser au plus haut point. Derrière lui, les matelots se mirent à grommeler.

—La ferme ! lança Ezri en s'interposant entre eux et Zamira.

Ne sachant pas vraiment quoi faire, Locke se tint sur le côté en compagnie de Jean et attendit des instructions. Drakasha s'éclaircit la gorge.

— Certains d'entre nous n'ont pas été présentés. Je suis Zamira Drakasha, capitaine de l'*Orchidée-Poison*. Écoutez-moi un peu. Jabril m'a raconté que vous vous êtes emparés de ce navire à Tal Verrar en pensant devenir pirates. Est-ce que quelqu'un a changé d'avis ?

La plupart des marins du *Messager* secouèrent la tête ou démentirent en grommelant.

— Parfait. Je suis ce que votre ami Ravelle prétendait être.

Drakasha tendit un bras et le passa autour des épaules de Locke. Elle sourit avec emphase et plusieurs hommes du *Messager* – parmi les moins épuisés – laissèrent échapper un petit rire nerveux.

— Je ne connais ni maître ni seigneur. Je hisse le pavillon rouge quand j'ai faim et un pavillon de complaisance quand je suis repue. Je n'ai qu'un seul port d'attache : Port-Prodigue, dans les Vents Fantômes. Nul autre endroit ne veut de moi. Nul autre endroit n'est *sûr*. Si vous voulez rester sur ce pont, il faut accepter ce risque. Je sais que certains d'entre vous ne comprennent pas. Pensez au monde. Pensez à tous les endroits du monde à l'exception de ce navire, à l'exception d'un misérable petit port perdu qui n'est rien d'autre que le trou du cul de cette planète. Voilà à quoi vous renoncez. À toute chose, à toute personne, à tout endroit.

Elle lâcha Locke et remarqua avec satisfaction l'expression sombre des marins du *Messager*. Elle pointa un doigt sur Ezri.

— Voici ma seconde, Ezri Delmastro. Nous l'appelons « lieutenant » et vous ferez de même. Si elle dit quelque chose, je suis d'accord avec elle. Ne pensez jamais le contraire.

» Vous avez déjà fait la connaissance du medekiner de bord. L'Érudite Tréganne m'a dit que votre état de santé pourrait être meilleur et pourrait être pire. Ceux qui en ont besoin se reposeront. Vous ne me servez à rien si vous n'êtes pas en état de travailler.

— Sommes-nous invités à nous joindre à votre équipage, capitaine Drakasha ? demanda Jabril.

— On vous offre une chance de le faire, répondit Ezri. C'est tout. Une fois mon discours terminé, vous ne serez plus des prisonniers, mais vous ne serez pas libres non plus. Vous serez ce qu'on appelle « des corvéables ». Vous dormirez ici, dans ce que nous appelons le gaillard de dessous. En gros, c'est le pire endroit du navire. S'il y a un boulot dégueulasse à faire, c'est vous qui le ferez. Si nous manquons de couvertures ou de vêtements, vous ferez sans. Pour la nourriture et la boisson, vous passerez en dernier.

— Chaque membre de mon équipage a le droit de vous donner des ordres, reprit Drakasha quand Ezri se tut. (Locke eut l'impression que leur numéro était rodé depuis des années.) Et vous devrez obéir jusqu'au dernier. Il n'y a pas de châtiments particuliers à bord : faites les malins ou tirez au flanc et quelqu'un viendra vous dérouiller ; foutez assez le bordel pour que je le remarque et je vous balancerai par-dessus bord. Vous croyez que je plaisante ? Demandez donc à quelqu'un qui fait partie de l'équipage depuis un moment.

— Il faudra qu'on reste corvéables pendant combien de temps ? voulut savoir un des plus jeunes marins presque derrière tout le monde.

— Jusqu'à ce que vous ayez prouvé votre valeur, répondit Drakasha. Nous levons l'ancre dans quelques minutes pour mettre le cap sur Port-Prodigue. Ceux qui voudront débarquer une fois arrivés seront libres de le faire. Vous ne serez pas vendus – ce navire n'est pas un négrier –, mais vous ne serez pas payés en dehors des rations et de l'eau qu'on vous aura servies à bord. Vous partirez les poches vides et, à Port-Prodigue, il est parfois préférable d'être esclave plutôt que fauché – au moins, quelqu'un se préoccupe de savoir si vous êtes en vie ou pas.

» Si nous croisons un autre navire sur le chemin, je réfléchirai à l'opportunité de l'attaquer. Si nous hissons le pavillon rouge, ce sera votre chance. Vous partirez à l'abordage les premiers. Vous foulerez le pont de l'ennemi avant n'importe lequel d'entre nous. Si nos adversaires emploient des arcs, du feu, des filets-rasoirs ou je ne sais quoi encore, vous serez les premiers à déguster et à pisser le sang. Si vous survivez, tant mieux. Vous ferez partie de l'équipage. Si vous refusez, vous serez débarqués à Port-Prodigue. Je garde des corvéables le moins longtemps possible.

Elle adressa un signe de tête à Ezri.

— Maintenant, dit Delmastro, vous disposez du gaillard d'avant et du pont extérieur jusqu'au grand mât. N'allez pas au-delà et ne touchez pas aux outils sans ordre. Si vous effleurez une arme ou essayez de vous emparer de celle d'un membre de l'équipage, je vous garantis que vous mourrez sur-le-champ. Nous sommes un peu pointilleux là-dessus.

» Vous voulez prendre un peu de bon temps avec un des nôtres, ou un des nôtres vous propose de passer un peu de bon temps en sa compagnie ? Vous êtes libres tant que vous n'êtes pas de quart et que vous ne faites pas ça sur ce putain de pont extérieur. Ici, ce qui est donné est donné. Si vous voulez vous emparer de quelque chose par la force, alors priez pour ne pas survivre à la tentative, parce que nous sommes également un peu pointilleux là-dessus.

Zamira reprit la parole en pointant un doigt sur Jean et Locke :

— Ravelle et Valora vont se joindre à vous. (Quelques hommes grommelèrent et Zamira posa la main sur la garde de ses sabres.) Faites gaffe à vos putains de manières. Vous les avez flanqués par-dessus bord pour qu'Iono les juge et je suis arrivée une heure plus tard. Ça règle la question. Si quelqu'un pense que son avis prévaut sur celui du seigneur des Eaux Avides, il peut sauter par-dessus le bastingage pour aller en discuter directement avec Lui.

— Ils sont aussi des corvéables, comme le reste d'entre vous, dit Ezri.

Les marins du *Messager Rouge* ne semblaient pas enthousiastes pour autant. Zamira s'éclaircit la gorge.

— Sur ce navire, on fait parts égales.

L'information concentra *toute* leur attention.

— Le maître de manœuvre est un type du nom de Gwillem. Il s'occupe du partage. Trente pour cent du butin reviennent au navire pour qu'on ne patauge pas dans les gréements et la toile pourris. Le reste est divisé en parts égales, une part par cœur qui bat encore.

» Vous ne toucherez pas un centira sur ce que nous avons pris sur votre navire. Et n'espérez pas d'excuses. Mais si vous avez de la chance sur la route de Port-Prodigue, si vous faites partie de l'équipage quand je vendrai le *Messager* au Fourgueur de navires, vous toucherez votre part. Ça vous fera un joli petit apport pour démarrer – *si* vous faites partie de l'équipage.

Locke ne put s'empêcher d'admirer Zamira : sa politique était sage et elle l'avait abordée dans son discours à un moment précis, calculé pour dissiper la dissension et les inquiétudes. Désormais, le *Messager Rouge* n'était plus seulement un souvenir désagréable qui disparaissait sur l'horizon, manœuvré par un équipage de remplaçants : c'était aussi une grosse somme d'argent en puissance.

Zamira se tourna et se dirigea vers la poupe, laissant à Delmastro le soin de clôturer le spectacle. Alors que les marins commençaient à discuter à voix basse, la petite lieutenant hurla :

— Vos gueules ! Vous savez maintenant comment ça se passe ici. Dans un moment, on distribuera de la nourriture et une demi-ration de bière pour vous calmer un peu. Demain, je trierai ceux d'entre vous qui ont des talents particuliers pour leur confier du travail.

» Il y a encore *une* dernière chose dont la capitaine n'a pas parlé. (Ezri fit une pause pendant plusieurs secondes afin de s'assurer que tout le monde l'écoutait avec la plus grande attention.) Les jeunes Drakasha. La capitaine a un garçon et une fille. En général, ils restent dans la cabine de leur mère, mais parfois, ils font le tour du navire. Pour vous, ils sont *sacrés*. Je suis sérieuse, encore plus que sur le reste de ce que je vous ai dit ce soir. Avisez-vous seulement de leur lancer un mot *désagréable* : je vous cloue la bite au grand mât et je vous y laisse crever de soif. Les membres de l'équipage considèrent qu'ils font partie de leur famille. Si vous devez vous rompre le cou pour sauver ces enfants, vous avez tout intérêt à le faire.

Selon toute apparence, Delmastro estima que le silence de ses auditeurs témoignait du fait qu'ils étaient fort impressionnés. Elle hocha la tête. Un moment plus tard, on entendit la voix de Drakasha monter du gaillard d'arrière, amplifiée par un gueulard :

— Levez l'ancre !

Delmastro porta à ses lèvres un sifflet accroché autour de son cou à une cordelette en cuir. Elle souffla dedans trois fois.

— Sur l'embelle ! beugla-t-elle d'une voix d'une puissance surprenante. Fixez les barres du cabestan ! Préparez-vous à remonter l'ancre ! Les corvéables valides sur l'embelle !

Sous ses ordres pressants, la plupart des marins du *Messager* se levèrent et se dirigèrent d'un pas traînant vers le centre de l'*Orchidée*. De nombreux hommes se rassemblaient déjà entre le mât de misaine et les poulaillers pour installer les longues barres du cabestan à la lueur de lanternes. Une femme prenait du sable dans un seau et le répandait sur le pont. Jean et Locke se retrouvèrent à côté de Jabril qui sourit avec ironie.

— Bien le bonsoir, Ravelle. On dirait que tu as… perdu du galon.

— Je ne me plains pas, dit Locke. Mais franchement, Jabril, je te laisse le *Messager* pendant, quoi, une heure ? Et regarde un peu ce qui arrive.

— C'est toujours une sacrée amélioration par rapport à toi, grommela quelqu'un dans le dos de Locke.

— Oh, certes ! dit ce dernier. (Il avait décidé que les prochains jours seraient plus agréables pour tout le monde si Ravelle ravalait toute fierté quant à sa brève carrière de capitaine.) Je partage cet avis du fond de mon putain de cœur.

Ezri se fraya un chemin à travers la masse des marins de plus en plus dense et sauta d'un bond sur le sommet du cabestan. Celui-ci était si large qu'elle aurait pu s'y asseoir en tailleur – et ce fut d'ailleurs ce qu'elle fit. Elle souffla deux fois de plus dans son sifflet et cria :

— C'est gréé en bas ?

Un cri monta d'une écoutille :

— Gréé en bas.

— Chacun à sa place, commanda Ezri.

Locke réussit à se faufiler à côté de Jean et s'appuya contre une des longues perches en bois. Le cabestan était plus large que celui du *Messager*, une bonne vingtaine de marins supplémentaires pouvaient se rassembler autour pour le manœuvrer. En quelques secondes, les matelots se placèrent derrière les barres.

— Bon, dit Ezri. Oh ! Hisse ! Doucement au départ ! Doucement au départ ! Avec les pieds et les épaules ! Plus vite, maintenant ! Regardez un peu la petite salope perchée ici, faites la valser jusqu'à lui filer le tournis ! Vous en crevez d'envie !

Locke poussa de toutes ses forces contre la barre, sentant le sable glisser et crisser sous ses pieds nus, s'enfoncer dans les parties sensibles entre ses orteils et dans la plante. Comme personne ne se plaignait, il se mordit les lèvres et supporta la douleur. Ezri tournait bel et bien. Cliquetis après cliquetis, le câble de l'ancre remontait. Un groupe se dirigea à bâbord pour l'arrimer. Après plusieurs minutes d'efforts, Ezri lança un bref coup de sifflet pour arrêter les marins qui manœuvraient le cabestan.

— Hissez ferme, cria-t-elle. Attachez l'ancre de bâbord.

— Virez à bâbord, vociféra la voix amplifiée de Drakasha. Grand et petit huniers volants !

Encore des courses précipitées, encore des coups de sifflet, encore plus de vacarme. Sur le cabestan, Ezri bondit sur ses pieds et lança un nouveau chapelet d'ordres :

— Les hommes disponibles dans la mâture pour déployer le grand et le petit hunier volants ! Orientez les vergues principales pour tirer bâbord ! Préparez les vergues basses pour vent debout !

Elle ne s'arrêta pas là, mais Locke cessa d'écouter tandis qu'il essayait de visualiser ce qui se passait. L'*Orchidée-Poison* avait dérivé sur une mer calme avec une seule ancre jetée et une faible brise de nord-est. Il avait dérivé de manière à se retrouver face au vent. D'après le peu qu'il comprenait des ordres d'Ezri, le navire allait glisser légèrement en arrière, puis se tourner vers l'est afin d'amener le vent par bâbord devant.

— Équipes avant et arrière, au bastingage ! Les vigies, ouvrez grands les yeux !

Ezri sauta sur le pont. Des silhouettes sombres grimpaient maintenant dans les enfléchures ; les poulies grinçaient tandis que les ténèbres s'épaississaient ; de nouveaux marins jaillissaient encore des écoutilles pour se joindre au pandémonium.

— Corvéables ! Corvéables, au gaillard de dessous et arrêtez de vous foutre dans nos pieds ! *Non*, vous deux, vous restez là ! (Ezri attrapa Jean et Locke alors qu'ils se joignaient aux hommes du *Messager*, puis elle pointa un doigt en direction de la poupe.) Le placard à outils, sous l'escalier tribord, derrière le grand mât. Prenez-y des balais et remettez-moi tout ce sable dans le seau. Quand vous aurez terminé, vous démonterez les barres du cabestan.

Les deux compères obéirent sans rechigner ; ils accomplirent ces travaux fastidieux à la lueur tremblante des lanternes alchimiques, souvent interrompus par des membres de l'équipage affairés ou peu courtois. Locke s'activa avec une mine renfrognée jusqu'à ce qu'Ezri se glisse entre Jean et lui pour murmurer :

— Ne le prenez pas mal. Ça facilitera vos relations avec votre ancien équipage.

Elle avait sacrément raison, pensa Locke. Une petite dose d'humiliation supplémentaire sur les épaules de Ravelle et Valora parviendraient peut-être à apaiser le ressentiment de leurs ex-subordonnés.

— Mes compliments, murmura-t-il.

—Je connais mon travail, répliqua-t-elle avec brusquerie. Nettoyez tout jusqu'à l'endroit où je vous ai trouvés. Ensuite, allez dans le gaillard de dessous et restez-y.

Puis elle partit s'occuper des équipes qui supervisaient une dizaine d'opérations délicates. Locke rangea les balais dans le placard avant de se faufiler vers le gaillard d'avant, Jean sur ses talons. Dans les airs, les voiles claquaient et roulaient, les gréements grinçaient tandis qu'on les tendait ou les ajustait ; des hommes et des femmes s'appelaient doucement pendant qu'ils travaillaient douze mètres au-dessus du pont.

L'*Orchidée-Poison* passa lentement bâbord amures. Il laissa dans son sillage les dernières lueurs pâlissantes du soleil comme s'il venait d'émerger d'une espèce de porte dorée et spectrale avant de prendre de la vitesse sous les premières étoiles du soir – qui brillaient avec toujours plus de vivacité dans le ciel oriental couleur d'encre.

Locke découvrit avec plaisir que Jabril avait gardé une place pour Jean et lui – pas une des plus convoitées, près de l'entrée du gaillard de dessous, mais assez grande pour qu'on puisse se tasser contre la cloison bâbord dans une obscurité relative. D'autres marins occupant des endroits plus confortables ne leur cédèrent pas un centimètre d'espace tandis que les deux compères passaient tant bien que mal devant eux pour gagner leurs places. Un ou deux grommelèrent un vague salut. Les plus agressifs, Mazucca, Aspel et quelques autres, se contentèrent d'afficher un silence hostile.

—On dirait que vous vous retrouvez vraiment au même niveau que nous, tous les deux. Bienvenue chez les galériens.

—Des galériens, dit quelqu'un que Locke ne reconnut pas, c'est ce que nous serions devenus si Ravelle ne nous avait pas tirés du Rocher Sous le Vent. C'est peut-être un connard fini, mais nous devrions le traiter en camarade, car il nous a rendu un sacré service.

Pourquoi tu n'as pas raconté tout ça quand on nous a abandonnés sur ce maudit canot ? songea Locke.

—Ouais, je suis d'accord sur le fait que c'est un connard fini, lâcha Mazucca.

—Nous sommes *tous* concernés par cette histoire de camaraderie, dit Jean sur le ton lent et mesuré qu'il réservait aux personnes qu'il s'efforçait de ne pas frapper. Orrin n'est pas tout seul, n'est-ce pas ?

—Il fait sombre ici, dit Mazucca. Nous sommes nombreux, entassés les uns sur les autres. Tu crois que tu seras assez rapide, Valora ? Tu crois que tu peux rester éveillé assez longtemps ? Vingt-huit contre deux…

—Si nous étions face à face sur le pont, tu pisserais dans ton haut-de-chausses à l'instant où je ferais craquer les articulations de mes doigts, dit Jean.

—Jérôme, intervint Locke. Du calme. Nous pouvons tous…

On entendit quelqu'un se déplacer dans les ténèbres, puis un bruit sourd et impressionnant. Mazucca laissa échapper un cri étranglé.

— Bald, espèce de pauvre con, siffla une voix inconnue. Si tu lèves la main sur eux, Drakasha nous tuera, tu piges ?

— Tu vas nous attirer de gros problèmes, dit Jabril. Tu n'as jamais entendu parler de Zamira Drakasha ? Si tu la fais chier, on risque de perdre toute chance de rejoindre son équipage. Amuse-toi à ça, Mazucca, et tu verras ce que c'est qu'être à *un* contre vingt-huit. C'est une putain de promesse.

Quelques murmures d'assentiment montèrent dans l'obscurité, suivis d'un brusque halètement tandis que la personne qui étranglait Mazucca relâchait sa prise.

— Du calme, articula Bald avec difficulté. Je vais pas... Je vais pas tout gâcher. Pas moi.

La nuit fut chaude et la chaleur dégagée par trente hommes enfermés dans un espace réduit devint vite étouffante malgré la petite grille d'aération au milieu du pont du gaillard d'avant. Au fur et à mesure que les yeux de Locke s'habituaient aux ténèbres, il distingua plus nettement les silhouettes sombres des marins regroupés près de lui. Allongés ou assis les uns contre les autres, ils faisaient penser à un troupeau. Autour d'eux, le navire bourdonnait d'une animation fébrile : des pieds martelaient le pont du gaillard d'avant ; des marins se déplaçaient, riaient et criaient sur le pont inférieur ; on entendait la gifle sifflante des vagues que fendait la proue, le bruit incessant de maintes activités et des ordres lancés depuis la poupe.

Au bout d'un moment, on proposa aux marins du *Messager* un vague repas composé de porc tiède et d'une demi-outre en cuir contenant une eau de vaisselle puante qui présentait une lointaine ressemblance avec de la bière. On fit circuler nourriture et boisson avec des gestes maladroits ; des genoux et des coudes firent connaissance avec des estomacs et des fronts jusqu'à ce que tout le monde soit servi. Puis vint la tâche – tout aussi épuisante – de ramener l'outre et les bols en fer-blanc à leur point de départ. Enfin, les hommes rampèrent les uns par-dessus les autres pour se rendre aux gréements d'aisance. Locke s'installa alors une fois pour toutes dans son minuscule espace, adossé contre Jean. À cet instant, une idée lui traversa l'esprit.

— Jabril, est-ce que quelqu'un a appris quel jour nous étions ?

— Le douzième jour de Festal, répondit Jabril. J'ai posé la question à la lieutenant Delmastro quand on m'a emmené à bord.

— Douze jours, marmonna Jean. Cette putain de tempête a duré un sacré bout de temps.

— Ouais.

Locke soupira.

Douze jours s'étaient écoulés. Ils étaient partis moins de deux semaines plus tôt, et tous les hommes présents ici vénéraient alors les deux compères comme des héros. Douze jours au cours desquels les effets de l'antidote s'étaient affaiblis. Par les dieux, l'Archon... Comment diable allait-il expliquer à Stragos ce qui était arrivé au navire ? Grâce à un terme nautique particulièrement technique ?

— C'est parce que j'ai enroulé le mât de charge tribord autour du gouvernail par grand vent, murmura-t-il entre ses dents. Je suis désolé, je sais bien que j'aurais dû employer celui de bâbord.

— Hein ? marmonnèrent Jean et Jabril de concert.

— Rien.

Bientôt, les vieux instincts de l'orphelin de Fumehouille se réveillèrent : Locke posa la tête au creux de son coude gauche et ferma les yeux. Au bout d'un moment, la chaleur, l'agitation des hommes autour de lui et les mille bruits étrangers du navire ne formèrent plus qu'une simple toile de fond à son sommeil léger, mais calme.

Chapitre 10

Toutes les âmes en péril

1

Au septième jour de Festal, Jean avait appris à craindre la vue et l'odeur du vinaigre de l'*Orchidée-Poison* tout autant qu'il avait appris à apprécier les brefs moments où il apercevait sa lieutenant.

En règle générale, sa tâche du matin consistait à remplir un seau avec cet immonde liquide rougeâtre et un second avec de l'eau de mer. Puis il passait le faubert sur le plancher et les cloisons d'un bout à l'autre du pont principal – sauf aux endroits inaccessibles. À la proue et à la poupe, on trouvait de longs compartiments appelés « quartiers de l'équipage » et il y en avait toujours où s'entassaient cinquante à soixante personnes allongées par terre ou dans des hamacs ; leurs ronflements se mêlaient comme des grognements de bêtes en cage. Jean évitait soigneusement cet endroit, préférant passer la serpillière dans les remises du navire – que les marins de l'*Orchidée* avaient baptisées « pièces délicates », car des casiers de bouteilles en verre étaient disposés sous des filets –, dans la cale du pont principal, dans l'arsenal et dans les quartiers de l'équipage déserts ; pourtant, même vides, ces dortoirs offraient un spectacle chaotique de barils, de tonneaux et de filets qui devaient être rangés à grand-peine.

Jean attendait d'abord que les relents de vinaigre se soient parfaitement mélangés aux remugles habituels qui régnaient sous le pont – nourriture avariée, mauvais alcool et vêtements divers épargnés par les lavages. En règle générale, il traversait ensuite les deux ponts inférieurs, le faux-pont et le fond de cale en agitant une grande lanterne alchimique devant lui pour l'aider à dissiper les miasmes susceptibles de provoquer des maladies. Drakasha ne badinait pas avec la santé de son équipage ; la plupart de ses marins se perçaient l'oreille avec des aiguilles en cuivre afin d'éviter les cataractes et ajoutaient une petite pincée de sable blanc dans leur bière pour fortifier leurs entrailles contre les hernies. Les ponts inférieurs étaient éclairés au moins deux fois par jour – au grand amusement des chats du navire. Malheureusement, cette opération exigeait qu'on grimpe, qu'on rampe et qu'on se fraie un chemin à travers toute sorte d'obstacles – dont des marins occupés. Jean prenait toujours soin de se montrer poli et de leur adresser un hochement de tête humble en passant.

Les membres de l'équipage se déplaçaient sans cesse et le navire était constamment animé. Plus Jean en voyait et en apprenait sur L'*Orchidée-Poison*, plus il se rendait compte de la grande naïveté du roulement de quarts qu'il avait établi en tant que second du *Messager Rouge*. Il était certain que Caldris aurait fini par le critiquer s'il avait vécu assez longtemps pour le remarquer.

Selon la capitaine Drakasha, la notion de réparation suffisante était une chimère sur un navire en mer. Ce qui avait été vérifié par une équipe était inspecté de nouveau par la suivante, puis par celle d'après, jour après jour. Ce qui avait été tendu était retendu ; ce qui pouvait être réparé était réparé ; les mécanismes des pompes et des cabestans étaient lubrifiés quotidiennement avec de la graisse récupérée au fond des marmites ; les mâts étaient enduits du haut jusqu'en bas de la même matière brune infâme afin de les protéger des méfaits des intempéries. Les marins arpentaient sans cesse le vaisseau en petits groupes attentifs, examinant les joints des planches ou enveloppant les gréements de toile là où les cordes frottaient les unes contre les autres.

L'équipage était divisé en deux quarts ; les rouges et les bleus. Ils travaillaient par plages de six heures, une équipe s'occupait du navire tandis que la seconde se reposait. Les rouges, par exemple, étaient de corvée de midi jusqu'à 18 heures, et le seraient de nouveau de minuit à 6 heures. Les hommes de repos disposaient de leur temps comme ils l'entendaient, sauf si tout le monde était appelé sur le pont pour une manœuvre exténuante ou très dangereuse.

Les corvéables n'avaient pas leur place dans cette organisation. Les anciens marins du *Messager Rouge* travaillaient de l'aube jusqu'au coucher du soleil et prenaient leurs repas une fois leur travail accompli plutôt qu'à midi en compagnie de leurs collègues de l'*Orchidée-Poison*.

Malgré de nombreuses récriminations, Jean n'avait pas l'impression que les hommes de Drakasha détestaient franchement leurs homologues du *Messager*. En fait, il avait l'impression que ces derniers accomplissaient les tâches les moins intéressantes, ce qui offrait aux marins de l'*Orchidée* davantage de temps pour dormir, réparer leurs affaires personnelles, jouer aux cartes ou baiser sans la moindre honte dans leurs hamacs ou sous leurs couvertures. À bord du navire, le manque d'intimité sidérait encore Jean. Il n'était ni prude ni vierge, mais son idée d'un « endroit approprié » impliquait toujours des murs de pierre et une porte verrouillée à double tour.

Pourtant, une serrure n'aurait pas servi à grand-chose sur un bateau où la plupart des bruits ne passaient pas inaperçus. Du couronnement, on entendait deux bleus qui baisaient dans les quartiers de proue et une rouge qui hurlait des inepties en vadran – en général au moment où Jean s'endormait sur le pont du dessus. Locke et lui s'étaient penchés sur sa grammaire et en étaient arrivés à la conclusion qu'elle ne parlait pas un vadran authentique. Parfois, ces élucubrations étaient suivies d'applaudissements.

En dehors de cela, l'équipage semblait fier de sa discipline. Jean ne remarqua aucune empoignade, juste de rares disputes sans gravité et quelques verres bus sous le manteau. On pouvait boire une quantité modérée de bière et de vin à chaque repas ; d'autre part, en fonction d'un système complexe que Jean n'avait pas encore compris, un marin avait la permission de se joindre une fois par semaine au « quart joyeux » – une sorte de groupe à l'intérieur d'un groupe. Ses membres se rassemblaient sur le pont principal et ils avaient une certaine liberté de mouvement au centre du navire – en général, on acceptait de les laisser passer afin qu'ils aillent vomir par-dessus bord. Ils avaient le droit de boire à peu près à volonté et étaient dispensés de rassemblement général jusqu'à leur rétablissement.

— Ce n'est pas tout à fait ce à quoi je m'attendais, dit Jean à Ezri.

Ce matin-là, la jeune femme était accoudée au bastingage bâbord et faisait semblant de ne pas le regarder tandis qu'il appliquait une peinture grise au fond du plus petit canot de l'*Orchidée*. Elle faisait cela, de temps en temps. Est-ce qu'il s'imaginait des choses ? Est-ce que c'était sa citation de Lucarno ? Il avait évité toute autre référence littéraire en sa présence, même lorsque l'occasion s'était présentée. D'après lui, il valait mieux paraître mystérieux plutôt que de lui seriner quelque chose qui avait retenu son attention.

Par les Treize Dieux, pensa-t-il en tressaillant. *Est-ce que je me prépare à lui faire des avances ? Est-ce qu'elle est… ?*

— Pardon ? demanda-t-elle.

Jean sourit. Instinctivement, il avait su qu'elle ne verrait pas d'inconvénients à ce qu'il parle sans y être invité.

— Ton navire. Ce n'est pas tout à fait ce à quoi je m'attendais. D'après ce que j'avais lu.

— D'après ce que tu avais *lu* ? (Elle éclata de rire, croisa les bras et le regarda presque avec timidité.) Qu'est-ce que tu as lu ?

— Laisse-moi réfléchir. (Il plongea son pinceau dans le liquide alchimique gris et épais en faisant son possible pour paraître occupé.) *Sept Ans entre vents et tempêtes.*

—Benedictus Montcalm. J'ai lu celui-là. Un ramassis de conneries dans l'ensemble. Je crois qu'il a payé à boire à de vrais marins pour qu'ils lui racontent leurs histoires, jusqu'à ce qu'il en ait assez pour son bouquin.

—Et que penses-tu de *L'Histoire exacte et véridique du Pavillon rouge capricieux*?

—De Suzette Vela Ducasi! Je la connais!

—Tu la connais?

—Enfin, j'en ai *entendu parler*. Cette vieille salope givrée a échoué à Port-Prodigue. Elle joue les scribes pour quelques pièces de cuivre et elle boit tout ce qu'elle gagne. C'est tout juste si elle est encore capable de parler thérin. Elle se contente de hanter les caniveaux et de maudire ses anciens éditeurs.

—Ce sont tous les livres dont je me souviens, dit Jean. Je crains de ne pas être un grand amateur d'histoires. Et toi, comment as-tu fait pour lire tout ça?

—Ahhh!

Elle rejeta ses cheveux en arrière d'un mouvement de tête. Elle n'était pas maigre, songea Jean. Il n'y avait pas de saillies sur le corps d'Ezri, juste du muscle et des rondeurs témoignant de sa vigueur – et de la vigueur, il en fallait pour pouvoir le mettre à terre comme elle l'avait fait, même par surprise.

—Ici, le passé est une unité monétaire, Jérôme. Parfois, c'est la seule que nous avons.

—Voilà des paroles bien étranges.

—Des paroles sensées.

—Tu sais déjà un certain nombre de choses sur moi.

—Ce n'est que justice, pas vrai? Le fait est que je suis officier de marine et que tu es une dangereuse énigme.

—Voilà qui est prometteur.

—C'est aussi mon avis. (Elle sourit.) Pour être plus précise, je suis officier de marine et tu es un corvéable. Tu n'as pas encore d'existence réelle. (Elle forma un carré avec le pouce et l'index de chaque main, plaça Jean au centre et plissa les yeux.) Tu n'es encore qu'un *truc* indistinct sur l'horizon.

—Bien, dit-il. (Il songea qu'il n'aurait pas pu trouver de réponse plus stupide, ce qui ne l'empêcha pas de répéter:) Euh… bien.

—Mais tu te posais des questions.

—Ah bon?

—À propos du navire.

—Oh, oui! En effet. Je me demandais juste… Maintenant que je suis ici depuis un moment…

—Tu te demandais: «Mais où sont les chansons de marins, les danses en haut des vergues, les fûts de bière à la proue et à la poupe, où sont les beuveries ponctuées de vomissements entre le coucher et le lever du soleil ? »

— C'est à peu près ça. Je ne suis pas un vrai marin, tu sais.

— Drakasha a servi dans la marine de guerre. À Syrune. Elle n'en parle pas beaucoup, mais elle ne fait plus d'efforts pour cacher son accent, comme c'était le cas pendant un temps.

Syrune, songea Jean. Une île-Empire encore plus à l'est que Jérem et Jéresh. Ces habitants à la peau sombre étaient fiers, indépendants et ne plaisantaient pas avec leurs navires. Si Drakasha en faisait partie, elle venait d'une lignée d'officiers de marine qui, selon certains, remontaient aussi loin que le Trône Thérin.

— Syrune, dit-il. Voilà qui explique certaines choses. Je croyais que le passé était une unité monétaire ?

— Elle ne t'aurait rien fait payer pour cette information. Crois-moi, si les histoires étaient des pièces de monnaie, elle serait assise sur une putain de fortune.

— Alors, elle a, euh… plié le navire à ces vieilles habitudes ?

— C'est plutôt nous qui avons accepté de plier. (Ezri lui fit signe de continuer à peindre et il se remit au travail.) Les capitaines de la mer de Cuivre sont des gens particuliers. Ils sont respectés, en mer comme à terre. Ils ont un conseil à Port-Prodigue. Mais chaque navire… chaque frère suit un peu son propre chemin. Certains capitaines sont élus. Certains commandent seulement pendant une bataille. Avec Drakasha… Elle commande parce que nous savons qu'elle représente notre meilleure chance. Notre meilleure chance pour tout. Ils ne rigolent pas à Syrune.

— Alors, des équipes entretiennent le navire avec une rigueur toute militaire, vous buvez comme des maris nerveux et vous vous comportez poliment.

— Tu trouves ça idiot ?

— Par le sang des dieux, je trouve ça très bien. C'est juste plus rangé que je l'avais imaginé, voilà tout.

— Notre rigueur ne te semblerait pas très militaire si tu avais servi à bord d'un véritable bâtiment de guerre. La plupart des marins de l'*Orchidée* ont fait cette expérience et, ici, c'est un vrai paradis pour feignants en comparaison. Nous maintenons cette discipline parce que beaucoup d'entre nous ont aussi fait partie d'autres équipages pirates. Ils ont vu le relâchement qui gagne un peu plus de terrain chaque jour, les mécanismes rouiller, les gréements raguer. Quelle utilité de fainéanter tout le temps si le navire tombe en pièces pendant ton sommeil ?

— Vous êtes des gens prudents.

— Hmm… Écoute, soit la mer t'apprend la prudence, soit elle te tue. Les officiers de Drakasha prêtent serment. Nous avons juré que ce navire coulerait au combat ou par la volonté des dieux, pas par manque de travail, de toile ou de corde. C'est une promesse sacrée. (Elle s'étira.) Et il ne coulera pas non plus par manque de peinture. Colle-moi une autre couche là-dessus et mets-y un peu du tien.

Les officiers. Jean passa les officiers de l'*Orchidée* en revue pendant qu'il travaillait – pour éviter de penser à Ezri. Il y avait Drakasha, bien entendu. Elle ne participait pas aux travaux à bord, mais elle apparaissait quand et si elle en avait envie. Elle devait être sur le pont au moins la moitié de la journée et se matérialisait comme par magie lorsque quelque chose d'intéressant se produisait. Sous ses ordres, il y avait Ezri…

Merde, on oublie Ezri pour le moment.

Mumchance, le navigateur, et sa petite équipe d'hommes et de femmes de confiance. Par temps calme, Drakasha autorisait parfois de simples marins à tenir la barre, mais pour toutes les manœuvres délicates, seuls Mum et son groupe étaient habilités à piloter. D'autres membres de l'équipage occupaient un poste de rang plus ou moins équivalent : le maître de manœuvre – actuellement affecté sur le *Messager Rouge* – et la medekiner, Tréganne – qui n'admettrait sans doute jamais être l'égale d'une personne dont le nom ne serait pas gravé sur le fronton d'un temple. Drakasha disposait de la grande cabine, bien sûr ; dans la coursive qui y menait, les quatre officiers les plus importants avaient droit à une pièce de la taille d'un placard à balais, tendue de toile, comme celle de Jean à bord du *Messager Rouge*.

Il y avait aussi un charpentier, un voilier, un cuisinier et un maître d'équipage. Le seul avantage que semblait conférer le rang d'officier subalterne, c'était le droit de rudoyer un marin de temps à autre. L'*Orchidée* comptait aussi une paire de… sous-lieutenants – c'était du moins le grade que leur attribuait Jean. Ezri les appelait « ses chefs de quart » et ils remplaçaient la seconde lorsqu'elle n'était pas disponible. Utgar dirigeait les quarts bleus et une femme du nom de Nasreen commandait les rouges. Jean n'avait pas encore rencontré cette dernière, car elle avait été nommée à la tête de l'équipage intérimaire à bord du *Messager Rouge*.

Selon toute apparence, tout ce travail de larbin incessant fournissait à Jean – et au reste des corvéables – l'occasion d'apprendre la hiérarchie et l'agencement du navire. Le voleur songea que cela devait être à dessein.

Le temps avait été stable depuis leur capture. De faibles brises régulières soufflaient du nord-est, les nuages allaient et venaient tels les rubans d'une danseuse de taverne, d'innombrables vaguelettes faisaient briller la mer comme un saphir aux mille facettes. Dans la journée, le soleil écrasait les marins sous la chaleur ; le soir, il régnait une température étouffante à l'intérieur du navire. Pourtant, Jean était désormais habitué à son travail et sa peau était devenue aussi brune que celle de Paolo et Cosetta.

De son côté, Locke s'acclimatait aussi : bronzé, barbu et, pour une fois, bien plus maigre que svelte. Du fait de sa taille et d'une vantardise malvenue à propos de son agilité, il avait été affecté au graissage des mâts, le grand et celui de misaine. Il accomplissait sa tâche chaque matin sans exception.

Les anciens marins du *Messager* continuèrent de manger tard, après une longue journée chargée, mais, bien que classiques, les repas devinrent plus copieux que nécessaire. Ils avaient aussi droit à une ration entière d'alcool maintenant. Jean avait du mal à l'admettre, même vis-à-vis de lui-même, mais il ne regrettait guère le retournement de situation qui l'avait conduit ici. Il pouvait travailler et dormir en paix, car ils savaient que les maîtres de ce navire connaissaient leur métier. Locke et lui n'avaient plus à vivre en se fiant uniquement à l'improvisation et aux prières. S'il n'y avait pas eu ce foutu journal de bord qui gardait implacablement la trace de l'écoulement des jours – ces jours qui diminuaient un peu plus l'efficacité de l'antidote –, Jean aurait savouré cet intermède. Une pause agréable et hors du temps, avec la lieutenant Delmastro comme sujet de réflexion.

Mais ni Locke ni lui ne pouvaient s'empêcher de compter le temps qui s'écoulait.

2

Le dix-huitième jour de Festal, Bald Mazucca tourna brindezingue.

Il n'y eut pas de signes avant-coureurs. Il ne se départait plus d'un air maussade quand il regagnait le gaillard de dessous pour y passer la nuit, mais il n'était pas le seul homme fatigué et irritable, et il n'avait plus lancé de menaces à quiconque, corvéable ou membre de l'équipage.

La crise éclata au crépuscule, deux ou trois heures après le début du quart des bleus, tandis que les lanternes allaient et venaient sur le pont. Jean était assis à côté de Locke près des poulaillers et effilochait de la vieille corde pour en récupérer les brins. Locke les déchirait ensuite pour les réduire en un tas de fibres brutes de couleur brune. Enduite de goudron, cette mixture deviendrait de l'étoupe et servirait à tout, du calfatage des joints jusqu'à la garniture des oreillers. Il s'agissait d'une tâche fastidieuse entre toutes, mais le soleil était presque couché et la fin de la journée de travail était proche.

On entendit un claquement métallique non loin du gaillard de dessous, puis des jurons et un éclat de rire. Bald Mazucca sortit d'un pas lourd, portant une serpillière et un seau. Il était suivi d'un membre de l'équipage que Jean ne reconnut pas. Le marin de l'*Orchidée* dit quelque chose que le voleur ne comprit pas et ce fut à cet instant que tout arriva : Mazucca se retourna d'un coup et lança le seau sur l'homme qui l'accompagnait. Ce dernier reçut le lourd projectile en plein visage et s'effondra sur le dos, sonné.

— Que les dieux te maudissent ! cria Mazucca. Tu me prends pour un putain de môme ?

Le marin de l'*Orchidée* porta la main à la ceinture et tâtonna à la recherche de son arme – un petit gourdin, remarqua Jean. Mais Mazucca écumait de colère et son adversaire ne s'était pas encore remis de l'attaque. Il se précipita vers lui et lui assena un coup de pied à la poitrine. Il s'empara de l'arme et la brandit au-dessus de sa tête. Il n'eut pas l'occasion d'aller plus loin : trois ou quatre membres de l'équipage le frappèrent en même temps, le jetèrent sur le pont et lui arrachèrent le gourdin des mains.

Un bruit de pas lourds et précipités monta du gaillard d'arrière pour se rapprocher de l'embelle. La capitaine Drakasha arrivait sans qu'il ait fallu l'appeler.

Tandis qu'elle passait à toute allure, Jean oublia sa corde alors que son estomac se nouait. Elle *l'avait*. Elle *la* portait comme un manteau. La même aura qu'il avait jadis sentie chez le capa Barsavi, quelque chose qui reste tapi à l'intérieur de l'âme jusqu'à ce que ça jaillisse sous le coup de la colère ou du besoin, terrible et instantané. C'était la mort en personne qui arpentait le pont du navire.

Les marins de Drakasha avaient relevé Mazucca et le maîtrisaient grâce à des clés de bras. L'homme victime du seau avait récupéré son gourdin et se frottait la tête non loin de là. Zamira s'arrêta et pointa un doigt sur lui.

— Explique-toi, Tomas.

— J'étais… J'étais… Je suis désolé, capitaine. Je voulais juste rigoler un peu.

— Il m'a cherché tout le putain d'après-midi, vociféra Mazucca, immobilisé mais loin d'être calme. Il en a pas branlé une. Il m'a juste suivi en foutant des coups de pompe dans mon seau, en prenant mes outils, en mettant le bordel dans ce que je venais de faire et en me demandant de recommencer.

— C'est vrai, Tomas ?

— C'est juste… C'était juste pour rigoler, capitaine. Ça fait partie de l'initiation des corvéables. C'était pas méchant. Je le ferai plus.

Drakasha bougea si vite que Tomas n'eut pas le temps de tressaillir avant de partir en arrière, le nez cassé. Jean avait remarqué l'élégant mouvement ascendant du bras et l'utilisation impeccable de la paume. Par deux fois, il s'était trouvé à l'arrivée d'un tel coup : Tomas était sans doute un sale connard, mais il pouvait compter sur sa compassion.

— Aahhh ! lâcha le marin tandis que son sang coulait sur le pont.

— Les corvéables sont comme des outils, dit Drakasha. Je tiens à ce qu'ils soient gardés en bon état, à ce qu'on les entretienne. Si tu veux t'amuser, assure-toi d'abord que tu n'agis pas comme un irresponsable. Je divise par deux ta part sur le butin du *Messager Rouge* et sur le prix de sa vente. (Elle adressa un geste aux femmes qui se tenaient derrière Tomas.) Vous deux, amenez-le à la poupe et trouvez l'Érudite Tréganne.

Tandis que Tomas était entraîné vers le gaillard d'arrière pour une visite inopinée à la medekiner, Drakasha se tourna vers Mazucca.

— Tu as entendu mes règles, le premier soir que tu as passé à bord.

— Je sais. Je suis désolé, capitaine Drakasha. C'est juste qu'il…

— Tu les as entendues. Tu as *entendu* ce que j'ai dit et tu l'as compris.

— Oui. J'étais en colère. Je…

— La mort pour celui qui touche une arme. Je l'ai expliqué pour que ce soit aussi limpide qu'un ciel sans nuages, et pourtant, tu l'as fait.

— Écoutez…

— Tu ne me sers à rien, dit-elle.

Son bras droit jaillit en avant et sa main se referma sur la gorge de Mazucca. Les autres marins le lâchèrent et il agrippa l'avant-bras de Drakasha – en vain. Elle entreprit de le pousser vers le bastingage tribord.

— Ici, si tu perds la tête, tu peux faire une putain de grosse erreur, tu peux causer la perte du navire. Si tu n'es pas capable de garder ton sang-froid alors qu'on t'a expliqué ce qui était en jeu, alors c'est simple : tu n'es que du lest.

Mazucca suffoquait en donnant des coups de pied pour essayer de se libérer, mais Drakasha le poussa inexorablement jusqu'au bord du pont extérieur. À deux mètres du bastingage, elle grinça des dents, ramena le bras droit en arrière et lança Mazucca en avant, engageant toute la hanche et l'épaule dans le mouvement. Le marin du *Messager* heurta la rambarde avec violence, battit des mains pour retrouver son équilibre et bascula en arrière. La seconde d'après, on entendit le bruit d'un corps plongeant dans la mer.

— Ce navire n'a pas besoin de lest supplémentaire.

Les marins et les corvéables se précipitèrent d'un même élan vers le bastingage tribord. Jean adressa un bref regard à Locke avant de se lever et de les rejoindre. Drakasha resta sur place, les bras le long du corps, sa brusque rage évaporée. En cela aussi elle ressemblait à Barsavi. Jean se demanda si elle allait passer le reste de la nuit à ruminer, maussade – ou même à boire.

Le navire avançait à une vitesse de quatre ou cinq nœuds et Mazucca ne se révéla pas être un excellent nageur. Il était déjà à cinq ou six mètres de la coque et avait perdu entre quinze et vingt mètres par rapport au gaillard d'arrière. Sa tête et ses bras dansaient sur les noires ondulations des vagues. Il cria au secours.

Le crépuscule. Jean frissonna. L'heure du repas en haute mer. L'intense lumière du soleil gardait de nombreuses créatures dans les profondeurs, rendant ainsi les eaux sûres pendant des heures d'affilée. À la nuit tombante, tout changeait.

— Faut-il le repêcher, capitaine ?

Un membre de l'équipage s'était avancé vers Drakasha et avait parlé d'une voix si basse que seules les personnes toutes proches avaient entendu.

— Non, répondit-elle. (Elle se tourna et se dirigea vers la poupe d'un pas lent.) Maintenez le cap. Quelque chose s'occupera de lui bien assez tôt.

3

Le dix-neuvième jour de Festal, une demi-heure après la mi-journée, Drakasha demanda en criant que Locke la rejoigne dans sa cabine. Le voleur courut à la poupe aussi vite que possible, stimulé par des images très nettes de Mazucca et Tomas.

— Par les enfers profanes, Ravelle, qu'est-ce que c'est que *ça* ?

Locke s'arrêta pour observer la scène. Drakasha avait installé sa table au centre de la pièce. Paolo et Cosetta étaient assis l'un en face de l'autre et fixaient Locke ; entre eux, un jeu de cartes était éparpillé de curieuse manière. Une coupe en argent était renversée au milieu de la table… Une coupe trop grande pour de petites mains. Locke sentit une pointe d'angoisse au creux de l'estomac, mais regarda néanmoins de plus près.

Comme il s'y attendait… Une gorgée ou deux de liquide marron clair s'étaient échappées du verre pour se répandre sur la table et sur une carte à jouer. Ladite carte s'était dissoute pour former une flaque molle, grise et parfaitement anonyme.

— Vous avez pris les cartes dans mon coffre, dit-il. Celles qui étaient enveloppées dans une double couche de toile cirée ?

— Oui.

— Et vous buviez un alcool assez fort avec votre repas. Un de vos enfants en a renversé.

— C'est du cognac caramel et je l'ai renversé toute seule.

Elle sortit une dague et en passa la pointe sur la substance grise. Bien que celle-ci ait l'éclat d'un liquide, elle était dure et solide. L'extrémité de la lame glissa dessus comme s'il s'agissait de granit.

— Qu'est-ce que c'est que cette saloperie ? On dirait… du ciment alchimique.

— *C'est* du ciment alchimique. Vous n'avez pas remarqué que les cartes avaient une drôle d'odeur ?

— Pourquoi diable est-ce que je collerai mon nez sur des cartes ? (Elle fronça les sourcils.) Les enfants, n'y touchez plus. D'ailleurs, allez vous asseoir sur votre lit jusqu'à ce que maman vienne vous laver les mains.

— Ce n'est pas dangereux, affirma Locke.

— Je m'en fiche. Paolo, Cosetta, posez les mains sur les genoux et attendez maman.

— Ce ne sont pas vraiment des cartes, dit Locke. Ce sont des gaufres de résine alchimique. Aussi fines que du papier et pliables. En fait, les motifs des cartes ont été peints dessus. Vous n'imaginez pas le prix qu'elles coûtent.

— Et je m'en contrefous ! À quoi *servent*-elles ?

— Ce n'est pas évident ? Plongez-en une dans un alcool fort et elle se dissout en quelques secondes. Tout d'un coup, vous vous retrouvez avec une petite plaquette de ciment alchimique. Vous pouvez mélanger autant de cartes que vous le voulez. La matière sèche en une minute, à peu près, et devient aussi dure que l'acier.

— Dure comme l'acier ? (Elle observa le petit tas gris sur sa belle table laquée.) Et comment ça s'enlève ?

— Euh… Ça ne s'enlève pas. Il n'existe pas de dissolvant assez fort – enfin, pas en dehors d'un laboratoire d'alchimiste.

— Quoi ? Par tous les dieux, Ravelle…

— Capitaine, vous êtes injuste. Ce n'est pas moi qui vous ai demandé de prendre ces cartes et de jouer avec. Ce n'est pas moi qui ai renversé de l'alcool dessus.

— Tu as raison, soupira Drakasha.

Locke songea qu'elle avait un air fatigué. Aux coins de sa bouche, les petits plis semblaient avoir subi un entraînement intensif et récent.

— Ramasse ça et jette-le par-dessus bord.

— Capitaine, je vous en prie ! *Je vous en prie.* (Locke tendit les mains vers elle.) Elles ne coûtent pas seulement une fortune, elles sont aussi… sacrément *difficiles* à fabriquer. Il faut des mois. Laissez-moi les envelopper dans une toile cirée et les ranger dans mon coffre. S'il vous plaît, considérez qu'elles font partie de mes papiers.

— Elles te servent à quoi ?

— Elles font juste partie de mon modeste arsenal de ruses. C'est tout ce qu'il en reste, d'ailleurs. Un dernier petit tour, mais un tour très important. Je vous le jure : elles ne représentent pas le moindre danger pour vous ou pour l'équipage… Il faut verser de l'alcool dessus et, quand bien même, ça ne cause guère plus qu'un peu de contrariété. Écoutez, si vous me les gardez et si vous me trouvez des couteaux à la lame affûtée comme un rasoir, je consacrerai l'intégralité de mon temps à essayer d'enlever cette saloperie de votre table. Je vais l'attaquer par les bords. J'y arriverai même si ça me prend des semaines. Je vous en prie.

En fait, il ne passa que dix heures sur le gaillard d'avant à gratter la table avec un soin infini, comme s'il se livrait à une opération de chirurgie. Il travailla sans prendre de repos, d'abord à la lumière du soleil, puis à la lueur de multiples lanternes; il racla jusqu'au dernier morceau de cette maudite matière dure comme la pierre, jusqu'à ce qu'il ne reste plus qu'une trace floue sur la laque pour témoigner de l'incident.

Quand il regagna enfin le minuscule espace qui lui servait de lit, il savait que ses mains et ses avant-bras le feraient souffrir le martyre le lendemain.

Mais cela en valait la peine. Chaque minute de travail était justifiée pour sauver ce jeu de cartes.

4

Le vingtième jour de Festal, Drakasha décida d'interrompre leur route vers l'est et mit le cap au nord-ouest avec le vent sur tribord amures. Le temps était calme. On rôtissait le jour et on mijotait dans la sueur la nuit. Le navire faisait voile sous des nuées de spectres volants qui formaient des arches d'un vert lumineux et fantomatique au-dessus des flots.

Le vingt et unième jour, alors que l'aube en était encore à grisailler l'est du ciel, les corvéables eurent la chance de prouver leur valeur.

Locke fut tiré de son sommeil par un coup de coude dans les côtes. Il se réveilla en plein chaos: les corvéables se déplaçaient, trébuchaient et marmonnaient tout autour de lui.

—Une voile à l'horizon, lui annonça Jean.

—Je viens de l'entendre. Elle a été signalée par la vigie en haut d'un mât il y a une minute, dit quelqu'un près de la porte. À deux points de la hanche de tribord.

—Ça fait à l'est et légèrement au nord par rapport à nous. On ne voit que les voiles.

—Tant mieux, dit Jabril en bâillant. C'est le coup d'œil de l'aube.

—L'aube? (Locke avait l'impression qu'il faisait encore sombre, il se frotta les yeux pour chasser les brumes du sommeil.) C'est déjà l'aube? Puisque je n'ai plus à faire semblant de savoir ce qui se passe, pourrait-on m'expliquer ce qu'est le coup d'œil de l'aube?

—Le soleil va se lever au-dessus de l'horizon, d'accord? (Jabril semblait se délecter à l'idée de donner un cours à Locke.) À l'est. Ici, nous sommes toujours dans l'obscurité, à l'ouest du navire qu'on a signalé. Il aura du mal à nous repérer, mais nous, on peut le voir sans difficulté grâce à la faible lumière derrière ses mâts, tu piges?

—Oui, répondit Locke. On dirait que c'est une bonne chose.

— Il est à nous, dit Aspel. Nous allons le poursuivre et nous en emparer. L'*Orchidée* a un gros équipage et Drakasha est une salope assoiffée de sang.

— C'est une bataille pour nous, dit Stréva. Nous serons la première vague d'assaut.

— Oui, et nous prouverons notre valeur, continua Aspel. Nous prouverons notre valeur et nous en aurons fini avec ces putains de corvées.

— Attends un peu avant de hisser le drapeau de la victoire au bout de ta queue, dit Jabril. Nous ne connaissons pas le cap de ce navire, pas plus que sa vitesse ou sa meilleure allure. C'est peut-être un bâtiment de guerre, voire l'avant-garde d'une escadre.

— Va te faire foutre, Jabbi, dit quelqu'un sans méchanceté. Tu as envie de rester corvéable ?

— Hé, quand viendra le moment de passer à l'abordage, je ramerai si vite que le canot ne touchera même pas l'eau et j'attaquerai ces enfoirés avec un grand sourire ! Je dis juste qu'il faut attendre de savoir si c'est une proie raisonnable, c'est tout.

On entendit du bruit et une certaine agitation sur le pont. Des ordres furent lancés. À l'entrée du gaillard de dessous, les hommes tendirent l'oreille et scrutèrent la pénombre.

— Delmastro envoie des gars dans les gréements, remarqua l'un d'eux. On dirait qu'on va virer quelques degrés nord. Je peux vous dire qu'ils ne traînent pas.

— Il n'y a rien de plus louche qu'un brusque changement de voilure quand l'adversaire s'en aperçoit. Drakasha veut qu'on se rapproche de leur trajectoire avant qu'ils nous repèrent, pour éviter les manœuvres suspectes.

Plusieurs minutes s'écoulèrent. Locke cligna des yeux et s'adossa de nouveau contre sa cloison favorite. Si rien ne pressait, c'était toujours une bonne occasion de dormir un peu plus longtemps. D'après les grognements et les mouvements qu'il perçut autour de lui, il n'était pas le seul à partager cette opinion.

Il se réveilla quelques minutes plus tard en entendant la voix de la lieutenant Delmastro à l'entrée du gaillard de dessous. En regardant par l'écoutille d'aération, il constata que le ciel était d'un gris un peu plus pâle.

— … où vous êtes maintenant. Tenez-vous tranquilles et ne vous faites pas voir. Dans cinq minutes environ, les rouges doivent permuter avec les bleus, mais les tâches de maintenance sont suspendues quand nous sommes sur le point de combattre. Nous enverrons les rouges en bas petit à petit et la moitié des bleus viendra les remplacer. Nous voulons passer pour un brick marchand, pas pour un navire pirate surchargé d'hommes et en quête de proies.

Locke tendit le cou pour regarder par-dessus les formes sombres qui l'entouraient. Juste derrière Delmastro, dans la pénombre précédant l'aube, il aperçut des marins qui s'activaient au centre du navire : ils déplaçaient de gros tonneaux vers le bastingage bâbord.

— Les barils fumigènes sont sur le pont, lança une femme.

— Pas de flammes non protégées sur le pont, cria Ezri. Ni cigarettes ni pipes. Juste des lampes alchimiques. Faites passer la consigne.

Quelques minutes supplémentaires s'écoulèrent et la lumière de l'aube gagna en intensité. Locke s'aperçut néanmoins que ses paupières se fermaient petit à petit. Il soupira pour se détendre et…

— Ohé du pont ! cria une voix depuis le mât de misaine. Dites à la capitaine que c'est un trois-mâts. Il avance ouest-nord-ouest. Huniers déferlés.

— D'accord. Trois-mâts, ouest-nord-ouest, huniers, répondit Ezri. Quel est son cap ?

— Il se dirige vers notre tribord, peut-être un point vers la poupe.

— Continue à ouvrir l'œil. Est-ce que la coque est toujours cachée ?

— Oui.

— Dès que la jolie pucelle soulève sa jupe au-dessus de l'horizon, tu en profites pour regarder ce qu'il y a dessous et tu m'informes. (Ezri retourna à l'entrée du gaillard de dessous et martela sur la cloison avec force.) Debout, les corvéables. Allez vous étirer les jambes et faites un tour aux gréements d'aisance, puis redescendez ici. Dépêchez-vous. Dans peu de temps, nous nous battrons ou nous filerons la queue entre les jambes. Dans ces moments-là, il vaut mieux être en paix avec ses intestins.

Locke n'eut pas vraiment l'impression de se tenir au milieu d'une foule, mais plutôt de sortir d'un tube qu'on pressait. Il se retrouva poussé sur le pont ; il arqua alors le dos et s'étira. Jean fit de même et rejoignit Delmastro. Locke haussa un sourcil. La petite lieutenant semblait apprécier la conversation de Jean tout autant qu'elle méprisait celle de son ami. *Bah*, songea-t-il, *tant que l'un de nous lui tire les vers du nez.*

— Tu crois vraiment que nous allons fuir ? demanda Jean.

— Je préférerais éviter.

Delmastro plissa les yeux et fixa le large, mais même de l'endroit où se tenait Locke sur le pont, on n'apercevait pas encore le navire.

— Tu sais, dit Jean en baissant la tête pour la regarder, tu ne risques pas de voir grand-chose d'en bas. Tu devrais peut-être grimper sur mes épaules.

— Quelle délicieuse *petite* blague ! dit Delmastro. Je suis abasourdie par tant d'originalité. C'est la première fois de ma vie que je l'entends. Pour ta gouverne, sache que je suis plus grande que mes sœurs.

— Des sœurs, dit Jean. C'est intéressant. Est-ce que tu m'offrirais un bout de ton passé sans rien en contrepartie ?

— Merde ! lâcha-t-elle en se renfrognant. Fous-moi la paix, Valora. La matinée va être chargée.

Les anciens marins du *Messager* revenaient des gréements d'aisance. Maintenant que la foule était moins dense, Locke grimpa l'escalier et se dirigea vers la proue pour s'occuper de ses propres affaires. Des mésaventures particulièrement désagréables arrivaient parfois à ceux qui se tenaient sous le vent sur les gréements d'aisance. Locke préféra gagner le côté à découvert de la petite entretoise en bois qui traversait le mât de beaupré à un mètre ou deux à peine de la plage avant. Il y parvint après s'être frayé un chemin à coups de coude – il avait maintenant une certaine expérience, acquise bien malgré lui, dans ce domaine. Des enfléchures étaient suspendues là comme une vergue miniature. Locke y cala ses pieds tandis qu'il défaisait son haut-de-chausses. Des vagues frappaient la proue avant de se volatiliser en écume et éclaboussaient jusqu'à l'arrière de ses cuisses.

— Dieux, dit-il, je n'aurais jamais pensé qu'aller pisser puisse devenir une telle aventure.

Un moment plus tard, un cri se fit entendre en haut du mât de misaine.

— Ohé, du pont ! C'est une flûte, une flûte. Ronde et bien grasse. Elle garde le même cap et la même voilure qu'avant.

— Quelles sont ses couleurs ?

— On n'en voit aucune, lieutenant.

Une flûte. Locke se souvint du terme : un navire marchand avec une poupe ronde et une proue courbe sans charme. Pratique pour transporter des marchandises, mais un brick tel que l'*Orchidée* pouvait danser autour comme bon lui semblerait. Aucun pirate ou expédition militaire n'employait ce genre de bateau. Dès que l'*Orchidée* s'en serait rapprochée, les corvéables auraient probablement droit à leur bataille.

— Ah ! dit Locke. Et moi, je suis là, le cul à l'air.

5

Le soleil en fusion se leva derrière leur proie, encadrant la silhouette basse et noire dans un demi-cercle écarlate. Locke était à genoux près du bastingage tribord du gaillard d'avant, faisant de son mieux pour ne gêner personne. Il plissa les yeux et posa une main au-dessus de ses sourcils pour atténuer la lumière aveuglante. À l'est, le ciel était un embrasement de roses et de rouges ; la mer ressemblait à une tache de rubis liquide s'échappant du soleil montant.

Un nuage de fumée noirâtre large de quelques mètres s'éleva au centre de l'*Orchidée*, du côté sous le vent – un signe de mauvais augure dans l'air pur de l'aube. La lieutenant Delmastro s'occupait elle-même des barils fumigènes. Le navire avançait grâce aux huniers tandis que les voiles avant et principales restaient carguées. Par chance, cette manière de naviguer était à la fois logique compte tenu du vent et prudente pour un bateau en feu.

— Allez, bande d'abrutis ! dit Jean, assis à côté de Locke. Mais regardez un peu à gauche, par la grâce de Perelandro.

— Peut-être qu'ils nous ont vus, mais qu'ils s'en foutent, remarqua son ami.

— Ils n'ont pas modifié leur voilure sinon, on aurait entendu les vigies le signaler. Leur équipage doit rassembler les enfoirés les plus cons, aveugles et blasés qui aient jamais hissé une voile en haut d'un mât.

— Ohé, du pont ! (On sentait de l'excitation dans la voix de la vigie du mât de misaine.) Annoncez à la capitaine qu'il vire bâbord.

— Comment vire-t-il ? demanda Delmastro en s'écartant des barils fumigènes. Est-ce qu'il se prépare à venir vers nous ?

— Non, il a viré de trois degrés environ.

— Ils veulent nous observer de plus près, dit Jean, mais ils ne sont pas encore prêts à nous rejoindre dans le hamac pour une partie de jambes en l'air.

Un cri monta du gaillard d'arrière. Un moment après, Delmastro siffla trois fois.

— Les corvéables ! Les corvéables sur le gaillard d'arrière !

Les anciens marins du *Messager* se précipitèrent vers la plage arrière. Au passage, ils croisèrent des membres de l'équipage qui tiraient des arcs bien huilés de leurs étuis de toile avant d'y fixer une corde. Comme Delmastro l'avait annoncé, seule la moitié des effectifs de quart habituels se tenait sur le pont ; ceux qui s'occupaient de la préparation des armes étaient accroupis ou cachés derrière les mâts et les poulaillers. Drakasha attendait les corvéables près du bastingage du gaillard d'arrière. Elle s'adressa à eux au moment même où ils arrivèrent :

— On est encore loin et il faudra un bout de temps pour les rattraper. C'est une flûte, et je doute qu'elle puisse nous échapper quels que soient le vent et l'état de la mer, mais elle pourrait se faire désirer. À mon avis, ça prendrait entre six et sept heures, mais qui a envie de s'ennuyer aussi longtemps ? Nous allons faire semblant d'être un brick marchand avec un incendie à bord et voir si nous ne pouvons pas amener son équipage à jouer les bons samaritains.

» Je vous ai offert une chance de prouver votre valeur. Vous êtes les dents du piège. Vous formerez la première vague d'assaut. Ce sera tout bénéfice pour vous si vous revenez en vie. Si vous ne voulez pas vous battre, retournez dans le gaillard de dessous et restez corvéables jusqu'à ce que nous en ayons fini avec vous.

» Pour ma part, je me suis réveillée avec une faim de loup ce matin. J'ai l'intention de m'emparer de ce petit butin bien gras. Qui parmi vous est prêt à se battre pour gagner une place sur mon navire ?

Les mains de Jean et Locke jaillirent en l'air, suivies par celles de tous les anciens marins du *Messager* qui les entouraient. Locke jeta un rapide coup d'œil autour de lui et constata que personne n'avait rejeté cette occasion.

— Bien, poursuivit Drakasha. Nous disposons de trois canots pouvant accueillir une trentaine d'hommes chacun. Vous les prendrez. D'abord, il faudra éviter d'éveiller la suspicion. Restez à proximité de l'*Orchidée.* Au signal, ramez de toutes vos forces et attaquez la cible par le sud.

— Capitaine, intervint Jabril. Et si nous ne pouvons pas nous en emparer tout seuls ?

— Si le rapport de force ou les circonstances vous sont défavorables, défendez bec et ongles la moindre parcelle de pont sur laquelle vous aurez pu poser les pieds. J'amènerai l'*Orchidée* le long de la flûte et nous lancerons des grappins. Quoi qu'il y ait à bord de ce navire, ce ne sera pas de taille à résister à un second assaut de cent pirates.

Ça fera une belle jambe à ceux qui seront déjà morts ou agonisants, songea Locke.

Il commençait à peine à entrevoir les implications réelles de ce qu'ils étaient sur le point de faire. Une boule d'angoisse lui noua l'estomac.

Une des vigies du grand mât cria à ce moment-là.

— Capitaine ! Il a hissé les couleurs de Talisham !

— C'est peut-être une ruse, marmonna Jabril. Une ruse qui n'est pas idiote. S'il faut hisser un faux pavillon, autant choisir celui de Talisham : la cité dispose d'une flotte militaire assez impressionnante et personne n'est en guerre contre elle en ce moment.

— Pas idiote, mais pas très intelligente, dit Jean. S'il avait des navires d'escorte dans les environs, pourquoi ne garderait-il pas son pavillon hissé ? Seuls les gens qui ont peur de quelque chose dissimulent leur drapeau.

— Oui, ce genre de personnes, mais aussi les pirates.

Jabril grimaça un sourire.

Le capitaine Drakasha lança un ordre à quelqu'un qui se trouvait de l'autre côté du groupe de corvéables.

— Del ! Fais porter un de tes barils fumigènes à tribord. Juste en avant de l'escalier du gaillard d'arrière.

— Vous voulez enfumer le bastingage au vent, capitaine ?

— Fais-moi un gros nuage noir en travers de la plage arrière. S'ils essaient de communiquer avec les pavillons de signaux, il nous faudra une excuse pour rester muets.

Le navigateur efflanqué, qui tenait la barre, quelques mètres derrière Drakasha, se racla la gorge ostensiblement. La capitaine sourit, puis sembla avoir une idée. Elle se tourna vers le marin qui était à sa gauche.

— Va chercher trois pavillons de signaux dans le coffre à drapeaux et accroche-les à la poupe. Trois pavillons jaunes.

— « Âmes en péril », dit Jean. Ce n'est pas une ruse, c'est du racolage.

— Je croyais que c'était juste un signal de détresse, remarqua Locke.

— Tu aurais dû étudier le manuel plus attentivement. Trois pavillons jaunes, ça signifie qu'on est dans une telle merde que nous leur cédons légalement toutes les marchandises qu'ils pourront récupérer, à l'exception de celles que nous transportons sur nous. S'ils sauvent quelque chose, c'est à eux.

Delmastro et son équipe avaient déplacé un baril fumigène contre le bastingage tribord et y avaient mis le feu à l'aide d'un bout de mèche. De fines volutes de fumée grise commencèrent à s'élever en serpentant au-dessus du gaillard d'arrière et prirent en chasse le nuage plus sombre qui montait de l'amure sous le vent. Sur le couronnement, deux marins hissèrent trois pavillons jaunes qui se mirent à battre au vent.

— Je veux d'autres vigies dans la mâture et au bastingage pour donner un coup de main à Mum, lança Drakasha. Les archers grimperont un par un. Gardez vos armes cachées une fois en haut. Restez hors de vue dans la mesure du possible et jouez les innocents jusqu'à mon signal.

Les vigies du grand mât crièrent une nouvelle fois :

— Capitaine, il a viré pour couper notre route et il augmente sa voilure !

— C'est curieux comme les gens se révèlent attentionnés dès qu'ils aperçoivent trois pavillons jaunes, remarqua Drakasha. Utgar ! (Un Vadran assez jeune – crâne rasé et écarlate, petite barbe noire tressée – apparut près de la lieutenant Delmastro.) Cache Paolo et Cosetta dans le faux-pont, il n'est pas bon que les enfants assistent aux disputes des adultes.

— À vos ordres, dit-il avant de se précipiter vers l'escalier du gaillard d'arrière.

— Quant à vous… (Drakasha observa de nouveau les corvéables.) Des hachettes et des sabres sont à votre disposition près du mât de misaine. Faites votre choix et attendez de donner un coup de main pour mettre les canots à la mer.

— Capitaine Drakasha !

— Qu'est-ce qu'il y a, Ravelle ?

Locke se racla la gorge et adressa une prière silencieuse au Treizième Innommé en espérant qu'il ne commettait pas là une erreur monumentale. S'il ne saisissait pas cette occasion pour redorer un peu le blason de Ravelle, il terminerait comme un simple membre d'équipage qu'on évitait à cause de ses fautes passées. Il avait besoin qu'on le respecte s'il voulait réussir une partie de sa mission. Pour cela, il lui fallait accomplir un geste particulièrement audacieux et stupide.

— C'est ma faute si ces hommes ont failli mourir sur le *Messager*. C'était des marins de mon équipage et j'aurais dû mieux m'occuper d'eux. J'aimerais avoir cette chance maintenant. Je voudrais… le premier siège dans le canot de tête.

— Tu espères que je vais te laisser le commandement de l'attaque ?

— Pas le commandement, rectifia Locke. Je veux juste être le premier à aborder la flûte. Quel que soit celui qui attend de nous saigner sur ce navire, que je sois sa première victime. Je pourrais peut-être sauver la vie de celui qui viendra après moi.

— Je suis inclus dans cette proposition, dit Jean en posant une main – sans doute un peu trop protectrice – sur l'épaule de Locke. Quand il va quelque part, je le suis.

Que les dieux te bénissent, Jean !

— Si tes ambitions se résument à arrêter un carreau d'arbalète, dit Drakasha, je n'ai aucune raison de m'y opposer.

Elle sembla néanmoins un peu déconcertée ; elle adressa à Locke un infime hochement de tête approbateur tandis que la foule commençait à se disperser pour aller chercher des armes.

— Capitaine !

La lieutenant Delmastro s'avança, les mains et les avant-bras couverts de la suie qui s'échappait des barils fumigènes. Elle jeta un coup d'œil en direction des deux compères.

— Mais *qui* va commander les canots d'abordage en fin de compte ? demanda-t-elle.

— Chacun se débrouillera comme il voudra, Del. Je vais envoyer un marin de l'*Orchidée* sur chaque embarcation pour surveiller les corvéables. Mais une fois qu'ils auront grimpé les flancs de la flûte, ils feront ce qu'ils voudront.

— Je veux commander l'attaque.

Drakasha la fixa pendant plusieurs secondes, muette. Elle était enveloppée de fumée grise des pieds à la taille.

— Capitaine, je n'ai rien eu à faire quand nous nous sommes emparés du *Messager*, ajouta Delmastro précipitamment. En fait, voilà des semaines que je n'ai pas eu le droit de m'amuser pendant un abordage.

Le regard de Drakasha se posa sur Jean et Locke.

— Tu sollicites une faveur.

— Oui, mais une faveur qui profitera à tous.

Drakasha soupira.

— Prends le commandement des canots, Del. Mais attention, j'ai accepté la demande de Ravelle.

Traduction : s'il doit recevoir une flèche à la place de quelqu'un, reste bien derrière lui, pensa Locke.

— Vous ne le regretterez pas, capitaine. Corvéables ! Allez chercher des armes et rejoignez-moi sur l'embelle.

Delmastro se précipita en haut de l'escalier du gaillard d'arrière et croisa Utgar. Celui-ci emmenait les enfants de Drakasha qui s'accrochaient à ses mains.

— Tu es un type aussi téméraire qu'idiot, Ravelle, dit Jabril. Je crois que je vais presque recommencer à t'apprécier.

Locke entendit la réflexion d'un autre homme :

— Au moins, il sait se battre. Ça, on en est sûrs. Tu aurais dû voir comment il a allongé le garde la nuit où on s'est emparés du *Messager*. Vlan ! Un bon petit coup de poing et il était plié en deux. Ravelle va encore nous montrer un truc ou deux ce matin, tu verras.

Locke fut soudain heureux d'avoir déjà pissé tout ce qu'il avait à pisser.

Au centre du navire, un membre de l'équipage – une femme plus âgée que la moyenne des marins – surveillait les tonneaux remplis des armes promises. Jean s'empara de deux hachettes, les soupesa et fronça les sourcils alors que Locke hésitait devant un baril.

— Tu as une idée de ce que tu es en train de faire, demanda-t-il.

— Pas la moindre, répondit Locke.

— Prends un sabre et fais semblant de savoir t'en servir.

Locke obtempéra et fixa la lame comme s'il était comblé.

— Que tous ceux qui ont une ceinture y glissent une deuxième arme, cria Jean. On peut toujours en avoir besoin, ou la prêter à un camarade.

Une demi-douzaine d'hommes suivit son conseil. Il se faufila près de Locke et lui murmura :

— Tu restes juste à côté de moi. Tu te contentes de… de rester à ma hauteur et de lever la tête bien haut. Peut-être que nos adversaires n'auront pas d'arcs.

La lieutenant Delmastro les rejoignit. Elle portait désormais une veste et des brassards de cuir noir ainsi que sa fameuse ceinture garnie d'armes. Locke remarqua que la garde incurvée de ses sabres était parsemée d'éclats acérés de Verre d'Antan – ou, tout du moins, de quelque chose qui y ressemblait fort.

— Hé, Valora ! (Elle lança un collier de combat en cuir à Jean et ramena sa queue-de-cheval serrée au sommet de son crâne pour dégager son cou.) Viens donc donner un coup de main à une demoiselle en détresse.

Jean plaça le collier autour de la gorge d'Ezri et le ferma sur sa nuque. Elle tira dessus une fois, hocha la tête et leva les bras.

— Écoutez-moi ! Tant que nous n'avons pas ouvert les hostilités, nous ne sommes que de riches passagers snobinards en croisière et on nous a balancés dans des canots pour sauver nos précieuses vies.

Deux membres de l'équipage faisaient le tour des corvéables pour distribuer de jolis chapeaux, des vestes de brocart et autres fanfreluches. Delmastro attrapa une ombrelle en soie et la fourra entre les mains de Locke.

— Tiens, Ravelle. Ça t'aidera peut-être à dévier une flèche.

Locke secoua l'ombrelle fermée au-dessus de sa tête avec une hostilité caricaturale, ce qui provoqua quelques éclats de rire nerveux.

— Comme l'a dit la capitaine, poursuivit Delmastro, il y aura un marin de l'*Orchidée* par canot, pour être sûr qu'on les récupérera même si, vous, vous ne revenez pas. Je vais prendre Ravelle et Valora avec moi. (Elle pointa un doigt sur Stréva et Jabril.) Et toi, et toi aussi. Nous allons embarquer sur le petit canot du *Messager*, celui que vous nous avez offert. Quoi qu'il se passe, nous devons être les premiers contre le bord de la flûte et les premiers sur le pont.

Oscarl, le maître d'équipage, arriva en compagnie d'un petit groupe d'aides portant des poulies et des cordes afin de préparer les palans.

— Une dernière chose, ajouta Delmastro. S'ils demandent grâce, vous la leur accordez ; s'ils jettent leurs armes à terre, vous respectez leur décision ; s'ils continuent à se battre, vous les massacrez sur place. Si vous commencez à avoir pitié d'eux, rappelez-vous juste quels pavillons nous avons dû hisser pour les convaincre de venir aider un navire en flammes.

6

Une fois dans le canot, Locke s'aperçut que l'illusion de l'incendie était complète. Tous les barils fumigènes étaient désormais activés et l'*Orchidée-Poison* laissait dans son sillage un nuage gris et noir qui noyait presque la totalité du gaillard d'arrière. La silhouette de Zamira apparaissait par intermittence et sa lunette refléta un instant les rayons du soleil avant que sa propriétaire disparaisse de nouveau dans les volutes noirâtres. Au centre du navire, une équipe de marins avait fixé de petites pompes et des tuyaux de toile – près du bastingage, là où il était le plus facile de les voir. Les hommes pointaient maintenant leurs jets d'eau vers le nuage de fumée, ce qui, en réalité, ne servait à rien sinon à laver le pont.

Locke s'assit à la proue du canot. Il se sentait vaguement ridicule avec son ombrelle dans une main et sa veste en tissu d'argent posée comme une cape sur ses épaules. Jean et Jabril se partageaient le premier banc de rame, Stréva et la lieutenant Delmastro occupaient le suivant. Enfin, un marin de l'*Orchidée* – un homme à peine plus grand qu'un garçonnet et répondant au nom de Vittore – se tenait accroupi à la poupe. Il prendrait le relais et s'occuperait de l'embarcation une fois que les autres passagers seraient montés à l'abordage de la flûte.

La coque de cette dernière était désormais bien visible avec sa poupe indolente et ses étranges rondeurs. Elle ne se dirigeait pas droit vers eux, mais légèrement au nord. D'après les estimations de Locke, elle croiserait la route – ou peu s'en faudrait – de l'*Orchidée-Poison* une dizaine de minutes plus tard.

— Ramons dans leur direction, dit Delmastro. Ça ne les surprendra plus maintenant.

Les trois canots étaient restés stationnaires à une centaine de mètres au sud-est de l'*Orchidée.* Les quatre rameurs de la petite embarcation de tête commencèrent leurs efforts pour se diriger vers le nord. Locke vit que ceux des deux plus grandes avaient compris le message et les imitaient.

Ils fendirent les vagues hautes d'une trentaine de centimètres, tanguant au gré des flots. Ils avaient quitté l'*Orchidée* aux environs de la septième heure du matin et le soleil était maintenant levé, la chaleur de plus en plus forte. Les rames grinçaient avec régularité dans les dames de nage. Ils étaient désormais en ligne de front avec le navire de Drakasha et la flûte se trouvait à huit cents mètres au nord-est. Si cette dernière flairait le piège et cherchait à fuir vers le nord, l'*Orchidée* devrait augmenter sa voilure pour la prendre en chasse ; si elle tentait de s'échapper par le sud, ce serait aux canots de lui barrer le passage.

— Ravelle, dit Delmastro. À tes pieds, les cisailles d'assaut, tu les vois ?

Locke baissa les yeux. Sous son banc, il aperçut un ustensile repoussant pourvu d'un axe et de deux poignées en bois actionnant une mâchoire métallique.

— Je crois.

— Notre plus gros problème, ce ne sont pas les arcs. Le pire qu'ils puissent faire, c'est de descendre des filets-rasoirs sur les flancs de la coque pour nous empêcher de monter à l'abordage. On se découpera nous-mêmes en morceaux si on tente de grimper sur le pont. S'ils installent ces filets, tu dois te servir de cet engin pour nous ouvrir un chemin.

— Ou mourir en essayant. Je crois que j'ai compris.

— La bonne nouvelle, c'est qu'il n'y a rien de plus emmerdant que de mettre des filets-rasoirs en place. Ils ne se donneront pas cette peine s'ils se préparent à descendre les canots à la mer et à recevoir des passagers. Si nous nous approchons assez avant de dévoiler notre jeu, ils n'auront pas le temps de les installer.

— C'est quoi le signal qui indique que nous dévoilons notre jeu ?
— Tu le sauras le moment venu. Fais-moi confiance.

7

Zamira Drakasha se tenait près du bastingage tribord du gaillard d'arrière, faisant une pause pour respirer autre chose que de la fumée. Elle prit sa lunette et examina la flûte qui s'approchait : son gaillard d'avant courtaud était décoré d'ornements complexes et une surprenante combinaison de couleurs or et noire agrémentait ses flancs hauts. C'était appréciable. Le navire était bien entretenu et transportait sans doute une cargaison intéressante ainsi que quelques pièces.

Deux officiers se tenaient à la proue et observaient l'*Orchidée* avec leur lunette. Drakasha agita la main de manière à les encourager – du moins l'espérait-elle –, mais ne reçut aucune réponse.

— Eh bien, comme vous voudrez, grommela-t-elle. Vous nous montrerez vos bonnes manières avant longtemps.

Les petites formes sombres des marins allaient et venaient à toute allure sur le pont de la flûte, maintenant à quatre cents mètres de l'*Orchidée*. De l'endroit où elle se tenait, Zamira eut l'impression que ses voiles frissonnaient et que sa coque s'allongeait. Se préparaient-ils à fuir ? Non, ils ne faisaient que ralentir, ils viraient un ou deux degrés tribord pour se rapprocher, mais pas *trop*. Drakasha aperçut une équipe avec une pompe et des tuyaux au centre du navire. Elle dirigeait un jet d'eau vers le haut pour arroser les voiles basses – une manœuvre intelligente quand on approche un bateau en flammes au large.

— Groupe de signal, tenez-vous prêt !

— À vos ordres, capitaine, répondit un ensemble de voix dans la partie enfumée du gaillard d'arrière.

Les canots fendaient les vagues entre les deux navires. Ravelle était devant avec son ombrelle et ressemblait un peu à un mince champignon argenté au chapeau blanc tendre. Puis venaient Valora, et Ezri… Merde ! La demande d'Ezri ne lui avait pas vraiment laissé le choix : soit elle l'acceptait, soit elle passait pour une imbécile devant les corvéables. Il faudrait qu'elle ait une conversation avec ce petit bout de femme… À condition que les dieux aient la grâce de lui rendre sa lieutenant en vie.

Elle observa les officiers de la flûte qui avaient quitté la proue pour gagner le bastingage bâbord. Des types assez costauds, semblait-il, et un peu trop habillés par cette chaleur. Ses yeux n'étaient plus aussi perçants qu'à vingt ans… Les deux hommes échangeaient-ils de petits coups de coude ? N'observaient-ils pas l'*Orchidée* avec plus d'attention à travers leurs lunettes ?

— Capitaine ? demanda un membre du groupe de signal.

— Attendez, dit-elle. Attendez...

Chaque seconde rapprochait l'*Orchidée* de sa proie. La flûte avait ralenti et virait, mais sous le vent – ce qui ne ferait que l'amener un peu plus près... Encore plus près. Un des officiers de la flûte pointa son doigt, puis agrippa son collègue par l'épaule avant de recommencer. Leurs lunettes se levèrent de concert.

— Ah ! cria Zamira.

Ils n'avaient plus la moindre chance de s'échapper maintenant. Elle sentit une nouvelle impatience insuffler de la force à chacun de ses pas et de ses mouvements. Elle sentit la moitié du poids des ans s'évanouir de ses épaules. *Dieux*, il n'y avait rien de plus agréable que le moment où ils comprenaient à quel point ils étaient dans la merde. Elle replia sa lunette d'un geste brusque, ramassa son gueulard sur le pont et cria pour se faire entendre jusqu'à l'autre bout du navire :

— Archers dans les mâts ! Tout le monde sur le pont ! Tout le monde sur le pont contre le bastingage tribord ! Étouffez les barils fumigènes !

L'*Orchidée-Poison* frissonna : quatre-vingts hommes hurlants grimpèrent les échelles à toute allure et jaillirent des écoutilles en armes et armure. Les archers surgirent de derrière les mâts, s'agenouillèrent sur leurs plates-formes de tir et encochèrent des flèches à leurs arcs rutilants.

Zamira n'avait pas besoin de sa lunette pour voir les silhouettes des officiers et les marins courir dans tous les sens sur le pont de la flûte.

— Offrons-leur quelque chose qui les fera pisser dans leurs hauts-de-chausses, hurla-t-elle sans se donner la peine d'utiliser le gueulard. HISSEZ LE PAVILLON ROUGE !

Les trois drapeaux jaunes flottant au-dessus du gaillard d'arrière frémirent, puis descendirent avant de disparaître dans la brume grise. Un autre surgit des dernières volutes noires : un grand pavillon rouge, aussi brillant qu'un soleil matinal au-dessus d'une tempête.

8

— Allons-y, cria la lieutenant Delmastro. Mettez-y le paquet !

Tandis que les trois canots fendaient les vagues, le pavillon rouge atteignit son point culminant au-dessus de la poupe de l'*Orchidée.* Des marins – les premiers représentants d'une véritable horde – se rassemblèrent contre le bastingage bâbord et lancèrent des acclamations enthousiastes.

Locke se débarrassa de son ombrelle et de sa veste. Il les jeta par-dessus bord avant de se rappeler qu'ils avaient une certaine valeur. Il respirait par à-coups fébriles, lançant des regards par-dessus son épaule pour voir la flûte qui se rapprochait à toute vitesse – une paroi de bois à pic qui se dressait sur les eaux comme la muraille d'une citadelle flottante. Dieux tout puissants, il allait à la bataille ! Mais quelle putain de mouche l'avait donc piqué ?

Il se mordit les joues pour se concentrer et serra le plat-bord si fort que ses articulations blanchirent. Putain, ça manquait plutôt de panache ! Il ne pouvait pas se permettre ce genre de comportement. Il inspira un grand coup pour se calmer.

Lamora était insignifiant, mais la Ronce de Camorr n'avait rien à craindre de ces futilités. La Ronce était immunisée contre les épées, les sortilèges et le mépris. Locke se souvint du Fauconnier saignant à ses pieds. Il se souvint du Roi Gris, mort sous la lame de son couteau. Il se souvint des fortunes qui avaient glissé entre ses doigts. Il sourit.

D'un geste ferme et prudent, il tira son sabre et commença à l'agiter dans les airs. Les trois canots étaient presque en ligne de front maintenant, découpant de petits triangles blancs sur la mer. Ils n'étaient plus qu'à une minute de leur cible. Locke avait l'intention de se lancer à l'assaut affublé du déguisement le plus téméraire qu'il ait jamais porté. Il serait peut-être mort quelques instants plus tard, mais d'ici là, par tous les dieux, il était la Ronce de Camorr. Il était ce putain de capitaine Orrin Ravelle.

— Marins de l'*Orchidée* ! Marins de l'*Orchidée* ! (Il se transforma en figure de proue à l'avant du canot et brandit son sabre comme s'il avait l'intention d'éperonner la flûte.) Ramez pour le butin ! Ramez pour vous ! Suivez-moi, marins de l'*Orchidée* ! *Nous qui sommes plus riches et plus intelligents que tous les autres !*

L'*Orchidée-Poison* se détacha du dernier nuage de fumée ; des bandes grises emportées par la brise montaient encore du gaillard d'arrière, donnant l'impression que le bateau échappait à l'étreinte d'une gigantesque main fantôme. Près du bastingage, la cohue de marins lança une nouvelle acclamation avant de se taire subitement. Les voiles se mirent à claquer au vent. Drakasha tirait une bordée à la hâte afin de ramener brusquement le brick tribord amures. Si elle y parvenait, il se rapprocherait de la flûte par bâbord et se rangerait assez près d'elle pour qu'on puisse se battre au couteau.

Le soudain silence des marins de l'*Orchidée* permit à Locke d'entendre pour la première fois des bruits qui provenaient du bateau adverse : des ordres, des cris de panique et de consternation, des disputes. Et puis, couvrant tout ce vacarme, une petite voix désespérée cria dans un gueulard :

— *Sauvez-nous ! Pour l'amour des dieux, je vous en prie… Par pitié, dépêchez-vous de venir nous sauver !*

— Merde, lâcha Delmastro. Ce n'est pas souvent qu'on nous accueille ainsi.

Locke n'eut pas le temps de réfléchir au problème : ils atteignirent la coque de l'autre navire et le canot heurta avec violence le rempart de bois humide formé par le bord sous le vent. La flûte donnait de la bande et Locke eut l'impression qu'elle allait retomber sur les petites embarcations et les écraser. Par miracle, il y avait un filet d'embarquement et des cordages à portée de main. Le voleur bondit vers le premier, l'épée levée.

— Marins de l'*Orchidée*, cria-t-il en commençant à escalader l'entrelacs de chanvre rugueux et humide dans une exaltation terrifiée. Marins de l'*Orchidée* ! Suivez-moi !

Sa main gauche se posa sur le pont en haut du filet : c'était maintenant le moment de vérité. Il serra les dents et lança un coup de sabre maladroit et vicieux vers le haut – au cas où quelqu'un l'attendrait près du bord. Puis il se hissa à la hauteur du pont et roula sous le bastingage – il avait raté la coupée de plusieurs mètres. Il se releva tant bien que mal en hurlant comme un fou.

Le pont était plongé dans le chaos, mais Locke n'en était certainement pas la cause. Il n'y avait pas de filets-rasoirs, pas d'archers, pas de murs de lances ou d'épées pour recevoir les pirates. Les marins de la flûte couraient dans tous les sens, paniqués. Un tuyau d'incendie avait été abandonné sur le pont et gisait aux pieds de Locke comme un cadavre de serpent brun, vomissant un filet d'eau salée sporadique qui alimentait une flaque grandissante.

Un homme de l'équipage glissa sur cette flaque, battit des bras pour reprendre l'équilibre et percuta Locke de plein fouet. Le voleur ramena son sabre au-dessus de sa tête et le marin esquissa un mouvement de recul. Il leva les mains en l'air pour montrer qu'elles étaient vides.

— Nous avons essayé de nous rendre, haleta-t-il. Je vous le jure ! Ils ne nous ont pas laissé faire ! Par tous les dieux, aidez-nous !

— Qui ça ? Qui vous a empêchés de vous rendre ?

Le marin pointa un doigt vers le gaillard d'arrière surélevé. Locke se retourna brusquement pour voir ce qu'il avait là de si intéressant.

— Oh, putain de merde ! murmura-t-il.

Ils étaient au moins une vingtaine, rien que des hommes coulés dans le même moule : hâlés, trapus, musclés. Leurs barbes étaient tressées avec soin ; leurs cheveux leur arrivaient aux épaules et étaient rassemblés en nattes garnies de perles qui s'entrechoquaient ; leurs têtes étaient enveloppées dans un foulard vert brillant et Locke savait d'expérience que les manches noires couvrant leurs bras étaient en fait des versets saints tatoués à l'encre noire et verte, si densément qu'on ne distinguait plus la moindre trace de peau.

Des Rédempteurs jérémites. Des fanatiques religieux qui croyaient que leur ordre était la seule expiation possible pour les péchés de leur île maudite. Ils se sacrifiaient volontairement à leurs dieux et erraient de par le monde, exilés en groupes, aussi polis que des moines tant que rien ni personne ne les menaçait.

Ils avaient fait le serment de tuer ou d'être tués lorsqu'ils étaient confrontés à la violence, de mourir dans l'honneur pour Jérem ou d'exterminer sans merci celui qui avait levé la main sur eux.

À cet instant, les vingt Rédempteurs avaient *tous* les yeux braqués sur Locke.

— Le païen nous offre une purification écarlate ! (Le Jérémite qui était à la tête du groupe pointa un doigt vers Locke et leva son gourdin en bois-sorcier incrusté de pointes en cuivre.) Lavons nos âmes dans ce sang hérétique ! EXTERMINONS POUR SAINT JÉREM !

Armes brandies, ils se ruèrent vers l'escalier du gaillard d'arrière et dévalèrent les marches sans quitter Locke des yeux. Ils lui montrèrent par la même occasion comment hurlent de *véritables* malades. Un marin essaya de s'écarter de leur passage et fut écrasé comme une mouche. Son crâne se fendit comme un melon sous le gourdin du chef des Jérémites. Les autres piétinèrent son cadavre tandis qu'ils chargeaient.

La horde belliqueuse et démente qui se précipitait vers lui ne ressemblait à rien de ce que Locke avait pu voir au cours de sa vie. Incapable de se retenir, il éclata d'un rire saccadé et interloqué. Il était terrifié jusqu'au plus profond de son âme et, de ce fait, il éprouva un brusque sentiment de liberté absolue. Il eut alors l'impression d'être aussi léger qu'un grain de poussière dans la brise. Il leva son sabre inutile et se lança dans une contre-attaque.

— Venez donc ! beugla-t-il sans s'arrêter de courir. Venez affronter Ravelle ! Les dieux vous ont envoyé votre bourreau, BANDE D'ENCULÉS !

En toute logique, il aurait dû mourir dans les secondes suivantes, mais, comme d'habitude, Jean ne l'entendait pas de cette oreille.

Le chef des Jérémites fonça sur Locke, une masse représentant deux fois celle du petit voleur, tout en fanatisme meurtrier, en sang et en éclats de lumière se reflétant sur les pointes du gourdin qu'il brandissait. Soudain, une hachette se substitua à son visage, la poignée jaillissant de l'orbite fracassée d'un œil. Ce fut le corps avachi et non la massue de bois qui percuta Locke, mais le choc le projeta au sol et lui vida les poumons. Du sang chaud éclaboussa son visage et son cou. Il se débattit rageusement pour se dégager du corps agité de spasmes. Autour de lui, le pont se remplit soudain de silhouettes donnant des coups de pied, martelant le plancher, hurlant et tombant.

Le monde se dissolut dans une suite d'images et de sensations sans rapport les unes avec les autres. Locke avait à peine le temps de les identifier avant qu'elles s'évanouissent…

Des haches et des lances s'enfoncèrent dans le corps du chef des Jérémites, à la recherche de Locke. Celui-ci donna un coup d'estoc désespéré avec son sabre et sentit un choc tandis que la lame se plantait dans la cuisse sans protection d'un Jérémite. Jean remit son ami debout. Jabril et Stréva entraînèrent d'autres hommes de l'*Orchidée* sur le pont. La lieutenant Delmastro combattait aux côtés de Jean. Elle transforma le visage d'un Rédempteur en bouillie sanguinolente avec la garde incrustée d'éclats de Verre d'Antan d'un de ses sabres. Des ombres, des mouvements, des cris discordants.

Il était impossible de rester près de Jean : la pression des Rédempteurs était trop forte, trop de coups arrivaient en même temps. Locke fut de nouveau renversé par un corps qui s'effondrait. Il roula sur la gauche en donnant des coups de taille frénétiques et aveugles au passage. Le pont et le ciel se mirent à tournoyer autour de lui et, soudain, il se retrouva à rouler dans le vide.

La grille fermant l'écoutille de la cale principale n'avait pas été remise en place.

Il essaya désespérément de faire le point et se retourna aussi vite que possible sur sa droite avant de basculer. Il avait remarqué que trois autres Rédempteurs se tenaient au fond de la cale. Il se releva avec peine et fut aussitôt attaqué par un des Jérémites. Il para coup de taille après coup de taille tout en effectuant des pas sur la gauche pour essayer de s'éloigner du bord de l'écoutille. Par malheur, un second adversaire apparut, une lance dégoulinant de sang à la main, prêt à frapper.

Avec la grille ouverte à ses pieds, Locke comprit qu'il ne parviendrait jamais à esquiver les coups de deux ennemis – et encore moins à les vaincre. Il réfléchit à toute allure. L'équipage de la flûte sortait un lourd tonneau de la cale principale quand l'attaque avait été lancée. Ce tonneau, dont le diamètre devait atteindre un mètre cinquante, se balançait maintenant dans un filet au-dessus de l'écoutille.

Locke porta un coup de taille furieux vers ses deux adversaires dans la seule intention de les obliger à reculer. Puis il pivota sur ses talons et bondit aussi loin que possible. Il heurta le tonneau avec un bruit assourdissant et s'agrippa au filet en agitant les jambes comme un homme qui marche sur l'eau. Le baril commença à se balancer comme un pendule alors que Locke grimpait dessus.

Une fois parvenu à ces fins, il savoura un bref instant une vue générale de l'affrontement. Des hommes de l'*Orchidée* arrivaient de bâbord pour se jeter dans la bataille ; Delmastro et Jean repoussaient le groupe principal des Rédempteurs en haut du gaillard d'arrière ; sur la partie du pont où Locke se trouvait, les adversaires s'affrontaient dans un tourbillon confus où se mêlaient foulards verts et têtes nues sous des armes de toutes sortes.

Soudain, le Jérémite à la lance essaya de le toucher et la pointe d'acier noirci mordit le bois à quelques centimètres de sa jambe. Locke riposta en agitant son sabre et réalisa que son refuge aérien n'était pas aussi sûr qu'il l'avait imaginé. Il entendit des cris en dessous de lui : dans la cale, les Rédempteurs avaient remarqué sa présence et décidé de s'occuper de son cas.

C'était à lui d'agir en premier et d'accomplir un geste insensé.

Il bondit, s'accrocha à une des cordes qui retenaient le tonneau au bout d'une caliorne et para une nouvelle attaque de la lance. Il était vain de vouloir trancher tous les filins : la tâche prendrait plusieurs minutes. Il essaya de se rappeler la disposition des cordages et des poulies que Caldris lui avait enfoncés dans le crâne. Ses yeux remontèrent à la hâte l'unique filin tendu qui partait du palan de caliorne pour descendre jusqu'à la galoche au coin de l'écoutille de la cale. Oui. Ce câble traversait le pont et disparaissait sous la foule des combattants. Il devait aller jusqu'au cabestan et si quelqu'un le coupait…

Locke serra les dents, administra un puissant coup de taille sur la corde tendue et sentit sa lame mordre le chanvre. Une hachette passa en sifflant tout près de son épaule, la manquant d'un pouce. Locke frappa une nouvelle fois, puis une autre, avec toute la force dont il était capable. Au quatrième coup, le câble s'effilocha et se rompit avec un bruit sec sous le poids du tonneau. Perché sur ce dernier, Locke accompagna sa chute dans la cale et ferma les yeux en contractant les paupières. Quelqu'un hurla, ce qui lui évita de se donner cette peine.

Le tonneau percuta le plancher dans un fracas retentissant. L'impact projeta Locke vers le bas et son menton heurta le fût. Il fut éjecté sur le côté et atterrit sur le pont dans une position qui manquait de dignité. Un liquide tiède et odorant se mit à lui couler dessus : de la bière. Un torrent de bière s'échappait du tonneau.

Locke se releva tant bien que mal en gémissant. Un des Rédempteurs ne s'était pas écarté assez vite et gisait sous le fût – mort, sans aucun doute. Les deux autres avaient été projetés sur les côtés par l'impact et tâtonnaient maintenant à la recherche de leurs armes, encore à moitié sonnés.

Locke s'approcha d'eux d'un pas erratique et leur trancha la gorge avant même qu'ils remarquent sa présence. Ce n'était pas un combat, juste un travail de coupe-jarret auquel il se livra sans réfléchir. Il cligna alors des yeux et regarda autour de lui pour trouver quelque chose sur quoi essuyer sa lame. Un vieux réflexe naturel de voleur qui faillit causer sa perte.

Une grande silhouette sombre atterrit près de lui dans une gerbe de bière. Un des Jérémites qui lui avaient cherché noise quand il était sur le pont – l'homme à la lance – avait sauté dans la cale. Mais l'alcool qui s'échappait du tonneau lui joua un mauvais tour : en touchant le sol après une chute de deux mètres, les pieds du Rédempteur glissèrent et il s'affala sur le dos. Avec un fatalisme désabusé, Locke lui enfonça son sabre dans la poitrine, puis il arracha la lance des mains du mourant.

— Encore une victime de l'alcool, murmura-t-il.

Sur le pont principal, la bataille se poursuivait. Pour le moment, Locke était seul dans la cale avec sa petite victoire sans gloire.

Quatre hommes sans vie, et il les avait tous tués de manière indigne, profitant de la chance, de la surprise et de ruses éhontées pour accomplir ce qui aurait été impossible dans un affrontement classique. Bien sûr, ses adversaires n'auraient jamais demandé grâce ni fait de quartier, ce qui aurait dû rendre cette tuerie plus facile, mais la fièvre qui s'était emparée de lui pendant quelques minutes avait disparu. En fin de compte, Orrin Ravelle n'était qu'un imposteur. Il était redevenu ce bon vieux Locke Lamora.

Il vomit derrière un tas de toile et de filets, appuyé sur la lance jusqu'à ce que la nausée se dissipe.

—*Dieux tout puissants!*

Locke s'essuya la bouche alors que Jabril et deux de ses compagnons descendaient dans la cale – en s'accrochant aux bords de l'écoutille plutôt qu'en sautant. Selon toute probabilité, ils ne l'avaient pas vu vomir.

—Quatre! continua Jabril. (Sa tunique était en partie déchirée au-dessus d'une estafilade peu profonde sur la poitrine.) Putain de merde, Ravelle! Et dire que je me pissais dessus en pensant à Valora.

Locke inspira un grand coup pour se calmer.

—Jérôme. Il va bien?

—C'était le cas il y a une minute. Je l'ai vu se battre sur le gaillard d'arrière en compagnie de la lieutenant Delmastro.

Locke acquiesça, puis pointa sa lance vers l'arrière.

—La cabine de poupe. Suivez-moi. Terminons-en avec tout ça.

Il prit la tête du petit groupe et remonta en courant le pont principal de la flûte, écartant d'une bourrade les membres de l'équipage désarmés et tremblants. La porte blindée de la cabine de poupe était fermée et, derrière elle, Locke entendit le bruit d'une activité frénétique. Il frappa sur le battant.

—Nous savons que vous êtes là, hurla-t-il. (Il se tourna vers Jabril avec un sourire fatigué.) J'ai l'impression d'avoir déjà vécu cette scène. Ça ne te rappelle rien à toi?

—Vous n'arriverez pas à franchir cette porte, déclara une voix étouffée à l'intérieur de la cabine.

—Enfonçons-la à coups d'épaule, dit Jabril.

—Attends un peu. Je vais d'abord essayer d'être génial, dit Locke. (Il haussa la voix.) Premier point: cette porte est peut-être blindée, mais les fenêtres de poupe sont en verre. Second point: si vous n'avez pas ouvert cette putain de lourde à dix, je fais exécuter sur le pont tous les membres de l'équipage – hommes et femmes – qui sont encore vivants. Vous n'aurez aucun mal à entendre leurs cris pendant que vous continuerez à faire je ne sais quoi là-dedans.

Il y eut un silence. Locke ouvrit la bouche pour commencer à compter. Soudain, on entendit le cliquetis d'un lourd engrenage et la porte s'ouvrit en grinçant. Un petit homme d'âge moyen apparut, vêtu d'une longue veste noire.

— S'il vous plaît, ne faites pas ça. Je me rends. J'étais prêt à le faire plus tôt, mais les Rédempteurs n'ont pas voulu en entendre parler. Je me suis enfermé dans cette cabine après qu'ils m'ont pourchassé. Tuez-moi si cela vous fait plaisir, mais épargnez mon équipage.

— Ne soyez pas idiot, dit Locke. Pourquoi tuerions-nous des gens qui n'offrent aucune résistance ? C'est quand même agréable de constater que vous n'êtes pas un parfait trou du cul. Vous êtes le capitaine, je suppose ?

— Antoro Néra, à votre service.

Locke le saisit par le revers de son manteau et entreprit de le traîner vers l'escalier qui menait au pont.

— Allons donc prendre l'air, maître Néra. Je crois que nous nous sommes occupés de vos Rédempteurs. Qu'est-ce qu'ils foutaient à bord, au fait ? C'étaient des passagers ?

— Ils étaient chargés de la sécurité du navire, marmonna Néra.

Locke s'arrêta net.

— Est-ce que vous êtes complètement taré ? Vous ne saviez pas qu'ils deviendraient fous furieux dès que quelqu'un commencerait à se battre sous leur nez ?

— Je n'en voulais pas ! Le propriétaire a insisté. Les Rédempteurs ne demandent que de la nourriture et le droit de passage en échange de leur travail. Le propriétaire a pensé... qu'ils effraieraient peut-être les gens avec de mauvaises intentions.

— Belle théorie que voilà ! Mais ça ne marche que si vous faites savoir qu'ils sont à bord. Nous, nous l'avons découvert en prenant pied sur le pont, quand leur putain de phalange s'est mise à nous charger.

Locke grimpa l'escalier en tirant Néra derrière lui, Jabril et ses deux compagnons sur les talons. Ils débouchèrent sur le gaillard d'arrière inondé de lumière alors qu'un homme de l'*Orchidée* amenait le pavillon de la flûte, des cadavres jusqu'aux genoux.

Il y en avait au moins une dizaine. La plupart étaient des corps de Rédempteurs avec leurs foulards verts claquant au vent et une expression curieusement satisfaite sur le visage. Mais, ici et là, on apercevait aussi le cadavre d'un marin malchanceux et, en haut de l'escalier, celui d'un homme que Locke connaissait : Aspel, dont la poitrine n'était plus qu'un amas de chair sanguinolente.

Locke regarda autour de lui avec frénésie et soupira en apercevant Jean, apparemment indemne, accroupi près du bastingage tribord. La lieutenant Delmastro était allongée près de lui, les cheveux défaits ; du sang coulait le long de son bras droit. Sous le regard de Locke, Jean déchira le bas de sa tunique et entreprit de panser une des blessures d'Ezri.

Locke ressentit une pointe de soulagement mêlée de mélancolie. En général, c'était *lui* que Jean ramassait en piteux état à la fin d'un combat. Au milieu de la bataille, il avait dû prendre une décision impérative en une fraction de seconde et s'éloigner de son ami. Il constata qu'il éprouvait un sentiment étrange et troublant à l'idée que son vieux camarade ne l'avait pas suivi comme une ombre pour le protéger, comme il le faisait toujours.

Arrête tes conneries, pensa-t-il. *Jean a aussi ses putains de problèmes.*

— Jérôme, appela-t-il.

La tête de Jean pivota aussitôt et ses lèvres commencèrent à former le son « L » avant qu'il se reprenne.

— Orrin ! Tu es dans un sale état ! Par tous les dieux, ça va ?

Un sale état ? Locke baissa les yeux et s'aperçut qu'il était difficile de trouver un centimètre carré de ses vêtements qui ne soit pas imprégné de sang. Il se passa la main sur le visage et la regarda. Ce qu'il avait pris pour de la transpiration ou de la bière avait teinté sa paume et ses doigts de rouge.

— Il n'est pas à moi, dit-il. Enfin, je crois.

— J'étais sur le point de partir à ta recherche. Ezri... La lieutenant Delmastro...

— Je vais bien, grogna-t-elle. On dirait que ce fils de pute a essayé de me frapper avec un mât d'artimon. Il m'a coupé le souffle.

Locke repéra un des énormes gourdins incrustés de pointes en cuivre posé sur le pont, juste à côté d'elle. Un peu plus loin, il vit le cadavre d'un Rédempteur avec un des sabres de Delmastro – ils étaient facilement reconnaissables – planté dans la gorge.

— Lieutenant Delmastro, dit Locke. Je vous ramène le capitaine. Permettez-moi de vous présenter Antoro Néra.

Delmastro écarta la main de Jean et le contourna en rampant pour mieux voir. Des filets de sang s'échappaient de diverses entailles sur ses lèvres et son front.

— Maître Néra. Heureuse de vous rencontrer. Je représente le camp qui tient encore debout – contrairement aux apparences. (Elle grimaça un sourire et essuya le sang qui lui coulait sur les yeux.) Je superviserai le vol des marchandises une fois votre navire sécurisé, alors ne me faites pas chier. Au fait, comment s'appelle-t-il ?

— Le *Martin-Pêcheur*.

— Cargaison et destination ?

— Tal Verrar. Nous transportons des épices, du vin, de l'essence de térébenthine et des bois précieux.

— Sans oublier un sacré tas de Rédempteurs jérémites. Non. Fermez-la ! Vous m'expliquerez ça plus tard. Par tous les dieux, Ravelle, on dirait que tu n'as pas *chômé*.

— Je veux ! s'exclama Jabril en administrant une grande claque dans le dos du voleur. Il en a tué quatre à lui tout seul dans la cale. Il a enfourché un tonneau et a plongé sur le premier. Il a dû s'envoyer les trois autres en même temps. (Il claqua des doigts.) Comme *ça*.

Locke soupira et sentit ses joues s'empourprer. Il porta de nouveau la main à son visage et remit un peu de sang où il l'avait pris.

— Eh bien ! dit Delmastro. Je ne vais pas dire que je ne suis pas surprise, mais je suis satisfaite. Tu n'es pas foutu de commander une barque de pêche, Ravelle, mais tu pourras mener un abordage chaque fois que tu en auras envie. Si les Jérémites meurent pour racheter les fautes de leur putain d'île, ils doivent être ravis : on vient de racheter les âmes de la moitié de leur peuple.

— Vous êtes trop aimable, dit Locke.

— Est-ce que tu peux t'occuper de mettre un peu d'ordre sur ce navire à ma place ? Ramener les marins qui sont encore sur les différents ponts et les rassembler sous bonne garde sur le gaillard d'avant ?

— Sans problème. Elle va s'en tirer, Jérôme ?

— Elle a dégusté et elle a quelques coupures, mais...

— J'ai connu pire, dit Ezri. J'ai connu pire et j'ai sans doute fait pire. Tu peux accompagner Ravelle si tu veux.

— Je...

— Ne m'oblige pas à te taper dessus. Tout ira bien.

Jean se leva et rejoignit Locke qui poussa gentiment Néra vers Jabril.

— Jabril, tu veux bien escorter notre nouvel ami jusqu'au gaillard d'avant pendant que Jérôme et moi rassemblons le reste de l'équipage ?

— Pas de problèmes. Je serais ravi.

Locke conduisit Jean en bas de l'escalier du gaillard d'arrière pour plonger dans l'enchevêtrement de cadavres qui jonchait le milieu du navire. Encore des Rédempteurs, encore des marins... et cinq ou six hommes que les deux compères avaient tirés du Rocher Sous le Vent trois semaines plus tôt. Locke avait conscience que tous les survivants semblaient le fixer et cela le mit mal à l'aise. Il entendit des bribes de leurs conversations.

— ... Il se marrait, je te jure...

— J'l'ai vu quand je suis arrivé sur le pont. Il était en train de les charger à lui tout seul...

— Jamais vu ça. (C'était Stréva – son bras gauche semblait cassé.) Il rigolait, il rigolait. Pas un pet de trouille.

— ... « Les dieux vous ont envoyé votre bourreau, bande d'enculés. » C'est ce qu'il leur a gueulé. J'ai entendu...

—Tu sais, ils ont raison, murmura Jean. Je t'ai déjà vu faire des choses courageuses et des trucs dingues, mais là… c'était…

—C'était vraiment dingue et pas courageux pour deux sous. J'ai tourné brindezingue, pas vrai ? J'avais tellement la trouille que je ne savais plus ce que je faisais.

—Mais dans la cale…

—J'ai fait tomber un tonneau sur l'un d'eux. J'ai tranché la gorge de deux autres pendant qu'ils étaient encore sonnés. Le dernier a eu la gentillesse de déraper sur une flaque de bière et de me faciliter les choses. Ça s'est passé comme ça se passe toujours, Jean. Je ne suis pas un putain de guerrier.

—Mais maintenant, tout le monde est persuadé du contraire. Tu as réussi ton coup.

Ils découvrirent Mal affalé contre le grand mât, immobile, les mains serrées autour de la lame plantée dans son ventre, comme s'il ne voulait pas qu'on la retire. Locke soupira.

—En ce moment, je me demande vraiment si je dois m'en réjouir.

Jean s'agenouilla et ferma les yeux de Mal.

—Je comprends. (Il fit une pause, comme s'il pesait chacun de ses mots avant de poursuivre :) Nous avons un gros problème.

—Ah bon ? Nous, un problème ? Mais *où* donc es-tu allé chercher ça ?

—Ces gens sont des nôtres. Ces gens sont des *voleurs*. Tu dois t'en rendre compte, toi aussi. Nous ne pouvons pas les vendre à Stragos.

—Dans ce cas, nous allons mourir.

—Nous savons tous les deux que Stragos a l'intention de nous tuer de toute façon…

—Plus nous faisons durer le chantage, plus nous sommes proches d'accomplir une partie de la mission et plus nous avons de chances de trouver un véritable antidote. Plus nous aurons de temps, plus nous aurons de chances qu'il commette une erreur… Et nous pourrons peut-être agir.

—Nous pouvons arriver à quelque chose en nous alliant à nos frères. Regarde autour de toi, par tous les dieux. Le *seul* moyen de subsistance de ces personnes, c'est le vol. Ils sont comme nous. Les mandats qui régissent notre vie…

—Ne viens pas me casser les couilles *à moi* avec ce qui est juste !

—Et pourquoi pas ? On dirait que tu en as besoin…

—J'ai rempli mon devoir envers les hommes que nous avons fait évader du Rocher Sous le Vent, Jean. Mais eux et tout le reste de ces gens sont des étrangers. J'ai l'intention de faire chialer Stragos pour ce qu'il a fait et si je peux arriver à mon but en épargnant leurs vies, par tous les dieux, je les épargnerai. Mais si je dois couler ce navire et dix autres semblables pour baiser cet enfoiré, je n'hésiterai pas une putain de seconde.

— Dieux ! murmura Jean. Écoute-toi donc. Dire que je *me* trouvais camorrien. Mais c'est toi qui en es la quintessence. Il n'y a pas cinq minutes, tu étais mélancolique en songeant au sort de ces personnes et, maintenant, tu es prêt à les noyer pour assouvir ta soif de vengeance !

— C'est *notre* vengeance et c'est *notre* vie, dit Locke.

— Il doit y avoir un autre moyen.

— Qu'est-ce que tu proposes d'autre, alors ? De rester ici ? De passer quelques semaines heureuses dans les Vents Fantômes avant de *mourir* bien poliment ?

— S'il le faut.

L'*Orchidée-Poison*, voilure réduite, s'approcha de la poupe du *Martin-Pêcheur* en se glissant entre la flûte et le vent. Alignés contre le bastingage, les marins du navire de Drakasha lancèrent trois hourras retentissants, chacun plus fort que le précédent.

— Tu entends ça ? demanda Jean. Ce n'est pas les corvéables qu'ils acclament, ce sont les leurs. Nous en faisons partie maintenant. Nous faisons partie de tout ça.

— Ce sont des étr…

— Ce ne sont pas des *étrangers*.

— Soit. (Locke jeta un coup d'œil vers l'arrière, vers la lieutenant Delmastro qui s'était relevée et tenait la barre du *Martin-Pêcheur*.) Il est possible que certains d'entre eux me soient plus étrangers qu'à toi.

— Hein ? Attends une petite…

— Fais ce que tu veux pour tuer le temps en mer, dit Locke en lui lançant un regard mauvais, mais n'oublie pas d'où tu viens. Notre but, c'est Stragos. Notre but, c'est *de lui régler son compte*.

— Tuer le temps ? Tuer le putain de *temps* ?

Jean inspira en sifflant sous le coup de la colère. Il contracta les poings et, l'espace d'une seconde, sembla prêt à attraper Locke par l'encolure et à le secouer.

— Dieux, je vois ce qui cloche dans ta petite tête. Écoute, tu es peut-être résigné au fait que la *seule* femme que tu regarderas au cours de ta vie a filé depuis des années, mais ça t'obsède tant et depuis si longtemps que tu crois que le reste du monde a décidé de faire comme toi.

Locke eut l'impression de recevoir un coup de couteau.

— Jean, comment oses-tu… ?

— Pourquoi je me gênerais ? *Pourquoi ?* Nous transportons ton précieux chagrin comme une putain de sainte relique. Ne parle *pas* de Sabetha Belacoros. Ne parle *pas* de pièces de théâtre. Ne parle *pas* de Jasmer, ni d'Espara, ni des autres opérations qu'on a menées ensemble. Moi aussi, j'ai vécu neuf ans en sa compagnie et je dois faire comme si elle n'avait jamais existé pour ne pas faire de *peine* à monsieur. Eh bien, je ne suis pas toi. Je n'ai pas l'intention de vivre comme un moine qui a prononcé ses vœux. *Je ne vis pas seulement dans ta putain d'ombre !*

Locke fit un pas en arrière.

— Jean, je ne veux… Je ne savais…

— Et arrête de m'appeler « Jean », bordel de merde !

— Bien sûr, dit Locke d'une voix froide. Bien sûr. Si nous continuons à crier comme ça, on va finir de foutre nos couvertures en l'air. Je peux descendre fouiner tout seul. Retourne voir Delmastro. Elle se cramponne à la barre pour ne pas se casser la gueule.

— Mais…

— *Vas-y !*

— D'accord. (Jean se tourna pour s'éloigner, puis s'arrêta une dernière fois.) Mais comprends-moi. *Je ne peux pas faire ça*. Je te suivrai jusqu'au bout de l'enfer, et tu le sais parfaitement, mais je ne peux pas entuber ces gens, même si notre vie en dépend. Et même si tu estimes que notre vie en dépend… Je ne te laisserai pas faire.

— Qu'est-ce que ça veut dire ?

— Ça veut dire que tu as beaucoup de choses auxquelles réfléchir.

Sur ce, Jean s'éloigna d'un pas lourd.

De petits groupes de marins se laissaient glisser de l'*Orchidée* pour prendre pied à bord du *Martin-Pêcheur*. Utgar se précipita vers Locke, le visage rouge d'excitation. Il était à la tête d'une équipe qui portait des cordes et des gaffes pour maintenir les deux navires côte à côte.

— Par les Saintes Essences, Ravelle, on vient d'apprendre pour les Rédempteurs, dit Utgar. La lieutenant nous a raconté ce que tu as fait. Putain de merde ! C'est du sacré bon boulot !

Locke regarda le corps de Mal qui gisait contre le grand mât, puis le dos de Jean qui s'approchait de Delmastro en tendant les bras pour la soutenir. Sans se préoccuper de savoir si on le voyait ou non, il jeta son sabre sur le pont. La lame se planta dans le bois et l'arme se mit à vibrer.

— Ah, oui ! On dirait que j'ai encore remporté la timbale. *Hourra* pour le vainqueur !

Chapitre 11

La vérité, rien que la vérité

1

— Faites avancer les prisonniers, dit la capitaine Drakasha.

Il faisait nuit sur le pont de l'*Orchidée-Poison* et le navire était à l'ancre sous un ciel constellé d'étoiles. Les lunes ne s'étaient pas encore levées. Drakasha se tenait près du bastingage du gaillard d'arrière, éclairée par des lanternes alchimiques disposées derrière elle, vêtue d'une toile goudronnée en guise de manteau ; elle portait une ridicule perruque en laine qui rappelait vaguement le postiche de cérémonie des magistrats verrariens. En avant et en arrière, le pont fourmillait des silhouettes sombres des membres de l'équipage. Les prisonniers se tenaient dans un petit espace dégagé au centre du navire.

Dix-neuf hommes du *Messager Rouge* avaient survécu à l'attaque du matin. Maintenant, les dix-neuf étaient rassemblés sur l'embelle, un peu mal à l'aise, chevilles et poignets ligotés. Locke avança en traînant les pieds derrière Jean et Jabril.

— Clerc de la cour, dit Drakasha. Vous nous apportez là une bien *triste* troupe.

— Une triste troupe en vérité, Votre Honneur. (La lieutenant Delmastro se tenait à côté du capitaine, affublée d'une perruque tout aussi ridicule que celle de sa supérieure ; elle serrait un rouleau de parchemin dans sa main.)

— C'est la première fois que je contemple un tel ramassis de misérables, de débauchés et de bâtards châtrés. Enfin, je suppose qu'il nous faut les juger quand même.

— En effet, madame.

— Quelles sont les charges retenues contre eux ?

— La litanie de leurs méfaits suffit à faire tourner le sang en mélasse. (Delmastro déroula le parchemin et haussa la voix tandis qu'elle commençait à lire :) Refus délibéré d'accepter la généreuse hospitalité de l'Archon de Tal Verrar. Évasion préméditée des luxueux logements mis à leur disposition par ledit Archon au Rocher Sous le Vent. Vol d'un navire avec l'intention déclarée de consacrer leur vie à la piraterie.

— Quelle honte !

— Absolument, Votre Honneur. Maintenant, la suite est un peu déroutante : certains sont accusés de mutinerie et d'autres d'incompétence.

— Certains de ceci, les autres de cela ? Clerc de la cour, nous ne pouvons *tolérer* ce désordre. Vous n'avez qu'à retenir toutes les charges contre tout le monde.

— Bien. Les mutins sont maintenant incompétents et les incompétents sont aussi des mutins.

— Excellent, suprêmement excellent, et *tellement* dans la tradition de la magistrature. Il ne fait pas le moindre doute qu'on me citera dans les ouvrages de droit.

— Les ouvrages de référence, madame.

— Quels sont les autres forfaits dont ces moins que rien doivent répondre ?

— Voies de fait et vol simple sous le pavillon rouge, Votre Honneur. Acte de piraterie en armes le vingt et unième jour du mois de Festal – cette année même.

— Quel acte ignoble ! Quel acte horrible ! Quel acte méprisable ! cria Drakasha. Que l'on signale dans les minutes que j'ai failli tomber en pâmoison. Dites-moi, y a-t-il quelqu'un pour défendre les prisonniers ?

— Personne, madame, ils sont sans le sou.

— Ah ! Et à quelles lois en appellent-ils pour réclamer une protection ou revendiquer des droits ?

— À aucune, madame. Rien ni personne ne souhaite leur venir en aide.

— Pathétique, mais guère surprenant. D'un autre côté, sans la main ferme des élites pour guider leurs pas, il est naturel que ces pendards aient fui la vertu comme une épidémie. Une touche de clémence serait peut-être la bienvenue.

— C'est peu probable, madame.

— Un petit détail demeure, un détail qui peut témoigner de leur véritable nature. Clerc de la cour, pouvez-vous dépeindre l'esprit de leurs partenaires et de leurs fréquentations ?

— Hélas, je ne le peux que trop, Votre Honneur. Ils ont accepté de leur plein gré de s'associer avec les officiers et membres d'équipage de l'*Orchidée-Poison.*

— Par tous les dieux ! s'écria Drakasha. Avez-vous dit « l'*Orchidée-Poison* » ?

— En effet, madame.

— Ils sont coupables ! Coupables de toutes les charges retenues contre eux ! Coupables sur tous les points ! Coupables au dernier degré de culpabilité qu'un être humain puisse atteindre.

Drakasha arracha sa perruque et la jeta à terre avant de sauter dessus à pieds joints.

— Un excellent verdict, madame.

— C'est le jugement délivré par cette cour, dit Drakasha, solennelle dans son autorité et inébranlable dans sa résolution. Je déclare que, pour les crimes qu'ils ont commis en mer, la mer sera leur exécuteur. Qu'on les jette par-dessus bord ! Et que les dieux ne se précipitent pas pour prendre leur âme en pitié.

Des membres de l'équipage surgirent de partout en lançant des acclamations et encerclèrent les prisonniers. Locke fut tour à tour poussé et entraîné par la foule vers la coupée bâbord où un filet d'embarquement était disposé sur le pont avec une toile en dessous. Ils étaient attachés ensemble à chaque coin. On jeta les anciens marins du *Messager* dessus et on les obligea à y rester. Pendant ce temps, plusieurs dizaines d'hommes sous le commandement de Delmastro s'approchèrent du cabestan.

— Préparez-vous à exécuter la sentence, lança Drakasha.

— Oh hisse ! cria Delmastro.

Un ensemble complexe de poulies et de palans avait été gréé entre les vergues basses du mât de misaine et du grand mât. Quand les marins se mirent à pousser le cabestan, les bords du filet se relevèrent et les marins qui empêchaient les prisonniers d'en sortir reculèrent. En quelques secondes, les anciens membres de l'équipage du *Messager* furent emportés dans les airs, serrés les uns contre les autres comme du bétail à l'abattoir. Locke s'accrocha aux mailles rugueuses pour ne pas glisser au centre de la masse confuse de bras, de jambes et de torses. Tout le monde se mit à pousser et à cracher des jurons – en vain – alors que le filet passait de l'autre côté du bastingage et se balançait doucement dans l'obscurité, cinq mètres au-dessus des flots.

— Clerc de la cour, exécutez les condamnés.

— Balancez-les à l'eau, exécution !

Ils n'oseront pas, songea Locke au moment même où ils osaient.

Le filet rempli de prisonniers plongea au milieu des glapissements et des hurlements – poussés par les hommes qui, à bord du *Martin-Pêcheur*, avaient livré une bataille sanglante presque sans un cri. La tension sur les côtés se relâcha et, au moins, ils eurent un peu plus de place pour rouler et rebondir quand ils heurtèrent la surface – ou, pour être plus exact, quand ils heurtèrent l'étrange support élastique en toile de voile et en cordes avec, en dessous, la mer en guise de coussin.

Pendant une seconde ou deux, ils cabriolèrent dans tous les sens en formant une masse confuse et hurlante alors que les bords de leur prison s'aplatissaient sur les vagues. Puis l'eau noire et tiède se précipita sur eux. Locke ressentit un bref moment de pure panique – le contraire aurait été difficile puisque les nœuds qui entravaient ses poignets et ses chevilles étaient bel et bien réels. Pourtant, après quelques instants, les bords du filet doublé de toile commencèrent à se relever et les anciens marins du *Messager* furent bientôt soulevés quelques centimètres au-dessus des flots. L'eau embarquée avec eux montait jusqu'à la taille de Locke et la toile formait maintenant une espèce de bassin protégé où les prisonniers pouvaient se tenir debout et patauger péniblement.

— Tout le monde va bien ? demanda Jean.

Locke vit que son compagnon s'était approprié le bord du filet juste en face de lui. Une demi-douzaine d'hommes se bousculaient et s'éclaboussaient. Locke se renfrogna en comprenant que Jean n'avait pas la moindre intention de le rejoindre.

— C'est à crever de rire, grommela Stréva suspendu par un bras.

L'autre était maintenu contre sa poitrine par une écharpe rudimentaire. Un certain nombre d'anciens marins du *Messager* avaient des os cassés et presque tous des plaies et des hématomes, mais aucun d'eux n'avait été dispensé de ce rituel en raison de ses blessures.

— Votre Honneur !

Locke leva les yeux en entendant la voix de Delmastro. La lieutenant les observait depuis la coupée bâbord, une lanterne à la main. Leur filet était posé sur l'eau à un mètre de la coque sombre de l'*Orchidée*.

— Votre Honneur, ils ne coulent pas !

— Quoi ?

Drakasha apparut à côté de sa seconde, sa perruque sur la tête, désormais complètement de guingois.

— Bande de sales petits *bâtards* effrontés ! Comment osez-vous faire perdre le temps de cette cour en refusant stupidement d'être exécutés ? Clerc, aidez-les à se noyer !

— À vos ordres, madame. Qu'on aide sur-le-champ à les noyer ! Préparez les pompes ! Pompes, en action !

Deux marins apparurent près du bastingage portant entre eux l'extrémité d'un tuyau de toile. Locke se tourna au moment où le puissant jet d'eau salée et tiède se déversait sur les prisonniers.

Ça pourrait être pire, songea-t-il.

Quelques secondes plus tard, une substance plus épaisse s'abattit sur sa nuque avec un bruit humide et cinglant.

Ce nouveau bombardement humiliant – de morceaux d'étoupe enduite de graisse – fut général et vigoureux. Les membres de l'équipage de l'*Orchidée* s'étaient alignés contre le bastingage et bombardaient avec enthousiasme les prisonniers du filet. Cette véritable pluie de fragments de tissu et de corde avait l'odeur rance et familière de la substance dont Locke avait enduit les mâts chaque matin. L'attaque se poursuivit pendant plusieurs minutes, jusqu'à ce que celui-ci soit incapable de distinguer ses vêtements de la graisse, jusqu'à ce que l'eau de leur petit bassin privé soit couverte d'une couche d'immondices en mouvement.

— Incroyable, cria Delmastro. Votre Honneur, ils sont toujours là !

— Ils n'ont pas coulé ? (Zamira apparut de nouveau contre le bastingage et ôta sa perruque dans un geste solennel.) Malédiction ! La mer refuse de les prendre. Nous allons devoir les ramener à bord.

Peu après, les cordes se tendirent au-dessus de la petite prison et la nasse commença à s'arracher à la mer. Ce n'était pas trop tôt, de l'avis de Locke : il frissonna en sentant une masse large et puissante frôler son pied de l'autre côté de la toile. En quelques secondes, ils se retrouvèrent, soulagés, au-dessus des vagues et on continua de les hisser avec régularité dans des grincements de cordes.

Mais leur châtiment n'était pas encore terminé. Ils restèrent une fois de plus suspendus dans l'obscurité, et si le filet fut remonté plus haut que le bastingage, il demeura néanmoins au-dessus des flots.

— Libérez le moulinet, cria Delmastro.

Locke entraperçut une petite femme grimpant dans l'enchevêtrement de cordes qui surplombait les prisonniers. Elle tira sur une goupille qui bloquait un gros palan en bois auquel le filet était suspendu. Locke reconnut le palier métallique circulaire de l'appareil de levage. Graissé en abondance, il permettait à des charges – quels que soient leur poids ou leur taille – de pivoter sans difficulté. Des charges comme *les anciens hommes du* Messager.

Près du bastingage, les marins de l'*Orchidée* saisirent le filet et le tirèrent le long du pont. En quelques instants, la nasse se mit à tournoyer si vite que ses prisonniers étaient au bord de la nausée. Autour d'eux, le monde défilait sous forme de brèves images : de l'eau noire... Des lampes suspendues... De l'eau noire, des lampes suspendues...

— Oh, dieux ! lâcha quelqu'un.

Puis il vomit avec une discrétion toute relative. Tout le monde chercha aussitôt à s'éloigner du malheureux par tous les moyens. Locke demeura accroché à son bout de filet avec détermination et fit de son mieux pour ignorer les ruades de la masse humaine frissonnante et tournoyante.

— Nettoyez-les, cria Delmastro. Pompes, en action !

Un puissant jet d'eau salée frappa de nouveau le centre de la nasse qui tourbillonna de plus belle. Locke croisait la giclée toutes les deux ou trois secondes, le temps que le filet accomplisse une rotation complète et le ramène face au pont. Son vertige s'accrut au fil des minutes et, en dépit de la mode qui faisait fureur, il concentra jusqu'à son ultime brin de dignité pour résister à la nausée.

Son vertige était si intense et la délivrance fut si soudaine qu'il ne comprit pas tout de suite qu'on les avait ramenés à bord. Pas avant que le filet auquel il était cramponné s'abatte avec mollesse sur le pont. Il bascula en avant sur la nasse maintenant à plat et sentit sous lui la présence de ces bonnes vieilles planches. Leur prison avait cessé de tournoyer, mais le monde prit la relève pour tourbillonner dans six ou sept directions différentes à la fois – toutes particulièrement désagréables. Locke ferma les yeux, mais cela ne l'aida guère, sinon à le plonger dans les ténèbres et à faire empirer sa nausée.

Des hommes rampèrent sur lui en gémissant et en jurant. Deux marins de l'*Orchidée* relevèrent Locke. À cet instant, son estomac faillit déclarer forfait et il toussa brusquement pour chasser le haut-le-cœur. La capitaine Drakasha s'approcha, débarrassée de sa perruque et de son manteau d'opérette. Locke trouva qu'elle était curieusement penchée.

— La mer ne veut pas de vous, dit-elle. La mer refuse de vous engloutir. Pour vous, ce n'est pas encore l'heure de disparaître dans les flots, remerciez Iono. Remerciez Ulcris !

Ulcris était le nom jéreshien du dieu de la Mer et il était rare de l'entendre dans les eaux et sur les terres thérines.

On dirait que les îliens originaires de l'est sont plus nombreux que je le pensais à bord de ce navire, songea Locke.

— Le seigneur des Eaux Avides nous a protégés, chanta l'équipage.

— Et vous vous retrouvez finalement parmi nous, dit Drakasha. La terre vous rejette et la mer ne veut pas de vous. Vous vous êtes réfugiés, comme nous, sur un îlot de planches et de toile. Ce pont est votre firmament, ces voiles votre ciel. C'est le seul monde auquel vous avez droit. C'est le seul monde dont vous avez *besoin*. (Elle fit un pas en brandissant une dague.) Lécherez-vous mes bottes pour y obtenir une place ?

— NON ! rugirent les anciens marins du *Messager* à l'unisson.

On leur avait appris les répliques du rituel.

— Vous prosternerez-vous devant moi et baiserez-vous mes bagues incrustées de joyaux en échange de ma pitié ?

— NON !

— Plierez-vous le genou pour obtenir des bouts de parchemin où sont griffonnés de pompeux titres de noblesse ?

— NON !

— Regretterez-vous la terre, les lois et les rois ? Y resterez-vous attachés comme un nourrisson aux mamelles de sa mère ?

— NON !

Elle s'avança jusqu'à Locke et lui tendit sa dague.

— Alors, libère-toi, mon frère.

Encore un peu étourdi, et reconnaissant pour l'aide apportée par les deux hommes qui se tenaient derrière lui, Locke utilisa l'arme pour scier la corde qui entravait ses poignets, puis il fit de même avec celle qui ligotait ses chevilles. Une fois libre, il se tourna et vit que tous les rescapés du *Messager* étaient maintenant plus ou moins debout – la plupart soutenus par un ou deux marins de l'*Orchidée*. Tout près, il distingua plusieurs visages familiers : Stréva, Jabril, un certain Alvaro… Et juste derrière eux, Jean le regardait, mal à l'aise.

Locke hésita, puis il pointa un doigt vers Jabril et lui tendit la dague.

— Libère-toi, mon frère.

Jabril sourit, prit l'arme et se libéra en quelques secondes. Jean lança un regard furieux à Locke. Celui-ci ferma les yeux pour ne pas croiser ceux de son compagnon et écouta tandis que la dague passait de main en main.

— Libère-toi, mon frère, murmurèrent les hommes, l'un après l'autre.

Puis tout fut terminé.

— Délivrés par vos propres mains, dit Drakasha, vous êtes désormais des frères pirates de la mer de Cuivre et des membres de l'équipage de l'*Orchidée-Poison*.

2

Même un voleur chevronné apprend parfois de nouveaux tours, à condition de vivre assez longtemps. Ce jour-là, Locke avait appris comment on pille un navire dans les règles de l'art.

Il termina son dernier tour d'inspection sous les ponts – à peu près certain qu'il n'y avait plus de marins du *Martin-Pêcheur* à regrouper – et remonta d'un pas lourd l'escalier qui menait au gaillard d'arrière. Les cadavres des Rédempteurs avaient été mis à l'écart et entassés près du couronnement. Les corps des anciens corvéables avaient été transportés au milieu du navire. Locke vit plusieurs hommes de Zamira les recouvrir d'un drap de toile à voile avec respect.

Il inspecta rapidement le bateau des yeux. Trente ou quarante marins de l'*Orchidée* étaient venus à bord et prenaient le contrôle de tous les postes du navire. Ils étaient dans les enfléchures, s'occupaient des ancres et surveillaient la trentaine de survivants de l'équipage du *Martin-Pêcheur* en haut du gaillard d'avant ; Jean et Delmastro étaient à la barre. Sous la direction d'Utgar, les marins blessés – qu'ils soient de l'*Orchidée* ou du *Martin-Pêcheur* – avaient été transportés sur l'embelle, près de la coupée tribord par laquelle arrivaient la capitaine Drakasha et l'Érudite Tréganne. Locke se dirigea vers elles d'un pas pressé.

— C'est mon bras, Érudite. Y me fait vachement mal. (Grimaçant, Stréva utilisa son membre valide pour présenter sa blessure à Tréganne.) Je crois qu'il est cassé.

— Bien sûr qu'il est cassé, espèce de pauvre couillon sans cervelle, lâcha la medekiner. (Elle passa tout près de lui sans s'arrêter et alla s'agenouiller à côté d'un marin du *Martin-Pêcheur* dont la tunique était maculée de sang.) Continue à l'agiter comme ça et il finira par tomber tout seul. Assieds-toi.

— Mais…

— Je m'occupe avant tout des plus touchés, grommela-t-elle.

Elle s'appuya sur sa canne pour poser le deuxième genou à terre. Puis elle en fit tourner la poignée qui se détacha en faisant apparaître une lame grande comme celle d'une dague. Tréganne l'utilisa pour couper la tunique du marin.

— Si tu y tiens, je peux m'arranger pour que tu passes plus tôt en t'administrant quelques coups de tatane dans la caboche. Tu veux toujours que je m'occupe de toi au plus vite ?

— Euh… rien ne presse.

— Alors, tu n'es pas à l'article de la mort. Dégage !

— Te voilà, Ravelle. (La capitaine Drakasha dépassa Tréganne et le blessé avant de saisir Locke par l'épaule.) Tu t'en es bien tiré.

— Ah bon ?

— Tu es aussi utile qu'un cul bouché quand il s'agit de s'occuper d'un navire, mais j'ai entendu des histoires complètement folles sur la manière dont tu t'es battu pendant l'abordage.

— Vos informateurs exagèrent.

— Bien, la flûte est entre nos mains et tu nous as trouvé son capitaine. Maintenant que nous avons effeuillé la rose, nous devons déguster son nectar avant que le temps se gâte ou qu'un autre navire rapplique.

— Vous allez garder le *Martin-Pêcheur* pour le revendre ?

— Non. Je n'ai pas un troisième équipage pour le moment. Nous allons le fouiller de fond en comble pour récupérer les objets de valeur et la cargaison utile.

— Et puis vous le brûlerez, ou quelque chose de ce genre ?

— Bien sûr que non. Nous laisserons assez de vivres à son équipage pour qu'il gagne un port et nous le regarderons décamper vers l'horizon. Ça a l'air de te surprendre.

— Je n'y vois aucune objection, capitaine. C'est juste que… je m'attendais à quelque chose de plus méchant de la part de pirates.

— Tu ne crois quand même pas que c'est la gentillesse qui nous pousse à respecter les hommes qui se rendent, n'est-ce pas, Ravelle ? (Drakasha sourit.) Je n'ai pas beaucoup de temps pour t'expliquer, mais c'est comme ça. S'il n'y avait pas eu ces enfoirés de Rédempteurs à bord, ces gens… (Elle désigna d'un geste les blessés du *Martin-Pêcheur* qui attendaient les soins de Tréganne.)… n'auraient pas une égratignure et ils n'auraient pas offert la moindre résistance. Si on ne leur laisse pas le temps de sortir les filets-rasoirs et les arcs, je dirais que quatre navires sur cinq nous tombent tout cuits dans la bouche. Les équipages savent qu'on les relâchera une fois notre affaire terminée. Les simples marins ne possèdent pas un centira de la cargaison alors, pourquoi devraient-ils avaler une lame de sabre ou un carreau d'arbalète pour la défendre ?

— Je suppose que c'est logique.

— Et pas seulement pour nous. Regarde-moi cette pagaille. Des Rédempteurs pour assurer la sécurité ? Si ces malades ne travaillaient pas gratuitement, ce navire n'aurait pas abrité de véritables gardes, je peux te le garantir. Ça n'aurait aucun sens pour les propriétaires. Ces cargos transportent des épices, des métaux rares ainsi que du bois d'Extrême-Orient. Il leur faut entre quatre et cinq mois pour atteindre Tal Verrar. Leurs propriétaires peuvent se permettre d'en perdre deux sur trois, celui qui arrive compensera les pertes – et il générera des profits. Si les armateurs récupèrent leurs navires, même vides, c'est tout bénéfice. C'est pour cette raison que nous ne les coulons et ne les brûlons pas à outrance. Tant que nous faisons preuve de retenue et que nous n'approchons pas trop du monde civilisé, les gros rupins nous considèrent comme un aléa naturel, au même titre que les tempêtes.

— Et pour le, euh… l'effeuillage et la dégustation du nectar, nous commençons par quoi ?

— Par ce qu'il y a de plus intéressant, c'est-à-dire la bourse du vaisseau. Un capitaine dispose de fonds pour payer les frais, les pots-de-vin et le reste. C'est toujours la croix et la bannière pour la trouver. Certains officiers la balancent par-dessus bord, d'autres la cachent dans un endroit improbable, froid et humide. Il faudra sans doute distribuer des claques à ce Néra pendant des heures avant qu'il se décide à cracher le morceau.

— Malédiction ! (Derrière eux, Tréganne laissa son patient s'effondrer sur le pont avant d'essuyer ses mains couvertes de sang sur le haut-de-chausses du malheureux.) On ne peut plus rien pour celui-ci, capitaine. Avec la blessure qu'il a reçue, je peux voir à travers ses poumons.

—Vous êtes sûre qu'il est mort ? demanda Locke.

—Par tous les dieux, et comment le saurais-je ? Je ne suis qu'un putain de medekiner, mais un jour, dans une taverne, j'ai entendu dire qu'un homme est considéré comme *mort* quand on voit à travers ses poumons.

—Euh… Oui. Je crois avoir entendu la même chose. Écoutez, est-ce que quelqu'un d'autre va mourir si vous ne vous occupez pas de lui sur-le-champ ?

—Peu probable.

—Capitaine Drakasha, dit Locke. Maître Néra a plutôt le cœur tendre. Puis-je avoir l'audace de proposer un plan… ?

Un moment plus tard, Locke regagnait l'embelle en tirant Antoro Néra par le bras. Le capitaine avait les mains attachées dans le dos. Locke lui administra une puissante bourrade pour le pousser en direction de Zamira qui tenait un sabre dégainé. Derrière elle, Tréganne s'affairait avec fièvre sur la dépouille du marin tout juste décédé. On avait jeté sa chemise déchirée et tachée de sang et un vêtement propre couvrait désormais la poitrine du cadavre. Un unique point rouge marquait l'emplacement de la funeste blessure et Tréganne s'activait pour donner l'impression qu'elle était encore capable de sauver le malheureux.

Drakasha intercepta Néra et appuya la pointe de son arme contre son cœur.

—Ravie de faire votre connaissance, dit-elle en faisant glisser l'extrémité incurvée du sabre vers le cou à nu. (Le capitaine gémit.) L'équilibre de votre navire est exécrable. Trop d'or en surcharge. Nous devons trouver la bourse du capitaine dans les plus brefs délais pour l'alléger.

—Je, euh… ne sais pas exactement où elle est, bredouilla Néra.

—Bien sûr, dit Drakasha, et moi, j'apprends aux poissons comment péter des flammes. Je vous laisse une autre chance. Ensuite, je balance vos blessés par-dessus bord.

—Mais… Je vous en conjure, on m'a dit…

—Celui qui vous a dit ça, ce n'était pas *moi*.

—Je… Je ne sais…

—Érudite, appela Drakasha. Tu peux encore sauver l'homme dont tu t'occupes ?

—Il n'est pas près de danser la gigue, répondit le medekiner, mais oui, il s'en sortira.

Drakasha fit glisser sa main et saisit le capitaine par le col de sa tunique. Elle fit deux pas à droite, jeta un bref coup d'œil au cadavre et plongea son sabre dans sa gorge. Tréganne esquissa un mouvement de recul et poussa légèrement les jambes du mort pour simuler un spasme. Néra hoqueta comme s'il manquait d'air.

—La médecine n'est pas une science exacte, lâcha Drakasha.

— Dans ma cabine, dit Néra. Dans une niche cachée près du compas, au-dessus de mon lit. Je vous en prie… Je vous en prie, ne tuez plus aucun de mes…

— Il se trouve que je n'en ai encore tué aucun. (Drakasha dégagea sa lame du cadavre, l'essuya sur le haut-de-chausses de Néra et planta un baiser sur la joue du capitaine du *Martin-Pêcheur*.) Cet homme est mort il y a quelques minutes. Ma Sangsue affirme qu'elle peut sauver le reste de vos blessés sans la moindre difficulté.

Elle fit pivoter Néra, trancha la corde qui entravait ses poignets et le poussa vers Locke avec un sourire.

— Rends-le à ses hommes, Ravelle. Quand ce sera fait, va soulager la niche secrète de son fardeau.

— À vos ordres, capitaine.

Ensuite, les pirates entreprirent de dépouiller le *Martin-Pêcheur* avec plus d'enthousiasme que des jeunes mariés s'arrachant leurs derniers habits de cérémonie au premier moment d'intimité. Locke sentit sa fatigue s'évanouir tandis qu'il se consacrait à ce qui était essentiellement un vaste pillage impliquant davantage d'objets qu'il en avait volés au cours de toute sa vie. Il passa de quart en quart en compagnie de marins de l'*Orchidée* qui plaisantaient et faisaient les pitres avec beaucoup d'humour, ce qui ne les empêchait pas de travailler avec rapidité et précision.

Ils commencèrent par dérober tout ce qui était facilement transportable et relativement précieux : les bouteilles de vin, la garde-robe officielle de Néra, des sacs de café et de thé dans la coquerie ainsi que plusieurs arbalètes dans le minuscule arsenal du navire. De son côté, Drakasha apprécia la collection d'instruments de navigation et de sabliers, ne laissant à son homologue que le strict minimum pour rejoindre un port en toute sécurité.

Puis Utgar et le maître d'équipage fouillèrent la flûte de la poupe à la proue, employant les corvéables survivants comme baudets afin de transborder des provisions et du matériel de navigation utile : produit de calfatage alchimique, toile à voile de qualité, outils de charpentier, tonneaux de poix et d'innombrables rouleaux de cordage.

— Hé, c'est du premier choix ! dit Utgar en chargeant vingt-cinq kilos de filins et une boîte métallique pleine de limes sur le dos de Locke. Ça vaut beaucoup trop cher à Port-Prodigue. C'est toujours préférable de se fournir sur ce qu'on appelle un « bateau-rabais ».

Enfin et surtout, il fallut s'occuper de la cargaison du *Martin-Pêcheur*. Toutes les grilles des écoutilles de la cale principale furent enlevées et un réseau labyrinthique de cordes et de poulies fut installé entre les deux navires. À midi, des caisses, des tonneaux et des paquets enveloppés de toile étaient transbordés sur l'*Orchidée-Poison*. Il y avait là tout ce que Néra avait évoqué et plus encore : de l'essence de térébenthine ; du bois-sorcier huilé ; de la soie ; des caisses de bouteilles d'un excellent vin jaune, protégées des chocs par des peaux de mouton ; des barils et des barils d'épices en vrac. L'odeur des clous de girofle, de la noix de muscade et du gingembre emplissait l'air. Après une heure ou deux passées à manœuvrer un palan, la peau de Locke était brunie par un dépôt où se mêlaient sueur et poudre de cannelle.

À la cinquième heure de l'après-midi, Drakasha décréta une pause dans ce vigoureux transbordement. La coque de *l'Orchidée-Poison* s'enfonçait désormais plus profond dans la mer rutilante, alors que la flûte allégée roulait à la moindre vague, vidée comme la dépouille d'un insecte qui tombe des crochets d'une araignée. Les marins de Drakasha n'avaient pas entièrement dépouillé le *Martin-Pêcheur*, bien entendu. Ils laissèrent à leurs homologues les tonneaux d'eau douce, de la viande salée, de la bière bon marché et du vin déjà dilué. Ils leur abandonnèrent même quelques caisses et paquets de marchandises – Drakasha avait estimé qu'ils étaient entreposés trop profond dans les cales ou dans des endroits inaccessibles. Le pillage fut cependant complet. N'importe quel marchand aurait bondi de joie en voyant son navire déchargé aussi vite devant ses entrepôts.

Il y eut une courte cérémonie près de la rambarde du *Martin-Pêcheur*. Zamira accorda sa bénédiction aux morts des deux équipages en tant que prêtresse laïque d'Iono, puis les corps furent passés par-dessus bord, cousus dans de la vieille toile et lestés avec les armes des Jérémites. Une fois cette tâche accomplie, les cadavres des Rédempteurs furent jetés à la mer sans un mot.

Locke interrogea Utgar à voix basse pour demander si ce service funèbre n'était pas un peu trop expéditif.

— Ce n'est pas leur manquer de respect, répondit le Vadran. Ils reçoivent la bénédiction de leurs dieux en mourant, ces païens n'ont donc pas besoin d'une recommandation particulière de la part d'un prêtre. Alors, ces sauvages ne t'en voudront pas si tu les balances par-dessus bord sans plus de cérémonie. C'est bon à savoir si tu dois en tuer une autre palanquée, non ?

Enfin, le long travail de la journée arriva à son terme. Maître Néra et son équipage furent relâchés et rendus à leur destin. Pendant que les archers de Drakasha restaient vigilants en haut de leurs perchoirs installés sur les vergues, le réseau de cordages et de poulies entre les deux navires fut démantelé. L'*Orchidée-Poison* hissa ses canots à son bord et largua les voiles. Quelques minutes plus tard, il avait mis le cap au sud-ouest et filait sept ou huit nœuds ; derrière lui, le *Martin-Pêcheur* dérivait, en plein désarroi.

Locke avait à peine vu Jean de la journée, et les deux hommes avaient œuvré avec application pour maintenir cet éloignement. Alors que Locke s'était jeté avec ferveur dans le travail manuel, Jean était resté en compagnie de Delmastro sur le gaillard d'arrière. Ils ne s'approchèrent pas assez l'un de l'autre pour s'adresser la parole avant que le soleil disparaisse derrière l'horizon. Les corvéables furent alors rassemblés pour commencer leur initiation.

3

Tous les nouveaux initiés et la moitié des marins de l'*Orchidée* étaient de quart joyeux, ravitaillés en continu par des caisses de savoureux vins orientaux volées à bord du *Martin-Pêcheur*. Locke reconnut plusieurs étiquettes et millésimes. Du vin – qui se serait vendu au moins vingt couronnes la bouteille à Camorr – était biberonné comme de la bière, versé sur les cheveux des fêtards et des fêtardes, voire purement et simplement renversé sur le pont. Les marins – hommes et femmes – de l'*Orchidée* se mêlaient maintenant avec enthousiasme aux anciens corvéables. Des parties de dés, des concours de lutte et des chœurs de chants s'étaient organisés de manière spontanée. Des couples se formaient à la suite de propositions sans équivoque ou sous-entendus. Jabril avait disparu depuis une bonne heure dans la cale en compagnie d'une femme de l'équipage.

Installé dans l'ombre du côté tribord, juste en dessous du gaillard d'arrière surélevé, Locke observait le spectacle. L'escalier tribord n'était pas contre le bastingage : il y avait un espace assez grand pour qu'une personne fluette se cale confortablement entre les deux. « Ravelle » avait été accueilli avec enthousiasme et chaleur quand il s'était promené sur le pont, mais maintenant qu'il avait trouvé une retraite douillette, personne ne semblait remarquer son absence. Il avait entre les mains une grosse gourde de cuir remplie de vin bleu qui valait son poids en argent. Il n'y avait pas encore touché.

De l'autre côté de la masse hilare et assoiffée des marins, il aperçut Jean près du bastingage opposé. Tandis qu'il regardait son ami, la silhouette d'une femme – beaucoup plus petite – s'approcha par-derrière et tendit les mains vers l'homme de forte corpulence. Locke détourna les yeux.

L'eau glissait le long de la coque, un gel noir couronnait les ondulations d'écume légèrement phosphorescente. L'*Orchidée* traversait la nuit à bonne allure. Chargé de butin, il était moins sensible aux assauts de la mer et fendait les petites vagues comme de l'air.

— Quand j'étais apprentie lieutenant, dit Drakasha, au cours du premier voyage durant lequel j'ai porté une épée d'officier, j'ai menti à ma capitaine à propos d'une bouteille de vin volée.

Elle avait parlé à voix basse. Locke sursauta et regarda autour de lui avant de s'apercevoir qu'elle se tenait juste au-dessus de sa tête, appuyée contre le bastingage avant du gaillard d'arrière.

—Je n'ai pas été la seule, poursuivit-elle. Les huit apprentis étaient dans le coup. Nous l'avions « empruntée » dans la réserve personnelle de la capitaine et nous aurions dû nous montrer assez futés pour jeter le cadavre par-dessus bord une fois vide.

—Vous étiez... dans la marine de guerre de Syrune, c'est ça ?

—Les Forces Navales de la Resplendissante Majesté de Syrune l'Éternelle. (Le sourire de Drakasha dessina un croissant blanc dans les ténèbres, aussi discret que l'écume des vagues.) La capitaine aurait pu nous faire fouetter, dégrader, voire enchaîner en attente d'un jugement en bonne et due forme une fois rentrés à terre. Au lieu de cela, elle nous a fait descendre la vergue royale du grand mât. Nous en avions une autre de rechange, bien sûr. Puis elle nous a obligés à en gratter le verni... C'est un espar de chêne, tu sais ; trois mètres de long et épais comme une cuisse. Le capitaine a confisqué nos épées et a dit qu'elle nous réintégrerait dans nos grades seulement si nous mangions la vergue royale. D'un bout à l'autre. Jusqu'au dernier morceau de bois.

—La *manger* ?

—Cela représentait environ quarante centimètres de solide chêne par personne. Nous pouvions nous acquitter de cette tâche comme bon nous semblait. Il nous a fallu un mois. Nous avons tout essayé : en copeaux, en éclats, bouilli ou écrasé. Nous avons imaginé cent trucs différents pour rendre le bois plus comestible avant de nous forcer à l'ingurgiter, à la cadence de quelques cuillerées ou morceaux par jour.

—Dieux !

—Quand ce fut terminé, la capitaine nous raconta qu'elle avait voulu nous faire comprendre une chose : les mensonges entre membres d'un même équipage rongent le navire comme nous avions grignoté la totalité de la vergue royale, petit bout par petit bout.

—Ah ! (Locke soupira et but enfin une gorgée de son excellent vin tiède.) Cela signifie que je suis bon pour une nouvelle séance de dissection, je suppose ?

—Rejoins-moi près de la rambarde.

Locke se leva, sachant fort bien qu'il ne s'agissait pas d'une invitation.

4

—Je ne pensais pas qu'il soit si fatigant de rendre la justice, dit Ezri en apparaissant à droite de Jean.

Ce dernier était penché sur le bastingage bâbord et fixait la mer. Une lune commençait à peine son ascension au sud – une demi-pièce d'argent pâle qui jetait un regard par-delà l'horizon nocturne, se demandant avec indolence s'il était indispensable de se lever.

— Tu as eu une rude journée, lieutenant, dit Jean en souriant.

— Jérôme. (Elle tendit la main pour la poser sur l'avant-bras droit du voleur.) Si tu m'appelles encore une fois « lieutenant » ce soir, je te tue.

— Comme tu veux, lieu… la… Euh… je n'avais pas l'intention de t'appeler lieutenant, juste par quelque chose qui commence par « lieu ». Je t'assure. Et puis, tu as déjà essayé de me tuer une fois, ce soir. Regarde où cela nous a menés.

— Cela nous a menés où je le voulais, dit-elle en s'appuyant sur le bastingage près de lui.

Elle ne portait pas son armure, juste une fine tunique et un haut-de-chausses qui descendait jusqu'aux mollets, sans bas ni chaussures ; elle avait dénoué ses cheveux et des vagues de boucles noires bruissaient dans le vent. Jean remarqua qu'elle appuyait la plus grande partie de son poids contre la rambarde en faisant son possible pour le cacher.

— Euh… tu as vu pas mal d'épées de près aujourd'hui.

— Il m'est arrivé d'en voir de plus près que ça. Mais toi… Tu es… Tu es un guerrier hors pair, tu le sais ?

— On me l'a…

— Dieux, quelle idiote je fais ! *Évidemment* que tu es un bon guerrier. Je voulais dire quelque chose de plus intelligent, je t'assure.

— Alors, considère que c'est fait. (Jean se gratta la barbe ; des tiraillements nerveux, chauds et presque agréables dans le ventre.) Nous pouvons tous les deux faire semblant. Toutes ces, euh… bêtises raffinées et naturelles que j'ai répétées pendant des jours en m'adressant aux tonneaux de la cale, je ne suis pas capable de m'en souvenir, moi non plus.

— Des répétitions, hmm ?

— Ouais, enfin… Ce Jabril est un type délicat, pas vrai ? Il faut que je lui raconte quelque chose de subtil si je veux attirer son attention, tu ne crois pas ?

— Pardon ?

— Tu ne savais pas que je préférais les hommes ? Les hommes *grands* ?

— Oooh ! Je t'ai déjà allongé sur ce pont à coups de pied, Valora, et je crois que je vais recom…

— Dans l'état où tu es ? Laisse-moi rire !

— Mon *état* est la seule chose qui te sauve la vie en ce moment.

— Tu n'oserais pas me maltraiter devant la moitié de l'équipage…

— Je me gênerais.

— Ah oui ! C'est vrai.

— Regarde-moi cette charmante et bruyante pagaille. Je ne pense pas que quelqu'un remarquerait quoi que ce soit si je t'immolais ici même. Putain, au fond de la cale principale, les couples à l'œuvre sont plus serrés que les lances dans les râteliers de l'armurerie. Ce soir, si tu cherches un vrai moment de paix et de tranquillité, tu ne le trouveras pas à moins de deux ou trois cents mètres du navire.

— Non, merci, je ne sais pas comment on dit : « Je ne suis pas comestible » en requin.

— Dans ce cas, tu es coincé en notre compagnie. Nous avons attendu longtemps que vous cessiez enfin d'être des corvéables. (Elle lui sourit.) Ce soir, tout le monde doit faire la connaissance de tout le monde.

Jean la fixa, les yeux écarquillés, ne sachant que dire ni quoi faire. Le sourire de la jeune femme disparut pour laisser place à une mine inquiète.

— Jérôme, est-ce que je... J'ai fait quelque chose de mal ?

— De mal ?

— On dirait que tu essaies de m'éviter. Pas juste physiquement, mais aussi du regard. Tu essaies de...

— Et merde !

Jean éclata de rire et tendit la main pour la glisser sur l'épaule d'Ezri. Celle-ci posa la sienne dessus pour la garder là et il sentit un irrésistible sourire taquin se dessiner sur ses lèvres.

— Ezri, j'ai perdu mes optiques quand tu... nous a fait nager, le jour de notre arrivée à bord. Je suis pour ainsi dire presque aveugle. Je suppose que je n'en avais pas conscience, mais si je m'agitais dans tous les sens, c'était pour ne pas te voir floue.

— Oh, dieux ! murmura-t-elle. Je suis désolée.

— Ne le sois pas. Les efforts en valaient la peine.

— Je ne voulais pas...

— Je sais. (Jean sentit la boule d'angoisse quitter son estomac pour se propager dans sa poitrine – il inspira un grand coup.) Écoute, nous avons failli mourir aujourd'hui. Au diable ces petits jeux ! Ça te dirait de prendre un verre avec moi ?

5

— Regarde, dit Drakasha.

Locke se tenait près de la rambarde et contemplait le sillage phosphorescent du navire entre les deux lanternes de poupe. Ces dernières étaient des orchidées de verre luisantes de la taille de sa tête ; des pétales transparents s'inclinaient avec délicatesse en direction des flots.

— Dieux ! dit Locke en frissonnant.

Entre la mer et les lanternes, il y avait juste assez de lumière pour qu'il repère une longue silhouette noire qui glissait sous l'eau, dans la traîne d'écume que l'*Orchidée-Poison* laissait derrière lui. Une chose sinueuse et inquiétante mesurant une quinzaine de mètres se dissimulait dans le sillage du navire. La capitaine Drakasha avait posé un pied sur la rambarde et affichait une expression de plaisir désinvolte.

— Qu'est-ce que c'est que ce truc ?

— Il y a cinq ou six possibilités, répondit Drakasha. C'est peut-être un ver-baleine, ou une raie-démon.

— Et ça nous *suit* ?

— Oui.

— C'est... euh... dangereux ?

— Eh bien, si tu laisses tomber ton outre par-dessus bord, je te déconseille d'aller la chercher.

— Vous ne croyez pas qu'il faudrait lui décocher quelques flèches ?

— Je le ferais peut-être, si j'étais sûre qu'il est incapable de nager plus vite que ça.

— Bonne remarque.

— Quand on tire des flèches sur toutes les créatures étranges qu'on aperçoit, on se retrouve sans munitions, Ravelle. (Elle soupira et jeta un coup d'œil aux alentours pour s'assurer qu'ils étaient à peu près seuls – le membre de l'équipage le plus proche était à la barre, une dizaine de mètres en avant.) Tu t'es rendu très utile aujourd'hui.

— Eh bien, j'ai estimé que je n'avais pas trop le choix.

— J'ai pensé que j'encourageais un suicide quand je t'ai laissé le commandement des canots.

— Vous n'en étiez pas loin, capitaine. C'était... Écoutez, on a frôlé la catastrophe tout au long de l'opération. Cette bataille, je ne m'en rappelle pas la moitié. Les dieux m'ont soutenu en me permettant de ne pas me pisser dessus. Vous savez sans doute de quoi je parle.

— En effet. Je sais aussi que, parfois, ce genre de comportement n'a rien d'un accident. Maître Valora et toi avez... suscité de nombreux commentaires enthousiastes quant à votre attitude pendant le combat. Ton talent est plutôt inhabituel pour un ancien maître des poids et balances.

— Les poids et balances sont d'un *ennui* rare. Un homme a besoin de loisirs.

— Les agents de l'Archon ne t'ont pas engagé par hasard, n'est-ce pas ?

— Pardon ?

— J'ai dit que je décortiquerai la curieuse noix qu'est ton histoire, Ravelle, et c'est ce que j'ai fait. Ma première impression de toi n'était pas favorable, mais tu... t'es amélioré. Je crois que je comprends comment tu as gardé ton équipage sous tes ordres malgré ton incompétence. Il semblerait que tu sois particulièrement doué pour les mensonges improvisés.

— Je vous assure que les poids et balances sont *vraiment* très ennuyeux.

—Ainsi donc, tu n'es qu'un employé avec une occupation sédentaire qui, *par le plus grand des hasards*, se trouve avoir un don pour l'espionnage ? Et le déguisement ? Et le commandement ? Et je ne parle pas de ton talent à manier les armes, ni de celui de Jérôme – cet ami proche qui a reçu une bien curieuse éducation.

—Il est vrai que nos mères étaient très fières de nous.

—L'Archon n'a pas engagé des employés du Priori, dit Drakasha. Vous étiez des agents doubles. Vous étiez des provocateurs du cartel des marchands et votre mission était *d'être débauchés* par Stragos. Vous n'avez pas volé ce navire à la suite d'une vague insulte dont vous ne voulez pas parler, vous l'avez volé parce que vous aviez ordre de porter préjudice à la crédibilité de l'Archon. Pour faire un coup d'éclat.

—Euh…

—S'il te plaît, Ravelle. Il n'y a pas d'autre explication logique.

Dieux, c'est tentant, songea Locke. *Une victime qui m'invite à tirer partie de ses propres erreurs qui ouvrent bien grandes les portes.*

Il fixa le sillage phosphorescent et la *chose* étrange qui nageait en dessous. Que faire ? Saisir cette occasion, consolider les personnages de Ravelle et Valora tels que Drakasha les imaginait et en profiter pour poursuivre la mission ? Ou bien… Ses joues s'empourprèrent tandis qu'il se rappelait la douleur cuisante provoquée par les réprimandes de Jean. Celui-ci ne l'avait pas critiqué seulement sur des bases théologiques ou à cause de Delmastro. C'était une question d'approche. Laquelle serait la plus efficace ?

Devait-il considérer cette femme comme une cible ou comme une alliée ?

Il fallait prendre une décision sans tarder. Tout reposait sur un choix : Locke devait-il suivre son instinct et tromper Drakasha ou bien suivre le conseil de Jean et… essayer de lui faire confiance ? Il réfléchit au problème avec frénésie. Suivre son instinct – mais était-il infaillible ? Ou celui de Jean – en dehors de l'argumentation logique, son ami n'avait-il pas toujours fait de son mieux pour le protéger ?

—Dites-moi une chose, dit-il d'une voix très lente, pendant que je prépare ma réponse.

—Demande toujours.

—Un truc qui mesure la moitié de ce navire nous observe sans doute en ce moment même.

—Oui.

—Comment faites-vous pour supporter *ça* ?

—Quand tu vois souvent ce genre de chose, tu t'y habitues…

—Je ne parle pas que de ça, mais aussi de tout le reste. J'ai passé au grand maximum six ou sept semaines de ma vie en mer. Et *vous* ? (Elle le fixa sans rien dire.) Il y a des choses sur moi que je ne vous dirai pas sous le seul prétexte que vous êtes le capitaine de ce navire – même si vous devez me renvoyer à fond de cale ou me jeter par-dessus bord. Certaines choses... Je veux d'abord savoir à *qui* j'ai affaire. Je veux parler à Zamira, pas au capitaine Drakasha. (Elle demeura silencieuse.) Est-ce trop demander ?

— J'ai trente-neuf ans, dit-elle enfin, en toute simplicité. J'ai navigué pour la première fois quand j'en avais onze.

— Ça fait pas loin de trente ans, donc. Eh bien, comme je l'ai dit, ça ne fait que quelques *semaines* dans mon cas. Et pendant ces quelques semaines, j'ai fait l'expérience de tempêtes, de mutineries, du mal de mer, de batailles navales, de spectres volants... de *saloperies* affamées planquées dans tous les coins et attendant que quelqu'un trempe un orteil dans l'eau. Je ne peux pas dire que j'ai détesté tous les moments que j'ai passés sur un bateau. Il m'est arrivé d'en apprécier certains. J'ai appris des choses, mais... trente ans ? Et qui plus est avec des enfants ? Vous ne trouvez pas que c'est un peu... risqué ?

— Tu as des enfants, Orrin ?

— Non.

— À l'instant où j'aurai l'impression que tu me fais la morale à leur propos, cette conversation sera *terminée* et tu passeras par-dessus bord pour aller faire la connaissance de la créature qui nage en bas.

— Ce n'est pas *du tout* là que je voulais en venir. Je...

— Est-ce que les gens qui vivent à terre ont découvert le secret de la vie éternelle ? Ont-ils trouvé le moyen d'empêcher les accidents ? Ont-ils cessé de dépendre des aléas climatiques depuis que j'ai pris la mer ?

— Bien sûr que non.

— Quels sont les risques encourus par mes enfants comparés à ceux d'un pauvre bougre enrôlé dans l'armée et partant se battre pour son duc ? Ou à ceux d'une famille démunie qui meurt d'une épidémie – ou brûlée – tandis que ses voisins sont en quarantaine ? Les guerres, les maladies, les impôts. Baisser la tête et baiser des bottes. Ce ne sont pas les *saloperies* affamées qui manquent à terre, Orrin, c'est juste qu'en mer, elles ne portent pas souvent une couronne.

— Ah...

— Est-ce que ta vie était paradisiaque avant que tu t'embarques sur la mer de Cuivre ?

— Non.

— Bien entendu. Écoute-moi avec attention, murmura-t-elle. J'ai cru que j'avais grandi dans une hiérarchie où la compétence et la loyauté *suffisaient* pour conserver son rang. J'ai fait le serment de servir mon pays et j'ai pensé que ce serment fonctionnait dans les deux sens. Quelle *conne* j'ai été ! J'ai dû tuer quantité d'hommes et de femmes pour échapper aux conséquences de cette ineptie. Tu voudrais vraiment que je place ma confiance, Paolo, Cosetta et tous les espoirs que j'ai pour eux dans les convictions qui ont jadis failli causer ma perte ? À quel ensemble de lois dois-je prêter allégeance, Orrin ? À quel duc, roi ou impératrice dois-je obéir aveuglément comme si c'était ma mère ? Lequel d'entre eux est meilleur juge que moi quant à la valeur de ma vie ? Est-ce que tu peux me le dire et lui écrire une lettre de recommandation en ma faveur ?

— Zamira, *s'il vous plaît*, ne croyez pas que je défends des principes qui ne sont pas les miens. Tout au long de ma vie j'ai méprisé avec ardeur les choses dont vous venez de parler. Je vous fais vraiment l'impression d'être un type qui place la loi et l'ordre au-dessus de tout le reste ?

— Je dois reconnaître que non.

— Je suis juste curieux, c'est tout. J'aime poser des questions. Dites-moi maintenant, à propos de la Libre Armada ? Votre prétendue guerre de Reconnaissance ? Pourquoi professer une telle haine envers... les lois, les impôts et toutes ces autres contraintes si, au fond, vous vous êtes battue pour en instaurer dans les Vents Fantômes ?

— Ah ! (Zamira soupira, ôta son chapeau à quatre pointes et fit glisser une main dans ses cheveux agités par le vent.) Notre maudite Cause Perdue. Notre contribution personnelle à la glorieuse histoire de Tal Verrar.

— Pourquoi vous êtes-vous lancée dans cette guerre ?

— Une erreur de jugement. Nous espérions tous... Eh bien, la capitaine Bonaire était convaincante. Nous avions un chef, un plan. Nous pouvions ouvrir des mines sur de nouvelles îles, nous procurer du bois et de la résine dans quelques forêts sûres. Nous pouvions piller à outrance en attendant que les autres puissances de la mer de Cuivre viennent nous implorer à la table de négociations, avant de se faire laminer dans des échanges commerciaux légaux. Nous imaginions un royaume sans droits de douane. Nous imaginions Montierre et Port-Prodigue accueillant d'innombrables marchands et leur fortune.

— Un projet ambitieux.

— Un projet idiot. Je venais à peine de me libérer d'une allégeance pénible que je me jetais dans les bras d'une autre. Nous avons cru Bonaire quand elle a affirmé que Stragos n'avait pas assez d'influence pour organiser une riposte sérieuse.

— Oh, merde !

— Ils nous ont interceptés en pleine mer. La plus grande bataille que j'ai jamais vue, et celle que j'ai perdue le plus rapidement. Stragos avait entassé des centaines de soldats verrariens sur ses navires pour épauler les marins. Nous n'avions pas la moindre chance en combat rapproché. Une fois qu'ils se furent emparés du *Basilic*, ils ont cessé de faire des prisonniers. Ils abordaient un bâtiment, le sabordaient et passaient au suivant. Leurs archers criblaient de flèches tous les marins qui nageaient – enfin, jusqu'à l'arrivée des raies-démons.

» J'ai eu besoin de tout mon savoir-faire rien que pour tirer l'*Orchidée* de ce guêpier. Quelques-uns d'entre nous ont réussi à regagner Port-Prodigue dans un état pitoyable. Et avant même qu'ils l'atteignent, les Verrariens rasaient Montierre. Cinq cents morts dans la matinée. Ensuite, ils ont mis les voiles et sont rentrés chez eux. J'imagine qu'ils ont dû fêter ça sans lésiner sur la danse, la baise et les grands discours.

— Je crois qu'on peut s'emparer d'une cité comme Tal Verrar… Qu'on peut menacer son escarcelle *ou* sa fierté sans tomber entre ses griffes. Mais on ne peut pas s'attaquer aux deux en même temps.

— Tu as raison. Peut-être que Stragos *était* impuissant quand Bonaire a quitté Tal Verrar. Quoi qu'il en soit, il a rassemblé les intérêts de la cité derrière lui. Nous l'avons invoqué comme le démon d'une fable. (Elle croisa les bras sur son chapeau, posa ses coudes sur la rambarde et se pencha en avant.) Nous sommes donc restés des hors-la-loi. Il n'y a pas eu d'épanouissement économique dans les Vents Fantômes. Pas de destin glorieux pour Port-Prodigue. Ce navire est désormais notre seul univers et je le ramène au port seulement quand son ventre est trop lourd pour chasser.

» Est-ce que je me fais bien comprendre, Orrin ? Je ne regrette pas la vie que j'ai eue ces dernières années. Je vais où je veux. Je ne donne pas de rendez-vous. Je n'ai pas de frontière à garder. À terre, quel roi peut se vanter d'être aussi libre que le capitaine d'un navire ? La mer de Cuivre nous nourrit. Quand je suis pressée, elle me fournit du vent. Quand j'ai besoin d'or, elle me fournit des galions.

Que les voleurs prospèrent, songea Locke. *Que les riches n'oublient pas.*

Il prit sa décision.

Il s'agrippa au bastingage pour ne pas trembler.

— Seuls les imbéciles meurent pour des lignes tracées sur une carte, dit Zamira. Mais personne ne trace de frontières sur mon navire. S'ils essaient, je n'ai qu'à hisser quelques voiles de plus pour m'esquiver.

— Oui, dit Locke. Mais… Zamira, et si je devais vous annoncer que ce n'est peut-être plus possible ?

6

— Tu t'es vraiment entraîné avec des tonneaux, Jérôme ?

Ils avaient revendiqué la possession d'une bouteille de cognac de grenade noire dans les débris d'une caisse éventrée, au milieu des autres fêtards, et l'avaient rapporté à leur point de départ, près du bastingage.

— Des tonneaux, c'est ça.

Jean goûta leur butin : l'alcool était noir comme de l'essence de nuit et brûlait comme des orties sous sa saveur sucrée. Il tendit la bouteille à Ezri.

— Ils ne rient jamais. Ils ne se moquent jamais de toi et ils te permettent de te concentrer.

— De te concentrer ?

— Ils n'ont pas de poitrine susceptible de détourner ton attention.

— Ah ! Et qu'est-ce que tu as *raconté* à ces tonneaux ?

— Cette bouteille de cognac est encore trop pleine pour que je sombre aussi vite dans le ridicule.

— Alors, imagine que je sois un tonneau.

— Les tonneaux n'ont pas de poi…

— De poitrine, oui. C'est ce que j'ai entendu dire. Un peu de courage, Valora.

— Tu veux que je parle comme si tu étais un tonneau pour que je te dise ce que je disais aux tonneaux quand je faisais semblant de te parler.

— C'est ça.

— Eh bien… (Il avala une longue gorgée d'alcool.) Tu as… Je n'ai jamais vu de cerceaux comme les tiens, sur aucun tonneau jamais embarqué. Ils sont si brillants, et si serrés…

— *Jérôme !*

— Et que dire de tes douves ? (Il décida qu'il était temps de boire une nouvelle gorgée.) Tes douves… Elles sont si lisses, si bien ajustées. Tu es le plus beau tonneau qu'il m'ait été donné de voir. Tu es un magnifique petit tonneau. Et je ne parle pas de ta bonde…

— Hum ! Tu ne veux donc pas partager ces douces paroles futiles ?

— Non. Je suis trop enhardi par ma couardise.

— « L'homme ! Les mots en font une souris, récita Ezri. Il méprise les dieux, bataille allégrement et tressaille sous les réprimandes d'une demoiselle ! Qu'une jouvencelle vienne à rire de lui et c'est un coup de dague qui se plante en sa poitrine. Elle transforme son sang en petit-lait et son courage en lointaine souvenance. »

— Ohhh, Lucarno, n'est-ce pas ? (Jean tira sur sa barbe d'un air songeur.) « Femme, ton cœur est un labyrinthe inexploré. Si je pouvais mettre le désarroi en bouteille et m'en abreuver dix siècles durant, il ne me décontenancerait pas autant que toi entre le lever et le petit déjeuner. Tes duperies sont maintenant telles que les serpents applaudiraient sur ton passage si les dieux avaient eu la grâce de leur donner des mains. »

— J'aime bien celui-ci. *L'Empire des sept jours*, c'est ça ?

— C'est ça. Ezri, excuse-moi de te poser cette question, mais comment diable se fait-il que… ?

— Le fait que tu le connaisses aussi n'est pas moins étrange. (Elle lui prit la bouteille des mains, l'inclina pour boire une longue gorgée et leva sa main libre.) Je sais. Je vais te donner un indice. « D'un méridien à l'autre, j'ai tenu le monde dans mes mains et à ma merci. J'ai reçu les confessions des empereurs, la sagesse des mages et les lamentations des généraux. »

— Tu avais une bibliothèque ? Tu *as* une bibliothèque ?

— J'avais. Je suis la benjamine de six filles alors, j'imagine que l'effet de surprise s'émousse. Père et mère ont offert de vrais compagnons aux cinq autres, mais, moi, j'ai dû me contenter des camarades de jeu décédés que je trouvais dans les livres de ma mère. (La gorgée suivante vida la bouteille ; elle grimaça un sourire et la lança par-dessus bord.) Et toi, quelle est ton excuse ?

— J'ai reçu une éducation, euh... éclectique. Est-ce que tu as déjà... Lorsque tu étais petite, est-ce que tu as joué à un jeu avec des chevilles de bois de différentes tailles qu'il faut enchâsser dans le trou correspondant sur une planche ?

— Oui. J'ai reçu celui de mes sœurs quand elles s'en sont lassées.

— En quelque sorte, j'ai été éduqué pour devenir une cheville carrée dans un trou circulaire.

— Tiens donc ! Curieux métier. Il y a une guilde pour ça ?

— Nous travaillons sur une charte depuis des années.

— Et tu avais accès à une bibliothèque, toi aussi.

— D'une certaine manière. Parfois nous vol... Nous empruntions des livres sans le consentement ou à l'insu de leur propriétaire. C'est une longue histoire. Mais il y a une autre raison. À mon tour de faire une citation pour te faire deviner. (Il se mit à réciter avec emphase :) « L'obscurité venue, l'idiot qui joue pour un seul spectateur est un mari, celui qui joue pour deux cents est un audacieux. »

— Tu étais... sur scène. Tu étais comédien ! Comédien professionnel ?

— Pendant un court moment. Un très court moment. J'étais... Enfin... Nous...

Il jeta un regard vers l'arrière et le regretta sur-le-champ.

— Ravelle, dit Ezri. (Elle regarda Jean avec un air étonné.) Toi et lui étiez... Vous vous êtes disputés à propos de quelque chose, n'est-ce pas ?

— Pourrions-nous éviter d'aborder ce sujet ? (En proie à un sentiment de courage et de nervosité, Jean posa une main sur le bras de la jeune femme.) Pourrait-on l'oublier, juste pour ce soir ?

— Nous pouvons en effet ne pas parler de lui. (Elle se déplaça de manière à s'appuyer contre la poitrine du jeune homme et non plus contre le bastingage.) Ce soir, nous allons oublier *tout le monde.*

Jean baissa la tête et la fixa, douloureusement conscient des battements de son cœur. La lune montante qui se reflétait dans ses yeux, sa chaleur qu'il sentait contre lui, l'odeur de cognac, de transpiration, d'eau salée qui n'appartenait qu'à elle... Soudain, il ne put dire qu'une chose :

— Euhhhhh...

—Jérôme Valora, espèce de superbe idiot, il faut que je te fasse un dessin ?

—Bien sûr que…

—Emmène-moi dans ma cabine. (Elle empoigna sa tunique.) Mon rang me vaut un espace clos et j'entends bien profiter de ce privilège. Longuement.

—Ezri, murmura Jean, je n'imaginerais pas refuser une telle offre même dans des centaines ou des milliers d'années, mais aujourd'hui, tu es balafrée de partout et tu tiens à peine deb…

—Je sais, dit-elle. C'est la seule raison pour laquelle je suis confiante : je ne risque pas de te briser en deux.

—Oh, tu vas regretter ces paroles, je vais…

—J'espère bien. (Elle écarta les bras aussi largement que possible.) Emmène-moi d'abord jusqu'à mes quartiers.

Il la souleva sans difficulté. Elle se nicha contre lui et l'enlaça. Tandis que Jean s'éloignait du bastingage d'une démarche chaloupée pour se diriger vers l'escalier du gaillard d'arrière, il se retrouva face à une quarantaine de fêtards rassemblés en arc de cercle. Les spectateurs levèrent les bras et se répandirent en acclamations trépidantes.

—Faites-moi la liste de vos noms, grogna Ezri, que je puisse tous vous tuer demain matin ! (Elle sourit et tourna les yeux vers Jean.) Mais peut-être que cela devra attendre l'après-midi.

7

—Écoutez-moi un instant, dit Locke. S'il vous plaît, écoutez-moi en gardant l'esprit aussi ouvert que possible.

—Je vais faire de mon mieux.

—Votre, euh… déduction notre mission est perspicace. Elle est logique, dans la mesure où je vous ai caché certaines choses jusqu'à présent. Je vais commencer par moi : je n'ai pas reçu un entraînement de guerrier. Je suis même un guerrier particulièrement *incompétent*. J'ai essayé de remédier à cela, mais – les dieux m'en sont témoins – ce fut toujours pour sombrer aussitôt dans la farce ou le ridicule.

—C'est…

—Zamira. Écoutez bien ceci : je n'ai pas tué quatre hommes grâce à mon habileté, loin de là. J'ai fait tomber un tonneau de bière sur un type trop con pour lever les yeux. J'ai tranché la gorge de deux autres qui avaient été renversés par la chute dudit tonneau. J'ai achevé le quatrième après qu'il eut glissé dans une flaque de bière. Quand les autres ont trouvé les corps, je n'ai pas démenti leurs hypothèses.

— Mais je sais de source sûre que tu as chargé les Rédempteurs tout seul…

— Oui. Il arrive souvent que les gens sur le point de mourir deviennent barjots. J'aurais dû y passer dans les dix secondes, Zamira. C'est grâce à Jérôme s'il en a été autrement. Grâce à Jérôme, et à *personne* d'autre que Jérôme.

Au même instant, une vague d'acclamations soutenues couvrit le tumulte de la fête au centre du navire. Zamira et Locke se tournèrent à temps pour apercevoir Jean au sommet de l'escalier du gaillard d'arrière, la lieutenant Delmastro dans les bras. Aucun des deux ne fit mine de regarder vers Locke et la capitaine. Quelques secondes plus tard, ils s'évanouirent en bas des marches.

— Eh bien, dit Zamira. S'il a séduit ce cœur – ne serait-ce que pour une nuit –, c'est que ton ami Jérôme a l'air encore plus incroyable que je le pensais.

— Il *est* incroyable, murmura Locke. Il persiste à me sauver la vie, inlassablement, même quand je ne le mérite pas. (Ses yeux revinrent se poser à l'arrière de l'*Orchidée*, sur son sillage écumant, brillant, phosphorescent et hanté par un monstre.) Ce qui est à peu près toujours le cas.

Zamira resta silencieuse. Locke reprit après quelques instants :

— Bon, après qu'il eut recommencé ce matin, j'ai glissé, je suis tombé et j'ai couru comme un dératé jusqu'à la fin de la bataille. C'est tout. J'ai bénéficié de ma propre panique et de la chance des incapables.

— Tu as quand même mené les canots à l'abordage. Tu as quand même été le premier à monter à l'assaut sans savoir ce qui t'attendait sur le pont.

— Foutaises ! Je suis un véritable artiste en matière de foutaises, Zamira. Je suis un imposteur, un comédien, un imitateur. Ce ne sont pas de nobles ambitions qui ont motivé ma demande. Ma vie ne valait plus rien si je ne faisais pas quelque chose de complètement cinglé pour regagner un peu de respect. J'ai joué un rôle tout au long de la bataille. J'ai berné tous ceux qui ont cru en mon sang-froid.

— Le fait que tu trouves cela extraordinaire ne fait que m'apprendre une chose : c'était *bel et bien* ta première vraie bataille.

— Mais…

— Ravelle, les gens qui commandent font tous semblant d'être calmes quand la mort rôde. Nous le faisons pour ceux qui sont avec nous et nous le faisons aussi pour nous-mêmes. Nous le faisons parce qu'il n'y a pas d'autre solution, à part une mort pitoyable. Il y a une différence entre un chef expérimenté et un chef novice : seul le dernier est choqué par la facilité avec laquelle il peut jouer la comédie quand il n'a plus le choix.

— Je n'y crois pas. Quand j'ai posé les pieds sur ce navire pour la première fois, je n'ai pas réussi à vous impressionner suffisamment pour que vous me crachiez au visage. Ce soir, voilà que vous trouvez des excuses à ma place. Zamira, Jérôme et moi n'avons jamais travaillé pour le Priori. Je n'ai même jamais rencontré un de ses membres sinon en passant. En fait, nous travaillons toujours pour Maxilan Stragos.

— *Quoi ?*

— Jérôme et moi sommes des voleurs. Des voleurs professionnels et indépendants. Nous sommes venus à Tal Verrar pour une opération assez délicate que nous avons organisée. Les... Les services de renseignements de l'Archon ont découvert notre identité et notre profession. Stragos nous a empoisonnés, avec un poison latent dont il est le seul à avoir l'antidote. Tant que nous ne l'avons pas reçu, ou que nous n'avons pas trouvé un autre remède, nous sommes ses marionnettes.

— Dans quel but ferait-il tout ça ?

— Stragos nous a confié le *Messager Rouge*, permis de faire évader un équipage du Rocher Sous le Vent et il a aussi fait établir une montagne de documents concernant un officier imaginaire et mécontent du nom d'Orrin Ravelle. Il nous a adjoint un navigateur – l'homme qui a eu une crise cardiaque juste avant que la tempête nous tombe dessus – et nous a envoyés ici pour servir ses intérêts. C'est ainsi que nous avons obtenu le navire. C'est ainsi que nous avons réussi à lui jouer un tour aussi invraisemblable. Il a tout imaginé.

— Que cherche-t-il ? Quelqu'un à Port-Prodigue ?

— Il veut ce que vous lui avez offert la dernière fois que vos chemins se sont croisés. Il est pratiquement en guerre contre le Priori et il sent le poids des ans sur ses épaules. S'il veut un jour retrouver une vague popularité, c'est maintenant ou jamais. Il a besoin d'un ennemi étranger pour que son armée et sa flotte renouent avec l'état de grâce. Cet ennemi, c'est *vous*, Zamira. Stragos aimerait beaucoup qu'une vaste insurrection pirate éclate tout près de la ville au cours des prochains mois. Elle tomberait à point nommé.

— C'est précisément la raison pour laquelle les capitaines de la mer de Cuivre évitent soigneusement d'approcher Tal Verrar depuis sept ans. Nous avons appris la leçon à nos dépens. S'il vient pour chercher la bagarre, nous nous esquiverons et nous enfuirons avant de lui donner satisfaction.

— Je le sais, et lui aussi. Mais notre travail – notre *mandat* –, c'est quand même de trouver le moyen d'échauffer les esprits de vos collègues. Nous devons vous amener à hisser le pavillon rouge assez près de la cité pour que les simples Verrariens l'aperçoivent en sortant pisser.

— Comment diable avais-tu l'intention d'accomplir ce prodige ?

— J'avais plus ou moins l'intention de faire circuler des rumeurs, de distribuer quelques pots-de-vin. Si vous n'aviez pas attaqué le *Messager*, j'aurais essayé d'organiser moi-même la pagaille. Mais c'était avant de commencer à comprendre ce qui se passe vraiment par ici. Jérôme et moi avons sans aucun doute besoin de votre aide.

— Dans quel but ?

— Pour gagner du temps. Pour convaincre Stragos que nous progressons dans la mission qu'il nous a confiée.

— Si tu penses une seule seconde que je vais faire le moindre geste pour aider l'Archon…

— Je ne le pense pas, répliqua Locke. Et si vous croyez un seul instant que j'ai vraiment l'intention de l'aider, c'est que vous n'avez pas écouté un mot de ce que j'ai raconté. D'après ce qu'on nous a dit, l'antidote de Stragos est efficace pendant deux mois. Cela signifie que Jérôme et moi *devons* rentrer à Tal Verrar d'ici cinq semaines pour recevoir une nouvelle dose. Si nous ne pouvons pas faire état de progrès, Stragos peut très bien décider que nous ne représentons plus un investissement intéressant.

— Si vous devez nous quitter pour rentrer à Tal Verrar, c'est dommage, mais vous trouverez un marchand indépendant à Port-Prodigue. Ils passent tous les quelques jours. Nous avons des accords avec certains d'entre eux qui font escale à Tal Verrar et à Vel Virazzo. Votre part de butin sera suffisante pour payer votre passage.

— Zamira, vous êtes plus intelligente que cela. Écoutez. Il m'est arrivé à plusieurs occasions de parler en personne avec Stragos – enfin, de subir ses sermons. Je l'ai *cru*. Je crois que c'est sa dernière chance de mettre le Priori à genoux et de diriger entièrement Tal Verrar. Il a besoin d'un ennemi, Zamira. Il a besoin d'un ennemi qu'il sait pouvoir écraser.

— Ce serait donc folie d'entrer dans son jeu et de le provoquer.

— Zamira, vous ne pourrez pas échapper à cet affrontement, quelles que soient vos intentions. Vous êtes *sa dernière chance*. Vous êtes le seul ennemi convenable. Il a déjà sacrifié un navire, un navigateur d'expérience, assez de prisonniers pour remplir les bancs d'une galère et une part considérable de son prestige – juste pour que Jérôme et moi entrions en scène. Tant que nous sommes ici, tant que vous nous aidez, vous saurez ce qu'il a derrière la tête parce que nous viendrons vous le dire. Si vous nous rejetez, je ne sais pas ce qu'il manigancera ensuite. Mais une chose est sûre : il ne restera *pas* les bras croisés. Et vous, vous n'aurez plus personne pour vous informer de ses nouveaux plans.

— Qu'est-ce que ça me rapporterait de jouer votre jeu et de faire enrager Tal Verrar jusqu'à ce que Stragos ait ce qu'il veut ? Nous avons été incapables de vaincre sa flotte il y a sept ans alors que nous étions deux fois plus nombreux qu'aujourd'hui.

— Ce ne sera pas vous qui servirez d'armes ; Jérôme et moi tiendrons ce rôle. Nous pouvons rencontrer Stragos. Tout ce dont nous avons besoin, c'est de quoi neutraliser le poison. Ensuite, nous nous occuperons de ce fils de pute aussi sûrement que s'il avait un scorpion dans son haut-de-chausses.

—Et pour cela, je dois mettre mon navire, mon équipage et mes enfants à portée d'un ennemi bien plus puissant que moi ?

—Zamira, vous avez parlé de la mer de Cuivre comme s'il s'agissait d'un royaume enchanté, en changement perpétuel, mais vous ne pouvez pas vous passer de Port-Prodigue et vous le savez. Je ne doute pas que vous puissiez naviguer vers n'importe quel port au monde et l'atteindre sans difficulté, mais seriez-vous capable de vivre ailleurs qu'ici ? Pourriez-vous vendre le fruit de vos pillages et les navires capturés aussi aisément ? Pourriez-vous payer votre équipage avec la même régularité ? Connaîtriez-vous aussi bien les eaux et vos collègues pirates ? Pourriez-vous écumer des routes commerciales sans croiser deux fois plus de vaisseaux d'une grande puissance ?

—Voilà la conversation la plus bizarre que j'ai eue depuis des années. (Zamira remit son chapeau.) Et probablement la requête la plus étrange qu'on m'ait jamais adressée. Je n'ai aucun moyen de savoir si ce que tu me dis est vrai, mais je connais ce navire et je sais à quelle vitesse il est capable de filer s'il n'y a plus d'espoir – si même Port-Prodigue est condamné.

—C'est une solution, bien sûr. Ignorez mes avertissements. Attendez que Stragos trouve un autre moyen de déclencher sa guerre – ou quoi que ce soit d'équivalent – et prenez alors la fuite. Allez naviguer ailleurs dans des conditions plus difficiles. Vous avez dit vous-même que vous ne pouviez pas vaincre la flotte de l'Archon. Vous ne pouvez pas frapper Stragos sur un plan militaire. Alors, réfléchissez à ceci : tous les autres choix se termineront tôt ou tard par une retraite et une fuite. Jérôme et moi sommes les seules armes dont vous disposerez jamais contre lui. Avec votre aide, nous pouvons détruire l'archonat une fois pour toutes.

—Comment ?

—Je… suis en train d'y réfléchir.

—C'est sans doute la chose la plus inquiétante que j'ai entendue jusqu'ici…

—Au moins, la coupa Locke, nous *savons* qu'il y a à Tal Verrar des forces puissantes qui s'opposent à l'Archon. Jérôme et moi pourrions entrer en contact avec elles, les impliquer d'une manière ou d'une autre. Si l'archonat était aboli, le Priori tiendrait Tal Verrar par les cordons de la bourse. La dernière chose que souhaitent les marchands, c'est se laisser entraîner dans une guerre susceptible de créer un nouveau héros militaire soutenu par la population.

—Tu te tiens sur la poupe de mon navire, à des semaines de Tal Verrar. Comment peux-tu envisager avec une telle assurance d'influencer le Priori et les politiciens de la cité ?

— Vous avez dit vous-même que je suis doué pour les mensonges. Je pense souvent que c'est le seul talent que je possède et qui soit digne de louanges.

— Mais…

— Drakasha, c'est insupportable !

Zamira et Locke se retournèrent – de conserve, une fois de plus – pour se retrouver face à l'Érudite Tréganne qui se tenait en haut de l'escalier. La medekiner avança vers eux en claudiquant sans l'aide de sa canne. Ses bras tendus agitaient un véritable cauchemar qui luisait dans la lumière des lanternes, chitineux, noir et doté d'innombrables pattes : une araignée de la taille d'un chat. Tréganne la tenait le ventre en avant et les crochets brillants de l'animal cliquetaient avec indignation.

— Dieux tout puissants ! Je suis tout à fait d'accord avec vous, dit Locke.

— Tréganne, pourquoi Zekassis n'est pas dans sa foutue cage ? demanda Zamira.

— Votre lieutenant a lancé une attaque contre les parois qui séparent nos quartiers, siffla le medekiner. Son charivari est intolérable ! Elle a eu de la chance de ne briser qu'une seule cage avec tout son chahut – et encore heureux que j'étais là pour modérer les ardeurs de cette vertueuse demoiselle…

— Attendez… Vous gardez cette chose dans votre cabine ?

Locke fut soulagé de savoir que de telles créatures ne rodaient pas sur le pont – enfin, pas en règle générale.

— D'où croyez-vous qu'on tire la soie à plaies, Ravelle ? Et cessez de trembler. Zekassis est un être sensible et timide.

— Tréganne, dit Drakasha. En tant que medekiner, tu n'ignores pas les mœurs amoureuses des femelles humaines adultes.

— Certes, mais à deux mètres de mes oreilles, c'est une violation inacceptable de ma vie privée…

— Tréganne, je pense qu'interrompre Ezri à ce stade des événements serait une violation inacceptable de sa vie privée. Le compartiment du gaillard d'arrière est ouvert, de l'autre côté de la coursive. Va chercher le charpentier pour qu'il construise un foyer temporaire à Zekassis et installe ton hamac dans le coin qu'occupe habituellement Gwillem.

— Je me souviendrai de cet affront, Drakasha…

— Oui, pendant une dizaine de minutes, jusqu'à ce qu'un nouvel outrage monopolise toute ton attention.

— Si Delmastro se blesse au cours de ses ébats frénétiques, lâcha Tréganne d'un ton guindé, elle se cherchera un autre medekiner pour la soigner. Et, si je peux me permettre, elle n'aura qu'à employer son propre abdomen pour tisser la soie de ses bandages…

—Je suis certaine qu'Ezri utilise son abdomen à d'autres fins pour le moment, Érudite. S'il te plaît, trouve quelqu'un pour fabriquer une cage à cette chose pour la nuit. Tu n'auras pas à insister beaucoup pour le convaincre de se mettre au travail sur-le-champ.

Vexée, Tréganne s'éloigna d'un pas lourd et furieux tandis que la timide créature agitait les pattes en signe de protestation. Locke se tourna vers Zamira, un sourcil levé.

—Où diable avez-vous…

—Dans le royaume de Nicora, les insolences envers la famille royale sont punies en suspendant le coupable dans une cage en fer jusqu'à ce qu'il meure de faim. Mon équipage et moi étions à Nicora pour faire un peu de contrebande. Tréganne faisait de la balançoire en suivant un régime draconien. En règle générale, je ne regrette pas de l'avoir décrochée.

—Ah ! Et que dites-vous de ma…

—… proposition délirante ?

—Zamira, je n'ai pas besoin de vous pour rejoindre le port de Tal Verrar. Donnez-moi juste quelque chose qui calme l'impatience de Stragos pendant quelques mois. Attaquez un navire ou deux à proximité de la cité. Du travail rapide et facile. Vous savez que Jérôme et moi serons les premiers à monter à l'abordage. Mais… faites en sorte que les navires marchands se réfugient à toute vitesse dans le port de Tal Verrar et y sèment un peu la panique. Ensuite, vous nous mettrez une nuit dans un canot pour nous renvoyer dans la cité. Laissez-nous agir et nous reviendrons avec un plan plus précis sur la manière de retourner la situation…

—Tu veux que j'attaque des navires battant pavillon verrarien et que je m'approche assez près de Tal Verrar pour que vous rentriez en canot ? Que j'attende à l'ancre alors qu'il y a une prime de cinq mille solaris pour ma tête… ?

—*Ça*, c'est injuste, Zamira. Quoi que j'aie fait pour justifier vos soupçons. Si Jérôme et moi voulions juste retourner discrètement à Tal Verrar, pourquoi aurions-nous risqué notre peau pendant l'attaque de ce matin ? Si je voulais continuer à vous tromper ou à vous espionner, pourquoi n'aurais-je pas abondé dans le sens de votre hypothèse et prétendu que je suis un agent du Priori ?

» Jérôme et moi nous sommes disputés ce matin. Si vous avez parlé à Jabril avant de me tirer de la cale, vous devez savoir que je suis un prêtre du Treizième, le Gardien Véreux. Vous faites… partie de notre peuple, plus ou moins. De notre confrérie. C'est une question de sens moral. Jérôme a insisté pour que je vous raconte la vérité, il a affirmé que nous avions besoin de vous comme alliés consentants, pas comme gibier. J'ai honte de le dire, mais j'étais trop en colère pour l'accepter. Pourtant, il avait raison et ce n'est pas seulement une putain d'histoire de sentiments, c'est la vérité pure. Je ne pense pas que Jérôme et moi puissions nous tirer de ce mauvais pas sans que vous nous aidiez en sachant exactement ce dont nous sommes capables. Si vous ne pouvez ou ne voulez pas le faire, je crois que vous allez vous retrouver – très vite – dans un sacré merdier.

Drakasha posa sa main droite sur le pommeau d'un de ses sabres et ferma les yeux. Elle semblait fatiguée et contrariée.

— Avant que nous allions plus loin, dit-elle enfin, et en dehors de toute autre considération, nous devons faire escale à Port-Prodigue. J'ai des marchandises et un navire que j'ai capturé à vendre, des provisions à acheter et certaines personnes à rencontrer. Le voyage prendra plusieurs jours et nous resterons là-bas plusieurs autres. Je vais réfléchir à ce que tu as dit. D'une manière ou d'une autre, je te donnerai une réponse quand nous serons prêts à reprendre la mer.

— Merci.

— Alors, tu t'appelles vraiment Léocanto, hein ?

— Continuez à m'appeler Ravelle, ce sera plus simple pour tout le monde.

— Bien sûr. Bon, tu es de quart joyeux et tu ne seras pas de corvée avant demain après-midi. Je te conseille de bien profiter de la nuit.

— Eh bien…

Locke baissa les yeux sur son outre en cuir remplie de vin bleu et songea soudain qu'un peu plus d'alcool ne lui ferait pas de mal. Et pourquoi pas une partie de dés pour penser à autre chose pendant quelques heures ?

— Si les dieux sont cléments, c'est déjà chose faite. Bonne nuit, capitaine Drakasha.

Il la laissa seule près de la rambarde alors qu'elle observait en silence le monstre qui se cachait dans le sillage de l'*Orchidée*.

8

— Est-ce que ça t'a fait mal ? souffla Ezri en faisant glisser un doigt sur la peau luisante de sueur, au-dessus des côtes de Jean.

— Est-ce que ça m'a fait mal ? Par tous les dieux, femme, non, ce fut une…

— Ce n'est pas ce que je voulais dire. (Elle appuya sur la cicatrice qui dessinait un arc de cercle sur son abdomen, sous le sein droit.) Je parlais de *ça*.

— Oh, ça ! Non, ce fut un véritable enchantement. Quelqu'un a foncé sur moi avec une paire de crocs de voleur. C'était comme une brise tiède par un beau jour de printemps. J'ai savouré chaque seconde de… Ouch !

— Abruti !

— Où as-tu trouvé des coudes aussi pointus ? Tu les affûtes sur une meule ou… Ouch !

Ezri était couchée sur Jean dans le hamac en demi-soie qui occupait la majeure partie de ses quartiers. La cabine était minuscule et il aurait à peine pu s'allonger sur le sol bras écartés. Celui qu'il avait ramené au-dessus de sa tête frottait d'ailleurs contre la cloison intérieure tribord. Un bibelot alchimique gros comme une pièce de monnaie fournissait une faible lumière argentée. Les boucles couleur de bois-sorcier d'Ezri brillaient d'un éclat surnaturel, des mèches éparses luisaient comme des fils de toile d'araignée au clair de lune. Jean passa la main dans cette forêt moite de cheveux et massa le crâne de la jeune femme du bout des ongles. Les muscles d'Ezri se détendirent et elle laissa échapper un gémissement apaisé et flatteur.

L'air stagnant de la cabine était saturé de transpiration et de chaleur prisonnières après la première heure interminable et frénétique qu'ils avaient passée ensemble. Jean s'aperçut alors que la pièce était plongée dans un chaos indescriptible : leurs affaires étaient éparpillées dans le plus grand désordre ; les armes et les quelques possessions d'Ezri jonchaient le pont comme des récifs miniatures ; un petit filet contenant des livres et des parchemins était suspendu à une poutre du plafond et penchait vers la porte de la cabine, indiquant ainsi que tout le navire donnait de la bande sur bâbord.

— Ezri, marmonna-t-il.

Il fixa la cloison de toile raidie qui formait le « mur » de gauche. Deux paires de pieds – la première gigantesque, la seconde minuscule – l'avaient sérieusement bosselée.

— Ezri, à qui est la cabine dans laquelle nous avons failli entrer en défonçant la paroi il y a quelques instants ?

— Oh… C'est celle de l'Érudite Tréganne. Qui t'a dit d'arrêter de me masser la tête ? Ah, c'est beaucoup mieux.

— Elle ne va pas gueuler ?

— Plus que d'habitude, tu veux dire ? (Ezri bâilla et haussa les épaules.) Elle est libre de trouver un amant quand bon lui semblera et de remettre la cloison en place comme nous l'avons déplacée. Je suis trop préoccupée pour me montrer diplomate. (Elle embrassa Jean dans le cou et il frissonna.) Et puis, la nuit est loin d'être terminée. Il y a toujours le risque d'abattre complètement cette saleté de paroi si tout se passe comme je l'entends, Jérôme.

— Nous ferons donc comme tu l'entends.

Il déplaça le corps de la jeune femme en douceur jusqu'à ce qu'ils soient tous les deux sur le côté, face à face. Il caressa aussi délicatement que possible les bandages raidis des bras de la lieutenant. C'étaient les seules choses qu'elle ne pouvait raisonnablement pas enlever. Il glissa les mains sur les joues d'Ezri, puis dans ses cheveux. Ils s'embrassèrent pendant ce moment infini réservé aux amants, quand les lèvres de l'autre sont encore territoire inconnu.

—Jérôme, murmura-t-elle.

—Non. Fais-moi plaisir, Ezri : en privé, ne m'appelle plus jamais comme ça.

—Pourquoi ?

—Appelle-moi par mon véritable nom.

Il l'embrassa dans le cou, posa ses lèvres contre son oreille et le lui murmura.

—Jean, répéta-t-elle.

—Dieux, oui ! Dis-le encore une fois.

—Jean Estevan Tannen. J'aime bien.

—Ce nom est pour toi, rien que pour toi, souffla-t-il.

—Je vais t'offrir quelque chose en retour. Ezriane Daistiri de Mastron. Dame Ezriane de la maison de Mastron. De Nicora.

—Sans blague ? Tu possèdes des terres ou quelque chose dans ce genre ?

—J'en doute. Il est rare qu'on lègue des propriétés aux filles dont on ne sait que faire, et fugueuses de surcroît. (Elle l'embrassa de nouveau, puis fouilla sa barbe du bout des doigts.) En fait, compte tenu de la lettre que j'ai laissée à père et mère, je suis même certaine d'avoir été déshéritée dans les plus brefs délais.

—Dieux ! Je suis désolé.

—Ne le sois pas. (Elle glissa la main sur la poitrine de Jean.) Ce sont des choses qui arrivent. Tu continues à avancer et tu découvres parfois des petits plaisirs qui t'aident à oublier.

—Je suis tout à fait d'accord sur ce point, murmura-t-il.

Puis, pendant un long moment, ils furent trop occupés pour parler.

9

Locke fut arraché à un faisceau de rêves pénétrants par différents facteurs : la chaleur du jour qui se faisait plus forte ; la pression des trois coupes de vin de la veille à l'intérieur de sa vessie ; les gémissements d'un lendemain de fête difficile tout autour de lui et la piqûre acérée des griffes de la créature – petite, mais pesante – qui dormait sur sa nuque.

Une vague image de l'araignée de l'Érudite Tréganne se rappela à son esprit embrumé. Il hoqueta de terreur et roula sur le côté en attrapant la chose qui s'accrochait à lui. Il cligna plusieurs fois des yeux pour dissiper le voile de sommeil qui les couvrait et constata qu'il n'affrontait pas une araignée, mais un chaton à la tête étroite et au pelage noir.

— Qu'est-ce que c'est que ce bordel ? grommela Locke.

— Miaou, rétorqua le félin en le fixant dans les yeux.

L'animal arborait l'expression commune à tous ses pairs : celle d'un tyran en puissance.

— *J'étais à mon aise et tu as osé bouger*, déclarèrent ses yeux de jade. *Tu vas payer ça de ta vie.*

Quand le chat comprit que son kilo et demi ne suffirait pas à briser la nuque de Locke d'un coup puissant, il posa les pattes sur la poitrine de l'homme et entreprit de frotter son museau couvert de bave contre ses lèvres. Ledit homme esquissa un mouvement de recul.

— Ah, tu as trouvé Sa Majesté ! dit quelqu'un sur la gauche.

— Sa Majesté, cette chose ? Non, c'est ridicule.

Locke glissa le chaton sous son bras comme s'il s'agissait d'un dangereux engin alchimique. Sa fourrure était fine et soyeuse. L'animal se mit à ronronner sans discrétion. L'homme qui venait de parler était Jabril. Locke haussa les sourcils en voyant qu'il était allongé sur le dos, nu comme un ver.

— C'est parce qu'il s'appelle « Royal », dit le marin. Il a des taches blanches sur la gorge et le museau humide, pas vrai ?

— C'est bien ça.

— C'est Royal. Tu as été adopté, Ravelle. Tu ne trouves pas ça ironique ?

— L'ambition de toute une vie se réalise enfin.

Locke parcourut des yeux le gaillard de dessous à demi désert. Plusieurs des nouveaux membres de l'équipage de l'*Orchidée* ronflaient bruyamment ; quelques-uns se levaient tant bien que mal ; un – au moins – dormait avec contentement dans une flaque de son propre vomi – Locke supposa du moins que c'était bien le sien. Il ne vit Jean nulle part.

— Comment s'est passée ta soirée, Ravelle ?

Jabril se releva sur les coudes.

— Elle fut vertueuse, je crois.

— Toutes mes condoléances. (Jabril sourit.) Tu as déjà rencontré Malakasti du quart bleu ? Elle a des cheveux plus ou moins roux et des dagues tatouées sur les doigts ? Dieux, je ne crois pas qu'elle soit humaine.

— Tu as quitté la fête de bonne heure, je dois le reconnaître.

— Ouais. Elle avait certaines exigences. Et certains amis. (Il se massa les tempes.) Il y avait ce maître d'équipage du quart rouge, celui qui n'a plus de doigts à la main gauche. Je ne me doutais vraiment pas qu'on apprenait ce genre de trucs aux garçons ashmiri. Ils sont pourtant très croyants. Ouah !

— Aux garçons ? Je ne savais pas que tu, euh… chassais ce gibier.

— Ouais, eh bien, je crois que je veux tout essayer une fois. (Il sourit de nouveau.) Enfin, j'irai jusqu'à cinq ou six dans ce cas précis. (Il se gratta le ventre et sembla réaliser qu'il était nu.) Merde ! Je me souviens que, hier encore, je possédais un haut-de-chausses.

Locke émergea à la lumière du soleil quelques minutes plus tard en compagnie de Royal – toujours niché sous son bras. Le voleur s'étira et bâilla, imité par le chat qui se tortilla pour lui échapper – vraisemblablement pour lui grimper sur la tête. L'homme souleva la boule de poils et l'observa.

— Je ne vais pas m'attacher à toi. Trouve donc quelqu'un d'autre à couvrir de bave.

Le voleur était conscient qu'au moindre geste agressif envers le petit animal, les marins le jetteraient par-dessus bord. Il se contenta donc de poser le chaton sur le pont et de le pousser du bout du pied.

— Tu es sûr que tu as le droit de donner des ordres à ce chat ? (Locke se retourna et vit Jean dans l'escalier du gaillard d'avant ; il terminait de boutonner sa tunique.) Tu ferais bien d'être prudent, il est peut-être déjà maqué avec un marin.

— S'il est capable de faire la différence entre les grades, je crois qu'il se place quelque part entre Drakasha et les Douze. (Il fixa Jean pendant plusieurs secondes.) Salut.

— Salut...

— Écoute, je pourrais discourir pendant des heures sur le thème : « je suis un pauvre con », mais je me sens encore un peu barbouillé par ce vin bleu, alors faisons comme si...

— Je suis désolé, dit Jean.

— Non, ça, c'est ma réplique.

— Je voulais dire... Nous avons vraiment tapé là où ça faisait mal, hein ?

— Les affrontements ne sont pas franchement réputés pour calmer les nerfs. Je ne t'en veux pas pour... ce que tu as dit.

— Nous pouvons trouver une solution, dit Jean d'une voix basse et pressante. Ensemble. Je sais que tu n'es pas... Je n'avais pas l'intention d'insulter ta...

— Je l'ai mérité. Et puis, tu avais raison. J'ai parlé à Drakasha la nuit dernière.

— Tu as fait ça ?

— Je lui ai dit...

Locke grimaça, s'étira de nouveau et en profita pour adresser une série de signes codés à Jean. Ce dernier les déchiffra et ses sourcils se froncèrent.

« Pas parlé des Mages Esclaves, de *L'Aiguille du péché*, de Camorr, des véritables noms. Le reste, vrai. »

— Vraiment ? dit Jean.

— Oui. (Locke fixa les planches du pont.) Je t'ai dit que tu avais raison.

— Et comment a-t-elle… ?

Locke fit semblant de lancer un dé et haussa les épaules.

— Nous devons d'abord faire escale à Port-Prodigue. Elle a des affaires à régler. Ensuite, elle a dit… qu'elle nous ferait connaître sa décision.

— Je vois. Et donc…

— Tu as passé une nuit agréable ?

— Dieux, oui !

— Bien. À propos de, euh… ce que j'ai dit hier…

— Inutile de…

— Si. C'était la pire connerie que j'ai sortie de la journée. La pire et la plus injuste. Je sais que je suis… un cas désespéré et qu'il y a bien longtemps que je porte ma nullité comme une armure. Je ne te reproche pas ta bonne fortune. Savoure-la.

— C'est ce que je fais. Crois-moi, c'est ce que je fais.

— Parfait. Tu n'as pas envie de prendre modèle sur moi.

— Euh… et…

— Le problème est réglé, maître Valora. (Locke sourit et sentit avec plaisir les coins de sa bouche se relever de leur propre initiative.) Mais, à propos du vin dont je te parlais…

— Le vin ? Est-ce que tu as…

— Les gréements d'aisance, Jérôme. Je dois aller pisser avant que ma vessie explose. Tu bloques l'escalier.

— Ah ! (Jean descendit et administra une claque entre les épaules de Locke.) Je te présente mes excuses. Libère-toi, mon frère.

Chapitre 12

Port-Prodigue

1

L'*Orchidée-Poison* maintenait un cap sud-ouest sur une mer plutôt calme et dans une moiteur tropicale. Pour Locke, les jours s'égrenaient au rythme des corvées.

Les deux compères avaient été affectés au quart rouge, qui, en l'absence de Nasreen, avait été placé sous le commandement direct de la lieutenant Delmastro. Les grandes cérémonies d'initiation n'épanchaient en rien la soif de maintenance du navire : les mâts avaient toujours besoin d'être enduits, les joints vérifiés et revérifiés, les ponts nettoyés, les gréements ajustés. Locke graissa les sabres de l'arsenal, s'échina sur le cabestan pour déplacer des caisses et améliorer l'équilibre du vaisseau, servit de la bière au repas de milieu de soirée et transforma des fragments de corde en étoupe jusqu'à ce que ses doigts soient rouge vif.

Drakasha lui adressait parfois de brefs hochements de têtes, mais ne lui parla pas et ne le convoqua pas pour une conversation privée.

En tant que membres de l'équipage à part entière, les anciens marins du *Messager* avaient le droit de dormir plus ou moins où ils le voulaient. Certains choisirent la cale principale – surtout ceux qui avaient trouvé chez les anciens de l'*Orchidée* une bonne âme disposée à partager son hamac. Locke décida que le gaillard de dessous – désormais beaucoup plus spacieux – lui conviendrait à merveille. Il gagna une tunique de rechange lors d'une partie de dés et s'en servit d'oreiller – un véritable luxe après des nuits à dormir à même le pont. À la fin de ses quarts de nuit, il s'endormait comme une masse, juste avant qu'apparaisse la lumière écarlate de l'aube.

Jean, bien entendu, dormait ailleurs une fois son quart de nuit terminé.

Les vigies demeurèrent silencieuses jusqu'au vingt-cinquième jour du mois, quand les vents tournèrent et commencèrent à souffler du sud avec force. Au lever du soleil, Locke s'était effondré dans son coin habituel, contre la cloison bâbord du gaillard de dessous. Il y ronfla plusieurs heures avec la conviction de celui qui a la satisfaction du devoir accompli. Au bout d'un certain temps, il fut réveillé par de vagues bruits et mouvements. Il constata que Royal s'était allongé en travers de son cou.

— Gah, dit-il.

Le chaton interpréta le message comme une invitation à poser ses pattes avant sur les joues de Locke et fourra son museau humide juste entre les deux yeux du voleur. Ce dernier attrapa l'animal, s'assit et battit des paupières. Il avait l'impression que sa tête était pleine de toiles d'araignée. Quelque chose l'avait réveillé plus tôt que d'habitude, aucun doute sur ce point.

— C'est ta faute ? grommela-t-il en fronçant les sourcils. (Il gratta le crâne du chaton avec deux doigts.) Nous ne pouvons pas continuer ainsi, mon garçon. Je ne vais pas m'attacher à toi.

— Terre à l'horizon ! (Le cri était lointain et venait de l'extérieur.) À trois degrés bâbord de la proue.

Locke posa Royal par terre, le poussa sans ambiguïté aucune vers les autres ronfleurs et se fraya un chemin jusqu'à la lumière matinale.

Sur le pont, l'activité semblait normale : personne ne courait dans tous les sens ou ne se dépêchait de porter un message à Drakasha ; il n'y avait pas une âme contre le bastingage pour observer la terre approcher. Quelqu'un lui administra une claque dans le dos ; Locke se tourna et se retrouva face à Utgar qui portait un rouleau de corde sur l'épaule. Le Vadran lui lança un signe de tête amical.

— Tu m'as l'air perdu, le rouge.

— C'est juste que… j'ai entendu le cri. J'ai cru qu'il y aurait un peu plus d'animation. Est-ce qu'on arrive à Port-Prodigue ?

— Nan. On est bien dans les Vents Fantômes, mais aux frontières. Y a rien que des bleds pourris par ici : les îles d'Asp, le Rocher Bâtard, les Sables d'Opale. Pas des endroits où on a envie de mettre les pieds. On n'atteindra Port-Prodigue que dans deux jours et, avec des vents pareils, ça ne va pas accélérer la manœuvre, pas vrai ?

— Qu'est-ce que tu veux dire ?

— Tu verras. (Utgar sourit, semblant savourer une information qu'il était le seul à connaître.) Je te garantis que tu ne pourras pas faire autrement. Je vois à ton teint que tu as dormi comme un bébé, hein ? Tu retournes dans les mâts dans deux heures.

2

Les îles des Vents Fantômes se rassemblèrent peu à peu autour de l'*Orchidée*, telle une bande de coupe-jarrets qui prend plaisir à approcher sa proie sans hâte. Une fois dégagé, l'horizon se constella de bouts de terre couverts de jungles et de sommets coiffés de brume. De grands pics noirs grondaient par intermittence et vomissaient des rouleaux impétueux de vapeur ou de fumée qui dérivaient dans le ciel lourd et gris. La pluie s'abattait en rideau ; ce n'était pas une des tempêtes impitoyables qu'on rencontrait en pleine mer, mais plutôt la transpiration indifférente des tropiques, aussi chaude que votre corps et presque insensible à la brise de la jungle.

Les flots se calmèrent au fur et à mesure que le brick avançait vers l'ouest, passant du bleu cobalt des profondeurs à un bleu-vert transparent. Le pont débordait d'activité, des oiseaux volaient en cercle au-dessus du navire et des poissons filaient sur les hauts-fonds en bancs argentés pourchassés par des formes sinueuses plus grandes que des hommes. Ces dernières suivaient aussi l'*Orchidée* avec langueur : des requins-faux, des veuves-demain bleues, des gratte-récifs-funestes ou encore des nageoires-dagues. Les plus sinistres étaient les requins-loups locaux : leur dos couleur beige clair leur permettait de se confondre avec le tapis de sable pâle qui s'étalait sous le navire. Il fallait un œil acéré pour repérer les mouvements fantomatiques qui trahissaient leur présence inquiétante. Ces créatures avaient l'habitude un peu gênante de rôder sous les gréements d'aisance.

Locke remercia les dieux : au moins, ces bestioles ne sautaient pas au-dessus des flots.

Ils continuèrent à naviguer pendant une journée et demie, donnant parfois de la bande afin d'éviter un récif ou un îlot. Drakasha et Delmastro semblaient connaître cette région comme leur poche et il était assez rare qu'elles conversent à voix basse au-dessus des cartes marines. Locke commença à repérer des débris d'origine humaine sur les bancs de sable et les récifs : un mât en piteux état, le squelette d'une ancienne quille sur le fond. Au cours d'un après-midi où il était de quart, il aperçut des centaines de créatures ressemblant à des crabes et grandes comme des chiens qui se rassemblaient sur une coque renversée. Au passage de l'*Orchidée*, elles s'enfuirent en masse de leur écueil artificiel, faisant mousser les flots d'une écume blanche tout autour de l'épave. Elles disparurent en quelques instants.

Locke quitta son quart quelques heures plus tard et sentit que la tension augmentait avec régularité parmi les marins qui l'entouraient. Quelque chose avait changé. Drakasha arpentait le pont sans discontinuer, demandant à des vigies supplémentaires de grimper dans les mâts et conférant à voix basse avec Delmastro ou Mumchance.

Locke lâcha une réflexion qu'il voulait subtile :

— Ezri a disparu, il ne reste plus que la lieutenant Delmastro en ce moment.

— Elle ne veut pas me dire ce qui se passe, dit Jean.

— C'est déjà une information en soi. Nous avons tout intérêt à refréner notre enthousiasme.

Dans la soirée, Drakasha rassembla tout le monde pendant le changement de quart. Tous les marins de l'*Orchidée* formaient une imposante masse d'hommes et de femmes trempés de sueur et inquiets. Ils avaient les yeux fixés sur le bastingage du gaillard d'arrière et attendaient que la capitaine prenne la parole. Le soleil était un disque de cuivre brûlant qui couronnait des hauteurs couvertes de jungle droit devant le navire. Couche par couche, les couleurs du feu se superposaient à travers les nuages et, tout autour du navire, les îles sombraient peu à peu dans l'obscurité.

— Bien, dit Drakasha. Je vais vous dire franchement ce qui se passe. Les vents qui viennent du sud n'ont pas faibli depuis ces derniers jours. Nous pouvons jeter l'ancre à Prodigue ce soir, mais il est impossible de franchir la Porte du Marchand.

Un murmure général monta de la foule. La lieutenant Delmastro s'avança jusqu'à la capitaine, posa une main sur sa ceinture garnie d'armes et gueula :

— La ferme ! Par la pisse de Perelandro, ce n'est pas la première fois que ça arrive à la plupart d'entre nous.

— En effet, dit Drakasha. Du courage, marins de l'*Orchidée*. Nous allons faire comme d'habitude. Quart rouge, prenez un peu de repos. Attendez-vous à un rassemblement général d'ici quelques heures. Ensuite, personne ne dort, personne ne boit, personne ne baise jusqu'à ce que nous soyons en sécurité chez nous. Quart bleu, vous êtes de service. Del, occupe-toi des nouveaux. Explique-leur tout le topo.

— Quel topo ?

Locke regarda autour de lui en posant la question dans le vide tandis que l'équipage se dispersait.

— Il y a deux passages pour gagner Port-Prodigue, expliqua Jabril. Le premier, c'est la Porte du Marchand, au nord de la ville. Il est long de douze milles et truffé de méandres, de boucles et de bancs de sable. On y navigue avec lenteur même dans les meilleures conditions, mais avec un vent fort de sud, on l'a dans le cul. Il nous faudrait des jours.

— Mais où diable va-t-on, alors ?

— Au second passage, à l'ouest. Il est moitié moins long. Il est sinueux, lui aussi, mais ce n'est pas pire que le premier, surtout avec ce vent. Pourtant, on ne l'utilise jamais quand on peut l'éviter. On l'appelle « la Gorge du Parloir ».

— Pourquoi ?

— Parce qu'il y a quelque chose dans ce passage, dit la lieutenant Delmastro en se frayant un chemin parmi les quelques anciens marins du *Messager* qui s'étaient rassemblés autour de Jabril.

Locke remarqua qu'elle serra un bref instant le bras de Jean avant de poursuivre :

— Quelque chose… vit là.

— Quelque chose ? (Locke ne put cacher une pointe d'irritation dans sa voix.) Est-ce que le navire court un danger ?

— Non, répondit Delmastro.

— Laissez-moi préciser ma pensée, dans ce cas : est-ce que les hommes *à bord* dudit navire courent un danger ?

— Je ne sais pas, répondit Delmastro en échangeant un regard avec Jabril. Vous voulez savoir si quelque chose va grimper à bord ? Cela n'arrivera pas. Aucun risque. Est-ce que vous risquez de… *quitter* le navire ? Je ne sais pas, cela dépend de votre tempérament.

— Je ne suis pas certain d'être enthousiaste à l'idée qu'une créature marine des environs s'intéresse de près à ma personne, dit Locke.

— Tant mieux. Dans ce cas, tu n'auras sans doute pas le moindre problème. (Delmastro soupira.) Vous tous, pensez à ce qu'a dit la capitaine. Un peu de sommeil ne vous fera pas de mal. Vous n'allez avoir que la moitié de votre temps de repos normal, alors profitez-en au mieux. (Elle s'approcha de Jean et Locke l'entendit murmurer :) Moi, c'est bien ce que j'ai l'intention de faire.

— Je, euh… À tout à l'heure, Jérôme, dit Locke.

Il sourit malgré lui.

— Tu vas piquer un roupillon ? demanda Jean.

— Putain, jamais de la vie ! Je crois que je vais me tourner les pouces et me changer radicalement les idées en attendant le rassemblement général. Je trouverai peut-être quelqu'un avec qui faire une partie de cartes…

— Compte tenu de ta réputation, j'en doute, remarqua Delmastro.

— On me persécute injustement parce que j'ai de la chance, dit Locke.

— Ouais, eh bien, tu devrais peut-être envisager de perdre plusieurs parties d'affilée devant témoins. C'est un modeste conseil que je soumets à ta grande sagesse. (Elle fit semblant de lui lancer un petit baiser moqueur.) Car tu es un grand sage, n'est-ce pas, Ravelle ?

— Oh ! Contente-toi donc d'enlever Jérôme et de lui faire subir les derniers outrages.

Locke croisa les bras et grimaça un sourire. Depuis quelques jours, Delmastro se montrait moins guindée envers lui et ce changement était plutôt agréable.

— Je jugerai de tes performances en me fondant sur la rogne de Tréganne la prochaine fois que nous la verrons. D'ailleurs, voici une bonne idée pour me distraire. Je vais organiser des paris : dans quel état de rage sera l'Érudite après les batifolages de la lieutenant et de son amant ?

— Amuse-toi à *ça*, dit Delmastro, et je te fais enchaîner à une ancre par les parties sensibles et traîner sur un récif.

— Non, ce n'est pas un bon plan, intervint Jean. Nous devrions plutôt miser avec lui, puis truquer le pari et…

— Valora ! Je te signale que ce navire dispose de *deux* ancres !

3

Le crépuscule approchait quand Jean et Ezri remontèrent sur le gaillard d'arrière. Drakasha était près de la rambarde. Elle berçait Cosetta qui était assise sur son bras gauche et tenait une petite coupe en argent dans la main droite.

— Tu dois le boire, mon amour, murmura Drakasha. C'est une boisson faite exprès pour les princesses pirates.

— Je veux pas, grommela Cosetta.

— Tu n'es pas une princesse pirate ?

— Non !

— Moi, je crois que si. Sois gentille et…

— J'veux pas !

Jean se rappela sa jeunesse à Camorr et la manière dont Chains devait parfois se conduire lorsqu'un des jeunes Salauds Gentilshommes décidait de se montrer rebelle. Ils étaient déjà beaucoup plus âgés que Cos, certes, mais les enfants restent des enfants et les yeux de Drakasha semblaient creusés par l'angoisse.

— Oh, oh ! dit Jean à haute voix. (Il s'approcha de la mère et de l'enfant pour que la fillette le voie.) Ça m'a l'air *délicieux*, capitaine Drakasha.

— En effet, dit-elle. Et c'est encore meilleur que c'en a l'air…

— Peuh, lâcha Cosetta. Ahhh ! Non !

— Tu *dois* le boire, dit sa mère.

— Capitaine, dit Jean comme s'il était hypnotisé par la coupe d'argent, ça m'a *vraiment* l'air délicieux. Si Cosetta n'en veut pas, je vais le boire.

Drakasha le fixa, puis sourit.

— Eh bien…, dit-elle sur un ton réticent. Si Cosetta ne veut pas le boire, je suppose que je n'ai pas le choix.

Elle éloigna lentement la coupe de la fillette pour la tendre vers Jean. Les yeux de Cosetta s'écarquillèrent.

— Non ! Non !

— Mais tu as dit que tu n'en voulais pas, laissa tomber sa mère sur un ton sans réplique. Ce n'est pas le cas de Jérôme, alors je vais le lui donner, Cosetta.

— Mmm ! dit Jean. Je vais le boire d'un trait.

— Non ! (Cosetta tendit les mains pour s'emparer de la coupe.) Non, non, non !

— Cosetta, dit Drakasha d'un air sévère. Si tu le veux, il faut le boire. Tu comprends ?

La fillette hocha la tête. Ses lèvres dessinaient un « O » inquiet et ses doigts étaient tendus vers le gobelet d'argent qui avait soudain acquis une valeur inestimable. Zamira le porta à la bouche de sa fille qui en but le contenu avec avidité.

— Très bien, dit Drakasha en embrassant la fillette sur le front. Très, très bien. Maintenant, je vais t'emmener en bas pour que Paolo et toi dormiez. (Elle rangea le gobelet vide dans une des poches de son manteau, fit glisser Cosetta contre sa poitrine et hocha la tête en direction de Jean.) Merci de ton aide, Valora. Del, je te laisse la surveillance du pont. Je reviens dans quelques minutes.

— Elle déteste faire ça, dit Ezri à voix basse quand Drakasha eut disparu en bas de l'escalier.

— Nourrir Cos avant de la mettre au lit ?

— C'est du lait de pavot. Elle en donne à ses deux enfants pour les faire dormir… pendant la traversée de la Gorge du Parloir. Elle ne voudrait pour rien au monde qu'ils soient éveillés quand on l'emprunte.

— Putain, mais qu'est-ce qu'il se passe donc…

— C'est difficile à expliquer. C'est plus simple d'en faire l'expérience. Tu n'as rien à craindre. Je sais que tu n'as rien à craindre. (Elle lui caressa le dos de bas en haut.) Tu as réussi à survivre à *mes humeurs* les plus désagréables.

— Ah ! dit Jean. Mais quand une femme tient votre cœur, elle n'est jamais de mauvaise humeur. Elle est juste d'humeur intéressante… et toujours *plus* intéressante.

— Dans mon pays, on fait sécher les vils flatteurs dans des cages de fer.

— Je comprends mieux pourquoi tu en es partie. Tu inspires une telle adulation que tout homme t'adressant la parole devait finir emprisonné après que…

— Là, tu vas *au-delà* de la vile flatterie !

— J'ai besoin de quelque chose pour ne pas penser à ce qui nous attend – quoi que ce soit…

— Ce que nous avons fait dans mes quartiers ne te suffit pas ?

— Eh bien, je pense que nous pourrions y retourner et…

— Hélas ! La pire salope de ce navire, ce n'est ni Drakasha ni moi, mais notre conscience du devoir. (Elle embrassa Jean sur la joue.) Si tu veux penser à autre chose, tu peux commencer les préparatifs pour la traversée de la Gorge du Parloir. Va au placard à lanternes de proue et rapporte-moi les lampes alchimiques.

— Combien ?

— Toutes. Toutes celles que tu peux trouver.

4

À la dixième heure du soir, la nuit recouvrait les îles des Vents Fantômes comme un manteau et l'*Orchidée-Poison*, huniers hissés, se présenta à l'entrée de la Gorge du Parloir auréolé d'une lumière blanche et ambrée. Une centaine de lampes alchimiques avaient été secouées pour être activées, puis disposées tout autour de la coque, quelques-unes étaient suspendues dans les gréements, mais la plupart étaient accrochées sous le bastingage. Elles couvraient les eaux sombres de reflets mouvants comme si la mer était en flammes.

— Six brasses de profondeur, lança un des deux marins que Drakasha avait placés sur les bords pour sonder les flots à l'aide de lignes plombées.

Six brasses. Onze mètres. L'*Orchidée* pouvait se glisser dans des chenaux beaucoup moins profonds.

D'ordinaire, on recourait peu aux sondages et une seule personne suffisait pour effectuer le travail. Aujourd'hui, les deux hommes choisis par Drakasha – parmi les plus anciens et les plus expérimentés – descendaient leur ligne et annonçaient les résultats sans interruption. De plus, ils étaient tous les deux secondés par un petit groupe de... gardes du corps. Jean fut incapable de trouver de meilleur terme pour décrire ces matelots portant armes et armure.

D'étranges précautions avaient été prises sur tout le navire. Les quelques marins d'élite qui attendaient dans la mâture pour manœuvrer les voiles étaient protégés des chutes par les cordes de sécurité nouées autour de la taille. S'ils tombaient, ils se balanceraient dans les airs comme des pendules, mais ils survivraient sans doute. Les véritables feux avaient été éteints et il était strictement interdit de fumer. Les enfants de Drakasha dormaient dans sa cabine où les volets des fenêtres de poupe étaient fermés ; la porte de la coursive était gardée. Drakasha elle-même avait enfilé sa veste de mosaïque de Verre d'Antan et ses sabres se balançaient dans leurs fourreaux, prêts à servir.

— Six moins un quart, annonça un sondeur.

— Le brouillard va tomber, dit Jean.

Locke et lui se tenaient à proximité du bastingage tribord du gaillard d'arrière. Non loin de là, Drakasha faisait les cent pas, Mumchance était à la barre et Delmastro était près de l'habitacle avec un petit râtelier de sabliers de précision.

— C'est toujours comme ça que ça commence, dit Mumchance.

L'*Orchidée* pénétra dans un bras large d'un mille. Les parois s'élevaient jusqu'à mi-hauteur des mâts et leur sommet était couvert par une jungle sombre qui apparaissait et disparaissait au gré de l'obscurité. Des bruits étouffés d'origine inconnue montaient de cette masse végétale : des cris stridents, des claquements secs, des bruissements. Les lampes suspendues éclairaient les flots sur une vingtaine de mètres ; à la frontière de ce cercle, entre lumière et obscurité, Jean aperçut des volutes de brume grise sortant de l'eau.

— Cinq brasses et demi, cria l'homme qui sondait à tribord.

— Capitaine Drakasha. (Utgar se tenait sur la rampe de poupe, une ligne de sonde entre les doigts.) Quatre nœuds, hé.

— Bien, dit Drakasha. Quatre nœuds et notre poupe est alignée avec l'entrée du passage. Tu comptes dix minutes et tu m'appelles, Del.

Delmastro hocha la tête, retourna un de ses sabliers et reprit sa surveillance tandis que le sable s'écoulait de la partie supérieure vers la partie inférieure. Drakasha s'approcha du bastingage du gaillard d'arrière pour s'adresser aux marins qui travaillaient ou attendaient sur le pont.

— Écoutez-moi. Si vous commencez à vous sentir bizarre, éloignez-vous des rambardes. Si vous n'êtes pas capable de rester sur le pont, descendez dans les cales. Nous devons endurer cette épreuve, nous l'avons déjà fait auparavant et nous en sommes sortis vainqueurs. Vous ne risquez *rien* tant que vous êtes à bord. Accrochez-vous à cette idée. *Ne quittez pas le navire.*

La brume se levait maintenant, s'épaississant couche après couche. Sur les côtés, les silhouettes sombres des parois et de la jungle s'estompaient à toute allure. Devant l'*Orchidée*, il n'y avait plus que l'obscurité.

— Dix, capitaine, dit enfin Delmastro.

— Cinq brasses, cria un des sondeurs.

— Mum, mets le gouvernail sous le vent. (Drakasha attrapa un bout de charbon de bois et gribouilla une note sur un parchemin plié.) Deux degrés sous le vent.

— À vos ordres, capitaine. Deux degrés sous le vent.

Le navigateur corrigea légèrement la trajectoire et le navire s'inclina sur bâbord. Dans les mâts, les marins ajustèrent les voiles et les gréements comme ils en avaient reçu l'ordre. Drakasha leur avait expliqué leur rôle avant que l'*Orchidée* s'engage dans la gorge.

— Fais-moi signe dans douze minutes, Del.

—À vos ordres, capitaine. Douze minutes.

Au fur et à mesure que les douze minutes s'écoulaient, le brouillard se fit plus épais et atteignit la densité de la fumée émanant d'un feu bien alimenté. Il se rapprocha de chaque côté, un mur de volutes grises qui semblait enfermer les lumières et les bruits du navire dans une bulle, l'isolant complètement du monde extérieur. Le grincement des taquets de ris et des gréements, le clapotement de l'eau contre la coque, le brouhaha des voix… Tous ces sons familiers résonnèrent faiblement tandis que les bruits de la jungle s'évanouissaient. Le brouillard continua à avancer jusqu'à ce qu'il traverse l'éphémère barrière de lumière générée par les lampes. Dans toutes les directions, la visibilité tomba à une douzaine de mètres.

—Douze minutes, capitaine, annonça Delmastro.

—Mum, mets le gouvernail du côté du vent…, dit Drakasha en fixant le compas de l'habitacle. Le gouvernail du côté du vent. Cap nord-ouest par ouest. (Elle cria en direction des matelots qui se tenaient sur l'embelle.) Préparez-vous à changer les vergues. Nord-ouest par ouest, le vent souffle par la hanche de bâbord.

Une certaine agitation régna pendant quelques minutes tandis que le navire prenait lentement sa nouvelle direction et que les marins tendaient de nouveau les vergues. Au cours de ce laps de temps, Jean constata que les propriétés d'isolant phonique du brouillard étaient bien réelles. Les bruits des manœuvres ne résonnaient pas, comme s'ils avaient heurté un mur invisible. En fait, la seule preuve de l'existence d'un monde au-delà de la brume se limitait aux odeurs de terre humide et de jungle portées jusqu'au gaillard d'arrière par une brise chaude.

—Sept brasses.

—Vingt-deux minutes, Del.

—À vos ordres, dit Delmastro en retournant son sablier comme un automate.

Les vingt-deux minutes suivantes s'écoulèrent dans un silence angoissant, seulement ponctué par le frémissement occasionnel d'une voile et les cris des deux sondeurs. La tension se fit plus forte au fur et à mesure que les minutes passaient, jusqu'à ce que…

—Vingt-deux minutes, capitaine.

—Merci, Del. Mum, barre sous le vent. Cap ouest-sud-ouest. (Drakasha éleva la voix.) Remuez-vous, maintenant. Aux écouets et écoutes ! Préparez-vous à virer de bord ! Bâbord amures, ouest-sud-ouest !

Les voiles frémirent et les membres de l'équipage se mirent à courir dans tous les sens, jurant et tirant sur des cordages tandis que le navire s'inclinait sur bâbord. L'*Orchidée* vira pour se diriger au cœur du brouillard. La brise chargée d'odeurs de la jungle sembla tourner autour du bateau comme un boxeur autour de son adversaire, jusqu'à ce que Jean la sente de nouveau caresser sa joue gauche.

— Maintiens le cap, Mum, dit Drakasha. Ezri, quinze minutes.

— Quinze minutes, à vos ordres.

— Putain de merde, c'est parti, grommela Mum.

— Arrête tes conneries, dit Drakasha. La seule chose qui soit vraiment dangereuse ici, c'est nous. Compris ?

Jean ressentit un picotement sur le front. Il leva la main et essuya la sueur qui y perlait.

— Cinq brasses moins un quart.

— *Jean*, murmura une voix presque inaudible.

— Quoi, Orrin ?

— Hein ?

Locke s'agrippait au bastingage à deux mains. Il adressa à peine un regard à son ami.

— Qu'est-ce que tu veux ? demanda Jean.

— Je n'ai rien dit.

— Tu te…

— *Jean Tannen.*

— Oh, dieux ! dit Locke.

— Toi aussi ? (Jean fixa son ami.) Une voix te…

— Pas une voix naturelle, murmura Locke. Plutôt une voix… Qui ressemble à celle de qui tu sais, comme à Camorr.

— Pourquoi est-ce qu'elle dit mon…

— Elle ne le fait pas, l'interrompit Drakasha d'une voix basse et pressante. Nous l'entendons tous nous parler. Nous l'entendons tous prononcer notre nom. Tenez bon.

— Gardien Véreux, je ne craindrai pas les ténèbres, car la nuit est ton domaine, marmonna Locke en pointant les deux premiers doigts de la main gauche en direction de l'obscurité – la Dague du Treizième, un geste de voleur pour conjurer le mal. Ta nuit est mon manteau, mon bouclier, mon chemin pour échapper à ceux qui chassent pour rassasier les gibets. Je ne craindrai pas le mal, car tu as fait de la nuit mon alliée.

— Béni soit le Bienfaiteur, dit Jean en serrant l'avant-bras gauche de Locke. Que la paix et le profit échoient à ses enfants.

— *Jean… Estevan… Tannen.*

Il *sentit* la voix et comprit qu'il avait seulement l'impression de l'entendre. Ce n'était qu'un tour qu'il se jouait à lui-même, un écho à ses oreilles. Il la sentit pénétrer dans sa conscience comme un insecte qui avance sur la peau. Il s'essuya de nouveau le front et réalisa qu'il transpirait trop, même pour une nuit chaude.

Devant lui, quelqu'un se mit à sangloter bruyamment.

—Douze ! (Jean entendit le murmure d'Ezri.) Encore douze minutes.

—L'eau est fraîche, Jean Tannen. Tu... transpires. Tes vêtements te démangent. Ta peau... te gratte. Mais l'eau est fraîche.

Drakasha redressa les épaules et descendit l'escalier du gaillard d'arrière pour gagner le centre du navire. Elle trouva le marin qui pleurait et le releva avec douceur avant de lui tapoter le dos.

—Du cran, marins de l'*Orchidée*. Ce n'est ni de chair ni de sang. Ceci n'est pas un combat. Tenez bon.

Sa voix ne manquait pas de fermeté. Jean se demanda combien de ses hommes savaient qu'elle droguait ses enfants pour ne pas leur infliger cette épreuve.

Était-ce seulement l'imagination de Jean ou bien le brouillard se dissipait-il à tribord ? La brume restait compacte, mais, au-delà, les ténèbres semblaient décroître... pour acquérir une phosphorescence malsaine. Le murmure sifflant des flots se mit à palpiter avec régularité – le clapotement des vagues contre les bancs de sable. L'eau sombre se rida à la limite du petit cercle de lumière qui entourait le navire.

—Le récif, marmonna Mumchance.

—Quatre brasses de profondeur.

Quelque chose remua dans la brume, donnant une infime sensation de mouvement. Jean observa les ténèbres tourbillonnantes pour essayer de l'apercevoir de nouveau. Il se frotta la poitrine, à l'endroit où sa tunique trempée de sueur irritait sa peau.

—Viens dans l'eau, Jean Tannen. L'eau est si fraîche. Viens. Débarrasse-toi de ta tunique, débarrasse-toi de ta transpiration, débarrasse-toi de tes démangeaisons. Emmène... la femme. Emmène-la dans l'eau avec toi. Viens.

—Dieux ! murmura Locke. Je ne sais pas ce qu'il y a dans cette brume, mais ça connaît mon véritable nom.

—Le mien aussi, dit Jean.

—Non. Ce que je veux dire, c'est que cette saleté ne m'appelle pas « Locke ». Elle connaît mon *véritable* nom.

—Oh, putain !

Jean baissa les yeux et fixa l'eau noire. Il entendit le ressac contre le récif invisible. Elle ne pouvait pas être fraîche... Elle devait être à la même température que tout le reste dans ce coin pourri. Mais le bruit... Le bruit de ces vagues n'était pas si désagréable. Il écouta, hypnotisé, pendant plusieurs secondes. Puis il leva la tête comme un somnambule et regarda fixement le brouillard.

Il y avait quelque chose là-bas. Pendant une fraction de seconde, il distingua une forme sombre à travers le rideau de brume. De la taille d'un homme. Grande, fine et immobile. Elle attendait là, au sommet du récif.

Un violent frisson secoua Jean et la silhouette disparut. Il cligna des yeux comme s'il se réveillait d'un rêve. La brume était plus sombre et plus dense que jamais, la lumière imaginaire s'était évanouie, le sifflement du ressac contre les bancs de sable ne lui semblait plus aussi agréable. Des filets de sueur coulaient en le démangeant le long de son cou et de ses bras ; il se réjouit de cette distraction et entreprit de se gratter avec énergie.

— Qua... qua... Euh... quatre brasses... et un quart, murmura un sondeur.

— C'est le moment, dit Ezri comme si elle émergeait de son propre rêve. C'est le moment, le moment.

— Certainement pas, marmonna Locke. Il ne s'est écoulé... que quelques minutes.

— Je viens de regarder et tout le sable est au fond du sablier. Je ne sais pas ce qui s'est passé. (Elle cria d'une voix pressante.) Capitaine ! C'est le moment !

— Réveillez-vous ! Réveillez-vous ! hurla Drakasha comme si le navire était attaqué. Aux écouets et écoutes ! Préparez-vous à virer de bord ! Cap nord-ouest ! Bâbord amures, hissez les vergues !

— Nord-ouest, à vos ordres, dit Mumchance.

— Je ne comprends pas, dit Ezri en fixant ses sabliers. (Jean s'aperçut que la tunique bleue de la jeune femme était trempée de sueur, ses cheveux emmêlés et son visage inexpressif.) J'étais en train de les regarder. C'était comme si... J'ai juste cligné des yeux et... tout le sable était au fond.

Une vive animation régnait maintenant sur le pont. Une fois de plus, le vent tourna, la brume tourbillonna autour de l'*Orchidée* et Mumchance plaça le navire sur sa nouvelle route avec des mouvements de barre précis, presque délicats.

— Dieux ! s'exclama Ezri. Je ne me rappelle pas avoir franchi ce passage dans de pires conditions.

— C'est la première fois que c'est comme ça, ajouta Mumchance.

— Ça va durer encore longtemps ? demanda Jean sans avoir honte de paraître inquiet.

— C'est le dernier changement de cap, dit Ezri. À condition qu'on n'ait pas glissé trop au sud et qu'on ne s'échoue pas sur quelque chose dans les prochaines minutes. Port-Prodigue est maintenant droit devant nous, au nord-ouest.

L'*Orchidée-Poison* fendait les eaux noires et, peu à peu, les étranges sensations que Jean éprouvait sur sa peau s'évanouirent. La brume se retira : elle s'ouvrit d'abord devant le navire pour laisser apparaître une obscurité plus pure, puis elle s'effilocha dans le sillage de l'*Orchidée*. La lumière des lampes se déversa de nouveau dans la nuit, sans retenue, et les bruits rassurants de la jungle se réveillèrent de chaque côté du passage.

— Huit brasses !

— C'est le bras principal, dit Drakasha en grimpant une nouvelle fois l'escalier du gaillard d'arrière. Bon travail, vous tous. (Elle se tourna pour regarder vers l'embelle.) Rangez la plupart des lanternes ! Gardez-en quelques-unes pour la navigation, de manière que nous ne surprenions personne quand nous pénétrerons dans le port. Continuez à sonder les eaux. (Elle passa les bras autour des épaules de Mumchance et d'Ezri, puis les étreignit.) Je sais que j'ai interdit à tout le monde de boire, mais je crois qu'un petit remontant ne nous ferait pas de mal. (Ses yeux se posèrent sur Jean et Locke.) On dirait que vous vous ennuyez. Allez chercher un tonneau de bière et mettez-le en perce près du grand mât. (Elle éleva la voix pour crier :) Une demi-coupe pour tous ceux qui en ont envie !

Jean se précipita avec Locke sur les talons. Il était heureux de sentir la tension des dernières minutes se dissiper. Les marins souriaient de nouveau ; certains bavardaient et riaient ici et là. Quelques-uns restaient à l'écart, les bras croisés et les yeux baissés, mais même ceux-ci semblaient soulagés. Jean remarqua néanmoins quelque chose d'étrange : la plupart des membres de l'équipage concentraient toute leur attention sur le navire ou sur leurs camarades à proximité.

Il s'écoula plus d'une heure avant qu'ils osent enfin reposer les yeux sur les flots.

5

Si vous pouviez marcher dans les airs mille mètres au-dessus de Port-Prodigue, vous verriez un mince ruban lumineux serti comme une pierre précieuse dans une obscurité tropicale sans fin. Des nuages voilent les lunes et les étoiles. Même les fines lignes écarlates de lave qui embrasent parfois les horizons lointains manquent à l'appel. Ce soir, les montagnes sombres bouillonnent dans les ténèbres.

Port-Prodigue se présente sous la forme d'une longue plage au nord d'une grande île vallonnée. Derrière, des kilomètres carrés de vénérable forêt tropicale disparaissent peu à peu dans l'obscurité. Il n'y a pas la moindre trace de lumière sur cette sinistre mer végétale.

Le large port, encadré de tous les côtés, semble particulièrement accueillant une fois que les navires sont parvenus à franchir un des deux passages difficiles qui le relient à la mer. Nul récif, îlot ou autre danger pour la navigation ne vient ternir les fonds sableux de la baie. À l'extrémité est de la ville, l'eau ne monte pas plus haut que la taille alors que, à l'ouest, même de lourds vaisseaux peuvent frôler la côte en ayant huit ou neuf brasses d'eau sous la quille.

Une forêt de mâts se balance doucement au-dessus de ces profondeurs. On y trouve un fatras de quais flottants, des canots, des navires bien entretenus et des coques dans tous les états. Il existe deux points d'ancrage plus ou moins définis à Port-Prodigue : le premier, le Cimetière, abrite les centaines de bateaux et de carcasses qui ne prendront plus jamais la mer ; à l'est de celui-ci se trouve l'Hôpital avec ses quais plus grands et plus récents ; il tient son nom du fait que ses patients ont encore une chance de s'en tirer.

6

Une cloche se mit à sonner et les échos résonnèrent sur les flots dès que l'*Orchidée-Poison* émergea de la Gorge du Parloir.

Locke regarda par-dessus le bastingage bâbord en direction des lumières de la cité et de leurs reflets qui dansaient sur les eaux de la baie.

— La garde du port va continuer à faire sonner cette saloperie jusqu'à ce qu'on soit à l'ancre. (Jabril avait remarqué sa curiosité et s'était installé à côté de lui, contre la rambarde.) Il faut faire savoir à tout le monde qu'il y a du boulot pour ceux qui veulent toucher leur salaire en alcool.

— Tu es resté ici longtemps, Jabril ?

— Je suis né ici. La seule fois où j'ai décidé de voir de nouveaux horizons, je me suis retrouvé au trou à Tal Verrar.

L'ancrage à Baie-Prodigue n'offrait aucune comparaison avec les cérémoniels que Locke avait observés ailleurs : ici, il n'y avait pas de pilote ni de douaniers, pas même un pêcheur curieux. De plus, à sa grande surprise, Drakasha laissa l'*Orchidée* à bonne distance de la rive – un mille au moins –, voiles ferlées et lanternes toujours allumées.

— Mettez un canot à l'eau à bâbord, ordonna la capitaine en examinant la cité et ses points d'ancrage à travers sa lunette. Puis installez les filets-rasoirs à tribord. N'éteignez pas les lanternes. Autorisez les hommes du quart bleu à descendre dans les cales, mais laissez des sabres à portée de main près des mâts. Del, va chercher Malakasti, Dantierre, Grand Kanor et Rask.

— À vos ordres, capitaine.

Une fois qu'il eut aidé à soulever un des plus grands canots pour le faire passer par-dessus bord, Locke se dirigea vers Drakasha sur le gaillard d'arrière : elle examinait toujours la ville avec sa lunette.

— Je suppose que vous avez de bonnes raisons de vous montrer prudente, capitaine.

— Nous avons quitté Port-Prodigue depuis des semaines et les choses changent. J'ai un gros équipage et un gros navire, mais il y en a de plus gros par ici.

— Vous voyez quelque chose qui vous rend nerveuse ?

— Pas nerveuse, curieuse. On dirait que la plupart d'entre nous sont à la maison pour une fois. Tu vois cette ligne de navires sur les quais est, les plus proches ? Quatre capitaines du conseil sont en ville. Cinq, maintenant que je suis de retour. (Elle baissa sa lunette et lui lança un regard de côté.) Sans compter deux ou trois marchands indépendants prêts à ramener deux passagers à Tal Verrar, d'après ce que je vois.

— J'espère vraiment que nous n'en arriverons pas là, dit Locke à voix basse.

À cet instant, la lieutenant Delmastro revint sur le gaillard d'arrière en portant armes et armure, quatre marins dans son sillage.

Malakasti était une femme maigre avec plus de tatouages que de mots à son vocabulaire ; à bord, elle avait la réputation d'être une redoutable combattante avec un couteau. Dantierre était un Verrarien barbu et presque chauve qui aimait à trouer les vêtements en soie des nobles ; il était devenu hors-la-loi après une longue carrière de duelliste professionnel. Grand Kanor – fidèle à son nom – était l'individu le plus monumental de tout l'équipage. Quant à Rask… Eh bien, Rask était le genre d'homme que Locke identifiait presque sur-le-champ : un assassin parmi les assassins. Drakasha, à l'image de nombreux *garristas* de Camorr, lui tenait la bride serrée et ne le lâchait que dans un seul cas : quand elle voulait du sang sur les murs. *Beaucoup* de sang sur les murs.

Une équipe brutale, expérimentée et sachant réagir aux ordres de Drakasha. Locke réfléchit à ceci tandis que tout l'équipage était rassemblé d'urgence sur le pont.

— Utgar prend le commandement du navire, déclara Drakasha. Nous ne mouillons pas au port ce soir. J'emmène Del et ces quatre-là pour vérifier que tout va bien en ville. Si c'est le cas, les prochains jours seront chargés… Et nous commencerons le partage demain soir. Essayez de ne pas tout jouer avec vos compagnons avant même d'avoir l'argent entre vos mains, d'accord ?

» En attendant, le quart rouge s'occupera du navire. Les filets-rasoirs à tribord resteront en place jusqu'à notre retour. Postez une vigie en haut de chaque mât et surveillez le tirant d'eau. Quart bleu, j'aimerais que certains d'entre vous dorment près des râteliers d'armes si ça ne vous dérange pas trop. Et même si ça ne vous plaît pas, gardez des dagues et des gourdins à portée de main. (Elle s'adressa à Utgar d'une voix plus basse :) Double la garde devant la porte de ma cabine jusqu'à demain matin.

— À vos ordres, capitaine.

Drakasha disparut dans ses quartiers pendant un moment. Elle en ressortit – toujours vêtue de sa veste en mosaïque de Verre d'Antan – avec ses sabres maintenant rangés dans de superbes fourreaux ornés de pierreries. Des émeraudes brillaient à ses oreilles et des anneaux d'or sur ses doigts gantés de cuir noir. Jean et Locke lui firent face ensemble, aussi discrètement que possible.

— Ravelle, je n'ai pas le temps de…

— Capitaine, dit Locke, vous avez rassemblé une équipe de cogneurs parce que vous allez intimider des gens qui pourraient vous causer des ennuis, pas vrai ? Et si ces personnes sont trop stupides pour comprendre le message, vous voulez disposer d'hommes capables de régler les problèmes sans tarder. Je vous informe – avec insistance – que Jérôme et moi vous serions d'une grande aide dans l'accomplissement de ces deux objectifs.

— Je… Hmmm… (Drakasha examina Jean comme si elle venait de remarquer la largeur de ses épaules et le diamètre de ses biceps.) Ta présence serait peut-être le complément idéal de mon équipe. D'accord, Valora, que dirais-tu d'une petite virée nocturne ?

— J'en serais ravi, mais je travaille mieux en tandem. Orrin est le compagnon…

— Vous vous prenez *vraiment* pour des petits malins, tous les deux, dit Drakasha. Mais…

— Je ne plaisante pas, poursuivit Jean avec empressement. Je m'excuse humblement, mais vous avez vu de quoi il est capable. Vous avez une escouade de gros bras pour assurer vos arrières, emmenez-le pour s'occuper des situations… imprévues.

— Ce soir, nous devons régler des problèmes délicats, dit Drakasha. À Port-Prodigue, il vaut mieux éviter de commettre des erreurs après minuit ; c'est comme pisser sur un serpent en colère. J'ai besoin…

— Hum ! dit Locke. À l'origine, nous sommes de Camorr.

— Ah ! Soyez dans le canot dans cinq minutes.

7

Drakasha s'installa à la proue, Delmastro à la poupe et les autres prirent des rames. Ils filèrent sur les eaux calmes de la baie à un rythme majestueux.

— Au moins, ce crétin a arrêté de sonner la cloche, grommela Jean.

Il était assis sur le dernier banc de rameurs, à côté de Grand Kanor, de manière à pouvoir parler avec Ezri. Celle-ci laissait traîner sa main dans la mer.

— Est-ce que c'est prudent ? s'enquit Jean.

— Quoi ? De jouer avec l'eau ? (Elle pointa le pouce par-dessus son épaule, en direction de l'embouchure de la Gorge du Parloir.) On ne peut pas les voir de nuit, mais il y a des rangées d'énormes pierres blanches disposées en travers sur le fond, aux points d'accès de la baie. Des rangées régulières.

—Des pierres eldren, marmonna Kanor.

—Elles ne nous gênent pas, continua Ezri, mais rien d'autre ne peut les franchir. Il n'y a pas le moindre animal vivant dans cette baie. Tu peux y nager au crépuscule avec les pieds en sang : aucune bestiole ne viendra te les grignoter.

—Mais pas trop près des quais. À cause de la pisse, précisa Kanor sur un ton presque contrit.

—Eh bien, ma foi ! dit Jean. C'est plutôt agréable.

—Ouais, je suppose, lâcha Ezri. Comme ça, c'est un beau merdier pour aller pêcher. Les petites embarcations encombrent la Porte du Marchand et ça fait un bordel encore pire que d'habitude. Au fait, en parlant de bordel…

—Hmmm ?

—Je ne vois le *Messager Rouge* nulle part.

—Ah !

—Mais c'est vrai qu'il se traînait comme une limace. Et il y a des invités de marque pour compenser son absence.

—Comme ?

—Tu vois cette première rangée de navires ? De tribord à bâbord, il y a le *Balbuzard*, le lougre de Pierro Strozzi ; ce type n'a pas beaucoup de marins, et encore moins d'ambition, mais il traverserait un ouragan à bord d'un tonneau. Ensuite, il y a la *Salope royale*, de la capitaine Chavon Rance ; Rance est une chieuse finie ; elle a un putain de sale caractère. À côté, tu vois le *Draconique*, le brick de Jacquelaine Colvard ; c'est une femme qui a la tête sur les épaules, et elle écume les mers depuis plus longtemps que tout le monde.

» Ce grand trois-mâts à l'extrémité de la rangée, c'est le *Souverain redoutable*, le navire de Jaffrim Rodanov. C'est un sacré bateau. La dernière fois que je l'ai vu, on était en train de le caréner sur la plage. On dirait qu'il est prêt à prendre la mer maintenant.

Avec six rameurs, le trajet fut bref. Au bout de quelques minutes, ils arrivèrent le long d'une jetée en pierre branlante. Tandis que Jean rangeait sa rame, il aperçut du coin de l'œil un cadavre qui dansait doucement sur les flots.

—Ah ! dit Ezri. Le pauvre type. Ici, ce genre de chose indique que la nuit est chaude.

Le groupe de Drakasha amarra le canot à l'extrémité du quai et avança comme s'il abordait un navire ennemi – avec prudence, la main non loin des armes.

—Saints dieux ! s'exclama un ivrogne aux trois quarts édenté qui berçait une outre au milieu de la jetée. Mais c'est Drakasha, hein ?

— En effet. Qui es-tu ?

— Banjital Vo.

— Eh bien, Banjital Vo, je te charge de la sécurité du canot que nous venons d'amarrer.

— Mais… Je…

— S'il est encore là à notre retour, je te donnerai un verrari d'argent. S'il lui est arrivé quelque chose, je te chercherai dans toute la ville et, quand je t'aurai retrouvé, je t'arracherai tes putains d'yeux.

— Je vais… Je vais le garder comme si c'était le mien.

— Non, le corrigea Drakasha. Tu vas le garder comme si c'était le *mien*.

Elle conduisit son groupe jusqu'au bout de la jetée, puis s'engagea sur un chemin sableux en pente douce et bordé de tentes, de cabanes en rondins sans toit et de bâtiments de pierre en partie effondrés. Jean entendit des ronflements monter de ces abris en triste état – sans compter le discret bêlement des chèvres, les grognements de chiens bâtards et les battements d'ailes de poulets inquiets. Quelques feux de camp avaient brûlé jusqu'à n'être plus que braise, mais il n'y avait aucune lanterne ou lampe alchimique suspendues de ce côté de la ville.

Un ru âcre de pisse et déchets coulait sur la droite du chemin et Jean avança avec attention pour ne pas marcher dedans. Il fit de même pour le corps affalé qui formait un barrage pour ce liquide répugnant à une cinquantaine de mètres de la jetée. Parfois, un ivrogne à demi lucide ou un fumeur de pipe observaient les membres du groupe du fond d'un renfoncement ou d'une zone d'ombre, mais personne ne leur adressa la parole avant qu'ils franchissent une éminence et marchent de nouveau sur des pavés.

— Drakasha, cria un homme corpulent en vêtements de cuir garnis de clous en fer noirci. Je suis heureux de vous voir de retour dans le monde civilisé !

D'une main, il tenait une lanterne diffusant une faible lumière, de l'autre, un gourdin muni d'une bague en bronze. Derrière lui, on apercevait un homme plus grand avec un ventre potelé ; il était mal habillé et armé d'un long bâton en chêne.

— Marcus l'Accorte, dit Drakasha. Par les dieux, tu es plus laid chaque fois que je reviens. On dirait que quelqu'un s'amuse à te sculpter petit à petit un cul au milieu de la trogne. Qui est ce nouveau séducteur ?

— Guthrin. Un sage qui a décidé d'arrêter de naviguer pour rejoindre notre équipe de grosses bites bien pendues et vivre dans le luxe.

— Tiens donc ? Eh bien… (Drakasha tendit le poing et l'agita : les pièces qui étaient à l'intérieur se mirent à tinter.) J'ai trouvé ceci en venant ici. Est-ce qu'elles ne seraient pas à vous ?

— J'ai une belle poche pour les accueillir comme il se doit. Tu vois, Guthrin, c'est ça, la classe. Tu témoignes d'un peu de respect à cette dame et elle te retourne le compliment. Votre voyage a été prospère, capitaine ?

— Nous avons le ventre si plein que nous ne pouvons plus avancer, Marcus.

— Je suis content pour vous, capitaine. Vous voulez des nouvelles du Fourgueur de Navires, non ?

— Qui *voudrait* des nouvelles de ce trou du cul bouché ? Mais s'il est prêt à délier les cordons de sa bourse et à venir jeter un œil, j'ai un petit objet en bois et en toile pour sa collection.

— Je lui ferai parvenir le message. Vous êtes descendus à terre pour la nuit ?

— Nous posons à peine le pied avant de repartir, Marcus. Nous sommes juste venus hisser les couleurs.

— Excellente idée. (L'homme regarda autour de lui et poursuivit d'une voix plus sérieuse :) Chavon Rance est à la table d'honneur du *Pourpre*. Comme ça, vous n'aurez pas l'air surprise si vous décidez d'y faire un tour.

— Je te remercie.

Quand les deux hommes se furent éloignés en direction de la jetée, Jean se tourna vers Ezri.

— Ce sont des sortes de gardes ?

— Des Entreteneurs, répondit-elle. C'est plutôt une bande. Ils sont entre soixante et soixante-dix et ils sont les seuls à faire office de maintien de l'ordre par ici. Les capitaines leur versent une petite part de chaque butin qu'ils rapportent en ville. Le reste de leur pitance, ils le gagnent en s'occupant des problèmes mineurs qui empoisonnent la vie de tout le monde. Ici, tu peux faire à peu près tout ce que tu veux tant que tu caches les corps, n'incendies rien et ne réveilles pas la moitié de la ville. Tu te contentes de ça et les Entreteneurs se chargent de faire respecter un peu d'ordre.

— Et en quoi ça consiste, « hisser les couleurs » ?

— Il faut parfois jouer à ces petits jeux. Il faut que tout Port-Prodigue sache que Zamira est de retour, que les cales de l'*Orchidée* regorgent de butin, qu'elle explosera la tête du premier qui la regardera de travers. Tu vois ? Tout le monde doit l'apprendre, et surtout ses frères et sœurs capitaines.

— Ah, je comprends !

Ils pénétrèrent dans la cité proprement dite et profitèrent enfin des lumières qu'ils avaient aperçues depuis la baie ; elles jaillissaient par les fenêtres et les portes ouvertes de chaque côté de la rue. Au moment de leur construction, les bâtiments avaient été de respectables demeures et boutiques de pierre, mais le temps et les déprédations avaient rongé leurs façades. Les fenêtres aux vitres brisées étaient couvertes par des lambeaux de voile ou des planches récupérées sur des navires. De nombreuses maisons avaient accouché de cabanons en bois qui s'adossaient contre leurs flancs – des abris branlants qu'on n'avait guère envie d'approcher, et encore moins d'habiter. D'autres avaient fait pousser des deuxièmes ou troisièmes étages en torchis sur leurs vénérables toits, comme des champignons.

Jean ressentit soudain une pointe de nostalgie réticente. Des ivrognes gisaient inconscients dans les ruelles ; des enfants voleurs étaient cachés dans l'ombre et surveillaient le petit groupe ; des Entreteneurs vêtus de longs manteaux de cuir dérouillaient un pauvre type derrière un chariot sans roues. On entendait les échos de jurons, de disputes, de rires et de vomissements éthyliques monter de chaque porte et fenêtre ouvertes… Cette cité n'était peut-être pas la petite sœur de Camorr, mais c'était au moins une cousine au premier degré.

— Les marins de l'*Orchidée* ! cria quelqu'un du premier étage d'un bâtiment. Les marins de l'*Orchidée* !

Zamira confirma les braillements du pochard d'un geste désinvolte et tourna à droite à un carrefour boueux. Un homme râblé sortit en titubant d'une ruelle obscure, ne portant rien d'autre qu'un haut-de-chausses souillés. Il avait le regard vague et vitreux d'un fumeur de poudre jérémite. Dans sa main droite, il tenait un couteau-scie aussi long et large que l'avant-bras de Jean.

— Vos thunes ou j'vous plante, dit-il tandis que des filets de bave coulaient le long de son menton. Les deux m'conviennent. J'ai des b'soins. Filez-moi une…

Il ne se rendit peut-être pas compte qu'il faisait face à huit adversaires, mais il ne put ignorer Rask lorsque celui-ci détourna son arme et le raccompagna dans sa ruelle obscure par la peau du cou. La suite se déroula en quelques secondes : Jean entendit un gargouillement humide, puis Rask recula et rejoignit le groupe en essuyant un de ses couteaux sur un bout de tissu. Il jeta le chiffon dans la venelle derrière lui et rengaina son arme avant de glisser les pouces dans sa ceinture avec nonchalance. Ezri et Drakasha ne semblèrent pas estimer que l'incident méritait le moindre commentaire et tout le monde poursuivit son chemin avec la désinvolture de dévots se rendant au temple le matin du Jour de Pénitence.

— Nous sommes arrivés, annonça Ezri quand ils atteignirent le sommet d'une autre petite colline.

Ils se tenaient devant une place large à demi pavée. Les parties boueuses étaient zébrées par les multiples sillons des roues de chariots. Elle était dominée par un gros bâtiment à un étage dont le portique avait été construit autour de la proue découpée d'un vieux navire. Le temps, les intempéries et, sans doute, d'innombrables bagarres avaient éraflé et ébréché l'ouvrage ornemental délicat en forme de spirale, mais on voyait des clients boire et faire la fête derrière les fenêtres du premier étage, dans ce qui avait été la cabine principale. À l'endroit où se trouvait jadis le gouvernail, il y avait désormais une lourde double porte flanquée de globes alchimiques – en verre épais, ceux qui étaient pour ainsi dire incassables – censés rappeler des lanternes de poupe.

—*Le Pourpre Déchiré*, poursuivit Ezri. On peut considérer que c'est le cœur de Port-Prodigue, ou son trou du cul. Ça dépend du point de vue.

À gauche de l'entrée, une grande chaloupe était suspendue à la façade du bâtiment par des étais en bois et des chaînes. On apercevait quelques membres humains dépassant de l'embarcation. Tandis que Jean regardait, les portes de l'établissement s'ouvrirent brusquement vers l'extérieur et deux brutes épaisses sortirent en encadrant un vieillard boiteux. Sans plus de cérémonie ou de miséricorde, elles le hissèrent dans la chaloupe où son arrivée provoqua quelques cris incohérents accompagnés de battements de jambes et de bras.

—Maintenant, fais attention où tu mets les pieds, dit Ezri avec un sourire. Si tu bois au point de ne plus tenir debout, ils te jetteront par-dessus bord. Certaines nuits, on peut trouver dix, vingt personnes empilées dans ce canot.

Un moment plus tard, Jean se faufila entre les deux brutes pour émerger dans les odeurs familières d'une taverne bondée à une heure plus proche de l'aube que du dîner. Il fut accueilli par des relents de sueur, de viande cuite, de vomi, de sang, de fumée et d'une dizaine de mauvais vins et bières – le parfum nocturne de la civilisation.

L'établissement semblait avoir été construit pour des clients qui ne se contentaient pas de se quereller entre eux, mais qui n'hésitaient pas à s'en prendre au bar et au cellier. Le premier se trouvait à une extrémité de la salle et était protégé du comptoir au plafond par des panneaux d'acier ; seuls trois guichets étroits permettaient aux employés de servir des verres et des plats comme des archers décochant leurs traits à travers des meurtrières.

Les tables étaient toutes basses, à la mode jérémite ; des surfaces proches du sol autour desquelles hommes et femmes s'asseyaient, s'agenouillaient ou s'étendaient sur des coussins usés. Dans l'atmosphère renfermée et un peu oppressante de la salle pauvrement éclairée, les clients jouaient aux cartes ou aux dés, fumaient, buvaient, s'affrontaient au bras de fer, se disputaient et s'efforçaient de rire pour détourner l'attention des videurs qui rôdaient – sans nul doute à la recherche d'un candidat à balancer dans la chaloupe.

Les conversations baissèrent d'intensité lorsque le groupe de Drakasha entra. On entendit des cris comme « Les marins de l'*Orchidée* » et « Zamira est de retour ». Elle adressa un signe de tête à l'ensemble des clients et tourna lentement les yeux vers le premier étage.

Un escalier montait de chaque côté de la pièce principale. La salle d'en haut n'était guère plus qu'une galerie bordée d'une rambarde. Au-dessus du bar et de l'entrée, elle s'élargissait pour former des balcons pourvus de tables et de chaises de style thérin. Jean présuma que la « table d'honneur » était celle qu'il avait aperçue de l'extérieur. L'instant suivant, Drakasha se dirigea vers la volée de marches qui y menait.

Une soudaine effervescence s'empara des clients. Trop de conversations s'interrompirent d'un coup, trop de regards suivirent l'ascension du petit groupe. Jean fit craquer ses doigts et se prépara à vivre des moments intéressants.

En haut de l'escalier se trouvait une alcôve entourée d'une rambarde et pourvue de fenêtres surplombant la place obscure que Drakasha et ses compagnons avaient traversée quelques instants plus tôt. Des bannières de soie rouge étaient suspendues dans des niches ; des globes alchimiques disposés derrière leur conféraient une lueur sombre, plus ou moins sinistre et teintée de rose. Deux grandes tables avaient été rapprochées afin d'accueillir douze fêtards. Il s'agissait sans aucun doute de marins et de durs à cuire.

Exactement comme nous, songea Jean avec amusement.

— Zamira Drakasha, dit la femme qui occupait la place d'honneur.

Elle se leva. Elle était jeune, à peu près de l'âge de Jean ; sa peau avait bruni au soleil et de fines rides bordaient ses yeux, révélant de longues années passées en mer ; elle avait des cheveux couleur sable ramenés en arrière pour former trois tresses ; bien que plus petite que Zamira, elle semblait peser une dizaine de kilos de plus. Elle était solide et ronde, et on apercevait la garde usagée d'un sabre à sa ceinture.

— Rance, dit Drakasha, *Chay*. La nuit a été longue, ma puce, et tu sais fort bien que tu es assise à ma table.

— Voilà qui est étrange. Nos verres sont posés dessus et nos culs sont sur ses chaises. Si tu estimes qu'elle t'appartient, tu devrais peut-être l'emporter avec toi lorsque tu quittes la ville.

— Quand je suis en voyage d'affaires, tu veux dire. Quand je me bats avec mon navire, quand je navigue en battant pavillon rouge. Tu sais où se trouve la mer, n'est-ce pas ? Je suis certaine que tu as déjà vu des capitaines qui s'y rendaient ou qui en revenaient…

— Je n'ai pas besoin de traîner pendant des mois et des mois au large, Drakasha. Je me contente de choisir les meilleures proies.

— Tu n'écoutes pas ce que je te dis, Chay. Je me fiche de savoir quelle sorte de roquet ronge les os à ma place lorsque je suis absente, mais, à mon retour, je tiens à ce qu'il retourne ramper à sa place, sous la table.

Les hommes de Rance bondirent de leur chaise. Chay leva la main en grimaçant un sourire féroce.

— Tire ta lame, vieille salope, et je te planterai dans les règles et devant témoins. Ensuite, les Entreteneurs ramèneront ton équipage jusqu'aux quais pour s'être battus, et Ezri, que voilà, pourra voir si tes chiards apprécient de téter *ses* nichons…

— Montre-nous tes cartes, Rance. Tu te crois capable de garder cette place ?

— Choisis l'épreuve. Après, tu pourras chialer.

— On va se retrouver avec les balaises de l'établissement sur le dos, murmura Jean à Ezri.

— Non, dit-elle en lui faisant signe de se taire. Se chercher querelle n'est pas la même chose que se battre. Surtout entre capitaines.

— Cette table sera l'enjeu, cria Drakasha en tendant la main pour attraper une bouteille à moitié vide. Que tous les clients du *Pourpre* soient nos témoins, elle reviendra à celle qui boira le plus d'alcool. La première à tomber sur son cul emmène son équipe de minables et dégage d'ici.

— J'espérais que tu choisirais quelque chose qui durerait un peu plus de dix minutes, dit Rance, mais j'accepte. Je t'en prie. Tu as la bouteille, sers-toi.

Zamira regarda autour d'elle. Elle s'empara de deux petites tasses en argile de même taille posées devant les chaises des hommes de Rance. Elle les vida sur la table d'un geste brusque et les remplit. Jean vit que la bouteille contenait du cognac blanc de Kodari, aussi âpre que de l'essence de térébenthine et fort en alcool. Les compagnons de Rance reculèrent contre les fenêtres et leur capitaine contourna la table pour s'arrêter à côté de Zamira. Elle prit une tasse et la leva.

— Une dernière chose, dit Zamira. Tu vas boire ton premier verre à la mode de Syrune.

— Qu'est-ce que c'est que ce truc ?

— Ça veut dire que tu vas le boire par le nez, connasse !

La main gauche de Drakasha fut si rapide qu'on ne distingua qu'un mouvement flou quand elle s'empara de l'autre tasse et en jeta le contenu au visage de Rance. Avant que cette dernière ait le temps de crier, le bras droit de Zamira se déplaça tout aussi vite. Son poing ganté – bagues en prime – percuta la mâchoire de son adversaire avec un bruit ressemblant au claquement d'un fouet. La jeune femme s'affala et heurta le sol si fort que les tasses tremblèrent sur la table.

— J'ai du mal à te voir, tout en bas, ma puce. Est-ce que tu es sur le cul ou bien est-ce ta tête ? Est-ce que quelqu'un estime qu'il y a une différence ?

Drakasha se pencha au-dessus de Rance et, sans se presser, but le contenu de la seconde tasse. Elle l'avala sans sourciller et lança le verre par-dessus son épaule.

— Tu n'avais pas dit que ça allait être…

Avant qu'un homme furieux – sans doute le second de Rance – ait le temps de protester, Locke s'avança, une main levée.

— Zamira a respecté sa promesse. L'épreuve consistait à *boire le plus d'alcool*, et votre capitaine est sur le cul.

— Mais...

— Votre capitaine aurait dû avoir la présence d'esprit de demander des précisions. Elle a perdu. Tu as l'intention de violer son serment *à sa place* ?

Le mécontent saisit Locke par le devant de sa tunique. Les deux hommes échangèrent quelques coups et Jean se précipita vers eux. Cependant, la situation n'eut pas le temps de dégénérer : les marins de Rance attrapèrent leur camarade et le tirèrent en arrière, sans enthousiasme, mais avec fermeté.

— Et d'abord, t'es qui toi, connard ? cria le second.

— Orrin Ravelle, répondit Locke.

— Jamais entendu ce putain de nom !

— Mais je crois que tu vas t'en souvenir. (Locke agita une petite poche en cuir sous le nez de l'homme.) Je t'ai piqué ta bourse, courte bite.

— Espèce d'enf...

Le voleur jeta l'escarcelle par-dessus son épaule d'un geste vif et elle atterrit quelque part au milieu de la centaine de clients qui observait la scène, yeux écarquillés et bouche bée.

— *Mince !* s'écria Locke. Bah, je suis sûr qu'en bas, il n'y a que des gens d'une probité sans faille : ils s'occuperont de ta bourse comme si c'était la leur.

— *Ça suffit !* (Zamira se pencha, attrapa Rance par le col et la remit en position assise.) Ton capitaine a joué et ton capitaine a perdu. *C'est bien elle ton capitaine ?*

— Oui, dit l'homme en se renfrognant.

— Alors, respecte son serment. (Elle tira Rance jusqu'à la marche palière et s'agenouilla devant elle.) La salope n'est pas si royale que ça, hein, Chay ?

Rance ramena la tête en arrière pour cracher du sang au visage de Drakasha, mais son aînée fut plus rapide : elle lui administra une gifle et la boule de salive teintée de rouge fila en travers de l'escalier.

— Deux choses, dit Zamira. La première : je convoque le conseil pour demain. Je tiens à ce que tu sois là, à l'endroit et à l'heure habituels. Hoche ta gueule de raie. (Rance obtempéra lentement.) La seconde : je n'ai pas de chiards, j'ai un fils et une fille. Si tu l'oublies *une fois* de plus, je leur sculpterai des jouets avec tes putains d'os.

Sur ce, elle projeta Rance en bas de l'escalier. La malheureuse atterrit au rez-de-chaussée comme un sac de grain et ses hommes dépités se précipitèrent à son secours sous le regard triomphant des marins de l'*Orchidée*.

— On se reverra… Orrin Ravelle, lâcha le second qui n'avait plus de bourse.

— Valterro, dit Zamira sur un ton comminatoire, tout ceci fait partie du métier, n'en fais pas une affaire personnelle.

La remarque ne parut guère dérider ledit Valterro, mais il alla rejoindre ses camarades.

— La réflexion à propos de vos enfants me semblait plutôt d'ordre personnel, murmura Jean.

— Je suis une hypocrite, et alors ? Ça te dérange ? grommela Drakasha. Si tu n'es pas content, je peux t'offrir un verre à la mode de Syrune. (Zamira se dirigea vers la rambarde qui surplombait le rez-de-chaussée et cria :) Zacorin ! Tu te planques en bas ?

— Je me planque, Drakasha, pas de doute là-dessus, dit une voix derrière les meurtrières du bar blindé. La guerre est finie ?

— Si tu as un tonneau de quelque chose qui n'ait pas goût de pisse d'âne, envoie-le par ici. Et ajoutes-y de la viande. Et la note de Rance. La pauvre puce a bien besoin qu'on la soutienne un peu.

Un éclat de rire général secoua la salle. Les hommes de Rance – qui transportaient leur capitaine par les bras et les jambes – ne semblèrent pas du tout apprécier la plaisanterie.

— Voilà une bonne chose de réglée, dit Zamira en s'asseyant sur la chaise que Rance venait de quitter. Mettez-vous à l'aise. Bienvenue à la table d'honneur du *Pourpre Déchiré*.

— Eh bien, dit Jean en s'installant entre Locke et Ezri, est-ce que tout s'est passé comme vous l'entendiez ?

— Oh, oui ! (La seconde lança un petit sourire satisfait à Drakasha.) Je dirais que nos couleurs sont maintenant hissées.

8

Ils firent de leur mieux pour paraître détendus et gais pendant presque une heure, buvant la bière sombre de piètre qualité de l'établissement ainsi que les alcools plus fins que les hommes de Rance avaient abandonnés derrière eux. Le plat du soir était du canard dans un lit de graisse ; la plupart des convives traitèrent la nourriture comme une décoration, mais Rask et Kanor s'y attaquèrent et la transformèrent peu à peu en une pile d'os.

— Que fait-on maintenant ? demanda Locke.

— Les vautours habituels ne vont pas tarder à apprendre que nous sommes de retour, dit Drakasha. C'est l'affaire d'un jour ou deux avant qu'ils viennent nous lécher les bottes. L'alcool et les vivres partiront en premier – c'est toujours la marchandise la plus facile à écouler. Nous garderons les pièces de bateau et le matériel de navigation pour nous. Quant aux soies et aux produits de luxe, les marchands indépendants qui sont ancrés aux quais de l'Hôpital se feront une joie de nous en débarrasser. Ils nous les achèteront quinze ou vingt pour cent en dessous de leur valeur marchande. Ça reste correct pour nous. Puis ils leur feront retraverser la mer pour les vendre au prix fort avec un sourire ingénu sur le visage.

— Et le *Messager* ?

— Quand il arrivera, le Fourgueur de Navires viendra nous rendre visite. Il nous en offrira à peine de quoi nous payer un verre de pisse, et nous marchanderons jusqu'à ce qu'il nous propose de quoi acheter un pichet. Ensuite, il en fera ce qu'il voudra. Ce navire vaut à peu près six mille solaris avec les gréements intacts. J'aurais bien de la chance si j'arrive à en arracher deux mille au Fourgueur. Après, un de ses équipages l'emmènera vers l'est et le vendra environ quatre mille solaris à un marchant pressé. Ça lui permettra de couper l'herbe sous les pieds de ses concurrents tout en réalisant un bénéfice considérable.

— Merde, dit la lieutenant Delmastro. On trouve sur la mer de Cuivre des navires qui ont été pris et vendus trois ou quatre fois.

— Ce Fourgueur de Navires, demanda Locke en imaginant les prémisses d'une arnaque, comme il porte le nom de sa profession, je suppose qu'il n'a pas de concurrents ?

— Ils sont tous morts, dit Delmastro. De manière particulièrement dégueulasse et susceptible de dissuader les âmes entreprenantes.

— Capitaine, dit Locke, combien de temps va prendre tout cela ? La fin du mois est proche et…

— Je sais très bien quel jour nous sommes, Ravelle. Ça prendra le temps qu'il faudra. Peut-être trois jours, peut-être sept ou huit. Et puis, quand nous sommes ici, tous les marins de l'*Orchidée* ont droit à au moins une nuit à terre.

— Je…

— Je n'ai pas oublié l'affaire qui te préoccupe. Je l'aborderai demain devant le conseil. Ensuite, nous verrons.

— Quelle affaire ? demanda Delmastro, vraiment déconcertée.

Locke s'attendait plus ou moins que Jean lui en ait parlé, mais, apparemment, les deux tourtereaux passaient leur temps en commun de manière plus sage et plus divertissante.

— Tu le sauras demain, Del. D'ailleurs, tu m'accompagneras au conseil. Je ne veux plus rien entendre à ce sujet, Ravelle.

— Bien. (Locke avala une gorgée de bière et leva un doigt.) Autre chose, alors. Laissez-moi vous poser deux ou trois questions en privé avant la visite de ce Fourgueur de Navires. Je pourrais peut-être convaincre ce charmant individu de délier un peu plus les cordons de sa bourse.

— Ce n'est pas un charmant individu, corrigea Drakasha. Il est aussi visqueux qu'une merde trempée dans du pus, et à peu près aussi agréable.

— Tant mieux. Pensez à maître Néra. Laissez-moi au moins ma chance.

— Je ne fais aucune promesse, dit Zamira. Mais je ferai l'effort de t'écouter.

— Marins de l'*Orchidée*! (La voix grave tonna tandis que son propriétaire apparaissait au sommet de l'escalier.) Capitaine Drakasha! Est-ce que tu sais qu'en bas, ils n'ont pas fini d'extraire les dents de Rance des murs?

— Rance a été terrassée par une brusque crise de goujaterie, expliqua Zamira. Elle a perdu l'équilibre et fait une chute. Comment vas-tu, capitaine Rodanov?

Rodanov était un des hommes les plus impressionnants que Locke ait jamais vus. Il ne devait pas mesurer loin de deux mètres dix. Il avait à peu près l'âge de Zamira et son ventre arborait une certaine rondeur, mais ses bras tout en muscles longs et épais semblaient capables d'étrangler un ours – d'ailleurs, le fait qu'il ne daigne pas s'encombrer d'une arme était révélateur. Son visage était tout en longueur et sa mâchoire carrée; ses cheveux clairs se faisaient rares et il brillait dans ses yeux l'éclat amusé et satisfait de l'homme qui se juge aussi important que le monde. Locke avait déjà rencontré ce genre de personnages parmi les meilleurs *garristas* de Camorr, mais aucun d'eux n'avait une carrure aussi impressionnante. Kanor lui-même ne le supplantait que dans le domaine du tour de taille.

De manière assez incongrue, les gigantesques mains de Rodanov étaient refermées sur de fragiles bouteilles de vin en verre bleu saphir avec des rubans d'argent noués sous le bouchon.

— Il y a quelques mois, je me suis emparé d'un galion qui transportait une centaine de bouteilles de bleu lashanien de l'année dernière. J'en ai gardé quelques-unes parce que je sais que tu l'aimes bien. Bienvenue à Port-Prodigue.

— Bienvenue à ma table, capitaine.

Drakasha fit un geste: Ezri, Jean, Locke et Kanor se déplacèrent d'une chaise sur la gauche pour laisser un siège libre près de Zamira. Jaffrim Rodanov s'y installa et lui offrit les bouteilles de vin. Quand elle lui tendit la main droite, il la baisa avant de se passer la langue sur les lèvres.

— Hmmm! Je me suis toujours demandé quel goût pouvait avoir Chavon. (Il s'empara d'une coupe abandonnée tandis que Zamira éclatait de rire.) Qui est le plus près du tonneau de bière?

— Permettez-moi, dit Locke.

— J'ai déjà rencontré la plupart d'entre vous. Rask, bien sûr, le fait que tu sois encore en vie me laisse sur le cul. Dantierre, Kanor, ça fait plaisir de vous voir. Malakasti, mon amour, mais qu'est-ce que Zamira a donc de plus que moi ? Attends, je ne suis pas sûr de vouloir l'apprendre. Et *toi.* (Il glissa un bras autour des épaules de la lieutenant Delmastro et la serra contre lui.) Je ne savais pas que Zamira permettait aux enfants de jouer sur le pont de son navire. Quand est-ce que tu vas pousser un peu ?

— Je pousse à tous les endroits qui me conviennent. (Ezri grimaça un sourire et fit semblant de lui donner un coup de poing dans le ventre.) Vous savez, si tout le monde pense que votre rafiot est un trois-mâts, c'est seulement parce que vous vous tenez toujours sur le gaillard d'arrière.

— Et quand je retire mon haut-de-chausses, on a l'impression que c'est un *quatre*-mâts.

— Nous pourrions le croire si nous n'avions pas vu autant de Vadrans dans leur plus simple appareil, dit Drakasha. Nous savons maintenant à quoi nous en tenir.

— Ah ! Mon ancien pays n'a pas à rougir de *moi*, déclara Rodanov alors que Locke lui tendait une coupe remplie de bière. Mais je vois que vous avez recruté des petits nouveaux.

— Celui-ci et celui-là. Orrin Ravelle et Jérôme Valora. Voici Jaffrim Rodanov, le capitaine du *Souverain Redoutable.*

— À votre santé et à votre bonne fortune, dit Rodanov en levant sa coupe. Puissent vos ennemis être sans armes et votre bière sans eau !

— Que ta route croise marchands idiots et vents favorables pour les poursuivre, enchaîna Drakasha en tenant une des bouteilles de vin que Rodanov lui avait offertes.

— Tu as fait bonne chasse, cette fois ?

— Les cales sont pleines à craquer. Nous nous sommes aussi emparés d'un petit brick de trente mètres. À cette heure, il devrait être arrivé d'ailleurs.

— Ce ne serait pas le *Messager Rouge* ?

— Comment le...

— Strozzi est rentré au port hier. Il a dit qu'il était tombé sur un brick avec les gréements en piteux état. Il s'apprêtait à l'attaquer quand il a aperçu un de tes hommes qui lui faisait de grands signes. Ça s'est passé à soixante milles au nord de la Porte du Marchand, juste au large du Bief Brûlant. Tiens, ils doivent être en train de se traîner à travers le passage en ce moment même.

— Tant mieux pour eux. Nous sommes arrivés par le Parloir.

— Ce n'est pas bon, dit Rodanov. (Sa jovialité l'abandonna pour la première fois depuis son arrivée.) J'ai entendu d'étranges rumeurs à propos du Parloir depuis quelque temps. Sa Majesté le Gros Porc...

— Le Fourgueur de Navires, murmura Kanor à l'adresse de Locke.

— ... a envoyé un lougre vers l'est le mois dernier. Il dit qu'il l'a perdu dans une tempête, mais je sais de source sûre qu'il n'est jamais ressorti du Parloir.

—Je pensais qu'il valait mieux rentrer à Port-Prodigue aussi vite que possible, dit Drakasha, mais la prochaine fois, je passerai par la Porte, même si ça doit prendre une semaine. Tu peux le faire savoir.

—Je te le conseille, en effet. Au fait, j'ai appris que tu avais convoqué le conseil pour demain.

—Nous sommes cinq membres en ville. J'ai... une curieuse histoire à leur raconter à propos de Tal Verrar. Je veux une réunion à huis clos.

—Juste les capitaines et leurs seconds. D'accord. J'en informerai Strozzi et Colvard demain. Je suppose que Rance est déjà au courant ?

—Oui.

—Il est possible qu'elle soit incapable de parler.

—Elle n'en aura pas besoin, remarqua Drakasha. C'est moi qui ai des choses à dire.

—Soit. « Parlons à l'abri de nos mains, de peur que nos lèvres soient lues comme des livres et trahissent nos desseins ; et réunissons-nous là où seuls les rats et les dieux pourront entendre nos paroles. »

Locke fixa Rodanov. La citation était de Lucarno, un extrait de...

—*Le Mariage de l'assassin*, dit Delmastro.

—Oui, c'était à la portée d'un enfant, dit Rodanov en souriant. Rien de plus subtil ne m'est venu à l'esprit.

—Il me semble que les pirates de la mer de Cuivre ont un curieux penchant pour la littérature, dit Jean. Je sais qu'Ezri...

—Je cite Lucarno uniquement pour elle, dit Rodanov. Pour ma part, je déteste ce connard. Ses bouquins sont truffés de sentiments mièvres, d'autosatisfaction évidente et d'innombrables petits jeux de mots sur la baise pour que, à l'époque du Trône Thérin, les abrutis endimanchés puissent se sentir grivois en public. Pendant ce temps, les Mages Esclaves et mes ancêtres jouaient aux dés pour savoir qui serait le premier à raser l'Empire.

—Jérôme et moi aimons beaucoup Lucarno, dit Delmastro.

—C'est parce que vous n'avez jamais lu de bonne littérature. Des têtes de nœud gardent les pièces des poètes du début du Trône dans des chambres fortes alors que les plus humbles éclats de gerbe de Lucarno sont exaltés par ceux qui ont de l'argent à gaspiller chez les scribes et les relieurs. Ses œuvres ne perdurent pas, on nous les *impose*. Mercallor Mentezzo...

—Mercallor Mentezzo est un bon écrivain, dit Jean. Ses vers sont agréables, mais il emploie le refrain comme soutien et fait systématiquement intervenir les dieux à la fin pour résoudre les problèmes de tout le monde...

—Mentezzo et ses contemporains ont *construit* le théâtre du Trône Thérin à partir du modèle espadri. Des histoires stimulantes impliquant des rituels religieux mornes et des thèmes politiques pertinents. Il faut leur pardonner les limites de leurs cadres. En comparaison, Lucarno pouvait se fonder sur l'ensemble de leurs œuvres et tout ce qu'il a fait, c'est d'y ajouter une dose de mélodrame de bazar.

— Il n'y a peut-être pas ajouté grand-chose, mais quatre cents ans après la destruction de Thérim Pel, c'est encore suffisant pour qu'il soit le *seul* dramaturge bénéficiant du patronage officiel de Talathri. Sans parler du fait que ses œuvres sont préservées dans leur intégralité et qu'elles sont régulièrement rééditées...

— Un appel aux goûts les plus frustes ne remplace en rien une analyse philosophique judicieuse des œuvres en question ! Lucestra de Nicora a écrit dans sa correspondance que...

— Je vous demande pardon à tous les deux, intervint Grand Kanor. On vous a jamais dit que c'est pas poli de discuter quand les gens entravent que dalle à ce que vous racontez ?

— Je dois reconnaître que Kanor a raison, dit Drakasha. Je n'arrive pas à savoir si vous êtes sur le point de vous provoquer en duel ou de fonder une secte occulte.

— Qui diable es-tu ? demanda Rodanov en fixant Jean. Voilà des années que je n'avais pas rencontré une personne capable d'aborder ce sujet.

— Mon éducation a été des plus surprenantes, répondit Jean. Et vous-même ?

— Durant ma jeunesse, j'avais, euh... la vanité de croire que le Collegium de Thérin avait le plus grand besoin d'un maître es lettres et rhétorique du nom de Rodanov.

— Que s'est-il passé ?

— Eh bien, tu vois, il y avait un certain professeur de rhétorique qui avait trouvé le moyen d'organiser en toute sécurité des paris dans le hall des réflexions studieuses. Sur les combats de gladiateurs, les régates du Collegium, ce genre de choses. Il utilisait ses élèves comme messagers et, comme l'argent peut servir à acheter de la bière, il était devenu notre héros. Mais quand il a été obligé de fuir la ville, on s'est tous retrouvés promis aux chaînes et au fouet, bien entendu. Alors, j'ai accepté un boulot minable à bord d'un galion marchand...

— Quand cela s'est-il passé ? l'interrompit Locke.

— Putain ! À cette époque, les dieux étaient encore jeunes. Ça doit bien faire vingt-cinq ans.

— Ce professeur de rhétorique... ne s'appelait pas Barsavi, par hasard ? Vencarlo Barsavi ?

— Bordel de dieux ! Comment est-ce que tu sais ça ?

— Il est possible que nous ayons... croisé son chemin deux ou trois fois. (Locke sourit.) Alors que nous voyagions vers l'est. Du côté de Camorr.

— C'est ce que prétendaient certaines rumeurs. J'ai entendu son nom une ou deux fois, mais je ne suis jamais allé jusqu'à Camorr. Barsavi, j'ai du mal à y croire. Il est encore là-bas ?

— Non, répondit Jean. Il est mort il y a deux ans – c'est ce qu'on dit, du moins.

— C'est dommage. (Rodanov soupira.) C'est vraiment dommage. Ah, je crois que je vous ai assez ennuyés comme ça en jacassant sur des personnes disparues depuis des siècles. Ne me prends pas trop au sérieux, Valora. C'est un plaisir de te rencontrer. Toi aussi, Ravelle.

— Je suis contente de t'avoir vu, Jaffrim. (Drakasha se leva en même temps que lui.) À demain, donc ?

— Je m'attends à un sacré spectacle. Bonsoir, vous tous.

— Un de vos collègues capitaines, dit Jean alors que Rodanov descendait l'escalier. Très intéressant. Pourquoi ne revendique-t-il pas notre table dans ce cas ?

— Le *Souverain Redoutable* est le plus gros navire qu'un capitaine de Port-Prodigue ait jamais possédé, dit Zamira lentement. Et son équipage est aussi le plus important, et de loin. Jaffrim n'a pas besoin de jouer aux petits jeux auxquels se livre le reste d'entre nous, et il le sait.

Le groupe resta silencieux pendant plusieurs minutes, puis Rask s'éclaircit soudain la gorge et prit la parole d'une voix grave et râpeuse :

— Un jour, j'ai vu une pièce. Il y avait ce chien qui mordait un type aux couilles…

— Ouais, dit Malakasti. Je l'ai vue, moi aussi. C'était parce que le chien adorait les saucisses et le type lui en donnait toujours, et, un jour, il enlève son haut-de-chausses…

— Bon, dit Drakasha, le prochain qui parle de théâtre de près ou de loin regagnera l'*Orchidée* à la nage. Maintenant, allons voir si notre ami Banjital Vo a mérité sa pièce d'argent.

9

Le lendemain, Royal réveilla Locke à temps pour le changement de quart de midi. Le voleur enleva le chat du sommet de sa tête, fixa ses petits yeux verts et dit :

— Ça va peut-être te faire un choc, mais je préférerais encore crever plutôt que de m'attacher à toi. Tu n'en as pas marre de pourrir mes nuits, saleté sur griffes ?

Locke bâilla, s'étira et sortit. Dehors, une pluie douce et tiède tombait d'un ciel strié de cataractes nuageuses. Il se déshabilla pour ne garder que son haut-de-chausses.

— Ahh ! dit-il tandis que les gouttes lavaient sa peau d'une partie des odeurs du *Pourpre Déchiré*.

C'était curieux ; il s'était habitué aux multiples relents de l'*Orchidée-Poison* avec une facilité surprenante, mais les miasmes d'une taverne le dérangeaient bien qu'il fréquentât ce genre d'endroits depuis des années.

Drakasha avait déplacé le navire pour l'ancrer tout près d'une des longues jetées de pierre dans le port de l'Hôpital. Locke constata qu'une dizaine de petites embarcations étaient venues se ranger le long du flanc bâbord. Cinq ou six marins du quart bleu gardaient la coupée, arme au poing. Utgar et Zamira marchandaient énergiquement avec un homme debout dans une chaloupe remplie d'ananas.

Le début de l'après-midi se résuma à d'interminables allées et venues de bateaux. Divers commerçants locaux venaient proposer des produits les plus variés – allant de la nourriture fraîche aux drogues alchimiques – tandis que des émissaires des marchands indépendants s'enquéraient du contenu des cales et examinaient des échantillons sous l'œil vigilant de Drakasha. L'*Orchidée* était momentanément devenu un marché flottant.

Vers la deuxième heure de l'après-midi, alors que la pluie faiblissait et que les rayons brûlants du soleil perçaient la couverture nuageuse, le *Messager Rouge* apparut à l'embouchure de la Porte du Marchand et jeta l'ancre à proximité de l'*Orchidée*. Nasreen, Gwillem et le reste de l'équipage délégué sur le brick montèrent à bord du navire de Drakasha. Ils étaient accompagnés par plusieurs anciens marins du *Messager Rouge*, maintenant suffisamment rétablis pour se déplacer.

— Mais qu'est-ce qu'*il* fout ici, celui-ci ? gueula l'un d'eux en apercevant Locke.

— Venez avec moi, dit Jabril. (Il passa un bras sur les épaules de l'homme.) Je vais tout vous expliquer. Pendant que j'y suis, je vais aussi vous parler des corvéables…

L'Érudite Tréganne ordonna qu'on mette une chaloupe à l'eau afin de se rendre sur le *Messager* pour examiner les marins qui souffraient encore de leurs blessures. Pendant que Locke aidait à descendre le plus petit des canots, Tréganne croisa Gwillem près de la coupée.

— Nous avons échangé nos cabines, lâcha-t-elle d'un ton maussade. J'ai pris tes anciens quartiers, tu peux emménager dans les miens.

— Hein ? *Quoi ?* Mais pour quelle raison ?

— Tu ne vas pas tarder à le découvrir.

Avant que le Vadran puisse poser d'autres questions, Tréganne descendait dans la chaloupe et Zamira avait saisi l'homme médusé par le bras.

— Que nous proposera le Fourgueur de Navires pour ce bateau ?

— Deux pièces d'argent et quelques croûtes de vérolé, répondit Gwillem.

— D'accord, mais quelle somme suis-je en droit d'exiger ?

— Onze ou douze cents solaris. Il va lui falloir deux nouveaux mâts de perroquet et le mât de misaine est fendu, lui aussi, mais on n'a pas réussi à l'abattre. Il faut changer les vergues et quelques voiles. Il a été en partie réparé, et c'est une bonne chose, mais il suffit de regarder les membrures pour deviner son âge. Il pourra encore naviguer une dizaine d'années, au mieux.

— Capitaine Drakasha, dit Locke en arrivant dans le dos de Gwillem. Si je peux avoir l'audace...

— C'est à propos de cette affaire dont tu me parlais hier, Ravelle ?

— Je suis persuadé que je parviendrai au moins à lui soutirer quelques centaines de solaris supplémentaires.

— Ravelle ? (Gwillem fronça les sourcils.) Ravelle, l'ancien capitaine du *Messager Rouge* ?

— Ravi de faire votre connaissance, dit Locke. Capitaine, il me faut simplement des habits plus élégants, et quelques petits sacs en cuir et d'un tas de pièces.

— Pardon ?

— Du calme. Je ne vais pas les dépenser. J'en ai juste besoin afin de les montrer. Et vous feriez bien de me laisser Jérôme en plus.

— Capitaine, dit Gwillem, pourquoi Orrin Ravelle est-il encore en vie, pourquoi fait-il partie de l'équipage et pourquoi vous demande-t-il de l'argent ?

— Del ! cria Drakasha.

— Me voilà, dit Ezri en arrivant un instant plus tard.

— Del, occupe-toi de Gwillem et explique-lui pourquoi Orrin Ravelle est en vie et pourquoi il fait partie de l'équipage.

— Mais pourquoi il vous demande de l'argent ? insista Gwillem.

Ezri l'attrapa par le bras et l'entraîna.

— Mes marins s'attendent à toucher une part sur la vente du *Messager*, dit Drakasha. J'ai besoin de m'assurer que tes fameuses manigances ne vont pas les léser.

— Capitaine, je vous rappelle que je fais également partie de votre équipage et que je défendrai mes intérêts. Vous n'avez quand même pas oublié que j'ai, moi aussi, droit à une part sur la vente de ce navire.

— Hmm... (Drakasha regarda autour d'elle et pianota sur la garde d'un de ses sabres.) Des habits plus élégants, hein ?

10

Avertis par les rumeurs de la veille, les agents du Fourgueur de Navires ne tardèrent pas à repérer la nouvelle voile qui se profilait dans Baie-Prodigue. À la cinquième heure de l'après-midi, une barque décorée, propulsée par des rameurs esclaves, vint se ranger le long du *Messager Rouge*.

Drakasha attendit un peu avant de recevoir les occupants de l'embarcation, avec Delmastro, Gwillem et une vingtaine de marins armés. Les premiers à monter à bord furent un peloton de gardes – des hommes et des femmes transpirant sous leur armure de cuir bouilli et de mailles. Une fois qu'ils eurent inspecté le pont du regard, un groupe d'esclaves les rejoignit et installa un ensemble de cordes pour hisser une chaise-hamac de la barque au navire. Suant à grosses gouttes, les malheureux tirèrent ladite chaise et son occupant jusqu'à la coupée.

Le Fourgueur de Navires était en tout point semblable aux souvenirs qu'en gardait Drakasha : un vieux Thérin à la peau parcheminée, tellement boursouflé par la graisse qu'il ressemblait à une poupée dont les coutures auraient sauté ; sa chair visqueuse se déversait autour de lui et ses bajoues pendaient jusqu'au milieu du cou ; ses doigts faisaient penser à des saucisses fendues par la chaleur et ses multiples mentons étaient si flasques qu'ils vibraient à chaque clignement de ses yeux. L'obèse parvint à se lever avec l'aide d'un esclave de chaque côté, mais demeura en équilibre instable jusqu'à ce qu'un troisième serviteur lui apporte une large plaque de bois laqué, une sorte de table portative. On la plaça devant lui et il y hissa son ventre massif avec un grognement de satisfaction.

— Un brick en piteux état, dit-il sans s'adresser à personne en particulier. Avec un mât de perroquet manquant et un autre bon pour la cheminée. Un bâtiment d'un certain âge. Un vieux beau qui ne parvient plus à cacher ses charmes déclinants sous de nouvelles couches de peinture et de dorure. *Oh !* Pardonne-moi, Zamira. Je n'avais pas vu que tu étais là.

— Tandis que moi, j'ai senti le vaisseau gîter à l'instant même où tu as posé le pied à bord. Il est encore assez solide pour traverser une tempête de fin d'été sous le commandement d'un incompétent. Ses gréements sont irréprochables, les mâts de perroquet sont bon marché et il est bien plus joli que la plupart des tas de merde que tu vends à l'Est.

— Des tas de merde que j'achète à des capitaines tels que toi. Bon, je veux regarder un peu ce qu'il a dans le pantalon et vérifier s'il a encore des couilles. Ensuite, nous pourrons discuter du montant du don que je te concéderai pour t'en débarrasser.

— Tu peux continuer ton numéro, vieux débris. C'est un bon bateau et j'en tirerai un bon prix.

— Un bon navire, en effet, dit Léocanto Kosta – c'était le nom qui venait désormais à l'esprit de Drakasha lorsqu'elle apercevait Locke.

Il avait choisi cet instant pour surgir de la coursive où il était caché. L'*Orchidée* n'abritait qu'une modeste garde-robe en matière de vêtements élégants, mais on lui avait néanmoins trouvé de quoi passer pour un homme aisé. Son manteau brun moutarde était orné de manchettes en tissu d'argent, sa tunique en soie n'était pas tachée, son haut-de-chausses était convenable et ses chaussures cirées. Ses habits étaient assez grands pour habiller un homme de la carrure de Jérôme, mais Kosta les avait bourrés avec des chiffons afin de remédier à ce problème. On ne peut pas tout avoir.

Une rapière – empruntée – était suspendue à sa ceinture et plusieurs bagues – prêtées par Zamira – brillaient à ses doigts. Derrière lui se tenait Jérôme, vêtu comme un serviteur dévoué et au comportement normal. Sur l'épaule, il portait trois petits sacs de cuir qui pesaient un certain poids. Les deux hommes avaient endossé l'identité de leurs personnages avec une facilité déconcertante et Zamira en avait déduit qu'ils ne se livraient pas à ce petit jeu pour la première fois.

— Monseigneur, dit Drakasha, avez-vous terminé votre inspection ?

— Oui. Et, ainsi que je viens de le dire, c'est un bon navire. Il n'est pas irréprochable, mais c'est loin d'être un cercueil flottant. Je pense qu'il pourra encore naviguer une quinzaine d'années, avec un petit peu de chance.

— Bordel de merde, mais qui es-tu donc ?

Le Fourgueur de Navires observait Kosta avec les yeux d'un oiseau qui se retrouve bec contre bec avec un rival alors qu'il s'apprêtait à capturer un ver.

— Tavrin Callas, dit Kosta, de Lashain.

— Un pair ? demanda Le Fourgueur de Navires.

— Du Troisième. Je vous dispense d'employer mon titre.

— Je n'en avais pas la moindre intention. Qu'est-ce que tu viens fouiner sur ce navire ?

— Vous devez avoir le crâne plus mou que le ventre. J'ai l'intention de l'acheter à la capitaine Drakasha.

— C'est *moi* qui achète les navires à Baie-Prodigue.

— Et de quel droit ? Par décret divin ? J'ai de l'argent et voilà tout.

— Ton argent ne t'aidera pas à nager, mon garçon…

— Assez ! lança Drakasha. En attendant que l'un de vous l'achète, vous êtes encore sur *mon* navire.

— T'es loin de chez toi, gamin. Tu me cherches des crosses à tes risques…

— Si vous voulez ce navire, payez-le en bon métal.

Drakasha bouillonnait de rage et sa colère n'était pas feinte. Le Fourgueur de Navires était un personnage puissant et utile, mais sur un plan purement militaire, n'importe quel capitaine de la mer de Cuivre pouvait l'écraser sous son talon. Le manque de concurrence l'amenait à présumer un peu trop de la patience des autres.

— Si le seigneur Callas fait la meilleure offre, je l'accepterai. Est-ce que vous avez fini de vous comporter comme des gamins ?

— J'ai bien l'intention de me rendre acquéreur de ce brick, dit Kosta.

— Une petite minute, capitaine, dit Delmastro qui attendait son tour. Nous savons que le Fourgueur de Navires peut payer, mais nous n'avons pas encore vu la couleur de l'argent de sa seigneurie.

— Del a raison, dit Drakasha. Seigneur Callas, par ici, nous utilisons les lettres de crédit pour nous torcher le cul. Vous feriez mieux d'avoir quelque chose de lourd dans ses sacs.

— Bien entendu.

Kosta claqua des doigts. Jérôme s'avança et laissa tomber une pochette de cuir aux pieds de la capitaine. Elle heurta le pont avec un cliquetis métallique.

— Gwillem, dit Drakasha.

Elle lui fit signe d'approcher. Le maître de manœuvre s'accroupit et défit le cordon qui fermait le sac. Une pile de pièces d'or apparut – le contenu de la bourse de Zamira ajouté aux fonds que Léocanto et Jérôme avaient emportés en mer. Gwillem s'empara d'une d'elles, l'examina à la lumière du soleil, la gratta et la mordit. Il hocha la tête.

— Elles sont vraies, capitaine. Des solaris de Tal Verrar.

— Sept cents par sachet, dit Kosta. (C'était le signal pour Jérôme qui lança une deuxième pochette sur le pont.) En voilà sept cents de plus.

Gwillem défit le cordon de l'autre sac, ce qui permit au Fourgueur de Navires de constater qu'il semblait également rempli de solaris. D'ailleurs, c'était en partie exact : il y avait cinq ou six couches de pièces d'or sur celles de cuivre et d'argent qui représentaient les trois quarts du contenu. La dernière bourse avait été remplie de la même manière, mais Zamira espéra que Kosta n'insisterait pas.

— Avec ceci, je fais une première offre à mille solaris, lança Léocanto.

— Le bord de ses pièces est peut-être rogné, s'écria le Fourgueur de Navires. C'est intolérable, Drakasha. Qu'on apporte des balances de ton navire, je vais demander qu'on aille chercher les miennes.

— Ces pièces sont en parfait état, lâcha Kosta en grinçant des dents. Jusqu'à la dernière. Je sais que vous les vérifierez, capitaine, et je sais ce que vaudrait ma vie si vous en trouviez une trop légère.

— Mais…

—Je prends bonne note de tes inquiétudes quant à mes intérêts, Fourgueur de Navires, dit Drakasha, mais le seigneur Callas est un homme respectable et je le crois sincère. Il offre mille solaris, est-ce que tu veux proposer davantage ?

—La dame a écarté les cuisses, mon vieux, dit Léocanto. Est-ce que vous arrivez encore à bander ?

—Mille et dix solaris.

—Mille cent solaris, lança Kosta. Dieux, j'ai l'impression de jouer aux cartes avec mes valets d'écurie.

—Mille cent... et cinquante, siffla le Fourgueur de Navires comme s'il était au bord de l'apoplexie.

—Douze cents.

—Il faut encore que j'examine les membrures...

—Alors, vous auriez dû traverser la baie plus vite. Douze cents.

—Treize !

—Voilà qui est mieux, dit Kosta. Il fait au moins semblant de me tenir tête. Quatorze cents.

—Quinze. Je t'avertis, Callas, si tu surenchéris une fois de plus, ça aura des conséquences...

—Pauvre boule de graisse, obligée de se contenter d'un modeste bénéfice au lieu d'une plus-value obscène. Seize cents.

—Mais d'où *sors*-tu, Callas ?

—J'ai voyagé sur le navire d'un marchand indépendant.

—Lequel ?

—Mêlez-vous donc de vos putains d'affaires. J'ai fait une offre à seize cents. Qu'est-ce...

—Dix-huit cents, siffla le Fourgueur de Navires. Est-ce que tu commences à manquer de liquidité, prétentiard lashanien ?

—Dix-neuf, dit Kosta en glissant pour la première fois une pointe d'inquiétude dans sa voix.

—*Deux mille* solaris.

Léocanto fit semblant d'échanger quelques mots avec Jérôme. Il baissa les yeux pour fixer ses chaussures et grommela :

—Allez vous faire foutre, vieillard.

Puis il fit signe à Jérôme de ramasser les sacs de cuir.

—Le *Messager* revient au Fourgueur de Navires pour la somme de deux mille solaris, déclara Zamira en retenant un grand sourire.

—Ah ! (Le visage de l'obèse se contracta sous l'effet d'un sentiment de triomphe – au point que cela semblait presque douloureux.) Je pourrais me payer dix minables dans ton genre pour passer le temps, morveux, si jamais il me prenait l'envie de ranger ma bite dans une saleté de fourreau lashanien.

— Soit, je reconnais votre victoire, dit Léocanto. Je vous félicite. Je suis mortifié.

— Tu ferais bien, dit le Fourgueur de Navires, parce que, tout d'un coup, tu te retrouves sur mon bateau. Maintenant, j'aimerais entendre ce que tu as à me proposer pour que je ne te fasse pas rôtir à la broche…

— Fourgueur de Navires, lança Drakasha, en attendant que deux mille solaris arrivent dans ma poche, tu peux aller te faire foutre : ce navire reste à *moi.*

— Ah ! dit le vieillard. Simple formalité.

Il claqua les mains et ses esclaves renvoyèrent la chaise-hamac dans la barque, vraisemblablement pour qu'on la remplisse d'or.

— Capitaine Drakasha, dit Kosta, je vous remercie de votre amabilité, mais je sais quand il est temps de me retirer…

— Del, dit Drakasha. Raccompagne le seigneur Callas et son serviteur à un de nos canots. Seigneur Callas, accepteriez-vous de rester dîner dans ma cabine. Nous pourrons ensuite… vous renvoyer chez vous.

— Je suis votre obligé, capitaine.

Kosta s'inclina plus bas que ne l'exigeaient les convenances et disparut par la coupée en compagnie de Delmastro et Jérôme.

— Étripe cette petite bite timorée, dit le Fourgueur de Navires à haute voix, et garde son argent.

— Je me contenterai du tien, répliqua Zamira. Et puis, je suis assez contente d'avoir dans la manche un *véritable* baron lashanien convaincu qu'il me doit la vie.

Les esclaves du Fourgueur de Navires transbordèrent des sacoches remplies d'or et d'argent les unes après les autres, jusqu'à ce que la somme convenue soit amassée sur le pont du *Messager* aux pieds de Zamira. Gwillem les compterait plus tard, bien entendu, mais Zamira ne craignait pas que les pièces soient fausses ou rognées. Elle savait que les sacs contiendraient exactement ce qu'ils étaient censés contenir, et pour les raisons que Tavrin Callas avait évoquées quelques minutes plus tôt : le Fourgueur de Navires avait à son service une dizaine de mercenaires bien armés dans son domaine fortifié en bordure de la ville, mais s'il essayait de gruger un capitaine, des pelotons entiers de pirates viendraient lui demander des comptes et son commerce ne serait plus qu'un lointain souvenir.

Drakasha laissa le *Messager* entre les mains des gardes et des esclaves du Fourgueur de Navires et retourna à bord de l'*Orchidée* dans la demi-heure suivante avec la satisfaction qui accompagnait toujours la vente d'un bateau capturé. Une source d'ennuis en moins. Maintenant, tout son équipage allait remonter à bord, on ferait le partage et la bourse du navire se retrouverait enrichie d'une somme substantielle. Les blessés du *Messager* n'avaient pas eu l'occasion de participer à l'attaque du *Martin-Pêcheur*, ce qui allait poser un petit problème, mais tous avaient choisi d'accepter l'humiliation temporaire du statut de corvéable – un choix évident: l'autre solution consistait à être abandonné à Port-Prodigue dans leur état de santé précaire.

Elle trouva les deux voleurs assis dans l'ombre du gaillard de dessous en compagnie de Del et d'une dizaine de marins. Ils bavardaient, un sourire aux lèvres.

—Ravelle, Valora, dit-elle, le résultat a dépassé mes espérances.

—Sept ou huit cents solaris de plus que ce que nous aurions obtenu normalement, déclara Gwillem, l'air étonné.

—Cela va faire une grosse noix de beurre à glisser dans les épinards de tout le monde, dit Valora.

—Jusqu'à ce que ce fils de pute dépense quelques solaris pour enquêter auprès des marchands indépendants, remarqua Del, un sourcil haussé dans un mélange d'admiration et d'incrédulité. Quand il va découvrir que personne n'a amené un noble lashanien à Port-Prodigue ou dans les environs au cours des derniers jours…

—Bien sûr, il comprendra tôt ou tard ce qui s'est passé. (Kosta fit un geste dédaigneux.) C'est là que réside la beauté de la chose. Ces petits tyrans hystériques et narcissiques crachent des menaces comme ils respirent, mais… Eh bien, un enfant les mènerait par le bout du nez. Jamais, pas même dans mille ans, il ne s'amusera à raconter que vous l'avez entubé en plein jour avec une arnaque aussi simple. Et avec la marge qu'il gratte sur chacun des navires qu'il vous achète, il n'y a aucune chance qu'il se risque à réagir, sinon par quelques déclarations outrées.

—Il n'a pas les moyens d'exercer la moindre pression, si les choses devaient en arriver là, déclara Zamira. Je dis que c'était un joli coup. Ça ne signifie pas pour autant que je vous autorise à traîner toute la soirée vêtus comme des princes. Allez me ranger ces habits.

—Bien sûr… capitaine.

—Et que le Fourgueur de Navires décide de se vanter ou non de cette journée, je crois qu'il serait préférable que vous vous fassiez discrets et restiez ici. Vous êtes consignés à bord tous les deux.

—Hein? Mais…

Drakasha parla d'un ton amusé, mais ferme:

—Je pense qu'il n'est pas prudent de lâcher trop souvent la bride à des individus tels que vous. Je vous donnerai un petit bonus prélevé sur la bourse du navire pour récompenser vos efforts.

—Oh, d'accord! (Kosta entreprit d'enlever les parures les plus délicates de son beau costume.) Après tout, je suppose que je ne suis pas si pressé de me faire trancher la gorge dans une ruelle.

—Sage décision. (Zamira se tourna vers Delmastro.) Del, établissons ensemble la liste pour le quart joyeux de ce soir. Les hommes pourront débarquer avec nous quand nous nous rendrons au conseil. Disons… la moitié de l'équipage. Soyons justes.

— Bien, dit Del. Et en attendant notre retour du conseil, ils resteront dans les chaloupes. Ça leur permettra fort à propos d'éviter les ennuis, n'est-ce pas ?

— Exactement. Les autres équipages se comporteront de même, non ?

— Capitaine, murmura Del à l'oreille de Drakasha, pourquoi réunir ce putain de conseil ?

— J'ai entendu une histoire plutôt inquiétante, Ezri. (Elle lança un regard à Léocanto et Jérôme qui souriaient et échangeaient des plaisanteries sans remarquer qu'elle les observait.) Inquiétante si elle est vraie, inquiétante si elle est fausse.

Elle glissa un bras autour des épaules d'Ezri. Cette jeune femme avait rejeté sa vie douillette d'aristocrate nicorane, elle avait gravi les échelons pour passer de corvéable à second, elle avait failli mourir une dizaine de fois au cours des cinq dernières années pour maintenir le précieux navire de Zamira à flot.

— Ce soir, tu entendras certaines choses qui concernent Valora. Je ne sais pas de quoi vous avez parlé en privé, tous les deux… au cours des rares moments où vous avez employé votre temps libre à *parler*… (Ezri releva la tête, sourit et ne daigna pas rougir.) Mais ce que je dirai ne te plaira peut-être pas.

— S'il y a quelque chose à clarifier entre lui et moi, dit la seconde à voix basse, je pense qu'il le fera. Je n'ai pas peur d'entendre quoi que ce soit sur son compte.

— Ma petite Ezri. Bien, allons nous habiller pour rencontrer la famille. Armure et sabres. Graisse tes fourreaux et affûte tes couteaux. Nous aurons peut-être besoin d'arguments tranchants si la discussion tourne mal.

Chapitre 13

Moments décisifs

1

Un kilomètre et demi de plage sépare Port-Prodigue des ruines de sa sentinelle de pierre vaincue : Castana Varessa, Fort-Glorieux.

Elle avait été construite pour dominer la partie nord de la baie qui desservait Port-Glorieux avant que la chance tourne dans les Vents Fantômes et entraîne un changement de nom de la cité. Aujourd'hui, le fort n'était même plus capable de repousser des insultes, et encore moins les épées et les flèches d'une force hostile.

Dire qu'il fut érigé à moindres frais serait un affront à tous les maçons de la terre prêts à rogner sur le diamètre d'un fil à plomb. Plusieurs cargaisons entières de blocs de granit verrarien furent détournées pour servir à la construction de maisons particulières en échange de pots-de-vin – les fonctionnaires de la cité, en poste loin de chez eux, étaient des hommes prompts à l'ennui. Les grands projets prévoyant des tours et des murailles se transformèrent en grands projets prévoyant *une* muraille, puis en un projet raisonnable prévoyant une *petite* muraille et des casernements. Pour couronner le tout, la garnison affectée à ce fort disparut au cours du voyage qui devait l'amener à Port-Glorieux, victime d'une tempête de fin d'été.

La seule partie de cet ouvrage encore utilisable est un pavillon circulaire en pierre d'une cinquantaine de mètres qui se dresse dans les flots, relié aux restes des ruines par une large chaussée pavée. À l'origine, cet endroit devait accueillir des catapultes, mais aucune n'y fut jamais installée. Aujourd'hui, lorsque les capitaines pirates de Port-Prodigue se rassemblent en conseil pour discuter de leurs affaires, ils se réunissent toujours dans ce pavillon et toujours au crépuscule. Ils règlent là leurs problèmes à l'écart des oreilles indiscrètes, sur les pierres d'un Empire verrarien qui resta une chimère, au milieu des espoirs frustrés d'une cité-État qui était néanmoins parvenue à contrarier leurs propres espoirs, sept ans auparavant.

2

La réunion commença comme toutes les réunions dont Zamira se souvenait : sous le ciel rouge pourpre du coucher du soleil, avec des lanternes posées sur de vénérables pierres, dans un air humide aussi épais que le souffle d'un animal et au milieu d'un nuage d'insectes affamés.

Pendant le conseil, il n'y avait ni vin ni nourriture et tout le monde restait debout. Le fait de s'asseoir incite les gens à prendre leur temps. L'absence de confort évite de parler sous le coup de l'émotion et permet de se concentrer rapidement sur le cœur du problème.

À la grande surprise de Zamira, Ezri et elle furent les dernières à arriver. Le capitaine de l'*Orchidée* regarda ses pairs rassemblés autour d'elle et hocha la tête avec courtoisie tandis qu'elle les fixait les uns après les autres.

Le premier était Rodanov, maintenant armé, en compagnie de sa seconde, Ydrena Koros – une blonde svelte et à peine plus grande qu'Ezri ; elle avait les gestes d'un duelliste professionnel et la réputation d'être redoutable avec un cimeterre jérémite à lame large.

À côté d'eux se tenait Pierro Strozzi, un presque quinquagénaire chauve et amical. Il était accompagné par son lieutenant, Jack Prend-l'Oreille – du fait qu'il aimait garder un souvenir de ses victimes. On racontait qu'il faisait ensuite tanner et coudre les lobes pour créer des colliers alambiqués qu'il conservait sous clef dans sa cabine.

Rance était là, elle aussi, avec Valterro à ses côtés, comme d'habitude. La mâchoire de la jeune femme arborait à droite plusieurs nuances de noir et de vert qui provoquaient une grimace douloureuse chez ceux qui les observaient. Cependant, elle était debout et elle eut la courtoisie de ne pas foudroyer Zamira du regard quand elle pensait que celle-ci la regardait.

Le dernier conseiller – mais pas par ordre d'importance – était Jacquelaine Colvard, la fameuse « Vieille Dame des Vents Fantômes » ; elle était encore élégante à soixante-cinq ans, malgré ses cheveux gris et sa peau parcheminée par le soleil. Sa protégée – et donc amante du moment – était Maressa Vicente. On ne savait pas trop ce que valait cette jeune femme en tant que combattante et navigatrice, mais elle semblait fort compétente.

Jusqu'à ce que l'un d'eux s'en aille, les membres du conseil devaient rester dans l'enceinte du pavillon, coupés du reste du monde. Des groupes de cinq ou six marins appartenant aux différents équipages se mêlaient les uns aux autres, mal à l'aise, à l'extrémité de la chaussée. Aucun d'eux n'avait le droit d'y marcher avant la fin de la réunion.

Bon, songea Zamira, *comment allons-nous procéder ?*

— Zamira, dit Rodanov, c'est toi qui as convoqué ce conseil. Dis-nous quel est ton problème.

Droit au but, donc.

— Ce n'est pas exactement mon problème, Jaffrim, mais plutôt notre problème à tous. J'ai des preuves que l'Archon de Tal Verrar a sans doute de nouveaux projets nous concernant – des projets contrariants.

— De nouveaux projets ? (Rodanov serra ses énormes poings.) C'était les projets de Bonaire qui étaient contrariants, Zamira. Nous aurions dû savoir que Stragos réagirait comme n'importe lequel d'entre nous aurait réagi à sa place…

— Je n'ai pas oublié le moindre jour de cette guerre, Jaffrim. (Zamira sentit sa chair se hérisser malgré sa détermination à se montrer patiente.) Tu sais très bien que j'en suis venue à considérer que c'était une erreur.

— La Cause Perdue, grogna Rodanov. C'était surtout l'Idée la Plus Conne du Siècle. Avec un nom pareil, vous vous seriez peut-être aperçus que c'était une folie à l'époque.

— Avec un nom pareil, tu ne te serais pas contenté de *discuter* à l'époque, dit Strozzi avec douceur. Tu ne te serais pas contenté de discuter et de filer quand les voiles de l'Archon ont assombri l'horizon.

— Je n'ai jamais rejoint votre maudite armada, Pierro. J'ai proposé d'entraîner quelques navires verrariens derrière moi, et je l'ai fait. Sans mon aide, vous vous seriez retrouvés dans une position difficile plus tôt et vous auriez été débordés par le nord. Chavon et moi serions les seuls capitaines présents ici si…

— *Ça suffit avec ça !* cria Zamira. J'ai convoqué le conseil et j'ai autre chose à lui apprendre. Je ne nous ai pas rassemblés ici pour jeter du sel sur de vieilles blessures.

— Continue, dit Strozzi.

— Il y a un mois, un brick a quitté Tal Verrar. Son capitaine l'avait volé dans la marina de l'Épée.

Cette nouvelle provoqua un certain émoi : les capitaines se mirent à murmurer en secouant la tête. Zamira sourit avant de poursuivre :

— Pour constituer un équipage, cet homme s'est introduit dans le Rocher Sous le Vent et a vidé une crypte de ses prisonniers. Son intention, et celle de ces marins, était de faire voile au sud et de rejoindre Port-Prodigue. Pour naviguer sous le pavillon rouge.

— Qui pourrait voler un navire de l'Archon dans un port gardé ? (Rodanov avait parlé comme s'il ne croyait qu'à moitié à une telle possibilité.) J'aimerais beaucoup faire sa connaissance.

— Tu l'as déjà faite. Il s'appelle Orrin Ravelle.

Valterro était jusque-là resté silencieux derrière le capitaine Rance, mais, en entendant ce nom, il se mit à bafouiller :

— Ce petit enculé de…

— Du calme, dit Drakasha. Tu as perdu ta bourse la nuit dernière, n'est-ce pas ? Ravelle a des mains lestes. Des mains lestes, une cervelle dont il sait se servir, un don de meneur d'hommes et un certain talent avec une lame. Il s'est taillé une place dans mon équipage en tuant quatre Rédempteurs jérémites à lui tout seul.

Zamira se sentit vaguement amusée de faire l'éloge de Kosta à l'aide de ces demi-vérités : il avait eu tant de mal à la convaincre que ce n'était qu'une fable.

— Mais tu as dit qu'il avait son propre navire, remarqua Rodanov.

— Oui, le *Messager Rouge*, que j'ai vendu au Fourgueur de Navires cet après-midi même. Pierro, tu l'as aperçu au large du Bief Brûlant il y a quelques jours, n'est-ce pas ?

— En effet.

— Je m'occupais de mes petites affaires, naviguant sur la mer de Cuivre, attaquant sans malice quelques navires ici et là, quand je suis tombée sur le *Messager* de Ravelle. J'ai un peu contrarié ses projets, c'est le moins qu'on puisse dire. J'ai trouvé qu'il y avait des incohérences dans son histoire et j'ai insisté jusqu'à ce qu'il crache toute la vérité – enfin, plus ou moins.

— De quelle histoire parles-tu ?

Rance s'exprimait comme si elle avait une collection de petits cailloux dans la bouche, mais elle parvint à se faire comprendre.

— Réfléchis un peu, Rance. Qui est Ravelle ? Un homme – un voleur, pas le moindre doute sur ce point. Il est entraîné à faire de nombreuses choses qui sortent de l'ordinaire, mais un homme seul est-il capable de s'emparer d'un brick et de lui faire franchir les portes de la marina de l'Épée ? Un homme seul est-il capable de s'introduire dans le Rocher Sous le Vent, de neutraliser tous les gardes, de libérer les prisonniers de toute une crypte et de les rassembler sur le navire qu'il vient – comme par hasard – de voler la nuit même ?

— Euh…, dit Rance. Eh, bien, peut-être…

— Il n'a pas agi seul.

Colvard prenait la parole pour la première fois, à voix basse. Pourtant, tout le monde tourna les yeux vers elle en l'entendant.

— Stragos l'a sans doute laissé s'échapper.

— Exactement, dit Zamira. Stragos l'a laissé s'échapper. Stragos lui a donné un équipage de prisonniers prêts à tout pour retrouver un semblant de liberté. Stragos lui a donné un navire. Il a fait tout cela en sachant très bien que Ravelle mettrait le cap au sud, qu'il viendrait se joindre à nous.

— Il voulait un agent parmi nous, dit Strozzi en proie à une agitation qui ne lui était pas coutumière.

— Oui. Mais pas seulement. (Zamira fixa le cercle de pirates réunis autour d'elle pour s'assurer qu'elle avait capté toute leur attention.) Il *a* un agent parmi nous. À bord de mon navire. Orrin Ravelle et son compagnon, Jérôme Valora, travaillent pour le compte de l'Archon.

Ezri tourna brusquement la tête pour regarder Zamira, bouche bée. Sa supérieure lui serra le bras discrètement.

— Il faut les tuer, dit Colvard.

— La situation est plus compliquée et plus grave que cela, dit Zamira.

— Grave, sans aucun doute, surtout pour les deux hommes dont tu viens de parler. Je pense qu'il est préférable de transformer les problèmes en cadavres.

— Ce serait déjà fait si c'était moi qui avais découvert la supercherie. Mais c'est Ravelle qui est venu m'avouer la vérité. D'après ses dires, Valora et lui travaillent pour l'Archon contre leur gré. Stragos leur a fait boire un poison latent et il est censé être le seul à posséder l'antidote. Dans un mois, ils devront aller chercher leur prochaine dose.

— Dans ce cas, ce serait leur faire une faveur que de les tuer, grommela Rance. Cet enfant de pute les a transformés en pantins et il ne les lâchera plus…

Rodanov lui fit signe de se taire.

— Et d'après la confession de Ravelle, quelle était la mission de ces deux hommes ? Nous espionner, je suppose ?

— Non, Jaffrim. (Zamira croisa les mains dans son dos et, sans hâte, se mit à faire les cent pas au centre de la pièce.) Stragos veut que nous lui rendions un service. Il veut que nous allions hisser le pavillon rouge devant Tal Verrar.

— C'est complètement *idiot*, dit Strozzi.

— Pas si tu prends en compte les besoins de l'Archon, rétorqua Colvard.

— Comment ça ? demandèrent Rance et Strozzi en chœur.

— J'ai entendu dire que la situation n'est pas au beau fixe entre l'Archon et le Priori. S'il arrivait quelque chose qui colle une bonne frousse aux braves citoyens de Tal Verrar, ces derniers porteraient soudain un peu plus d'intérêt à leur armée et à leur flotte.

— Stragos a besoin d'un ennemi étranger à Tal Verrar, dit Zamira. Il en a besoin dans les plus brefs délais, et il a besoin d'être sûr que ses hommes le vaincront sans difficulté. (Elle écarta largement les bras en direction de ses pairs capitaines et de leurs seconds.) On pourrait tout aussi bien nous peindre comme des cibles de tir à l'arc.

— Il n'a rien à gagner à se lancer dans une guerre contre nous…, commença Strozzi.

— Pour quelqu'un à la recherche d'un profit pécuniaire, ce serait vrai. Mais pour Stragos, c'est plus important que cela. Il a misé un navire, un équipage de prisonniers et jusqu'à sa réputation sur la mission de Ravelle. Tu crois qu'il n'est pas sérieux ? Il a accepté de devenir la risée de toute la ville en laissant un « pirate » s'échapper d'un de ses ports fortifiés. Il a fait tout cela dans le seul but de se rattraper plus tard en nous écrasant. (Zamira ramena ses poings l'un contre l'autre.) Voilà quelle était la mission de Ravelle : nous convaincre, nous piéger, nous mentir, nous acheter. Et s'il ne parvenait pas à nous manipuler, il avait l'intention de conduire le *Messager* jusqu'à Tal Verrar et de hisser lui-même le drapeau rouge devant la cité.

— Nous savons ce qu'il nous reste à faire, dit Rodanov. Nous ne devons pas laisser la moindre occasion à Stragos. Pas question d'aller danser autour de son nœud coulant. Ne nous approchons pas à moins de cinq cents milles de Tal Verrar, ainsi que nous le faisons depuis la guerre. Si le besoin s'en fait sentir, nous nous ferons discrets pendant quelques mois. (Il tendit la main et donna une bonne claque sur la bedaine de Strozzi.) Il est temps de vivre un peu de nos rentes.

— Est-il nécessaire d'aller jusque-là ? demanda Ydrena Koros. Je vous demande pardon, capitaine. Capitaine Drakasha, vos preuves – la parole de ces deux hommes – ne me semblent pas très convaincantes…

— Il n'y a pas que leur parole, dit Zamira. Réfléchis, Koros. Ils étaient à bord du *Messager Rouge*, ils avaient un équipage – dont les survivants font désormais partie du *mien* – qui venait bel et bien du Rocher Sous le Vent. L'Archon les a envoyés, il n'y a pas de doute là-dessus.

— Je partage cet avis, dit Colvard. Mais je suis aussi de l'avis de Jaffrim : nous avons tout intérêt à éviter les provocations.

— Nous *aurions* intérêt à les éviter si Stragos agissait sur un coup de tête, l'interrompit Zamira. Mais ce n'est pas le cas, n'est-ce pas ? Il prépare la bataille de sa vie. Il joue jusqu'à son poste d'Archon. Il a besoin de nous.

Elle se remit à arpenter le pavillon, se rappelant les « arguments » qu'elle avançait depuis des années en incarnant les magistrats lors des cérémonies d'initiation des corvéables. Était-elle plus convaincante dans le rôle présent ? Elle pria tous les dieux pour que ce soit le cas.

— Si nous mettons Ravelle et Valora sur la touche et que nous les ignorons, ou si nous restons à l'écart de Tal Verrar, Stragos trouvera un autre plan, une autre ruse pour nous amener à combattre ou pour convaincre son peuple de nous affronter ici. Mais cette fois, les dieux ne jugeront peut-être pas utile de laisser les instruments de son projet tomber entre nos mains. Nous serons aveugles.

— On pourrait débattre sur ce point des jours durant, dit Rodanov. J'ai rarement rencontré une théorie aussi sujette à caution – même au Collegium.

— Le *Messager Rouge* et la présence d'anciens prisonniers montrent que Stragos a pris un gros risque, dit Colvard. Sa témérité prouve qu'il n'est pas libre d'agir au grand jour ou en toute confiance. Sachant ce que nous savons sur la situation de Tal Verrar… Je dirais que la menace est réelle. Si Stragos a besoin d'un ennemi, nous sommes les seuls à pouvoir lui servir de cavalier et il ne laissera pas passer cette danse. Quelles autres options lui reste-t-il ? Se lancer dans une guerre contre Balinel ? Camorr ? Lashain ? *Karthain ?* Ce n'est guère crédible.

— Que voudrais-tu que nous fassions, Zamira ?

Rodanov croisa les bras et se renfrogna.

— Nous avons le moyen de rendre à l'Archon la monnaie de sa pièce.

— Nous sommes *incapables* d'affronter la flotte verrarienne, dit Rodanov. Pas plus que nous ne pouvons nous emparer de cette putain de ville, invoquer des éclairs ou demander poliment aux dieux de nous débarrasser de Stragos à notre place. Alors qu'est-ce que tu entends par lui « rendre la monnaie de sa pièce » ? Tu as l'intention de le faire pleurer en lui écrivant des lettres d'insultes ?

— Ravelle et Valora doivent le rencontrer en personne pour recevoir leur dose d'antidote.

— Ils peuvent l'approcher, dit Colvard. Un assassinat !

— Dont ils supporteront les conséquences – si jamais ils s'en sortent vivants, remarqua Strozzi d'un air songeur.

— Tant mieux pour eux, dit Rodanov. Et alors, tu veux notre accord pour les ramener à Tal Verrar et les laisser filer ? Mais avec plaisir. Je serai heureux de leur prêter une paire de poignards.

— Il y a quand même, du point de vue de Ravelle et de Valora, une petite complication. Ils préféreraient *d'abord* mettre la main sur un antidote permanent et *ensuite* s'occuper de Stragos.

— Hélas, dit Rance, il est si rare qu'on parvienne à réaliser nos vœux les plus chers…

— Dis-leur que nous possédons cet antidote, déclara Colvard. Convaincs-les que nous avons les moyens de les débarrasser de ce poison. Puis envoie-les contre l'Archon… Qu'ils survivent ou non à l'assassinat, cela n'aura aucune importance.

Ezri ouvrit la bouche pour protester et Zamira la fixa du regard le plus cinglant de son arsenal bien fourni.

— C'est un plan d'une sournoiserie exquise, dit Zamira quand elle fut certaine qu'Ezri se tairait. Mais la ficelle est quand même un peu grosse. Si vous étiez à leur place, vous y croiriez ?

—Je commence à avoir les idées qui s'embrouillent, dit Strozzi. Qu'est-ce que tu veux exactement, Zamira ?

Elle répondit en articulant chaque mot avec soin :

—Je souhaite qu'aucun de vous ne s'affole si je dois faire un peu de grabuge dans le voisinage immédiat de Tal Verrar.

—Et entraîner du même coup notre destruction ? cria Rodanov. Tu as envie de voir Port-Prodigue pillé comme l'a été Montierre ? Tu as envie de nous voir éparpillés sur la moitié du globe ? De voir nos routes tranquilles se couvrir de vaisseaux de guerre verrariens avides de sang ?

—Si je devais faire quoi que ce soit, dit Zamira, ce serait dans la plus grande discré…

—Impossible ! gronda Rodanov. Tu terminerais le travail que Stragos a commencé en écrasant la Libre Armada. Cela signerait la fin de notre mode de vie !

—Ou cela permettrait de le *sauver.* (Zamira posa les mains sur ses hanches.) Si Stragos est déterminé à nous mettre la pression, il nous obligera à participer à son bal que nous le voulions ou non. J'ai à bord de mon navire le moyen – le *seul* moyen – de prendre l'offensive. Si Stragos est mis hors d'état de nuire, l'archonat tombera avec lui. Si le Priori prend le pouvoir à Tal Verrar, nous pourrons écumer la mer de Cuivre à notre guise jusqu'au jour de notre mort.

—Quelle raison pourrait bien te pousser à agir comme l'Archon le souhaite – même si c'est avec… discrétion ? demanda Strozzi.

—Ravelle et Valora ne sont pas des saints, répondit Zamira. Ils n'ont pas l'intention de se sacrifier pour nous faire plaisir. Ils ont envie de s'en tirer et, pour cela, ils ont besoin de temps. Si Stragos pense qu'ils travaillent dur pour accomplir leur mission, il leur accordera les semaines ou les mois nécessaires pour trouver une solution. Pendant ce temps, il est peu probable qu'il se lance dans d'autres projets.

—Il est aussi possible que ces semaines et ces mois lui permettent de monter la population de Tal Verrar contre nous, dit Rodanov.

—Vous devez me faire confiance quand je dis que j'agirai avec discrétion. C'est ce que je vous demande en fin de compte, mes frères et mes sœurs capitaines. Quoi que vous entendiez à propos de Tal Verrar, ne doutez pas de moi.

—Tu nous demandes beaucoup, dit Colvard. Tu ne veux pas d'aide de notre part ?

—Je n'imagine rien qui serait *plus* contre-productif que de nous rassembler tous devant les murs de Tal Verrar un beau matin, tu n'es pas de mon avis ? L'Archon aurait sa guerre servie sur un plateau dans les dix minutes suivantes. Laissez-moi m'occuper de cela. Seul mon navire courra un risque.

— Nous courrons tous un risque, dit Rodanov. Tu nous demandes de te confier notre destin – et celui de Port-Prodigue. Sans même un droit de regard.

— En quoi les choses ont-elles été différentes ces sept dernières années ? (Elle fixa du regard les capitaines qui l'entouraient, l'un après l'autre.) Nous avons *toujours* été à la merci de nos pairs. N'importe lequel d'entre nous aurait pu remonter un peu trop au nord et attaquer un navire transportant le cousin royal de je ne sais qui, assassiner un peu trop de marins ou devenir trop gourmand pour rester discret. Nous avons toujours couru ce risque. J'ai juste la politesse de vous en informer à l'avance, pour une fois.

— Et si tu échoues ? demanda Rance.

— Si j'échoue, vous n'aurez pas à en payer les conséquences : je serai déjà morte.

— Notre serment de non-intervention, dit Colvard, c'est ce que tu veux, n'est-ce pas ? La promesse que nous garderons nos épées au fourreau pendant que tu balanceras la règle la plus importante de notre… association par la fenêtre de poupe.

— Faute de meilleure solution, oui, dit Zamira. C'est exactement ce que je demande.

— Et si nous refusons ? intervint Rodanov à voix basse. Si, à quatre contre un, nous t'interdisons de faire cela ?

— Nous arriverons alors à un point que nous redoutons tous de franchir, dit Zamira en soutenant son regard.

— *Je* ne mets pas mon *veto*, dit Rance. Je promets de ne pas prendre les armes contre toi, Zamira. Si tu te mets en quatre pour protéger mon gagne-pain, tant mieux pour moi. Si tu meurs au passage, je ne te pleurerai pas.

— Je te le promets également, dit Colvard. Zamira a raison. La sécurité de notre groupe a toujours été soumise aux caprices du plus fou d'entre nous. S'il y a une chance de faire tomber Maxilan de son piédestal, je prierai pour ta réussite.

— Il est évident que Zamira Drakasha vote pour Zamira Drakasha, dit Zamira en tournant les yeux vers Rodanov et Strozzi.

— Cette histoire ne me plaît pas du tout, dit Strozzi. Mais si ça se passe mal, il n'y a aucun navire sur cette mer capable de filer aussi vite que mon *Balbuzard*. (Il sourit et fit craquer les articulations de ses doigts.) Et merde ! Va donc montrer tes jupons à l'Archon pour voir s'il est prêt à te peloter. Mais ne compte pas sur moi pour venir observer vos ébats.

Tous les yeux se tournèrent vers Rodanov.

— On dirait que j'ai l'occasion de faire… bande à part. (Il soupira et se frotta le front.) Je pense que tout ceci n'est pas prudent du tout, mais si ta promesse d'agir en toute discrétion te lie autant que ma promesse de non-intervention… Soit ! Lance-toi donc dans ce projet insensé.

—Merci, dit Zamira en sentant une chaude vague de soulagement la traverser de la tête aux pieds. Tu ne trouves pas que cette solution est préférable à un affrontement fratricide ?

—Il faut que cela reste entre nous, dit Colvard. Je ne demande pas qu'on prête serment, je m'attends à ce qu'on le fasse *spontanément*. Stragos a peut-être d'autres yeux et d'autres oreilles à Port-Prodigue. Si quelqu'un d'autre que nous apprend cette histoire, ce conseil aura été une perte de temps totale – et je ne vous parle pas de la mission de Zamira.

—D'accord, dit Strozzi. Silence. Que les dieux soient nos témoins !

—Que les dieux soient nos témoins ! répétèrent les autres.

—Est-ce que tu vas partir tout de suite ? dit Colvard.

—Mon équipage a besoin de passer une nuit à terre. Je ne peux pas lui demander de repartir sans la lui accorder. Je vais l'envoyer en permission en deux fois et vendre le reste du butin aussi vite que possible. Je pense lever l'ancre dans deux ou trois jours.

—Trois semaines pour gagner Tal Verrar, dit Rodanov.

—Oui, mais à quoi bon tout cela si nos deux compères meurent en cours de route ? (Elle s'approcha de Rodanov, posa une main sur sa joue droite et se mit sur la pointe des pieds pour déposer un baiser sur la gauche.) Jaffrim, est-ce que je t'ai déjà laissé tomber ?

—Pas depuis la fin de la guerre. Ah, merde ! Je ne raconte vraiment que des conneries aujourd'hui. Ne me mets pas sur le grill comme ça, Zamira. Contente-toi de… ne pas merder.

—Hé, dit Colvard, comment fait-on pour avoir un peu de cette affection ?

—Je me sens d'humeur généreuse, mais surveille tes mains si tu n'as pas envie de te retrouver avec une paire de fers aux poignets, dit Zamira.

Elle sourit, embrassa Colvard au milieu de son front ridé et enlaça la vieille femme – avec précaution compte tenu de la quantité de sabres et de dagues qui les hérissaient toutes les deux.

Il en va toujours ainsi, songea Zamira. *La vie en va toujours ainsi.*

3

Utgar attendait près de la coupée pour aider Zamira et Ezri à monter à bord quand les deux femmes regagnèrent l'*Orchidée-Poison*. Trente minutes s'étaient écoulées depuis le début de la dixième heure du soir.

—Content de vous revoir, capitaine. Comment allez-vous ?

—J'ai passé la journée à marchander avec le Fourgueur de Navires et le conseil des capitaines, grommela Zamira. Je veux voir mes enfants et je veux boire un verre. Ezri…

— Oui ?

— Toi, Ravelle et Valora. Dans ma cabine immédiatement.

Une fois dans ses quartiers, Zamira se débarrassa de son manteau, de ses sabres, de sa veste en Verre d'Antan et de son chapeau en les lançant au petit bonheur la chance sur son hamac. Elle s'installa sur sa chaise préférée avec un grognement de plaisir avant d'accueillir Paolo et Cosetta sur ses genoux. Elle s'enivra de l'odeur familière de leurs cheveux noirs et bouclés, puis elle fixa avec une félicité totale leurs petits doigts qu'elle serra dans ses mains calleuses. Ceux de Cosetta étaient encore minuscules et gauches. Ceux de Paolo devenaient plus longs et plus habiles chaque semaine. Dieux, ces deux-là grandissaient trop vite, trop vite.

Leur bavardage habituel l'apaisa complètement. Il semblait que Paolo ait passé l'après-midi à combattre des monstres marins qui avaient élu domicile dans une malle de voyage ; de son côté, Cosetta avait établi un plan pour devenir roi des Sept Essences. Zamira envisagea un bref instant de lui expliquer la différence entre un roi et une reine, mais estima que le jeu n'en valait pas la chandelle – contredire Cosetta, c'était s'exposer à des jours de disputes incessantes.

— Voici le roi, peuple des Sept Essences ! s'exclama la fillette.

Zamira hocha la tête d'un air solennel.

— N'oublie pas tes parents nécessiteux quand tu prendras possession de ton royaume, ma chérie.

La porte s'ouvrit et Ezri apparut en compagnie de Kosta et Valora… Ou fallait-il dire de Ferra ? Au diable ces maudits noms d'emprunt.

— Fermez à clé, dit Zamira. Paolo, va chercher quatre verres pour maman. Ezri, est-ce que tu peux t'occuper d'une de ces bouteilles de bleu lashanien ? Elles sont juste derrière toi.

Paolo, épouvanté par ses responsabilités écrasantes, déposa quatre petits gobelets sur le plateau laqué soutenu par des coffres. Kosta et de Ferra s'assirent sur des coussins de sol et Ezri régla sans délai le sort du bouchon couvert de cire qui scellait la bouteille. Une odeur de citron frais se répandit dans la cabine et Ezri remplit chaque verre à ras bord. Le vin avait la couleur des profondeurs de l'océan.

— Hélas, je n'ai pas de toast à proposer. Parfois, on a juste besoin de boire. Buvons donc !

Tenant Cos par le bras gauche, elle vida son verre d'une traite, savourant le mélange d'épices et d'agrumes alors que des picotements de chaleur glacée lui descendaient le long de la gorge.

— 'En veux, dit Cosetta.

— C'est le verre de maman, et puis, tu n'aimerais pas ça de toute façon.

— 'En veux !

— J'ai dit que… Oh, et puis zut. On ne peut pas craindre le feu tant qu'on ne s'est pas ébouillanté la main.

Elle versa une infime quantité de vin bleu dans son gobelet qu'elle tendit avec prudence à sa fille. Celle-ci le prit comme s'il s'agissait d'une relique sainte. Elle en versa le contenu dans sa bouche et lâcha le verre qui retomba sur la table avec un claquement sec.

— De la PISSE ! brailla la fillette en secouant la tête.

Zamira attrapa le gobelet avant qu'il roule par terre.

— Il y a quelques inconvénients à élever des enfants au milieu de marins. Mais je suis persuadée qu'ils apprennent la plus grande partie de leur vocabulaire en écoutant leur mère.

— PIIISSSSSE, hurla Cosetta en gloussant, visiblement très satisfaite d'elle-même.

Zamira la calma.

— J'ai un toast à porter, dit Kosta. (Il leva son verre avec un sourire narquois.) À la clarté de la situation. Après des semaines à bord, je viens enfin de comprendre qui est le *véritable* capitaine de ce navire.

De Ferra laissa échapper un petit éclat de rire et trinqua avec lui. Ezri, de son côté, ne toucha pas à son gobelet et garda les yeux rivés sur ses mains. Zamira décida de faire aussi vite que possible : il était clair que sa seconde avait besoin d'être seule avec Jérôme.

— C'est ainsi, Ravelle, dit-elle. Je ne savais pas que j'allais défendre ton plan avant de me retrouver en train de le faire.

— Alors, vous allez…

— … vous ramener à Tal Verrar. Oui. (Elle remplit son verre et but une gorgée plus modérée que la précédente.) J'ai convaincu le conseil de ne pas s'affoler s'il entendait des rumeurs à propos de la pagaille que nous allons semer dans le Nord.

— Merci, capitaine. Je…

— Ne me remercie pas en paroles, Ravelle. (Zamira but une nouvelle gorgée et reposa son gobelet.) Remercie-moi en respectant ta part du marché. Trouve le moyen de tuer Maxilan Stragos.

— Oui.

— Laisse-moi t'expliquer quelque chose d'autre. (Zamira tourna Cosetta avec précaution pour que la fillette soit face à la table et regarde Kosta assis devant elle.) Pour vous donner une chance de mener votre plan à bien, toutes les personnes présentes à bord vont risquer leur vie. Je dis bien : « *toutes* ».

— Je… Je comprends.

— Si le temps passe sans que nous trouvions le moyen de régler ce que Stragos vous a fait… Eh bien, il viendra un moment où on ne vous laissera plus l'approcher. Je ferai tout ce qui est en mon pouvoir pour vous aider avant d'arriver à ce point. Mais s'il n'y a pas d'autre choix, si le temps passe et que vous ne trouvez pas le moyen de le tuer sans vous sacrifier... Eh bien, je ne m'attends pas à vous revoir, c'est compris ?

— Si nous en arrivons à cette extrémité, dit Kosta, je le traînerai de mes mains jusqu'au jugement des dieux. Nous nous y rendrons ensemble.

— Dieux, répéta Cosetta. Mes mains !

— Pisse ! cria Kosta en levant son verre vers la fillette.

Cette dernière faillit s'étouffer de rire.

— Merci *beaucoup*, Ravelle. Je suis maintenant comblée : ma fille ne va pas fermer l'œil de la nuit et répéter ce mot jusqu'au petit matin...

— Je suis désolé, capitaine. Quand levons-nous l'ancre ?

— La moitié de l'équipage ira à terre ce soir, l'autre moitié demain soir. Nous les ramasserons le lendemain, ceux qui veulent rester avec nous. Par chance, nous pourrons nous débarrasser de notre butin demain. Donc... Dans deux jours. Deux jours et demi, peut-être. Nous verrons alors comment file l'*Orchidée*.

— Merci, capitaine.

— Arrêtons-nous là. Mes enfants devraient déjà être au lit et je réclame le privilège de ronfler aussi fort qu'il me chante dès que vous aurez quitté ma cabine.

Kosta fut le premier à comprendre le message. Il vida son verre et bondit sur ses pieds. De Ferra l'imita. Il était sur le point de partir quand Ezri prit la parole.

— Jérôme, dit-elle à voix basse. Est-ce que je peux te voir dans ma cabine ? Juste quelques minutes ?

— Juste quelques minutes ? (De Ferra grimaça un sourire.) Tsss, Ezri, depuis quand es-tu si pessimiste ?

— Maintenant !

Le sourire disparut et Jérôme aida la jeune femme à se relever, l'air dépité.

Une poignée de secondes plus tard, la porte de la cabine se referma dans un petit claquement sec. Zamira se retrouva seule avec sa famille et savoura un de ces si rares moments de calme. Pendant quelques instants, chaque nuit, elle imaginait que son navire ne quittait pas un danger pour aller au-devant d'un autre. Elle avait alors l'impression qu'elle était davantage mère que capitaine, qu'elle était une femme seulement préoccupée par les soucis banals d'une mère vis-à-vis de ses enfants.

— Maman, dit soudain Paolo, je veux apprendre à me battre à l'épée.

Ce fut plus fort qu'elle : elle regarda fixement son fils pendant plusieurs secondes et éclata de rire. Des soucis banals ? Dieux, comment un enfant né dans un tel milieu pourrait-il être ordinaire ?

— Épée, brailla Cosetta – futur roi potentiel des Sept Essences. Épée ! Épée !

4

— Ezri, je…

Il vit la gifle arriver, mais ne songea pas un seul instant à la parer. La jeune femme y avait mis toute sa force – ce qui n'était pas peu dire – et des larmes brouillèrent la vue de Jean.

— Pourquoi est-ce que tu ne m'as *rien* dit ?

— Pourquoi je ne te t'ai…

Elle éclata en sanglots et le coup suivant frappa le bras droit de Jean avec la même puissance que le précédent.

— Aïe ! Quoi ? Quoi ?

— *Pourquoi est-ce que tu ne m'as rien dit ?*

Elle avait presque crié. Il écarta les mains pour la saisir aux poignets. Si elle lui portait un coup de poing dans les côtes ou au plexus solaire, il le sentirait pendant des heures.

— Ezri, je t'en prie. Que voulais-tu que je te dise ?

Il s'agenouilla sur le plancher étroit de la cabine et baisa les doigts de la jeune femme tandis qu'elle essayait de se libérer. Il finit par la lâcher et resta à ses pieds, les bras le long du corps.

— Ezri, si tu as besoin de me taper, alors tape-moi, par les dieux. Si tu en as besoin, je ne me défendrai pas une seule seconde. Jamais. Mais… Dis-moi juste ce que tu me reproches.

Elle serra les poings et Jean se contracta en prévision d'un autre coup, mais elle s'effondra devant lui et jeta ses bras autour de son cou. Il sentit ses larmes chaudes sur ses joues.

— Comment as-tu pu me cacher cela ? murmura-t-elle.

— Je te dirai tout ce que tu veux savoir, mais…

— Le poison, Jean.

— Oh ! gémit-il. (Il se laissa tomber contre la paroi latérale de la cabine, entraînant Ezri avec lui.) Oh, *merde* !

— Espèce de sale petit enfoiré d'égoïste, comment as-tu pu… ?

— Drakasha a raconté notre histoire au conseil des capitaines, dit Jean d'une voix hébétée. Et tu étais là pour tout entendre.

— De sa bouche, pas de la tienne ! Comment as-tu pu me faire une chose pareille ?

— Ezri, s'il te plaît, c'est…

— Tu es la seule chose, murmura-t-elle en le serrant de toutes ses forces, la *seule* chose qui m'appartienne sur tout ce putain *d'océan*, Jean Tannen. Je ne possède pas ce navire. Bordel, je ne possède pas cette cabine. Je n'ai pas de putain de trésor enterré quelque part. Je n'ai pas de famille et pas de titre, plus maintenant. Et puis je découvre enfin quelque chose qui justifie tous ces sacrifices…

— Et tu t'aperçois que j'ai… un défaut de taille.

— Nous pouvons faire quelque chose. Nous pouvons trouver quelqu'un. Des medekiner*s*, des alchimistes…

— Nous avons déjà essayé, Ezri. Nous avons vu des alchimistes et des empoisonneurs. Nous avons besoin de l'antidote de Stragos ou bien d'un échantillon de son poison pour pouvoir le neutraliser.

— Et je ne méritais pas de le savoir ? Et si tu avais…

— … soudain claqué ici au cours de la nuit ? Ezri, et si un Rédempteur m'avait enfoncé son épée à travers le crâne ? Et si mon ancien équipage s'était contenté de me tuer le jour où nous nous sommes rencontrés ?

— Tu ne peux pas mourir ainsi. Un homme comme toi ne peut pas mourir ainsi. Je le sais. Je le sais, c'est tout.

— Ezri, tu as vu jusqu'à la dernière de mes cicatrices, tu sais que je ne suis pas…

— C'est *différent*. Tu ne peux pas te battre contre le poison.

— Ezri, je me *bats* contre lui. Je me bats depuis le moment où l'Archon a foutu cette saloperie dans mon corps. Léocanto et moi comptons les jours, tu comprends ? Les premières semaines, je ne pouvais pas dormir. Je passais la nuit allongé et j'étais persuadé que je le sentais, que je le sentais agir en moi… (Il déglutit et s'aperçut que des larmes roulaient sur ses joues.) Écoute, quand je suis ici, cette merde n'existe plus, tu comprends ? Quand je suis avec toi, je ne la sens pas. Je m'en *contrefous*. C'est… C'est comme un autre monde. Comment aurais-je pu t'en parler ? Comment aurais-je pu foutre tout ça en l'air ?

— Je pourrais le tuer, murmura Ezri. Dieux, si Stragos était devant moi en ce moment, je lui trancherais sa putain de gorge…

— Je me ferais une joie de te prêter main-forte, tu peux me croire.

Elle ôta ses bras de son cou et ils restèrent à genoux dans la semi-pénombre, le regard plongé dans celui de l'autre.

— Je t'aime, Jean, murmura-t-elle enfin.

— Je t'aime, Ezri.

En avouant ses sentiments, Jean sentit soudain la pression diminuer dans son cœur. Il eut l'impression de respirer après avoir passé des siècles sous l'eau.

— Je n'ai jamais rencontré quelqu'un comme toi, ajouta-t-il.

— Je ne peux pas te laisser mourir.

— Ce n'est pas… Tu ne peux pas…

— Je peux faire comme bon me semble, dit-elle. Je peux t'emmener à Tal Verrar. Je peux te faire gagner du temps pour que tu obtiennes ce qu'il te faut de Stragos. Je peux t'aider à lui botter le cul.

— Ezri, dit Jean. Drakasha a raison. Si je ne peux pas me procurer l'antidote… Le plus important est d'abattre Stragos même si…

— Ne dis *pas* ça !

— Je le ferai. C'est logique. Dieux, je n'en ai pas envie, mais, si je n'ai pas le choix, je donnerai ma vie pour prendre la sienne.

— Va te faire foutre, murmura-t-elle. (Avant qu'il ait le temps de réagir, elle se releva d'un bond, l'attrapa par le devant de sa tunique et le plaqua contre la cloison tribord.) Tu ne le feras pas ! Pas si nous pouvons le battre, Jean Tannen. Pas si nous *gagnons.*

— Mais si je n'ai pas le choix...

— Alors, tu feras un autre choix, espèce de fils de pute !

Elle le plaqua contre la paroi sous la force d'un baiser d'une alchimie parfaite. Les mains de Jean glissèrent le long de la tunique de la jeune femme jusqu'à son haut-de-chausses, puis elles débouclèrent la ceinture lestée d'armes en caressant autant qu'il le pouvait les endroits dénudés.

Elle lui prit la ceinture et la lança contre une des cloisons en toile raidie. La bande de cuir percuta le tissu dans un vacarme métallique impressionnant avant de tomber par terre.

— S'il n'y a pas de solution, inventes-en une, Jean Tannen. Les minables n'ont pas le droit de baiser dans cette cabine.

Il la souleva, croisa les mains sous ses fesses pour la porter et pivota de sorte que le dos de la jeune femme s'appuie contre la cloison en bois tandis que ses pieds pendaient dans le vide. Il lui embrassa les seins à travers sa tunique et sourit devant sa réaction. Il s'interrompit pour plaquer sa tête contre sa poitrine. Il sentit les palpitations rapides de son cœur contre sa joue gauche.

— J'aurais fini par t'en parler, murmura-t-il. D'une façon ou d'une autre.

— D'une façon ou d'une autre, ben voyons. « L'homme ! Les mots en font une souris... »

— Oh ! Comme si la scène que tu viens de me faire ne suffisait pas ; il faut aussi que je me fasse réprimander par Lucarno...

— Jean. (Elle l'interrompit et pressa la tête de son amant plus fort contre ses seins.) Reste avec moi.

— Pardon ?

— C'est une vie agréable, murmura-t-elle. Elle te convient parfaitement. Elle *nous* convient parfaitement. Une fois que nous aurons réglé le compte de Stragos... Reste avec moi.

— Je me plais ici. Par moments, j'ai l'impression que je pourrais y vivre jusqu'à la fin des temps. Mais il y a... d'autres endroits que je voudrais te montrer. D'autres choses que nous pourrions faire.

— Je ne sais pas si je pourrais m'acclimater à la vie sur terre...

— Sur terre, il existe aussi des pirates, murmura-t-il entre ses baisers. J'en fais partie. Tu pourrais...

— Laissons ce sujet à l'ancre. Nous n'avons pas à décider maintenant. Contente-toi de… réfléchir à ce que j'ai dit. Je ne t'ai pas amené ici pour négocier.

— Pourquoi m'as-tu amené ici ?

— Pour faire du bruit, murmura-t-elle en tirant sur la tunique de son amant. Beaucoup, beaucoup de bruit.

5

Juste avant le changement de quart de minuit, Gwillem jaillit de ses nouveaux quartiers et se retrouva dans la coursive étroite qui desservait les quatre petites cabines. L'air furieux, vêtu seulement de son pagne et d'une veste passée à la hâte sur ses épaules, il s'approcha de la porte de ses anciens logements et entreprit de la marteler. Des bouts de flanelle lui sortaient des oreilles.

Comme cela ne suscitait aucune réaction, il frappa de nouveau et hurla :

— Tréganne ! Espèce de vieille salope ! Tu me paieras ça !

6

— Il est presque prêt à prendre la mer, alors ?

Les deux hommes s'étaient rencontrés au sud de la ville proprement dite, dans les ruines sans toit d'une chaumière de pierre – elles étaient si proches de l'orée de la sinistre jungle que même les ivrognes et les drogués n'en voulaient pas pour abri. Il était presque minuit. Une forte pluie tombait et criblait l'air de gouttes aussi chaudes que des crachats.

— On a vendu tout notre butin cet après-midi. On a embarqué de la bière et de l'eau douce à foison. Il reste encore bien assez de nourriture à bord. Une fois qu'on aura récupéré tous ceux qui veulent reprendre la mer, je suis certain qu'on lèvera l'ancre.

Jaffrim Rodanov hocha la tête, puis scruta les ombres et les recoins de la maison pour la centième fois. Il songea qu'avec cette pluie, un curieux devrait s'approcher très près pour entendre leur conversation, trop pour pouvoir se cacher.

— Drakasha a raconté… des choses inquiétantes pendant le conseil qu'elle a convoqué. Que t'a-t-elle dit sur ce que vous feriez une fois en mer ?

— Rien, répondit l'autre homme. C'est étrange. En règle générale, elle nous laisse une bonne semaine pour qu'on s'explose la tête et qu'on assèche nos bourses. Mais, en ce moment, elle a le feu au cul et tout le monde se demande quelle mouche la pique.

— Évidemment, dit Rodanov. Elle ne vous dira rien avant que vous soyez en route. Mais elle n'a pas parlé de l'Archon, ou de Tal Verrar ?

— Non. À votre avis, qu'est-ce qu'elle a derrière la… ?

— Je sais parfaitement pourquoi elle agit ainsi, mais je ne suis pas tout à fait convaincu que c'est une bonne idée. (Rodanov soupira.) Elle pourrait bien entraîner tous les habitants des Vents Fantômes dans un bordel sans nom.

— Et maintenant, vous…

— Ouais. (Rodanov tendit une bourse à l'homme et la secoua pour qu'il entende les pièces tinter.) Comme nous en avions convenu. Garde les yeux ouverts. Note ce que tu vois. Je te demanderai de me raconter ce qui s'est passé, plus tard.

— Et pour ce truc ?

— Il est là. (Rodanov souleva un petit sac en toile cirée qui contenait un objet lourd.) Tu es *sûr* que tu disposes d'un endroit où personne ne le trouvera ?

— Mon coffre. C'est un privilège de mon grade, pas vrai ? Il a un double fond.

— Ça ira.

Rodanov lui tendit le sachet.

— Et si je dois… utiliser ce truc…

— Encore une fois, nous ferons comme nous en avons convenu. Tu toucheras trois fois ce que je viens de te donner. L'argent t'attendra quand tu en auras terminé.

— Je veux plus que ça, dit l'homme. Je veux un poste à bord du *Souverain*.

— Bien sûr.

Rodanov tendit la main et son interlocuteur fit de même. Ils se saluèrent à la mode traditionnelle vadrane, en se serrant l'avant-bras.

— Tu sais que j'ai toujours besoin d'un homme de valeur.

— Vous l'employez en ce moment même, hein ? Je veux juste m'assurer que j'aurai un endroit où aller quand tout ça sera terminé. D'une manière ou d'une autre.

Le sourire d'Utgar dessina un mince et pâle croissant sur les ténèbres.

7

Au nord-est de la mer de Cuivre, avec un vent de sud humide sur bâbord amures, l'*Orchidée-Poison* fendait les vagues en filant comme un cheval de course à qui on vient enfin de lâcher la bride. C'était le troisième jour d'Aurim.

Après une journée perdue à naviguer laborieusement à travers la Porte du Marchand – un passage sinueux et parsemé d'écueils –, il avait fallu deux jours supplémentaires pour éviter les récifs et les îles. Puis le dernier dôme couvert de jungle et le dernier panache de fumée volcanique des Vents Fantômes avaient disparu à l'horizon derrière le *Souverain Redoutable.*

— Voilà ce qu'on va faire, dit Drakasha en s'adressant au groupe de marins qu'elle avait rassemblé sur le gaillard d'arrière.

Il y avait là Delmastro, Tréganne, Gwillem, Utgar, Nasreen, Oscarl et tous les matelots-artisans : charpentier, voilier et autres. Mumchance écoutait le capitaine de son poste, à la barre, et Locke l'écoutait de l'escalier en compagnie de Jean et d'une demi-douzaine d'hommes qui n'étaient pas de quart. Ces derniers n'avaient pas vraiment été invités à la petite réunion de Drakasha, mais on ne leur avait pas demandé de s'éloigner non plus. C'était inutile : la nouvelle se propagerait à travers le navire plus vite qu'un incendie.

— Nous faisons route vers Tal Verrar, dit Drakasha. Nous allons permettre à nos deux nouveaux camarades Ravelle et Valora de régler quelques affaires douteuses à terre.

— Vous êtes recherchée, fit remarquer Mumchance.

— Il a raison, dit Gwillem. Je vous demande pardon, capitaine, mais si on aperçoit nos voiles trop près de Tal Verrar…

— Si l'*Orchidée-Poison* y jetait l'ancre, oui, ma tête vaudrait une petite fortune. Mais si nous faisons quelques transformations sur mon joli navire, ici et là… Si on retouche un peu le plan de voilure, qu'on enlève les lanternes de poupe pour les remplacer par quelque chose de plus discret et qu'on peint un autre nom en lettres énormes sur la proue…

— Comment va-t-on l'appeler, capitaine ? demanda le charpentier.

— J'aime bien *Chimère.*

— Je ne voudrais pas me montrer impertinente, dit Tréganne, mais qu'est-ce que nous autres avons à gagner dans ces « affaires douteuses », Drakasha ?

— Je ne tiens pas à aborder ce sujet avant que tout soit terminé, mais nous en retirerons tous un profit substantiel. Vous pouvez dire que nous partons avec la bénédiction de tout le conseil des capitaines.

— Dans ce cas, pourquoi ne viennent-ils pas nous filer un coup de main ? demanda Nasreen.

—Parce que le meilleur d'entre eux suffit. (Drakasha exécuta une révérence théâtrale.) Maintenant, que tout le monde retourne à son poste ou à son hamac, selon qu'il est de quart ou non. Et répétez aux autres ce que je viens de vous dire.

Quelques minutes plus tard, Locke réfléchissait contre le bastingage bâbord quand Jean s'arrêta derrière lui. La mer et le ciel avaient tous les deux pris une teinte couleur bronze autour du soleil couchant et même l'air chaud de l'océan semblait rafraîchissant après la moiteur des Vents Fantômes.

—Tu ressens quelque chose de curieux ? demanda Jean.

—Hein, qu'est-ce que... ? Oh, tu parles du poison ! Non. Je ne peux pas dire que je me sente mieux ou plus mal qu'avant. Mais, euh... je prendrai soin de te faire parvenir un message si je commence à vomir des tritons ou des choses dans ce genre. Quoique... Encore faudrait-il que tu sois en mesure d'entendre quelqu'un frappant à la porte de la cabine d'Ezri...

—Par tous les dieux, tu ne vas pas t'y mettre, toi aussi. Ezri a failli jeter Gwillem par-dessus bord...

—Eh bien, soyons honnêtes, en règle générale, ce genre de raffut annonce que le navire est attaqué par...

—Et maintenant, c'est toi qui vas avoir un accident.

—Des cavaliers jérémites qui montent à l'abordage sur des chevaux de guerre. Où trouves-tu donc une telle énergie ?

—Avec elle, c'est facile.

—Ah !

—Elle m'a demandé de rester, dit Jean en regardant ses mains.

—À bord de ce navire ? Quand tout sera terminé – à supposer que nous nous tirions vivants de cette histoire ?

Jean hocha la tête.

—Elle m'a proposé à moi, mais je suis sûr que tu étais inclus dans l'offre...

—Oh, mais je n'en doute pas un seul instant ! dit Locke sans parvenir à maîtriser tout le sarcasme de sa voix. Qu'est-ce que tu as répondu ?

—Je lui ai demandé... J'ai pensé qu'elle pourrait peut-être se joindre à nous...

—Tu l'aimes. (Locke hocha la tête pour lui-même avant que son compagnon puisse réagir.) Tu ne fais pas que passer le temps pendant que nous sommes en mer. Tu es vraiment accro, hein ?

—Ouais, murmura Jean.

—C'est quelqu'un de bien, dit Locke. Elle n'est pas idiote et elle a un sacré tempérament. Elle a un véritable talent pour faire parler les gens en leur appuyant la pointe d'une épée contre la gorge, et j'estime que c'est une grande qualité. Et puis, à elle, tu peux lui faire confiance pour assurer tes arrières pendant une bataille…

—Je n'ai jamais eu peur de te…

—Me laisser assurer tes arrières, c'est certain. Mais elle, tu peux être sûr qu'elle ne va pas faire une connerie qui va foutre tout le monde dans la merde. C'est grâce à vous deux qu'on a remporté la victoire sur le *Martin-Pêcheur*, pas grâce à moi. Et j'ai vu ce qu'elle a pris dans la gueule – la plupart des gens seraient restés au fond de leur hamac pendant des jours après une dérouillée pareille. Elle est têtue comme une mule, incapable de s'arrêter. Vous formez vraiment un beau couple, tous les deux.

—À t'entendre, on dirait que c'est elle ou toi…

—On n'en arrivera pas forcément à ce point, bien sûr, mais il y aura des changements…

—Des changements, oui. Des *améliorations*. Cela ne signifie pas que ce soit la fin de tout.

—Tu veux l'emmener avec nous ? Nous trois contre le monde entier ? Tout recommencer, reformer une bande ? Est-ce que nous n'avons pas déjà eu cette conversation ?

—Oui, et…

—… je faisais une imitation particulièrement convaincante d'un gros con alcoolique à cette époque, je sais. (Locke posa la main gauche sur la main droite de Jean.) Tu as raison. Les choses peuvent changer et s'améliorer. Nous avons vu que cela arrivait à d'autres, alors, pour une fois, cela pourrait nous arriver à nous. Nous aurons bientôt terminé la partie contre *L'Aiguille du péché*. À ce moment-là, nous serons cousus d'or et plus vraiment en odeur de sainteté parmi l'élite de Tal Verrar. Elle pourrait venir avec nous… Ou tu pourrais rester avec elle…

—Je ne sais pas encore, dit Jean. Aucun de nous deux ne le sait. Nous avons décidé de régler la question en l'ignorant jusqu'à la fin du voyage.

—Excellente idée.

—Mais je veux…

—Écoute. Quand le moment viendra, tu feras le choix que tu auras besoin de faire, et tu le feras en pensant seulement à toi, d'accord ? Vous faites *vraiment* un joli couple. Toi, tu pourrais trouver mieux (Locke grimaça un sourire à l'adresse de son camarade pour lui faire comprendre qu'il n'était pas nécessaire de lui fracasser le crâne), mais je suis bien placé pour savoir qu'Ezri ne le pourra jamais. *Jamais*. (Il serra la main de Jean.) Tu as réussi à dérober quelque chose au cours de ce petit divertissement sans perspective que nous impose Stragos. Je suis heureux pour toi. Ne le lâche surtout pas.

Il n'y avait rien à ajouter et ils restèrent à écouter les cris des mouettes qui tournoyaient, à regarder le soleil se coucher derrière l'horizon lointain en déversant son feu dans la mer. Au bout d'un moment, des pas lourds se firent entendre sur le gaillard d'arrière, juste dans leur dos.

Drakasha apparut et passa les bras autour de leurs épaules.

— Mes enfants, je voulais justement avoir une petite conversation avec vous. Je vous dispense du quart rouge de l'après-midi.

— Euh... Voilà qui est très généreux de votre part, dit Locke.

— Pas du tout. Dorénavant, chaque après-midi, vous serez à la disposition du charpentier. Puisque nous allons nous glisser dans Tal Verrar pour vous rendre service, la majeure partie des transformations de l'*Orchidée* sera à votre charge. La peinture, la sculpture sur bois, les gréements... Vous allez être fort occupés, tous les deux.

— Mazette ! dit Locke. Je suis sûr qu'il n'y a pas de manière plus agréable de voyager.

Il avait tort.

8

— Terre ! cria la vigie du mât de misaine en début de soirée. Terre et un grand feu un degré à bâbord de la proue.

— Un grand feu ? (Locke – qui faisait une partie de cartes dans le gaillard de dessous – leva les yeux de son jeu.) Merde !

Il lâcha les petits rectangles de carton sur le pont, renonçant par là même aux sept solaris qu'il avait déjà misés au cours de cette manche. La somme représentait presque un an de salaire pour un honnête ouvrier agricole de Tal Verrar, mais ce n'était pas un pari extraordinaire dans une partie qui suivait de peu le versement des parts de butin. Une grosse quantité d'espèces sonnantes et trébuchantes circulait à bord depuis que l'*Orchidée* avait quitté Port-Prodigue à la hâte.

Locke jaillit du gaillard de dessous et faillit percuter Delmastro.

— Lieutenant, est-ce qu'on est arrivés à Tal Verrar ?

— Il faut croire.

— Et le feu ? C'est confirmé ?

Si la cité brûlait, cela pouvait être le fait d'une catastrophe, mais aussi d'une guerre civile. Le chaos. Stragos était peut-être déjà mort, ou assiégé, voire victorieux – et, par conséquent, il n'avait plus le moindre besoin des deux voleurs.

— Nous sommes le vingt et un, Ravelle.

— Je sais quel putain de jour nous sommes. Je veux juste... Oh ! oh !

Le vingt et unième jour d'Aurim, la *Festa d'Iono*, la grande cérémonie en l'honneur du seigneur des Eaux Avides. Locke soupira de soulagement. Si loin du rythme habituel de la ville, il avait complètement oublié cette célébration au cours de laquelle les Verrariens remerciaient Iono d'avoir favorisé la prospérité de la cité. Pour se faire, ils brûlaient avec solennité de vieux navires tandis que des milliers d'ivrognes transformaient les quais en pandémonium. Locke n'avait assisté à cette fête que du haut des balcons de *L'Aiguille du péché*, mais il avait constaté qu'elle était très animée. Dieux, voilà qui allait leur simplifier la tâche pour s'introduire dans la ville : la cérémonie devait mobiliser l'attention de la garde.

— Tout le monde sur le pont ! cria quelqu'un à la poupe. Tout le monde au centre du navire ! Le capitaine va vous parler !

Locke sourit. Lorsqu'une partie de cartes était interrompue par un ordre de rassemblement général, toutes les mises étaient restituées aux joueurs. Ses sept solaris regagneraient bientôt le fond de sa poche.

Les marins se regroupèrent bruyamment sur l'embelle et, au bout de quelques minutes, Drakasha leur demanda le silence d'un geste. La capitaine disposa un tonneau vide près du grand mât et la lieutenant Delmastro sauta dessus. Elle portait un pardessus de bon ton qui provenait de la garde-robe de luxe du navire.

— Jusqu'à demain matin, nous n'avons jamais entendu parler de l'*Orchidée-Poison*, cria-t-elle. Nous sommes sur la *Chimère* et j'en suis la capitaine ! Si quelqu'un a besoin de quelque chose, il me trouvera sur le gaillard d'arrière à faire les cent pas. Drakasha restera dans sa cabine à moins que la situation tourne à la catastrophe.

» Si on vient nous poser des questions, c'est moi qui répondrai. Le reste d'entre vous fera semblant de ne pas parler le thérin. Notre but consiste à déposer nos deux nouveaux compagnons à terre, pour une mission importante qui nous concerne tous. Ravelle, Valora, vous partirez dans le canot dont vous avez fait don à notre cause il y a quelques semaines. (Elle s'interrompit et attendit que le brusque brouhaha s'apaise.) Nous devrions jeter l'ancre d'ici deux heures. Si vous n'êtes pas de retour au lever du soleil, ce navire hissera les voiles – et il ne s'approchera plus jamais à moins de cinq cents milles de cette cité.

— Nous comprenons, dit Locke.

— Une fois l'ancre jetée, poursuivit Delmastro, je veux qu'on double le nombre de vigies dans les mâts. Préparez les filets-rasoirs des deux côtés. Qu'ils soient prêts à être relevés en urgence, mais laissez-les en place. Disposez les armes d'hast contre les bastingages, à bâbord et à tribord. Tenez les sabres à disposition près des deux mâts. Si un navire des douanes ou quoi que ce soit transportant des uniformes vient nous rendre visite, nous inviterons les passagers à bord et nous les enfermerons pour la nuit. Si nos visiteurs sont plus gênants, nous les repousserons, nous hisserons les voiles et nous nous tirerons comme si nous avions le feu au train. (Cette perspective souleva un murmure d'approbation générale.) C'est tout.

Nous portons à terre. Mumchance, amène-nous à un mille des galeries d'Émeraude. Hissez le pavillon gris d'Ashmir sur le couronnement.

Ashmir ne disposait pas d'une flotte commerciale ou militaire, mais elle prospérait en accordant un pavillon de complaisance aux navires des contrebandiers, des corsaires et des marchants allergiques aux droits de douane. En arborant ces couleurs, l'*Orchidée* passerait inaperçu. Plus important encore : personne ne viendrait échanger quelques mots avec des compatriotes loin de chez eux. Locke estima qu'il s'agissait d'un excellent choix. De plus, jeter l'ancre au sud-est de la cité leur permettrait d'approcher sans difficulté du Castellana et les deux compères pourraient rendre visite à Stragos en évitant les marinas bondées de spectateurs ou le point d'ancrage principal.

— Hé ! dit Utgar en administrant une claque entre les épaules de Locke. Vous deux ! Dans quel bordel vous allez vous fourrer ? Vous avez besoin d'un garde du corps ?

— Ravelle est le seul garde du corps qu'il me faut, dit Jean avec un petit sourire narquois.

— Soit. Je reconnais qu'il est redoutable. Mais où est-ce que vous allez mettre le nez, hein ? Un truc dangereux ?

— Sans doute pas, répondit Locke. Écoute, Drakasha vous expliquera tout, et sûrement plus tôt que tu penses. Ce soir, disons juste que nous allons faire deux ou trois choses très ordinaires.

— On va dire bonjour à mère-grand, ajouta Jean, régler les dettes de jeu d'un oncle, acheter quelques miches de pain et un boisseau d'oignons au marché nocturne.

— D'accord. D'accord. Gardez donc vos secrets. Nous autres, on devra juste rester derrière et s'emmerder, hein ?

— C'est peu probable, dit Locke. Ce navire est plein de petites surprises, pas vrai ?

— Tu as raison, dit Utgar en gloussant. Tu as bien raison. Bon, faites attention. Que les yeux des dieux soient toujours avec vous et tout ça !

— Merci. (Locke se gratta la barbe et claqua des doigts.) Merde ! J'ai failli oublier. Jérôme, Utgar, je reviens tout de suite.

Il se dirigea au petit trot vers la poupe du navire, slalomant entre les groupes affairés du quart bleu et les marins désœuvrés du quart rouge qui aidaient à rapporter les armes de l'arsenal. Il franchit l'escalier du gaillard d'arrière en deux bonds rapides et se laissa glisser le long de la rambarde de la coursive avant de frapper avec énergie à la porte de la cabine de Drakasha.

— C'est ouvert, cria-t-elle.

— Capitaine, dit Locke en refermant derrière lui, j'ai encore besoin d'emprunter l'argent qui était dans mon coffre de voyage.

Drakasha se prélassait dans son hamac avec Paolo et Cosetta ; elle leur lisait un gros livre qui ressemblait terriblement au *Lexique pratique du marin avisé.*

— D'un point de vue technique, cet argent a été distribué en parts avec le reste du butin, répondit-elle. Mais je peux te donner une somme équivalente prélevée sur la bourse du navire. Tu veux tout ?

— Deux cent cinquante solaris devraient faire l'affaire. Oh, euh... ils ne reviendront pas avec moi.

— Je suis fascinée. Ta définition du terme « emprunter » ne me pousse guère à sortir de ce hamac. En partant, n'oublie pas de...

— Capitaine, Stragos ne représente que la moitié de la mission de ce soir. J'ai aussi besoin que Requin continue à ronronner. Il a le pouvoir de réduire mes plans à néant si je le mécontente. Et puis... Si je le caresse dans le sens du poil, je parviendrai peut-être à lui extorquer un autre objet très utile, maintenant que j'y pense.

— Tu as donc besoin d'un pot-de-vin.

— Entre amis, nous parlons de « témoignage de considération ». Allons, Drakasha. Voyez cela comme un investissement en vue d'obtenir le résultat auquel nous aspirons.

— J'accepte – pour sauvegarder ma paix et ma tranquillité. Je m'assurerai que la somme sera prête pour ton départ.

— Vous êtes trop aima...

— Pas même dans tes rêves ! Et maintenant, tire-toi !

9

Ils étaient partis depuis sept semaines, mais ils avaient l'impression que cela faisait une éternité.

Près du bastingage bâbord, Locke fixait une fois de plus les îles et les tours de Tal Verrar. Il sentit l'angoisse et la nostalgie se mélanger comme les alcools d'un cocktail. Les nuages étaient bas et sombres au-dessus de la cité, ils reflétaient la lumière orange des feux de la cérémonie au mouillage principal.

— Prêt à partir ? demanda Jean.

— Prêt. Je transpire déjà comme un porc.

Tous deux avaient enfilé les beaux habits qu'ils avaient empruntés dans la garde-robe du navire, plus des chapeaux en lin et des manteaux. Ces derniers étaient trop chauds pour la saison, mais il n'était pas rare d'en voir dans de nombreux quartiers ; ils indiquaient que leur propriétaire portait sans doute une arme et qu'il était donc préférable de ne pas le traiter à la légère. Par chance, cette tenue empêcherait qu'un éventuel importun aperçoive leur visage et les reconnaisse.

— Tirez ! cria Utgar qui était responsable de l'équipe chargée de mettre la chaloupe à la mer.

Corde et palan grincèrent. La petite embarcation se balança dans l'obscurité avant de plonger dans l'eau. Utgar descendit par le filet disposé le long de la coque afin de détacher les fixations et de préparer les rames. Tandis que Locke franchissait la coupée et s'apprêtait à gagner le canot, Delmastro le saisit par le bras.

— Quoi qu'il arrive, murmura-t-elle, ramène-le en vie.

— Je n'y manquerai pas, dit-il. Et il fera de même pour moi.

— Zamira m'a dit de te donner cela.

Delmastro lui tendit une lourde bourse de cuir remplie de pièces. Locke témoigna sa gratitude d'un hochement de tête et glissa l'escarcelle dans une poche intérieure de son manteau.

Alors qu'il descendait le long du bord pour gagner le canot, il croisa Utgar qui lui adressa un salut enjoué en remontant sur l'*Orchidée*. Locke sauta dans la petite embarcation, mais resta agrippé aux filets de la coque afin de ne pas perdre l'équilibre. Il leva les yeux et, à la lueur des lanternes du navire, il vit Jean et Ezri qui se faisaient leurs adieux en s'embrassant. La jeune femme murmura quelque chose à son amant et ils se séparèrent.

— Par rapport à la dernière fois où nous nous sommes retrouvés tous les deux dans un canot, la situation est infiniment moins désagréable, dit Jean alors que les deux hommes s'asseyaient sur les bancs et glissaient les rames dans les dames de nage.

— Tu lui as dit ton véritable nom, n'est-ce pas ?

— Quoi ? (Jean écarquilla les yeux, puis se renfrogna.) C'est une question ?

— Je ne suis pas un spécialiste pour ce qui est de lire sur les lèvres, mais la dernière chose qu'elle a dite ne faisait qu'une syllabe, pas deux.

— Oh ! soupira Jean. Hmm… mais c'est que ce petit enfoiré n'est pas aussi con qu'il en a l'air.

— Petit, enfoiré et moins con que j'en ai l'air. C'est mon portrait tout craché.

— Je le lui ai dit, et je ne le regrette pas…

— Dieux, je ne t'en veux pas, Jean. Je te fais juste marcher.

Ils commencèrent à ramer avec énergie et l'embarcation fendit les eaux sombres et agitées pour se diriger vers le canal qui séparait le quartier de Galezzo et les galeries d'Émeraude.

Quelques minutes s'écoulèrent en silence, les deux hommes concentrés sur leur effort. Les rames grinçaient, l'eau clapotait et l'*Orchidée* disparut loin derrière la poupe de la chaloupe. Les taches blanches de ses voiles carguées se fondirent dans les ténèbres et il ne resta plus que la faible constellation des lanternes de bord pour témoigner de la présence du navire.

— L'alchimiste, dit Locke à brûle-pourpoint.

— Hein ?

— *L'alchimiste* de Stragos. C'est lui la clé de tout ce bordel.

— Tu ne confonds pas « la clé » et « le responsable » ?

— Non. Écoute : quelles sont les chances pour que Stragos oublie un jour de récupérer les verres dans lesquels il nous sert l'antidote ? Ou qu'il laisse une dose de celle-ci tomber de sa poche par inadvertance ?

— La réponse est facile : c'est tout simplement impensable.

— D'accord. Par conséquent, il est vain d'attendre qu'il commette une erreur. Il faut que nous prenions contact avec son alchimiste.

— Il fait partie de la suite personnelle de l'Archon. C'est peut-être la personne la plus importante à son service si Stragos se livre à ce genre de chantage de façon régulière. Je doute qu'il ait une jolie petite maison, de préférence à l'écart des regards indiscrets pour que nous puissions lui rendre visite. Il vit sans doute à Mon Magisteria.

— Mais nous pouvons sûrement faire quelque chose, insista Locke. Cet homme ne doit pas être incorruptible. Réfléchis à ce que nous avons à *L'Aiguille du péché*, ou à ce que nous pouvons obtenir grâce à l'aide de Drakasha.

— Je reconnais que cela semble être la meilleure solution pour le moment – c'est dire à quel point nous sommes dans la merde.

— Yeux grands ouverts, oreilles à l'affût et foi dans le Gardien Véreux, marmonna Locke.

De ce côté-ci de la ville, le port intérieur de Tal Verrar était bondé de navires de plaisance, de barges et de gondoles de louage. Les gens riches – ainsi que ceux qui ne l'étaient pas vraiment, mais qui ne craignaient pas la perspective de se réveiller le lendemain sans un centira en poche – étaient en pleine migration : ils quittaient le croissant de leur lieu de travail pour gagner les tavernes et les cafés chics des galeries d'Émeraude. Jean et Locke se glissèrent dans ce défilé et ramèrent pour le remonter à contresens. Ils évitèrent les plus gros navires et échangèrent des vulgarités choisies avec les passagers de certaines barges parmi les plus agitées – des énergumènes hurlants et lubriques qui leur lancèrent des bouteilles.

Quand les deux compères eurent distribué plus d'insultes qu'ils n'en avaient reçues, ils glissèrent enfin entre le croissant des Artificiers et le croissant des Alchimistes. Les résidents du dernier lançaient des boules de feu bleu et vert vif au-dessus de leurs quais privés ; les projectiles montaient jusqu'à une quinzaine de mètres et les deux hommes admirèrent le spectacle tandis qu'ils passaient. Il s'agissait sans doute de la contribution des alchimistes à la *Festa*, mais, avec ces gens-là, on ne savait jamais à quoi s'en tenir. Le vent dominant soufflait dans les dos des deux hommes et ils se retrouvèrent bientôt poursuivis par une pluie d'étincelles et de bouts de papier enflammés sentant le soufre.

Leur destination ne fut pas difficile à trouver : à l'extrémité nord-ouest du Castellana se tenait l'entrée de la grotte qui menait aux cavernes de Verre d'Antan – l'endroit où ils étaient arrivés en compagnie de Merrain la nuit où elle les avait enlevés sur ordre de Stragos.

La sécurité avait été renforcée sur l'embarcadère privé de l'Archon. Alors que Jean et Locke ramaient pour franchir le dernier méandre du tunnel de verre prismatique, une dizaine d'Yeux levèrent leur arbalète et s'agenouillèrent à l'abri de leur bouclier – des plaques de fer incurvées hautes d'un mètre cinquante et fixées par terre pour fournir une protection. Derrière les arbalétriers, un détachement de soldats verrariens de l'armée régulière manœuvrait une baliste, un engin de siège secondaire pouvant pulvériser la chaloupe avec un trait de cinq kilos. Un officier de la garde de l'Archon tira sur une chaîne qui disparaissait dans une petite ouverture du mur – sans doute pour donner l'alarme dans les étages supérieurs.

— Vous n'avez pas le droit d'utiliser cet embarcadère, cria-t-il.

— S'il vous plaît, écoutez-nous, lança Locke. (Le grondement sourd de la cataracte lui parvenait de là-haut et résonnait à travers la caverne ; il n'avait pas droit à l'erreur.) Nous avons un message pour la dame qui attend.

Leur canot buta contre le bord du quai. Locke se sentit un peu déconcerté face à toutes ses arbalètes, grandes et petites, destinées à l'intimider. Néanmoins, l'officier s'avança et s'agenouilla près des deux compères. Sa voix avait des échos métalliques en sortant par les trous percés dans son masque lisse à la hauteur de la bouche.

— Votre présence ici est en rapport avec les affaires de la dame qui attend ?

— En effet, répondit Locke. Répétez-lui exactement ce message : « Deux étincelles naquirent et deux flammes étincelantes revinrent. »

— Je m'en charge, dit l'officier. En attendant...

Six soldats déposèrent leur arbalète avec prudence et sortirent de derrière les boucliers. Ils tirèrent les deux compères de leur embarcation, les immobilisèrent et les fouillèrent. Ils prirent leurs dagues de botte et la bourse de Locke remplie de pièces d'or. Un Œil l'examina avant de la passer à l'officier.

— Des solaris, monsieur. Faut-il les confisquer ?

— Non, répondit son supérieur. Emmenez ces hommes auprès de la dame qui attend et rendez-leur cette bourse. Si l'argent avait le pouvoir de tuer le Protecteur, le Priori l'aurait assassiné depuis longtemps, tu ne crois pas ?

10

— Vous avez fait *quoi* du *Messager Rouge* ?

Le vin, l'épuisement et la surprise avaient rendu le visage de Maxilan Stragos écarlate. L'Archon portait des vêtements encore plus somptueux que lors de leurs rencontres précédentes : une cape à rayures verticales en soie vert marin et décorée de bandes de tissu d'or, un manteau et un haut-de-chausses tout aussi rutilants. Une bague était glissée à chacun de ses doigts et les anneaux étaient alternativement incrustés de rubis et de saphirs pour restituer de manière frappante les couleurs de Tal Verrar. Stragos se tenait devant Jean et Locke dans une pièce aux murs tendus de tapisseries au rez-de-chaussée de Mon Magisteria. Deux Yeux assuraient sa protection. Personne n'avait proposé des chaises aux deux compères, mais ils n'avaient pas été menottés non plus – et ils avaient été dispensés d'un séjour en chambre de sudation.

— Nous, euh… l'avons utilisé afin d'établir un contact positif avec les pirates.

— En le leur *abandonnant.*

— Pour résumer, oui.

— Et Caldris est mort ?

— Depuis un certain temps.

— Dites-moi un peu, Lamora, comment pensiez-vous que j'allais réagir en apprenant pareilles nouvelles ?

— Eh bien, j'espérais vous voir terrassé par une putain de crise cardiaque, mais je me satisferai d'un peu de patience pour poursuivre mes explications.

— Mais avec plaisir. Faites donc.

— Quand le *Messager* a été capturé par les pirates, tout l'équipage a été fait prisonnier.

Locke avait décidé qu'il était inutile d'entrer dans les détails concernant les blessures, le statut de corvéable et le reste.

— Par qui ?

— Drakasha.

— Tiens, Zamira est toujours en vie ? Toujours à bord de son vieux rafiot, l'*Orchidée-Poison* ?

— Oui. Son navire est encore en excellent état. En ce moment même, il est d'ailleurs ancré à environ deux milles, euh… (Il pointa un doigt vers ce qu'il présumait être le sud.) Par là.

—Quoi ? Elle ose ?

—Elle s'entraîne à une vieille technique qu'on appelle « camouflage », Stragos.

—Et vous êtes donc… membres de son équipage, maintenant ?

—Oui. On nous a laissé une chance de prouver nos bonnes intentions en nous emparant du vaisseau qu'elle a attaqué ensuite. Vous ne reverrez pas le *Messager*. Il a été vendu à une sorte de, euh… magnat de la récupération navale. Mais maintenant, nous sommes au moins en position de vous donner ce que vous voulez.

—Tiens donc ? (L'expression de Stragos passa en un instant de l'irritation à l'avarice la plus pure.) Quel… plaisir de vous entendre faire un tel rapport, en lieu et place de vos sempiternelles récriminations et vulgarités !

—Les récriminations et les vulgarités sont mes deux spécialités. Écoutez : Drakasha est prête à écumer les environs de la cité et à effrayer la population comme vous le voulez tant. Si nous recevons notre antidote ce soir, vous apprendrez avant la fin de la semaine que des navires ont été attaqués du nord au sud et de l'est à l'ouest. Ce sera comme lâcher un requin dans un bain public.

—Qu'entendez-vous exactement par : « Drakasha est prête » ?

Il était facile d'imaginer une motivation crédible pour le capitaine de l'*Orchidée*. Locke aurait pu le faire en dormant.

—Je lui ai raconté la vérité. Le reste a été simple. Il est clair que, une fois notre travail terminé, vous enverrez votre flotte de guerre dans les Vents Fantômes pour écraser tous les pirates qu'elle rencontrera. Tous sauf *un* : celui qui est à l'origine de ce bordel. La responsable ira fort à propos chasser ses proies ailleurs pendant quelques mois. Une fois que vous en aurez terminé avec votre grande « petite guerre », elle rentrera à la maison et constatera que ses anciens rivaux dorment au fond de l'océan. Une terrible tragédie.

—Je vois, dit Stragos. J'aurais préféré qu'elle continue à ignorer mes véritables desseins…

—S'il reste des survivants dans les Vents Fantômes après le passage de votre flotte, ce n'est pas elle qui ira leur raconter le rôle qu'elle aura joué dans cette affaire, vous ne croyez pas ? Et s'il n'y a *aucun* survivant… À qui pourrait-elle bien se confier ?

—C'est exact, reconnut Stragos.

—Cependant, intervint Jean, si Locke et moi ne retournons pas sur l'*Orchidée* aussi vite que possible, le navire appareillera pour gagner le large et vous perdrez votre unique chance de vous servir de Drakasha.

—Sans compter que j'aurai sacrifié le *Messager*, porté préjudice à ma réputation et enduré votre pénible compagnie en pure perte. D'accord,

Tannen. Je vois très bien où vous voulez en venir avec cette démonstration que vous estimez sans doute géniale.

— Notre antidote, alors ?

— Vous n'avez pas encore mérité une guérison totale, mais vous venez de repousser de douloureuses échéances.

Stragos pointa le doigt vers un Œil qui salua et quitta la pièce. Il revint quelques minutes plus tard et maintint la porte ouverte afin de laisser entrer deux personnes. La première était l'alchimiste personnel de Stragos qui arriva avec un petit plateau en argent couvert d'une cloche. La seconde était Merrain.

— Mais nos deux flammes étincelantes sont *en effet* revenues, lança la jeune femme.

Elle portait une robe à manches longues dont la couleur s'harmonisait avec les bandes vert marin de la cape de Stragos, et la finesse de sa taille était soulignée par une large ceinture à nœud en tissu d'or. Un bandeau de roses rouges et bleues était glissé dans ses cheveux.

— Kosta et de Ferra ont gagné le droit de boire une petite gorgée d'élixir de vie, ma chère.

Il tendit un bras et elle approcha pour s'y accrocher avec une légèreté et une tendresse qui évoquaient davantage un chaperon qu'une amante.

— Vraiment ?

— Je vous raconterai lorsque nous serons de retour dans les jardins.

— Vous célébrez la *Festa d'Iono*, Stragos ? Je n'aurais jamais pensé que vous étiez le genre d'homme à apprécier les festivités, dit Locke.

— Je le fais à l'intention de mes officiers. Si j'organise des fêtes pour eux, le Priori répand des rumeurs pour laisser entendre que je suis un débauché. Si je ne fais rien, ces satanés marchands murmurent que je suis froid et austère. Quoi qu'il en soit, mes officiers sont beaucoup moins à l'aise en société quand il ne s'agit pas d'une soirée privée où tous leurs rivaux jaloux sont exclus.

— Je pleure encore une fois en entendant toutes vos misères, dit Locke. Ces cruelles circonstances qui vous forcent à organiser des fêtes dans vos jardins.

Un mince sourire se dessina sur les lèvres de Stragos, il adressa un geste à son alchimiste et celui-ci ôta la cloche du plateau d'argent. Deux coupes en cristal givré apparurent ; elles étaient remplies de l'habituel liquide couleur d'ambre pâle.

— Ce soir, vous pouvez boire votre antidote avec un peu de cidre de poire, dit l'Archon. En souvenir du bon vieux temps.

— Oh, mais c'est que ce vieux salopard est à mourir de rire !

Locke tendit une coupe à Jean et vida la sienne en plusieurs gorgées avant de la lancer en l'air.

— Tudieu ! Elle m'a échappé.

Le verre de cristal heurta le sol avec un tintement métallique sonore au lieu d'exploser dans une gerbe de fragments. Il rebondit une fois et roula dans un coin de la pièce, intact.

— Un petit cadeau des maîtres alchimistes. (L'amusement de Stragos était presque indescriptible.) Ce n'est pas vraiment du Verre d'Antan, mais c'est l'idéal pour priver les invités grossiers de leurs satisfactions mesquines.

Jean termina son cidre et reposa sa coupe sur le plateau de l'homme chauve. Un Œil alla chercher le second verre et les deux récipients disparurent de nouveau sous la cloche d'argent. Stragos congédia son alchimiste d'un geste.

— Je… Euh…, dit Locke.

Mais l'homme était déjà parti.

— Les affaires de ce soir sont terminées, dit Stragos. Merrain et moi avons une réception qui nous attend. Kosta et de Ferra, la partie la plus importante de la mission reste à faire. Ne me décevez pas… Et je pourrais encore m'assurer que vos efforts n'ont pas été vains.

Stragos entraîna Merrain vers la porte et ne se tourna que pour parler à un Œil.

— Gardez-les enfermés ici pendant dix minutes, puis escortez-les jusqu'à leur bateau. Rendez-leur ce qu'ils avaient sur eux et assurez-vous qu'ils repartent bien – et vite.

— Je… Mais… Merde ! bafouilla Locke tandis que la porte se refermait en claquant derrière les deux soldats de Stragos.

— L'antidote, dit Jean. Rien n'est plus important pour le moment. L'antidote.

— Je suppose que tu as raison. (Locke appuya la tête contre un des murs de pierre.) Dieux ! J'espère que notre visite chez Requin se passera mieux que celle-là.

11

— Ici, c'est l'entrée de service, espèce de connard ! Tu ne sais pas lire ?

Le videur de *L'Aiguille du péché* avait surgi de nulle part. Il administra à Locke un coup vicieux qui plia le voleur en deux et chassa l'air de ses poumons, puis il le jeta en arrière sur les graviers de la cour éclairée par des lanternes, derrière la tour.

Locke avait réussi à s'approcher de la porte, sans parvenir à poser un pied dans le bâtiment. À sa décharge, il fallait reconnaître qu'il n'avait repéré personne susceptible d'être facilement soudoyé afin de lui ménager une rencontre avec Sélendri…

— Ouch ! souffla-t-il en faisant connaissance avec le sol.

Jean, mû par un réflexe fiable plutôt que par une pensée cohérente, intervint au moment où le videur rejoignait Locke pour lui administrer quelques coups supplémentaires. L'homme grogna et lança un poing un peu trop désinvolte en direction du nouveau venu. Jean l'intercepta de la main droite et brisa plusieurs côtes à son adversaire avec le tranchant de la main gauche. Avant que Locke ait le temps d'ouvrir la bouche, il enchaîna avec un coup de pied à l'aine et un balayage.

— Huuu-Aah ! dit le videur en faisant, à son tour, connaissance avec le sol.

Un de ses collègues sortit avec un couteau. Jean lui cassa le poignet pour qu'il lâche son arme et fit rebondir l'homme contre le mur comme une balle sur une aire de jeu en pierre. Par malheur, les six ou sept gardes qui vinrent ensuite les encercler brandissaient des épées courtes ou des arbalètes.

— Vous ne savez pas à qui vous cherchez noise, grogna l'un d'eux.

Une voix de femme rocailleuse chuinta près de l'entrée de service.

— En fait, je pense que si.

Sélendri portait une robe de soirée en soie rouge et bleu qui devait valoir le prix d'une voiture de maître dorée à l'or fin. Son bras mutilé était couvert par une manche qui tombait sur le poignet de sa main de cuivre ; l'autre était nu, offrant le spectacle de muscles déliés et d'une peau délicate mis en valeur par un ensemble de bracelets en Verre d'Antan et en or.

— Nous les avons surpris en train de s'introduire en douce par l'entrée de service, maîtresse, dit un employé.

— Tu nous as surpris en train de nous *approcher* de l'entrée de service, espèce de gros con. (Locke se redressa sur ses genoux.) Sélendri, nous avons besoin de…

— J'en suis persuadée, le coupa-t-elle. Laissez-les. Je vais m'en occuper moi-même. Faites comme si rien ne s'était passé.

— Mais ils… Dieux, je crois qu'il m'a cassé les côtes, lança d'une voix sifflante le premier garde que Jean avait frappé.

Son camarade était toujours inconscient.

— Si vous êtes d'accord pour oublier cet incident, dit Sélendri, je demanderai qu'on t'emmène chez un medekiner. Tu as remarqué quelque chose ?

— Aahhh… Non. Non, maîtresse. Il ne s'est rien passé.

— Parfait.

Tandis qu'elle se tournait pour regagner les quartiers réservés au personnel, Locke se releva tant bien que mal en se tenant le ventre. Il tendit une main pour la poser en douceur sur l'épaule de la jeune femme. Celle-ci fit volte-face sur-le-champ pour le regarder.

— Sélendri, murmura-t-il. On ne doit pas nous voir dans les salles de jeu. Il y a…

— Il y a là des gens puissants et furieux parce que vous ne leur avez pas accordé une revanche ?

Elle écarta la main de Locke d'un geste sec.

— Excusez-moi, dit-il. Oui, c'est effectivement pour cette raison.

— Durenna et Corvaleur sont au quatrième étage. Vous et moi prendrons l'ascenseur au deuxième.

— Et Jérôme ?

— Il reste ici dans les quartiers réservés au personnel. Valora !

Elle les entraîna tous les deux par l'entrée de service : il fallait bien libérer le passage afin que les employés armés de plateaux poursuivent leur chemin – en ignorant consciencieusement les blessés à terre – et aillent glaner les pourboires des clients les moins inhibés de cette nuit de fête.

— Merci, dit Jean en se glissant dans un coin discret, derrière de grands râteliers en bois chargés de vaisselle sale.

— Je vais donner des instructions afin qu'on ne s'occupe pas de vous, dit Sélendri. Enfin, tant que vous ne vous occuperez pas de *mes* gens.

— Je serai un véritable saint.

Sélendri attrapa un employé qui passait sans plateau et murmura des ordres brefs à son oreille. Locke saisit les mots « Sangsue canine » et « retenue sur leur paie ». Puis il suivit la majordome à travers la foule du rez-de-chaussée, le dos voûté, comme s'il essayait de se faire le plus petit possible sous sa cape et son manteau. Il pria pour que la prochaine et unique personne à le reconnaître soit Requin.

12

— Sept semaines, déclara le maître de *L'Aiguille du péché*. Sélendri était persuadée que nous ne vous reverrions jamais.

— Environ trois semaines pour aller et trois semaines pour revenir, dit Locke. Je ne suis pas resté à Port-Prodigue plus de huit jours.

— Vous semblez en effet avoir passé un certain temps en mer. Vous avez travaillé pour payer la traversée ?

— Un simple marin attire moins l'attention qu'un passager.

— Je suppose que vous avez raison. C'est votre véritable couleur de cheveux ?

— Je pense. Quand vous les teignez aussi souvent que moi, vous avez parfois du mal à vous en souvenir.

À l'est du bureau de Requin, les grandes doubles portes du balcon étaient ouvertes, mais un fin treillis était tendu afin de garder les insectes à l'écart. Locke distingua au travers deux navires en flammes qui brûlaient comme des torches dans le port. Tout autour, on apercevait des centaines de points lumineux – sans doute les lanternes des spectateurs qui observaient les brasiers à bord de petites embarcations.

—Cette année, ils en brûlent quatre, dit Requin en remarquant ce qui avait attiré le regard de Locke. Un par saison. Je crois que c'est le troisième qui finit de se consumer. Ils ne vont pas tarder à enflammer le dernier et la cité retrouvera son calme. Les gens se feront plus rares dans les rues et plus nombreux dans les maisons de chance.

Locke hocha la tête et se tourna pour admirer ce que Requin avait fait des chaises fabriquées à son intention. Il retint un petit sourire narquois et jubilatoire et parvint à prendre un air plus ou moins approbateur. Les quatre répliques étaient arrangées autour d'une table à pieds fins de style identique. Des bouteilles de vin et un arrangement floral délicat avaient été disposés dessus.

—Est-ce que c'est…

—Une copie, elle aussi ? J'en ai peur. Votre cadeau m'a poussé à la faire fabriquer.

—Mon cadeau. Ce qui me fait penser…

Locke passa la main dans son manteau, sortit la bourse et la posa sur le bureau de requin.

—Qu'est-ce que c'est ?

—Un témoignage de ma considération, répondit Locke. À Port-Prodigue, il y a davantage de marins riches que de marins sachant jouer aux cartes.

Requin ouvrit l'escarcelle et haussa un sourcil.

—Joli. Vous faites *vraiment* des efforts désespérés pour me satisfaire, n'est-ce pas ?

—Je tiens à mon boulot à *L'Aiguille du péché*. Maintenant plus que jamais.

—Parlons un peu de votre mission, alors. Est-ce que ce Calo Callas est encore en vie ?

—Oui. Il est à Port-Prodigue.

—Dans ce cas, pourquoi diable ne me l'avez-vous pas ramené ?

—Il est devenu complètement dingue, répondit Locke.

—Et donc inutile…

—Non. Il n'est pas *inutile*. Il croit qu'on le persécute, Requin. Il délire. Il est persuadé que le Priori et les artificiers ont des agents à chaque coin de rue, à bord de chaque navire, dans chaque taverne. Il ne sort presque jamais de chez lui. (Locke savoura la vitesse à laquelle il imaginait la vie fictive d'un personnage de fiction.) Mais *dans* sa maison… Il y a de quoi faire ! Des serrures par centaines. Toutes sortes de mécanismes. Une forge personnelle et une soufflerie. Il est plus insatiable que jamais sur ce qui touche à son travail. Il ne lui reste plus que ça au monde.

— Comment les rebuts d'un fou pourraient-ils présenter le moindre intérêt ? questionna Sélendri.

La jeune femme était appuyée contre le mur, les bras croisés, entre deux toiles magnifiques.

— J'ai expérimenté beaucoup de choses à l'époque où je pensais avoir une chance de pénétrer dans la chambre forte de cette tour. Les acides, les huiles, les produits corrosifs, différentes sortes d'outils et de crochets. J'estime que je suis compétent en matière de mécanismes tout autant que de crochetage. Mais les choses dont cet enfoiré est capable, les trucs qu'il invente et construit, même s'il est timbré… (Locke écarta les mains avec emphase.) Dieux, c'est à peine croyable !

— Que faudra-t-il pour l'amener jusqu'ici ?

— Il veut qu'on le protège. Il n'est pas contre l'idée de quitter Port-Prodigue. Ah, il en crève même d'envie ! Mais il imagine que la mort l'attend à chaque coin de rue. Il a besoin de sentir qu'un personnage puissant est prêt à lui accorder son aide.

— Vous pourriez aussi lui assener un coup derrière la tête et le ramener ici couvert de chaînes, dit Sélendri.

— Et prendre le risque de s'aliéner à jamais la coopération dont il fait preuve ? Pire encore : le supporter pendant trois semaines en mer une fois qu'il se sera réveillé ? Il a l'esprit aussi fragile que du verre, Sélendri. Je ne suis pas partisan de le soigner à coups de gourdin.

Locke fit craquer les articulations de ses doigts. Il était temps de lancer l'appât.

— Écoutez, il vous *faut* cet homme à Tal Verrar. Il vous rendra fou, et peut-être même que vous devrez engager une espèce d'infirmière ou de gardien pour le surveiller, et il faudra à coup sûr dissimuler sa présence aux artificiers. Mais il est capable de réaliser des choses qui justifient cent fois ces efforts. C'est le meilleur crocheteur que j'ai jamais vu. Il a juste besoin de croire que je suis bel et bien votre émissaire.

— Que suggérez-vous ?

— Vous appliquez un sceau sur vos livres de comptes et lettres de crédit. Je l'ai déjà vu en déposant mon argent ici. Apposez-le sur une feuille de parchemin…

— Et ainsi me compromettre ? Jamais

— J'ai déjà réfléchi à ce problème. N'écrivez aucun nom dessus. Ne datez pas, ne l'adressez à personne, n'ajoutez même pas votre « R » habituel. Contentez-vous d'un message badin et très vague. « Grand confort et chaude hospitalité. » ou « Vous serez reçu avec les honneurs qui vous sont dus. »

— Des foutaises sans importance. Je vois.

Requin prit une feuille de parchemin dans un tiroir de son bureau, encra une plume et écrivit quelques phrases à la hâte. Il saupoudra le document de siccatif alchimique et tourna de nouveau les yeux vers Locke.

— Est-ce que cette astuce enfantine suffira ?

— Il calmera ses craintes. Callas *est* un enfant. Il se cramponnera à cette lettre comme un bébé à un sein.

— S'il n'y avait que les bébés, marmonna Sélendri.

Requin sourit. Les mains gantées, comme à son habitude, il ôta le cylindre de verre d'une petite lampe posée sur son bureau et en découvrit la chandelle. Il y fit chauffer un bâtonnet de cire noire avant d'en faire couler quelques gouttes sur la feuille de parchemin. Puis il plongea la main dans la poche de sa veste, en sortit un gros anneau pourvu d'un sceau et l'appliqua.

— Voici votre appât, maître Kosta. (Il lui tendit la lettre.) Le fait que vous rodiez furtivement à la porte de service et que vous vous cachiez sous ce manteau laisse entendre que vous n'avez pas l'intention de vous éterniser à Tal Verrar.

— Je repars vers le sud dans un jour ou deux, dès que mes camarades de bord auront terminé de décharger le… la cargaison tout à fait légale et honnêtement acquise à Port-Prodigue.

Le mensonge ne présentait aucun risque : des dizaines de navires débardaient quotidiennement dans la cité, il devait bien y en avoir certains qui transportaient des marchandises volées.

— Et vous allez nous ramener Callas.

— Oui.

— Si le sceau s'avère insuffisant, promettez-lui tout ce qui reste raisonnable : de l'argent, des drogues, des femmes, des hommes, les deux… Si cela ne suffit toujours pas, suivez le conseil de Sélendri et ne vous inquiétez pas de son humeur. Ne revenez pas les mains vides.

— Comme vous voulez.

— Au fait, que va-t-il se passer avec l'Archon ? Avec Callas entre vos mains, il va vous relancer sur ce projet concernant l'ouverture de ma chambre forte…

— Je ne sais pas. Il s'écoulera six ou sept semaines avant que je revienne avec cet homme. Vous pourriez réfléchir au meilleur moyen dont je pourrai vous servir à ce moment-là. Je suis prêt à faire tout ce qui vous paraît pertinent. Si vous voulez que je lui livre Callas en jouant les agents doubles, ça ne pose aucun problème. Si vous préférez que je lui dise qu'il est mort ou autre chose… Je ne sais pas trop. J'ai mal au crâne. C'est vous qui voyez le plan dans son ensemble. Moi, je serai prêt à recevoir de nouvelles instructions.

— Si vos manières demeurent aussi courtoises. (Requin soupesa la bourse.) Si vous m'amenez Callas et si vous savez rester à votre place… il est possible que vous ayez un avenir à mon service.

— J'apprécie ces paroles.

— Allez ! Sélendri va vous reconduire. J'ai encore une nuit chargée devant moi.

Locke laissa transparaître un peu de son véritable soulagement sur son visage. Son écheveau de mensonges devenait si compliqué, si ramifié, si délicat qu'un pet de papillon pouvait entraîner son effondrement. Pourtant, les deux rendez-vous de cette nuit avaient apporté aux deux compères ce dont ils avaient besoin.

Stragos leur avait accordé deux mois de vie et Requin deux mois de patience. Maintenant, il leur suffisait de retourner discrètement à leur canot et de s'éloigner du danger à coups de rame.

13

— Nous sommes suivis, dit Jean alors que les deux compères traversaient la cour de service de *L'Aiguille du péché*.

Ils marchaient en direction du labyrinthe d'allées et de haies par lequel ils étaient arrivés – un ensemble de jardins et de chemins réservés aux fournisseurs qui se trouvait derrière les maisons de chances les moins importantes, un endroit où il était rare de croiser quelqu'un. Leur canot était ancré contre une jetée, le long des quais intérieurs de la Grande Galerie. Les deux hommes avaient gagné le haut des Marches Dorées en gravissant les escaliers bancals sans se faire remarquer, évitant les cabines d'ascenseur et les rues susceptibles de recéler mille complications.

— Où ?

— De l'autre côté de l'allée. Ils observaient la cour. Ils ont bougé dès que nous avons commencé à nous éloigner, il y a quelques instants à peine.

— Merde, grommela Locke. Cette ville est pleine de trous du cul qui passent leur vie à épier les gens ! C'est dommage qu'ils n'aient pas tous la même paire de couilles, ça m'aurait fait gagner du temps quand viendra le moment de la savater à tire-larigot.

— Le bord de la cour, courons-y à toute barde et dans un manque de discrétion affligeant, dit Jean. Ensuite, cache-toi. Les types qui nous poursuivent…

— … devront nous expliquer certaines choses à leurs dépens.

Au fond de la cour, une haie mesurait deux fois la taille de Locke. Un passage voûté bordé de tonneaux et de caisses vides donnait sur l'arrière des Marches Dorées – un endroit sombre et peu fréquenté. À une dizaine de mètres de l'arche, Jean et Locke se mirent soudain à courir de conserve, comme sous le coup d'un signal tacite.

Ils franchirent le passage et se précipitèrent dans l'allée obscure qui s'étendait au-delà. Locke comprit qu'ils n'auraient que quelques secondes pour se cacher. Ils avaient besoin d'être assez loin de l'arrière-cour de *L'Aiguille du péché* pour qu'aucun employé n'aperçoive l'échauffourée. Les deux compères traversèrent le fond de jardins et de pelouses entourées de murs, beaucoup trop près de bâtiments où des centaines de personnes parmi les plus riches du monde thérin dilapidaient leur fortune pour s'amuser. Ils découvrirent enfin deux empilements de tonneaux vides de chaque côté de l'allée : un endroit évident pour une embuscade, mais si leurs poursuivants pensaient que leurs proies essayaient à tout prix de leur échapper, il était possible qu'ils ne se méfient pas.

Jean avait déjà disparu dans son coin. Locke tira la dague de sa botte en sentant son cœur marteler sa poitrine. Il s'accroupit derrière les tonneaux de son côté et glissa un bras au bas de son visage. Grâce à la manche de son manteau, seuls ses yeux et son front étaient encore visibles.

On entendit le claquement rapide de semelles de cuir sur les dalles et, soudain, deux ombres passèrent à toute allure devant les piles de barriques. Locke retarda délibérément son intervention d'une demi-seconde pour permettre à Jean de frapper le premier. Quand le poursuivant le plus près de lui se retourna, surpris par le bruit du coup que venait de recevoir son compagnon, Locke se glissa en avant, couteau dégainé. Il était poussé par un enthousiasme sinistre à la pensée d'obtenir enfin quelques réponses sur ces mystérieuses agressions.

Il exécuta une prise parfaite : il passa le bras gauche autour du cou de son adversaire à l'instant même où il appuyait sa dague au creux de sa gorge.

— Lâche ton arme ou je…

Il n'eut pas le temps d'achever sa phrase avant que l'homme réagisse de la pire manière possible : il se lança en avant pour essayer de se libérer de l'étreinte de Locke – peut-être mû par un réflexe, sans réaliser l'angle de la lame. Que cette réaction ait été le fait d'un optimisme forcené ou d'une bêtise crasse, Locke ne le saurait jamais. Son adversaire se trancha lui-même la moitié de la gorge et mourut sur le coup en crachant du sang. Ses doigts flasques laissèrent échapper une arme qui tomba sur les dalles avec un bruit métallique.

Locke leva les mains, incrédule, et laissa le cadavre s'effondrer. Il se retrouva face à Jean qui respirait bruyamment penché sur la silhouette immobile de son adversaire.

— Attends un peu, commença Locke. Tu veux dire que…

— Un accident, dit Jean. J'ai attrapé son couteau, nous nous sommes un peu battus et la lame s'est enfoncée dans sa cage thoracique.

—Malédiction, grommela Locke en agitant la main pour se débarrasser du sang qui la maculait. Tu fais des efforts pour garder ces enculés en vie et regarde ce qui arrive...

—Des arbalètes.

Jean pointa un doigt par terre. Les yeux de Locke s'habituaient à l'obscurité et ils distinguèrent les formes sombres de petites arbalètes de poing. Des bouts de ruelle, le genre d'engin qu'on utilise à moins de dix mètres de sa cible ou pas du tout.

—Ramasse-les, dit Jean. Ces types n'étaient peut-être pas les seuls à nous suivre.

—Merde.

Locke garda une des arbalètes et tendit l'autre à Jean avec précaution. Les petits carreaux pouvaient très bien être enduits d'une substance mortelle. Sa peau se hérissa en y songeant: il manipulait dans l'obscurité une arme qui était peut-être empoisonnée et qui n'était pas la sienne. Mais Jean avait raison: ils auraient besoin d'un peu d'aide s'il y avait d'autres poursuivants.

—Je dis que la discrétion est un passe-temps qui ne nous sied pas, dit-il. Tirons-nous d'ici aussi vite que possible.

Ils traversèrent à toute vitesse les endroits oubliés des Marches Dorées, vers le nord, vers le bord du grand plateau de Verre d'Antan. Quand ils y furent parvenus, ils dévalèrent d'innombrables volées de marches si sinueuses qu'elles donnaient la nausée, jetant des coups d'œil frénétiques en aval et en amont pour s'assurer que personne ne les poursuivait ou ne leur avait tendu une embuscade. À mi-descente, le monde de Locke était devenu un tourbillon étourdissant tapissé de couleurs feu irréelles et de reflets de verre mystérieux. Dans le port, le quatrième et dernier navire du festival était dévoré par les flammes, un sacrifice de bois, de poix et de toile réalisé devant des centaines de petits bateaux surchargés de prêtres et de fêtards.

Jean et Locke atteignirent le pied de l'escalier et traversèrent les plates-formes de bois des quais intérieurs d'un pas mal assuré, croisant parfois un ivrogne ou un mendiant et pointant leurs dagues et leurs arbalètes dans tous les sens. Ils arrivèrent en face de la longue jetée déserte sur laquelle on distinguait seulement un interminable empilement de tonneaux. Pas le moindre ivrogne ou mendiant en vue. À une trentaine de mètres devant eux, leur embarcation dansait avec impatience sur les flots dans la lumière éclatante du navire en flammes.

Un empilement de tonneaux, songea Locke, mais un peu tard.

Deux hommes jaillirent des ténèbres alors que les deux compères passaient à l'endroit le plus évident pour une embuscade.

Jean et Locke virevoltèrent comme un seul homme. Ils tenaient toujours les arbalètes dérobées à leurs poursuivants et ce fut pour cette unique raison qu'ils purent les pointer à temps. Quatre bras se tendirent.

Quatre hommes s'immobilisèrent assez près de leur adversaire pour lui serrer la main. Quatre hommes braquèrent leur arme sur la personne qui leur faisait face. Quatre doigts frémirent, prêts à presser la détente.

Locke Lamora se tenait sur la jetée de Tal Verrar. Le vent chaud provenant d'un navire en flammes lui caressait le dos et le carreau glacé d'une arbalète s'appuyait contre son cou.

14

Il sourit et haleta pour récupérer un peu de souffle. Il se concentra pour garder son arme pointée sur l'œil gauche de son adversaire. À si courte distance, ils ne manqueraient pas de s'asperger mutuellement de sang s'ils pressaient la détente en même temps.

— Sois raisonnable, dit l'homme qui lui faisait face. (Des gouttes de sueur coulaient sur son visage et son front, traçant des sillons dans la crasse qui couvrait sa peau.) Reconnais que tu n'es pas dans une position très avantageuse.

Locke grogna.

— À moins que tu aies de la merde dans les yeux, reconnais que le désavantage est mutuel. Tu n'es pas d'accord, Jean ?

Jean était dans la même situation que son compagnon, à quelques centimètres de son adversaire, arme pointée. À une telle distance, il était impossible de rater sa cible, même avec l'aide de tous les dieux du ciel et de la terre.

— On dirait que nous avons tous les quatre les couilles dans la mélasse, déclara Jean entre deux inspirations hachées.

Derrière eux, le vieux galion gémit et grinça sur les flots alors que les flammes rugissantes le dévoraient de l'intérieur. La nuit avait battu en retraite à plusieurs centaines de mètres autour du brasier ; la coque se zébrait de lignes blanc orangé tandis que les bordages cédaient et tombaient à la mer. Des volutes de fumée jaillissaient de ces brèches infernales en petites éruptions noires – dernières palpitations saccadées d'une gigantesque bête de bois à l'agonie. Les quatre hommes se tenaient sur la jetée, étrangement seuls au milieu de la débauche de lumière et de bruits qui monopolisait l'attention de toute la ville. Dans les bateaux, aucun des spectateurs ne les remarqua.

— Baisse ton engin, pour l'amour des dieux, dit l'adversaire de Locke. Nous avons reçu l'ordre de ne pas vous tuer à moins d'y être obligés.

— Et je suis sûr que tu me dirais la vérité si ce n'était pas le cas, répondit Locke. (Son sourire s'élargit.) J'ai l'habitude de me méfier des gens qui me pointent une arme sur la gorge. Excuse-moi.

— Ta main commencera à trembler bien avant la mienne.

— Ne t'inquiète pas : je poserai la pointe de mon carreau sur ton nez quand je serai fatigué. Qui vous envoie après nous ? Combien vous paie-t-on ? Nous ne sommes pas démunis : un arrangement à l'amiable est toujours possible.

— Il se trouve que je connais leur commanditaire, dit Jean.

— Tiens donc ? (Locke lança un bref coup d'œil à son compagnon, mais son regard revint aussitôt se river sur les yeux de son adversaire.)

— Et on a déjà trouvé un arrangement, mais je crains qu'il ne soit pas à l'amiable.

— Ah… J'ai peur de ne pas te suivre, Jean.

— Non.

Jean tendit une main vers son adversaire, paume en avant. Puis il détourna lentement son arbalète vers la gauche jusqu'à ce que le carreau soit pointé sur la tête de Locke. L'homme qu'il menaçait au préalable cligna des yeux sous l'effet de la surprise

— C'est *moi* qui ne te suis pas, Locke.

Le sourire de Locke s'évanouit.

— Jean, je ne trouve pas ça drôle.

— D'accord avec toi. Donne-moi ton arme.

— Jean…

— Maintenant. Et dépêche-toi. Toi là, t'es con ou quoi ? Vire ce truc de mon visage et pointe-le sur lui.

L'ancien adversaire de Jean s'humecta nerveusement les lèvres, mais ne bougea pas. Jean grinça des dents.

— Écoute-moi bien, espèce de babouin des mers au cerveau mité, je suis en train de faire ton boulot à ta place ! Pointe ton arbalète sur mon putain de partenaire qu'on puisse enfin se tirer de cette jetée.

— Jean, je trouve ce rebondissement *plutôt stérile.*

Il parut sur le point d'ajouter quelque chose, mais l'ancien adversaire de Jean choisit ce moment pour pointer son arme sur lui.

Locke avait maintenant l'impression qu'un torrent de sueur cascadait sur son visage, comme si l'eau de son corps l'abandonnait traîtreusement avant que la situation empire.

— Bien ! Nous sommes à trois contre un désormais. (Jean cracha sur la jetée.) Tu ne m'as pas laissé le choix : j'ai été dans l'obligation de conclure un marché avec l'employeur de ces messieurs avant de partir. Par tous les dieux ! *Tu m'y* as obligé ! Je suis désolé. Je pensais qu'ils établiraient un contact avant de nous sauter dessus. Maintenant, donne-moi ton arme.

— Jean ! Mais qu'est-ce que tu es en train de…

— Stop ! Je ne veux pas entendre un putain de mot de plus. N'essaie pas de m'embobiner. Je te connais trop bien pour te laisser parler. Tais-toi, Locke. Enlève ton doigt de la détente et *donne-moi ton arme* !

Locke fixa la pointe gainée d'acier du carreau de Jean et sa bouche s'ouvrit sous le coup de l'incrédulité. Autour de lui, le monde s'était réduit à ce minuscule point brillant qui semblait danser sous les reflets orange du terrible brasier provenant du bassin d'ancrage, derrière lui. Jean lui aurait adressé un signe codé s'il avait joué la comédie… Mais qu'attendait-il pour faire ce putain de signe ?

— Je n'arrive pas à y croire, souffla-t-il. Je n'arrive vraiment pas à…

— Je te le demande pour la dernière fois, Locke. (Jean grinça de nouveau des dents ; il tenait son arbalète d'une main sûre, le carreau pointé entre les deux yeux de son compagnon.) Enlève ton doigt de la détente et donne-moi ta putain d'arme. *Maintenant !*

Livre III

CARTES SUR TABLES

« Ma droite recule, ma gauche est menacée, mon centre est enfoncé. La situation est excellente : j'attaque ! »

Général Ferdinand Foch

Chapitre 14

Pillages en mer de Cuivre

1

Jaffrim Rodanov avança, les pieds dans l'eau, jusqu'à la coque retournée d'un bateau de pêche. Il écouta le bruit des vagues s'écrasant contre les planches brisées tandis que d'autres lui léchaient les chevilles. Le sable et l'eau de Baie-Prodigue étaient vierges si loin de la ville. Aucun déchet ne venait polluer les flots, aucun débris de métal rouillé ou tesson de poterie ne venait souiller le fond, aucun cadavre ne flottait à la surface pour offrir un sinistre radeau à des oiseaux criards.

C'était le crépuscule du septième jour d'Aurim. Drakasha était partie depuis une semaine maintenant. Jaffrim songea qu'à mille milles de cet endroit, une erreur était commise.

Ydrena siffla. Elle était appuyée contre la coque du bateau de pêche abandonné. Ni trop près ni trop loin de son capitaine ; sa présence ne faisait que souligner le fait qu'il n'était pas seul et que son équipage savait qu'il assistait à cette rencontre.

Jacquelaine Colvard était arrivée.

Elle laissa sa seconde près d'Ydrena, se débarrassa de ses bottes et s'avança dans l'eau sans remonter son haut-de-chausses. Cette vieille Colvard, rigide comme une canne ; elle pillait déjà des navires dans ces eaux quand Rodanov était encore un enfant qui ne sortait jamais le nez de ses livres moisis, avant même qu'il voie un bateau qui ne soit pas d'encre et de parchemin.

— Jaffrim, dit-elle. Merci d'avoir accepté ma requête.

— Il n'y a qu'une seule chose dont tu peux avoir envie de parler à un moment pareil, dit Rodanov.

— Oui, et ça te travaille aussi, n'est-ce pas ?

— Nous n'aurions pas dû donner notre parole à Drakasha.

— Tu crois ?

Rodanov glissa les pouces dans la ceinture de son épée et baissa les yeux pour fixer l'eau qui s'assombrissait, les ondulations où ses chevilles pâles disparaissaient.

— Je me suis montré généreux alors que j'aurais dû me montrer cynique.

— Tu crois donc que tu étais le seul à avoir le pouvoir d'interdire cela ?

— J'aurais pu refuser de donner ma parole.

— Le vote aurait quand même été à quatre contre un, avec toi en minorité. Drakasha aurait fait voile vers le nord en regardant par-dessus son épaule tout au long de la traversée. (Rodanov sentit une froide excitation naître dans son ventre.) J'ai remarqué des choses curieuses ces derniers temps. Ton équipage est moins souvent en ville. Tu as fait embarquer de l'eau douce. Et je t'ai vu sur ton gaillard d'arrière en train de tester des instruments, de vérifier tes cadrans.

La fébrilité de Rodanov s'accentua. Colvard était venue ici presque seule. Était-ce pour l'affronter ou le soutenir ? Et dans le premier cas, pouvait-elle être assez folle pour l'approcher de si près ?

— Ainsi donc, tu sais ? lâcha-t-il enfin.

— Oui.

— Tu as l'intention de me convaincre de renoncer ?

— J'ai l'intention de m'assurer que les choses sont faites comme il faut.

— Ah !

— Tu as un espion à bord de l'*Orchidée-Poison*, n'est-ce pas ?

Bien que décontenancé, Rodanov ne se sentit pas d'humeur à mentir.

— Si tu dis que tu es au courant, je ne te ferai pas l'insulte de nier.

— J'ai lancé une hypothèse plus que probable. Après tout, tu as essayé d'en infiltrer un dans mon équipage jadis.

— Ah ! lâcha-t-il en aspirant à travers ses dents serrées. Riela n'est donc pas morte dans un accident de bateau en fin de compte.

— Oui et non. Elle était en effet sur un bateau lorsque c'est arrivé.

— Est-ce que tu… ?

— Est-ce que je te le reproche ? Non. Tu es un homme prudent, Jaffrim, et je suis fondamentalement une femme prudente. C'est notre circonspection commune qui nous a rassemblés ici tous les deux, ce soir.

— Tu désires m'accompagner ?

— Non, répondit Colvard. Pour des raisons d'ordre pratique. D'abord, le *Souverain* est prêt à prendre la mer alors que le *Draconique* ne l'est pas. Ensuite, notre départ simultané provoquerait… des rumeurs un peu trop gênantes lorsqu'on apprendra la disparition de Drakasha.

— Il y aura quand même des rumeurs. Et il y aura aussi des confirmations. Les hommes de mon équipage ne tiendront pas leur langue jusqu'à la fin des temps.

— Mais il y a bien des explications pour justifier la rencontre de deux navires en haute mer. Alors que si nous quittons le port ensemble, tout le monde pensera – avec raison – que nous sommes de connivence.

— Et je suppose que c'est pure coïncidence si, plusieurs jours après avoir repéré mes préparatifs, le *Draconique* n'est toujours pas prêt à lever l'ancre ?

— Eh bien…

— Épargne-moi ton numéro, Jacquelaine. J'étais décidé à agir seul avant que nous nous rencontrions ici ce soir. Ne va surtout pas imaginer que tu as réussi à me *manœuvrer* pour que j'aille faire le travail à ta place.

— Jaffrim, du calme. Tant que la flèche frappe la cible, qu'importe l'archer. (Elle défit ses cheveux gris et les laissa flotter sur ses épaules dans le vent chaud et humide.) Qu'as-tu l'intention de faire ?

— Je pensais que c'était évident. La trouver. Avant qu'elle fasse assez de dégâts pour donner à Stragos ce qu'il veut.

— Et si tu la rencontres, que feras-tu ? Tu échangeras quelques messages polis avec elle, de bord à bord ?

— Je lui donnerai un avertissement. Une dernière chance.

— Un *ultimatum*, à Drakasha ? (Colvard fronça les sourcils et l'ensemble de ses rides glissa presque à la verticale.) Jaffrim, tu ne sais que trop bien comment elle réagira à une menace : comme un requin dans un filet. Si tu t'approches d'une créature dans cet état, tu y laisseras une main.

— Dans ce cas, nous nous battrons. Je suppose que nous savons tous les deux que nous en arriverons là.

— Et le résultat de cette bataille ?

— Mon navire est plus puissant et mon équipage compte quatre-vingts hommes de plus que le sien. Ce ne sera pas du point de croix, mais j'entends mettre à profit ces avantages.

— Zamira passera donc de vie à trépas.

— Ce genre de chose arrive couramment lorsque…

— À condition que tu lui accordes la grâce de mourir au champ d'honneur.

— Que je la lui *accorde* ?

— Zamira a peut-être conçu un plan trop dangereux pour qu'on la laisse faire, mais sa logique est irréprochable sur un point.

— Et lequel ?

— Se contenter de la tuer, elle ainsi que ce Valora et ce Ravelle, cela ne servira qu'à panser une plaie qui suppure déjà. La pourriture ne fera que s'enfoncer plus profond. Nous avons besoin de calmer les ambitions de Maxilan Stragos, pas de les contrecarrer pendant un temps.

— Je suis d'accord avec toi, mais je me lasse des subtilités aussi vite que je consomme mes provisions. Colvard, j'ai l'intention d'être clair avec Drakasha, accorde-moi la même faveur.

— Stragos n'a pas besoin d'une victoire pour satisfaire sa vanité, mais pour soulever les habitants de Tal Verrar. Si cette victoire l'attend dans les eaux toutes proches de la cité, et si cette victoire est assez exaltante, pourquoi se donnerait-il la peine de venir jusqu'ici ?

— Nous amenons l'offrande à l'autel, murmura Rodanov. Nous amenons *Zamira* à l'autel.

— Une fois qu'elle aura fait quelques dégâts. Une fois qu'elle aura provoqué une panique suffisante dans la ville. Si la fameuse pirate, l'*infâme* forban Zamira Drakasha dont la tête est mise à prix cinq mille solaris, devait traverser Tal Verrar couverte de chaînes... Puis jugée aussitôt après avoir défié bêtement la cité une fois de plus...

— ... Stragos serait victorieux. Tout Tal Verrar serait béat d'admiration devant lui. (Rodanov soupira.) Et Zamira se balancerait dans une cage en fer au-dessus de la Fange Profonde.

— Tout le monde serait satisfait.

— Mais je ne parviendrai peut-être pas à la capturer en vie.

— Le cadeau que tu feras à l'Archon sera tout aussi précieux. Que Drakasha soit entière ou en morceaux, morte ou vivante, Stragos aura son trophée et les Verrariens se précipiteront dans les rues afin de le contempler. Je pense que ce serait une bonne chose de lui donner aussi ce qu'il restera de l'*Orchidée-Poison*.

— Je fais le sale boulot et je lui offre ensuite le fruit de mes efforts.

— Pour sauver les Vents Fantômes.

Le regard de Rodanov se perdit au-dessus des eaux de la baie. Il reprit la parole au bout d'un moment :

— Enfin, c'est ce que nous espérons. Mais nous n'avons pas de meilleur plan.

— Quand prendras-tu la mer ?

— Avec la marée du matin.

— Je ne t'envie pas. Ça ne doit pas être facile de piloter le *Souverain* à travers la Porte du Marchand...

— Je ne m'envie pas non plus. Je passerai par le Passage du Parloir.

— De jour, Jaffrim ?

— Chaque heure compte. Je refuse d'en perdre une de plus. (Il retourna vers la côte, pour reprendre ses bottes et s'en aller.) Tu ne peux pas participer à la dernière manche si tu es en retard pour prendre place à la table de jeu.

2

Locke sentit la soudaine brûlure des larmes dans ses yeux. Il écarta le doigt de la détente de l'arbalète et la leva avec lenteur.

— Est-ce que tu pourrais au moins m'expliquer pourquoi ? demanda-t-il.

— Plus tard. (Jean ne baissa pas son arme.) Donne-moi l'arbalète. Doucement. *Doucement !*

Le bras de Locke tremblait. La réaction nerveuse avait rendu ses gestes désagréablement saccadés. Il se concentra pour rester maître de ses émotions puis tendit son arme à Jean.

— Bien. Garde les mains en l'air. Vous deux, vous avez apporté de la corde, je suppose ?

— Ouais.

— Je le tiens en joue. Ligotez-le. Les poignets et les chevilles. Et serrez les nœuds.

Un des agresseurs pointa son arbalète en l'air et fouilla dans une poche de sa veste pour trouver de quoi attacher le captif. Le second baissa son arme et sortit un couteau. Ses yeux glissèrent de Locke à son camarade. À cet instant précis, Jean passa à l'action.

Tenant son arbalète d'une main et celle de Locke de l'autre, il pivota sans hâte et tira un carreau dans la tête de chaque assaillant.

Locke entendit le « tchac ! tchac ! » des deux projectiles, mais il lui fallut plusieurs secondes pour comprendre ce qu'il venait de voir. Il resta sur place, tremblant et la mâchoire pendante. Il regarda les deux inconnus perdre leur sang à flot, être secoués par des spasmes nerveux et mourir. L'un d'eux contracta le doigt sur la détente de son arme dans un ultime réflexe. Le dernier « tchac ! » fit sursauter Locke et le carreau fila en sifflant dans l'obscurité.

— Jean, tu…

— C'était si difficile que ça de *me donner cette putain d'arme* ?

— Mais tu… tu as dit…

— J'ai dit… (Jean laissa tomber les bouts de ruelle, saisit son ami par le revers de son manteau et le secoua comme un prunier.) Qu'est-ce que tu entends par : « tu as dit… », Locke ? Pourquoi est-ce que tu as fait attention à ce que je *disais* ?

— Tu n'avais pas l'inten…

— Dieux, tu es tout tremblant. Tu m'as cru ? Comment as-tu pu me *croire* ? (Jean le lâcha et le fixa, atterré.) Je pensais que tu jouais ton rôle avec un peu trop de conviction.

— Tu n'as pas fait le moindre signe de la main, Jean ! Qu'est-ce que j'étais censé penser, bordel ?

— Comment ça, je n'ai pas fait le moindre signe de la main ? J'ai fait le code pour « mensonge ». C'était aussi discret que ce putain de navire en train de cramer ! Je l'ai fait en tendant la paume à ces connards !

— Certainement pas…

— Bien sûr que si ! Comme si je pouvais oublier un truc pareil ! Je n'arrive pas à y croire ! Comment est-ce que tu as pu imaginer que… À ton avis, quand est-ce que j'aurais *pu* passer un marché avec qui que ce soit ? Nous sommes restés ensemble deux mois sur le même bateau !

— Jean, sans signe…

— Je te l'ai fait, espèce d'abruti ! Je te l'ai fait quand j'ai joué le type qui explique froidement qu'il trahit à contrecœur. « Il se trouve que je connais leur commanditaire. » Tu te souviens ?

— Ouais…

— C'est à ce moment-là que j'ai fait le signe ! Tu sais, le signal qui dit : « Oh, regarde, Jean Tannen est en train de faire semblant de vendre son putain de meilleur ami à deux coupe-jarrets verrariens. » Nous devrions peut-être les répéter un peu plus souvent ? Tu crois vraiment que c'est nécessaire ?

— Je n'ai *pas* vu de signe, Jean. Je te le jure devant les dieux.

— Tu l'as manqué.

— Je l'ai… ? Je… D'accord, je l'ai manqué. Il faisait sombre, il y avait des arbalètes partout, j'aurais dû comprendre. J'aurais dû comprendre qu'il n'y avait même pas besoin de signe. Je suis désolé.

Il soupira et regarda les deux cadavres. Ils étaient grotesques avec ces flèches empennées fichées dans le crâne.

— On avait vraiment un besoin urgent d'interroger un de ces connards, pas vrai ?

— Oui, dit Jean.

— C'était… quand même deux sacrés tirs.

— Oui.

— Jean ?

— Hmm ?

— Nous devrions vraiment nous tirer comme si nous avions le feu au cul maintenant.

— Ah, oui ! Allons-y.

3

— Ohé, du bateau ! cria Locke tandis que le canot butait contre la coque de l'*Orchidée-Poison*. Il lâcha les rames avec délectation. Caldris aurait été fier d'eux : ils avaient filé de Tal Verrar à une vitesse remarquable.

Ils avaient traversé une flottille accueillant diverses délégations de prêtres et d'ivrognes, puis ramé au-delà du galion en flammes et des coques noircies des sacrifices précédents dans l'air encore saturé d'une brume grise et étouffante.

— Dieux, dit Delmastro en les aidant à franchir la coupée. Que s'est-il passé ? Est-ce que vous êtes blessés ?

— Mon orgueil en a pris un coup, dit Jean, mais tout ce sang, je l'ai juste emprunté à quelqu'un pour la soirée.

Locke baissa les yeux pour examiner ses propres habits luxueux, tachés du sang d'au moins deux agresseurs noctambules. Jean et lui ressemblaient à des apprentis bouchers ayant fait des travaux pratiques ivres morts.

— Est-ce que vous avez obtenu ce qu'il vous fallait ? demanda Delmastro.

— Ce qu'il nous fallait ? Oui. Ce que nous aurions voulu ? Non. En contrepartie, nous avons rencontré de mystérieux agresseurs qui ne nous ont pas accordé un instant de repos pendant notre séjour à terre, et, ces enfoirés-là, il faut reconnaître qu'ils se sont montrés particulièrement généreux.

— Qui peuvent-ils bien être ?

— Je n'en ai pas la moindre idée, dit Locke. Comment ces fils de pute savent-ils où nous sommes et qui nous sommes ? Voilà bientôt deux mois que nous n'avions pas mis les pieds en ville. À quel moment est-ce qu'on s'est fait remarquer ?

— À *L'Aiguille du péché*, répondit Jean d'un air un peu penaud.

— Comment se fait-il qu'ils nous attendaient sur les quais, alors ? Ils sont sacrément efficaces !

— Est-ce qu'on vous a suivis pendant que vous reveniez au navire ? demanda Delmastro.

— Nous n'avons rien remarqué, dit Jean, mais je crois que ce serait une grosse bêtise de s'attarder ici.

Ezri hocha la tête, sortit son sifflet et en tira les trois trilles suraigus habituels.

— Rassemblement sur l'embelle ! Fixez les barres du cabestan ! Préparez-vous à lever l'ancre ! Maître d'équipage, préparez-vous à faire hisser le canot !

» Vous avez l'air en colère, dit-elle à Jean et Locke tandis qu'une véritable frénésie s'emparait du navire tout autour d'eux.

— Pourquoi ne le serions-nous pas ? (Locke se massa le ventre – il sentait encore la douleur sourde du coup assené par le videur de *L'Aiguille du péché*.) Nous nous en sommes tirés, c'est vrai, mais, en contrepartie, quelqu'un a quand même réussi à nous causer un maximum d'emmerdements.

— Tu sais ce que j'aime faire quand je suis de mauvaise humeur ? demanda Ezri avec gentillesse. Je pille des navires.

Elle leva un doigt et le pointa lentement vers l'autre extrémité de l'*Orchidée-Poison*, au-delà des marins affairés, en direction du large. Au sud, des lanternes de poupe trahissaient la présence d'un navire dans les ténèbres.

— Oh, regardez ! Il y en a justement un là-bas.

Quelques instants plus tard, ils frappaient à la porte de la cabine de Drakasha.

— Vous ne seriez pas debout si ce sang était le vôtre, dit-elle en les invitant à entrer. Ne nous laissons pas emporter par un optimisme forcené : je suppose que ce n'est pas celui de Stragos non plus ?

— Vous avez raison.

— C'est dommage. Bon, au moins, vous êtes revenus. C'est rassurant.

Paolo et Cosetta ronflaient paisiblement dans leur petit lit, bras et jambes emmêlés. Drakasha semblait penser qu'il n'était pas nécessaire de parler à voix basse en leur présence. Locke sourit en se rappelant sa jeunesse : lui aussi avait appris à dormir dans des conditions assez difficiles quand il avait leur âge.

— Est-ce que vous avez fait quelques progrès significatifs ? demanda Drakasha.

— Nous avons gagné du temps, répondit Locke. Et nous avons quitté la ville en vie – ce qui n'était pas joué d'avance.

— Capitaine, dit Delmastro, nous nous demandions plus ou moins si nous pouvions passer à la deuxième phase du plan plus tôt que prévu. Tout de suite, par exemple.

— Tu veux te lancer dans quelques abordages et te faire de nouveaux amis ?

— Un cavalier possible attend qu'on lui accorde une danse, à environ deux milles au sud-ouest. À l'écart de la ville, au-delà des récifs…

— Et Tal Verrar est un peu accaparée par la *Festa* en ce moment, ajouta Locke.

— Nous ne ferions que lui rendre une courte visite, dit Ezri. Comme nous l'avions décidé. On les réveille un peu, on les fait pisser dans leurs hauts-de-chausses, on les soulage de la bourse du navire et des marchandises pas trop encombrantes, on balance quelques trucs par-dessus bord, on coupe deux ou trois chaînes, on esquinte leurs gréements…

— Je crois qu'il faut bien commencer quelque part, dit Drakasha. Del, envoie Utgar en bas pour qu'il récupère mes soies et mes coussins. Je veux qu'on prépare un lit confortable pour les enfants dans le coffre à bouts. Si je dois les réveiller pour leur demander de se cacher, c'est la moindre des choses.

— À vos ordres.

— D'où vient le vent ?

— Du nord-est.

— Fais virer le navire plein sud, bâbord amures. Prends des ris aux huniers, en douceur et avec fermeté. Dis à Oscarl de préparer les chaloupes. À la poupe, de manière que notre ami ne voie pas qu'on les met à la mer.

— À vos ordres, capitaine.

Delmastro se débarrassa de son manteau, le posa sur la table de Drakasha et sortit en courant. Quelques secondes plus tard, Locke entendit du vacarme sur le pont : Oscarl criait qu'il venait de recevoir l'ordre de préparer les chaloupes et Delmastro vociférait quelque chose à propos des abrutis de feignants qui se la coulaient douce.

— Vous avez des têtes de déterrés, tous les deux, dit Zamira. Il va falloir que je me trouve un nouveau coffre pour séparer le linge gorgé de sang du propre. La prochaine fois, bornez-vous à porter du rouge ou du brun.

Locke inclina la tête pour regarder les manches poissées de sa veste.

— Vous savez, capitaine, cela me donne une idée. Une idée très, très *amusante*...

4

Juste après la deuxième heure du matin, alors que Tal Verrar sombrait enfin dans la somnolence éthylique et que les feux de la *Festa* étaient éteints, l'*Orchidée-Poison* – parée de son costume de Chimère – s'approcha sans hâte de la *Joyeuse Sardine*. Le navire de Drakasha croisa le petit ketch délabré et endormi à moins de deux cents mètres avec un minimum de lanternes de navigation allumées et sans arborer de pavillon. Un tel comportement n'était pas inhabituel dans ces eaux dans la mesure où elles n'avaient pas connu un seul acte de piraterie depuis sept ans.

Dans l'obscurité, il était impossible de voir que les canots avaient disparu du pont de l'*Orchidée*.

Ces fameux canots sortirent lentement de l'ombre de la poupe du navire, par bâbord. Obéissant à un signal silencieux, leurs rameurs se mirent soudain à l'œuvre et s'activèrent avec une telle énergie que les eaux noires se couvrirent de mousse blanchâtre. Trois lignes d'écume à peine visibles partirent de l'*Orchidée* pour progresser vers la *Sardine*. Quand l'unique vigie placée à la poupe du ketch remarqua enfin quelque chose, il était beaucoup trop tard.

— Ravelle ! cria Jean qui fut le premier à s'élancer à l'assaut de la coque de la *Sardine*. Ravelle !

Il avait conservé ses beaux habits tachés de sang, noué un morceau de tissu rouge autour de sa tête et emprunté un bâton de guerre à bouts ferrés sur un râtelier d'armes de l'*Orchidée.* Les autres marins se pressèrent derrière lui – Jabril, Malakasti, Stréva et Rask. Ils avaient laissé leurs lames au fourreau de leurs ceintures et étaient armés de gourdins et de matraques plombées.

Les pirates des trois chaloupes se lancèrent à l'abordage à trois endroits différents. Le modeste équipage du ketch fut rassemblé sur l'embelle par une bande de fous furieux hurlant et agitant des massues. Tous braillaient un nom que les marins de la *Sardine* ne connaissaient pas, du moins jusqu'à ce que les malheureux soient neutralisés et que le chef des démons monte à bord pour se gargariser de son triomphe.

— Je suis Ravelle !

Locke arpenta le pont devant les treize hommes recroquevillés et leur étrange passager en robe bleue. Comme Jean, il avait gardé ses vêtements poissés de sang et leur avait adjoint une ceinture de tissu rouge, un foulard rouge sur la tête et un assortiment de bijoux empruntés à Zamira pour compléter le tableau.

— Orrin Ravelle ! Je suis revenu pour présenter mes respects à Tal Verrar !

Le capitaine du petit navire, un homme maigre d'une trentaine d'années avec la peau tannée de celui qui a passé sa vie en mer, se mit à supplier :

— Ne nous tuez pas, messire. Nous ne sommes même pas de Tal Verrar. Nous faisions juste halte pour que notre fret soit...

— Vous interrompez des expériences hydrographiques de la plus haute importance, vitupéra l'inconnu en robe bleue. (Il essaya de se relever, mais fut repoussé sans ménagement par quelques hommes de l'*Orchidée.*) Ces informations sont vitales et dans l'intérêt de tous les marins ! Vous vous tranchez vous-même la gorge si vous...

— « Des expériences hydrographiques de la plus haute importance » ? Qu'est-ce que c'est que ça, vieux chnoque ?

— En étudiant la composition du fond de la mer...

— La composition du fond de la mer ? Est-ce que je peux bouffer *ça* ? Est-ce que je peux me payer quelque chose avec *ça* ? Est-ce que je peux ramener ça dans ma cabine et le baiser par tous les trous ?

— Non, non et non. *Certainement pas !*

— C'est bien ce que je pensais, dit Locke. Balancez-moi ce connard par-dessus bord.

— Bande de salopards sans cervelle ! Espèce de singes hypocrites ! Lâchez-moi. *Lâchez-moi !*

Locke fut content de voir que Jean s'était approché pour jeter l'Érudit en robe bleue à la mer : non seulement celui-ci allait avoir la peur de sa vie, mais Jean contrôlerait parfaitement la situation et empêcherait que l'homme soit blessé.

— Oh, je vous en prie, messire ! Ne faites pas ça, intervint le capitaine de la *Sardine.* Maître Donati est inoffensif. Je vous en prie, messire…

— Bon, dit Locke, est-ce qu'il n'y a que des abrutis en dehors de moi sur ce rafiot ? Pourquoi est-ce que je souillerais les semelles de mes bottes pour monter à bord de ce tas de merde si vous n'aviez pas quelque chose qui m'intéresse ?

— Les, euh… expériences hydrographiques ? demanda le capitaine.

— DE L'ARGENT ! (Locke saisit l'homme par le col de sa tunique et le releva.) Je veux tout ce qui a de la valeur, tout ce qui est buvable et tout ce qui est bouffable à bord de ce youyou obèse. Sinon, vous allez assister à la noyade de cette vieille peau ! Est-ce que ça vous conviendrait comme *expérience hydrographique* ?

5

Ils récupérèrent un butin assez convenable compte tenu de la petitesse du navire. Selon toute évidence, Donati avait versé une forte somme pour qu'on le transporte sur les lieux de ses expériences et il n'avait pas eu l'intention de se priver des nombreux éléments de confort dont il bénéficiait chez lui. Une chaloupe regagna bientôt l'*Orchidée* chargée de bouteilles d'alcool, de tabacs fins, d'oreillers en soie, de livres, d'instruments d'artificier, de drogues alchimiques et de bourses remplies de pièces d'argent. Pendant le transport, les hommes de Ravelle achevèrent de saboter la *Sardine.*

— Les bouts du gouvernail ont été neutralisés, monsieur, annonça Jean une demi-heure après l'abordage.

— Les drisses et les bras ont été coupés, cria Delmastro qui s'amusait visiblement beaucoup dans le rôle d'un simple pirate. (Elle remonta sans se presser le long du bastingage bâbord, tranchant à coups de hachette tout ce qui semblait lui déplaire.) Je ne sais pas ce que c'était que ce truc, clac !

— Messire, je vous en prie, supplia le capitaine. Il va falloir une éternité pour réparer tout cela, vous vous êtes déjà emparé des marchandises de valeur…

— Je n'ai pas envie de vous voir mourir ici, dit Locke. (Il bâilla pour faire croire que les prières du marin l'ennuyaient.) Il me faut juste quelques heures de calme avant que Tal Verrar apprenne que j'ai attaqué votre rafiot.

— Oh ! Messire, nous ferons ce que vous nous demandez. Tout ce que vous voulez. Nous ne dirons à personne que…

— *Je vous en prie*, dit Locke. Gardez un minimum de dignité, maître Sardine. Je *veux* que vous racontiez ce qui s'est passé. Que vous le racontiez partout ! Que vous utilisiez cette histoire pour amadouer les putains, pour vous faire payer à boire dans une taverne, pourquoi pas ? Mais surtout, n'oubliez pas de citer mon nom. Orrin Ravelle !

— O… Orrin Ravelle, messire.

— Le capitaine Orrin Ravelle, dit Locke. (Il tira une dague et la glissa sur la gorge du malheureux.) Et son valeureux navire, le *Je baise Tal Verrar* ! Passez quelque temps en ville et faites savoir à ses habitants que je suis dans la région.

— Je, euh… n'y manquerai pas, messire.

— Parfait. (Locke laissa l'homme retomber sur le pont et rengaina sa dague.) Dans ce cas, restons-en là. Vous pouvez récupérer votre amusant petit jouet maintenant.

Locke et Jean se croisèrent un bref instant à la poupe avant d'embarquer sur la dernière chaloupe et de regagner l'*Orchidée*.

— Dieux, souffla le second. L'Archon va *adorer* ce que nous venons de faire.

— Eh bien, nous ne lui avons pas menti, n'est-ce pas ? Nous lui avons promis des attaques pirates du nord au sud et de l'est à l'ouest. Nous n'avons pas dit que Zamira en serait la vedette principale. (Locke envoya un baiser en direction de la cité qui s'étendait sur l'horizon, au nord.) Joyeuse *Festa*, Protecteur.

6

— S'il y a bien une chose que je n'ai aucun besoin de refaire dans ma vie, dit Locke, c'est sûrement me balancer ici toute la journée pour repeindre le cul de ce putain de rafiot.

Le lendemain, à la troisième heure de l'après-midi, Jean et Locke étaient suspendus à une balançoire de cordes rugueuses accrochées à la rambarde de l'*Orchidée-Poison*. La veille, ils avaient passé à la hâte une couche de peinture sombre afin de faire disparaître la *Chimère* à jamais ; maintenant, ils s'efforçaient à grand-peine de rebaptiser le navire « *Délice* ». Leurs mains et leurs tuniques étaient constellées de grosses taches dorées.

Ils en étaient à « Déli » et les deux enfants de Zamira leur faisaient des grimaces à travers les fenêtres de poupe de la cabine du capitaine.

— Je crois que la piraterie, c'est un peu comme une nuit de beuverie, dit Jean. Si tu veux rester jusqu'à la fin, tu en paies le prix le lendemain.

Ce matin-là, l'*Orchidée* avait viré au nord après s'être éloigné de quarante ou cinquante mille à l'ouest – une distance respectable. Drakasha avait quitté la zone où ils avaient attaqué la *Sardine* à la hâte et avait décidé de passer la journée à préparer le nouveau déguisement de sa vieille compagne de bois et toile – ou, pour être plus précis, de confier cette tâche à Jean et Locke.

Les deux hommes achevèrent enfin ce *Délice* vers la quatrième heure de l'après-midi. Assoiffés et rôtis par le soleil, ils furent hissés sur le gaillard d'arrière par Delmastro, Drakasha et Nasreen. Quand ils eurent vidé les chopes d'eau rosée tiède qu'on leur tendait, Drakasha leur fit signe de la suivre jusque dans sa cabine.

— Vous avez fait du bon travail la nuit dernière, dit-elle. Ce fut irréprochable et déroutant à souhait. Je suis certaine que l'Archon ne va guère apprécier.

— Je donnerai cher pour être une petite souris et entendre ce qui va se dire dans les tavernes de Tal Verrar au cours des prochains jours, dit Locke.

— Mais votre opération m'a aussi suggéré une idée quant à notre stratégie globale.

— Laquelle ?

— Vous m'avez dit que l'équipage et le capitaine de ce ketch n'étaient pas verrariens – ce qui va atténuer un peu l'impact de leur histoire. On se posera des questions sur la crédibilité de leurs propos. Il y aura des rumeurs infondées.

— Exact…

— Notre attaque va faire des vagues, dit Zamira. Il va y avoir des commentaires, des spéculations et une bonne dose de problèmes supplémentaires pour Stragos, mais cela n'entraînera pas de panique et les Verrariens ne descendront pas protester dans les rues pour exiger son intervention. En ce qui concerne les plans de l'Archon, ce premier acte de piraterie a été du travail bâclé.

— Vous blessez notre fierté professionnelle, dit Jean.

— Et la mienne ! Mais envisagez la situation ainsi : nous avons peut-être besoin d'une série d'opérations tout aussi mauvaises.

— Je suis sûr que nous allons avoir droit à des explications fort divertissantes, dit Locke.

— Cet après-midi, Del m'a dit que vous aviez l'espoir de trouver une solution à vos problèmes en vous intéressant à l'alchimiste personnel de Stragos, que vous pourriez obtenir sa collaboration en lui faisant une offre en tête-à-tête.

— C'est à peu près ça, dit Locke. C'est une des raisons pour laquelle notre récente visite à Mon Magisteria ne s'est pas passée aussi bien que nous l'espérions.

— Nous avons donc besoin de vous procurer une nouvelle occasion de faire la connaissance de cet alchimiste, de trouver un motif plausible qui justifie une autre entrevue à Mon Magisteria dans les plus brefs délais. Vous devez apparaître comme de bons petits serviteurs, avides d'entendre l'opinion de leur maître sur l'évolution de leur mission.

—Ahhh! dit Locke. Et s'il doit nous passer un savon mémorable, il faudra bien qu'il nous laisse entrer.

—C'est ça. Nous devons donc faire... quelque chose de haut en couleur, quelque chose de frappant, un acte qui apparaîtra *sans le moindre doute* comme une démonstration sincère de nos efforts acharnés en vue d'aider Stragos. Mais... il faut aussi que ce quelque chose ne menace pas Tal Verrar directement. Pas à un point qui permettrait à l'Archon de s'en servir pour avancer ses pions.

—Hmmm..., dit Jean. Haut en couleur, frappant et non comminatoire. Je ne suis pas certain qu'il soit facile d'intégrer ces différents concepts dans un acte de piraterie.

—Kosta, dit Drakasha. Tu me regardes d'un drôle d'air. Tu as une idée à proposer ou je t'ai juste laissé trop longtemps au soleil aujourd'hui?

—Haut en couleur, frappant et ne menaçant pas Tal Verrar *directement*, murmura Locke. Dieux! Capitaine Drakasha, vous me feriez un grand honneur en acceptant d'écouter une humble suggestion...

7

Le mont Azar était tranquille ce matin-là, le vingt-cinquième jour d'Aurim. Au-dessus de Salon-Corbeau, le ciel était aussi bleu que les profondeurs d'une rivière, vierge des fumerolles grisâtres du vieux volcan. Un hiver doux s'était installé au nord de la côte de Cuivre dont le climat était aussi précis qu'un système d'horlogerie verrarien.

—Une nouvelle vague dorée arrive, dit Zoran, un adjoint du responsable du port qui était de quart ce matin-là.

—Elles ne sont pas plus dorées que d'habitude.

Giatti, son homologue le plus jeune, examina les eaux de la rade avec naïveté.

—Je ne parle pas de la mer, espèce de crétin. Je parle des gens riches. Des aristocrates propriétaires terriens cousus d'or.

Zoran ajusta son tabard vert olive et le brossa de la main. Il regrettait de devoir porter le maudit chapeau de feutre des serviteurs de dame Saljesca. Certes, il le protégeait, mais il le faisait aussi transpirer sans pour autant empêcher la sueur de lui couler dans les yeux.

Au-delà des remparts de pierre naturels du port de Salon-Corbeau, un brick majestueux – un deux-mâts avec une coque sombre en bois-sorcier – venait de rejoindre les deux felouques lashaniennes déjà ancrées sur une mer d'huile. Une chaloupe s'en détacha, propulsée par une dizaine de rameurs, et Zoran aperçut quatre ou cinq personnes de qualité à son bord.

Tandis que l'embarcation se rangeait le long du débarcadère, Giatti se pencha et entreprit de dérouler la corde d'un des piliers du quai. Quand celle-ci fut arrimée à la poupe de la chaloupe, Zoran fit un pas de côté, salua et tendit la main en direction de la première jeune femme qui se leva.

— Bienvenue à Salon-Corbeau, dit-il. Quels sont vos titres et comment devez-vous être annoncés ?

La femme était petite et étonnement musclée pour une personne de sa qualité. Elle lui adressa un sourire charmant en prenant sa main. Elle était vêtue d'une veste vert forêt par-dessus un ensemble de jupes à volants assorti ; la couleur de sa tenue mettait en valeur ses cheveux châtains bouclés ; elle arborait cependant moins de maquillage et de bijoux qu'on pouvait s'y attendre. La parente moins fortunée du propriétaire du navire, peut-être ?

— Pardonnez-moi, madame, mais je dois savoir qui annoncer.

Elle débarqua sur le quai avec assurance et Zoran lâcha sa main, mais, à sa grande surprise, elle ne lâcha pas la sienne. Elle se colla contre lui d'un mouvement souple et le poids menaçant d'une dague d'acier noirci se pressa contre l'entrejambe du fonctionnaire. Zoran cessa de respirer.

— Nous sommes des pirates lourdement armés, un groupe de quatre-vingt-dix-huit personnes. Si tu cries ou si tu te débats, je te déleste de tes bijoux de famille.

8

— Du calme, dit Delmastro tandis que Locke débarquait suivi de Jean, Stréva, Jabril et Grand Kanor. Il n'y a que des amis ici. Une simple famille aisée qui vient visiter votre ravissant petit village. Ville. Machin.

Elle garda son couteau entre Zoran et elle afin que personne ne puisse le remarquer à plus de deux ou trois mètres. Kanor s'approcha du jeune fonctionnaire et lui passa un bras autour des épaules comme s'ils se connaissaient. Il lui murmura quelque chose à l'oreille et le visage du jeune homme devint blanc comme neige.

Les marins de l'*Orchidée* remontèrent le quai avec lenteur et précautions. Au centre du groupe, ceux qui portaient des vêtements élégants s'efforçaient de ne pas faire de bruit en marchant, ce qui était assez difficile dans la mesure où ils transportaient un véritable arsenal d'armes cliquetantes sous leurs manteaux et jupes. Les employés du port n'étaient peut-être pas des sentinelles hors pair, mais ils auraient sans doute remarqué des haches et des sabres accrochés aux ceintures des rameurs.

—Nous y voilà, dit Locke.

—Cet endroit me semble charmant, dit Jean.

—Les apparences sont on ne peut plus trompeuses. Maintenant, nous attendons que la capitaine lance le bal.

9

—Excusez-moi ? Excusez-moi, monsieur ?

Zamira Drakasha, seule dans le plus petit canot de l'*Orchidée*, leva la tête vers le garde. Celui-ci se tenait derrière le plat-bord décoré de la felouque la plus proche de l'*Orchidée-Poison* et semblait s'ennuyer ferme. Le vaisseau mesurait une quinzaine de mètres, était pourvu d'un seul mât et d'une rangée de quatre rames de chaque côté. Pour le moment, ces dernières étaient relevées, dressées en l'air comme des ailes d'un oiseau empaillé. Derrière le mât, on apercevait un pavillon de toile dont les parois de soie frémissaient au vent. La tente se trouvait entre le garde et la terre ferme.

L'homme baissa la tête pour regarder Zamira et plissa les yeux. Elle était vêtue d'une longue et épaisse tunique informe de couleur jaune qui ressemblait à une robe de cérémonie. Elle avait laissé son chapeau dans sa cabine et retiré ses bracelets ainsi que les rubans dans ses cheveux.

—Qu'est-ce que vous voulez ?

—Ma maîtresse m'a chargée des corvées de son navire pendant qu'elle descendait s'amuser à terre. J'ai de nombreux objets très lourds à déplacer et je me demandais si vous accepteriez de m'aider...

—Vous voulez que je vienne vous servir de mule ?

—Ce serait très aimable de votre part.

—Et, euh... vous êtes prête à m'offrir quoi, en échange ?

—Eh bien, mes remerciements les plus sincères aux dieux pour louer votre gentillesse. Ou peut-être pourrais-je vous préparer un peu de thé ?

—Vous avez une cabine sur votre bateau ?

—Oui. Ma maîtresse a eu la bonté de...

—Quelques minutes seul avec vous pendant que vous vous servez de votre bouche, et je me ferai une joie de bouger votre bordel.

—Mais... Mais, c'est on ne peut plus inconvenant ! Ma maîtresse serait...

—C'est qui votre maîtresse, au fait ?

—La future dame Ezriane de Mastron, de Nicora...

—Nicora ? Ah ! Comme si ça pouvait intéresser quelqu'un. Allez vous faire foutre.

Le garde se détourna en gloussant.

—Ah ! dit Zamira. Soit ! Je sais quand je suis importune.

Elle tendit la main et tira la toile goudronnée qui couvrait le fond de son embarcation, juste à ses pieds. En dessous, il y avait la plus lourde arbalète de tout l'arsenal de l'*Orchidée*, armée d'un carreau barbelé en acier long comme son bras.

— Et pour vous dire la vérité, je *m'en fiche*.

Deux secondes plus tard, le garde fut sans nul doute décontenancé en voyant la pointe effilée jaillir de son sternum. Zamira se demanda s'il avait eu le temps d'imaginer les dégâts provoqués par le carreau avant de s'effondrer sur le pont. Le trait avait sectionné la colonne vertébrale.

Zamira passa sa robe jaune au-dessus de sa tête et la lança à la poupe de son canot. En dessous, elle portait sa veste de mosaïque en Verre d'Antan, une tunique légère, un haut-de-chausses, des bottes et une paire de minces brassards en cuir. Aucune épée n'était accrochée à sa ceinture. Elle passa la main sous le banc, en tira ses sabres et les glissa dans leurs fourreaux. Elle donna quelques coups de rame pour amener la petite embarcation contre la coque de la felouque et adressa un signe à Nasreen qui se tenait à la proue de l'*Orchidée*. Deux membres de son équipage escaladèrent le bastingage et plongèrent.

Les nageurs rejoignirent Drakasha une minute plus tard. Elle les aida à se hisser sur la felouque et les envoya à l'avant afin de s'installer sur les bancs de rame, puis elle retira les goujons pour libérer les chaînes de l'ancre – inutile de perdre du temps à la remonter. Grâce aux efforts des deux hommes, Zamira amena le navire derrière l'*Orchidée-Poison* en quelques minutes.

L'équipage de Drakasha commença à embarquer sans bruit à bord de la felouque. Avec leurs armes et leurs armures, ils offraient un spectacle assez incongru tandis qu'ils s'entassaient sur le fragile bateau surchargé de décorations. Zamira compta jusqu'à quarante-deux avant d'estimer qu'il était impossible d'embarquer davantage de marins. Ceux-ci étaient accroupis sur le pont, parqués dans la cabine et installés sur les bancs de rame. Cela ferait l'affaire : les deux tiers de son équipage à terre pour mener l'assaut principal, le troisième à bord de l'*Orchidée* pour s'occuper des navires du port.

Elle adressa un signe à Utgar qui serait chargé de cette dernière opération. Il sourit et s'éloigna de la coupée pour terminer ses ultimes préparatifs.

Grâce à l'ardeur des rameurs, la felouque contourna l'*Orchidée* et – juste après avoir dépassé la poupe – vira bâbord pour se diriger droit vers la plage. Au-delà de la bande de sable, Zamira distingua les bâtisses et les jardins en escalier de la riche petite vallée. Ils s'étalaient devant elle comme les plats d'un banquet.

— Qui a apporté la cerise pour le gâteau ? demanda-t-elle.

Un marin déplia une bannière de soie rouge et entreprit de l'accrocher à la drisse qui se balançait contre le mât.

— Bien. (Zamira s'agenouilla à la proue et ajusta sa ceinture comme elle en avait l'habitude.) Rameurs, du nerf ! Amenez-nous sur cette plage !

Tandis que le navire filait sur les eaux momentanément calmes de la baie, Zamira aperçut une poignée de petites silhouettes au sommet des collines avoisinantes. Elles semblaient enfin avoir remarqué que quelque chose n'allait pas : deux ou trois d'entre elles se mirent à courir en direction de la cité. Selon toute apparence, elles arriveraient au moment où Zamira sentirait le sable sous ses bottes.

— C'est bon, cria-t-elle. Hissez le pavillon rouge et offrons-nous un peu de musique !

L'étendard écarlate fila au sommet du mât et se mit à flotter au vent. Tous les marins lâchèrent un hurlement sauvage et inarticulé. Leurs cris se répercutèrent à travers le port ; sur le quai, leurs camarades déguisés s'emparèrent de leurs armes ; dans les collines, toutes les silhouettes fuyaient désormais en direction de la ville. Les sabres de Zamira étincelèrent quand elle les dégaina en vue de ce qui allait suivre.

Pouvait-on imaginer matinée plus agréable ?

10

— Était-il *absolument indispensable* de piller Salon-Corbeau de fond en comble ? demanda Stragos.

Jean et Locke étaient assis dans le bureau de l'Archon, entourés par les doux battements d'ailes éthérés des milliers d'insectes mécaniques. Il s'agissait peut-être d'un effet de la faible lumière, mais Locke eut l'impression que les rides de Stragos s'étaient creusées depuis leur dernière rencontre.

— C'était à mourir de rire. Vous portez un attachement particulier à cette ville ?

— Elle m'indiffère, Lamora… Mais j'étais persuadé que vous alliez concentrer vos activités sur les navires marchands naviguant dans les environs de Tal Verrar.

— On considère généralement que Salon-Corbeau se trouve dans les en…

— Est-ce que Salon-Corbeau est un *navire marchand*, Lamora ?

— Il y avait des navires dans le port…

— Je sais exactement combien il y avait de putains de navires dans ce putain de port. Mes agents me l'ont appris. (Stragos planta deux doigts sur une feuille de parchemin.) Deux felouques coulées. Quarante-six voiliers, barges d'agrément et embarcations de moindre importance brûlés ou envoyés par le fond. Cent dix-huit esclaves volés. Dix-neuf membres de la garde personnelle de la comtesse Saljesca tués, seize blessés. La plus grande partie des résidences et des maisons d'hôtes de la ville ravagées par les flammes. Les jardins pratiquement détruits. Sa réplique de l'Arène impériale en ruine. Le coût des dommages divers et des pertes est estimé à première vue à plus de quatre-vingt-quinze mille solaris. Il semblerait que vous n'ayez épargné que quelques boutiques ainsi que la résidence de dame Saljesca en personne !

Un petit sourire satisfait se dessina sur les lèvres de Locke. Si la demeure de dame Saljesca n'avait pas été attaquée, c'était à dessein. Une fois ses hôtes les plus importants réfugiés et barricadés dans son manoir-forteresse en compagnie des soldats survivants, il aurait été vain de lancer un assaut : les marins de l'*Orchidée* se seraient fait massacrer au pied des murailles. Mais avec leurs derniers adversaires rassemblés en haut de la vallée, les pirates avaient pu se déchaîner pendant plus d'une heure, pillant et brûlant la cité à loisir. Ils n'avaient perdu que quatre hommes lors de l'attaque.

Quant aux boutiques, eh bien… Locke avait expressément demandé que personne ne touche au quartier où se trouvait l'atelier de la famille Baumondain.

— Nous n'avons pas eu le temps de nous occuper de tout, dit-il. Et maintenant que Salon-Corbeau est plus ou moins ruiné, certains de ses artisans vont peut-être décider de s'installer à Tal Verrar. C'est plus tranquille par ici, avec vos soldats et vous dans le coin. Non ?

— Comment pouvez-vous consacrer du temps à accomplir un raid pareil avec une telle efficacité, demanda Stragos, alors que vos efforts en vue de réaliser mes objectifs principaux demeurent aussi superficiels ?

— Je ne suis pas d'accord…

— Une attaque signée Orrin Ravelle – merci *beaucoup*, au fait – pendant la nuit de la *Festa*, contre un ketch iridanien loué par un excentrique au cerveau ramolli. Deux autres attaques signalées, toutes deux à proximité de Salon-Corbeau. La première menée par Ravelle, la seconde par une mystérieuse « capitaine de Mastron ». Est-ce que Drakasha aurait peur d'assumer ses actes ?

— Nous voulons donner l'impression que de nombreux bateaux pirates écument la région…

— Vous voulez surtout me faire perdre patience. Vous ne vous êtes emparés d'aucun chargement d'importance, vous n'avez brûlé aucun navire en mer. Vous n'avez même pas assassiné un marin. Vous vous contentez de prendre l'argent et les objets de valeur de petite taille, puis d'humilier et d'effrayer vos prisonniers. Vous ne faites guère plus que vandaliser leurs navires avant de disparaître.

— Nous ne pouvons pas nous surcharger avec des marchandises plus lourdes. Nous devons nous déplacer rapidement.

— Il me semble que cela ne vous empêche pas de semer quelques *cadavres* derrière vous. À l'heure qu'il est, les Verrariens sont plus amusés qu'inquiets. Dans l'opinion publique, ma réputation souffre toujours de cette affaire Ravelle, mais rares sont ceux qui craignent que cette succession de… déprédations porte véritablement atteinte au commerce de la ville.

» Même le pillage de Salon-Corbeau n'a pas soulevé de craintes. Vos récentes attaques ont donné l'impression que vous aviez peur d'approcher de nouveau de la cité, que nos eaux territoriales demeuraient sûres. (Stragos lui lança un regard furieux.) Si nos relations se résumaient à une transaction commerciale, je serais actuellement fort mécontent de la qualité de la marchandise fournie.

— Il y a cependant une différence, remarqua Locke. Lorsque je vais m'acheter, disons, une veste, je n'empoisonne pas le tailleur avant qu'il ait terminé les ourlets aux manches.

— Ma vie et ma fortune sont en jeu, dit Stragos en se levant d'un bond. Et les vôtres aussi, car elles dépendent de votre succès. J'ai besoin de bouchers, pas de bouffons. Attaquez des navires devant les murailles de ma cité. Passez leurs équipages au fil de l'épée. Emparez-vous de leurs cargaisons ou brûlez-les. Il est temps de faire preuve de *sérieux*. Voilà ce qu'il faut faire pour ébranler les fondations de cette ville.

» Ne revenez pas avant d'avoir répandu le sang sur ces eaux, dit-il en articulant distinctement chaque mot. Avant d'être devenus des fléaux.

— Soit, dit Locke. Une nouvelle dose d'antidote…

— Non.

— Si vous voulez que nous travaillions en toute confiance…

— Vous *tiendrez le coup*, dit Stragos, comme des cornichons dans la saumure. Vous avez reçu la précédente il y a moins de quinze jours, vous ne risquez rien avant six semaines.

— Mais… Attendez un peu, Archon, intervint Jean alors que Stragos faisait demi-tour pour quitter le bureau. Une dernière chose. Lorsque nous sommes venus en ville, la nuit de la *Festa*, nous avons encore été attaqués.

Les yeux de Stragos se plissèrent.

— Les mêmes assassins que la fois précédente ?

— Si vous entendez par là les mêmes inconnus, alors oui, répondit Jean. Certains d'entre eux nous attendaient sur les quais après notre visite à Requin. Si quelqu'un les a informés de notre présence à Tal Verrar, il n'a pas perdu de temps.

— Et avant de nous rendre aux Marches Dorées, ajouta Locke, nous ne sommes venus *qu'ici*.

— Mes agents n'ont rien à voir dans cette histoire, affirma Stragos. Je peux vous assurer que j'en entends parler pour la première fois.

— Nous avons laissé quatre cadavres derrière nous, dit Jean.

— Ils sont passés inaperçus. Mes agents de police en ont ramassé trente à travers la ville après la *Festa*. Il y a toujours des bagarres ou des vols pour fournir ce genre de marchandises. (Stragos soupira.) Il est clair que je n'ai rien à voir là-dedans, et je n'ai rien d'autre à vous dire à ce propos. Je suppose que vous allez retourner à votre navire dès que vous sortirez d'ici.

— Sans perdre un instant, dit Locke. Nous resterons aussi loin que possible des îles de cette ville.

— Quelqu'un n'a pas oublié une de vos anciennes vilenies et est revenu en quête de vengeance, dit Stragos. Partez maintenant. Plus d'antidote et plus de rencontres. Vous recevrez de quoi prolonger votre bonne santé lorsque des marchands paniqués se masseront devant mes portes, effrayés par vos méfaits, quand ils me supplieront d'intervenir parce que la mort rôde au-delà de l'entrée du port. Maintenant, partez et *faites votre travail.*

Il fit volte-face et quitta la pièce sans un mot de plus. Un moment plus tard, une escouade d'Yeux pénétra en bon ordre par la porte principale et les attendit avec impatience.

— Et merde, grommela Jean.

11

— On l'aura, ce vieil enfoiré, dit Ezri.

Il faisait nuit. Jean et elle étaient allongés ensemble dans la cabine de la seconde. L'*Orchidée-Poison* – pour le moment baptisé « *Versatile* » – avançait dans une mer agitée à une vingtaine de milles au sud-ouest de Tal Verrar. Les deux amants se cramponnaient l'un à l'autre tandis qu'ils se balançaient dans le hamac.

— Ce ne sera pas facile, dit Jean. Il refuse maintenant de nous recevoir tant que nous n'avons pas mené quelques attaques sérieuses pour faire avancer son plan… Et si nous lui obéissons, nous en viendrons peut-être au point où il n'aura plus besoin de nous. Il nous fera goûter une lame de couteau au lieu de l'antidote. Ou alors… si nous en arrivons là, c'est lui qui dégustera une lame…

— Jean ! Je ne veux pas entendre ce genre de bêtises. Ne parle pas de ça.

— Il faut bien l'envisager, mon amour.

— Nous n'en arriverons pas là. Non. Il y a *toujours* un moyen de prendre l'offensive ou de s'échapper. C'est ainsi que ça se passe par ici. (Elle roula sur lui et l'embrassa.) Je t'ai dit de ne pas abandonner, Jean Tannen, et moi, je trouve *toujours* une solution pour arriver à mes fins.

— Dieux ! murmura Jean. Comment ai-je pu vivre aussi longtemps sans toi ?

— Ta vie n'était que misère, tristesse et souffrance. Ma simple présence rend le monde plus agréable. C'est la raison pour laquelle les dieux m'ont créée. Et maintenant, arrête de te morfondre et dis-moi quelque chose de gentil !

— Quelque chose de gentil ?

— Oui, espèce de ramolli du bulbe. J'ai entendu dire que, parfois, les amants se disent des choses gentilles quand ils sont seuls...

— D'accord, mais, avec toi, il faut trouver l'inspiration sous peine de mort, non ?

— C'est possible. Laisse-moi le temps de dénicher un sabre.

— Ezri, dit-il d'une voix soudain sérieuse. Écoute, quand cette histoire sera finie, quand on se sera occupés de Stragos et de tous les autres, Léocanto et moi serons peut-être... très riches. À condition que notre autre affaire à Tal Verra se passe bien. Si tout se termine comme prévu...

— Pas « si tout se termine comme prévu », « Quand tout se sera passé comme prévu. »

— D'accord. *Quand* tout se sera passé comme prévu... J'aimerais vraiment que tu viennes avec nous. Léo et moi en avons un peu parlé. Tu n'as pas à choisir une vie plutôt qu'une autre, Ezri. Tu peux juste essayer de... partir en permission pendant quelque temps. Nous pourrions tous faire ça.

— Qu'est-ce que tu veux dire ?

— Nous pourrions trouver un voilier à Vel Virazzo, dit Jean. Il y a ce port – une marina privée – où les riches ancrent leurs bateaux et leurs barges. En général, il est possible d'en acheter un pour quelques centaines de solaris – et nous espérons bien en avoir davantage en poche à ce moment-là. De toute façon, Léo et moi devons nous rendre à Vel Virazzo pour... y conclure notre affaire, en un sens. Nous pourrions avoir un navire prêt à appareiller en deux jours, et puis... aller traîner un peu partout ! Naviguer au hasard. S'amuser. Faire semblant d'être de nobles dilettantes pendant un moment.

— Et reprendre notre ancienne vie après, tu veux dire ?

— Et reprendre notre ancienne vie quand tu en auras envie, dit Jean. Vivre comme tu en auras envie. Tu arrives toujours à tes fins, n'est-ce pas ?

— Vivre un temps sur un voilier avec Léocanto et toi, dit-elle. Je ne voudrais pas te vexer, Jean, tu n'es pas trop mauvais pour quelqu'un qui n'est pas marin, mais ton ami le reconnaît lui-même : il serait incapable de piloter une vieille godasse à travers une flaque de pisse.

— Et pour quelle raison crois-tu que nous t'emmènerions avec nous, hmm ?

— Eh bien, j'imaginais qu'il y avait peut-être un lien avec *ceci*, dit-elle en faisant glisser ses mains vers des endroits stratégiquement plus intéressants.

— Ah ! Cela entre en ligne de compte, mais tu pourrais aussi être une sorte de capitaine honoraire.

— Je pourrai baptiser le navire ?

— Comme si tu étais prête à laisser cette tâche à quelqu'un d'autre !

— D'accord, murmura-t-elle. S'il en a été décidé ainsi, il en a été décidé ainsi. Nous le ferons.

— Tu veux dire que tu as vraiment…

— Merde, avec tout le butin qu'on a amassé à Salon-Corbeau, tout l'équipage pourra se saouler pendant des mois en rentrant dans les Vents Fantômes. Zamira n'aura pas besoin de moi pendant un certain temps. (Ils s'embrassèrent.) Pendant six mois. (Ils s'embrassèrent de nouveau.) Peut-être même un an ou deux.

— Il y a toujours un moyen de prendre l'offensive, dit Jean sur un ton songeur entre deux baisers, ou de s'échapper.

— Bien sûr, murmura-t-elle. Tiens le cap et, tôt ou tard, tu trouveras ce que tu cherches.

12

Jaffrim Rodanov arpentait le gaillard d'arrière du *Souverain Redoutable* dans la lueur orange doré du petit matin. Son navire faisait route plein nord tribord amures, à environ quarante milles de Tal Verrar. La mer formait des creux d'un mètre cinquante à deux mètres.

Tal Verrar. Il était à une demi-journée de la cité que ses pairs et lui avaient évitée comme un lazaret abritant des sourdre-peaux depuis sept ans. Le foyer de la flotte qui pouvait écraser jusqu'à son puissant *Souverain* si on la mécontentait. La véritable liberté n'existait pas dans ces eaux, ce n'était qu'une vague illusion : des navires marchands bien gras qu'il ne pourrait jamais toucher et une riche cité qu'il ne pourrait jamais piller. Mais cela ne le dérangeait pas plus que cela. C'était même le paradis, s'il pouvait encore se comporter en pirate libre dans les mers du Sud.

— Capitaine, dit Ydrena. (Elle venait d'apparaître sur le pont avec une tasse d'argile ébréchée – son petit déjeuner habituel : un mélange de thé et de cognac – dans une main.) Je ne voudrais pas gâcher une si belle matinée, mais…

— Tu ne serais pas ma seconde si, au lieu de manœuvrer mon navire, ton boulot consistait à me lécher le cul.

— Nous sommes venus ici en un temps record, mais voilà une semaine que nous errons dans les parages sans l'ombre d'une piste, capitaine.

— Nous avons croisé plus de vingt navires marchands, lougres et galères d'agrément au cours de ces deux derniers jours, dit Rodanov. Mais pas un seul bâtiment de guerre. Nous avons encore du temps pour la trouver.

— Je ne critique pas votre logique, capitaine. Mais pour la repérer, ça va être…

— … un bordel sans nom, je sais.

— Ce n'est pas comme si elle écumait les environs en criant bien haut qu'elle est la capitaine Drakasha de l'*Orchidée-Poison*, dit Ydrena en savourant une gorgée de thé. « Salutations, nous sommes d'infâmes pirates des Vents Fantômes, cela ne vous dérange pas si nous montons à bord pour une petite visite ? »

— Elle peut prétendre à toutes les identités du monde si cela lui fait plaisir, dit Rodanov, peindre le nom qu'elle veut sur la poupe de son navire et réarranger ses voiles pour qu'il ressemble à un chébec constipé, il n'en gardera pas moins la même coque. Une coque sombre en bois-sorcier. Nous la connaissons bien : nous la voyons depuis des années.

— Toutes les coques paraissent sombres à moins de naviguer *très* près, capitaine.

— Ydrena, si j'avais une meilleure idée, crois-moi, je l'aurais l'exploitée. (Il bâilla et s'étira en savourant la flexion des muscles lourds de ses bras.) Notre seul indice, c'est le fait que plusieurs navires aient été attaqués et, maintenant, Salon-Corbeau. Elle rôde dans les parages, quelque part, en restant vers l'ouest. C'est ce que je ferais : la mer est plus vaste.

— Ouais, dit Ydrena. La mer est *vachement* plus vaste.

— Ydrena, souffla Rodanov, j'ai fait un long chemin pour violer un serment et tuer une amie. J'irai aussi loin et je la poursuivrai aussi longtemps qu'il le faudra. Nous écumerons ces eaux jusqu'à ce que l'un de nous trouve l'autre.

— Ou que notre équipage décide qu'il en a…

— Il nous reste bien du temps avant d'arriver à cette extrémité. En attendant, double les vigies dans les mâts la nuit, triple-les le jour. Nous allons foutre la moitié de ce putain d'équipage dans la mâture s'il le faut.

— Nouvelle voile à l'horizon, annonça une voix au sommet du mât de misaine.

Le message fut relayé jusqu'au gaillard d'arrière et Rodanov se précipita vers la proue, incapable de se maîtriser. Il avait entendu ce cri au moins cinquante fois au cours de la semaine, mais chaque nouvelle voile pouvait être la *bonne*.

— Où ça ?

— Trois degrés à tribord de la proue !

— Ydrena, cria Rodanov. Hisse plus de voiles ! Cap droit sur ce navire ! Timonier, amène-nous nord-nord-est, vire sur tribord !

Quelle que soit l'identité du bateau aperçu, le *Souverain Redoutable* était à son aise dans un vent et des eaux telles que celles-ci. Sa taille et son poids lui permettaient de fendre des vagues qui auraient ralenti un vaisseau plus léger. Il ne tarderait pas à rattraper l'autre navire.

Pourtant, les minutes s'égrenèrent avec une lenteur désespérante. Le *Souverain* prit sa nouvelle trajectoire, s'appropriant la puissance du vent qui soufflait désormais par tribord arrière. Rodanov arpenta le gaillard d'avant, impatient.

— Capitaine Rodanov ! C'est un deux-mâts, monsieur ! Je répète : « un deux-mâts » !

— Très bien, cria-t-il. Ydrena ! La seconde sur le gaillard d'avant !

Elle le rejoignit une minute plus tard, ses cheveux blond pâle volant au gré du vent. Elle vida le fond de sa tasse de thé matinale en arrivant.

— Prends ma meilleure lunette et grimpe sur la hune de misaine. Fais-moi savoir… Dès qu'on verra quelque chose.

— À vos ordres. C'est toujours mieux que de se tourner les pouces.

La matinée s'écoulait avec une lenteur exaspérante, mais, au moins, le ciel était dégagé. De bonnes conditions météorologiques pour les vigies. Le soleil monta plus haut et se fit plus brillant, jusqu'à ce que…

— Capitaine, hurla Ydrena. Une coque en bois-sorcier ! Un brick ! Un deux-mâts avec une coque en bois-sorcier !

Il était incapable d'attendre plus longtemps en restant passif.

— Je monte, cria-t-il.

Il grimpa tant bien que mal aux haubans pour gagner la plate-forme d'observation en haut du mât – un endroit qu'il avait abandonné à des marins plus petits et plus jeunes depuis des années. Ydrena était installée là en compagnie d'un homme qui se recroquevilla dans un coin pour laisser un peu de place au capitaine. Rodanov prit la lunette et observa le navire sur l'horizon. Il l'examina jusqu'à ce que son doute le plus infime s'avoue vaincu.

— C'est elle, dit-il. Elle a fait quelque chose de curieux à sa voilure, mais c'est bien l'*Orchidée*.

— Et maintenant ?

— Hissez jusqu'au dernier bout de voile qu'on puisse supporter avec ce vent. Réduisons la distance au maximum avant qu'elle nous reconnaisse.

— Vous ne voulez pas lui demander de mettre en panne à l'aide de signaux ? Lui proposer des pourparlers, avant de lui sauter dessus ?

— « Parlons à l'abri de nos mains, de peur que nos lèvres soient lues comme des livres et trahissent nos desseins. »

— Encore un de vos poèmes ?

— C'est en vers, mais ce n'est pas de la poésie. Ton idée n'est pas bonne. Zamira nous reconnaîtra tôt ou tard et, à ce moment-là, elle saura *exactement* pourquoi nous sommes là. (Il rendit la lunette à Ydrena et se prépara à descendre dans les haubans.) Mets le cap droit sur elle. Inutile de sortir les leurres et de cacher les armes. Accordons-lui cela. Après tout, ce sera sa dernière bataille.

Chapitre 15

AFFRONTEMENT FRATRICIDE

1

— Est-ce que Jérôme sait que tu me demandes de faire ça ?

— Non.

Locke se tenait à côté de Drakasha, contre la rambarde, tout près d'elle afin de converser discrètement. C'était la septième heure du matin – approximativement – et le soleil poursuivait son ascension dans un ciel d'azur sans nuages. Le vent venait de l'est, presque par tribord arrière, et les vagues étaient de plus en plus fortes.

— Et tu penses que…

— Oui, je crois que je peux parler au nom de nous deux, dit Locke. Il n'y a pas d'autre solution. Nous ne pourrons plus rencontrer Stragos à moins de faire ce qu'il nous demande. Et honnêtement, si nous faisons ce qu'il veut, nous deviendrons inutiles. Nous aurons une dernière occasion de l'approcher en chair et en os. Il est temps de montrer à cet enfant de pute comment un Camorrien règle ses comptes.

— Je croyais que tu étais spécialisé dans la malhonnêteté subtile.

— Je fais aussi des affaires florissantes en collant une dague sur la gorge des gens et en leur hurlant aux oreilles.

— Mais si tu demandes à le rencontrer de nouveau après avoir coulé quelques navires pour lui, tu ne penses pas qu'il s'attendra à une ruse de ta part ? Surtout dans un palais bondé de soldats ?

— Tout ce que j'ai à faire, c'est l'approcher assez. Je ne vais pas prétendre que je suis capable de me frayer un chemin à travers un mur de gardes, mais à quinze centimètres, avec un bon stylet, je suis la main d'Aza Guilla en personne.

— Tu as donc l'intention de le prendre en otage ?

— C'est simple, direct et – avec un peu de chance – efficace. Si je ne peux pas le duper pour récupérer l'antidote ni passer un marché avec son alchimiste, je peux peut-être lui coller la trouille de sa vie.

— Et tu penses vraiment que tu as envisagé le problème sous tous les angles ?

— Capitaine Drakasha, au cours de ces dernières nuits, je n'ai quasiment pas fermé l'œil à force d'y réfléchir. Pourquoi croyez-vous que je sois venu vous parler ?

— Eh bien…

— Capitaine ! cria la vigie du grand mât. Il se passe quelque chose derrière nous !

— Qu'est-ce que tu entends par là ?

— Une voile, encore trois degrés à bâbord de la poupe, sur l'horizon. Elle est apparue comme par enchantement. Elle allait plus ou moins vers l'ouest avant de bifurquer droit vers nous.

— Tu as des yeux d'aigle. Tiens-moi au courant, Utgar.

— À vos ordres, capitaine.

— Double les vigies sur chaque mât. Ohé, du pont ! Préparez-vous à changer de cap ! Tout le monde aux écouets et écoutes ! Attendez mon ordre !

— Un problème, capitaine ?

— Je ne pense pas, répondit Drakasha. Même si Stragos avait changé d'avis depuis hier et décidé de nous donner la chasse, un bâtiment de guerre verrarien ne serait pas arrivé par là.

— Quelle chance !

— Oui. Alors, nous allons changer de cap en douceur et sans nous presser. S'ils ont viré de bord sans penser à mal, ils continueront leur bonhomme de chemin. (Elle s'éclaircit la gorge.) Timonier, cap nord-nord-ouest, sans s'énerver ! Utgar ! Prépare les vergues pour recevoir le vent par la hanche de bâbord !

— À vos ordres, capitaine !

L'*Orchidée-Poison* s'inclina un peu plus sur bâbord avec paresse, jusqu'à ce que la proue soit presque face au nord-ouest. Le vent fort balaya le gaillard d'arrière, soufflant pratiquement droit dans le visage de Locke. En direction du sud, il crut apercevoir des voiles minuscules. Du pont, il était encore impossible de distinguer la coque.

Le cri arriva quelques minutes plus tard :

— Capitaine ! Il a viré cinq ou six degrés bâbord ! Il se dirige de nouveau vers nous !

— Nous sommes sur sa proue tribord, dit Drakasha. Il essaie de se rapprocher de nous, mais pourquoi diable ferait-il ça ? (Elle claqua des doigts.) Une minute. C'est peut-être un chasseur de primes.

— Comment pourrait-il savoir qui nous sommes ?

— L'équipage du ketch auquel vous avez rendu visite a sans doute fait une description de l'*Orchidée-Poison*. Il ne fallait pas rêver : le déguisement de mon bébé ne pouvait durer qu'un temps. Ces jolis bordages en bois-sorcier ne passent pas inaperçus.

— Et… c'est grave ?

— Ça dépend de qui est le plus rapide. Si c'est un chasseur de primes, nous ne gagnerons rien à combattre. Le navire ne transporte que des marins aguerris et aucun butin. Si nous allons plus vite que lui, j'ai l'intention de lui montrer notre cul et de lui faire coucou avant de disparaître.

— Et si nous ne sommes pas les plus rapides ?

— Nous combattrons sans espoir de butin.

— Capitaine, cria une des vigies. C'est un trois-mâts !

— De mieux en mieux, dit Drakasha. Va réveiller Ezri et Jérôme de ma part.

2

— La poisse ! lâcha Delmastro. Une putain de poisse !

— Si les choses tournent comme je le veux, ce sont eux qui auront la poisse, dit Zamira.

Le capitaine et sa lieutenant se tenaient sur le couronnement et fixaient le petit carré blanc qui marquait la position de leur poursuivant sur l'horizon. Locke attendait en compagnie de Jean deux ou trois mètres plus loin, appuyé au bastingage tribord. Drakasha avait poussé le navire quelques degrés au sud si bien qu'il faisait maintenant route ouest-nord-ouest avec un vent excellent par la hanche de tribord – l'allure idéale pour l'*Orchidée*, d'après Zamira. Locke savait cependant que cela n'allait pas sans risques : si leur adversaire était le plus rapide, il changerait de cap pour les intercepter – et il gagnerait du terrain plus vite qu'en se lançant dans une poursuite linéaire. Le problème, c'était qu'une telle poursuite en direction du nord ne pouvait pas durer éternellement : le grand large était à l'ouest.

— Je ne suis pas certaine que nous les semions, capitaine, dit Delmastro après quelques minutes de silence.

— Moi non plus. Maudite soit cette mer démontée. Si notre adversaire est un trois-mâts, il est peut-être assez lourd pour se frayer un chemin à travers les vagues plus vite que nous.

— Capitaine ! (Le cri leur parvint du grand mât, encore plus pressant que les précédents.) Capitaine, on ne le distance pas, et… Capitaine, je vous demande pardon, mais je crois que vous feriez bien de venir jeter un œil par vous-même.

—Jeter un œil sur quoi ?

—Si je ne suis pas fou, j'ai déjà vu ce navire, cria la vigie. J'en mettrais ma main à couper. J'aimerais bien qu'une autre paire d'yeux confirme mon impression.

—Je vais aller voir, dit Delmastro. Vous permettez que j'emprunte votre lunette préférée ?

—Laisse-la tomber et je donne ta cabine à Paolo et Cosetta.

Locke regarda Delmastro grimper dans le grand mât quelques minutes plus tard, armée de la fierté de Zamira : un chef-d'œuvre d'optique verrarienne entouré de cuir traité par un procédé alchimique. Un moment s'écoula avant qu'on entende crier :

—Capitaine, c'est le *Souverain Redoutable* !

—Quoi ? Tu en es absolument sûre, Del ?

—Je l'ai vu assez souvent, vous ne croyez pas ?

—J'arrive.

Locke échangea un regard avec Jean tandis que Zamira sautait dans les haubans du grand mât. Sur le pont, les marins se mirent à murmurer et à jurer. Une dizaine d'entre eux abandonnèrent leurs tâches pour se diriger vers la proue et tendre le cou pour entrevoir la petite voile au sud. Ils se dispersèrent précipitamment quand Drakasha et Delmastro redescendirent sur le gaillard d'arrière, l'air sombre.

—C'est donc lui ? demanda Locke.

—C'est lui, dit Drakasha. S'il nous cherche depuis un certain temps, ça signifie qu'il a quitté Port-Prodigue peu de temps après nous.

—Il… apporte peut-être un message ou quelque chose dans ce genre, non ?

—Non. (Drakasha ôta son chapeau d'une main et passa l'autre dans ses tresses d'un geste presque nerveux.) Au cours du conseil des capitaines, c'est lui qui s'est opposé à mon plan avec le plus de virulence. S'il s'est donné la peine de faire un voyage aussi long et d'aventurer son navire à un jet de pierre de Tal Verrar, ce n'est certainement pas pour délivrer un quelconque message.

» Je crains qu'il nous faille remettre notre conversation à plus tard, Ravelle. Le problème est sans intérêt tant que nous ne savons pas si l'*Orchidée* sera encore à flot à la fin de la journée.

3

À la dixième heure du matin, Locke observa le *Souverain Redoutable* par-delà les moutons de la mer. Le navire se dirigeait toujours droit sur l'*Orchidée*, comme une aiguille attirée par un aimant, et ne ressemblait plus à un petit carré de voile sur l'horizon. Il était indubitable que Rodanov gagnait du terrain.

Après être arrivée à la même conclusion, Zamira replia sa lunette d'un geste sec et tourna soudain le dos à la rambarde.

— Capitaine, dit Delmastro, il doit y avoir une solution… Si nous pouvons le garder à distance jusqu'à la tombée de la nuit…

— Alors, différentes options s'offriront à nous, oui. Mais seule une poursuite linéaire nous permettrait de gagner assez de temps, et si nous mettons le cap au nord, nous nous retrouverons sur la côte avant le crépuscule. Sans parler du fait que le *Souverain* a été caréné récemment alors que l'*Orchidée* ne l'a pas été depuis des lustres. La vérité, c'est que nous avons déjà perdu cette course.

Drakasha et Delmastro ne s'adressèrent pas la parole pendant un long moment. Puis la seconde s'éclaircit la gorge.

— Je, euh… vais commencer à tout préparer, d'accord ?

— Tu ferais bien. Laisse les marins du quart rouge dormir aussi longtemps que possible, à supposer qu'il y en ait qui dorment encore.

Delmastro hocha la tête, attrapa Jean par la manche de sa tunique et l'entraîna vers l'écoutille de la soute principale.

— Vous avez l'intention de combattre ? demanda Locke.

— Je n'ai *pas le choix* ; je dois combattre, répondit Drakasha. Et toi aussi, si tu veux vivre jusqu'au dîner de ce soir. Rodanov dispose d'un équipage presque deux fois plus nombreux que le mien. Tu comprends la catastrophe qui se profile à l'horizon ?

— Et tout ça plus ou moins à cause de moi. Je suis désolé, capitaine…

— Tes conneries, tu peux les balancer par-dessus bord, Ravelle. Je ne reviendrai pas sur ma décision de t'aider – et comme ça, personne d'autre n'aura à changer d'avis non plus. C'est la faute de Stragos, pas la tienne. D'une manière ou d'une autre, ses manigances auraient fini par nous mettre dans une situation difficile.

— Je vous remercie, capitaine Drakasha. Maintenant… je sais que nous avons déjà débattu de mes compétences réelles en matière de combat, mais la plus grande partie de l'équipage croit encore que je suis une espèce de machine à tuer. Je… Je suppose que ce que je veux dire…

— Tu veux être en première ligne ?

— Oui.

— J'avais bien pensé que tu me demanderais ça. J'ai déjà trouvé une place pour toi. Ne crois pas que tu auras la tâche facile.

Elle s'éloigna un moment et cria en direction de la proue :

— Utgar !

— Oui, capitaine ?

— Va chercher une ligne de sonde et donne-moi la profondeur ! (Locke haussa les sourcils en guise de question.) J'aurai besoin de la connaître pour savoir combien de temps mettra l'ancre avant de toucher le fond.

— Pourquoi diable voudriez-vous jeter l'ancre ?

— Il te faudra attendre un peu avant d'être émerveillé par la réponse. J'espère que Rodanov sera tout aussi surpris que toi, d'ailleurs, mais c'est beaucoup demander.

— Capitaine, hurla Utgar plusieurs minutes après. Il y a à peu près quatre-vingt-dix brasses sous la coque.

— Bien. Ravelle, je sais que tu n'es pas de quart en ce moment, mais, comme tu es assez con pour te balader ici et te faire remarquer... Ramène-moi deux bleus et remonte quelques tonneaux de bière. Essaie de ne pas faire de bruit pour ne pas réveiller les rouges qui dorment encore. Je rassemblerai tout le monde sur le pont dans une heure et il n'est pas sage d'envoyer des hommes à la bataille avec la gorge trop sèche.

— Je serai heureux de me rendre utile, capitaine. Dans une heure ? À votre avis, quand pensez-vous que nous serons...

— J'ai l'intention de lancer les hostilités avant midi. Il n'y a qu'une seule manière de gagner quand tu es pourchassé par quelqu'un de plus gros et de plus fort que toi : tu te retournes tout d'un coup et tu lui colles un grand coup de poing dans les dents en priant pour que les dieux t'aient à la bonne.

4

— Rassemblement général, cria Ezri une dernière fois. Rassemblement général sur l'embelle. Tout le monde sur le pont, bande de branleurs et d'enfants de pute ! Et si vous êtes encore allongés sur un camarade, remontez-le avec vous !

Jean se tenait devant les autres marins, au centre du navire, attendant que Drakasha délivre son discours. La capitaine était contre la rambarde. Ezri, Nasreen, Utgar, Mumchance, Gwillem, et Tréganne se trouvaient derrière elle. La medekiner semblait outrée qu'on dérange ses petites habitudes pour une histoire aussi insignifiante qu'un affrontement sanglant entre deux équipages.

— Écoutez-moi bien, lança Drakasha. Le navire qui se dirige vers nous est le *Souverain Redoutable*. Le capitaine Rodanov désapprouve notre présence dans ces eaux et il a fait un long chemin pour nous combattre.

— Nous ne pouvons pas nous battre contre un équipage aussi nombreux, cria quelqu'un dans la foule.

— Ce n'est pas comme si nous avions le choix. Ils se rapprochent pour aborder, que ça nous plaise ou non.

— Mais, et s'il en avait juste après vous ? demanda un marin que Jean ne reconnut pas. (Il fallait lui accorder un certain courage : il se tenait lui aussi au premier rang, bien en vue de Drakasha et des autres officiers.) Si on vous livre à lui, on s'épargne une putain de bataille. On n'est pas dans l'armée. J'ai le droit de tenir à ma vie tout autant que…

Jabril fendit la foule pour arriver derrière l'homme et lui assena un coup de poing dans le creux du dos. Le marin s'effondra sur le pont en se tordant de douleur.

— Nous ne savons *pas* s'il n'y a que Drakasha qui l'intéresse ! cria Jabril. Moi, je ne vais pas baisser mon froc et m'accouder à la rambarde en attendant que quelqu'un vienne me sucer la bite ! La plupart d'entre vous le savent aussi bien que moi : si un capitaine attaque un capitaine, il n'a pas intérêt à ce que quelqu'un retourne à Port-Prodigue pour raconter une version de l'histoire différente de la sienne !

— Du calme, Jabril, dit Zamira.

Elle se dépêcha de descendre l'escalier du gaillard d'arrière, enjamba le prétendu pragmatique et l'aida à s'asseoir. Puis elle se releva devant son équipage rassemblé, à moins de un mètre du premier rang. Elle fit un bref mouvement de tête en direction de l'homme à ses pieds.

— Basryn a raison sur un point. Nous ne sommes pas dans l'armée et vous avez le droit de tenir à votre vie. Je ne suis pas une putain d'impératrice et vous n'êtes pas mes sujets. Si quelqu'un d'autre veut me livrer à Rodanov, je suis là ! C'est le moment de tenter votre chance ! Pas de volontaires ?

Personne ne fit un pas en avant. Drakasha aida Basryn à se relever et le regarda droit dans les yeux.

— Maintenant, dit-elle, tu peux prendre le plus petit canot, toi et ceux qui le mettront à la mer avec toi. Ou bien tu peux rester à bord.

— Ah, putain ! dit l'homme en grommelant. Je suis désolé, capitaine. Je… Je crois que je préfère vivre comme un lâche plutôt que de mourir comme un idiot.

— Oscarl, dit Drakasha. Quand nous en aurons fini avec ça, rassemble un groupe et mets le petit canot à la mer, vite. Si quelqu'un veut accompagner Basryn, je ne vous donnerai pas davantage. Si Rodanov gagne, tentez votre chance avec lui. Si je gagne… Sachez que nous sommes à cinquante milles de la côte et que vous ne remonterez pas à bord de mon navire.

L'homme hocha la tête et ce fut terminé. Drakasha le lâcha et il s'enfonça dans la foule d'un pas mal assuré, les mains dans le dos, ignorant les regards noirs des autres marins.

— Écoutez-moi, cria Drakasha. La mer n'est pas notre amie aujourd'hui. Ce fils de pute de Rodanov est plus stable que nous. Quelle que soit la direction, la fuite ne nous ferait gagner que quelques heures. Si nous devons régler cette affaire en étant assez près pour nous envoyer des baisers, j'ai l'intention de décider des modalités de cette amourette.

» Chacun devrait tuer deux adversaires pour qu'il reste encore un d'entre nous vivant à la fin de la bataille. Il est donc clair que nous devons faire mieux que ça. Si nous l'immobilisons avec un de nos bords contre sa proue, nous pourrons nous rassembler autour du point d'abordage et avoir l'avantage du nombre au seul endroit qui compte. Son gros équipage ne lui servira pas à grand-chose s'il doit nous l'envoyer au compte-gouttes.

» Par conséquent, je vais vous aligner sur l'embelle, comme les anciennes légions du Trône Thérin. Les épées et les boucliers devant, les lances et les hallebardes derrière. Ne lambinez pas. Si vous ne pouvez tuer personne, balancez-les à l'eau. Démerdez-vous pour les foutre hors d'état de combattre !

» Del va choisir nos dix meilleurs archers et les envoyer dans la mâture – je ne pense pas qu'il soit utile de vous expliquer pourquoi. Cinq par mât. J'aimerais en poster davantage là-haut, mais nous aurons besoin d'autant de combattants que possible sur le pont.

— Ravelle, Valora, je vais vous placer à la tête d'un petit détachement pour former un groupe d'intervention mobile. Votre tâche sera de vous occuper des chaloupes du *Souverain*. L'ennemi essaiera de nous aborder de tous les côtés une fois que le combat sera engagé sur l'embelle. Vous devrez donc être partout où ils seront. Un marin sur le pont est capable d'en repousser cinq s'il est rapide.

» Nasreen, tu choisiras trois hommes et tu te tiendras près de l'ancre tribord en attendant mes ordres. Une fois que je les aurais donnés, tu protégeras la proue des chaloupes pour soulager Ravelle et lui permettre d'intervenir ailleurs.

— Utgar, tu viens avec moi armer les arbalètes. Bon, il y a de la bière sur le gaillard d'avant et je veux que le tonneau soit vide avant de nous mettre à l'œuvre. Buvez, trouvez une armure. Si vous en avez une en cuir ou en métal que vous gardiez de côté, c'est le moment de l'enfiler. Je me fous que vous transpiriez comme des porcs. Vous n'en aurez jamais plus besoin qu'aujourd'hui.

Drakasha tourna le dos à l'équipage pour lui faire savoir que le discours était terminé, puis elle se dirigea à grands pas vers l'escalier du gaillard d'arrière. Un véritable chaos éclata au centre du navire : les marins s'égayèrent soudain en poussant leurs camarades du coude, certains pour aller chercher leurs armes ou leur armure, d'autres pour aller boire ce qui serait peut-être leur dernier verre.

Ezri sauta par-dessus la rambarde du gaillard d'arrière et pénétra au sein du pandémonium en hurlant.

— Le quart de surveillance d'incendie, doublez les seaux de sable ! Installez les filets-rasoirs à bâbord et hissez-les bien haut ! Jérôme, ramène ton gros cul sur le gaillard d'arrière! Groupe d'intervention mobile, rassemblez-vous ici!

Jean fit un signe de la main et suivit Drakasha jusqu'à la poupe du navire où Utgar l'attendait, visiblement nerveux. Tréganne descendit l'escalier menant aux cabines en grommelant quelque chose à propos de « conditions de travail inacceptables ».

Soudain, une petite ombre surgit du passage et se précipita vers Drakasha. La capitaine baissa les yeux pour voir ce qui tirait sur son haut-de-chausses. Paolo se cramponnait à sa jambe avec naturel.

— Maman, le bruit.

Zamira sourit et le souleva pour le nicher contre le revers de sa veste. Elle se tourna face au vent et le laissa chasser les cheveux de son visage. Jean remarqua que les yeux de l'enfant étaient fixés sur le *Souverain Redoutable* qui tanguait et roulait sous un ciel dépourvu du moindre nuage, réduisant implacablement la distance qui le séparait de l'*Orchidée.*

— Paolo, mon chéri. Maman a besoin que tu l'aides. Toi et ta sœur devez vous cacher dans le coffre à bouts, sur le pont inférieur. D'accord?

Le garçonnet hocha la tête et Zamira l'embrassa sur le front, enfouissant son nez dans un enchevêtrement de courtes mèches noires, les yeux fermés. Elle reprit la parole un moment plus tard:

— Bien. Parce qu'ensuite, maman va aller chercher son armure et ses sabres. Et après, elle va aborder le navire de cet enculé de parjure et le couler comme une pierre.

5

Jaffrim Rodanov se tenait à la proue du *Souverain.* L'*Orchidée-Poison* occupait le centre de sa lunette quand le navire vira soudain tribord et se pointa vers lui comme une flèche. Les voiles principales frémirent et commencèrent à disparaître tandis que son équipage les ferlait pour la bataille.

— Ah! dit-il. Nous y sommes, Zamira. Tu te décides enfin à faire la seule chose sensée.

Rodanov s'était habillé pour l'affrontement. Comme d'habitude, il avait enfilé un manteau de cuir renforcé par des mailles incrustées dans le dos et les revers. Les coupures et les plis de ce vieux vêtement en mauvais état le réconfortaient toujours. Ils lui rappelaient que des gens essayaient de le tuer depuis des années, en vain.

Il portait ses armes de prédilection: une paire de gants segmentés en acier noirci. Dans la confusion d'une bataille au corps à corps, ils pouvaient saisir des lames et fracasser des crânes avec une même assurance. Pour le travail moins intime qui consistait à se frayer un chemin jusqu'à bord de l'*Orchidée*, il comptait sur un gourdin garni de clous et long comme la jambe. Il replia sa lunette avec soin avant de la glisser dans sa poche, bien décidé à la remettre dans l'habitacle avant le début de l'affrontement. Contrairement à la dernière fois.

— Des ordres, capitaine ?

Ydrena se tenait dans l'escalier du gaillard d'avant, son épée incurvée rangée dans le fourreau fixé sur son dos. La plus grande partie de l'équipage attendait déjà derrière elle, prête au combat.

— Elle est à nous, tonna Rodanov. Je sais que cette tâche ne fait plaisir à personne, mais Drakasha écume les eaux verrariennes. Elle va entraîner la fin de cette vie que nous aimons tant si nous ne l'en empêchons pas. Maintenant !

» Alignez-vous à tribord, comme nous avions prévu de le faire. Les boucliers devant, les arbalètes derrière. Rappelez-vous : une volée, puis vous les balancez pour dégainer vos sabres. Les équipages des chaloupes passeront par tribord quand nous serons au contact avec l'*Orchidée*. Que les grappins soient prêts au centre du navire et à la proue. Timonier ! Tu as tes ordres – applique-les à la lettre ou prie pour ne pas survivre à la bataille.

» Cette journée sera rouge ! Drakasha n'est pas un adversaire à prendre à la légère. Mais qui sommes-nous, au milieu des vents et des eaux de la mer de Cuivre ?

— Des *Souverains* ! cria l'équipage en chœur.

— Qui sommes-nous, nous qui n'avons jamais été abordés ni battus ?

— Des *Souverains* !

— Quand nos ennemis se présentent au Jugement des dieux et hurlent le nom de ceux qui ont causé leur perte, qui accusent-ils ?

— Les *Souverains* !

— C'est ce que nous sommes ! (Il agita son gourdin au-dessus de sa tête.) Et nous réservons quelques surprises à Zamira Drakasha ! Apportez les cages à l'avant !

Trois groupes de six marins poussèrent des cages couvertes de bâches jusqu'au gaillard d'avant. Elles avaient toutes des poignées disposées à bonne distance de leurs grillages d'acier. Elles mesuraient près de deux mètres de long sur un de large et de haut.

— On ne leur a pas donné à manger depuis hier, hein ?

— Non, répondit Ydrena.

— Parfait.

Rodanov examina deux fois les parties de la rambarde tribord que ses charpentiers avaient fragilisées. Désormais, un bon coup de pied permettrait d'abattre des portions longues de trois mètres. C'était un affront à son cher *Souverain*, mais il serait facile d'y remédier plus tard.

— Disposez les cages par ici. Et flanquez-leur quelques coups de pied pour exciter un peu leurs pensionnaires.

6

Les deux navires fendaient les vagues pour se précipiter l'un vers l'autre. Pour la deuxième fois de sa vie, Locke Lamora était sur le point de s'impliquer – un peu trop à son goût – dans une bataille navale.

— En douceur, Mum, lança Drakasha.

Elle se tenait non loin de la rambarde bâbord du gaillard d'arrière et fixait le *Souverain*. Jean et Locke attendaient près d'elle, armés de hachettes et de sabres. Jean avait aussi enfilé une paire de brassards en cuir récupéré dans les affaires de Basryn – qui avait disparu depuis qu'il avait embarqué seul sur le petit canot.

Mon canot, d'ailleurs, songea Locke avec une pointe d'amertume.

Le « groupe d'intervention mobile » était composé des deux compères, Malakasti, Jabril, Stréva ainsi que de Gwillem. À l'exception de ce dernier, tous portaient un bouclier et une lance. Le timide maître d'équipage était vêtu d'un tablier de cuir aux poches chargées de lourdes billes en fer – les munitions de la fronde qu'il tenait dans la main gauche.

La majorité des marins attendaient au centre du navire, rangés comme Drakasha le leur avait demandé : ceux qui portaient un grand bouclier et une épée d'estoc occupaient les premiers rangs, devant ceux qui étaient équipés d'une arme d'hast. Les voiles principales avaient été ferlées, les seaux de sable avaient été disposés aux endroits adéquats, la coupée bâbord était protégée par ce que Delmastro appelait un « filet écorcheur » et l'*Orchidée-Poison* se précipitait vers l'étreinte du *Souverain* comme une amante trop longtemps séparée de son bien-aimé.

Delmastro surgit du chaos qui régnait sur l'embelle. Elle ressemblait beaucoup à la jeune femme que Locke avait aperçue la première fois : vêtue de son armure de cuir, les cheveux tirés en arrière, prête au combat. Sans se préoccuper des armes accrochées à leurs ceintures, elle bondit sur Jean en enroulant les bras et les jambes autour de lui. Il glissa les mains dans son dos et ils s'embrassèrent jusqu'à ce que Locke éclate de rire. Il songea qu'il n'était sans doute pas donné à tout le monde d'assister à ce genre de spectacle juste avant une bataille.

— Cette journée est la nôtre, dit Ezri quand ils se séparèrent enfin.

— Essaie de ne pas exterminer tous nos adversaires avant que j'arrive, d'accord ? (Jean baissa la tête pour lui sourire et elle lui tendit quelque chose enveloppé dans un petit sachet de soie.) Qu'est-ce que c'est ?

—Une boucle de mes cheveux. J'avais l'intention de te la donner depuis des jours, mais je n'en ai pas trouvé le temps avec toutes ces attaques. Tu sais ce que c'est. La piraterie. Une vie trépidante.

—Merci, mon amour.

—Si jamais tu es en danger, où que tu sois, tends ce petit sac vers celui ou celle qui te cherche noise et dis-lui : « Tu ne sais pas qui tu es en train de faire chier. Je suis sous la protection de la dame qui m'a donné cet objet en gage d'amour. »

—Et c'est censé arrêter mon adversaire ?

—Putain, non. Il va juste se demander ce qui te prend. Alors, tu en profites pour le tuer pendant qu'il te regarde d'un drôle d'air.

Ils s'étreignirent de nouveau et Drakasha s'éclaircit la gorge.

—Del, si ça ne te dérange pas, nous sommes censés attaquer le navire qui est devant nous. Si tu avais l'obligeance de bien vouloir…

—Ah oui ! Nous devons défendre nos vies. Je suppose que je pourrais trouver quelques minutes à vous consacrer, capitaine.

—Bonne chance, Del.

—Bonne chance, Zamira.

—Capitaine, dit Mumchance, maintenant…

—*Nasreen !* hurla Drakasha du plus fort de sa voix déjà impressionnante. *Jette l'ancre tribord !*

—Le choc va être rude, lança Delmastro un moment plus tard. Que tout le monde se prépare à la secousse ! Là-haut ! Accrochez-vous à un mât, ou à un cordage !

La cloche du mât de misaine se mit à retentir avec frénésie. Les deux navires se rapprochaient à une vitesse ahurissante. Jean et Locke s'accroupirent dans l'escalier bâbord du gaillard d'arrière et se cramponnèrent à la rambarde intérieure. Locke jeta un coup d'œil vers Drakasha et vit qu'elle comptait quelque chose et articulait chaque nombre avec concentration. C'était étrange. Il essaya sans succès de lire sur ses lèvres avant de conclure qu'elle n'employait pas le thérin.

—Capitaine, dit Mumchance comme s'il commandait une tasse de café, l'autre navire…

—À tribord toute, cria Drakasha.

Mumchance et son camarade entreprirent de tourner le gouvernail vers la gauche. Soudain, on entendit un grincement et un craquement monter de la proue. Le navire frissonna d'un bout à l'autre et s'inclina brusquement sur tribord comme s'il se trouvait contre le vent. Locke sentit son estomac émettre une protestation et s'accrocha à la rambarde de toutes ses forces.

—Équipe à l'ancre, hurla Drakasha. Tranchez le câble !

Locke avait une excellente vue du *Souverain Redoutable* qui se précipitait vers eux, à une centaine de mètres à peine. Il se mit à haleter en imaginant le lourd mât de beaupré s'enfonçant comme une lance dans les entrailles de l'*Orchidée* ou écrasant son équipage rassemblé sur le pont. Mais tandis qu'il observait la scène, le trois-mâts donna de la bande sur bâbord et vira à son tour.

Rodanov voulait éviter une collision de plein fouet et Locke crut deviner que c'était à dessein : le choc aurait sans doute créé de gros dégâts à l'*Orchidée*, mais aurait aussi immobilisé le *Souverain* dans la position idéale pour que Drakasha repousse un abordage. En outre, il n'était pas impossible que les dommages finissent par entraîner les deux navires par le fond.

La suite fut assez spectaculaire : la mer se couvrit d'écume entre les deux bâtiments et Locke entendit les vagues protester en sifflant de colère, comme si on avait versé de l'eau sur des charbons ardents. Il n'existait aucun moyen pour que les deux navires neutralisent leur élan, mais leurs bords se rapprochèrent tandis que la mer formait un coussin houleux entre leurs coques. L'univers sembla trembler quand ils se heurtèrent : le bois grinça, les mâts frissonnèrent et, dans la mâture, une femme de l'*Orchidée* fut éjectée par le choc. Elle s'écrasa sur le pont du *Souverain*, devenant ainsi la première victime de la bataille.

— La brigantine ! La brigantine ! cria Drakasha.

Toutes les personnes présentes sur le gaillard d'arrière levèrent la tête en même temps alors que la brigantine était déployée de la manière la plus étrange qui soit par le petit groupe chargé de cette tâche. Tandis que toute la voile battait au vent en se déferlant, les espars furent brassés dans une urgence désespérée. D'ordinaire, la voile aurique n'aurait jamais été placée perpendiculairement au vent ; pourtant, à ce moment-là, la forte brise venant de l'est soufflait dessus selon un angle de quatre-vingt-dix degrés à dessein : ce faisant, elle écartait la poupe de l'*Orchidée* du bord du *Souverain*. Mumchance fit tourner le gouvernail sur tribord afin d'accentuer le phénomène.

On entendit des cris et des craquements monter de la proue. Le plan de Drakasha semblait se dérouler comme prévu : le mât de beaupré du *Souverain* écrasait ou entrait en collision avec les gréements avant, mais il n'avait pas perforé la coque et seule la partie tribord de sa proue était en contact avec le flanc bâbord de l'*Orchidée*. Locke songea que, du haut de leurs cieux, les dieux voyaient peut-être les deux navires comme des escrimeurs ivres, leurs mâts de beaupré croisés, mais s'agitant sans causer somme toute beaucoup de dégâts.

Des choses invisibles sifflèrent comme des serpents dans les airs et Locke s'aperçut que des flèches pleuvaient tout autour de lui. La bataille avait bel et bien commencé.

7

—Cette salope syrunienne est décidément trop futée, grommela Rodanov en se relevant après la collision.

Drakasha utilisait sa brigantine comme levier afin d'empêcher que les bords des deux navires s'alignent l'un contre l'autre. Qu'il en soit ainsi ! Il avait ses propres atouts à jouer.

—Lâchez-les ! cria-t-il.

Un marin se tenait soigneusement à l'arrière des trois cages encadré par des porteurs de bouclier pour le protéger. Il tira la corde qui commandait l'ouverture des portes. Ces dernières se trouvaient à quelques centimètres des parties de rambardes affaiblies – qui s'étaient fort à propos effondrées quand les deux navires étaient entrés en collision.

Trois valconas adultes – affamés, secoués et dans une rogne noire – jaillirent de leurs prisons en hurlant comme des morts-vivants avides de vengeance. La première chose qui attira leur attention fut un groupe de marins de l'*Orchidée* aligné devant eux. Les hommes de Drakasha étaient lourdement armés et protégés, mais ils s'attendaient bien sûr à repousser avant tout des assaillants humains.

Les trois oiseaux de combat s'élancèrent dans les airs et atterrirent au milieu des lances et des boucliers, plantant leur bec et leurs serres grosses comme des dagues dans tout ce qui était à leur portée. Les hommes hurlèrent, se bousculèrent et provoquèrent un chaos indescriptible tandis qu'ils essayaient désespérément de frapper ou de fuir les bêtes féroces.

Rodanov grimaça un sourire méchant. Il ne regrettait pas la somme qu'il avait déboursée pour les acquérir – même si ces bestioles valaient une véritable fortune à Port-Prodigue, même si elles avaient empuanti la cale, même si elles seraient mortes dans quelques instants. Chaque marin de l'*Orchidée* mutilé représentait un adversaire que ses hommes n'auraient pas à affronter. Et comment parler de prix convenable quand il s'agit de voir vos ennemis chier de trouille dans leurs frocs ?

—Lancez les chaloupes ! *Souverains !* Avec moi !

8

Les hurlements provenant de la proue n'étaient pas seulement d'origine humaine. Locke remonta les marches de l'escalier du gaillard d'arrière quatre à quatre, avide de savoir ce qui se passait. Des formes brunes fouettaient l'air au milieu des masses compactes des « légions » de Zamira le long du côté bâbord. Qu'est-ce que c'étaient que ces saloperies ? Drakasha passa à côté de lui à toute vitesse et se rua vers l'endroit le plus confus, brandissant ses deux sabres.

À bord du navire de Rodanov, plusieurs marins lancèrent des grappins entre le vide qui séparait les deux bateaux. Un groupe d'hommes de l'*Orchidée* s'attendait à la manœuvre : ils se précipitèrent à bâbord pour trancher les cordes avec des hachettes. L'un d'entre eux s'effondra, une flèche dans la gorge. Locke constata que ses camarades s'acquittaient de leur tâche avec célérité.

Un « tchac » bref et aigu annonça qu'un trait s'était planté à proximité. Jean attrapa son compagnon par le col de sa tunique et le tira jusqu'au gaillard d'arrière. Son « groupe d'intervention mobile » s'y tenait accroupi derrière de petits boucliers. Malakasti utilisait le sien de manière à protéger également Mumchance qui manœuvrait la barre, assis sur ses talons. Quelqu'un hurla dans les gréements du *Souverain* et s'effondra sur le pont. Une seconde plus tard, Jabril cria : « Ah ! » tandis qu'une flèche arrachait des copeaux de bois à la rambarde, à deux doigts de sa tête.

À la grande surprise de Locke, Gwillem se leva soudain au milieu de ce chaos avec un air placide, glissa une bille dans sa fronde et entreprit de la faire tournoyer. Tandis que son bras remontait, il libéra une des cordes de son arme : une seconde plus tard, un archer s'effondra en arrière sur le pont du *Souverain*. Jean obligea Gwillem à se baisser de nouveau quand le Vadran glissa une main dans une poche à la recherche d'un autre projectile.

— Les chaloupes, cria Stréva. Les chaloupes s'éloignent du *Souverain* !

Deux embarcations transportant une vingtaine d'hommes chacune s'écartèrent à vive allure de la poupe du *Souverain Redoutable* et décrivirent un demi-cercle pour approcher l'*Orchidée* par l'arrière. Locke espéra de tout cœur que quelques flèches viendraient agrémenter leur voyage, mais les archers des mâts avaient reçu ordre de ne pas prêter attention aux chaloupes. Celles-ci étaient le domaine réservé du légendaire héros qui chevauchait les tonneaux de bière, Orrin Ravelle.

Ledit héros disposait néanmoins d'un avantage considérable en la personne de Jean Tannen – comme d'habitude. On avait posé de manière incongrue sur le pont en bois-sorcier poli de grosses pierres rondes, qui avaient été tirées non sans mal du lest du navire.

— Jérôme, occupe-toi du travail de force.

Tandis que le premier canot ennemi approchait le couronnement du vaisseau, deux de ses occupants se levèrent et brandirent des arbalètes pour couvrir une femme qui se préparait à lancer un grappin. Gwillem fit tournoyer sa fronde et tira vers le bas. La bille fendit le crâne d'un arbalétrier et le projeta en arrière, provoquant un certain chaos au sein de la masse des assaillants. L'instant suivant, Jean s'approcha de la rambarde en tenant au-dessus de la tête une pierre grosse comme la poitrine d'un homme et pesant près de quarante-cinq kilos. Il laissa échapper un cri inarticulé et lança son projectile sur la chaloupe. Le rocher ne se contenta pas de briser les jambes de deux rameurs, il perfora aussi le fond du navire. L'eau commença à s'engouffrer dans le canot et ses passagers cédèrent à la panique.

Des carreaux d'arbalète furent tirés de la seconde embarcation. Stréva – qui observait avec attention les affres des assaillants de la première embarcation – en reçut un dans les côtes et s'effondra en arrière contre Locke. Celui-ci repoussa le jeune homme, sachant très bien qu'il était incapable de l'aider. Le sang brillant du malheureux avait déjà recouvert une partie du pont. Un instant plus tard, Malakasti laissa échapper un hoquet tandis qu'une flèche décochée des plus hautes vergues du *Souverain* se plantait dans son dos. Elle s'effondra contre la rambarde et son bouclier tomba par-dessus bord.

Jabril mit la lance de la jeune femme à l'écart et tira la blessée vers le pont. Locke s'aperçut que le trait avait perforé un poumon. Malakasti s'efforçait de respirer avec des bruits moites, mais cette inspiration serait sa dernière. Le visage marqué par l'angoisse, Jabril essaya de la protéger de son corps jusqu'à ce que Locke lui crie :

— Y en a d'autres qui arrivent ! Ne perds pas la tête, bordel !

Espèce de sale enfoiré d'hypocrite, pensa-t-il en sentant son cœur marteler sa poitrine.

Sur le canot qui sombrait en contrebas, un autre marin se prépara à lancer un grappin. Gwillem tira de nouveau et brisa le bras de sa cible. Puis Jean jeta un deuxième rocher et c'en fut terminé des derniers assaillants. Leur embarcation coulait et les cadavres encombraient les bancs de rame ; les survivants sautaient à l'eau de chaque côté. Ils reposeraient peut-être un problème dans quelques minutes, mais, pour le moment, ils ne représentaient plus une menace.

C'était aussi le cas pour un tiers du « groupe d'intervention » de Locke. La seconde embarcation approcha, mais resta néanmoins à distance respectueuse : le spectacle des chutes de pierres avait rendu ses passagers prudents. Elle contourna la poupe et accéléra en direction du flanc tribord, tel un requin attaquant une proie blessée.

9

Zamira retira son sabre du corps du dernier valcona et cria à l'adresse des hommes qui se trouvaient à bâbord :

— Reformez les rangs ! Reformez les rangs ! Comblez-moi cette putain de brèche, là !

Des valconas ! Ce salaud de Rodanov était loin d'être un con. Au moins cinq marins de l'*Orchidée* gisaient sur le pont, tués par ces putains de bestioles. Seuls les dieux savaient combien d'autres avaient été blessés ou traumatisés. Ce fils de pute avait prévu qu'elle manœuvrerait pour que le *Souverain* et l'*Orchidée* soient à angle droit. Ces créatures les attendaient, comme un piège monté sur ressort.

Il était là. Comment le manquer alors qu'il était presque deux fois plus grand que les autres, avec son manteau sombre et ces maudits gantelets ? Il tenait entre les mains un gourdin qui devait peser près de dix kilos. Ses marins coulaient autour de lui comme un torrent et s'engouffraient avec des cris enthousiastes dans le passage que Rodanov avait fait ouvrir dans la rambarde tribord du *Souverain*. Ils se ruèrent à l'assaut de la première ligne de l'équipage de l'*Orchidée*. Ce point stratégique était aussi désorganisé que Drakasha l'avait espéré : un chaos de lances pointées, de boucliers battant l'air, de guerriers morts et vivants comprimés de chaque côté par la poussée des belligérants, incapables de bouger sinon pour tomber. Certains hommes glissaient dans le gouffre en mouvement qui séparait les deux navires et périssaient noyés ou réduits en bouillie quand les deux coques se rapprochaient de nouveau et frottaient l'une contre l'autre.

—Arbalètes ! cria Drakasha. Arbalètes !

Derrière ses porteurs de lance, on avait rassemblé et armé la plupart des arbalètes de l'*Orchidée*. Les marins du dernier rang attendaient cet ordre. Ils s'emparèrent des armes et décochèrent une volée sporadique entre leurs camarades de devant. Huit ou neuf marins de Rodanov s'effondrèrent, mais le géant ne fut pas touché. Un instant plus tard, des archers ripostèrent du pont du *Souverain* – selon toute apparence, Rodanov avait eu la même idée que son adversaire. Dans les rangs de Zamira, des hommes et des femmes s'écroulèrent en hurlant, des fûts empennés plantés dans le crâne ou dans la poitrine – et pas une seule victime dont elle pouvait se passer.

Les assaillants du *Souverain* essayèrent de franchir le fossé de plus en plus large à droite du point d'affrontement principal. Certains réussirent et se cramponnèrent avec énergie à la rambarde du navire ennemi, s'efforçant de se hisser à bord. Zamira régla le problème en personne, fendant les visages et fracassant les crânes avec la poignée de ses sabres. Trois, quatre… D'autres arrivaient sans cesse. Elle était déjà hors d'haleine. Elle songea avec amertume qu'elle n'était plus vraiment la combattante infatigable qu'elle avait été. Des flèches passèrent en sifflant autour d'elle, d'autres marins de Rodanov tentèrent de sauter à bord. Elle eut l'impression que tous les putains de pirates de la mer de Cuivre s'étaient donné rendez-vous sur le pont du *Souverain Redoutable*, attendant en rang leur tour de monter à l'abordage de l'*Orchidée-Poison*.

10

Le « groupe d'intervention mobile » de Locke combattait désormais près de la rambarde tribord du gaillard d'arrière. Tandis que Mumchance et un de ses camarades s'efforçaient de repousser les nageurs qui abordaient le navire de part et d'autre, Locke, Jean, Jabril et Gwillem s'occupaient de la seconde chaloupe.

Celle-ci se révéla beaucoup plus résistante que la première : les deux rochers jetés par Jean avaient tué ou blessé au moins cinq personnes, mais n'étaient pas parvenus à défoncer le fond de l'embarcation. Entre l'équipage de Rodanov brandissant des gaffes et les marins de l'*Orchidée* armés de lances, l'affrontement ressemblait à un duel maladroit. Jabril cria quand un crochet lui transperça une jambe, puis il riposta en enfonçant son arme dans le cou de son adversaire.

Gwillem se leva et lança une bille vers l'embarcation en contrebas. Un cri récompensa ses efforts, mais tandis qu'il plongeait la main dans sa poche pour prendre un autre projectile, une flèche se matérialisa dans son dos comme par magie. Il s'affaissa en avant contre le bastingage tribord et ses billes se répandirent sur le pont avec un roulement métallique.

— Merde ! hurla Locke. Il ne reste plus de rochers ?

— Je les ai tous balancés, répondit Jean.

Une femme réalisa un atterrissage acrobatique sur la rambarde, une dague entre les dents. Elle serait sans doute parvenue à prendre pied à bord si Jean ne lui avait pas écrasé un bouclier sur la figure. Elle bascula en arrière et tomba à l'eau.

— Par tous les dieux, les Sœurs Vicieuses me manquent ! cria Jean.

Jabril agita sa lance avec frénésie tandis que quatre ou cinq assaillants agrippaient le bastingage en même temps. Deux d'entre eux lâchèrent prise, mais deux autres roulèrent sur le pont, sabre en main. Jabril se laissa tomber en arrière et empala le premier au ventre. Jean attrapa la fronde de Gwillem et la passa autour de la gorge du second pour l'étrangler, comme au bon vieux temps, à Camorr. La tête d'un troisième assaillant apparut au-dessus de la rambarde. L'homme glissa une arbalète entre les barreaux et visa Jean. Galvanisé par tout le courage du légendaire héros qui chevauchait les tonneaux de bière, Locke lui administra un grand coup de pied au visage.

Des cris montèrent de la mer et indiquèrent aux défenseurs qu'il se passait quelque chose de nouveau. Locke jeta un coup d'œil prudent par-dessus la rambarde. Une masse gélatineuse bouillonnante flottait désormais à côté du bateau comme une couverture translucide, palpitant d'une faible lueur intérieure visible même en plein jour. Tandis que Locke observait, un nageur hurlant fut attiré au sein de la chose. En quelques secondes, la substance gluante entourée autour de ses jambes se veina de rouge et se mit à tressaillir. La créature suçait le sang de sa victime par les pores de sa peau comme un homme aurait aspiré le jus d'un fruit pulpeux.

Une lanterne funeste, attirée comme à son habitude par l'odeur du sang dans l'eau. Ce n'était pas vraiment une manière agréable de mourir, même pour une personne que vous vous efforciez fébrilement d'envoyer dans l'autre monde un instant plus tôt. Mais cette créature – et ses petites camarades qui ne tarderaient pas à suivre – s'occuperait des nageurs. Plus aucun assaillant n'essayait d'escalader la coque de l'*Orchidée*. Dans la chaloupe, les quelques survivants faisaient des efforts frénétiques pour échapper à la chose qui était dans leur sillage. Locke lâcha sa lance et s'accorda quelques respirations indispensables. L'instant suivant, une flèche se ficha dans la rambarde, soixante centimètres au-dessus de sa tête. Une autre passa en sifflant sans s'arrêter. Une troisième se planta dans le gouvernail.

— À couvert ! cria-t-il en cherchant désespérément des yeux un bouclier.

Jean l'agrippa quelques secondes plus tard et le tira sur sa droite, derrière le cadavre de Gwillem dont il se servait pour se protéger. Jabril rampa et contourna l'habitacle pour se mettre à l'abri. Mumchance et son camarade imitèrent le stratagème de Jean avec Stréva. Locke sentit au moins un impact de flèche faire trembler le corps du maître d'équipage.

— Plus tard, nous aurons peut-être des remords pour avoir traité des morts de cette manière, cria Jean. Mais après tout, merde ! Ce n'est pas ça qui manque dans les environs.

11

Ydrena Koros franchit la rambarde et faillit tuer Zamira du premier coup de taille qu'elle porta avec son cimeterre. La lame rebondit sur le Verre d'Antan, mais la capitaine de l'*Orchidée* écuma de colère en songeant que sa garde avait été prise en défaut. Zamira riposta avec ses deux sabres, mais son adversaire, petite et agile, eut toute la place nécessaire pour parer le premier et éviter le second. Si vite, si vite et si naturellement – Zamira grinça des dents. Deux lames contre une et Koros remplissait néanmoins l'air qui les séparait d'une brume argentée et mortelle. Zamira perdit son chapeau, et la tête ne fut pas loin de suivre. Elle para l'attaque à la dernière seconde. Un deuxième coup de taille siffla contre sa veste, un troisième contre son brassard.

Merde !

Elle recula et se heurta à un de ses hommes. Il n'y avait nulle part où aller sur le pont.

Koros tira de la main gauche une dague à large lame incurvée ; elle l'utilisa pour feinter et frappa avec le cimeterre en direction des genoux de Zamira. Celle-ci lâcha ses sabres et plongea dans la garde de son adversaire. Les deux femmes se retrouvèrent poitrine contre poitrine. Zamira saisit Ydrena par les bras et les tira vers le bas de toutes ses forces. Dans ce genre d'exercice, au moins, elle avait l'avantage. Et puis, en matière de combat, les coups tordus sont en général plus efficaces que les coups élégants.

Zamira leva le genou pour l'enfoncer dans le ventre de son adversaire qui se ratatina. Elle saisit la seconde de Rodanov par les cheveux et frappa de nouveau au menton. Elle entendit les dents d'Ydrena s'entrechoquer comme des boules de billard. Zamira la redressa et la lança en arrière, juste sur l'épée d'un marin du *Souverain* qui arrivait là. Une brève expression de surprise passa sur le visage couvert de sang de la petite femme avant de s'éteindre avec elle. Zamira se sentit plus soulagée que victorieuse.

Elle récupéra ses armes sur le pont, à l'endroit où elles étaient tombées. Devant elle, le marin dégagea sa lame et laissa le corps d'Ydrena s'affaisser. Il s'aperçut alors qu'une lame de Zamira lui avait transpercé la poitrine. La bataille traînait en longueur et les gestes de Zamira devenaient de plus en plus mécaniques : ses sabres se levaient et s'abattaient contre la vague hurlante des marins de Rodanov et les morts se mélangeaient dans une cacophonie écarlate. Des flèches sifflaient et le sang rendait le pont glissant. Les embardées et la gîte des deux navires diluaient objets et personnes dans un brouillard flou et cauchemardesque.

Au bout d'un certain temps, une poignée de minutes ou peut-être des siècles, Zamira s'aperçut qu'Ezri la tenait par le bras et l'entraînait vers la rambarde. Les hommes de Rodanov opéraient un repli afin de se regrouper. Le pont était jonché d'une épaisse couche de morts et de blessés. Les survivants de l'équipage de l'*Orchidée* marchèrent presque dessus tandis qu'ils battaient eux aussi en retraite en s'efforçant de ne pas trébucher.

— Del, haleta Zamira. Tu es touchée ?

— Non.

Ezri était couverte de sang, son armure de cuir avait été entaillée à plusieurs endroits et la jeune femme était ébouriffée, mais elle semblait indemne.

— Le groupe d'intervention mobile ?

— Aucune idée, capitaine.

— Nasreen ? Utgar ?

— Nasreen est morte. Je n'ai pas vu Utgar depuis le début de la bataille.

— Drakasha !

La voix couvrit les gémissements de douleur et les murmures de confusion des marins des deux bords. La voix de Rodanov.

— Drakasha ! Arrête de te battre ! Que tout le monde arrête de se battre ! Drakasha, écoute-moi !

12

Rodanov jeta un bref coup d'œil à la flèche plantée en haut de son bras droit. La blessure était douloureuse, mais elle ne ressemblait en rien à la torture lancinante indiquant que l'os avait été touché. Il grimaça, immobilisa le fût de la main gauche et le brisa juste au-dessus avec la droite. Il hoqueta, mais ce serait suffisant en attendant qu'il ait le temps de s'en occuper convenablement. Il souleva de nouveau son gourdin et le secoua. Des gouttes de sang s'écrasèrent sur le pont du *Souverain*.

Ydrena était morte. Malédiction ! Elle avait été sa seconde pendant cinq ans, sur ce putain de pont. Il avait distribué d'innombrables coups pour arriver jusqu'à elle, pulvérisant les boucliers et écartant les lances. Il avait affronté au moins une demi-douzaine de marins de l'*Orchidée*, et il leur avait tenu tête. Dantierre, il l'avait balancé direct par-dessus bord. Mais l'espace était trop réduit pour combattre, le tangage et le roulis trop aléatoires, ses marins trop peu nombreux à ses côtés. Les pertes de Zamira avaient été terribles, mais il s'était retrouvé coincé à ce point de contact entre les deux bateaux. L'absence de combat à la poupe de l'*Orchidée* signifiait sans doute que ses chaloupes n'avaient pas connu davantage de succès. *Bordel de merde !* Il avait perdu la moitié de son équipage – au moins. Il était temps de tirer son second atout de sa manche. Son appel au cessez-le-feu était le signal pour le faire entrer dans la danse. Il jouait désormais le tout pour le tout. C'était la dernière partie, la dernière manche, le dernier tour de cartes.

— Zamira, ne m'oblige pas à détruire ton navire !

13

— Va pourrir en enfer, espèce d'enculé de parjure ! Viens donc essayer une fois de plus, si tu arrives à trouver des gens qui ont envie de mourir le plus vite possible parmi ton équipage !

Locke avait laissé la garde de la poupe à Jabril, Mumchance et au camarade de ce dernier – sans oublier la lanterne funeste. Jean et lui se précipitèrent vers la proue, à travers un air soudain devenu étrangement vide de flèches, passant à proximité des amas de cadavres et de blessés.

L'Érudite Tréganne les croisa, le pas lourd, sa jambe de bois résonnant sur le pont ; elle tirait Rask d'une seule main derrière elle. Sur l'embelle, Utgar utilisait un crochet afin de soulever la grille obstruant l'écoutille de la cale principale. Un sachet en cuir était posé à ses pieds. Locke supposa qu'il effectuait une tâche quelconque pour le compte de la capitaine et ne lui prêta plus attention.

Les deux compères trouvèrent Drakasha et Delmastro à la proue, en compagnie d'une vingtaine de survivants qui observaient leurs homologues du *Souverain*, deux fois plus nombreux. Ezri serra Jean dans ses bras avec violence ; elle était couverte de sang, mais ce n'était apparemment pas le sien. De l'endroit où ils se tenaient, le pont de l'*Orchidée* avait disparu sous un tapis de morts et de mourants. Le sang coulait dans la mer par rigoles entières.

— Pas moi, hurla Rodanov.

— Ici ! cria Utgar sur l'embelle de l'*Orchidée*. Ici, Drakasha !

Locke se tourna : Utgar portait une sphère grise d'une vingtaine de centimètres de diamètre à la surface étrangement graisseuse. Elle reposait délicatement dans sa main gauche, juste au-dessus de l'écoutille ouverte de la cale principale. La main droite du marin agrippait quelque chose qui faisait saillie au sommet de la boule.

— Utgar, dit Drakasha, qu'est-ce que tu crois… ?

— Ne fais pas un putain de geste, d'accord ? Sinon, tu sais ce que je ferai avec ce truc.

— Par tous les dieux, murmura Ezri. Je n'arrive pas à y croire.

— Qu'est-ce que c'est que ce machin ? demanda Locke.

— Des ennuis en perspective, répondit-elle. Des putains d'ennuis en perspective. C'est un fléau-de-cale.

14

Jean écouta les explications rapides de la jeune femme.

— C'est un truc alchimique. De l'alchimie noire. Ça vaut la peau du cul. Il faut être complètement taré pour embarquer une telle saleté. C'est comme l'huile inflammable, la plupart des capitaines évitent d'en avoir à bord. Mais ce machin est encore pire. Toute la boule devient blanche de chaleur. On ne peut même plus la toucher ni l'approcher. Si on la laisse sur le pont, elle s'y fraiera un chemin en brûlant le bois et passera à travers pour plonger dans les entrailles du navire. Et elle enflammera *tout* ce qui entrera en contact avec elle. Bordel de merde, elle est sûrement capable de foutre le feu à la mer alors, tu peux toujours te brosser pour l'éteindre avec de l'eau.

— Utgar ! rugit Drakasha. Espèce de fils de pute ! Sale traître ! Comment as-tu pu… ?

— Moi ? Un traître ? Pas du tout. Je travaille pour Rodanov, et je travaillais déjà pour lui bien avant de rejoindre ton équipage. C'était son idée, hein ? Si je t'ai été d'une utilité quelconque, Drakasha, c'était seulement parce que je remplissais ma mission.

— Abattez-le, dit Jean.

— Le truc qu'il tient est une mèche, expliqua Ezri. S'il bouge la main droite, ou si nous le tuons et qu'il laisse tomber ce truc, elle s'enflammera. C'est pour *ça* que ces saloperies sont conçues, tu comprends ? Un seul homme peut faire cent prisonniers s'il se tient au bon endroit.

— Utgar, dit Drakasha. Utgar, nous sommes en train de remporter cette bataille.

— Tu aurais pu. À ton avis, pourquoi suis-je intervenu ?

— Utgar, je t'en prie. Ce navire est couvert de blessés. Mes enfants sont en bas !

— Ouais, je sais. Alors, tu ferais mieux de déposer tes armes, non ? Recule contre la rambarde tribord. Que les archers descendent des mâts ! Que personne ne s'énerve ! Je suis sûr qu'on va trouver une solution satisfaisante pour tout le monde – tout le monde sauf toi, Drakasha.

— Un coup de couteau en travers de la gorge avant d'être balancé par-dessus bord, cria Tréganne en apparaissant au sommet de l'escalier menant aux cabines, une arbalète entre les mains. C'est une sacrée solution satisfaisante que tu proposes là, hein, Utgar ? (Elle approcha de la rambarde du gaillard d'arrière d'un pas lourd et épaula son arme.) Ce navire *est* couvert de blessés et ils sont sous ma responsabilité, espèce d'enculé !

— Tréganne, *non* ! hurla Drakasha.

Mais l'Érudite était déjà passée à l'action. Utgar bondit en l'air et frissonna tandis que le carreau s'enfonçait dans le creux de ses reins. La sphère glissa en avant et s'échappa de sa main alors que la droite s'écartait en tirant sur un mince cordon blanc. Utgar s'effondra sur le pont et la boule disparut dans la cale.

— Oh, *putain de merde* ! souffla Jean.

— Non, non, non, murmura Ezri.

— Les enfants, s'entendit dire Jean. Je peux encore les sauver…

Ezri fixa l'ouverture de la cale, une expression horrifiée sur le visage. Elle regarda son amant, puis de nouveau l'écoutille.

— Il n'y a pas qu'eux, dit-elle. Il y a aussi tout le navire.

— J'y vais.

Ezri l'attrapa et serra ses bras autour de lui, si fort qu'il put à peine respirer.

— Sois maudit, Jean Tannen, lui murmura-t-elle à l'oreille. Tu rends les choses… Tu rends les choses si difficiles.

Elle lui assena alors un coup de poing à l'estomac – avec une puissance dont il ne l'aurait jamais crue capable. Il tomba en arrière, plié en deux par une douleur insoutenable et comprit ce qu'elle avait en tête au moment où elle le lâcha. Il lança un hurlement de rage et de protestation inarticulé et tendit les bras pour l'arrêter. Mais elle traversait déjà le pont en courant pour gagner l'écoutille.

15

Locke comprend ce qu'Ezri va faire à l'instant où il la voit contracter le poing, mais il est clair que ce n'est pas le cas de Jean. Ses réflexes sont émoussés par l'amour, la fatigue ou les deux en même temps. Avant que Locke puisse réagir, elle a déjà frappé son compagnon et l'a poussé en arrière, contre Locke. Celui-ci lève les yeux juste à temps pour voir la jeune femme sautant dans la cale. Une lueur orangée surnaturelle jaillit des ténèbres de la soute une seconde plus tard.

— Ô Gardien Véreux, mais pourquoi tout ce bordel ? murmure-t-il.

Et il voit jusqu'au moindre détail alors que le temps ralentit comme une coulée de mélasse.

Tréganne, près de la rambarde du gaillard d'arrière, abasourdie, clairement inconsciente des conséquences de son geste généreux.

Drakasha, qui titube en avant, tenant encore ses sabres, se déplaçant trop lentement pour arrêter Ezri ou la rejoindre.

Jean, rampant sur le pont, à peine capable de bouger, faisant un effort de volonté désespéré pour suivre Delmastro, contractant jusqu'au dernier muscle qui accepte de lui prêter un peu de force, une main inutile tendue vers la femme qui a déjà disparu.

Les marins des deux navires, les yeux écarquillés, appuyés sur des armes ou sur les épaules de leurs camarades, la bataille un moment oubliée.

Utgar, agité de faibles tremblements, une main tendue vers le carreau d'arbalète fiché dans son dos.

Ezri a sauté dans la cale depuis cinq secondes. C'est au bout de cinq secondes que retentit le hurlement. Le nouveau hurlement.

16

Elle jaillit de l'escalier du pont principal en la tenant dans ses mains. Non, pas juste ses mains, réalisa Locke avec horreur. Elle avait dû comprendre que celles-ci ne résisteraient pas assez longtemps. C'était pour cette raison qu'elle la tenait dans ses bras, tout contre elle.

La sphère était incandescente, un soleil miniature brûlant avec les couleurs chatoyantes de l'argent et de l'or en fusion. Locke sentit la vague de chaleur contre sa peau à dix mètres de distance et la lumière aveuglante le fit reculer. Il perçut aussitôt l'étrange odeur caractéristique du métal brûlant. Elle courut, aussi vite qu'elle en était capable. Tandis qu'elle se précipitait tant bien que mal vers la rambarde, sa course se transforma en trot chaotique, puis en bond désespéré. Les flammes ne cessèrent pas un instant de la dévorer, elle ne cessa pas un instant de hurler, il ne fut pas un instant possible de l'arrêter.

Elle atteignit la rambarde bâbord et, dans un ultime effort convulsif des jambes et de ce qui restait de ses bras, elle souleva le fléau-de-cale et le lança par-dessus le vide qui séparait les deux navires. La sphère continua à gagner en intensité pendant son vol – une comète de métal en fusion – et l'équipage de Rodanov recula quand elle atterrit sur le pont du *Souverain Redoutable.*

On ne pouvait pas toucher une telle chose, avait-elle dit. Eh bien, il était clair que si. Mais Locke savait qu'on ne pouvait pas la toucher et survivre. La flèche qui se ficha dans le ventre de la jeune femme l'instant d'après arriva trop tard pour interrompre son lancer, et trop tard pour servir vraiment à quelque chose. Ezri s'effondra sur le pont, sa chair fumant, et l'enfer se déchaîna pour la dernière fois de la journée.

— Rodanov ! hurla Drakasha. Rodanov !

Il y eut une éruption de lumière et de flammes sur l'embelle du *Souverain Redoutable.* Le globe incandescent, roulant de long en large, avait enfin explosé. Une pluie alchimique blanche de chaleur s'abattit sur les écoutilles, les voiles, les marins et coupa presque le navire en deux en l'espace de quelques secondes.

— S'ils veulent brûler le *Souverain,* nous prendrons l'*Orchidée* ! cria Rodanov. Tout le monde à l'abordage !

— Écartons-nous de ce navire ! lança Drakasha. Écartons-nous de ce navire et repoussez l'attaque ! Barre à bâbord toute ! Mum, bâbord toute !

Locke sentit une nouvelle chaleur toujours plus forte sur sa joue droite. Le *Souverain* était d'ores et déjà perdu et si l'*Orchidée* ne se libérait pas de son mât de beaupré, de ses vergues et des autres débris, l'incendie dévorerait les deux vaisseaux en guise de repas. Jean rampa lentement vers le corps d'Ezri. Locke entendit le bruit d'une nouvelle bataille qui venait d'éclater derrière lui. Il envisagea un bref instant d'y prêter attention, mais réalisa qu'il ne se pardonnerait jamais s'il abandonnait Jean maintenant. Qu'il ne mériterait même pas le droit au pardon.

—Dieux miséricordieux, murmura-t-il en la voyant. Je vous en prie, non. Ô dieux!

Jean gémissait et sanglotait, les mains au-dessus d'elle. Locke non plus ne savait pas où il aurait pu la toucher. Il restait si peu d'*elle*. Sa peau, ses vêtements et ses cheveux avaient brûlé pour se fondre en un horrible magma. Pourtant, elle bougeait toujours et essaya faiblement de se relever. Elle luttait encore pour respirer.

—Valora, lança l'Érudite Tréganne en boitant vers eux. Valora, ne… ne la touche…

Jean frappa le pont et hurla. Tréganne s'agenouilla près de ce qui restait d'Ezri et tira une dague du fourreau accroché à sa ceinture. Locke tressaillit en apercevant des larmes couler sur les joues de la medekiner.

—Valora, dit-elle. Prends ça. Elle est déjà morte. Elle a besoin de toi, pour l'amour des dieux.

—Non, sanglota Jean. Non, non, non…

—Valora, *regarde-la*, putain de merde! On ne peut plus rien pour elle. Pour elle, chaque seconde dure une heure et elle *prie* pour cette lame.

Jean arracha l'arme de la main de Tréganne, essuya ses yeux contre la manche de sa tunique et frissonna. Il respira à grands coups saccadés par la bouche malgré la terrible odeur de brûlé qui subsistait et tendit le couteau vers Ezri. L'arme tremblait à chacun de ses sanglots, comme si elle était tenue par un homme souffrant de paralysie agitante. Tréganne posa les mains par-dessus les siennes afin de faire cesser les convulsions. Locke ferma les yeux.

Puis tout fut terminé.

—Je suis désolée, dit Tréganne. Pardonne-moi, Valora. Je ne savais pas… Je ne savais pas ce qu'était cette chose… Ce qu'Utgar tenait. Pardonne-moi.

Jean resta silencieux. Locke ouvrit les yeux et vit son ami se lever comme s'il était en transe. Il avait presque étouffé ses sanglots et la dague pendait encore mollement dans sa main. Il avança sans avoir conscience de la bataille qui faisait rage derrière lui. Il traversa le pont en direction d'Utgar.

17

Dix autres marins de l'*Orchidée* tombèrent à la proue pour les sauver, suivant les ordres de Zamira, poussant de toutes leurs forces contre la coque du *Souverain* avec des lances, des hallebardes et des gaffes; poussant pour dégager le mât de beaupré et les gréements de l'*Orchidée* tandis que les membres de l'équipage de Rodanov encore vivants se battaient comme des démons pour échapper à la mort. Mais l'équipage de Drakasha parvint à ses fins, avec l'aide de Mumchance, et les deux navires meurtris s'écartèrent l'un de l'autre.

— Rassemblement général, cria Drakasha, étourdie par l'effort que cela lui demandait soudain. Rassemblement général ! Prêt à virer, orientez les vergues ! Cap à l'ouest vent arrière ! L'équipe d'incendie dans la cale principale ! Transportez les blessés à l'arrière pour que Tréganne s'en occupe !

Encore fallait-il que Tréganne soit vivante, ce qui était loin d'être certain. Il serait temps de pleurer plus tard. Pour le moment, les épreuves n'étaient pas finies.

Rodanov n'avait pas posé le pied sur l'*Orchidée* pour participer à l'affrontement final. Zamira l'avait aperçu pour la dernière fois alors qu'il courait vers la proue, se frayant un chemin à travers les flammes pour atteindre le gouvernail. Était-ce un effort désespéré pour sauver son navire ou pour détruire celui de son adversaire ? Dans les deux cas, il avait échoué.

18

— Au secours, murmura Utgar. Aidez-moi. Retirez-la, je n'arrive pas à l'atteindre.

Ses mouvements étaient faibles et ses yeux devenaient vitreux. Jean s'agenouilla près de lui, l'observa et lui planta sa dague dans le dos. Utgar inspira sous le coup de la surprise. Jean frappa une nouvelle fois, puis une autre sous le regard de Locke. Jusqu'à ce qu'Utgar soit certainement mort, jusqu'à ce que son dos soit couvert de blessures, jusqu'à ce que Locke tende enfin la main pour attraper le poignet de son ami.

— Jean…

— Ça ne rend pas les choses plus faciles, dit Jean d'une voix incrédule. Dieux, ça ne rend pas les choses plus faciles.

— je sais, dit Locke. Je sais.

— Pourquoi est-ce que tu ne l'as pas arrêtée ?

Jean se jeta sur lui et le cloua contre le pont, une main autour de sa gorge. Locke s'étrangla et se débattit, avec autant de succès qu'il s'y attendait.

— *Pourquoi est-ce que tu ne l'as pas arrêtée ?*

— J'ai essayé, croassa Locke. Elle t'a poussé contre moi. Elle savait ce qu'on aurait fait, Jean. Elle le savait. S'il te plaît…

Jean le lâcha et s'assit aussi soudainement qu'il avait attaqué. Il baissa les yeux pour regarder ses mains et secoua la tête.

— Ô dieux ! Pardonne-moi. Pardonne-moi, Locke.

— Je te pardonnerai toujours. Jean, je suis vraiment… Je suis tellement désolé… Je… Je n'aurais pas voulu que cela arrive pour tout l'or du monde. *Pour tout l'or du monde*, tu m'entends ?

— Oui, répondit-il à voix basse.

Il enfouit son visage entre ses mains et resta silencieux.

Au sud-est, l'incendie qui ravageait le *Souverain* avait coloré la mer en rouge. Il rongeait les mâts et les voiles en grondant, des bouts de toile en feu pleuvaient sur les vagues comme des cendres volcaniques, les flammes dévoraient la coque. Puis le brasier se réduisit enfin à une masse tourbillonnante de fumée et de vapeur tandis que la carcasse noircie du navire disparaissait dans les eaux.

— Ravelle, dit Drakasha. (Elle posa une main sur son épaule et interrompit ses pensées.) Si tu peux nous prêter main-forte, je…

— Je vais bien, répondit Locke en se relevant avec quelques difficultés. Je peux aider. Je vais peut-être… laisser Jérôme un peu seul…

— Oui, dit-elle. Ravelle, nous avons besoin…

— Zamira, assez. Assez de Ravelle ceci, assez de Kosta cela. Quand il y a des membres d'équipage dans les environs, d'accord, mais mes amis m'appellent Locke.

— Locke.

— Locke Lamora. Ne… Ahh, et puis à qui diable iriez-vous raconter cela ?

Il tendit une main pour la poser sur la sienne et, un instant plus tard, ils étaient dans les bras l'un de l'autre.

— Je suis désolé, murmura-t-il. Pour Ezri, Nasreen, Malakasti, Gwillem…

— Gwillem ?

— Oui, il… Un des archers de Rodanov. Je suis désolé.

— Dieux, Gwillem était le seul qui était déjà là quand j'ai volé l'*Orchidée*. Le dernier de l'équipage de départ. Ra… Locke, Mum est à la barre et nous ne courons aucun danger pour le moment. J'ai besoin… J'ai besoin de rejoindre mes enfants. Et j'ai aussi besoin que… J'ai aussi besoin que tu t'occupes d'Ezri. Ils ne doivent pas la voir dans cet état.

— Je m'en charge. Écoutez, vous pouvez descendre. Je règle les problèmes sur le pont. Nous allons amener le reste des blessés à Tréganne et couvrir les cadavres.

— Parfait, dit Zamira à voix basse. Le pont est à vous, maître Lamora. Je ne serai pas longue.

Le pont est à moi, songea Locke en contemplant le spectacle de dévastation laissé par la bataille. Les gréements se balançaient ici et là, les haubans étaient endommagés, certaines parties de la rambarde étaient fendues, on voyait des flèches plantées un peu partout. Des cadavres couvraient l'embelle et le gaillard d'avant ; les survivants circulaient au milieu de cette désolation comme des fantômes, et beaucoup avançaient en s'appuyant sur une lance ou un arc en guise de béquille.

Dieux ! C'est donc ça, commander un navire. Faire face aux conséquences et faire comme si de rien n'était.

— Jean, murmura-t-il. (Il se pencha au-dessus de son imposant ami assis sur le pont.) Jean, reste ici. Reste aussi longtemps que tu en as envie. Je ne serai pas loin. Il faut juste que je règle deux ou trois choses, d'accord ? (Jean hocha la tête, de manière presque imperceptible.) Bon ! (Locke regarda une nouvelle fois autour de lui, à la recherche des blessés les moins touchés.) Kanor ! Grand Kanor ! Mets une pompe en batterie, la première que tu trouveras en état de marche. Apporte un tuyau jusqu'à l'écoutille de cette cale et passe un bon coup de jet sur le pont principal. On ne peut pas se permettre de laisser le moindre truc qui fume encore. Oscarl ! Viens par ici ! Trouve-moi de la toile à voile et des couteaux. Il faut s'occuper de tous ces… de tous ces gens.

De tous les cadavres qui gisaient sur le pont.

Il faut s'occuper d'eux, pensa Locke. *Et ensuite, je m'occuperai de certaines personnes de Tal Verrar. Je m'en occuperai une fois pour toutes.*

Chapitre 16

Règlements de compte

1

— Gardien véreux, Treizième Silencieux, ton serviteur t'invoque. Pose les yeux sur cette femme qui quitte le monde des vivants, Ezri Delmastro, serviteur d'Iono et de ta seigneurie. Aimée d'un homme que tu aimes. (La voix de Locke se brisa et il lutta pour retrouver son calme.) Aimée d'un homme qui est mon frère. Nous… Nous ne sommes pas prêts de te pardonner cette mort, Seigneur, je te le dis sans ambages.

Ils étaient encore trente-huit. Cinquante étaient passés par-dessus bord et les autres avaient disparu pendant la bataille. Locke et Zamira se partageaient les offices funèbres. Les oraisons de Locke étaient devenues de plus en plus mécaniques au fur et à mesure que les cérémonies se succédaient, mais maintenant, pour les dernières obsèques de la nuit, il s'aperçut qu'il maudissait le jour où il avait été choisi pour devenir prêtre du Gardien Véreux. Lors de son prétendu treizième anniversaire, sous la lune d'Orphane. Quel pouvoir et quelle magie cela avait alors représenté pour lui ! Le pouvoir et la magie de réciter des oraisons funèbres. Il se renfrogna et enfouit ses réflexions cyniques par égard pour Ezri.

— C'est la femme qui nous a tous sauvés. C'est la femme qui a vaincu Jaffrim Rodanov. Nous la confions – corps et âme – au royaume de ton frère Iono, le puissant seigneur des Mers. Accorde-lui ton aide. Conduis son âme jusqu'à Celle qui nous reçoit tous sur Sa balance. C'est pour cela que nous prions le cœur gonflé d'espoir.

Jean s'agenouilla au-dessus du linceul de toile et posa dessus une mèche de cheveux brun foncé.

— Voici ma chair, murmura-t-il. (Il piqua son doigt avec la pointe d'une dague et laissa une goutte de sang tomber.) Voici mon sang. (Il se pencha vers la tête immobile à l'intérieur du suaire et y déposa un long baiser.) Voici mon souffle, et mon amour.

—Cette cérémonie te lie à ta promesse, dit Locke.

—Ma promesse. (Jean se releva.) Une Offrande Mortuaire, Ezri. Que les dieux m'aident à la rendre digne de toi ! Je ne sais pas si j'en serai capable, mais que les dieux me viennent en aide.

Zamira, qui se tenait tout près, fit un pas en avant pour saisir un bord de la planche sur laquelle était disposé le linceul d'Ezri, Locke se chargea de l'autre. Jean, ainsi qu'il en avait averti son compagnon avant la cérémonie, fut incapable de leur prêter main-forte. Il se tordit les mains et détourna les yeux. Tout fut terminé en un instant. Locke et Zamira inclinèrent la planche et le corps enveloppé de toile glissa à travers la coupée pour plonger dans les vagues sombres. Une heure s'était écoulée depuis le coucher du soleil et ils en avaient enfin fini.

Les groupes de marins silencieux, épuisés et souvent blessés se dispersèrent pour retrouver la mauvaise humeur de Tréganne ou leur semblant de quart. Rask remplaçait Ezri, Nasreen et Utgar pour le moment. La tête enveloppée d'un épais bandage de lin, il entreprit de recruter les hommes les plus valides pour leur assigner une tâche.

—Et maintenant ? demanda Locke.

—Maintenant, on retourne tant bien que mal à Tal Verrar, avec le vent presque contre nous. (Zamira parla d'une voix lasse, mais son regard ne flancha pas.) Nous avions un accord avant tout cela. J'ai perdu plus que ce que j'avais joué : des amis et des membres de mon équipage. Nous ne sommes plus assez forts pour attaquer un bateau de pêche maintenant. Je crains donc que le reste soit entre tes mains.

—Comme je l'ai promis, dit Locke. Stragos, oui. Amenez-nous là-bas et je… Je trouverai une solution.

—Ce ne sera pas nécessaire, lâcha Jean. Contentez-vous de jeter l'ancre et de me laisser débarquer. (Il fixa ses pieds.) Puis repartez.

—Non, dit Locke. Je ne resterai pas ici pendant que tu…

—Pas besoin d'être deux pour ce que j'ai l'intention de faire.

—Tu viens de promettre une Offrande Mortuaire…

—Elle l'aura. Même s'il faut que ce soit *moi*. Je te jure qu'elle l'aura.

—Tu crois que Stragos n'aura pas des soupçons en ne voyant que l'un de nous ?

—Je lui dirai que tu es mort. Je lui dirai qu'il y a eu une bataille en mer. C'est d'ailleurs la vérité. Il me recevra, alors.

—Je ne te laisserai pas y aller seul.

—Et je ne te laisserai pas venir avec moi. Qu'est-ce que tu crois pouvoir faire ? Te battre contre moi ?

— La ferme, tous les deux ! lança Zamira. Dieux ! Ce matin même, Jérôme, ton ami ici présent, essayait de me convaincre de le laisser faire ce que tu te proposes de faire en ce moment.

— Quoi ? (Jean foudroya Locke du regard et grinça des dents.) Enculé de faux jeton, comment as-tu pu…

— Quoi ? Comment ai-je pu envisager de faire ce que tu veux maintenant m'imposer ? Espèce de gros queutard prétentieux ! Je vais…

— Tu vas quoi ? cria Jean.

— Je vais te sauter à la gorge et tu vas me casser la gueule, dit Locke. Et ensuite, tu te sentiras vachement mal. Qu'est-ce que tu dis de ça, hein ?

— Je me sens déjà vachement mal. Dieux, pourquoi est-ce que tu ne veux pas me laisser faire ça ? Pourquoi est-ce que tu ne veux pas m'accorder cette petite faveur ? Au moins, tu resteras en vie. Tu pourras essayer de trouver un autre alchimiste, un autre empoisonneur. Tu auras plus de chances de t'en tirer que moi.

— Va te faire foutre ! Ce n'est pas comme ça que nous travaillons et si tu voulais changer les règles, tu n'avais qu'à m'abandonner pendant que je pissais le sang à Camorr. Si je me souviens bien, j'étais un chaud partisan de cette solution à ce moment-là.

— Ouais, mais…

— C'est différent quand c'est *toi* qui es concerné, pas vrai ?

— Je…

— Messieurs, dit Zamira, inutile de vous battre comme des chiffonniers. Toute autre considération mise à part, j'ai donné mon petit canot à Basryn cet après-midi afin que cet enfoiré aille crever sur les vagues plutôt que sur mon navire. Jérôme, avec une autre chaloupe, tu auras un mal de chien à ramer seul jusqu'à Tal Verrar. À moins que tu te proposes de t'y rendre en volant, car moi, je n'approcherai pas l'*Orchidée* à moins d'une portée de flèche des récifs brise-lames.

— Je nagerai s'il le…

— Ce n'est pas parce que tu es en colère qu'il faut raconter des conneries pareilles, Jérôme. (Drakasha le saisit par les épaules.) Fais preuve de *sang-froid*. Le sang-froid est la seule chose qui t'aidera à réussir, si vous voulez donner un sens à la perte de tous ces marins. À la perte de ma *seconde*.

— Merde, grommela Jean.

— Ensemble, dit Locke. Tu ne m'as pas abandonné à Camorr, pas plus qu'à Vel Virazzo. Tu peux courir si tu crois que je vais te lâcher maintenant.

Jean se renfrogna, agrippa la rambarde et fixa les flots.

— C'est quand même malheureux, dit-il enfin. Tout cet argent à *L'Aiguille du péché*. Ce serait vraiment dommage qu'on le laisse là-bas. L'argent et le reste.

Locke grimaça un sourire : il savait que Jean changeait toujours brusquement de sujet quand il voulait céder en ménageant sa fierté.

— *L'Aiguille du péché* ? demanda Zamira.

— Nous avons omis de vous raconter certains épisodes de notre histoire, Zamira. Excusez-nous. Parfois, nos plans sont un peu difficiles à expliquer. Nous, euh… nous avons quelques milliers de solaris sur les comptes de *L'Aiguille du péché*. Ha ! Je vous abandonnerais ma part s'il existait un moyen de récupérer cette somme, mais il semblerait que la question ne se pose même pas.

— Si seulement nous pouvions trouver une personne en ville pour en retirer une partie à notre place, dit Jean.

— Inutile de pleurer sur une chope de bière renversée, dit Locke. Je ne pense pas que nous nous soyons fait un seul ami à Tal Verrar – en dehors des gens que nous avons engagés ou à qui nous avons versé des pourboires royaux. Il est certain qu'une personne de confiance ne serait pas de trop maintenant.

Il rejoignit Jean contre la rambarde et, comme son compagnon, fit semblant de s'absorber dans la contemplation de la mer. Pourtant, il fut incapable de penser à autre chose qu'aux linceuls plongeant dans les flots.

Les cadavres pleuvaient au moment même où Jean et lui avaient prévu de tirer la corde, d'échapper tranquillement à…

— Bordel, attends une minute, dit Locke. Un ami. Un ami. C'est d'un putain d'ami dont on a besoin. On a manipulé Stragos et Requin, mais qui avons-nous négligé de rencontrer au cours de ces deux ans ? Qui avons-nous ignoré ?

— Les Temples ?

— Pas mal, mais non. Qui a un intérêt direct dans ce putain de merdier ?

— Le Priori ?

— Le Priori. Ces enculés de gros cachottiers manipulateurs.

Les doigts de Locke pianotèrent sur la rambarde. Il essaya de chasser sa tristesse en rassemblant une dizaine de projets très différents et improbables pour les fondre en un plan cohérent.

— Réfléchis un peu. Avec qui serions-nous prêts à jouer ? Qui pourrions-nous rencontrer à *L'Aiguille du péché* ?

— Ulena Pascalis.

— Non. Elle a à peine le droit de s'asseoir à une table.

— De Morella…

— Non. Dieux, personne ne le prend au sérieux. Qui pourrait amener le Priori à commettre un acte totalement irréfléchi ? Qui est en ville depuis assez longtemps pour imposer le respect, ou pour tirer les ficelles et mettre au pas les impertinents ? Nous avons besoin d'un membre des Sept Intimes. Les autres ne sont que des branleurs.

Se faire une idée des réalités politiques du Priori équivalait à lire l'avenir dans des entrailles de poulet, Locke en était conscient. Il y avait trois assemblées séquentielles au sein du conseil des marchands, chacune composée de sept personnes. Les responsabilités liées aux postes des deux premières étaient connues de tous, mais il n'en allait pas de même pour la troisième : seuls les noms des Sept Intimes étaient de notoriété publique ; leur hiérarchie ainsi que la fonction de chacun étaient un secret réservé aux initiés.

— Cordo, dit Jean.

— Cordo… le vieux ou Lyonis ?

— Les deux. Ou un des deux. Marius fait partie des Sept Intimes, et Lyonis ne va pas tarder. D'autre part, Marius est plus vieux que les couilles de Perelandro. Si quelqu'un est capable de faire bouger le Priori, sans doute pour satisfaire aux exigences du plan insensé que tu es en train de concocter…

— Il est seulement à moitié insensé.

— Je connais la putain d'expression que je vois sur ta tronche ! Je suis certain qu'il te faut un des deux Cordo. C'est dommage que nous n'ayons jamais rencontré ces connards. (Jean regarda Locke avec méfiance.) Tu as *vraiment* cette expression sur la gueule. Qu'est-ce que tu as derrière la tête ?

— C'est-à-dire… Et si j'avais l'intention de gagner sur tous les tableaux ? Pourquoi envisageons-nous le suicide comme l'option la plus évidente ? Occupons-nous de Requin. Terminons le boulot. Occupons-nous de Stragos. Faisons-lui cracher l'antidote ou une adresse où se le procurer. Ensuite, rendons-lui la monnaie de sa pièce, d'une manière ou d'une autre.

Locke fit semblant de planter une dague dans un Archon invisible. La simulation lui plut tant qu'il recommença.

— Et comment diable va-t-on parvenir à accomplir ce putain de miracle ? demanda Jean.

— C'est une excellente question. La meilleure que tu as jamais posée. Je sais que nous avons besoin de certaines choses. En premier lieu, étant donné ce qui s'est passé lors de nos derniers séjours en ville, il est probable que toute la population de Tal Verrar nous attend sur les quais avec des torches et des arbalètes. Il nous faut des déguisements plus convaincants. Le clergé le plus miteux des douze ?

— Celui de Callo Androno.

— Demander son pardon, c'est déjà l'obtenir, dit Locke.

Callo Androno, les Yeux-des-Carrefours, dieu des Voyages, des Langues et des Traditions. Ses prêtres itinérants et ses érudits sédentaires méprisaient les beaux habits et affichaient avec fierté la sobriété de leur tenue.

— Zamira, dit Locke, s'il y a encore quelqu'un capable de manier du fil et une aiguille à bord, nous aurions besoin de deux robes. Faites-les fabriquer dans de la toile à voile, des vêtements de rechange ou n'importe quoi. Je ne voudrais pas être inconvenant, mais il doit y avoir quantité d'habits sans propriétaire maintenant.

— Les survivants joueront les biens des morts aux dés et je diviserai l'argent en parts équitables. Mais je peux réquisitionner quelques objets avant.

— Nous avons aussi besoin de quelque chose de bleu, dit Locke. Pour le bandeau des prêtres d'Androno. Tant que nous les porterons, nous serons considérés comme de saints hommes, pas comme des loqueteux.

— La tunique bleue d'Ezri, dit Jean. Elle est… Elle doit être dans sa cabine, où elle l'a laissée. La couleur est un peu passée, mais…

— C'est *parfait*, dit Locke. Zamira, quand nous sommes revenus de notre première visite à Tal Verrar avec ce navire, je vous ai donné une lettre à mettre à l'abri. Elle porte le sceau de Requin. Jérôme, j'ai besoin de toi pour la modifier un peu, comme Chains nous l'a appris. Tu es plus doué que moi pour ce genre de travail et le résultat doit être excellent.

— Je suppose que je peux essayer. Je ne suis pas sûr… Je ne suis pas sûr de pouvoir faire grand-chose de bon en ce moment.

— J'ai besoin que tu fasses de ton mieux. Pour moi. Pour elle.

— Sur quoi veux-tu que je transpose le sceau ?

— Sur du parchemin vierge, du papier, tout ce que tu veux. Vous auriez une feuille, Zamira ?

— Une feuille entière ? Je ne crois pas que Paolo et Cosetta en aient épargné une, mais j'en ai plusieurs qui ne sont que partiellement gribouillées. Je pourrais peut-être en couper une en deux.

— Faites-le. Jérôme, tu trouveras les outils dont tu auras besoin dans ma vieille malle de voyage, dans la cabine de Zamira. Est-ce qu'il peut y travailler et prendre des lanternes, capitaine ?

— Paolo et Cosetta refusent de sortir du coffre à bouts. Ils sont trop bouleversés. Je leur ai apporté des coussins et des draps ainsi que quelques lampes alchimiques. La cabine est à votre disposition.

— Nous aurons aussi besoin de tes fameuses cartes, dit Jean. Enfin, je suppose.

— Un peu, que nous en aurons besoin ! Des cartes et du meilleur matériel que nous pourrons rassembler. Des dagues, des cordes pas trop longues – de préférence en demi-soie –, de l'argent – Zamira, de petites bourses bien rondes contenant cinquante ou soixante solaris, au cas où nous devrions régler un problème en faisant appel à l'odeur de l'argent. Il nous faut aussi des matraques. Si vous n'en avez pas, on se contentera de sable dans de la toile…

— Et une paire de hachettes, ajouta Jean.

— Il y en a deux dans ma cabine. Je les ai prises dans ton coffre, d'ailleurs.

— Quoi ? (Une lueur d'excitation traversa le visage de Jean.) Vous les avez ?

— J'avais besoin de deux armes de ce type. Je ne savais pas qu'elles avaient quelque chose de spécial sinon, je te les aurais rendues quand tu as cessé d'être corvéable…

— Quelque chose de spécial ? Ce sont davantage des parents que de simples armes, dit Locke.

— Oui. Que les dieux en soient remerciés ! Alors, comment vas-tu accommoder tout cela ?

— Comme je te l'ai dit, c'est une excellente question, une question à laquelle j'ai l'intention de réfléchir en prenant mon temps…

— Nous ne serons pas en vue de Tal Verrar avant demain dans la nuit, si le vent se maintient, déclara Zamira. Je te garantis que tu ne vas pas manquer de temps pour réfléchir. Tu pourras cogiter à loisir en haut du mât de misaine, sur le nid-de-pie. J'ai encore besoin que tu te rendes utile.

— Bien entendu, dit Locke. Bien entendu. Capitaine, quand nous ne serons plus très loin de Tal Verrar, faites-nous approcher par le nord, si cela est possible. Quoi que nous fassions d'autre, notre première visite sera pour le quartier des marchands.

— Cordo ? demanda Jean.

— Cordo, confirma Locke. Le vieux ou le jeune. Je m'en fous. Ils nous recevront, même si nous devons nous faufiler par leurs putains de fenêtres pour ça.

2

— Qu'est-ce que… ?

Le serviteur rondouillard et bien habillé avait eu la malchance de tourner au coin du couloir du troisième étage et de passer devant le renfoncement de la fenêtre par laquelle Jean et Locke venaient de se glisser.

— Hé, dit Locke. Félicitations, mon vieux ! Nous sommes des antivoleurs et nous sommes ici pour t'offrir cinquante solaris d'or !

Il lui lança sa bourse et le valet l'attrapa par réflexe avant de rester bouche bée en prenant conscience de son poids. Pendant la seconde et demie où il oublia de donner l'alarme, Jean lui assena un coup de matraque.

Ils avaient pénétré dans le manoir de la famille Cordo en passant par le coin nord-ouest du dernier étage. Les remparts et les pointes en fer avaient rendu l'escalade fort peu agréable. La dixième heure du soir n'avait pas tout à fait commencé et une nuit de fin d'Aurim idéale couvrait la mer de Cuivre. Pour arriver jusqu'à cette fenêtre, les deux compères s'étaient déjà faufilés à travers une haie d'épineux, avaient évité trois groupes de gardes ou de jardiniers et passé vingt minutes à escalader la muraille de pierre lisse et humide du manoir Cordo.

Leurs robes, rudimentaires, de prêtres de Callo Androno – ainsi que le reste du matériel dont ils auraient besoin – étaient entassées dans des sacs à dos cousus à la hâte par Jabril. Peut-être à cause de ces tenues, personne ne leur avait encore décoché un carreau d'arbalète depuis qu'ils avaient débarqué sur le sol verrarien – mais la nuit était loin d'être finie, songea Locke, bien loin d'être finie.

Jean tira le serviteur inconscient dans le renfoncement et regarda autour de lui pour s'assurer que de nouveaux ennuis ne se présentaient pas. Pendant ce temps, Locke referma sans bruit les deux châssis de verre dépoli et raccrocha le loquet qu'il n'aurait jamais pu faire sauter sans une mince tige de métal pliée avec soin. Les Gens Bien de Camorr avaient baptisé ces fenêtres des « ventres ronds », car si vous pouviez pénétrer et ressortir de chez quelqu'un assez riche pour s'offrir un tel luxe, votre dîner était assuré.

Au cours de leur vie, Jean et Locke avaient cambriolé suffisamment de demeures semblables à celle-ci – même si aucune n'avait été aussi grande – pour savoir à peu près où chercher leur proie. Les chambres des maîtres étaient souvent situées à proximité des pièces de détente comme le fumoir, le bureau, le petit salon et…

— La bibliothèque, marmonna Jean tandis que les deux hommes descendaient le couloir de droite à pas de loup.

Des lumières alchimiques disposées dans des alcôves drapées avec goût nimbaient les lieux d'une lueur jaune-orange agréablement tamisée. Au milieu du corridor, ils arrivèrent devant une double porte ouverte sur leur gauche. Locke aperçut des rayonnages couverts de livres et de rouleaux. Aucun autre valet n'était en vue.

La bibliothèque était une petite merveille : il devait y avoir là près de mille ouvrages ainsi que des centaines de parchemins dans des étuis rangés avec soin sur des étagères. Les rares parties de mur à nu étaient décorées par des cartes astronomiques peintes sur du cuir décoloré grâce à un procédé alchimique. Deux portes fermées menaient aux pièces centrales, une sur la gauche des deux hommes, l'autre en face d'eux.

Locke se colla contre celle de gauche et y posa une oreille. Il entendit un vague murmure et se tourna vers son compagnon. Il s'aperçut que celui-ci s'était arrêté net devant un rayonnage. Jean tendit la main, tira un mince in-octavo d'une quinzaine de centimètres de la rangée de livres et le fourra précipitamment dans son sac à dos. Locke esquissa un sourire.

Au même moment, la porte contre laquelle il s'était appuyé s'ouvrit et cogna contre l'arrière de sa tête – un choc douloureux, mais sans gravité.

Locke se retourna aussitôt et se retrouva nez à nez avec une jeune femme portant un plateau d'argent vide. La servante ouvrit la bouche pour crier, ne laissant aucun choix au voleur : sa main gauche jaillit pour la bâillonner tandis que la droite cherchait sa dague. Il la repoussa dans la pièce d'où elle était sortie et, en franchissant le seuil, il sentit ses pieds s'enfoncer dans un tapis moelleux de trois centimètres d'épaisseur.

Jean arriva juste derrière lui et referma la porte à toute volée. La servante laissa échapper son plateau et Locke l'écarta de son chemin. Tandis qu'elle tombait dans les bras de Jean avec un « Oooummf ! » de surprise, Locke vit qu'il était au pied d'un lit d'environ trois mètres de côté et drapé d'une quantité de soie dans laquelle on aurait pu couper les voiles d'une goélette de bonne taille.

De l'autre côté, un vieillard ratatiné était assis sur des coussins, l'air un peu ridicule avec ce corps décharné au milieu d'un espace aussi vide et opulent. Ses cheveux longs, couleur d'écume, tombaient en toute liberté sur ses épaules. Vêtu d'une chemise de nuit en soie verte, il triait une pile de papiers à la lumière d'une lampe alchimique quand Jean, Locke et la servante réticente firent irruption dans la pièce.

— Marius Cordo, je présume ? demanda Locke. À l'avenir, puis-je vous suggérer d'investir dans un mécanisme d'artificier afin de protéger les loquets de vos fenêtres ?

Les yeux du vieil homme s'écarquillèrent et il lâcha les papiers qu'il tenait dans les mains.

— Ô dieux ! s'écria-t-il. Ô dieux, protégez-moi ! C'est vous !

3

— Bien sûr que c'est moi, dit Locke. Mais vous ne savez pas encore à qui vous avez affaire.

— Maître Kosta, nous pouvons discuter de tout cela. Vous devez savoir que je suis un vieil homme raisonnable et extrêmement riche…

— D'accord, vous *savez* à qui vous avez affaire, dit Locke, un peu inquiet. Quant à votre pognon, je n'en ai strictement rien à branler. Je suis ici pour…

— À ma place, vous auriez agi de même, dit Cordo. Je n'ai rien contre vous, il s'agissait d'impératifs professionnels. Agissez vous aussi en professionnel : épargnez-moi en échange d'une rémunération en or, bijoux, objets alchimiques précieux…

— Maître Cordo, l'interrompit Locke. Écoutez, je… (Il se renfrogna, puis se tourna vers la servante.) Est-ce que le vieux est, euh… sénile ?

— Il est parfaitement sain d'esprit, répondit-elle d'une voix glaciale.

—Je peux vous assurer que je le suis, rugit Cordo. (Son attitude avait changé du tout au tout sous le coup de la colère.) Je ne permettrais pas que des assassins s'introduisent dans ma propre chambre et me fassent prendre du retard dans mon travail ! Soit vous me tuez sur-le-champ, soit vous négociez le prix de ma libération !

—Maître Cordo, dit Locke, expliquez-moi donc deux choses, et je vous conseille d'être clair dans vos réponses. Petit un, comment se fait-il que vous me connaissiez ? Petit deux, pourquoi pensez-vous que je suis venu vous tuer ?

—On m'a montré vos visages, dans une flaque d'eau.

—Dans une flaque d'... (Locke sentit soudain son estomac se contracter.) Oh, *putain*, celui qui vous a montré ça était un...

—Un Mage Esclave de Karthain qui représentait sa guilde pour régler une affaire personnelle. Vous comprenez sans doute...

—C'est *vous* ! lâcha Locke. « J'aurais agi de même à votre place », avez-vous dit. C'est *vous* qui avez envoyé ces putains d'assassins à nos trousses ! Les enculés qui nous attendaient sur les quais, le serveur avec le poison, ces équipes de tueurs pendant la nuit de la *Festa*...

—Bien sûr, dit Cordo. Par malheur, vous vous êtes montrés insaisissables. En partie grâce à l'aide de Maxilan Stragos, je suppose.

—Par malheur ? Par malheur ? Cordo, vous n'avez pas idée de la chance que vous avez, espèce de fils de pute ! Heureusement pour vous que vos sbires ont échoué. Qu'est-ce que les Mages Esclaves vous ont raconté ?

—Allons ! Vous n'ignorez quand même pas vos propres plans ?

—Répétez-moi mot pour mot ce qu'ils ont dit ou je vous *massacre* !

—Ils ont dit que vous représentiez une menace pour le Priori, et, compte tenu des sommes que nous leur avons déjà versées en échange de leurs services, ils ont estimé qu'ils avaient tout intérêt à nous avertir de votre présence.

—Par « nous », vous parlez des Sept Intimes ?

—Oui.

—Bande de pauvres *cons* ! dit Locke. Les Mages Esclaves se sont servis de vous, Cordo. Pensez-y la prochaine fois qu'il vous viendra l'envie de leur filer de l'argent. Nous – maître de Ferra et moi – sommes sur leur putain de liste noire. Ils nous ont balancés entre vous et Stragos pour se fendre la gueule. Un point c'est tout ! Nous ne sommes pas venus ici dans l'intention de nuire au Priori.

—C'est ce que vous dites...

—Pourquoi est-ce que je ne vous égorge pas sur-le-champ, dans ce cas ?

—Pour savourer le moment et en profiter pour m'humilier, dit Cordo en se mordant les lèvres.

— Il se trouve que, pour des raisons qui resteront à jamais au-delà de votre compréhension, j'ai pénétré dans votre manoir par effraction dans un but précis : vous servir la tête de Maxilan Stragos sur un plateau.

— *Pardon ?*

— Pas au sens strict. J'ai quelques projets pour la tête en question. Mais je sais que vous pisseriez de joie si l'Archon se faisait virer comme un locataire mauvais payeur. Je ne vais pas me répéter : j'ai l'intention de me débrouiller pour que Maxilan Stragos perde définitivement son poste, et j'ai l'intention d'agir ce soir. Vous *devez* donc m'aider.

— Mais, vous êtes en quelque sorte des agents de l'Archon...

— Jérôme et moi le servons contre notre gré. L'alchimiste personnel de Stragos nous a administré un poison latent. Tant que Stragos a le monopole de l'antidote, nous lui obéissons ou nous mourrons dans des souffrances peu à même de susciter l'enthousiasme. Mais il a fallu que cet enculé continue à nous casser les couilles et il a un peu trop abusé.

— Vous êtes peut-être... Vous êtes peut-être des *provocateurs* envoyés par Stragos afin de...

— Afin de quoi ? De nous assurer de votre loyauté ? Devant quelle cour, quel serment, quelle loi ? Je vous repose la question, pour réfuter cette fois-ci votre hypothèse absurde qui fait de nous des agents de l'Archon : pourquoi est-ce que je ne vous égorge pas sur-le-champ, dans ce cas ?

— Eh bien... Soit ! Votre remarque est assez pertinente.

— Tenez. (Locke fit le tour du lit et vint s'asseoir près de Cordo.) Prenez cette dague.

Il lança l'arme sur les genoux du vieil homme. À cet instant, on frappa à la porte avec énergie.

— Père ! Père ! Un serviteur est blessé ! Est-ce que vous allez bien, père ? Père, j'entre !

— Mon fils a la clé, dit le vieux Cordo tandis qu'un cliquetis montait de la serrure.

— Ah ! dit Locke. Je vais encore en avoir besoin dans ce cas. (Il récupéra la dague d'un geste vif, se releva et pointa la lame sur le vieillard de manière plus ou moins menaçante.) Ne bougez pas. Ça ne prendra qu'une minute.

Un homme d'une trentaine d'années, bien bâti, fit irruption dans la chambre, une rapière richement décorée à la main. Lyonis Cordo, membre de la deuxième assemblée du Priori, seul héritier de son père et veuf depuis un certain temps. Il s'agissait sans doute du célibataire le plus en vue de tout Tal Verrar, ce qui était d'autant plus remarquable qu'il fréquentait rarement *L'Aiguille du péché.*

— Père ! Alacyn ! (Lyonis fit un pas à l'intérieur de la pièce, brandit son arme dans un grand geste et écarta les bras afin de bloquer la porte.)

Libérez-les, enfoirés ! Les gardes de la maison ont été alertés et vous ne parviendrez jamais à atteindre la…

—Oh, pour l'amour de Perelandro, à quoi bon ce numéro ! (Locke rendit la dague au vieux Cordo qui la prit entre deux doigts comme un insecte prisonnier.) Bon, regardez. Quel genre d'assassin fantaisiste pensez-vous que je suis, maintenant ? Rengainez votre épée, fermez la porte et écoutez. Nous avons un bon nombre de choses dont discuter.

—Mais, je…

—Lyonis, dit le vieux Cordo, cet homme est peut-être fou, mais il dit la vérité quand il affirme que ni lui ni son compagnon ne sont des assassins. Range ton arme et dis aux gardes de… (Il se tourna vers Locke avec un air soupçonneux.) Est-ce que vous avez *gravement* blessé un de mes domestiques en pénétrant chez moi, Kosta ?

—Une petite bosse sur la tête. Je suis un spécialiste émérite. Il s'en remettra très bien, qui qu'il soit.

—Tant mieux.

Marius soupira et se débarrassa de la dague en la tendant à Locke comme s'il s'agissait d'un objet répugnant. Le voleur la rangea à sa ceinture.

—Lyonis, dit le vieil homme, dis aux gardes de se retirer. Puis referme la porte à clé et assieds-toi.

—Puisque personne n'a l'intention de se livrer à des assassinats dans cette chambre, puis-je prendre congé ? demanda Alacyn.

—Non, dit Locke. Je suis désolé. Vous en avez déjà trop entendu. Prenez une chaise et installez-vous confortablement pour écouter la suite. (Il se tourna vers le vieux Cordo.) Bien, pour des raisons évidentes, il ne faut pas qu'elle quitte cette maison avant que nous ayons terminé notre travail de cette nuit, d'accord ?

—Mais c'est…

—Non, Alacyn. Je suis d'accord avec lui. (Le vieillard fit un geste tranquille de la main.) Tout ceci est trop important. Si tu m'es loyale, tu le sais. Si – pardonne-moi – tu ne l'es pas, tu le sais encore mieux. Je vais te garder dans le bureau, tu y seras à ton aise. Je te dédommagerai très, très, généreusement pour ta peine, je te le promets.

Jean lâcha la jeune femme qui s'assit dans un coin et croisa les bras avec mauvaise grâce. Lyonis congédia brusquement le groupe de gardes costauds qui avait fait irruption dans la bibliothèque quelques instants plus tôt. Son expression était aussi claire que de l'eau de roche : il se demandait s'il n'était pas devenu fou. Il rengaina son épée et ferma la porte de la chambre. Il s'y adossa et se renfrogna pour faire concurrence à Alacyn.

—Bien, dit Locke. Comme je vous le disais, d'ici la fin de la nuit, et quoi qu'il arrive, mon partenaire et moi aurons réussi à approcher Maxilan

Stragos. D'une manière ou d'une autre, nous allons lui ôter son pouvoir – peut-être même la vie, si nous n'avons pas le choix. Mais pour parvenir à nos fins, nous avons besoin que vous nous fournissiez certaines choses. D'autre part, vous devez comprendre qu'en nous aidant, vous ne pourrez plus revenir en arrière. Nous ne plaisantons pas. Quels que soient vos plans pour arracher la cité aux mains de Stragos, vous avez intérêt à être prêts à les exécuter. Quelles que soient les mesures que vous avez prévues pour neutraliser son armée et sa flotte en attendant de leur rappeler qui paie leurs soldes, appliquez-les.

— Vous comptez révoquer Stragos ? (L'expression de Lyonis était à la fois terrifiée et soucieuse.) Père, ces hommes sont des malades…

— Tais-toi, Lyo. (Le vieux Cordo leva la main.) Ces hommes affirment qu'ils ont l'occasion unique d'apporter les changements que nous souhaitons. Ils ont aussi… refusé de prendre des mesures de rétorsion contre moi à la suite de certaines vilenies dont ils ont été victimes. Nous allons les écouter jusqu'au bout.

— Bien, dit Locke. Voici ce que vous devez savoir. Dans deux heures, maître de Ferra et moi allons être arrêtés par les Yeux de l'Archon alors que nous quitterons *L'Aiguille du péché*…

— Arrêtés ? le coupa Lyonis. Comment pouvez-vous savoir… ?

— Parce que je vais prendre rendez-vous, répondit Locke. Je vais *demander* à Stragos de nous faire arrêter.

4

— Le Protecteur refuse de vous recevoir, tout comme la Dame-Qui-Attend. Ce sont les ordres qu'on nous a donnés.

Locke était certain de sentir le regard méprisant de l'officier des Yeux à travers son masque.

— Je suis persuadé du contraire, dit-il.

Les deux compères rangèrent leur embarcation le long du quai de l'Archon. Il s'agissait d'un petit canot très maniable qu'ils avaient obtenu du vieux Cordo.

— Dites-lui que nous avons fait ce qu'il nous a demandé lors de notre dernière rencontre et dites-lui que nous avons un besoin *urgent* de lui parler.

L'officier réfléchit pendant quelques secondes, puis tira la chaîne pour annoncer des visiteurs. Tandis qu'ils attendaient une réponse, Jean et Locke se débarrassèrent de leurs armes et de leur matériel. Ils les bourrèrent dans leurs sacs qu'ils déposèrent au fond du canot. Au bout d'un moment, Merrain apparut au sommet de l'escalier du débarcadère et fit un signe.

Les soldats fouillèrent les deux hommes avec leur minutie habituelle et les escortèrent jusqu'au bureau de l'Archon.

Jean trembla à la vue de Stragos, assis derrière sa table de travail. Locke remarqua que son compagnon ouvrait et fermait les poings. Il lui serra le bras sans douceur.

— S'agit-il d'une bonne nouvelle ? questionna l'Archon.

— Quelqu'un a-t-il confirmé la présence d'un navire en flammes au large, hier, vers midi, à l'ouest de la ville ? demanda Locke.

— Deux bateaux marchands ont signalé une grosse colonne de fumée à l'ouest, dit Stragos. Rien de plus précis à ma connaissance et aucune compagnie n'a rapporté la perte d'un navire.

— Elles ne vont pas tarder à le faire, dit Locke. Un vaisseau brûlé et coulé. Pas un seul survivant parmi les membres de l'équipage. Il se dirigeait vers la cité et ses cales étaient pleines, je suis donc certain que quelqu'un finira par le regretter.

— Je n'en doute pas, dit Stragos. Alors, que voulez-vous maintenant ? Un baiser sur la joue et une assiette de friandises ? Je vous ai dit de ne pas m'importuner avant...

— Considérez notre premier navire coulé comme s'il s'agissait d'argent honnêtement gagné. Nous avons décidé de faire la fête et de nous offrir un petit plaisir, nous aussi.

— Ce qui signifie quoi, exactement ?

— Nous voulons récupérer le fruit de nos efforts à *L'Aiguille du péché*. Nous voulons récupérer le résultat de deux ans de travail. Nous voulons le récupérer ce soir et nous ne bougerons pas tant que ce ne sera pas fait.

— Il n'est peut-être pas indispensable de le faire *ce soir*. Enfin, qu'est-ce que vous imaginez ? Que je vais vous donner un commandement de réquisition ? Que je vais envoyer une lettre bien polie à Requin pour demander qu'il vous laisse emporter votre fameux magot ?

— Non, dit Locke, mais nous allons aller à *L'Aiguille du péché* sur-le-champ pour qu'il nous rende notre dû, et tant que nous n'en sommes pas ressortis indemnes avec notre argent, l'*Orchidée-Poison* ne coulera plus le moindre navire dans vos eaux territoriales.

— Ce n'est pas à *vous* de m'imposer les conditions dans lesquelles vous souhaitez travailler...

— Eh bien, je vais me *gêner* ! Nous sommes entièrement à votre merci, mais nous pensons que vous nous donnerez l'antidote quand nous aurons fait ce que vous voulez. Cependant, la situation devient trop délicate dans cette ville et, une fois que nous aurons récupéré notre liberté, nous estimons que nous ne pourrons plus mener à bien notre projet concernant *L'Aiguille du péché*. Réfléchissez Stragos. Nous n'avons pas manqué de le faire. Si vous avez l'intention de placer le Priori sous votre coupe, il est possible que le chaos s'installe avec son cortège de bains de sang et d'arrestations, et Requin est en cheville avec le Priori. Sa fortune doit demeurer entière si nous devons le soulager d'une partie de celle-ci. C'est pour cette raison que nous voulons avant tout que notre argent soit à l'abri dans nos poches, avant de finir la mission que vous nous avez donnée.

— Espèce de petit arrogant de…

— Oui, cria Locke. Je le suis. Je suis arrogant. Nous avons toujours besoin de votre putain d'antidote, Stragos. Nous avons toujours besoin de venir le chercher auprès de vous. Mais nous exigeons un délai supplémentaire, entre autres. Ce soir. Je veux voir votre alchimiste à vos côtés quand nous reviendrons ici, dans deux heures.

— Par toutes les putains de… Qu'est-ce que vous voulez dire par : « quand nous reviendrons ici » ?

— Il n'existe qu'un seul moyen pour que nous ressortions indemnes de *L'Aiguille du péché* une fois que Requin saura que nous nous sommes payé sa tête. Il faut que nous quittions son établissement pour tomber directement entre les mains de vos Yeux, qui nous attendront à la sortie pour nous arrêter.

— Par tous les dieux, pourquoi est-ce que je leur demanderais de faire cela ?

— Parce qu'une fois que nous serons de retour ici, en sécurité, nous partirons dans la plus grande discrétion pour rejoindre l'*Orchidée-Poison* et, un peu plus tard dans la nuit, nous n'attaquerons rien de moins que la marina d'Argent. Drakasha a cent cinquante hommes d'équipage et nous avons passé l'après-midi à capturer deux bateaux de pêche pour servir de brûlots. Vous vouliez qu'on voie le pavillon écarlate depuis la cité ? Par les dieux, nous allons le faire entrer *dans le port* ! Nous saccagerons et nous brûlerons tout ce que nous pourrons, et nous attaquerons tout ce qui passera à notre portée en repartant. Le Priori va venir à votre porte avec des sacs remplis d'argent pour vous supplier de jouer les sauveurs. Des émeutes éclateront un peu partout si la population n'en trouve pas un. Est-ce que c'est assez rapide pour vous ? Nous pouvons faire ce que vous voulez. Nous pouvons le faire ce soir. Qu'en est-il de l'expédition punitive contre les îles Fantômes, est-ce que *vous* êtes prêt à embarquer, Protecteur ?

— Qu'est-ce que vous allez récupérer chez Requin ? demanda Stragos après une longue rumination silencieuse.

— Rien qui ne puisse être transporté par un homme plutôt pressé.

— Sa chambre forte est impénétrable.

— Nous le savons. Ce que nous voulons ne se trouve pas à l'intérieur.

— Comment puis-je être certain que vous ne vous ferez pas tuer inutilement dans cette affaire ?

— Je vous assure que c'est ce qui se passera si vos Yeux ne nous protègent pas en nous plaçant en état d'arrestation. Ensuite, nous disparaîtrons, châtiés pour crimes contre l'État verrarien, un privilège de l'Archon. Un privilège que vous aurez bientôt l'occasion d'employer à loisir. Allez, avouez-le, c'est un putain de plan génial.

— Ce que vous tenez tant à récupérer restera sous ma surveillance, dit l'Archon. Volez-le chez Requin, d'accord, et apportez-le ici. De toute façon, il vous faudra revenir pour que je neutralise le poison alors, je surveillerai votre bien jusqu'à nos adieux.

— C'est…

— Un gage de sécurité indispensable pour moi. (La voix de Stragos se fit menaçante.) Deux hommes se sachant condamnés et se retrouvant soudain propriétaires d'une grosse somme d'argent pourraient perdre le sens des réalités. Qui sait s'ils ne seraient pas tentés de s'enfuir, puis de se vautrer avec volupté dans l'alcool, la bonne chère et le stupre des semaines durant en attendant la fin ?

— Je suppose que vous n'avez pas tort, dit Locke en feignant l'irritation. Tout ce que nous vous laisserons…

— … sera surveillé avec la plus grande attention. Le bénéfice de deux années de labeur vous attendra et vous sera rendu lors de notre ultime rencontre.

— Je pense que nous n'avons pas le choix, dans ce cas. C'est d'accord.

— Parfait. Je vais faire rédiger sur-le-champ un mandat d'arrêt à l'encontre de Léocanto Kosta et de Jérôme de Ferra, puis j'accéderai à votre demande. Par les dieux ! Vous et cette salope syrunienne avez intérêt à ne pas me décevoir.

— Ne vous inquiétez pas pour cela, dit Locke. Nous agirons au mieux de nos capacités. Nous avons prêté serment.

— Mes soldats…

— Des Yeux, l'interrompit Locke. Envoyez des Yeux. Il y a forcément des agents du Priori dans vos troupes régulières. Je suis prêt à parier ma vie que vous vous montrez plus exigeant lorsqu'il s'agit de vos Yeux. De plus, les gens pissent de trouille quand ils les croisent. C'est une opération commando.

— Hmm…, dit Stragos. Votre suggestion me semble raisonnable.

— Alors, je vous prie d'en tenir compte.

5

C'était agréable de se débarrasser de tous ces oripeaux.

Locke songea que lorsqu'on cesse d'incarner un personnage qu'on a joué longtemps, on a parfois la sensation de respirer de nouveau après avoir frôlé la noyade. Désormais, toutes les impressions liées à leurs mensonges et à leurs identités à plusieurs tiroirs se détachaient couche après couche pour tomber dans leur sillage tandis qu'ils gravissaient une dernière fois les marches de *L'Aiguille du péché.* Maintenant qu'ils connaissaient le commanditaire de leurs mystérieux assassins, ils n'avaient plus besoin de se travestir en prêtres ni de se déplacer en catimini. Ils étaient libres de courir comme de simples voleurs ayant les gardes de la cité aux trousses.

Ce qui était exactement leur cas.

Jean et lui auraient dû adorer cette situation, en rire tous les deux, se délecter devant un méfait réalisé de main de maître avec leur habituelle joie fébrile. *Plus riches et plus intelligents que tous les autres.* Mais ce soir, Locke était le seul à parler. Ce soir, Jean luttait pour garder son sang-froid jusqu'au moment où il pourrait exploser – et que les dieux viennent en aide à celui qui se trouverait alors sur son chemin !

Calo, Galdo, Moucheron, songea Locke, *et maintenant, Ezri.*

Jean et lui n'avaient jamais demandé qu'une chose : voler tout ce qu'ils pouvaient emporter et éclater de rire une fois en sécurité. Pourquoi cette aspiration leur avait-elle coûté tant de vies chères ? Pourquoi y avait-il toujours un connard de fils de pute pour imaginer qu'il pouvait se frotter à un Camorrien sans y laisser des plumes ?

Ils devraient savoir que c'est impossible, pensa Locke.

Il aspira l'air à travers ses dents serrées tandis que *L'Aiguille du péché* se dressait au-dessus de lui, projetant des lumières rouges et bleues dans le ciel noir.

C'est impossible. Nous l'avons déjà prouvé une fois et nous allons recommencer ce soir, je le jure devant tous les dieux.

6

— Vous ne pouvez pas passer par l'entrée du personnel, espèces de… Oh, par les dieux, c'est vous ! À l'aide !

Le videur recula en voyant les deux compères traverser la cour de service pour se précipiter vers lui. Il fallait reconnaître à sa décharge que c'était l'homme dont les côtes avaient bénéficié des attentions douloureuses de Jean lors de leur précédente visite. Locke remarqua qu'il portait une sorte de corset rigide sous le tissu léger de sa tunique.

—Nous ne sommes pas venus pour te taper dessus, haleta Locke. Va… chercher Sélendri. Va la chercher tout de suite.

—Votre tenue ne vous permet pas de rencontrer…

—Va la chercher et je te donnerai un solari, dit Locke en essuyant la sueur de son front. Reste ici deux secondes de plus et tu pourras de nouveau jouer aux osselets avec tes putains de côtes.

Une demi-douzaine d'employés de *L'Aiguille du péché* se rassembla en prévision d'éventuels ennuis, mais les deux compères n'esquissèrent aucun geste hostile. Quelques minutes après que le videur blessé fut entré dans l'établissement, Sélendri sortit à sa place.

—Vous êtes tous les deux censés être en mer…

—Pas le temps de vous expliquer, Sélendri. L'Archon a ordonné notre arrestation. Une escouade d'Yeux arrive en ce moment même. Elle sera ici dans quelques minutes.

—*Quoi ?*

—Il a réussi à comprendre ce qui se passait. Il sait que nous avons comploté contre lui et…

—Ne parlez pas de cela ici ! siffla Sélendri.

—Cachez-nous. Cachez-nous, je vous en prie !

Locke vit la panique, la frustration et de froids calculs se disputer la moitié indemne du visage de la jeune femme. Les abandonner à leur sort pour qu'ils racontent tout ce qu'ils savaient aux bourreaux de l'Archon ? Les tuer dans cette cour, devant témoins, sans la moindre chance de faire passer leur mort pour une « regrettable » chute ? Non. Elle devait les protéger. Pour le moment, du moins.

—Entrez, dit-elle. Pressez-vous. Toi, et toi, fouillez-les.

Des employés de l'établissement tâtèrent les vêtements des deux hommes et récupérèrent leurs dagues et leurs bourses. Sélendri s'empara du tout.

—Celui-ci a aussi un jeu de cartes, dit un serviteur en sortant la main d'une poche de la tunique de Locke.

—Le contraire m'aurait étonné, dit Sélendri. C'est sans importance. Nous allons au huitième.

Locke pénétra pour la dernière fois dans le majestueux temple de Requin dédié à la cupidité, traversa la foule et les strates de fumée suspendues en l'air comme des esprits dérangés, grimpa l'escalier en spirale pour monter aux étages où la décoration était toujours plus belle et les enjeux toujours plus risqués.

Locke observa le spectacle tandis qu'il gravissait les marches. Était-ce son imagination ou n'y avait-il aucun membre du Priori dans l'établissement ce soir ? Il suivit Sélendri jusqu'au troisième étage, puis jusqu'au quatrième où, comme de bien entendu, il faillit télescoper Maracosa Durenna.

Celle-ci laissa échapper un hoquet de surprise, son verre à la main, tandis que Sélendri et ses gardes entraînaient Jean et Locke. Ce dernier lut sur son visage davantage que de la simple irritation ou confusion. Oh, par tous les dieux, elle était en *rogne* !

Il songea au spectacle qu'il avait dû lui offrir : plus maigre, les cheveux plus longs et hirsutes, la peau tannée par le soleil – sans parler du fait que leurs tenues – à son compagnon et à lui – étaient loin d'être correctes, qu'ils étaient trempés de sueur et qu'ils avaient sans aucun doute des ennuis avec l'établissement. Il sourit et adressa un petit geste de la main à Durenna alors qu'il montait l'escalier. Puis elle disparut.

Ils montèrent aux derniers étages, les plus raffinés de *L'Aiguille du péché*. Il n'y avait toujours pas le moindre membre du Priori en vue. Coïncidence ou signe encourageant ?

Ils arrivèrent enfin dans le bureau du maître des lieux. Celui-ci se tenait devant un miroir et enfilait un manteau de soirée noir décoré de tissu d'argent. Ses lèvres se soulevèrent et dévoilèrent ses dents quand il aperçut Jean et Locke. L'éclat malicieux qui se lisait dans ses yeux rivalisait sans difficulté avec le reflet alchimique aveuglant de ses optiques.

— Les Yeux de l'Archon, dit Sélendri. Ils viennent arrêter Kosta et de Ferra.

Requin grogna, se fendit comme un escrimeur et frappa Locke d'un revers de main avec une force incroyable. Le voleur fut projeté sur le sol et glissa sur le dos avant de heurter le bureau. Des bibelots tintèrent de manière inquiétante au-dessus de lui et une assiette en métal tomba sur les dalles.

Jean fit un pas en avant, mais deux gardes à la forte carrure le saisirent par les bras et Sélendri tira ses lames bien huilées de leur cachette pour le dissuader d'insister.

— Qu'est-ce que vous avez fait, Kosta ? rugit requin.

Il lui assena un coup de pied dans le ventre et Locke repartit buter contre le bureau. Un verre de vin tomba et se brisa par terre.

— Rien du tout, haleta le voleur. Rien du tout. Il *savait*, un point c'est tout. Requin, il savait que nous conspirions contre lui. Nous n'avons pas eu d'autre issue que de nous enfuir. Avec les Yeux sur les talons.

— Des Yeux qui viennent dans mon *Aiguille*, gronda Requin. Des Yeux qui vont peut-être violer une tradition capitale des Marches Dorées. Vous me placez dans une situation difficile, Kosta. Vous avez tout fait foirer, n'est-ce pas ?

— Je suis désolé, dit Locke en se mettant à quatre pattes. Je suis désolé. Nous n'avions pas d'autre endroit où nous réfugier. S'il… S'il met les mains sur nous…

— En effet, dit Requin. Je vais m'occuper de vos poursuivants. Vous deux allez rester ici. Nous discuterons de tout cela dès que je serai de retour.

Quand tu seras de retour, songea Locke, *tu seras accompagné par un certain nombre de tes employés. Ensuite, Jean et moi ferons une malencontreuse « glissade » par la fenêtre.*

Il était temps de passer à l'action.

Les bottes de Requin résonnèrent d'abord sur les dalles, puis sur la surface métallique du petit escalier tandis qu'il descendait au septième étage. Les deux gardes relâchèrent Jean, mais ne le quittèrent pas des yeux. Sélendri s'appuya contre le bureau, ses lames sorties. Elle fixa Locke avec froideur alors qu'il se relevait en grimaçant.

— Plus de mots tendres à me susurrer à l'oreille, Kosta ?

— Sélendri, je...

— Saviez-vous que votre ami avait l'intention de vous tuer, maître de Ferra ? Que les marchandages auxquels il se livrait depuis des mois avec nous reposaient sur notre *acceptation* de ce meurtre ?

— Sélendri, je vous en prie, écoutez-moi...

— Je savais que vous n'étiez pas un investissement rentable, mais je ne me serais jamais doutée que cela se verrait si vite.

— D'accord. Vous aviez raison. J'ai été un mauvais investissement et je ne doute pas que Requin vous écoutera davantage à l'avenir. Parce que je n'ai jamais voulu tuer Jérôme de Ferra. Jérôme de Ferra n'existe pas. Pas plus que Calo Callas.

» En fait, (un grand sourire se dessina sur ses lèvres) vous nous avez amenés à l'endroit *précis* où nous avions l'intention d'arriver, pour récolter les fruits de deux ans de dur labeur, pour que nous puissions vous *dépouiller* comme au coin d'un bois, votre patron et vous.

Le bruit qui suivit fut celui d'un garde de *L'Aiguille du péché* qui heurtait le mur, avec la marque du poing de Jean qui rougissait sur sa joue.

Sélendri réagit avec une rapidité incroyable, mais Locke l'attendait. Il n'avait pas l'intention de se battre, mais juste de se baisser, d'esquiver et de rester à bonne distance de ses lames. Il bondit par-dessus le bureau en éparpillant les documents qui s'y trouvaient. Il éclata de rire tandis que son adversaire et lui feintaient d'un côté et de l'autre. Ils dansèrent un moment pour voir qui serait le premier à trébucher et à perdre la protection du meuble.

— Dans ce cas, vous allez mourir, Kosta.

— Oh, parce que vous aviez l'intention de nous épargner ? Je vous en prie. Au fait, Léocanto Kosta n'existe pas, lui non plus. Il y a tant de petites choses que vous *ignorez,* hein ?

Derrière eux, Jean luttait avec le deuxième garde. Il assena un coup de tête à son adversaire et lui brisa le nez. L'homme tomba à genoux en laissant échapper un bruit inarticulé. Jean passa derrière lui et lui planta son coude dans la nuque avec tout le poids du haut de son corps. Malgré ses efforts pour esquiver Sélendri, Locke ne put s'empêcher de grimacer en entendant le bruit du crâne qui heurtait les dalles.

L'instant suivant, Jean se dressa dans le dos de la majordome, le visage éclaboussé du sang de son précédent adversaire. Sélendri frappa de taille avec ses deux lames, mais la colère avait exacerbé la méchanceté de Jean bien au-delà de ses limites habituelles. Il attrapa l'avant-bras en cuivre et plia sa propriétaire en deux d'un coup de poing à l'estomac. Puis il la fit pivoter et l'immobilisa en lui tenant les bras. Sélendri se tortilla et essaya de reprendre son souffle.

— C'est un joli bureau, dit Jean à voix basse.

Il parlait comme s'il venait de serrer la main de la jeune femme et des gardes au lieu de les battre comme plâtre. Locke fronça les sourcils, mais continua à suivre son plan. Le temps était primordial.

— Regardez attentivement, Sélendri, parce que je ne peux faire ce numéro qu'une seule fois. (Il fit apparaître son jeu de cartes truquées et le battit avec emphase.) Est-ce qu'il y a de l'alcool par ici ? Un alcool très fort, quelque chose qui vous fait venir les larmes aux yeux et incendie votre gorge ?

Il fit semblant d'être surpris en découvrant une bouteille de cognac sur l'étagère derrière le bureau de Requin. Une petite coupe contenant un bouquet était posée à côté.

Locke attrapa le récipient, jeta les fleurs sur le sol et le posa sur la table. Il déboucha alors la bouteille d'alcool et versa trois doigts de liquide brun dans le bol.

— Bien. Comme vous pouvez le voir, je n'ai rien d'autre en main que ces cartes parfaitement ordinaires, parfaitement normales et parfaitement banales. Mais est-ce bien *le cas* ?

Il battit le jeu une dernière fois et le laissa tomber dans le bol. Les rectangles de carton alchimique se mirent à ramollir, à gonfler, puis commencèrent à bouillonner et à mousser. Les images et les symboles dessinés dessus se dissolurent, d'abord en un magma bariolé de traînées colorées, puis dans une matière visqueuse, huileuse et grisâtre. Locke aperçut un couteau à beurre dans une petite assiette posée sur un coin du bureau. Il l'attrapa et s'en servit pour mélanger la pâte cendrée avec ardeur jusqu'à ce que les dernières traces de couleur aient disparu.

— Mais qu'est-ce que vous êtes en train de foutre ? demanda Sélendri.

— Je prépare du ciment alchimique. Il s'agissait de petites plaques de résine peintes de manière à ressembler à des cartes, conçues pour réagir au contact d'un alcool fort. Par tous les dieux du ciel, vous ne voulez même *pas* savoir combien cela m'a coûté. Ah ! Je n'avais d'autre issue que de venir ici pour vous voler après une telle dépense.

— Qu'est-ce que vous avez l'intention de… ?

—J'ai appris à mes dépens que cette saloperie devient plus dure que l'acier en séchant. (Il courut jusqu'à l'ascenseur et entreprit de badigeonner de pâte le pourtour de la porte.) Par conséquent, une fois que j'aurai fini d'en enduire ce magnifique passage dissimulé et que j'en aurai rempli la serrure de l'entrée principale – ce qui devrait me prendre, quoi, une minute –, Requin aura besoin d'un bélier s'il a envie de revoir son bureau ce soir.

Sélendri essaya de crier pour appeler à l'aide, mais les tortures jadis infligées à sa gorge ne le lui permirent pas. Elle laissa échapper un son inquiétant et puissant, mais pas assez pour être audible de l'étage inférieur. Locke dévala l'escalier de fer, ferma les portes principales et se dépêcha de sceller la serrure avec une petite boule de ciment alchimique qui durcissait déjà.

—Et maintenant, dit-il en retournant au centre du bureau, l'attraction suivante de la soirée : le *superbe* ensemble de chaises que j'ai offert à notre estimé hôte. Il s'avère que, en fait, je sais ce qu'est le Talathri baroque et que je peux vous expliquer pourquoi une personne saine d'esprit irait faire construire ces merveilles dans un bois aussi fragile que le croissant-cisaille.

Locke attrapa une chaise et déchira à mains nues le coussin du siège ainsi que le panneau de dessous, révélant une mince cachette remplie d'outils et d'équipement divers – des couteaux, un baudrier d'escalade en cuir, des mousquetons et des descendeurs auxquels venaient s'ajouter divers autres objets. Locke secoua le siège afin de faire tomber le matériel à terre dans un bruit de ferraille, puis il le souleva au-dessus de sa tête en souriant.

—Un bois idéal pour casser des chaises sans difficulté.

Il l'abattit de toutes ses forces sur les dalles du bureau. Elle se brisa à la hauteur des assemblages, mais ne vola pas en éclats : les éléments désarticulés étaient reliés par une espèce de fil qui passait à travers les cavités des pieds et du dossier. Locke fouilla quelques secondes dans les morceaux avant d'en extraire avec succès plusieurs longueurs de corde en demi-soie.

Il saisit un filin et, avec l'aide de Jean, eut vite fait d'attacher Sélendri sur le siège placé derrière le bureau de Requin. La jeune femme lança des coups de pied, cracha et essaya même de les mordre, mais en vain.

Une fois Sélendri ligotée, Locke tira un couteau d'un tas d'objets rassemblés par terre alors que Jean brisait les trois autres chaises et récupérait leur contenu secret. Tandis que Locke s'approchait de la jeune femme, lame en main, elle lui lança un regard méprisant.

—Je ne peux rien vous raconter d'intéressant, dit-elle. La chambre forte est à la base de la tour et vous venez vous-même de vous emprisonner à son sommet. Effrayez-moi tant que vous voulez, Kosta, mais je ne sais absolument pas ce que vous avez dans la tête.

— Oh, vous avez cru que c'était pour vous ? (Il sourit.) Sélendri, je pensais que nous nous connaissions mieux que cela. Quant à la chambre forte, qui donc a parlé d'elle ?

— Votre mission était de trouver le moyen de...

— J'ai menti, Sélendri. Et je vais vous avouer une chose : ce n'est pas la première fois que cela m'arrive. Vous pensiez que je faisais vraiment des recherches sur les rouages des serrures et que je prenais des notes pour Maxilan Stragos ? Laissez-moi rire. Je sirotais des cognacs au rez-de-chaussée et au premier étage pour essayer de me remettre après qu'on eut failli me découper en rondelles. Votre putain de chambre forte est carrément inviolable, mon cœur. Je n'ai jamais eu l'intention de m'en approcher. (Locke regarda autour de lui, comme s'il voyait la pièce pour la première fois.) Requin garde bon nombre de toiles hors de prix accrochées aux murs, hein ?

Il eut l'impression que son sourire remontait jusqu'à ses oreilles. Il fit quelques pas vers le tableau le plus proche de lui et entreprit – avec un grand luxe de précautions – de le découper autour de son cadre.

7

Dix minutes plus tard, Jean et Locke se jetèrent par une fenêtre, dos au vide. Des cordelettes en demi-soie partaient de leur baudrier pour former un nœud de marin parfait autour de la rambarde du balcon. Il n'y avait pas eu assez de place pour une corde de sécurité, mais, dans la vie, il faut parfois prendre quelques risques si on veut avancer.

Locke hurla tandis qu'ils glissaient à toute allure dans l'air nocturne, croisant, balcon après balcon, fenêtre après fenêtre, des attroupements de joueurs satisfaits, ennuyés, indifférents ou blasés. Son exaltation avait terrassé sa tristesse pour un moment. Jean et lui tombèrent pendant vingt secondes en utilisant leur descendeur de fer pour maîtriser leur chute vertigineuse et, pendant ces vingt secondes, le monde devint parfait – le Gardien Véreux en soit remercié. Dix tableaux de prix appartenant à Requin – découpés de leurs cadres, enroulés et glissés avec le plus grand soin dans des tubes de transport en toile – se balançaient à son épaule. Il avait dû en abandonner deux sur les murs, par manque de place, mais les chaises n'avaient pu dissimuler qu'une quantité limitée de matériel.

Quand Locke avait eu l'idée de s'en prendre à la célèbre collection d'art de Requin, il avait fouiné à la recherche d'un acheteur potentiel parmi les antiquaires et les receleurs de plusieurs cités. Le prix qu'il avait finalement tiré de la vente hypothétique de ces « œuvres » avait été gratifiant – c'était un euphémisme.

La glissade des deux compères s'acheva sur les dalles de la cour de *L'Aiguille du péché*. Les extrémités de leurs cordes se balançaient à moins de dix centimètres au-dessus du sol. Leur atterrissage dérangea plusieurs couples ivres qui déambulaient dans les environs. Les deux voleurs s'étaient à peine débarrassés de leur matériel d'escalade qu'ils entendirent les pas précipités de lourdes bottes ainsi que des cliquetis d'armes et d'armures. Un détachement de huit Yeux jaillit du côté rue de *L'Aiguille du péché* et se rua vers eux.

— Restez où vous êtes, brailla l'homme de tête. En tant qu'officier de l'Archon et du conseil, je vous déclare en état d'arrestation pour crimes contre la sécurité de Tal Verrar. Levez les mains et rendez-vous sans résistance ou nous ne ferons pas de quartier.

8

Le long bateau à faible tirant d'eau se rangea contre le quai privé de l'Archon et Locke s'aperçut que son cœur battait la chamade. La partie délicate – on ne peut plus délicate – allait commencer.

Jean et lui furent poussés hors de l'embarcation par les Yeux qui les encadraient. Les soldats leur attachèrent les mains derrière le dos et récupérèrent les tableaux volés. Les toiles furent débarquées avec le plus grand soin par le dernier Œil à quitter le navire.

L'officier qui avait procédé à l'arrestation s'avança vers le responsable du quai et les deux hommes se saluèrent.

— Nous devons emmener les prisonniers jusqu'au Protecteur sur-le-champ, préfet des Épées.

— Je sais, répondit l'autre avec une pointe de satisfaction indubitable dans la voix. Bon travail, sergent.

— Merci, monsieur. Les jardins ?

— Oui.

Jean et Locke furent escortés à travers Mon Magisteria, à travers des couloirs vides et des salles silencieuses, à travers des recoins poussiéreux et les odeurs d'huile à armes. Puis ils émergèrent enfin dans les jardins de l'Archon.

Le gravier du chemin crissa sous leurs pieds tandis qu'ils avançaient dans la nuit aux profondes senteurs, le long des pâles lueurs des plantes rampantes argentées et des lumières intermittentes des scarabées-lanternes.

Maxilan Stragos les attendait, assis sur une chaise apportée pour l'occasion, près du hangar à bateaux. Il était en compagnie de Merrain et – oh, le cœur de Locke accéléra ! – de l'alchimiste chauve. Deux Yeux se tenaient également à proximité. Le détachement mené par leur sergent salua l'Archon.

— À genoux, demanda Stragos d'une voix désinvolte.

Jean et Locke furent forcés de s'agenouiller devant lui sur les graviers. Locke grimaça et essaya d'enregistrer la scène en détail. Merrain était vêtue d'une tunique à manches longues et d'une jupe de couleur sombre ; d'où il était, le voleur vit que la jeune femme ne portait pas des souliers élégants, mais de solides bottes à talons plats, en cuir noir, idéales pour la course et le combat. C'était intéressant. L'alchimiste semblait nerveux et tenait un grand porte-documents gris. Le pouls de Locke s'accéléra de nouveau tandis qu'il songeait à son contenu possible.

— Stragos, dit-il comme s'il ne savait pas ce que l'Archon avait derrière la tête. Une autre petite fête en plein air ? Vos connards en armure peuvent nous détacher maintenant. Je doute qu'il y ait des agents du Priori planqués dans les arbres.

— Il m'est arrivé de réfléchir longuement au traitement qui serait à même de vous sensibiliser à l'humilité. (Stragos adressa un signe à l'Œil qui se tenait à sa droite, un peu en avant.) J'en suis malheureusement venu à la conclusion qu'il n'en existait sans doute aucun.

Le soldat lança un coup de pied dans la poitrine de Locke et l'envoya s'étaler en arrière. Le gravier glissa autour du voleur tandis qu'il essayait de s'éloigner en rampant. L'Œil tendit la main et le remit à genoux sans ménagement.

— Vous voyez mon alchimiste ? Ici présent, ainsi que vous l'avez demandé, dit Stragos.

— Ouais, dit Locke.

— Eh bien, voilà votre récompense. Vous n'aurez pas *davantage*. J'ai tenu ma promesse. Savourez ce spectacle qui ne vous apportera rien.

— Stragos, espèce d'enculé, nous avons encore du travail à faire pour votre...

— Je ne crois pas, l'interrompit l'Archon. Je crois que votre mission est terminée et, enfin, je crois comprendre comment vous avez pu agacer les Mages Esclaves au point qu'ils vous confient à mes soins.

— Stragos, si nous ne retournons pas à bord de l'*Orchidée-Poison*...

— Mes agents ont repéré un navire qui lui correspond ancré au nord de la cité. J'irai m'en occuper bien assez tôt, avec la moitié des galères de ma flotte. Ensuite, j'aurai un autre pirate à faire défiler à travers la ville, et un autre équipage à jeter dans la Fange Profonde, marin après marin, tandis que la population de Tal Verrar m'acclamera.

— Mais, nous...

— Vous m'avez donné ce dont j'avais besoin, même si vous ne l'envisagiez peut-être pas de cette manière. Sergent, est-ce que vous avez rencontré des difficultés en arrêtant ces deux hommes sur le domaine de Requin ?

—Requin a refusé de nous laisser entrer dans l'établissement, Protecteur.

—Requin a refusé de vous laisser entrer dans l'établissement, répéta Stragos en savourant clairement chaque mot. Il a donc estimé qu'une vieille tradition officieuse supplantait mon autorité légale. Il m'offre ainsi l'occasion d'envoyer des troupes faire ce que les gardes de cette ville dédaignent de faire bien qu'ils soient engagés et rémunérés pour cela : arrêter ce bâtard et l'enfermer dans une cage, histoire de voir combien de temps il acceptera de se taire à propos des activités de ses chers amis du Priori. Maintenant, j'ai l'occasion de me battre. Il n'est pas utile que vous causiez davantage de dégâts dans les eaux de ma cité.

—Stragos, enfoiré de fils de pute…

—En fait, poursuivit l'Archon, votre présence elle-même est devenue inutile.

—Nous avions passé un marché !

—Et je l'aurais respecté si vous n'aviez pas outrepassé la seule consigne qui ne tolérait pas le moindre écart ! (Stragos se leva, tremblant de fureur.) Je vous avais donné l'ordre de ne pas tuer les gardes du Rocher Sous le Vent ! *De ne pas les tuer !*

—Mais…, commença Locke, stupéfait. Nous avons utilisé le gèlesprit et nous les avons laissés…

—La gorge tranchée, le coupa Stragos. Seuls les deux qui étaient sur le toit ont survécu. Je suppose que vous étiez trop paresseux pour grimper l'escalier et les achever.

—Nous n'avons jam…

—Qui d'autre a attaqué mon île cette nuit-là, Kosta ? Le Rocher Sous le Vent n'est pas exactement un temple ouvert aux pèlerins, n'est-ce pas ? Si ce n'est pas vous, c'est que vous avez laissé les prisonniers le faire. De toute manière, c'est votre faute.

—Stragos, je vous assure que nous ne savons pas de quoi vous parlez.

—Cela ne ressuscitera pas ces quatre hommes et femmes de valeur, pas vrai ? (Stragos croisa les mains derrière le dos.) Maintenant, nous en avons terminé. Le son de votre voix, le ton de votre arrogance, l'incroyable impudence que distille votre langue… Vous êtes une peau de requin avec laquelle on me frotte les tympans, maître Kosta, et vous avez assassiné de bons et loyaux soldats de Tal Verrar. Vous n'aurez ni prêtre, ni cérémonie, ni tombe. Sergent, donnez-moi votre épée.

Le sergent qui les avait arrêtés fit un pas en avant et dégaina son arme. Il en tendit la garde à l'Archon.

—Stragos, dit Jean. Une dernière chose. (Locke se tourna vers son camarade et vit qu'un mince sourire se dessinait sur ses lèvres.) Je me souviendrai de cet instant jusqu'à la fin de ma putain de vie.

—Je…

Stragos ne termina jamais sa phrase. Le sergent des Yeux ramena soudain la main en arrière et la garde de l'épée frappa le visage de l'Archon à toute volée.

9

Les choses s'étaient déroulées ainsi.

Les Yeux entraînèrent Jean et Locke hors de la cour de *L'Aiguille du péché* et les poussèrent dans un lourd chariot aux fenêtres grillagées. Trois soldats les suivirent à l'intérieur ; deux grimpèrent sur le banc du cocher pour diriger les chevaux ; trois autres se placèrent derrière et sur les côtés pour protéger le véhicule.

Au bout de la rue, au sommet de la plus haute terrasse des Marches Dorées, le chariot dut tourner à gauche pour s'engager sur la rampe en zigzag qui conduisait au niveau inférieur, mais une voiture lui bloqua soudain le passage. Les Yeux lancèrent des menaces ; l'autre conducteur se répandit en excuses et cria que ses chevaux étaient d'un entêtement rare.

À cet instant-là, les cordes d'arbalète claquèrent : les deux Yeux sur le banc du cocher et les trois autour de la cabine s'effondrèrent, pris par surprise sous un déluge de carreaux. Des escouades de gardes de la ville en uniforme apparurent de chaque côté du véhicule en agitant leurs boucliers et leurs bâtons.

—Circulez, crièrent-ils aux passants éberlués – dont les plus sensés s'étaient déjà accroupis pour se protéger. Il n'y a rien à voir. Ce sont des affaires de l'Archon et du conseil.

Tandis que les cadavres s'effondraient sur les pavés, les portes du chariot s'ouvrirent brusquement et les trois Yeux survivants essayèrent en vain de porter secours à leurs camarades à terre. Deux autres escouades de gardes – avec l'aide d'un certain nombre de badauds en civil qui réagirent *par hasard* au même signal – chargèrent et les neutralisèrent. Un des Yeux résista avec un tel acharnement qu'il fut tué par accident. Ses deux compagnons furent bientôt immobilisés au sol à côté du chariot, puis on leur ôta leur masque de bronze.

Lyonis Cordo apparut. Il portait l'uniforme des Yeux – dans les moindres détails à l'exception du masque. Il était suivi par sept hommes et femmes vêtus de tenues identiques et presque complètes. Une jeune femme les accompagnait, mais Locke ne la reconnut pas. Elle s'agenouilla devant les deux soldats captifs.

—Toi, je ne te connais pas, dit-elle à celui de droite.

Avant que l'Œil ait le temps de comprendre ce qui se passait, un garde lui trancha la gorge et le jeta à terre. Pendant ce temps, d'autres soldats du Priori traînèrent rapidement les cadavres hors de vue.

— Toi, dit la jeune femme en regardant le dernier survivant, Lucius Caulus. Toi, je te connais.

— Tuez-moi tout de suite, dit le captif. Je ne dirai rien.

— Bien sûr. Mais tu as une mère. Et une sœur qui travaille dans le croissant des Mains Noires. Tu as aussi un frère par alliance qui navigue sur un bateau de pêche, et deux neveux…

— Va te faire foutre, dit Caulus. Tu n'oserais pas…

— J'oserais. Je *m'occuperai* d'eux pendant que tu regarderas. Jusqu'au dernier. Tu ne perdras pas une miette du spectacle. Et ils sauront que tu aurais pu les sauver avec quelques mots.

Caulus fixa le sol et se mit à sangloter.

— S'il vous plaît, il ne faut pas que quiconque l'apprenne…

— Tal Verrar demeure, Caulus. L'Archon n'est pas Tal Verrar. Mais je n'ai pas le temps de me livrer à des petits jeux. Réponds à mes questions ou nous trouverons ta famille.

— Dieux, pardonnez-moi, dit Caulus en hochant la tête.

— As-tu reçu des phrases codes à prononcer ou des procédures spéciales à respecter pour rentrer à Mon Magisteria ?

— N… Non.

— Quels sont – mot pour mot – les ordres qu'on a donnés à ton sergent en ta présence ?

Le bref interrogatoire se termina et on emmena Caulus – vivant, pour qu'il continue à craindre les répercussions d'une éventuelle indiscrétion de sa part – sur un chariot avec les cadavres. Les faux Yeux prirent alors les armes et les baudriers des vrais, puis ils enfilèrent les masques de cuivre. La voiture se remit en route et accéléra pour rejoindre la petite embarcation qui attendait à l'un des quais intérieurs. Il fallait se dépêcher au cas où un agent de Stragos aurait assisté à l'embuscade et traverserait la baie pour raconter ce qu'il avait vu.

— Tout s'est passé aussi bien qu'on pouvait l'espérer, dit Lyonis en s'asseyant dans le chariot avec les deux voleurs.

— Ces faux uniformes sont crédibles ? demanda Locke.

— Faux ? Vous n'y êtes pas du tout. Il a été facile de se procurer ces tenues. Les sympathisants que nous avons chez Stragos nous les ont fournis il y a un certain temps. Ce sont les masques qui posent un gros problème. Il n'y en a qu'un par Œil, sans aucun de rechange. Les Yeux les surveillent comme un héritage familial. Ils passent tellement de temps à les regarder qu'une copie, même de bonne qualité, serait aussitôt remarquée. (Cordo leva son masque au-dessus de sa tête et sourit.) Par bonheur, nous ne verrons plus ces saletés après ce soir. Au fait, qu'y a-t-il donc dans ces tubes de toile ?

— Un cadeau de Requin, dit Locke. Une affaire personnelle sans aucun lien avec la nôtre.

— Vous connaissez bien Requin ?

— Nous partageons le goût des œuvres de la période fin du Trône Thérin, répondit Locke en souriant. Nous avons même échangé quelques pièces il y a peu.

10

Pendant que Lyonis envoyait l'Archon à terre, les faux Yeux arrachèrent leur masque et passèrent à l'action. Il ne fallut que quelques secondes pour que Jean et Locke se libèrent de leurs liens purement symboliques.

Un des hommes de Lyonis sous-estima l'habileté de l'Œil qui lui faisait face : il tomba à genoux, avec une large blessure au flanc gauche. Deux agents du Priori s'approchèrent et harcelèrent le soldat jusqu'à ce qu'il commette une erreur. Ils le renversèrent alors et le poignardèrent à plusieurs reprises. Le second essaya de s'enfuir pour aller chercher de l'aide, mais il mourut avant d'avoir fait cinq pas.

Merrain et l'alchimiste regardèrent autour d'eux – le second avec une inquiétude beaucoup plus notable –, mais deux hommes de Lyonis les tinrent en respect de la pointe de leur épée.

— Eh bien, Stragos, dit Lyonis en tirant l'Archon afin qu'il se mette à genoux, je vous présente le bon souvenir de la maison Cordo.

Il ramena son épée en arrière, prêt à frapper, et sourit.

Jean le saisit par-derrière et le jeta à terre. Il se pencha au-dessus de lui, rouge de colère.

— Nous avons conclu un *marché*, Cordo !

— Oui, dit Lyonis sans se relever ni se départir de son sourire. Eh bien, c'est ainsi. Vous nous avez rendu un service inestimable, mais nous estimons qu'il n'est guère prudent de laisser des témoins gênants traîner de-ci de-là. Nous sommes maintenant sept, alors que vous êtes deux…

— Espèce de traître *à la petite semaine*, lâcha Locke. Pareil amateurisme fait frissonner des professionnels tels que nous. Et vous vous prenez pour des putains de génies ? Je vous ai vus arriver à cent kilomètres, alors j'ai parlé à un ami commun.

Locke se pencha et tira de sa botte une demi-feuille de parchemin, un peu froissée, modérément trempée de sueur et pliée en quatre. Il la tendit à Lyonis et sourit, sachant ce que ce dernier allait y lire :

« Je me sentirais personnellement offensé si les porteurs de ce message devaient subir le moindre mal ou être contrariés d'une manière ou d'une autre, car ils accomplissent présentement une mission profitable à tous. Toute aide apportée à ces hommes sera dûment notée et considérée comme une faveur accordée à moi-même. Ils ont ma pleine et entière confiance.

R »

Le tout, bien entendu, était suivi du sceau personnel de Requin.

— Je sais que vous ne raffolez pas de cette maison de chance, dit Locke, mais reconnaissez que la majorité des membres du Priori ne partagent pas votre opinion, et beaucoup de vos pairs conservent de grosses sommes dans sa chambre forte…

— Assez. J'ai compris le message. (Cordo se releva et lui rendit la lettre en la jetant presque.) Que voulez-vous ?

— Juste deux choses : l'Archon et son alchimiste. Ce que vous ferez de cette putain de ville, je n'en ai rien à cirer.

— L'Archon doit…

— Vous étiez sur le point de l'étriper comme un lapin. Je m'occupe de lui désormais. Sachez seulement que, quoi qu'il lui arrive, cela ne vous causera aucun tort.

Des cris montèrent à l'autre côté du jardin.

Non, se corrigea Locke, *de l'autre côté de la forteresse.*

— Qu'est-ce que c'est que ce bordel ? demanda-t-il.

— Nous avons des partisans aux portes de Mon Magisteria, répondit Cordo. Des hommes à nous arrivent pour empêcher quiconque de s'échapper. Ils doivent signaler leur présence.

— Si vous essayez de vous emparer du…

— Nous n'avons pas l'intention de nous emparer de Mon Magisteria, juste de l'isoler. Une fois que les troupes stationnées à l'intérieur auront compris la nouvelle donne, nous sommes à peu près certains qu'elles reconnaîtront l'autorité des conseils.

— Vous avez intérêt à ce que cela se passe ainsi dans tout Tal Verrar, dit Locke. Mais en voilà assez avec ces conneries. Hé, Stragos, allons discuter un peu avec l'alchimiste qui vous sert de clébard.

Jean tira l'Archon – toujours sous le choc – pour le relever et entreprit de le traîner vers l'endroit où Merrain et l'alchimiste attendaient sous bonne garde.

— Toi, dit Locke en pointant le doigt vers l'homme chauve, tu ne vas pas tarder à nous expliquer bien des choses si tu tiens à ta santé.

L'alchimiste secoua la tête.

— Oh, mais je… je…

— Fais attention à ce que je vais dire. C'est la fin de l'archonat, tu piges ? Ce soir, toute cette institution va sombrer une bonne fois pour toutes dans les eaux du port. Ensuite, Maxilan Stragos n'aura même pas assez de pouvoir pour s'acheter une coupe de pisse tiède avec tout l'or de Tal Verrar. Par conséquent, tu n'auras plus *personne* à qui lécher le cul pour obtenir de l'aide tandis que tu passeras le reste de ta courte et misérable vie entre les mains des deux hommes que tu as empoisonnés. Est-ce que tu as un antidote *définitif*?

— Je… je transporte un antidote pour chaque poison que j'utilise au service de l'Archon, au cas où.

— Xandrin, ne fais pas…, dit Stragos.

Jean lui assena un grand coup de poing dans l'estomac.

— Oh, Xandrin, ne l'écoute donc pas ! dit Locke. Continue. Continue.

L'homme chauve glissa la main dans son porte-documents et en tira une fiole de liquide transparent.

— Je ne transporte qu'une dose. Elle suffit pour une personne. *Ne la partagez pas !* Son contenu balaiera la substance des humeurs et des vaisseaux du corps.

Locke lui prit la fiole d'une main tremblante.

— Et ce truc… Il nous faudra débourser combien pour qu'un autre alchimiste en fabrique davantage ?

— C'est impossible, dit Xandrin. J'ai conçu cet antidote pour défier les analyses réactives. Tout échantillon soumis à une étude alchimique se détériorera aussitôt. Le poison et le contrepoison sont ma propriété exclusive.

— Où sont les notes ? demanda Locke. Les recettes, ou quel que soit le nom que tu leur donnes ?

— Dans ma tête. Le papier est mauvais gardien des secrets.

— Eh bien, dans ce cas, on dirait que tu vas voyager avec nous en attendant que tu nous cuisines une seconde dose d'antidote. Tu aimes la mer, tête de nœud ?

11

Ce fut à cet instant que Merrain prit sa décision. Si l'antidote ne pouvait être reproduit et si elle parvenait à briser la fiole… Kosta et de Ferra – ces deux étranges anomalies – étaient pour ainsi dire morts et enterrés. Il ne resterait alors plus que Stragos et Xandrin.

Si on leur réglait leur compte, toutes les personnes sachant qu'elle servait un maître bien au-delà de Tal Verrar seraient réduites au silence.

Elle déplaça légèrement le bras droit et la garde de la dague empoisonnée glissa dans sa main. Puis elle inspira un grand coup. Merrain agit si vite que le faux Œil qui se tenait près d'elle n'eut pas la moindre chance de lever son épée. Elle le poignarda de côté, au cou, sans un regard ou mouvement susceptibles de laisser deviner l'attaque. Elle fit glisser la lame latéralement en la retirant, lacérant les chairs au maximum, au cas où le poison ferait effet avec quelques secondes de retard.

12

La première victime de Merrain avait à peine laissé échapper un hoquet de surprise que la jeune femme frappait de nouveau. Elle zébra la nuque de Xandrin avec un couteau qui avait surgi de nulle part. Locke regarda pendant une fraction de seconde tandis qu'il tressaillait. Il s'estimait alerte, mais s'il avait été la cible de la jeune femme, il n'aurait pas eu le temps de parer le coup.

Xandrin cria et tituba en avant. Merrain lança un coup de pied à Locke – une attaque rapide plutôt qu'efficace. Elle le toucha au bras et la fiole s'échappa de ses doigts pour s'envoler dans les airs. Locke parvint à crier : « Merde ! » avant de plonger pour la rattraper, sans se préoccuper du gravier qui l'écorcherait ou de Merrain qui aurait tout le loisir de l'attaquer de nouveau. Il cueillit la flasque – toujours intacte – avant qu'elle s'écrase par terre, lâcha un murmure de remerciements et fut bousculé par Jean qui se précipita en avant, les bras tendus.

En atterrissant, la fiole serrée contre lui, Locke vit Merrain lever le bras et lancer son couteau. Jean la frappa au moment où l'arme quittait sa main, si bien que la jeune femme ne toucha pas Stragos à la gorge ou à la poitrine ainsi qu'elle le souhaitait visiblement. La lame se contenta de rebondir sur le gravier, aux pieds de sa cible. L'Archon s'éloigna cependant du couteau par mesure de précaution.

Aussi incroyable que cela puisse paraître, Merrain donna du fil à retordre à Jean. Elle parvint à dégager un bras de sa prise et lui administra un coup de coude dans les côtes. Elle était souple et luttait avec l'énergie du désespoir. Elle lui écrasa le pied gauche, se libéra de son étreinte et essaya tant bien que mal de s'éloigner. Jean garda assez de prise sur la tunique de la jeune femme pour déchirer la manche gauche jusqu'en haut du bras. Il perdit l'équilibre et tomba par terre lorsque le tissu céda.

Pendant une fraction de seconde, Locke aperçut un tatouage sombre et complexe sur la peau pâle, au bas de l'épaule – un motif qui ressemblait à une épée entourée de vigne. Puis la jeune femme partit comme un carreau d'arbalète et s'enfonça dans la nuit, loin de Jean et des faux Yeux qui la pourchassèrent sur quelques mètres avant d'abandonner en jurant à haute voix.

— Bon, qu'est-ce que… Oh, merde !

Locke remarqua que la première victime de Merrain se tordait sur le sol en compagnie de Xandrin.

Des rigoles de bave coulaient aux coins de leurs bouches.

— Oh, merde, merde, putain de merde ! cria Locke.

Il se pencha, impuissant, au-dessus de l'alchimiste mourant. Les convulsions cessèrent en quelques secondes et il fixa l'unique fiole d'antidote qu'il tenait dans la main. Il sentit la nausée lui gagner le creux de l'estomac.

— Non, lâcha Jean derrière lui. Oh, dieux, pourquoi a-t-elle fait ça ?

— Je ne sais pas, dit Locke.

— Qu'est-ce qu'on va faire ?

— Nous… Et merde, je ne le sais pas plus que toi.

— Tu devrais…

— On ne décide rien pour le moment, le coupa Locke. Je vais garder ceci à l'abri. Une fois que cette histoire sera terminée, nous nous assiérons quelque part avec l'antidote, nous dînerons et nous parlerons de tout cela. Nous trouverons une solution.

— Tu peux…

— Il est temps qu'on s'en aille, déclara Locke d'une voix aussi ferme que possible. Prenons ce que nous sommes venus chercher et tirons-nous d'ici avant que la situation se complique davantage.

Avant que les troupes loyales à l'Archon remarquent que leur maître ne passe pas une très bonne nuit. Avant que Lyonis découvre que Requin est après nous en ce moment même. Avant qu'une autre putain de mauvaise surprise jaillisse de terre pour nous mordre le cul.

— Cordo, cria-t-il, où est le fourre-tout que vous nous avez promis ?

Lyonis adressa un geste à un des faux Yeux encore en vie. La femme passa un lourd sac de toile à Locke. Celui-ci le déroula en le secouant. Il était plus large que lui et mesurait près de deux mètres de long.

— Eh bien, Maxilan, je vous ai offert une chance de tout oublier et de nous laisser partir sans rien perdre de ce que vous aviez. Mais il a fallu que vous jouiez les petits trous du cul, pas vrai ?

— Kosta, dit Stragos en redécouvrant enfin l'usage de sa voix. Je… Je peux vous donner…

— Vous pouvez me donner que dalle.

Stragos sembla envisager de se jeter sur la dague de Merrain, Locke éloigna l'arme d'un grand coup de pied. Elle glissa sur les graviers et disparut dans les ténèbres du jardin.

— Les gens dans notre branche, ceux qui vénèrent le Gardien Véreux, respectent une petite tradition quand un proche meurt. Dans le cas qui nous intéresse, il s'agit d'une personne qui est morte à cause de vos putains de manigances de malade.

—Kosta, ne rejetez pas ce que j'ai à vous offrir...

—Nous appelons cela une Offrande Mortuaire. Pour résumer, nous volons quelque chose dont la valeur est proportionnelle à l'importance du disparu. Mais je ne crois pas qu'il existe un objet assez inestimable pour compenser la perte que Jean et moi avons subie. Nous allons cependant faire de notre mieux.

Jean rejoignit son compagnon et fit craquer les articulations de ses doigts.

—Ezri Delmastro, dit-il très bas, je t'offre l'Archon de Tal Verrar.

Il frappa Stragos si fort que les pieds de celui-ci décollèrent du gravier. En un instant, il fourra le vieil homme inconscient dans le sac de toile qu'il attacha aussitôt avant de le faire glisser sur son épaule comme un filet de pommes de terre.

—Bien, dit Locke. Lyonis, nous vous souhaitons bonne chance pour votre révolution, ou quel que soit le nom que vous lui donnez. Nous nous retirons sur la pointe des pieds avant que le sort s'intéresse de nouveau à nous d'un peu trop près.

—Et Stragos ?

—Vous ne le verrez plus jamais.

—Dans ce cas, je suis satisfait. Vous quittez la ville ?

—Au plus vite – et c'est encore beaucoup trop lent à mon putain de goût.

13

Jean le laissa tomber sur le gaillard d'arrière sous les yeux de Zamira et des membres de l'équipage encore en vie. Le voyage de retour avait été long et difficile : il avait d'abord fallu récupérer les sacs à dos dans la petite embarcation des Cordo, puis chercher patiemment le canot de l'*Orchidée-Poison* et, enfin, ramer jusqu'en haute mer. Mais tous ces efforts étaient maintenant récompensés. Pour Locke, les efforts de *toute* la nuit étaient maintenant récompensés par le simple spectacle du visage de Stragos alors que Drakasha se tenait au-dessus de lui.

—Dr... r... akasha, bafouilla Maxilan Stragos.

Puis il cracha une dent sur le pont. Plusieurs filets de sang lui coulaient sur le menton.

—Maxilan Stragos, ancien Archon de Tal Verrar, dit Drakasha. *L'ultime* Archon de Tal Verrar. La dernière fois que je vous ai vu, j'étais dans une position un peu différente.

— Tout comme moi, soupira-t-il. Et maintenant ?

— Trop de dettes sont accrochées à votre carcasse pour que votre mort les rachète. Nous avons réfléchi mûrement et intensément sur ce point. En fin de compte, nous allons essayer de vous garder en vie aussi longtemps que possible.

Elle claqua des doigts et Jabril s'avança en portant une lourde et solide chaîne, quoiqu'un peu rouillée. Il la laissa tomber aux pieds de l'ancien Archon et éclata de rire tandis que le vieil homme sursautait. D'autres marins saisirent le prisonnier et celui-ci se mit à sangloter, incrédule, alors qu'on lui menottait les bras et les jambes, alors qu'on le couvrait de chaînes.

— Vous allez au pont inférieur, Stragos. Dans les ténèbres. Nous allons prendre grand soin de vous promener partout avec nous, quels que soient le temps, l'état de la mer ou la chaleur. On va vous faire voir du pays, à vous et à vos fers. Longtemps après que vos vêtements seront tombés en lambeaux, je vous garantis qu'il vous restera toujours ces jolis anneaux à porter.

— Drakasha, par pitié...

— Balancez-le au plus profond du navire. (Une dizaine de marins commencèrent à le traîner vers l'écoutille de la cale principale.) Enchaînez-le à la cloison, puis laissez-le se faire un petit nid.

— Drakasha, cria Stragos. Vous ne pouvez pas faire ça ! Vous ne pouvez pas faire ça ! Je vais devenir fou !

— Je *sais*, répondit-elle. Et vous allez hurler. Dieux, combien vous allez gémir en bas. Mais ne vous inquiétez pour le bruit, nous pourrons toujours jouer un peu de musique quand nous serons en mer.

Stragos fut emmené dans les cales de l'*Orchidée-Poison* pour le restant de ses jours.

— Bien, dit Drakasha en se tournant vers Jean et Locke. Vous avez réussi. J'ai du mal à y croire, mais vous avez ramené ce que vous vouliez.

— Non, capitaine, dit Jean. Nous avons surtout ramené ce que nous étions allés chercher, mais nous n'avons pas eu ce que nous voulions. Bien loin de là.

— Je suis désolée, Jérôme.

— J'espère que plus personne ne m'appellera ainsi. Mon nom est Jean.

— Jean et Locke, dit Drakasha. D'accord. Est-ce que je peux vous déposer quelque part, tous les deux ?

— À Vel Virazzo, si cela ne vous dérange pas, répondit Locke. Nous avons quelques affaires à y régler.

— Et vous serez alors des hommes riches ?

— Nous serons en fonds, oui. Est-ce que vous en voulez une partie, pour...

— Non, le coupa-t-elle. C'est vous qui êtes allés à Tal Verrar et qui avez accompli le vol. Cet argent est à vous. Le pillage de Salon-Corbeau a rempli nos cales, et nous sommes bien peu nombreux pour le partage maintenant. Ne vous inquiétez pas pour nous. Alors, qu'allez-vous faire ensuite ?

— Nous avions un plan, dit Locke. Vous vous souvenez de ce que vous m'avez dit près de la rambarde, une certaine nuit ? Si quelqu'un essaie de tracer des lignes autour de mon navire, il suffit de… hisser quelques voiles de plus ?

Drakasha hocha la tête.

— Je suppose que, d'une certaine manière, c'est ce que nous allons faire.

— Est-ce que vous aurez besoin de quelque chose ?

— Eh bien, dit Locke, par égard pour notre sécurité, étant donné notre passé… Vous pourriez peut-être nous prêter une sacoche et nous donner quelque chose de petit, mais de très important ?

14

Ils se rencontrèrent le jour suivant, à l'invitation de Requin, dans ce qu'il fallait bien décrire comme un bureau ravagé. La porte principale avait été arrachée de ses gonds, les débris de l'ensemble de chaises étaient éparpillés sur le sol et, bien entendu, la plupart des tableaux avaient été découpés des cadres accrochés aux murs. Requin semblait prendre un malin plaisir à faire asseoir les Sept du Priori sur des sièges luxueux au milieu du chaos, comme si tout était parfaitement normal. Sélendri allait et venait dans le dos des invités.

— Est-ce que la situation s'est améliorée pour vous, mesdames et messieurs, depuis la nuit dernière ? demanda Requin.

— Les combats se sont achevés dans la marina de l'Épée, déclara Jacantha Tiga, la plus jeune des Sept Intimes. Nous contrôlons la flotte.

— Mon Magisteria est entre nos mains, dit Lyonis Cordo qui représentait son père. Tous les capitaines de Stragos ont été arrêtés, à l'exception des deux officiers des renseignements…

— Nous ne pouvons pas nous permettre un autre putain d'incident du type Ravelle, déclara un membre du Priori d'une quarantaine d'années.

— J'ai moi-même des hommes qui travaillent sur cette affaire, dit Requin. Ils ne se cacheront pas dans cette cité, je peux vous l'assurer.

— Les ambassadeurs de Talisham, d'Espara et du royaume des Sept Essences ont exprimé publiquement leur confiance dans l'autorité des conseils, dit Tiga.

— Je sais. (Requin sourit.) Je leur ai fait grâce de quelques dettes substantielles la nuit dernière et leur ai suggéré de faire un geste pour le nouveau régime. Qu'en est-il des Yeux ?

— Environ la moitié sont en vie et sous bonne garde, dit Cordo. Les autres sont morts. On estime qu'une poignée d'entre eux essaie d'organiser une résistance.

— Ils n'iront pas loin, remarqua Tiga. Ce n'est pas leur loyauté envers l'archonat qui leur permettra d'acheter de la nourriture et de la bière. Je pense qu'on trouvera un cadavre par-ci par-là quand ils commenceront à ennuyer un peu trop les soldats de l'armée régulière.

— Nous réglerons le sort des autres dans la discrétion au cours des prochains jours, dit Cordo.

— Hmm…, dit Requin. Je me demande si c'est une sage décision. Les Yeux de l'Archon représentent une réserve importante d'hommes bien entraînés et dévoués. On peut sans doute en faire meilleur usage que pour remplir une tombe.

— Ils sont loyaux à Stragos…

— Ou peut-être à Tal Verrar, si vous preniez la peine de le leur demander. (Requin posa une main sur son cœur.) Mon devoir de patriote me pousse à souligner ce point.

Cordo renifla avec mépris.

— Ils étaient ses troupes de choc, ses gardes du corps, ses bourreaux. Ils nous sont inutiles, même s'ils ne se montrent pas activement séditieux.

— Peut-être que, malgré son talent militaire tant vanté, notre cher et regretté Archon n'employait pas ses Yeux avec efficacité, dit Requin. Peut-être que cette histoire de masques dépassait un peu les bornes. Ils auraient sans doute été plus efficaces en civil, pour épauler ses services de renseignements, au lieu de jouer un rôle de police et de terroriser les gens.

— Cela aurait peut-être été mieux pour *lui*, dit Tiga. S'il avait procédé ainsi, ses services secrets auraient pu faire échouer notre opération contre lui, la nuit dernière. Il s'en est fallu de peu.

— Certes, dit Cordo, mais il est difficile de conserver un royaume quand vous n'avez plus de roi.

— Oui, dit Tiga. Nous sommes tous très impressionnés, Cordo. N'hésitez pas à évoquer discrètement votre rôle dans cette affaire, aussi souvent qu'il vous plaira, je vous en prie.

— Au moins, moi, je…

— Et il est *encore* plus difficile de conserver un royaume quand on se débarrasse d'excellents outils abandonnés par l'ancien roi, coupa Requin.

— Veuillez excuser notre stupidité, dit Saravelle Fioran, une femme presque aussi âgée que Marius Cordo, mais où voulez-vous en venir exactement, Requin ?

—Juste au fait que les Yeux, une fois triés et réentraînés avec soin, pourraient se révéler un atout considérable pour Tal Verrar. Pas comme troupes de choc, mais plutôt comme… police secrète ?

—Dit le chef des fameuses personnes que cette police secrète serait chargée de traquer, se moqua Cordo.

—Jeune Cordo, dit Requin, ces « fameuses personnes » entretiennent des relations aussi lointaines que possible avec votre entreprise familiale grâce à mon intervention. Ce sont aussi ces fameuses personnes qui ont joué un rôle déterminant dans notre victoire d'hier : ils ont transporté vos messages, bloqué les rues pour ralentir l'arrivée des renforts, occupé les officiers de Stragos les plus loyaux pendant que certains d'entre vous avaient l'occasion de participer à ces événements comme des amateurs disputant une partie de boules.

—Ce n'est pas mon…

—Non, ce n'est pas votre cas. Vous vous êtes battu. Mais j'affiche mon hypocrisie un sourire aux lèvres, Lyonis. Vous n'allez pas prétendre ici, dans notre plus stricte intimité, que votre mépris vous dispense de traiter avec des gens tels que moi. Vous n'avez pas envie de savoir à quoi ressemble une cité où le crime ne serait pas régulé par des gens comme moi ! Quant à l'avenir des Yeux, il ne s'agit pas d'une suggestion, mais d'une exigence. Les rares qui étaient d'authentiques fanatiques de Stragos peuvent trébucher fort à propos et s'empaler sur une épée, certes. Les autres sont trop utiles pour qu'on s'en débarrasse.

Tiga intervint :

—De quel droit vous permettez-vous de nous dicter…

—… du droit que six personnes sur les sept assises ici ont trouvé judicieux d'entreposer des fonds et des objets dans la chambre forte de *L'Aiguille du péché*. Des objets qui, soyons lucides, pourraient ne jamais réapparaître si je commençais à éprouver une certaine inquiétude quant à nos relations.

» J'ai investi dans cette ville au même titre que vous. Je n'apprécierais aucunement qu'un pouvoir étranger vienne perturber mes affaires. Stragos avait raison sur un point, je ne crois pas que notre armée et notre flotte empêchent nos ennemis de dormir étant donné ce qui s'est passé la dernière fois que le Priori a gouverné en temps de guerre. Par conséquent, j'estime qu'il est utile de garantir nos investissements.

—Je suis certain que nous pourrions discuter de cela dans quelques jours, dit Lyonis.

—Je ne le pense pas. Les divergences telles que les Yeux survivants ont tendance à disparaître avant qu'on puisse débattre du problème, n'est-ce pas ? Nous sommes dans une période de grande activité. Les messages peuvent se perdre, ou être mal interprétés. Je suis certain qu'il y aurait une raison tout à fait plausible pour expliquer un pareil malentendu.

—Alors, que voulez-vous ? demanda Fioran.

—Si vous voulez prendre Mon Magisteria pour en faire un centre administratif pour votre gouvernement flambant neuf, je suppose qu'un ensemble de bureaux me satisferait pleinement dans un premier temps. Quelque chose de joli et de prestigieux – tant qu'il en reste encore. Je souhaiterais également un budget opérationnel rudimentaire d'ici la fin de la semaine – je m'occuperai des détails ennuyeux tout seul. Les salaires pour l'année prochaine. D'ailleurs, j'espère qu'au sein de cette nouvelle organisation, j'aurai toute liberté pour nommer les titulaires d'au moins trois ou quatre postes. Les salaires annuels s'échelonneront entre dix et quinze solaris.

—De manière à trouver une sinécure à quelques-uns de vos malandrins qui ont réussi, dit Lyonis.

—Afin que je puisse les aider dans la reconversion qu'ils devront accomplir pour devenir des citoyens respectables et des défenseurs de Tal Verrar, oui.

—Est-ce que vous n'envisagez pas plutôt votre propre reconversion en vue de devenir un citoyen respectable ? demanda Tiga.

—Et dire que je pensais avoir déjà atteint ce stade, dit Requin. Dieux, surtout pas ! Je n'ai aucune intention de me détourner de responsabilités qui me ravissent pour le moment. Mais il s'avère que j'ai un candidat idéal pour diriger notre nouvelle organisation. Une personne qui partage mes doutes quant à la manière dont Stragos employait ses Yeux. Une personne qui devrait être écoutée avec d'autant plus de sérieux qu'elle en fit *partie.*

Sélendri ne put retenir un sourire alors que les membres du Priori se tournaient dans leurs sièges pour la regarder.

—Attendez une petite minute, Requin..., commença Cordo.

—Je n'en vois pas l'utilité, dit le maître de *L'Aiguille du péché*. Je doute que vos six compagnons me refusent une requête aussi insignifiante, n'est-ce pas ?

Cordo regarda autour de lui et Sélendri sut ce qu'il lisait sur les visages de ses confrères : s'il s'opposait formellement aux prétentions de Requin, il se retrouverait seul et il compromettrait non seulement le poste auquel il remplaçait son père, mais aussi son propre avenir.

—Je pense que la rémunération de départ de Sélendri devrait être gratifiante, très gratifiante, dit Requin avec bonne humeur. Bien entendu, elle aura besoin de voitures et de barges officielles, et d'une résidence de fonction. Stragos avait des dizaines de manoirs à sa disposition. Oh, j'allais oublier : son bureau à Mon Magisteria devra être le plus beau et le plus prestigieux de tous, vous êtes d'accord avec moi ?

Une fois que les membres du Priori eurent quitté la pièce dans divers états d'amusement, d'inquiétude et de contrariété, Requin et Sélendri s'embrassèrent pendant un long moment, seuls. Comme à son habitude, Requin ôta ses gants et caressa la moitié gauche du visage de la jeune femme, dont la chair était aussi ravagée que celle de ses mains brunes et grêlées, et la peau saine de la moitié droite.

— Et voilà, mon amour, dit-il. Je sais que tu te morfonds depuis un moment ici, à monter et descendre l'escalier de cette tour, à aller chercher des poivrots de haute lignée et à leur faire des courbettes.

— Je suis vraiment désolée : j'ai été incapable de…

— Cet échec est le fruit de nos erreurs à tous les deux, la coupa Requin. En fait, j'ai cru les conneries de Kosta et de Ferra bien plus que toi. Tu es restée suspicieuse jusqu'au bout. Si tu avais décidé, tu les aurais balancés par la fenêtre dès le début et tu aurais évité cette pagaille finale, j'en suis persuadé. (Elle sourit.) Ces membres du Priori bouffis de suffisance pensent que je leur impose cette nomination pour te trouver un poste prestigieux, mais où tu ne feras rien. (Il passa la main dans les cheveux de Sélendri.) Dieux, j'ai hâte de voir leurs têtes quand tu te mettras à l'œuvre. Tu vas construire quelque chose auprès duquel mes petites coteries de *felantozzi* paraîtront mesquines.

La jeune femme regarda les débris qui jonchaient la pièce autour d'elle. Requin éclata de rire.

— Je suppose que je n'ai d'autre option que d'admirer l'audace de ces petits minables. Deux ans de préparation pour parvenir à cela, sans compter cette histoire de chaises… Et l'utilisation de mon sceau ! Ah, Lyonis a piqué une crise…

— Je pensais que tu serais furieux.

— Furieux ? Je suppose que je le suis. J'aimais beaucoup cet ensemble de chaises.

— Je sais combien de temps tu as consacré à l'acquisition de ses tableaux…

— Ah, les tableaux, oui ! (Requin sourit avec malice.) Eh bien, les murs sont un peu nus maintenant. Que dirais-tu de descendre à la chambre forte avec moi pour aller chercher les toiles originales ?

— Les toiles originales ? Qu'est-ce que tu veux dire ?

Épilogue

Des horizons rouge sang

1

— Putain de merde, qu'est-ce que vous entendez par « reproduction » ?

Locke était assis dans un siège à haut dossier confortable dans l'étude d'Acastus Krell, fournisseur de loisirs de luxe à Vel Virazzo. Il enveloppa de ses mains la fine coupe de thé tiède pour ne pas en renverser.

— Maître Fehrwight, je suis sûr que ce terme ne vous est pas inconnu, dit Krell.

Le vieil homme aurait paru long, mince et sec si ses mouvements n'avaient pas dégagé une telle grâce. Il arpentait son étude comme un danseur une scène, manipulait ses loupes comme un escrimeur prenant une pose. Il portait une robe de brocart ample taillée dans une soie bleu crépuscule. Lorsqu'il levait les yeux, le dôme lisse de son crâne amplifiait la sinistre perspicacité de son regard. Cette pièce était son antre, le centre de son existence. Elle lui conférait une impression d'autorité sereine.

— Je l'ai déjà entendu dans le domaine des meubles, dit Locke, mais ces tableaux…

— C'est plus rare pour la peinture, mais il n'y a pas le moindre doute. Je n'ai jamais vu *de visu* les œuvres authentiques, messieurs, mais ces dix toiles présentent des incongruités majeures dans les pigments, le maniement du pinceau et l'usure générale de leur surface. Ce ne sont pas des originaux datant de l'époque Talathri baroque.

Jean digéra la nouvelle d'un air morose, les mains croisées devant lui, silencieux. Il n'avait pas touché à son thé. Un goût de bile envahit l'arrière-gorge de Locke.

— Expliquez-moi ça, dit-il en s'efforçant de conserver son calme.

Krell soupira, sa propre déception clairement tempérée par la compassion qu'il éprouvait pour deux hommes dans une telle situation.

—Écoutez, dit-il en soulevant avec précaution un des tableaux volés par les deux compères. (Il représentait un groupe de nobles du Trône Thérin assistant à un spectacle de gladiateurs et recevant l'hommage d'un guerrier mortellement blessé.) Celui qui a peint ceci est un maître artisan, un individu d'une patience et d'un talent incroyables. Ces reproductions ont demandé plusieurs centaines d'heures de travail chacune, et il a fallu que le faussaire accède à loisir aux originaux. Il est clair que le... gentilhomme chez qui vous vous êtes procuré ces tableaux craignait d'exposer les vrais au danger. Je parierais ma maison et tous ses jardins qu'ils sont restés dans sa chambre forte.

—Mais... ces incongruités. Comment pouvez-vous savoir ?

—Les maîtres artistes entretenus par la dernière cour du Trône Thérin avaient un secret afin de distinguer leurs œuvres de celles produites par des peintres servant des seigneurs moins prestigieux. En dehors de la cour de l'empereur, on n'apprit l'existence de ce procédé que de nombreuses années après la chute du trône. Dans leurs peintures, les maîtres talathriens – ainsi que leurs collaborateurs – choisis par l'élite créaient à dessein un infime défaut visuel dans un coin de leur œuvre, grâce à des coups de pinceau dont la taille et l'orientation différaient des autres. En quelque sorte, l'imperfection était un gage de perfection. Comme les grains de beauté que certains Vadrans aiment à voir sur leurs compagnes.

—Et vous pouvez remarquer cela d'un simple coup d'œil ?

—Je peux le remarquer sans difficulté dans la mesure où je n'en vois pas la moindre trace sur aucun des dix tableaux.

—Malédiction ! lâcha Locke.

—Cela m'amène à penser que le faussaire – ou son employeur – apprécie tellement les œuvres originales qu'il a refusé de reproduire ses marques distinctives cachées.

—Je vous assure que cela me réchauffe le cœur.

—Je vois que vous voulez davantage de preuves, maître Fehrwight. Par chance, le reste est encore plus évident. D'abord, il est impossible que les pigments soient aussi brillants étant donné les connaissances alchimiques d'il y a quatre cents ans. L'éclat de ses nuances trahit une origine contemporaine. Enfin, plus accablant encore, ces œuvres sont exemptes de toute patine. Il n'y a ni craquelures dans la pigmentation, ni décoloration due aux moisissures ou au soleil, ni infiltrations de fumée dans les laques de protection. En fait, la substance de ces toiles ressemble autant à celle des originaux que mon visage ressemble à celui d'un garçon de dix ans. (Krell afficha un sourire triste.) J'ai bien vieilli. Ce n'est pas le cas de ces copies.

—Et quelles sont les conséquences sur notre marché ?

Krell s'installa confortablement dans son siège, derrière le bureau, et posa la toile.

—Je suis bien conscient que vous avez dû affronter des épreuves extraordinaires pour vous approprier ces reproductions chez... ce gentilhomme de Tal Verrar. Veuillez accepter mes remerciements et mon admiration.

Jean renifla avec mépris et fixa le mur.

—Vos remerciements, dit Locke, ainsi que votre admiration, bien que donnés avec les meilleures intentions du monde...

—... ne sont pas reconnus comme devises, dit Krell. Je ne suis pas un nigaud, maître Fehrwight. Pour ces dix toiles, je peux encore vous offrir deux mille solaris.

—Deux ? (Locke agrippa les accoudoirs de son fauteuil et se pencha en avant.) À l'origine, nous avions convenu de *cinquante mille* solaris, maître Krell !

—Pour les originaux, j'aurais payé cette somme avec joie. Pour d'authentiques reliques datant de la dernière floraison, j'aurais eu des acheteurs lointains qui ne se seraient pas souciés du... possible mécontentement de ce gentilhomme de Tal Verrar.

—Deux mille, dit Locke. Dieux, nous avons laissé plus que ça dans les coffres de *L'Aiguille du péché*. Deux mille solaris pour deux ans de travail, voilà ce que vous nous offrez.

—Non. (Krell agita ses doigts grêles.) Je vous offre deux mille solaris pour dix toiles. Même si je regrette profondément tout ce que vous avez enduré pour vous emparer de ces objets, il n'y avait pas de clause de sauvegarde dans notre accord. Je paie en échange de marchandises, pas en fonction des efforts fournis pour en prendre possession.

—Trois mille, dit Locke.

—Deux mille cinq cents, dit Krell, et pas un centira de plus. Je *peux* trouver des acheteurs pour ces pièces. Chacune d'elles reste une œuvre unique valant plusieurs centaines de solaris ; certaines personnes seront prêtes à payer une telle somme pour les enfermer chez eux ou les exposer. Si le besoin s'en fait sentir, dans quelques années, je pourrai même envisager de les revendre à un certain gentilhomme de Tal Verrar en affirmant que je me les suis procurées dans une cité lointaine. Je ne doute pas qu'il sache se montrer généreux. Mais si vous ne souhaitez pas accepter mon offre... Vous êtes libres de les reprendre et d'essayer de les vendre sur un marché, ou dans une taverne, peut-être.

—Deux mille cinq cents, dit Locke. Que cet enfoiré de Requin aille pourrir au fin fond des enfers.

—Je pense que nous l'y rejoindrons en temps voulu, maître Fehrwight. Mais, pour le moment, je souhaiterais connaître votre décision. Acceptez-vous ou non mon offre ?

2

— Deux mille cinq cents, répéta Locke pour la quinzième fois tandis que leur voiture se dirigeait vers la marina de Vel Virazzo dans un fracas métallique. Bordel de merde, je n'arrive pas à y croire !

— La plupart des gens ne possèdent pas autant, grommela Jean.

— Mais ce n'est pas ce que j'avais promis. Je suis désolé, Jean. J'ai encore merdé. « Des dizaines de milliers de solaris », avais-je dit. Une fortune. De quoi nous remettre au sommet de l'échelle. De quoi devenir des nobles lashaniens. Dieux tout puissants ! (Il s'enfouit la tête entre les mains.) Gardien Véreux, pourquoi faut-il toujours que tu m'écoutes, Jean ?

— Ce n'était pas ta faute. Nous avons réussi. Nous nous en sommes sortis exactement comme nous l'avions prévu. C'est juste que... tout est allé de travers. Nous ne pouvions pas savoir.

— Merde !

Leur voiture ralentit et s'arrêta en grinçant. On entendit un bruit métallique et un raclement tandis que leur valet de pied posait un marchepied en bois, puis la porte s'ouvrit sur la lumière du jour. L'odeur de la mer envahit l'intérieur du véhicule, accompagné par les cris des mouettes.

— Tu as toujours l'intention de... faire ça ? (Locke se mordit les lèvres devant l'absence de réaction de son compagnon.) Je sais... qu'elle aurait dû être ici avec nous. Nous pourrions nous contenter d'oublier ce projet, de laisser le navire où il est, de prendre une voiture et...

— Ça ira, dit Jean.

Il désigna le sac posé à côté de Locke. La toile ondulait comme si elle possédait une capacité motrice propre.

— Et puis, nous avons pris la peine d'amener un chat cette fois-ci.

— Je suppose que oui. (Locke enfonça un doigt dans le sac et eut un faible sourire en observant l'offensive déclenchée par son geste.) Mais quand même, tu...

Jean se levait déjà pour descendre du véhicule.

3

— Maître Fehrwight ! Je suis tellement heureux de faire enfin votre connaissance. Ainsi que la vôtre, maître... ?

— Callas, dit Locke. Tavrin Callas. Pardonnez mon ami, il a eu une journée éprouvante. Je mènerai les discussions.

— Bien entendu, dit le capitaine du port de plaisance privé de Vel Virazzo. On trouvait ici les barges d'agrément et les vaisseaux qui sortaient uniquement pour la journée, ancrés sous une surveillance constante. Ils appartenaient aux familles éminentes de Vel Virazzo – que l'on pouvait compter sur les doigts des deux mains, largement.

Le capitaine les conduisit à l'extrémité d'un quai où un voilier élancé à un mât se balançait doucement sur les vagues. Il était long de treize mètres, en tek et en bois-sorcier laqué et orné de pièces d'accastillage en cuivre et en argent. Ses gréements étaient en demi-soie de la meilleure qualité et ses voiles ferlées étaient aussi blanches qu'une plage immaculée.

— Tout a été préparé selon vos instructions, maître Fehrwight, dit le capitaine. Je m'excuse néanmoins : je vous avais promis que tout serait prêt en trois jours et il en a fallu quatre.

— C'est sans importance, dit Locke. (Il lui tendit une bourse contenant des solaris qu'il avait comptés dans la voiture.) Voici le solde, ainsi que la prime pour les trois jours, pour vos employés. Il n'y a aucune raison de se montrer mesquin.

— Vous êtes trop aimable.

L'homme s'inclina en acceptant l'escarcelle.

Les deux compères avaient déjà dépensé près de huit cents solaris.

— Et les provisions ? s'enquit Locke.

— Nous avons embarqué ce que vous avez demandé. Il y a des rations et de l'eau pour une semaine. Du vin, de la toile cirée et divers matériels de première nécessité. Tout est là. Je l'ai vérifié en personne.

— Notre dîner ?

— Il est en route. Il est en route. Le livreur aurait déjà dû arriver il y a plusieurs minutes. Attendez, voici le garçon.

Locke jeta un coup d'œil derrière lui en direction de leur voiture. Un enfant venait d'apparaître à côté du véhicule. Il trottinait en tenant contre lui un grand panier couvert, plus large que sa poitrine. Locke sourit.

— Ce dîner clôt notre affaire, dit-il alors que le garçon s'approchait et tendait son fardeau à Jean.

— Parfait, maître Fehrwight. Dites-moi, quand envisagez-vous de lever l'an... ?

— Immédiatement. Nous avons... bien des choses à laisser derrière nous.

— Aurez-vous besoin d'aide ?

— Nous pensions être trois, répondit Locke à voix basse. Mais nous nous débrouillerons à deux. (Il fixa leur nouveau navire, l'ensemble de voiles autrefois si mystérieux, le mât, les gréements, la barre.) Nous nous débrouillons toujours.

Il leur fallut moins de cinq minutes pour descendre leurs bagages de la voiture et les embarquer. Les deux hommes n'avaient pas grand-chose dans leurs malles : quelques vêtements de rechange, des tuniques et des hauts-de-chausses de travail, des armes ainsi que leurs petits nécessaires de voleur.

Le soleil déclinait vers l'ouest quand Jean entreprit de détacher l'amarre. Locke sautilla jusqu'au pont arrière – un espace grand comme une chambre et encadré d'un plat-bord surélevé – et fit une dernière chose avant le départ : il ouvrit le sac de toile et libéra son contenu sur le navire.

Le chaton noir leva la tête pour le regarder, s'étira et commença à se frotter contre la botte droite de Locke en ronronnant avec ostentation.

— Bienvenue dans ton nouveau chez toi, mon gars. Tout ce que tu vois est ton royaume. Mais ça ne veut pas dire pour autant que je vais m'attacher à toi.

4

Les deux hommes jetèrent l'ancre à une centaine de mètres de la dernière tour-lanterne de Vel Virazzo. Dans la lueur écarlate de l'artefact eldren, ils s'occupèrent ensuite du dîner que Locke avait promis.

Ils s'assirent sur le pont arrière, les jambes croisées, de part et d'autre d'une petite table. Ils firent semblant d'être absorbés par le pain et la viande, par les ailerons de requin et le vinaigre, par le raisin et les olives. Royal essaya à plusieurs reprises de lancer une offensive contre les victuailles et accepta une paix honorable seulement après que Locke l'eut soudoyé avec une aile de poulet aussi grosse que lui.

Ils finirent une bouteille de vin, un blanc camorrien quelconque, le genre de boisson qui accompagne décemment un repas sans en devenir le centre d'intérêt. Puis Locke la jeta par-dessus bord et ils s'attaquèrent à une autre, avec un peu plus de modération.

— C'est l'heure, dit enfin Jean.

Le soleil était descendu si bas à l'ouest qu'il semblait se fondre dans le plat-bord tribord. L'instant était rougeoyant ; du ciel à la mer, le monde avait pris la couleur d'un pétale de rose foncé, d'une goutte de sang qui n'a pas eu le temps de sécher. Les vagues étaient calmes et il n'y avait pas de vent. Les deux hommes étaient désormais à l'écart de l'Univers, hors d'atteinte, libres de toute responsabilité, de tout plan, de tout rendez-vous.

Locke soupira, tira une fiole remplie d'un liquide transparent de sa poche intérieure et la posa sur la table.

— Nous avons envisagé de la partager, dit-il.

— Oui, dit Jean. Mais ce n'est pas ce que nous allons faire.

— Oh ?

— Tu vas la boire. (Jean posa les deux mains sur la table, paumes à plat.) Jusqu'à la dernière goutte.

— Non.

— Tu n'as pas le choix.

— Tu te prends pour qui, espèce de branleur ?

— Nous ne pouvons pas courir le risque de partager son contenu. (En entendant sa voix, à la fois raisonnable et maîtrisée, Locke comprit que son ami était prêt à passer à l'action.) Il vaut mieux qu'un de nous soit certain de guérir plutôt que les deux continuent à perdre leur temps et… meurent ainsi.

— Je tente ma chance avec la perte de temps.

— Pas d'accord. S'il te plaît, Locke, bois-la.

— Sinon ?

— Sinon, tu sais très bien ce qui va se passer. Je peux t'obliger à le faire. Le contraire n'est pas vrai.

— Ainsi donc tu…

— Que tu sois conscient ou non, à toi de voir. Personnellement, je m'en fiche. Pour l'amour du Gardien Véreux, bois ce putain d'antidote.

— Je ne peux pas, dit Locke.

— Dans ce cas, tu m'obliges à…

— Tu ne comprends pas. Je n'ai pas dit que je ne voulais pas, mais que je ne *pouvais* pas.

— Quoi ?

— Ceci contient seulement de l'eau que j'ai prise en ville. (Locke glissa une nouvelle fois la main dans sa poche, en tira une fiole vide et la posa doucement sur la table, à côté de la première.) Me connaissant comme tu me connais, je suis surpris que tu aies accepté que je remplisse ton verre de vin.

5

— *Espèce de salaud !* rugit Jean en bondissant sur ses pieds.

— Salaud Gentilhomme, s'il te plaît.

— Enfoiré de fils de *pute* ! lança Jean

Ces gestes étaient si rapides qu'ils devenaient flous et Locke, inquiet, recula précipitamment. Jean attrapa la table et la jeta par-dessus bord, éparpillant les restes de leur repas à travers le pont.

— Comment as-tu pu ? Comment as-tu pu me faire ça ?

— Je ne peux pas rester là à te regarder mourir, répondit Locke d'un ton impassible. J'en suis incapable. Tu ne pouvais pas me demander de…

— Alors, tu ne m'as même pas laissé le choix !

— Tu allais me faire avaler ce putain d'antidote de force ! (Locke se leva, puis brossa les miettes et les fragments d'os de poulet qui s'accrochaient à sa tunique.) Je *savais* que tu tenterais quelque chose dans ce genre. Tu me reproches d'avoir pris les devants ?

—Alors, c'est moi qui dois te regarder mourir, hein ? Je l'ai déjà perdue, elle, et maintenant, il faut que je te perde, toi ? Et tu crois me faire une *faveur* ?

Jean s'effondra sur le pont, enfouit son visage entre ses mains et se mit à sangloter. Locke s'agenouilla près de lui et glissa les bras autour de ses épaules.

—C'est une faveur, dit Locke. Une faveur que je me fais à *moi*. Tu passes ton temps à me sauver la vie parce que tu es un crétin et que tu ne retiens jamais la leçon. Laisse-moi… Laisse-moi faire ça pour toi, juste une fois. Car il se trouve que tu le mérites.

—Je ne comprends pas, murmura Jean. Espèce d'enculé de fils de pute, comment tu as pu me faire ça ? J'ai envie de te prendre dans mes bras et de t'arracher ta putain de tête en même temps.

—Ah ! dit Locke. D'après ce que j'ai entendu dire, c'est ce qu'on ressent vis-à-vis des membres de sa famille.

—Mais tu vas mourir, murmura Jean.

—Il fallait bien que cela arrive un jour ou l'autre. Il fallait bien que cela arrive un jour ou l'autre et, si ce n'est pas encore arrivé, c'est… grâce à toi, en fait.

—Cette solution ne me convient pas du tout.

—À moi non plus. Mais ce qui est fait est fait. Je suppose que je dois me sentir heureux d'avoir agi ainsi.

Je me sens calme, pensa Locke. *Je crois qu'on peut dire les choses comme cela. Je me sens calme.*

—Que fait-on, maintenant ? demanda Jean.

—Ce que nous avions prévu de faire, répondit Locke. Nous allons quelque part, n'importe où, aussi lentement que possible. Nous remontons la côte, au hasard. Nous n'avons personne aux trousses, personne sur notre chemin et personne à voler. C'est la première fois que nous nous retrouvons dans une telle situation. (Locke sourit.) Merde, je me demande vraiment si nous allons nous *en tirer*.

—Et si tu… ?

—Cela arrivera en temps et en heure. Pardonne-moi.

—Ouais, dit Jean. Ou plutôt, non. Jamais de la vie.

—Je crois que je te comprends. Lève-toi et viens me donner un coup de main pour remonter l'ancre, tu veux bien ?

—Qu'est-ce que tu as derrière la tête ?

—Cette côte est vieille comme le monde. Elle tombe en morceaux. Tu en vois un bout, tu l'as vue en entier. Voyons un peu si nous pouvons pointer ce rafiot dans une autre direction. (Il se leva, gardant une main posée sur l'épaule de Jean.) Vers un endroit nouveau.

Postface

Les fanatiques de la voile – qu'ils soient de salon ou de terrain – ne manqueront pas de remarquer que ce roman contient bon nombre d'inexactitudes, de modifications et d'abominations en ce qui concerne les termes de marine.

J'ai, dans certains cas, d'honorables excuses : j'ai adapté le vocabulaire afin qu'il soit accessible à tous les lecteurs ou pour le mettre en adéquation avec la culture et la technologie de l'univers de Locke. Dans d'autres, les erreurs ne peuvent s'expliquer que par l'angoisse classique de l'écrivain : j'ai merdé quelque part et je n'ai aucune idée de quoi je parle. Cher lecteur, tout est au mieux dans le meilleur des mondes quand tu es incapable de faire la différence entre les deux. Je croise les doigts en espérant de tout cœur que ce sera le cas.

Ces quelques mots concluent donc le deuxième volume de la série des Salauds Gentilshommes.

Scott Lynch

New Richmond, Winsconsin
26 janvier 2007

Achevé d'imprimer en janvier 2014 par Aubin Imprimeur
N° d'impression 1311.0091
Dépôt légal, février 2014
Imprimé en France
35294720-1